एकाङ्क-पञ्चदशी

भाग १ [पल्लवपञ्चकम् पृ० १-६०]
भाग २ [द्यावापृथिवीयम् पृ० ६१-१४३]
भाग ३ [कालगिरिः (कारगिल) पृ० १४५-२२०]

2009-2010 ई०

डॉ० मथुरादत्त-पाण्डेयः

मोतीलाल बनारसीदास
दिल्ली, मुम्बई, चेन्नई, कोलकाता, बंगलौर,
वाराणसी, पुणे, पटना

प्रथम संस्करणः दिल्ली, 2011

ISBN: 978-81-208-3508-5

मोतीलाल बनारसीदास

४१ यू०ए० बंगलो रोड, जवाहर नगर, दिल्ली ११० ००७
८ महालक्ष्मी चैम्बर, २२ भुलाभाई देसाई रोड, मुम्बई ४०० ०२६
२३६ नाइंथ मेन III ब्लाक, जयनगर, बंगलौर ५६० ०११
सनाज प्लाजा, १३०२ बाजीराव रोड, पुणे ४११ ००२
२०३ रायपेट्टा हाई रोड, मैलापुर, चेन्नई ६०० ००४
८ केमेक स्ट्रीट, कोलकाता ७०० ०१७
अशोक राजपथ, पटना ८०० ००४
चौक, वाराणसी २२१ ००१

नरेन्द्रप्रकाश जैन, मोतीलाल बनारसीदास, बंगलो रोड, दिल्ली 110 007
द्वारा प्रकाशित तथा जैनेन्द्रप्रकाश जैन, श्री जैनेन्द्र प्रेस,
ए-45 नारायणा, फेज-1, नई दिल्ली 110 028 द्वारा मुद्रित

एकाङ्क-पञ्चदशी

(हिन्दी अर्थ सहित)

2009-2010 ई०

डॉ० मथुरादत्त-पाण्डेयः

मोतीलाल बनारसीदास

दिल्ली, मुम्बई, चेन्नई, कोलकाता, बंगलौर,
वाराणसी, पुणे, पटना

स्वस्तिवाक्

'संस्कृतं दैवी वाग्' इत्यस्ति कविपण्डितमण्डलमण्डनस्य तत्रभवतो दण्डिनो डिण्डिमघोषः। धर्मार्थकाममोक्षाणां मध्ये न किमपि यदत्र न साङ्गोपाङ्गं विवृतं स्यात्। अथापि, दूरदृष्टिरहितानां निजहितैकेहितानां नेतृणां प्रमादात् तदिदमाद्यज्ज्योतिर्विलोपमुपैतुकाममिवाऽद्य भारते, हा! हन्त!!

एवं सत्यपि, अमितम्पचप्रज्ञाः प्रज्ञाः केचन सुरभारतीसपर्यायामद्यापि सर्वात्मना रताः। डॉ० मथुरादत्तपाण्डेयस्तेष्वन्यतमः। स खल्वालवालं शीलस्य, विजयध्वजो विनयस्य। चिरस्य सेवानिवृत्तस्य तस्य, दिष्ट्या, वयसा सह संवर्धमानः सरस्वतीसेवानुरागः!

स तु दीर्घकालसत्कारासेवितो दृढभूमिः - इत्यसूत्रयद् भगवान् योगसूत्रकारः। डॉ० पाण्डेयकृते रूपकसङ्ग्रहत्रये तदिदं सुतरां सङ्घटते। यथाक्रमं, 'पल्लवपञ्चकम्' इत्यत्र मृदुला पल्लवावलिः, 'द्यावापृथिवीयम्' इत्यत्र दिवःपृथिवीं स्पृशन्ति विमलानि फलानि, 'कालगिरिः' इत्यत्र तु सहृदय-हृदयावगाही परिमलः।

कृतिकारस्य रूपकाणां हारिणः सन्ति केचन विशेषाः। रङ्गानुकूलता तेषां मध्ये प्रथमः। दृश्यङ्खलु काव्यं रूपकम्। दृश्यतैव तस्य श्रव्यात्-पाठ्याद्वा-काव्याद्भेदिका। संस्कृते श्रव्यमिव दृश्यमपि पुष्कलतरं काव्यवाङ्मयम्। रङ्गमञ्चानुकूल्यनिकषे तु स्वल्पान्येव रूपकाणि साफल्यं भजन्ते। श्रीपाण्डेय- महोदयस्य तु सर्वाण्येव रूपकाणि सर्वथा रङ्गमञ्च-मैत्रीं भजन्ते, इति कस्य वा न मनस्तोषाय। सर्वेषु काव्यगुणेषु प्रसाद एव सर्वानुग्राहकः। अस्य परिपूर्णता डॉ० पाण्डेयरूपकाणां सुतरामेवावर्जिका। तदनुगुणतयैवैषां भाषा बालकानामपि सुगमा। अद्य यदा अप्रचुरः संस्कृतस्य परितः प्रचारः, तदा ईदृश्येव भाषा क्षमते देवभाषां प्रति जनसामान्यमुन्मुखीकर्तुम्। प्रतिक्षण-प्रसृत्वर-विज्ञानोन्मेषाद्भासितानां ज्ञानस्य नवनवविधानां समुपस्थापनेऽप्ययं जागरूकः। अक्षिपरिचयः कालगिरिर्वा, एतस्यैव निदर्शनम्। सोद्देश्यता चापरोऽनुपेक्ष्यो गुणः।

अहं कृतिकारस्य अविरतया भगवत्याः सुरसरस्वत्याः सपर्यारत्या भृशोल्लसितहृदयस्तदीयं शताऽधिकमायुः सहृदयहृदयानन्दायि दिगन्तविसृत्वरं यशश्च कामये।

राष्ट्रपति-पुरस्कृतः डॉ० शशिधर शर्मा,

महामहोपाध्यायः महाकविः, विश्वरत्नम्, धर्म-संस्कृति-महारत्न, ब्रह्मर्षि, ज्योतिष-योगतन्त्र-सम्राट्, मुख्यसंरक्षकः भारत-विश्व-ज्यौतिषिक परिषद्, सप्तविषयाचार्यः, एम०ए० (सं०हि०) डी०लिट्०

ॐ

नत्वा गणपतिं गौरीं गौरीशं च महानटम्।
समर्प्यतेऽभिनेतृभ्यो मया रूपकसंग्रहः॥

दो शब्द हिन्दी-पाठकों से

पुरातन कथावस्तु में भी वर्तमान समस्याओं और वर्तमान कथास्रोतों में भी शाश्वत समस्याओं को संस्कृत भाषा में दिखाने के उद्देश्य से मैंने एकाङ्क-पंचदशी की रचना की। उनको संस्कृत जगत में सराहा गया पर संस्कृत समझने वाली जनता के अल्पसंख्यक होने से प्रचार सीमित ही रहा। पंचदशी के सभी एकाङ्की रंगमंच पर खरे उतरे हैं। कारण-एक तो भाषा सरल है, दूसरा-हावभावों का प्रत्यक्ष दर्शन कर अनुमान से अर्थबोध हो जाता है। बार-बार मन में एक आकांक्षा उठती है कि जिन्हें संस्कृतज्ञों ने इतना सराहा कि मुख्यतः उन्हीं एकांकियों के कारण मुझे राष्ट्रपति-सम्मान सहित पाँच प्रान्तीय तथा राष्ट्रीय स्तर के पुरस्कार मिले, क्यों न उनका हिन्दी में अनुवाद कर पाठकों और दर्शकों की संख्या बढ़ाई जाये।

अनुवाद कहें या अर्थ। एक भाषा को दूसरी भाषा में अविकल रूप में उपस्थित नहीं किया जा सकता। संस्कृत की व्यंजक गाली 'अरे लक्ष्मीवाहन।' की मिठास 'अरे उल्लू!' में उतारी नहीं जा सकती है; फिर भी डॉ॰ राजकुमार शर्मा, जिन्होंने पंजाब विश्व विद्यालय से इन नाटकों का काव्यात्मक अनुशीलन कर पी-एच॰ डी॰ पदवी प्राप्त की तथा पुत्री डॉ॰ दिव्या त्रिपाठी के सहयोग से यह कार्य सम्पन्न हुआ है, उसे आपके सामने प्रस्तुत करने का साहस किया है।

यदि ये एकाङ्की आपको रोचक एवं सन्देश-वाहक लगें तो मुझे सन्तोष होगा। आगे लिखने की प्रेरणा तो मिलेगी ही।

आपकी सम्मति को साभार जानने का इच्छुक

डॉ॰ मथुरादत्त पाण्डेय

1292/15, पंचकूला, हरियाणा-134113

फोन 0172-2592167

e-mail: pandeymathura@gmail.com

प्राक्कथनम्

गतास्ते दिवसा यदा स्वराष्ट्रेऽपि ग्रामान्तरे नगरान्तरे वा वासोऽतिकष्टकरः प्रवासो मन्यते स्म। तदा राष्ट्रसमग्रतायै भाषासंस्कृतिसाहित्यादिक्षेत्रेष्वेकतान्वयोऽपरिहार्यः, परं विज्ञान-विकसितप्राविधिकयुगे नाधुनाऽगम्यं दुर्गमं वा किञ्चिज्जगति। क्षणेनैव विश्वस्मिन् विश्वे समस्या ज्ञायन्ते समाधीयन्ते च, अतः काव्यस्य परिखा राष्ट्रमतिक्रम्य विश्वमधितिष्ठत्यधुना।

विचारसरण्यानयाभिभूतोऽहं विश्वनाट्यसाहित्यस्य सर्वा धारोपधारा अवगाहितुमनाः संस्कृतेऽपि ताः प्रवाहयितुं लेखनकर्मणि दत्तावधानोऽस्मि, परं कार्यमेतत्स्वल्पसाधनेन मादृशेनैकाकिना जनेन कथं साध्यं स्यादिति महती समस्या, तथापि 'सर्वनाशो हि दुःसहः' इत्युक्तिमाद्रियाणोऽहं यथासाध्यमेकाङ्कानि विरच्य स्वाभिलाषपूरणे संलग्नोऽस्मि। आचार्यवर्य-श्री सीतारामचतुर्वेदिकृतेऽभिनव-नाट्यशास्त्रे ये देशकालनिरपेक्षा एकाङ्कभेदाः प्रदर्शिताः, ये चाद्यतन-सत्याभासिनि, पारम्परिके स्वच्छन्दे नवोद्भूतेऽनावृतरंगभूमौ समग्ररंगमञ्चे वा दृश्यन्ते, ते सर्वे संस्कृतेऽपि लिपिबद्धाः स्युरिति कामयमानोप्यनन्ताब्धौ सावसानबिन्दुपातेनैव स्वकर्तव्याद्विरंस्यामीति विचिन्त्य भृशं विषीदति मे मनः। परं 'यावद् यस्यौषधं नास्ति, सह्यस्तावद् गदोऽखिलः' इति विचारयन् शान्तिमाप्नोमि।

एकाङ्क-पञ्चदशी-नामकः संग्रहोऽयं त्रयाणामुपसंग्रहाणां, येषां प्रतिसंग्रहे पञ्चैकाङ्कानि विद्यन्ते, संयुक्तसंग्रहोऽस्ति। 'पल्लवपञ्चकम्' इति नामके प्रथमोपसंग्रहे प्रथममेकाङ्कं 'नारदमोहिनीयम्' गीतिनाट्यमस्ति। प्रहसनमेतत्प्रख्यातवृत्तमवलम्ब्य रचितम्। द्वितीयमेकाङ्कं 'राजदूतम्' सत्यघटनामाश्रित्यातीन्द्रियया संकल्पनया वलयितम्। विचक्षणनिदेशकेनेयं त्रासदी प्रस्तावितव्यातिनाटकवत् (मैलोड्रामावत्)। 'शुद्धाज्यम्' सर्वथा यथार्थवादिन्या दृष्ट्योत्पाद्यवस्तुनि रचितं शिल्पेनापि स्वच्छन्दमेकाङ्कम्। नात्र कश्चिच्छ्लोको न च गीतमेव। 'कामोऽस्मि' इति रूपकं प्रख्यातकथामूलकं सदपि कल्पित-परिवेषपुष्टं रागानुस्यूतं भावात्मकञ्च।

'द्यावापृथिवीयम्' नाम्नि संग्रहे चतुर्णामेकाङ्कानां कथास्रोत ऋग्वेदे बृहद्देवताख्ये च वाङ्मये विद्यमानमन्तिमस्य च विष्णुपुराणे। अस्योपसंग्रहस्य नाम्ना 'ऐलोर्वशीयम्' काव्यरूपकं नृत्यैरपि (बैले) दर्शयितुं शक्यते। 'देवो याति भुवनानि पश्यन्' इति ऋग्वेदोक्तं सूर्यस्य च्छायासरण्यूनाम्न्योः पत्न्योश्च गार्हस्थ्य-कथांशमवलम्ब्य रचितमेकाङ्कम्। 'सामयिकी' यम-यमी-संवादपरकमेकाङ्कमपि ऋग्वेदोक्तसूक्तमधिकृत्य विरचितं मया। 'उत्कोचः' इत्याख्य-लघुरूपकस्य कथाया अपि ऋग्वेद उल्लेखोऽस्ति। अन्तिमस्यैकाङ्कस्य 'प्रसूनं मदीयं सरोजं त्वदीयम्' इत्यस्य वस्तुनि विष्णुपुराणान्तर्गतं महाराज-ज्यामघवृत्तं समाहितमस्ति।

तृतीय उपसंग्रहः कालगिरिः 'कारगिल' इत्यस्य संस्कृतीकृतः शब्दः। यमधिकृत्य संग्रहस्यान्तिममेकाङ्कं रचितम्। तस्योत्कर्षं स्थापयितुं संग्रहस्यापि नाम कालगिरिरिति कृतम्। पूर्वं, एकमेव भारतराष्ट्रं विभाजितं सत्सततं संघर्षबीजानि वपदास्ते। कारगिलमुद्दिश्य न तदा जातः कश्चिदाहवो यदा राष्ट्रमस्वतन्त्रमप्यविभक्तमासीत्। विभाजनानन्तरं कारगिलसदृशोऽनुर्वर-गिरिरप्युभयो राष्ट्रयोः शान्तिं भनक्ति। तत्सिध्यति राष्ट्रसंख्याधिक्यं

शान्तिभंगाय, विश्वराष्ट्रियता चाऽशान्तिनाशाय। इममेव सन्देशं वाहयितुं किञ्चिद्भूतं, किञ्चिच्च भाव्यं वृत्तं संग्रथ्य विरचतिमिदमेकाङ्कं संग्रहे प्राधान्यं भजते।

अस्य संग्रहस्यान्येषु चतुर्षु रूपकेषु 'अहो सापत्न्यं कवितावनितयोः।' इत्यस्मिन् कवेर्यथार्थजीवनं प्रत्युपेक्षाजनिताः समस्याः 'प्रायश्चित्तम्' इत्यत्र पाकिस्थानप्रेरितखालसाराष्ट्रपरा राष्ट्रविखण्डनसमस्याः 'अक्षिपरिचयः' इत्यस्मिन् संभाविता मनोवैज्ञानिकीः समस्याः 'जीवन्मृतः' इत्याख्ये च रूपके भ्रष्टाचारस्य यथार्थस्थितीः प्रदर्शयितुं कथावस्तून्युत्पाद्य रूपकाणि रचितानि।

वस्तुचयनस्य विषयेऽहमावैदिकादाधुनिककालं यावदुद्देश्यानुरूपं सर्वथाऽकल्पितमुत्पाद्यं वा कथानकमवलम्ब्यैकाङ्कविरचनं निर्दोषं मन्ये। तस्य संघटने च यथार्थादर्शदृष्ट्योः सन्तुलिता पद्धतिरेव मह्यं रोचते। यतो यथार्थ-मात्रमरुचिकरम्, आदर्शमात्रमनारुह्यमविश्वसनीयञ्च। अतएवोत्पाद्यपरकेऽ-प्येकाङ्के संभाव्यता सर्वथाऽखण्डितास्ति — यथा 'अक्षि-परिचयः' इत्येकाङ्के। प्रख्यातवस्तुपरकेऽपि चैकाङ्केऽसंभाव्यता यथाशक्ति वर्जिता—यथा देवो याति भुवनानि पश्यन्नित्याख्ये रूपके स्वल्पपरिवर्तनेन, यत्र वडवाश्विनी सूर्यशुक्रं घ्रात्वैव कुमारद्वयं न जनयति, अपि तु नासारन्ध्रेण शुक्रं गर्भाशयं प्रापय्य नियतकाल एव जनयति। इत्थं कलाकारशक्तिसाध्यं परिवर्तनं परिवर्धनं वा कृत्वा मयैतादृशानां वृत्तानामरुन्तुदता खलु खर्वीकृतेति सहृदयजनेनानुभविष्यते स्वयमेव पठित्वा दृष्ट्वा वैकाङ्कानि।

संगृहीतानि सर्वाण्यप्येकाङ्कन्यभिनेयानि। नैकमपि दृश्यं दर्शयितुमशक्यं प्रविधि-प्रोन्नतरङ्गमञ्चेऽधुना। पुस्तनिर्मिता अश्वा अपि रङ्गमञ्चे चालयितुं शक्यन्ते। कालगिरिसदृशे रूपके चित्रग्राहियन्त्रेण सर्वं दर्शयितुं सुकरम्। वस्तुतो रूपकमिदं दूरदर्शनार्थमुल्लिखितमस्ति।

न निरुद्देश्या कला मदभिमता। नैकमपि मद्रचितरूपकमुद्देश्यरहितमस्ति। कान्तासम्मितवाक्येषु सत्यान्वेषणं, तदर्थं सांकेतिकी प्रेरणा च कलाकर्तुः प्रथमो धर्म इति मन्यमानोऽहं स्वलेखनीं चालयामि। संस्कृतभाषाया दूराद्दूरतरं गते विश्वेऽस्मिन्नधुना लेखकानामेतत्प्रमुखं कर्तव्यं यत्तेषां शब्दप्रयोगो न स्यादुरूहः, विशेषतो रूपकेष्वेष सरलादपि सरलतरः स्यादिति विचारसरणिमनुसरता मयाऽल्पज्ञैरपि संस्कृतानुरागिभिरवगम्या भाषा प्रयुक्ता।

संस्कृते स्वरचितानामाधुनिक-नाट्यकृतीनां कथ्यं शिल्पञ्च हिन्दीपाठकानवगमयितुमनसा मया पञ्चदश्या संस्कृतसंततिरूपिण्यां हिन्दीभाषायामपि संस्करणेऽस्मिन्ननुवादः प्रस्तुतः । तदर्थं डॉ. राजकुमार शाण्डिल्यस्य डॉ. दिव्यायाश्च साहाय्यं सर्वथा साधुवादार्हम्। उभयो स्टङ्कणशोधन-कार्यमप्यविस्मरणीयम्।

अनुगृहीतोऽहं भृशं विदुषां श्रीमतां डॉ० शिवप्रसाद-भारद्वाज, प्राचार्य-शरच्चन्द्र, आचार्यशशिधर, डॉ० डी. डी. शर्मा-महोदयानां यैरेकाङ्कानि पठित्वा न केवलं सत्परामर्शदानेनाहमनुकम्पितोऽपितु समीक्षासम्मतिलेखनेन पुनारचनायै प्रेरितः।

संयुक्तसंग्रहागतस्य प्रत्येकस्योपसंग्रहस्य पृथक्कृता पुस्तिकाप्युपलब्धेति सूचयन्नहं विरमामि। सम्मतिलेखकानां विदुषामनुकम्पितोऽहम्—

विद्वत्कृपाकाङ्क्षी

मथुरादत्त-पाण्डेयः

पल्लव-पञ्चकम्

[हिन्दी अर्थ-सहित]

भागः १

पल्लव-पञ्चकम्

(लघुनाटक-संग्रहः)

भागः १

विषयसूची

द्यावापृथिवीयम्

(लघुनाटक-संग्रहः)

भागः २

कालगिरिः (कारगिल)

(लघुनाटक-संग्रहः)

भागः ३

कालिदास-काव्यसम्भवम्

स्थानम् — कुबेरस्य गृहम्। प्राचीनसंस्कृत्यनुसारेण सज्जितम्।

[कालिदासस्य मातुलः कुबेरशर्मा संध्योपासनार्थं पूजाकक्षं गच्छति, पद्मासनस्थश्च शिवलिङ्गस्य पूजामारभते। स्नानगन्धानन्तरमनतिस्फुटं कमलं गृहीत्वा प्रार्थयति]

सुगन्धीनि सुपुष्पाणि सद्यो ह्यवचितानि च।
मयानीतानि पूजार्थं गृह्यन्तां परमेश्वर ! ॥

[सहसा दक्षिणकरं व्याधुन्वन्] **केनेयं ममाङ्गुलिर्दष्टा** [पुष्पं समालोक्य] **असौ खलु वराको भ्रमरः!** [किंचिद्विचार्य] **किन्तु कथंकारमेष प्रभातेऽपि कमलकोशे निगूढस्तिष्ठति।** [पुन-र्विचार्य] **नूनं कालिदासेनेमानि कमलानि गतदिवसान्त एवावचितानि। अस्मिन् द्विरेफे कोशगत एव कमलिनी दिनमणि -विरहाकुलतया संकुचिता [सक्रोधं] कालिदास ! अशोभनं त्वया कृतम्। अम्लानप्रसूनैर्विधातव्या पूजा त्वया दूषिता।** [मेघराजमाकार्य] **भो मेघराज ! क्वास्ति कालिदासः ?** [मेघराजः समागत्य मौनमाकलय्य तिष्ठति] **कथं नैव जल्पसि ? संप्रापय तं भुजंगम्।**

मेघराजः — स त्वद्य प्रातरेव भ्रमणार्थमलकातीरं गतो न चाद्यावधि प्रत्यावृत्तः।

कुबेरशर्मा — ममादेशं श्रावय, यत्तेनाद्यैव मद्गृहं परित्यज्य यथेच्छं गन्तव्यं न च वर्षपर्यन्तं स्वापराधि वदनं दर्शयेदत्र सः। अस्य कुकृत्यास्यायं प्रवास एव प्रायश्चित्तम्।

मेघराजः — क्षम्यताम्, क्षम्यताम्। अज्ञतावशात्तेनेदमाचरितम्।

कुबेरशर्मा — नहि, नहि, अहं जाने, कथं स एवंविधः

दृश्य - कुबेर का घर। प्राचीन संस्कृति के अनुसार सजाया गया।

[कालिदास का मामा कुबेर शर्मा संध्या करने पूजा के कमरे में जाता है और पद्मासन में बैठकर शिवलिङ्ग की पूजा प्रारम्भ करता है। स्नान-गन्धादि के बाद अधखिला कमल लेकर प्रार्थना करता है]

हे परमेश्वर! अभी-अभी चुने हुए अच्छी गन्ध वाले फूलों को मैं आपकी पूजा के लिए लाया हूँ। उन्हें स्वीकार कीजिए।

[अचानक दाएँ हाथ को झटकाता हुआ] **मेरी यह अंगुली किसने डसी ?** [फूल देखकर] **यह दुष्ट भौंरा!** [फिर विचार कर] **अवश्य ही ये कमल कालिदास ने कल शाम को ही तोड़ दिए होंगे। जब सूर्य के विरह से व्याकुल कमलिनी संकुचित हुई, तब यह भौंरा उसके अन्दर बन्द रह गया।** [क्रोध के साथ] **कालिदास! तूने बहुत बुरा किया। ताजे फूलों से की जाने वाली पूजा को तूने भ्रष्ट किया।** [मेघराज को बुलाकर] **अरे मेघराज! कालिदास कहाँ है ?** [मेघराज आता है और चुपचाप खड़ा रहता है] **क्यों नहीं बोलता है ? उस साँप को भेज।**

मेघराज — वह तो आज सवेरे ही घूमने के लिए अलका नदी के किनारे चला गया धा और अब तक नहीं लौटा है।

कुबेर शर्मा — उसे मेरा आदेश सुना देना कि वह मेरे घर को छोड़कर जहाँ चाहे, चल दे और अपना अपराधी मुँह साल भर तक मुझे न दिखाये। इस बुरे काम का यही प्रायश्चित्त है।

मेघराज — क्षमा करें, क्षमा करें। मूर्खतावश उसने यह सब किया।

कुबेर शर्मा — नहीं, नहीं। मैं जानता हूँ कि क्यों वह

कर्तव्यहीनो जातः। मालिनीरोगाक्रान्तस्य तस्येयमेव चिकित्सा यत्स तां विहाय विदेशं गच्छेत्, अथवा मालिन्या केनचिदन्येन सह परिणयः स्यात्।

मेघराजः — तत्स्नेहानुबद्धहृदयः स तां विना कथं जीविष्यतीति विचार्य स्वारोपितपादपे परिहरणीय उष्ण-सलिलाभिषेकः।

कुबेरशर्मा — अलं विवादेन। यथादिष्टं कुरु।

[मेघराजः शनैः शनैरपसर्पति]

पटपरिवर्तनम्।

अलकानदी-तटम्। नभो मेघाच्छादितम्।

[मालिनी कालिदासश्च प्रविशतः]

मालिनी — कथं.... कालिदासः !, स्वागतम्। (किञ्चिद् विचिन्त्य) परं त्वयाद्य मातुलाय देवपूजार्थं कमलानि नाहृतानि? प्रातरेव त्वमद्य नदीतीरं समागतः।

कालिदासः — मया ह्य एव कमलान्यवचित्य पूजागृहे निधृतानि।

मालिनी — कथं पूर्वेद्युरवचितैः पंकजैस्त्वन्मातुलोऽर्चयिष्यति देवताम्?

कालिदासः — मन्ये मातुलो नित्यमम्लान-पुष्पैरेव स्वदेवतां पूजयति। अद्य हि आषाढस्य प्रथमदिवसे समाश्लिष्ट-सानुषु मेघेषु स्वदेवी मयाप्यर्चितव्या निजमनोरथश्च पूरणीय इति सोऽधुना म्लानैः पुष्पैरेव देवार्चनं कुर्वीत।

मालिनी — क्वास्ति सा देवी या धर्मभीरुणा त्वया पूज्यते?

कालिदासः — [सहासम्] पुरस्तादेव स्थिता।

मालिनी — आ! एवम्! [विहस्य शिलामारोहति] तर्हि पूजा-संभारं समाहर।

ऐसा कर्तव्यहीन हुआ। मालिनी रोग से ग्रस्त हुए उसकी यही चिकित्सा है कि वह उसे छोड़कर विदेश चला जाय अथवा मालिनी का किसी और के साथ विवाह हो जाय।

मेघराज — उसके स्नेह से बँधे दिलवाला वह उसके बिना कैसे जियेगा यह विचार कर अपने लगाए पौधे पर गरम पानी न डालिए।

कुबेर शर्मा — बकवास मत करो। आज्ञा का पालन करो।

[मेघराज धीरे-धीरे वहाँ से खिसकता है]

पट-परिवर्तन

[अलका नदी का किनारा। आसमान में बादल छाए हुए हैं। मालिनी और कालिदास प्रवेश करते हैं]

मालिनी — कालिदास, कैसे! स्वागत! [कुछ सोच कर] क्या तुम मामा जी की देव-पूजा के लिए आज फूल नहीं लाए? सवेरे ही तुम नदी के किनारे चले आए।

कालिदास — मैंने कल ही कमल चुनकर पूजाघर में रख दिए थे।

मालिनी — पहले दिन चुने गए फूलों से तुम्हारे मामा जी किस तरह देव-पूजा करेंगे?

कालिदास — मानता हूँ कि मामा जी हमेशा ताजे फूलों से अपने देवता को पूजते हैं। आज तो आषाढ़ के पहले दिन जबकि पहाड़ की चोटियों पर बादल छाए हुए हैं, मुझे भी अपनी देवी की पूजा करनी और अपना मनोरथ पूरा करना है, अतएव आज वे बासी फूलों से ही देवार्चन करें।

मालिनी — कहाँ है तुम्हारी देवी जिसे आप जैसे धर्मभीरु पूजते हैं?

कालिदास — [मुस्कान के साथ] सामने स्थित है।

मालिनी — अच्छा, ऐसा! [मुस्कराती चट्टान पर चढ़ जाती है] तो पूजा-सामग्री ले आओ।

[कालिदासः पुष्पमवचित्य तस्या उपरि प्रक्षिपति, उभौ हसतः]

[कालिदास फूल चुनकर उसके ऊपर फेंकता है, दोनों हँसते हैं]

मालिनी — परं....कथं त्वयावगतं यदद्य मेघालोको भविष्यति, येन त्वया पूजार्थं गत दिवसान्त एव कुसुमान्यवचितानि।

मालिनी — किन्तु... तुमने कैसे जाना कि आज बादल छाएँगे, जिससे तुमने पूजा के लिए कल शाम को ही फूल तोड़ लिए थे।

कालिदासः — ह्य उपवनान्तर्वर्तिनो राजपालिता मयूराः स्वबर्हाणि पुनः पुनः प्रसारयन्तो नृत्यारम्भेऽभ्यासं कुर्वन्त इवासन्। जलाशयवर्तिनो भेका उत्प्लवमाना स्थले समागताः। दक्षिणदिशातो मन्दं-मन्दं सगन्धः पवनश्चावहत्। एतानि लक्षणान्येव दृष्ट्वा मया वर्षाकालो निश्चितः।

कालिदास — कल उपवन में सरकार द्वारा पाले गए मोर अपने पंखों को बार-बार फैलाते हुए नाच के प्रारम्भ में पूर्वाभ्यास जैसे कर रहे थे। जलाशयों के मेंढक उछलते हुए स्थल पर आ गए थे। दक्षिण दिशा से मन्द-मन्द सुगन्धित हवा चलने लगी थी। इन लक्षणों को देखकर वर्षा के समय का निर्धारण किया।

मालिनी — पश्य, पश्येयं वर्तुलाकारा बलाक-पंक्तिर्नीलाम्बुधौ प्रक्षिप्ता स्फटिकमालेवेत एवोपर्सपति [करौ प्रसार्य क्षणं स्थित्वा च] आ! एष वर्षति मेघोऽधुना। आगच्छ, आवाभ्यां शिलाखण्डाच्छादिता पर्वत-दरी सेवितव्या।

[कालिदासस्तामनुसरति गुहान्तर्वर्ती वदति च]

मालिनी — देखो, देखो यह वर्तुलाकार बगुलों की पाँत नीले समुद्र में फेंकी गई स्फटिकमाला की तरह इधर ही आ रही है। [हाथ फैलाकर और एक क्षण स्थिर होकर] अरे! यह तो वर्षा होने लगी। आओ, हम चट्टान से ढकी पहाड़ी की कन्दरा में चलें।

[कालिदास उसका अनुसरण करता तथा गुहा के भीतर जाकर बोलता है]

कालिदासः — ननु इमां प्रथमां वृष्टिं गीते-नाभिनन्दाव। श्रावय वर्षाकालिकं गीतम्। [मालिनी कालिदासश्च गायतः]

कालिदास — हाँ, इस पहली वर्षा का, गीत गाकर अभिनन्दन करें। वर्षाकालिक गीत सुनाओ। [मालिनी और कालिदास गाते हैं]

आवर्षति आषाढ-घनोऽयम्॥
छनन छनन छन मुक्ता मुञ्चति,
गर्जति मन्द्रं कामगजोऽयम्॥
सरस-सलीला नदी-नदीशाः,
तरवो मत्ता वायु-विधूताः।
किसलयकुसुमैर्लताः सुरूपाः,
नयनानन्दकरो लोकोऽयम्॥
मदनो निशितं शरं निधत्ते,
शान्ते स्वान्ते समरं कुरुते।
मानं जित्वा स्नेहं दयते,
कामिजने विजिते सदयोऽयम्॥

यह आषाढ़ का बादल खूब बरस रहा है
छनन छनन ध्वनि के साथ यह कामदेव का हाथी
मोती बिखराते हुए मन्द्र स्वर में गरज रहा है
नदियाँ तथा समुद्र क्रीड़ा करते हुए-से सरस हो चले हैं
हवा से कँपाये जाते हुए पेड़ मदमस्त हो चले हैं
सुमनोहर लताएँ कोंपलों और फूलों से लद गई हैं
यह वातावरण आँखों को सुखदायक हो चला है॥
काम तीखे बाण धारण किए हुए है और उसने शांत अंतःकरण में युद्ध ठान रखा है अर्थात् विक्षोभ पैदा कर रहा है। इस बादल ने मान को परास्त कर दिया और स्नेह की रक्षा की है। यह पराजित कामी लोगों पर दया दिखा रहा है।

[कालिदासो मालिनीकरं कराभ्यां निपीडयन् निर्निमेषं तस्या मुखं निरीक्षमाण आस्ते]

मालिनी — कथमेवं पश्यसि ?

कालिदासः — पश्यामि कथमेते त्वत्पक्ष्मस्था वर्षाबिन्दवः प्रथममधरताडनात् क्षणं गर्वान्विताः पुनः कर्कशोरोजनिपातचूर्णिता गतगौरवा वलीषु स्खलिताश्च नाभौ विलीयन्ते। (किञ्चित्स्थित्वा) **मालिनि ! यथा त्वयाहमनुकम्पितः स्वोपस्थित्या, तथैवेमौ कन्दराबहिःस्थौ रक्ताशोकः कमनीयः केसरश्चानुकम्पनीयौ, ययोरेकतरस्तव वामपादाघातं वाञ्छति, अन्यश्च दोहदव्याजेन गण्डूषामृताय स्पृहयति।**

[मालिनी तथैव कर्तुमुद्यताग्रे गच्छन्त्येव सखीनां शब्दानाकर्ण्य कालिदासमुपगच्छति कथयति च। **मामन्विष्यन्त्यः सख्यः सम्प्राप्ताः। दूरं तिष्ठ।** स्वयमुत्थायापरशिलाखण्डमधितिष्ठति।]

कालिदासः — प्रथमग्रास एव मक्षिकापातः। एता दास्याः पुत्र्योऽप्यधुनैव समागताः।

सख्यः — [समागत्य वर्षानिवारणायाधृत मुपरिस्थमावरणमुत्तार्य मालिनीं प्रति] **किमिह देवतासहाया मन्त्रयसे ?** [परिवृत्य कालिदासं दृष्ट्वा सहासम्] **हुं, अधुना ज्ञातम्** (कालिदासं प्रति) **महाशय ! किमपि पठ्यते, पाठ्यते वा ?**

कालिदासः — स्वसखीं पृच्छत सा पठति पाठयति वा।

[एका सखी मालिनीकर्णे मुखं करोति। सा च गन्तुमारभते। सर्वास्तामनुसरन्ति]।

कालिदास — मालिनि ! शृणु।

मालिनी — [प्रत्यावृत्य] **कथय।**

[कालिदास मालिनी के हाथ को हाथों से दबाता हुआ अपलक नेत्रों से उसके मुँह को देखते रहता है।]

मालिनी — ऐसे क्या देख रहे हो ?

कालिदास — देख रहा हूँ कि तुम्हारी बरोनियों में स्थित वर्षा की बूँदें होठों पर चोट करने पर एक क्षण गर्व से ऐंठी, फिर कठोर कुचों पर गिरने पर चूर चूर गिरती हुई नाभि में विलीन हो गईं। [कुछ ठहरकर] **मालिनी, जैसे अपनी उपस्थिति से तुमने मेरे ऊपर उपकार किया, उसी तरह कन्दरा के बाहर स्थित लाल अशोक तथा कमनीय केसर पर भी दया करो। इनमें से एक तुम्हारे बाएँ पैर की चोट खाना चाहता है और दूसरा दोहद के बहाने तुम्हारे मुँह के अमृत स्वरूप कुल्ले की कामना करता है।**

[मालिनी वैसा करने को आगे बढ़ती ही है कि सखियों के शब्दों का श्रवण कर कालिदास के समीप जाकर कहती है।] **मुझे ढूँढती हुई सखियाँ यहाँ आ गई हैं। दूर बैठो!** [अपने आप उठकर दूसरे शिलाखण्ड पर जा विराजती है]

कालिदास — सिर मुँड़ाते ही ओले पड़े। ये दासी की छोरियाँ भी इसी समय चली आयीं!

सखियाँ — [आकर वर्षा से बचने के लिए ओढ़े हुए वस्त्र को दूर कर मालिनी से] **अकेली यहाँ क्या कर रही हो ?** [लौटकर कालिदास को देखकर मुस्कराते हुए] **हूँ! अब पता चला!** [कालिदास से] **महाशय! कुछ पढ़ रहे या पढ़ा रहे हो ?**

कालिदास — अपनी सखी से पूछो कि वह पढ़ रही है या पढ़ा रही है।

[एक सखी मालिनी के कान में मुँह करती है और वह जाने लगती है। सभी उसका अनुसरण करती हैं।]

कालिदास — मालिनी, सुनो!

मालिनी — [घूमकर] **कहो।**

कालिदासः — नेत्थम्। अत्रागच्छ।

[उपसर्पति मालिनी। कालिदासस्तस्याः कर्णे मुखं करोति]

एवम्। एवम्! [मालिनी हसति]

एका सखी — किमुक्तमनेन?

मालिनी — अद्य जलं वर्षतीति।

सखी — तत्तु वर्षत्येव। कात्र गोपनीयता?

अपरा — [सस्मितम्] **आननस्पर्शलोभात्तेनेदमाचरितम्।**

[सर्वा विहसन्त्यो निष्क्रान्ताः। कालिदासो घनघटां संपश्यन् आवर्षतीति पूर्वोक्तं गीतं गायति। मेघराजः समागच्छति]

मेघराजः — कालिदास!

[कालिदासः ऊर्ध्वदृष्टिर्न किञ्चिद् भाषते]

मेघराजः — कालिदास! अत्याहितम् [गगनमण्डले स्तनितं भवति]

कालिदासः — [ससंज्ञः] **रे मेघ! किमुक्तम्। किमर्थं त्वमत्रागतोऽसि?**

मेघराजः — त्वया देवपूजार्थं ह्यो दिवसान्ते कमलान्यवचितानि? पूजासमये मधुकरेण पितृपादानां हस्तांगुलि-र्दष्टा। तैः सर्वमनुमितम्। अधुना ते त्वामाकारयन्ति।

कालिदासः — कथमहं तेषां दृष्टिगोचरो भवामि। कृतं तु तदेव मया यत्तैरनुमितम्। अथ किमिदानीमिच्छन्ति ते?

मेघराजः — इच्छन्ति— त्वमेतामलकापुरीं परित्यज्य विदेशं गच्छेः, यत्र त्वया वर्षपर्यन्तं त्ववश्यं स्थेयम् [पुनः स्तनितं भवति] **ततोऽप्यधिकं स्थातुं शक्यते।**

कालिदासः — एषु मेघाच्छन्नेषु दिवसेषु कथं सोपेक्षणीया? कथं वर्षत्सु करकाघनेषु निःसम्बल एकाकी यास्याम्यहम्! मेघ! नहि, नहि नाहमेतं प्रदेशं परित्यज्य जिगमिषामि। ब्रूहि मातुल-

कालिदास — ऐसे नहीं। यहाँ आओ।

[मालिनी समीप जाती है। कालिदास उसके कान पर मुँह ले जाता है]

ऐसे, ऐसे! [मालिनी हँसती है!]

एक सखी — इसने क्या कहा?

मालिनी — आज पानी बरसता है।

सखी — वह तो बरसता ही है। इसमें गोपनीय क्या है?

दूसरी — [हँसी के साथ] **मुँह को छूने के लालच से उसने ऐसा किया।**

[सब हँसती हुई चली जाती हैं। कालिदास घनघटा का अवलोकन करते हुए 'आवर्षति आषाढ़ घनोयम्' पूर्वोक्त गीत गाने लगता है। मेघराज आता है]

मेघराज — कालिदास!

[कालिदास ऊपर देखता हुआ कुछ नहीं बोलता है।]

मेघराज — कालिदास! अनर्थ हो गया। [आसमान में बिजली कड़कती है]

कालिदास — [सचेत होकर] **अरे मेघ! क्या कहा तूने? तुम यहाँ क्यों आये?**

मेघराज — तूने देवपूजा के लिए कल शाम को ही कमल चुन लिए थे न! पूजा करते समय भौंरे ने पिता जी के हाथ की अंगुली डस ली। उन्होंने सारी बातों का अनुमान लगा लिया। अब वे तुम्हें बुलाते हैं।

कालिदास — मैं कैसे उनके सामने जाऊँ? किया तो मैंने वही, जिसका उन्होंने अनुमान लगाया। अच्छा, अब वे क्या चाहते हैं?

मेघराज — चाहते हैं कि तुम अलकापुरी छोड़कर विदेश चले जाओ, जहाँ तुम्हें एक साल तो अवश्य रहना होगा [गर्जन] **उससे भी अधिक रहा जा सकता है।**

कालिदास — इन बादल छाये दिनों में मैं उसे कैसे छोड़ दूँ? ओले गिरते हुए बादलों के रहते निःसम्बल कैसे जाऊँ? मेघ, नहीं नहीं। मैं इस प्रदेश को छोड़कर नहीं जाना चाहता हूँ। मामा जी से कह दो कि

चरणान् यत्कालिदासो भवतां गृहमद्यारभ्य नागमिष्यति, किन्त्वलकापुरीं परित्यज्यान्यत्रापि न व्रजिष्यति।

मेघराजः — अधुनैवेतत्प्रदेशत्यागोपक्रमस्तु मात्रा निवारितः। वर्षर्तौ मार्गदुःखानि स्मारयित्वा तया प्रवासारम्भ- कालो वर्षान्ते निश्चायितः। आम्, तद् गृहं त्वधुनैव त्याज्यम्।

कालिदासः — कथमहं वर्षारम्भे वर्षान्ते वैतत्प्रदेशं परित्यज्य गन्तुं समर्थः। जीवन-सूत्रधारिणी मालिनी कथमपि न त्याज्या।

मेघराजः — किन्तु तेषामयमादेशः — कालिदासो वर्षमेकं विदेशे नावत्स्यत्, मालिन्याः परिणयः केनचिदन्येन सहाभविष्यत्। त्वं तु जानास्येव कीदृशः पितृ-चरणानां प्रभावो मालिनीपरिवारे।

कालिदासः - मेघ ! दुर्ज्ञेयं मातुलमनः। क्रुद्धेन तेन मदर्थं प्रवासो निश्चितः, परं वर्षमेकमेवावधिः कथम्?

मेघराजः — प्रार्थिता अपि मया तेऽस्य कारणं न भणितवन्तः। एतदेवाकथयन्-अस्य प्रवासस्य महाँल्लाभः। जानेऽहं कालिदासस्य प्रतिभां मालिनीं प्रत्याकर्षणं च। दाक्षिणात्या नृपतयो गुणग्राहिणः। तेषामाश्रय एव कालिदासस्य यथोचितावासः।

कालिदासः — यद्येवं तर्हि वर्षर्तावेवाहं गमिष्यामि, येनाहं वर्षमेकं विदेशे यापयित्वाऽऽगामिनि वर्ष वर्षारम्भ एवालका-पुलिनस्थो भविष्यामि।

मेघराजः — किन्तु पितृपादैः प्रवासकालः प्रावृडन्तपर्यन्तं निश्चितः।

कालिदासः —कथं जाने किमिच्छन्ति ते वयस्य! मालिनीं परित्यज्याहं चार्तुमास्येऽस्मिन् वर्षबहुल- प्रदेशे स्थातुं सर्वथाऽसमर्थः। मया ह्यधुनैव

कालिदास आज से उनके घर नहीं आयेगा, परन्तु अलकापुरी छोड़कर और जगह भी नहीं जायेगा।

मेघराज — इसी समय प्रदेश त्याग की बात तो माता जी ने टलवा दी है। वर्षा ऋतु में रास्ते के कष्टों की याद दिलाकर उन्होंने प्रवास का आरम्भ वर्षा ऋतु के बीतने पर ठहरा दिया। हाँ, उनका घर तो अभी छोड़ देना होगा।

कालिदास — किन्तु मैं वर्षा के प्रारम्भ में हो या उसके अन्त होने पर, किस तरह इस प्रदेश को छोड़कर जा सकता हूँ। मेरे जीवन को चलाने वाली मालिनी किसी भाँति नहीं छोड़ी जा सकती।

मेघराज — परन्तु उनका यह आदेश है - यदि कालिदास एक साल विदेश न रहे तो मालिनी का विवाह किसी दूसरे के साथ होगा। तुम तो जानते ही हो कि मालिनी के परिवार में पिता जी का कैसा प्रभाव है।

कालिदास — मेघ! मामा जी के मन की थाह पाना कठिन है। क्रुद्ध होकर उन्होंने मुझे परदेश भेजने का निश्चय किया, पर एक ही साल क्यों?

मेघराज — पूछने पर भी उन्होंने इसका कारण नहीं बताया। यही कहा कि इस प्रवास का महान् लाभ है। मैं कालिदास की प्रतिभा और मालिनी के प्रति उसके झुकाव को जानता हूँ। दाक्षिणात्य राजा गुणग्राही हैं। उनका आश्रय ही कालिदास के लिए उचित निवास है।

कालिदास — यदि ऐसा है तो वर्षा ऋतु में ही जाऊँगा, जिससे एक साल परदेश रहकर अगले साल वर्षा ऋतु के प्रारम्भ में ही अलका किनारे आ जाऊँगा।

मेघराज — किन्तु पिता जी ने प्रवास काल अगले साल वर्षा ऋतु के बीतने तक निश्चित किया है।

कालिदास — मित्र, न जाने वे क्या चाहते हैं? मालिनी से अलग होकर मैं इस चौमासे में, इस प्रभूत वर्षा

प्रव्रजितव्यम्। अस्तु, त्वया सान्त्वनीया सा पञ्जरस्थां सारिकां पृच्छन्ती वियोगक्षामा न प्रबुद्धा न च सुप्ता अस्त्रार्द्रतन्त्रीहस्ता मूर्च्छनां भूयो भूयो विस्मरन्ती प्रिया मालिनी। (निष्क्रामति)

पटपरिवर्तनम्

[व्यतीते एकस्मिन् वर्षे चित्रकूटगिरौ पयोष्णी-तीरे कालिदास ऊर्ध्वमुख आषाढस्य प्रथमां घनघटां निरीक्षमाणो दृश्यते। विगतवर्षाषाढस्य प्रथमं मेघालोकं मालिन्या सहालका-तीरे भ्रमणं च स्मरति। अत्र प्रकाशमपहार्य सर्वत्रापि कालिदासस्य स्मृतिचित्राणि छायाभिनयेन पृष्ठपटे प्रदर्शनीयानि, तदनन्तरं पुनः प्रकाशपूर्णे रंगमञ्चे कालिदासो लिखति पठति च]

कश्चित्कान्ता-विरह-गुरुणा स्वाधिकारात्प्रमत्तः।
शापेनास्तंगमितमहिमा वर्षभोग्येण भर्तुः॥
यक्षश्चक्रे जनकतनयास्नान - पुण्योदकेषु।
स्निग्धच्छायातरुषु वसतिं रामगिर्याश्रमेषु॥

[मेघदूतम्]

[नदन्तं चातकं श्रुत्वा, बलाका दृष्ट्वा, मन्दं मन्दं वहता पवनेन च स्पृष्टोऽलकापुरीं संस्मृत्य कालिदासः (छायाभिनयः) लिखित्वा पठति]

मन्दं मन्दं नुदति पवनश्चानुकूलो यथा त्वाम्।
वामश्चायं नदति मधुरं चातकस्ते सगन्धः।
गर्भाधानक्षणपरिचयान्नूनमाबद्धमालाः।
सेविष्यन्ते नयनसुभगं खे भवन्तं बलाकाः॥

[मेघदूतम्]

[मालिन्या लावण्यं स्मृत्वा लिखति पठति च]

वाले प्रदेश में रहने में असमर्थ हूँ। मुझे अभी चले जाना है। हाँ, पिंजरे की सारिका से पूछती हुई, वियोग-क्षीण, न जगी न सोई हुई आँसुओं से गीली तन्त्री को हाथ में थामे हुई और स्वयंकृत मूर्च्छना को बार-बार भूल जाती हुई मालिनी को तुम सान्त्वना देना।

पट-परिवर्तन

[एक साल बीतने पर चित्रकूट पहाड़ पर पयोष्णी नदी के किनारे कालिदास ऊपर मुँह किए आषाढ़ की पहली घन-घटा देखता दिखाई देता है। गत वर्ष आषाढ़ के प्रथम मेघालोक तथा अलका नदी के किनारे मालिनी के साथ भ्रमण का स्मरण करता है। यहाँ सारा प्रकाश बन्द कर कालिदास के स्मृति-चित्रों को प्रथम छायाभिनय द्वारा पिछले पर्दे पर दिखाया जाय। उसके बाद फिर प्रकाश-युक्त रंगमञ्च पर कालिदास लिखता और पढ़ता है।]

एक बार किसी यक्ष ने अपने काम में ढिलाई कर दी तो उसके स्वामी ने अधिकारच्युत कर उसे एक साल के लिए देश-निकाला दे दिया। फलतः प्रिया-वियुक्त उसने रामगिरि के आश्रमों में डेरा डाला, जहाँ का पानी जानकी (सीता) के स्नान से पवित्र था और जहाँ घनी छाया वाले वृक्ष यत्र-तत्र लहरा रहे थे।

[मेघदूत]

[चातक-ध्वनि सुनकर, बगुलों को देखकर और मन्द-मन्द बहते पवन का स्पर्श प्राप्त कर अलकापुरी का स्मरण कर कालिदास (छायाभिनय) लिखकर पढ़ता है।]

तुम्हारा साथी वायु धीरे-धीरे तुम्हें आगे बढ़ा रहा है। अपनी आन का पक्का चातक बाईं ओर मीठी बोली बोल रहा है। आँखों को अच्छे लगने वाले तुम्हें देखकर बगुलियाँ समझ लेंगी कि गर्भाधान का समय आ गया है, और पाँत बाँधकर आकाश में उड़ती हुई वे तुम्हारी सेवा करेंगी। [मेघदूत]

[मालिनी के सौन्दर्य को याद कर रचना करता तथा पढ़ता है]

तन्वी श्यामा शिखरिदशना पक्वबिम्बाधरोष्ठी।
मध्ये क्षामा चकित-हरिणी-प्रेक्षणा निम्ननाभिः॥
श्रोणीभारादलसगमना स्तोकनम्रा स्तनाभ्याम्।
या तत्र स्याद्युवतिविषये सृष्टिराद्येव धातुः॥
[मेघदूतम्]

जो दुबली पतली, नुकीले दाँतों वाली, पके हुए बिम्बाफल के समान लाल होठों वाली, पतली कमर वाली, डरी हुई हरिणी के समान आँखों वाली, गहरी नाभि वाली, नितम्बों के बोझ से धीरे-धीरे चलने वाली और स्तनों के भार से कुछ झुकी हुई युवती दिखाई दे, जिसे देखकर तुम्हें लगे कि विधाता की सबसे बढ़िया कारीगरी है, (वही मेरी पत्नी होगी)
[मेघदूत]

श्यामास्वंगं चकित-हरिणी-प्रेक्षणे दृष्टिपातम्।
वक्त्रच्छायां शशिनि शिखिनां बर्हभारेषु केशान्।
उत्पश्यामि प्रतनुषु नदीवीचिषु भ्रूविलासान्।
हन्तैकस्मिन्क्वचिदपि न ते चण्डि ! सादृश्यमस्ति॥
[मेघदूतम्]

प्रियंगु लता में मैं तुम्हारा शरीर, डरी हुई हरिणी की आँखों में तुम्हारी चितवन, चन्द्रमा में तुम्हारा मुख, मोर पंखों में तुम्हारे बाल और नदी की लहरियों में तुम्हारी कटीली भौहें देखा करता हूँ। किन्तु हे चण्डी, खेद है कि किसी में भी तुम्हारी बराबरी नहीं पाता हूँ। [मेघदूत]

[वर्षबिन्दुभिराप्लुतां प्रियां संस्मृत्य] [छायाभिनयः। लिखति तदनन्तरं पठति च पुनर्विद्युद्दीपोद्दीपिते रंगमंचे]

[वर्षा की बूँदों से भीगी प्रिया की याद करता हुआ] (छायाभिनय। रचना करता तथा तदनन्तर बिजली से प्रकाशित मंच पर पढ़ता है)

स्थिताः क्षणं पक्ष्मसु ताडिताधराः
पयोधरोत्सेधनिपातचूर्णिताः ।
वलीषु तस्याः स्खलिताः प्रपेदिरे
चिरेण नाभिं प्रथमोदबिन्दवः॥
[कुमारसम्भवम्]

उमा के सिर पर जो पानी की बूँदें पड़ती थीं वह एक क्षण उसकी पलकों पर ठहरतीं, फिर वहाँ से लुढ़ककर उसके ओठों पर जा पड़तीं; वहाँ से उसके कठोर स्तनों से टकराकर छितराई हुई उसके पेट की सिकुड़नों से गुजरती बड़ी देर में नाभि तक पहुँच पाती थीं। [कुमारसम्भवम्]

[अशोके पादप्रक्षेपं केसराय वदनमदिरादानं च संस्मृत्य (छायाभिनयः) लिखति पठति च]

[अशोक का चरण से ताड़न तथा केसर पर मुँह की मदिरा अर्थात् कुल्ला फेंकने की क्रिया का स्मरण कर] (छायाभिनय। लिखता और पढ़ता है)

रक्ताशोकश्चलकिशलयः केसरश्चात्रः कान्तः।
प्रत्यासन्नौ कुरबकवृतेर्माधवीमण्डपस्य।
एकः सख्यास्तव सह मया वामपादाभिलाषी।
कांक्षत्यन्यो वदनमदिरां दोहदच्छद्मनास्याः॥
[मेघदूतम्]

[उस बनावटी पर्वत पर] कुरबक के वृक्षों से घिरे हुए माधवी-मण्डप के पास ही हिलते हुए पत्तों वाला लाल अशोक है, दूसरा वृक्ष कमनीय बकुला है। उनमें से पहला मेरे साथ तुम्हारी सखी के पैर की ठोकर खाने के लिए लालायित है और बकुला दोहद के बहाने उसके मुँह से निकली मदिरा चाहती है।
[मेघदूत]

[सखीनां पुरस्तादेव वार्ताव्याजेन प्रियाचुम्बनं संस्मृत्य (छायाभिनयः) लिखित्वा पठति]

शब्दाख्येयं यदपि किल ते यः सखीनां पुरस्तात्।
कर्णे लोलः कथयितुमभूदाननस्पर्शलोभात् !
सोऽतिक्रान्तः श्रवणविषयं लोचनाभ्यामदृश्यस्—
त्वामुत्कण्ठाविरचितपदं मन्मुखेनेदमाह ।

[मेघदूतम्]

[स्व-विरह-क्षणान् स कथं यापयतीति विचारयन् लिखति] (पूर्ववच्छायाभिनयः श्लोकार्थस्य)

त्वामालिख्य प्रणयकुपितां धातुरागैः शिलायाम्।
आत्मानं ते चरणपतितं यावदिच्छामि कर्तुम्।
अस्त्रैस्तावन्मुहुरुपचितैर्दृष्टिरालुप्यते मे ।
क्रूरस्तस्मिन्नपि न सहते सङ्गमं नौ कृतान्तः॥

[मेघदूतम्]

[चातुर्मास्यानन्तरं प्रियामिलनौत्सुक्यं प्रदर्शयँल्लिखति। छायाभिनये कालिदासः श्लोकार्थानुसारेण चन्द्रिका-धौत-क्षपायां प्रियया सहाधिष्ठितो दृश्यते]

शापान्तो मे भुजगशयनादुत्थिते शार्ङ्गपाणौ।
शेषान्मासान्गमय चतुरो लोचने मीलयित्वा।
पश्चादावां विरहगुणितं तं तमात्माभिलाषम्।
निर्वेक्ष्यावः परिणतशरच्चन्द्रिकासु क्षपासु॥

[मेघदूतम्]

[पटाक्षेपः]

[सखियों के सामने ही बात कहने के बहाने प्रिया को चूम लेने की क्रिया का स्मरण कर] (छायाभिनय। लिखकर पढ़ता है)

जो बात तुम्हारा प्रेमी सखियों के सामने तुमसे ऊँचे स्वर में भी बोल सकता था, उसे वह तुम्हारे कानों में इसलिए सुनाता था कि वह ऐसा करते समय अपने होठों से तुम्हारा मुँह चूम ले। अब तुम न तो उसकी बात सुन सकती हो और न आँख भर देख सकती हो, इसलिए यह सँदेशा बड़ी उत्सुकता से उसने मेरे मुँह से कहलवाया है। [मेघदूत]

[अपने विरह काल को वह कैसे बिता रहा है- यह विचारता हुआ लिखता है] (पहले की तरह श्लोक का अर्थ छायाभिनय द्वारा प्रकट करना)

जब मैं शिला पर गेरु से तुम्हारी रूठी हुई मुद्रा का चित्र बनाना चाहता हूँ और मनाने को तुम्हारे पैर पड़ता हूँ तो आँसू उमड़ कर मुझे पूरी तरह उस मिलन को देखने नहीं देते हैं। निर्दय काल चित्र में भी हमारे मिलन को सहन नहीं कर पा रहा है। [मेघदूत]

[चौमासे के बाद प्रिया से मिलने की उत्सुकता को प्रदर्शित करते हुए लिखता है।] (छायाभिनय में कालिदास श्लोक के अर्थानुसार चाँदनी से धुली रात में प्रिया के साथ बैठा दिखाई देता है)

देखो, जब भगवान् विष्णु शेषशय्या से उठेंगे, तभी मेरा शाप भी मिट जायेगा; इसलिए इन बचे हुए चार महीनों को आँख मूँदकर किसी तरह बिता ले। फिर तो हम दोनों, बिछोह के दिनों में सोची हुई अपने मन की सारी साधें शरद की सुहावनी रातों में गिन गिन कर पूरी कर लेंगे। [मेघदूत]

पटाक्षेप

नारदमोहिनीयम्

प्रथमं दृश्यम्

इन्द्रसभा - स्थानम् - अमरावती

[सदस्या आसनारूढा दृश्यन्ते। नेपथ्ये शतक्रतुर्जयतु, वज्रपाणिर्जयतु, इति श्रूयते। सर्वे ससम्भ्रममुत्थाय देवराजागमनं प्रतीक्षन्ते। अचिरादेव शक्रः समागत्यासनमलङ्कुरुते, अप्सरसः नृत्यन्ति, एकोऽमरामात्यः प्रविश्य नृत्यावसानात्पूर्वमेवोच्चैर्निवेदयति]

अमात्यः — [आतुरहृदयः] **तपसावरुद्धः पवनः, प्राणिनो विकलाः, देवानामपि तस्य कृते..... ।**

इन्द्रः — कस्य कृते ? कस्य तपसावरुद्धो मातरिश्वा ?

[अप्सरसो नृत्यं परित्यज्य तिष्ठन्ति, सर्वे स्तब्धा दृश्यन्ते]।

अमात्यः — स एव ब्रह्मपुत्रो नारदः प्राणानायम्य लोकत्रयं स्वायत्तीकर्तुमनाः प्रतीयते।

इन्द्रः — किमुक्तम् ? ब्रह्मर्षिर्नारदः — न च भयस्थानं महदपि तत्तपः। निरीहः सोऽस्ति।

अमात्यः — क्षन्तव्योऽहं देवपादैः। ऐन्द्री श्रीरपि स्वयमेव तच्चरणविलुंठनपरेति मे मतिः।

इन्द्रः — अप्यनुपेक्षणीयं मन्यसे तस्य तपोऽनुष्ठानम् ?

अमात्यः — आम्, नूनम्।

इन्द्रः — [काममुद्दिश्य] **गच्छ सेनया सह। देवकार्यं कुरु।**

कामः — न काचिच्चिन्ता कार्या। भवच्चरणचञ्चरीकस्यास्य कुसुमशर-प्रहारं सोढुं नालं

प्रथम दृश्य

इन्द्रसभा - स्थान - अमरावती

[सभासद आसनों पर बैठे दिखाई देते हैं। नेपथ्य में 'शतक्रतु (सौ यज्ञ जिसने किए हों - इन्द्र) की जय हो, वज्रपाणि (हाथ में व्रज धारण करने वाला) की जय हो' सुनाई देता है। सब सहसा सादर खड़े होकर देवराज इन्द्र के आगमन की प्रतीक्षा करते हैं। तभी इन्द्र आकर आसन को सुशोभित करते हैं। अप्सराएँ नाचती हैं। एक देवमन्त्री प्रवेश कर नाच समाप्त होने से पहले ही ऊँचे स्वर में निवेदित करता है]

अमात्य —[हृदय में व्याकुलता लेकर] **तप से पवन रुक चला है। जीव बेचैन हैं। देवताओं के भी उसके लिए....**

इन्द्र — किसके लिए ? किसकी तपस्या से पवन रुक गया है ?

[अप्सराएँ नाचना छोड़कर खड़ी रहती हैं। सब स्तब्ध दिखाई देते हैं]

अमात्य — वे ही ब्रह्मा के पुत्र नारद प्राणों को रोककर तीनों लोकों को मानो वशवर्ती बनाना चाहते हैं।

इन्द्र — क्या कहा ? ब्रह्मर्षि नारद ? उसकी बहुत बड़ी तपस्या भी डरने का कारण नहीं। वह तो कामनाहीन है।

अमात्य — महाराज क्षमा करें। मुझे तो लगता है कि इन्द्रलोक की लक्ष्मी भी स्वयं उनके चरणों पर गिरने वाली है।

इन्द्र — क्या उसके तपोनुष्ठान को उपेक्षणीय नहीं मानते हो ?

अमात्य — हाँ, अवश्य।

इन्द्र — [काम की ओर संकेत कर] **सेना के साथ जाओ। देवताओं का कार्य-साधन करो।**

काम — आप चिन्ता न करें। आपके चरण-कमल के इस भ्रमर के फूलों के बाणों की मार को उनका

तत्तपस्यं बलम्।

इन्द्रः — [उर्वशी-मेनके अभिलक्ष्य] **युवामपि गच्छतम्।**

उर्वशी — सकृत्कटाक्षपातेनैव समीहितं स्यात्कि-मनेन सम्भारातिशयेन।

मेनका — चरणचुम्बिनीयं [अलकवेणीं स्पृशति] **निखिलमात्मज्ञानं मुनेः संज्ञाशून्यं विधास्यतीति विचार्य प्रेषणीयेयमेकाकिनी दासी।**

इन्द्रः — ब्रह्मर्षिबलं न कथञ्चिदप्यवहेलनीयमिति निजास्त्र-सन्नद्धैर्भवद्भिः सर्वैरेव गन्तव्यम्।

[मदनमभिलक्ष्य] —

चैत्रं मासं सरवमधुपान्मंजुपुष्पेषु लग्नान् ।
आशापाशैर्नियमितनतालोचनं हंसयुग्मम् ॥
तन्वीर्वामाः सरस - सुरतामोदलोभारुणाक्षीः।
नीत्वा साकं मदन ! मधुरां कोकिलां गच्छ शीघ्रम्॥

[प्रस्थिताः सर्वे]

पटपरिवर्तनम्

स्थानम् — आश्रमभूमिः

[नारदस्तपस्यन् दृश्यते। मदनसेना प्रविश्य स्वस्व-कर्मनिरता भवति, कोकिलकूजनम्, वंशीरवः, पवनस्य सर् सर् ध्वनिः, निर्झरस्य झर् झर् रवः, नद्याः कलकलम्, पक्षिणां चरपरञ्च वातावरणमुद्दीपकं विदधति। अप्सरसो गायन्त्यो नृत्यन्ति।]

ओहो ! सरस—वसन्तोऽयम्।
कूजति हंसो, विहसति कमलम्,
उरसि लगति भारोऽयम्॥ ओहो० ॥
यौवनरशनाकृष्टे नयने।
म्रदिमा क्रीडति मधुरो वदने।
सुरभित-कुसुम- सुसज्जितशय्यः।
कालः काममयोऽयम् ॥ ओहो० ॥

तपोबल सहन नहीं कर सकता।

इन्द्र — [उर्वशी तथा मेनका को लक्ष्य कर] **तुम भी जाओ।**

उर्वशी — एक बार कटाक्ष चलाते ही अभीष्ट सिद्धि हो जाय तो इतनी तैयारी की क्या आवश्यकता है ?

मेनका — चरणों तक लटकती हुई [केशवेणी को छूती है] **यह मुनि के सारे आत्मज्ञान का नामोनिशान मिटा देगी— यह विचार कर इस दासी को अकेली भेज दिया जाय।**

इन्द्र — ब्रह्मर्षि की शक्ति की उपेक्षा नहीं की जानी चाहिए, तुम सभी अपने अपने अस्त्रों से सन्नद्ध होकर जाओ। [मदन (काम) को लक्ष्य कर] मदन! चैत्र मास, मनोहर फूलों से लगे गुनगुन करते भौंरे, आशा के बन्धन से नियन्त्रित नतनयन हंसों के जोड़े, रसपूर्ण सुरतानन्द के लालच से अरुण आँखों वाली कृशाङ्गी कामिनियों तथा मीठे बोल बोलने वाली कोयल को साथ लेकर शीघ्रतापूर्वक जाओ]

[सब प्रस्थान करते हैं]

पट-परिवर्तन

स्थान - आश्रमस्थल

[नारद तपस्या करते दिखाई देते हैं। काम-सेना अपने अपने काम में लगी होती है। कोयल की कूक, वंशी की ध्वनि, पवन की सरसराहट, झरने का झर् झर् शब्द वातावरण को उद्दीपन से भरते हैं। अप्सराएँ गाती हुई नाचती हैं।]

आह! यह रसमय वसन्त है।

हंस कूज रहा है, कमल खिल रहा है। हृदय में कुछ बोझ-सा लगता है।

नयन, यौवन की जंजीर से खींचे हुए तिरछे हो चले हैं। मुख पर मृदुता खेल रही है।

सुगन्धित फूलों की शोभा भरी शय्या वाला यह समय काममय हो चला है।

तरोर् लतालिङ्गति शुभमङ्गम्।
वाञ्छति नलिनी दिनमणि-सङ्गम्।
समर्पयति यस्मै रमणीयं —
निज-महिमानं कोऽयम् ? ॥ ओहो० ॥
पश्यति मीलितनयनः कश्चित्।
विलोकते यो जगति न किञ्चित्।
नाप्ता धरणी नाप्तं वित्तम्।
अलख-विहारी सोऽयम्॥ ओहो० ॥

[नारदः सर्वथाऽविचलस्तिष्ठति]

कामः — [शरान् विमुञ्चन्] **पश्यामि, कथमेष जटिलो मुनिरिमान् सोढुं शक्नोति !** [द्विस्त्रिर्वा प्रयतते।]

नारदः — [चक्षुणी विस्फारयन्] **बालिश! अपसरास्मात्स्थानात्, अन्यथा नामशेषतां गमिष्यसि।**

कामः — **क्षम्यताम्, क्षम्यताम्। एषोऽहं गच्छामि स्वसैन्येन।** [प्रस्थानम्]

नारदः — [गायति] **नारायण एवायनमेकं नारायण एवाहम्।** (विरम्य) —

येनाखिलो जितो लोकः, जितौ ब्रह्मा च शङ्करः।
स कामो जेतुकामोऽद्य नारदेन मया जितः॥

[सगर्वम्] **कोऽन्यस्तपस्वी, ज्ञानी, मुनिर्वा कान्ताकटाक्षविशिखैरक्षतः ससैन्यं कामं जितवान् ? आम्, गच्छामि तावत्स्वविजयं विष्णवे निवेदयितुम्।** [वीणां वादयन् नारायण एवायनमेकमिति गायँश्च प्रचलति।]

लता पेड़ के आलिङ्गन में रत है। कमलिनी सूर्य का साथ चाहती है।

यह रमणी जिसे अपनी महिमा को समर्पित कर रही है, वह कौन है ?

जो संसार में कुछ नहीं देख पाता है, वह आँखें बन्द कर ध्यान करता है।

जिसे यहाँ न धरती मिली और न धन ही, वही अलख अलख कर घूमता रहता है।

[नारद अविचल रहते हैं]

काम — [बाणों को छोड़ते हुए] **देखता हूँ कि किस तरह यह जटाधारी मुनि इन्हें सहन करता है।**

[दो-तीन बार प्रयत्न करता है]

नारद — [आँखें फाड़ते हुए] **मूर्ख! यहाँ से चले जा, अन्यथा तुझे मिटा डालूँगा।**

काम — **क्षमा करें, क्षमा करें। मैं यह सेना-सहित जा रहा हूँ** [प्रस्थान]

नारद — [गाता है] **नारायण ही एक शरण-स्थल है और मैं ही नारायण हूँ।** [कुछ ठहरकर]

जिसने सारा संसार जीता, ब्रह्मा और शंकर पर विजय प्राप्त कर ली, उसी काम को जो मुझे जीतने की चाह रखता था, मैंने आज जीत लिया है। [घमंड के साथ] **और कौन तपस्वी, ज्ञानी अथवा मुनि है जो कामिनी के कटाक्ष रूपी बाणों से विद्ध न होकर सेना सहित काम को जीत सका ? अच्छा, अपने इस विजय-वृत्तान्त को विष्णु भगवान् को बताने जाता हूँ।** [वीणा बजाते तथा नारायण ही शरण है - यह गाते हुए नारद चलते हैं]

पटपरिवर्तनम्
द्वितीयं दृश्यम्
स्थानम् — विष्णुधाम

[भगवान् विष्णुर्लक्ष्म्या सहाधिष्ठितो दृश्यते]

लक्ष्मी — **कोऽयं वीणाकरस्तेजसापरो मरीचि-**

पटाक्षेप
द्वितीय दृश्य
स्थान - विष्णुलोक

[भगवान् विष्णु लक्ष्मी के साथ बैठे दिखाई देते हैं]

लक्ष्मी — **ये हाथ में वीणा थामे, तेज से दूसरे सूर्य**

मालीव इत एवागच्छति आर्यपुत्र!

की तरह इधर ही आते हुए कौन हैं ?

विष्णुः — महामुनिर्नारदोऽस्ति प्रिये ? अवगतं मया कथं स आगच्छति। अस्य गर्वमपनेतुं किञ्चित्करणीयमेवाधुना।

विष्णु — प्रिये! ये महर्षि नारद हैं। मैंने जान लिया कि वे क्यों आ रहे हैं ? इनके गर्व को दूर करने के लिए अब कुछ करना ही होगा।

लक्ष्मी — कीदृशो गर्वः ? तपोधनानां हृदये कुतोऽस्यावस्थानम् ?

लक्ष्मी — कैसा गर्व ? तपस्या के धनियों के हृदय में इसकी स्थिति रहती ही कहाँ ?

विष्णुः — धनं मदायेति ध्रुवम् । यादृशमपि तत्स्यात्, तेन मानवो मुनिर्देवो वा सामान्येन दृप्तो भवत्येव, किञ्च— [विचारपरतां नाटयति] स मे भक्तः, तस्यावनतिहेतुर्गर्वो मयापहर्तव्यः। [नारदः प्रविशति गायन्]

विष्णु — धन से घमण्ड होता है - यह निश्चित है। जैसा भी वह हो, उससे सामान्यतः मनुष्य हो, मुनि हो या देवता हो, घमण्ड में आ ही जाता है। किन्तु.... [विचारने का नाटक करते हैं] वे मेरे भक्त हैं। उनकी अवनति का कारण घमण्ड मुझे दूर करना होगा। [नारद गाते हुए प्रविष्ट होते हैं]

नारदः — ससैन्यो मदनो येन जितोऽसौ नारदः स्वयम्।
नमस्करोति लोकेशं विष्णुं वैकुण्ठवासिनम्॥
सौन्दर्यसारसम्भारा अप्सरसस्तिरस्कृताः।
जनकेनाकृतं कर्म सुतेनानेन साधितम्॥

नारद — जिसने सेना सहित काम को जीत लिया है, वह नारद वैकुण्ठवासी जगत्पति को प्रणाम करता है। सौन्दर्य की चुनी हुई सामग्री वाली अप्सराओं को मैंने तिरस्कृत किया। पिता जी जिसे नहीं कर पाए, उसे इस बेटे ने कर दिखाया।

विष्णुः — मानवानां सहस्त्रेषु विरला एवेश्वर-परायणा भवन्ति, तेषामपि केचिदेव कामं जेतुं शक्नुवन्ति।

विष्णु — सहस्त्रों मनुष्यों में से कुछ ही ईश्वर-परायण होते हैं और उनमें कुछ ही काम को जीत पाते हैं।

नारदः — केचिदेवेत्युक्त्वा तनूकर्तुमिच्छन्ति भवन्तो मद्-गौरवम्। मदन्यः को मदनजययशसा शोभते त्रैलोक्ये? अस्तु, प्रव्रजामि पुनस्तपसे। कियत्काल-पर्यन्तं तत्तापानभिभूतैर्भवद्भिः स्थीयते !

नारद — 'कुछ ही' कहकर आप मेरे गौरव को कम करना चाहते हैं। इस त्रिलोकी में मुझे छोड़कर कौन और काम-जय के यश को रखता है। अच्छा, फिर तपस्या करने जाता हूँ। कितने समय तक आप उस तपस्या की गर्मी से अप्रभावित रहेंगे ?

[वीणां वादयन्निष्क्रान्तः]

[विष्णुकृतमुचुटीत्रयानन्तरं विश्वकर्मा प्रविशति]

[वीणा बजाते हुए चले जाते हैं। विष्णु के तीन बार चुटकी करने के बाद विश्वकर्मा प्रवेश करता है]

विश्वकर्मा — [प्रणतिपुरस्सरम्] आज्ञयाऽनुग्रही-तव्योऽयं जनः।

विश्वकर्मा — [प्रणाम के साथ] अपने इस सेवक को आज्ञा देकर अनुगृहीत कीजिए।

विष्णुः — विश्वकर्मन् ! पश्य पुरस्तादेवासौ नारदो गच्छति। तस्य मार्गे क्वचिच्छीघ्रं रम्यं नगरमेकं रचय। [गते तस्मिन् विष्णुः पुनर्मुचुटीः विदधाति, माया प्रविश्य प्रणमति]।

विष्णु — विश्वकर्मन्! सामने ही नारद जा रहे हैं। उनके मार्ग में शीघ्र कहीं एक सुन्दर नगर बनाओ। [नारद के चले जाने पर विष्णु फिर चुटकी देते हैं। माया प्रवेश कर प्रणाम करती है।]

विष्णुः — दुरत्ययासि माये ! त्वयाद्य ग्राह्यमीदृशं रूपं यन्नारदोऽपि त्वां दृष्ट्वा मोहाकुलः स्यात्। मया विश्वकर्मा नियुक्तो मायानगरं निर्मापयितुम्।

माया — यथाज्ञापयति देवः। (नमस्कृत्य निष्क्रान्ता)

दृश्य-परिवर्तनम्

[एकतो नारदः "**नारायण एवायनमेकं नारायण एवाहम्**" इति गायन् प्रविशति। अन्यपार्श्वतो सखीभिः सह मोहिनी समागच्छति, यां दृष्ट्वा नारदः स्तब्धस्तिष्ठति। **मोहिनी** नारदमविगणय्य गायति]

याहि मधुप ! एषा नवकलिका॥
मा मैवं कार्षी रसलोलुप!
जानीषे तव नैषा ह्यलिका॥
ज्वलेत्सुचित्तेऽनलः सदाहः,
शक्ष्यति दमितुं न वारिवाहः॥
गमिष्यसि त्वं तदन्तिकं किम् ?
सहेत तापं कथं सुकणिका!॥
स्नेहादर्शः केनाकलितः!
सदा निरीहं केनाचरितः!॥
याहि याहि निजरागानपनय,
स्खलेद्यथा पथि न मुग्धपदिका॥
ददाति तेऽसौ मनोऽनुरक्तं,
मुमुक्ष्यसि त्वं मत्वा भुक्तम् !॥
रे वंचक, निज कौटिल्यं त्यज,
नैषा गणिकाऽविकसितकलिका॥

[नारदो वक्तुमारभते उपगच्छति च]

नारदः — [मोहिनीं प्रति] कासि त्वं शुभे ? क्वास्ति ते गृहम् ? कोऽस्ति तवाभिभावकः ?

मोहिनी — शोकदुःखादिरहितस्यास्य पत्तनस्याधिपतेर्दुहिताहमस्मि नाम्ना मोहिनी। इत एवागच्छन्ति मम पितृपादाः।

विष्णु — तुम्हारा पार कोई पा नहीं सकता है माये! आज तुम ऐसा रूप धारण करो कि नारद भी तुम्हें देखकर मोहित हो जाय। मैंने मायानगर बनाने को विश्वकर्मा नियुक्त कर दिया है।

माया — जैसी महाराज की आज्ञा हो। [प्रणाम कर चली जाती है]

दृश्य-परिवर्तन

[एक ओर से नारद '**नारायण ही एक शरण है, नारायण ही मैं**' यह गाते हुए प्रवेश करते हैं। दूसरी ओर से सखियों के साथ मोहिनी उपस्थित होती है जिसे देखकर नारद स्तब्ध हो जाते हैं। मोहिनी नारद की परवाह न कर गाती है]

अरे भौंरे, जा, यह नई कली है।

अरे रस लम्पट, ऐसा मत कर। जानता है कि यह तेरी भ्रमरी नहीं है।

हृदय में ऐसी आग लगेगी कि जिसे बादल भी शान्त करने में समर्थ न हो।

तब तू क्या उसके समीप रहेगा ? तब वह छोटी सी बूँद गर्मी को कैसे सहेगी ?

प्रेम के आदर्श को कौन धारण कर सकता है ? कौन निष्काम भाव से उसका पालन कर सकता है ? जा, जा अपना राग दूर ले जा, जिससे यह भोले चरणों वाली कहीं पथ पर फिसल न जाय।

यह बेचारी तो तुम्हें अपना हृदय देती है

और तुम भुक्त मानकर विरक्त व्यक्ति की तरह उसे छोड़ देते हो। अरे ठग, अपनी कुटिलता को त्याग दे। यह कोई वेश्या नहीं, अपितु अविकसित कली है।

[नारद बोलना प्रारम्भ करते और समीपस्थ होते हैं]

नारद — [मोहिनी से] तुम कौन हो शुभे ? तुम्हारा घर कहाँ है ? तुम्हारा संरक्षक कौन है ?

मोहिनी — मैं शोक दुःखादि से रहित इस पत्तन के राजा की पुत्री हूँ। मेरा नाम मोहिनी है। मेरे पिता जी

['जयतु जयतु महाराजः' इति प्रतिहारिवचन-समकालमेव प्रविशति राजा]

राजा — [स्वयं प्रणम्य पुत्रीं प्रति] **नमस्कुरु मुनिशिरोमणिमिच्छाचारिणम्।**

मोहिनी — **क्षम्यताम् मुने! नमस्करोम्यऽहम्।**

नारदः — [राजानं प्रति] **अद्यानयान्दोलितं मे हृदयम्।**

राजा — **संवृत्तः कश्चिदपराधोऽस्या मौढ्यात्** [मोहिनीं प्रति] **स्वागतसम्भारं समाहर। त्वर्यताम्।**

[मोहिनी सखीभिः सह निष्क्रामति]

नारदः — **राजन्! अनया तव दुहित्रा क्षणेनैव मे कामविजय-गौरवमपहृतम्। इच्छाम्यधुनाहमेनां पत्नीत्वेन ग्रहीतुम्। आशासे मदभिलाषं पूरयिष्यति भवान्।**

राजा — [किञ्चिद्विचार्य] **भवदनुरोधमतिक्रमितुं नाहं शक्नोमि, किन्तु दिनद्वयानन्तरमेवास्याः स्वयंवरमहोत्सवो भवितास्ति। निमन्त्रिता बहवो राजकुमारा पूर्वमेव सम्प्राप्ताः। अहमपीच्छामि यन्मम सुता भवादृशं तेजस्विनं सुपात्रमभिलाषिणं च पतिं वृणुयात्, परमकिञ्चित्करं रूपं, यौवनं वर्णश्च मुग्धानां बालानां मनः प्रसभं हरन्तीति विचार्य बिभेति मे हृदयम्।**

नारदः — [किञ्चिद्विरम्य] **न भेतव्यम्। अहं विष्णोः सकाशात्सर्वं प्राप्स्यामि।**

['**भज नारायणमथवा नारीं, नारीं भज तर संसारम्**' इति गायन् प्रचलितः।]

पटपरिवर्तनम्

[नारदः पथि गायन् दृश्यते]

कासौ रमणी विधिना रचिता !
ऊर्णनाभिजालैरिवखचिता॥
वनाधिवासी विजनविलासी
इतरजनो यत्कृपाभिलाषी

इधर ही आ रहे हैं।

[महाराज की जय हो प्रतिहारी के इन शब्दों के साथ ही राजा प्रवेश करते हैं]

राजा — [स्वयं प्रणाम कर पुत्री से] **स्वेच्छया विचरण करने वाले मुनिश्रेष्ठ को प्रणाम करो।**

मोहिनी — **मुनि जी, क्षमा करें। मैं नमस्कार करती हूँ।**

नारद — [राजा के प्रति] **आज इसने मेरा हृदय हिला दिया है।**

राजा — **इसकी मूर्खतावश क्या कोई अपराध हुआ है?** [मोहिनी से] **स्वागत सामग्री ले आओ। जल्दी करो।** [मोहिनी सखियों समेत वहाँ से चली जाती है]

नारद — **राजन्! तुम्हारी इस पुत्री ने एक क्षण में ही मेरे कामविजय-जनित गौरव को दूर कर दिया है। मैं अब इसे पत्नी रूप में ग्रहण करना चाहता हूँ। आशा है कि आप मेरी मनोभिलाषा को पूरी कर देंगे।**

राजा — [कुछ सोचकर] **आपके अनुरोध को न मानने की शक्ति मुझमें नहीं है। किन्तु दो दिन बाद ही इसका स्वयंवर होने वाला है। निमन्त्रित राजकुमार पहले ही आ पहुँचे हैं। मैं भी चाहता हूँ कि मेरी पुत्री आप जैसे तेजस्वी, सुपात्र तथा इच्छुक पति का वरण करे, किन्तु कुछ भी कर सकने में असमर्थ रूप, यौवन तथा वर्ण मुग्ध बालाओं के मन को हठात् चुरा लेते हैं, ऐसा विचार कर मुझे डर लगता है।**

नारद — [कुछ ठहरकर] **डरो नहीं। मैं विष्णु के पास से सब कुछ पा लूँगा।**

['नारायण भज अथवा नारी भजकर तर संसार' यह गाते हुए वहाँ से प्रस्थान करते हैं]

पट-परिवर्तन

[मार्ग में नारद गाते हुए दिखाई देते हैं]

इस रमणी को किसने बनाया? मकड़ी जालों से ही जैसे यह रचित हो।

जो जंगल में एकान्तवास का आनन्द लेता रहा तथा सामान्य लोग जिसकी कृपा की अभिलाषा करते रहे,

सोऽद्य परीतस्तन्तुनिवेशम्
शोचति कासौ लीलाकलिता।
मया तु ज्ञातं नर एवैष
कर्ता धर्ता जगति सुखेशः।
नरोपासिका कथं न जाने
किन्तूपास्या जाता वनिता ! ॥

वही आज तन्तुओं से बने घर में बँधा सोच रहा है कि भाव-भंगिमाओं से भरी हुई यह कौन है।

मैंने तो सोचा था कि यह पुरुष है जो संसार में कर्ता-धर्ता है और सुखैश्वर्य का स्वामी है, किन्तु पुरुष की उपासना करने वाली यह नारी न जाने किस तरह आज स्वयं उपास्य बन गई है।

नारदः — [विष्णुलोकं सम्प्राप्य विष्णोः पादयोः पतन्] क्षम्यतां वैकुण्ठाधिपते! मा मनसि कार्षीरतीतानि मद्वचनानि। भुवनमोहनं स्वरूपं मह्यं प्रदातव्यम्।

नारद — [विष्णुलोक जाकर विष्णु के चरणों पर गिरते हुए] वैकुण्ठ-लोक-स्वामिन्! क्षमा करें। पहले कहे गये मेरे वचनों को याद न करें। अपने संसार को मोहित करने वाले रूप को मुझे दीजिए।

विष्णुः — कामविजयिन् मुने ! रूपमपहाय ज्ञानं याचस्व।

विष्णु — हे काम को जीतने वाले मुनि! रूप को छोड़कर ज्ञान की याचना करें।

नारदः — अनेकमोक्षैर्हि समन्वितैश्च
न प्राप्यते यस्य लवो लघिष्ठः
सुदुर्लभं तत्सुखमेति दिव्यं
कान्ताकटाक्षाहतिभिर्मनो मे॥
नैवादृतोऽयं नवनीतकायस्
तप्तं तपःक्लेशकरं कठोरम्।
ध्रुवं परित्यज्य भ्रमाकुलेन
मया गृहीताम्बरशाखिशाखा॥

नारद — कामिनी के कटाक्ष से चोट खाया हुआ मेरा हृदय उस दिव्य आनन्द को प्राप्त कर रहा है जिसका छोटे से छोटा अंश भी राशीकृत अनेक मोक्षों से प्राप्त नहीं हो सकता है। मैंने मक्खन के समान स्निग्ध शरीर का आदर नहीं किया और कष्टकर कठोर तपस्या ही करता रहा। भ्रम में पड़कर मैंने निश्चित को छोड़कर आकाश-वृक्ष की टहनी पकड़ी अर्थात् अयथार्थ को सब कुछ मानता रहा।

विष्णुः — सेवस्व लोकैकहितैषिणं त्वं
नूनं महर्षे ! परमात्मसंज्ञम्॥

विष्णु — हे महर्षि! लोक के एकमात्र हितैषी परमात्मा की ही आप सेवा करें।

नारदः — श्रेयस्करं सर्वजनाय किंचित्
नार्याः परं तत्त्वमहं न मन्ये।

नारद — सबके लिए कल्याण कारक तत्त्व नारी से बढ़कर मैं किसी और को नहीं मानता हूँ।

विष्णुः — नामापि पापं दहतीह लोके
नारायणे तेऽस्तु मनोभिलाषः।

विष्णु — जिसका नाम तक पाप को भस्म कर देता है, उस नारायण को प्राप्त करने में आप अपना मन लगावें।

नारदः — ध्यानेन यस्या निरयोऽप्यभद्रः
सुखदायकः, सा वनिताभिरामा॥

नारद — यह उत्तम नारी ही है कि जिसका ध्यान करने से अमंगल नरक तक सुखदायक हो उठता है।

प्रभो ! नाहमधिकं प्रवंचनीयः। देहि मे स्वरूपं, येनाहं सुषमावतीं त्रिलोकमोहनीं मोहिनीमाक्रष्टुं शक्नुयाम्। क्षन्तव्योऽहम्।

प्रभो! मुझे अब और न बहकाइए। मुझे अपना रूप दीजिए, जिससे प्राकृतिक शोभाशालिनी त्रिलोक को मोहित करने वाली मोहिनी को अपनी ओर खींच सकूँ। मुझे क्षमा करें।

विष्णुः — यद्येष एव तेऽभिलाषो नय रूपपात्रमिदम्,

विष्णु — यदि आपकी यही इच्छा है तो इस रूप के

यस्य जलेन प्रक्षालिते मुखे साक्षाद्धरिरूपं प्राप्स्यसि।

नारदः — अनुगृहीतोऽहम्।

[भज नारायणमथवा नारीं, नारीं भज तर संसारम्, इति गायन् प्रचलति।]

पटपरिवर्तनम्

[शिवगणौ पथि सम्प्राप्तौ नारदं नमस्कुरुतः]

एकः — प्रसन्नतरोऽद्य प्रतीयते भवान्। काचिन्नवा सिद्धिः सम्प्राप्ता किम्?

नारदः — [कमण्डलुं प्रदर्शयन्] सम्प्रति तु रूपमाप्तम्, सिद्धिमपि लप्स्ये। [मुखं प्रक्षालयन् गायति]

लब्धं सुषमाधानम्।
लोकत्रयजययशोनिदानं,
लब्धं सुषमाधानम्॥

शिवगणौ — किन्तल्लब्धं सुषमाधानम्?

नारदः — [मुखं प्रक्षालयन्]

सुकृत्सुधौतं विगतं कार्श्यं कृतमिव कल्पविधानम्।
प्रतीयते शोभा -पूरैरिव सिक्तं मुखमम्लानम्॥

शिवगणौ — नूनं सिक्तं मुखमम्लानम्।

सर्वे— लब्धं सुषमाधानम्॥

नारदः — [पुनर्मुखं मार्जयन्]

द्विर्धौतं मुखमदो विजयते शशिनं रूपनिधानम्।
अतिशय-माया-कलितं हसितं निन्दति निर्झरगानम्॥

शिवगणौ — सत्यं निन्दति निर्झरगानम्।

सर्वे— लब्धं सुषमाधानम्!

नारदः — [मुखं मार्जयन्]

तृतीयवारं धौतं वदनं हरति मदन-महिमानम्।
पश्यति नैवाधुना त्रिभुवनेऽविजितं निजमुपमानम्॥

शिवगणौ — ओहो! विजितं निजमुपमानम्।

बर्तन को ले जाओ जिसके पानी से मुँह धोने पर आप साक्षात् हरिरूप (विष्णु एवं बन्दर) हो जायेंगे।

नारद — अनुगृहीत हूँ।

[नारायण भज अथवा नारी भज कर तर संसार] ऐसा गाते हुए चला जाता है।

पट-परिवर्तन

[रास्ते में नारद को दो शिवगण मिलते और नमस्कार करते हैं]

एक शिवगण — आज आप अधिक खुश लगते हैं। क्या कोई नई सिद्धि प्राप्त हुई है?

नारद — [कमण्डल दिखाते हुए] अभी तो रूप प्राप्त किया है। सिद्धि भी प्राप्त कर लूँगा। [मुँह धोते हुए गाते हैं] मैंने सौन्दर्य का पात्र प्राप्त कर लिया है। ऐसा पात्र कि जिसमें तीनों लोकों को जीतने से प्राप्त होने वाले यश का उपाय विद्यमान है।

शिव के सेवक — क्या वैसा पात्र प्राप्त कर लिया है?

नारद — [मुँह धोते हुए]

एक बार मुँह धोए जाने पर (देखो तो) सारी कृशता दूर हो गई है, मानो कायाकल्प किया हो। ऐसा लगता है कि शोभा से धुला मुँह ताजा हो चुका है।

शिवगण — निश्चित रूप से मुँह ताजा हो गया है।

सब लोग — सौन्दर्य का पात्र पा लिया है।

नारद — [फिर मुँह धोते हुए] दुबारा धोने पर यह मुँह रूपशाली चाँद को जीत रहा है। अतिशय जादुई हास्य झरने के गीत को तिरस्कृत कर रहा है।

शिव. — सचमुच झरने के गान को तिरस्कृत कर रहा है।

सब लोग — सौन्दर्य का पात्र पा लिया है!

नारद — [मुँह धोते हुए]

तीसरी बार मुँह धोने पर वह काम की महिमा को मिटाने में समर्थ हो गया है। आज मेरे मुँह के सामने कोई उपमान बिना हारे नहीं दिखाई देता है।

शिवगण - आपने उपमान को जीत लिया है।

सर्वे — लब्धं सुषमाधानम् ॥

शिवगणः — साक्षाद्धरिरेव संजातो भवान्।

नारदः — अथ किम्! अस्तु गन्तव्यं शीघ्रं मया मोहिनी-स्वयंवरे, यत्र तयाद्यावश्यमेव वरणीयोऽहम्।

शिवगणः — भवन्तं विहाय नान्यं वरिष्यते सेति निश्चप्रचम्, परं भवांस्तु कामविजयी मुनिः।

नारदः — मुनित्वं पंचत्वं गतमधुना।
भज भज नारीं भज भज ललनां
ललनां भज तर संसारम्॥

[इति गायन्नारदस्तमनुसरन्तौ शिवगणौ च प्रस्थिताः सर्वे।]

पटपरिवर्तनम्

स्थानम् — रंगशाला

[मोहिनी-पाणिग्रहणोत्सुका युवान आसनाधिरूढा दृश्यन्ते]

राजा - देशदेशान्तरादागता विवाहोत्सुका महानुभावाः! स्वागतं भवतां विज्ञाप्यते च मदीय-दुहिता मोहिनी जयमालहस्ता भवत्सन्निधौ समुपस्थितास्ति। प्रतीक्षणीयं कस्तया दिगन्तव्याप्तकीर्त्या व्रियते [वन्दिजनम् प्रति] समुपस्थितस्य युवजनस्य परिचयो राजकुमार्यै प्रदीयताम्।

वन्दी — यथाज्ञापयति देवः [सुतललोकाधिपं निर्दिश्य] सुतललोकशासको गुणैः सार्थकतां नीतं नामधेयं दधानः सुकीर्तिर्महाराजाधिराजः।

[मोहिनी क्षणं स्थित्वाऽग्रे सरति]

वन्दी — श्रीमान् प्रभारमणः किन्नराधिपतिः।

[मोहिनी प्रचलत्यग्रे]

वन्दी — स्वनामधन्यः श्रीमान् श्रीशचन्द्रः कुरुराजः। [मोहिनी पूर्ववदग्रे व्रजति]

वन्दी — चोलराजः श्रीमान् कोषनन्दनः।

सब लोग - सौन्दर्य का पात्र मिल गया है।

शिवगण - आप तो साक्षात् हरि ही हो गये।

नारद - और क्या! हाँ, अब मुझे मोहिनी के स्वयंवर में जाना है जहाँ वह मेरा वरण अवश्य करेगी।

शिवगण - यह ध्रुवसत्य है कि वह आपको छोड़कर अन्य किसी का वरण नहीं करेगी! किन्तु आप तो कामविजयी मुनि हैं।

नारद - अब मुनित्व स्वर्ग सिधार गया है।
नारी का अब भजन करो।
भजकर जग को पार करो।

[इस तरह गाते हुए नारद और उनके पीछे वे दो शिवगण सभी वहाँ से प्रस्थित होते हैं]

पट-परिवर्तन

स्थान — रंगशाला

[मोहिनी से विवाह करने को उत्सुक युवजन आसनों पर दिखाई देते हैं]

राजा — देश-देशान्तर से आए हुए महानुभावो! आपका स्वागत है और निवेदन किया जाता है कि मेरी पुत्री मोहिनी आपके सामने जयमाला हाथ में लेकर उपस्थित हुई है। प्रतीक्षा करें कि जिसका यश दूर दूर तक फैला है, वह आज किसका वरण करती है। [वन्दी से] उपस्थित नवयुवकों का परिचय राजकुमारी को दिया जाय।

वन्दी — जैसी आपकी आज्ञा [सुतल लोक के स्वामी को लक्ष्य कर] ये सुतल लोक के शासक गुणों से अपने नाम को सार्थक बनाने वाले सुकीर्ति महाराजाधिराज हैं।

[मोहिनी थोड़ी देर ठहर कर आगे बढ़ती है]

वन्दी — किन्नरों के अधिपति श्रीमान् प्रभारमण।

[मोहिनी आगे बढ़ती है]

वन्दी — स्वनामधन्य कुरुराज श्रीमान् श्रीशचन्द्र।

[मोहिनी पहले की तरह आगे बढ़ती है]

वन्दी - चोलदेश के राजा श्रीमान् कोषनन्दन।

[मोहिनी यथापूर्वमाचरति]

वन्दी — अलकाधिपतिर्महिममंडितः श्रीचंचरीकः।

[मोहिनी क्षणं विरम्य प्रचलति]

वन्दी — श्रीमान् स्वर्णकेशो गन्धर्वाधिपतिः।

[एवं वन्दी कतिपयानामन्येषां नामादिकं निवेदयति मोहिनी च तिर्यग्दृष्ट्या विलोक्याग्र एव प्रचलति चातिक्रान्तेषु राजसु वैवर्ण्यमुत्पादयन्ती।]

वन्दी — [शिवगणावुद्दिश्य] **शिवगणावमू अद्य विवाहाकाङ्क्षया समागतौ।**

एकः शिवगणः — नावां विवाहाकाङ्क्षिणौ मोहिन्याः पाणिग्रहीतुकामं नारदर्षिं पुरस्कृत्यागतौ।

द्वितीयो गणः — अद्यावधि निर्बन्धस्य मुनेर्गार्हस्थ्यं साधयितुं सम्प्राप्तौ।

नारदः — ममाप्येतद्वनं नन्देदभिलाषोऽधुना शुभे!
त्वमेवैकाकिनी तत्र कूजेरानन्ददायिनी॥

[जयमालाकाङ्क्षया स्वग्रीवामग्रेकरोति, दृष्ट्वा मोहिनी परावर्तते भीतैरीक्षणैश्च पश्यति]

नारदः — [सस्मितम्]

मा भैषीर्हरिरूपोऽहं परं नैव हरिः स्वयम्।
स्नेहयोग्योऽस्त्ययं भद्रे ! श्रद्धेयं यं हि मन्यसे॥
साक्षिणौ स्तः शिवगणौ मुखं सम्मार्ज्य वारिणा।
रूपमेव मया प्राप्तं न चेशत्वं कदाचन॥

शिवगणौ — (विहस्य) **दर्पण एव वदति सर्वरहस्यम्।**

[नारदाग्रे दर्पणं स्थापयतः]

नारदः — [स्वरूपं दृष्ट्वा मुहूर्तं स्तब्धस्ततपश्चात्क्रुद्धः शपते]

कपिरूपं प्रदायैवं हरिणाहं प्रवञ्चितः।
मूर्खतामुपनीतश्च तस्याऽसौ फलमाप्नुयात्॥
नार्याः कृते भृशं दुःखं लभेत नरजन्मनि।
दत्तं मे कपिरूपं किं कपिष्वेव वसेद्धरिः॥

[मोहिनी यथापूर्व आचरण करती है।]

वन्दी — महिमावान् अलकाधिकारी श्रीचंचरीक।

[मोहिनी एक क्षण रुककर चलती है]

वन्दी — श्रीमान् स्वर्णकेश जो गन्धर्व देश के राजा हैं।

[इस तरह वन्दी कुछ अन्य नामधारियों को दिखाता है और मोहिनी तिरछी दृष्टि से देखकर आगे बढ़ती है तो उनमें एक उदासी छा जाती है]

वन्दी — [शिवगणों को दिखाकर] **ये शिवगण आज विवाहाकांक्षा से उपस्थित हैं?**

एक शिवगण — हम विवाहाकांक्षी नहीं हैं। हम तो मोहिनी से विवाह करने की इच्छा वाले ऋषि नारद को लेकर आए हैं।

दूसरा शिवगण — आज तक बन्धनहीन मुनि को गृहस्थी बनाने आए हैं।

नारद — हे कल्याणी! मेरी इच्छा है कि मेरा भी वन गूँज उठे और अकेली तुम्हीं उसमें आनन्ददात्री होकर कूजती रहो। [जयमाला की इच्छा से अपने गले को आगे करता है, देखकर मोहिनी तत्काल ही पीछे हट जाती और डरी हुई दृष्टि से देखती है]

नारद — [हास्य के साथ] **डरो मत। मैं हरि रूप हूँ, किन्तु साक्षात् हरि नहीं हूँ। भद्रे! जिसे तुम श्रद्धायोग्य मान रही हो, वह प्रेम करने योग्य है। ये शिवगण साक्षी हैं कि पानी से मुँह धोकर मैंने हरि (1. विष्णु 2. बन्दर) का रूप ही प्राप्त किया है, उनके ईश्वरत्व को नहीं।**

शिवगण — (मुस्कराते हुए) **आइना ही सारा रहस्य खोले देता है।**

[मुस्कराते हुए नारद के सामने आइना रख देते हैं]

नारद — [अपने रूप को देखकर एक क्षण स्तब्ध होकर पीछे क्रुद्ध होकर शाप देते हैं]

बन्दर का रूप देकर विष्णु ने मुझे ठगा है और मुझे मूर्ख बनाया। उसका फल उसे मिले - मनुष्य योनि में जन्म लेकर विष्णु नारी को लेकर बड़े दुःखी होंगे। मुझे उन्होंने

(शिवगणावुद्दिश्य) :

गोपयित्वा रहस्यं यद्युवाभ्यामुपहासितः।
राक्षसावधमौ भूत्वा विचरेतं महीतले॥

पटाक्षेपः

[नेपथ्ये]

विष्णुः शापवशाज्जातो रामो दाशरथिस्तदा।
सीताहरणशोकार्तो वानरैरभिसेवितः॥
रावणः कुम्भकर्णश्च जातौ शिवगणौ तथा।
विजितौ कपिभिर्यातौ बलिनावुपहास्यताम्॥

बन्दर क्या बनाया, बन्दरों के बीच ही वे रहें।

शिवगणों को लक्ष्य कर — रहस्य को छिपाकर तुम लोगों ने मेरा जो उपहास किया, उसके बदले नीच राक्षस होकर तुम धरती पर विचरण करो।

पटाक्षेप

[नेपथ्य में]

तब शाप के कारण विष्णु दशरथ-पुत्र राम हुए; सीता-हरण के कारण शोकाकुल रहे और वानरों के बीच विराजमान रहे। शिवगण रावण-कुम्भकर्ण हुए जो बली होते हुए भी बन्दरों से विजित होकर उपहासास्पद बने।

राजदूतम्

प्रथमं दृश्यम्

[**स्थानम्** — हिमाच्छादितः कैलासाद्रिः। भगवान् शंकरः पार्वत्या सहाधिष्ठितो दृश्यते। दूरतः घंटानादः स्तोत्राणि च श्रूयन्ते। केनचिद् भक्तेन ताण्डवनृत्यमपि कर्तुं शक्यते।]

पार्वती — भगवन् ! क्षम्यतां मद्धार्ष्ट्यम्। अहं पुनर्ज्ञातुमसमर्थास्मि यत्कथं सर्वसमर्थ आर्यपुत्रो भारत-वासिभिः सश्रद्धं संपूजितोऽपि तेषामाश्रयस्थलं भारतवर्षं रक्षितुमसावधान इव प्रतीयते।

शिवः — किं पृच्छसि ? यथापूर्वमेवाचरितं मयात्रापि।

पार्वती — तत्कथम् ?

शिवः — पूर्वमपि लंकावासिभ्यां रावण-कुम्भकर्णाभ्यां भारत-वर्षं धर्षितम्, तदा किं कृतं मया ? का कथा भारतस्य, स रावणोऽस्मदीयं गृहमिमं हिमालयमपि महामत्स्यः श्वेतसरसिजमिव व्यधुनोत्। आह! अद्यापि हर्षयति मे हृदयं तदा ससंभ्रमं भुजमध्य-गताया भीतायास्ते तदालिंगनम्। अपि विस्मृतं त्वया ?

पार्वती — स्मरामि......भविष्याम्यहमत्यधिकं खिन्ना रोषं विहाय हर्षमाकलयन्तं भवन्तं दृष्ट्वा। कथमेवंविधपापानां पालने प्रवृत्तिर्भवत इति महदाश्चर्यम्।

शिवः — नात्र कश्चिद्धेतुराश्चर्यस्य। शिवोऽह-माशुतोषः। यः कश्चिदपि मम शरणमागच्छेच्छिवं तस्य स्यात्। वामेदेवोऽहं सर्वसमर्थोऽपि निमित्तमपेक्षे। यथा भारतीयास्तथा रावण-कुम्भकर्णादयोऽपि मे भक्ताः। भक्ता भक्तेषु

प्रथम दृश्य

[स्थान — हिममण्डित कैलास। भगवान् शंकर पार्वती के साथ बैठे दिखाई देते हैं। दूर से घंटावादन ध्वनि और स्तोत्र सुनाई देते हैं। किसी भक्त द्वारा ताण्डव नृत्य भी किया जा सकता है]

पार्वती — भगवन्! मुझे धृष्टता के लिए क्षमा करें। मुझे समझ में नहीं आता है कि आप सर्वसमर्थ हैं और भारतवासी आपको श्रद्धापूर्वक पूजते भी हैं। फिर भी आप भारतवर्ष की रक्षा करने में असावधान-से लगते हैं।

शिव — क्या पूछती हो! मैंने यहाँ भी पहले की तरह आचरण किया है।

पार्वती — वह कैसे ?

शिव — पहले भी लंकावासी रावण-कुम्भकर्ण ने भारतवर्ष को रौंद दिया था। भारत की बात तो दूर रही, उस रावण ने मेरे घर बने इस हिमालय को उसी तरह हिला दिया था जैसे एक बड़ी मछली श्वेत कमल को। आह! तब डरकर सहसा मेरी भुजाओं के बीच आकर तुमने जो आलिंगन किया था, उसका स्मरण कर आज भी मेरा हृदय उत्फुल्ल हो उठता है। क्या तुम भूल गई हो ?

पार्वती — मुझे याद है.... तब मैं इस बात से अत्यधिक खिन्न हुई थी कि आप क्रोध करना छोड़कर खुश हो रहे हैं। आप ऐसे पापियों को पालने लगते हैं - इससे बड़ा आश्चर्य होता है।

शिव — इसमें आश्चर्य का कोई कारण नहीं। मैं शीघ्र तुष्ट हो जाने वाला शिव हूँ। जो कोई भी मेरी शरण में आवे, उसका भला हो। मैं सर्वसमर्थ वामदेव हूँ, फिर भी मुझे निमित्त चाहिए। जैसे भारतीय उसी तरह रावण-कुम्भकर्णादि मेरे भक्त हैं। भक्त भक्तों

प्रहरन्ति चेत्के रक्ष्या के वा विनाश्या इति निर्णेतुमशक्यम्।

पार्वती — किं चाउमाऊ अपि ते भक्तौ ?

शिवः — [सहासम्] कथं तथाकथित वादविवादिनौ मम भक्तौ स्याताम् ?

पार्वती — तर्हि कथं नावरुद्धौ तावार्यपुत्रेण भारतमाक्रामन्तौ ?

शिवः — साध्वि! रहस्यमेतद्यद्धरिं विना हरोऽहं, मां विना च हरिः न किंचिदपि कर्तुं शक्नुवः। हरी रामरूपो यदा रामेश्वरं पूजयामास, तदैव लंकां जेतुं शशाक। न शिवेन विना विष्णुर्न च विष्णुं विना शिवः।

पार्वती — एवम् साहाय्यमपेक्षते भवान्!

शिवः — नूनम् , यदेश्वरो हरिः प्रहरी भूत्वा सहायतां मे कुर्यात्, तदोत्तरतः कैलासस्थोऽहं हरः शत्रून्नाशयिष्यामीति ध्रुवम्।

पटाक्षेपः

द्वितीयं दृश्यम्

[स्थानम् — काष्ठमण्डपस्थस्य राजदूतावासस्य प्रांगणम्। एकस्यामासन्द्यां श्रीमती लीला, अन्यस्यां राजदूतः श्रीमान् हरीश्वरदयालुश्च समासीनौ दृश्येते।]

लीला — गतवर्ष एकाकिन्या मया तुलाचलाधिरोहणं कृतम्। राजकार्येऽत्यर्थं व्यापृतत्वात्तदा भवान् काष्ठमण्डप एव स्थितः। अस्मिन्वर्षे त्ववश्यमेव भवता सहैव सागर-माथागिरि-शिखरमधिरोढुमवसरं लप्स्य इत्याशासे।

हरीश्वरः — आशा ते समुचितैव, किन्तु राजदूतोऽहं नान्यत्र गमनं मदीयं समीचीनम्।

लीला — नैपालस्यैव राजदूतस्त्वम्, नेपाल एव भ्रमणं मया प्रस्तुतम्।

हरीश्वरः — परम्..................।

लीला — कथमवरुद्धोऽसि ?

पर प्रहार करें तो किन की रक्षा करूँ और किन का विनाश, यह निर्णय नहीं किया जा सकता।

पार्वती — क्या चाऊ-माऊ भी आपके भक्त हैं ?

शिव — [हँसी के साथ] तथाकथित वादों के झमेले में पड़े कैसे मेरे भक्त हो सकते हैं ?

पार्वती — तो भारत पर आक्रमण करते हुए उन्हें आपने क्यों नहीं रोका ?

शिव — पतिव्रते! रहस्य यह है कि हरि के बिना मैं हर और मेरे बिना हरि, कुछ भी करने में असमर्थ हैं। राम रूप में हरि ने जब रामेश्वर की पूजा की, तभी वे लंका को जीत सके, शिव के बिना विष्णु नहीं और विष्णु के बिना शिव नहीं।

पार्वती — अच्छा, तो आपको सहायक चाहिए ?

शिव — अवश्य, जब भगवान् हरि प्रहरी बनकर मेरी सहायता करें तब कैलासस्थित मैं उत्तर से आक्रान्ता शत्रुओं को नष्ट कर दूँगा- यह सुनिश्चित है।

पट-परिवर्तन

द्वितीय दृश्य

[स्थान — काठमांडू में राजदूतावास का आँगन। एक कुर्सी पर श्रीमती लीला, दूसरी पर राजदूत श्रीमान् हरीश्वरदयाल बैठे हुए दिखाई देते हैं।]

लीला — गतवर्ष मैंने अकेले ही तुलाचल की चढ़ाई पार की। राजकार्य में अत्यधिक व्यस्तता के कारण आप तब काठमांडू ही ठहरे। इस वर्ष तो अवश्य ही आपके साथ एवरेस्ट की चोटी पर चढ़ने का अवसर प्राप्त करूँगी, ऐसी आशा है।

हरीश्वर — आशा तो तुम्हारी उचित ही है, परन्तु मैं राजदूत हूँ। मेरा कहीं अन्यत्र जाना ठीक नहीं है।

लीला — तुम नेपाल के ही तो राजदूत हो। नेपाल के ही भ्रमण का मैंने प्रस्ताव रखा है।

हरीश्वर — किन्तु..........

लीला — रुक क्यों गये ?

हरीश्वरः — कार्याधिक्यमस्ति। न हि क्षणमपि स्वकार्यभारमपरेषु सन्निवेश्याहं स्वसुखाय स्पृहये। अन्यथा त्वं तु जानास्येव पर्वतशोभालुब्धं मे मानसम्।

हरीश्वर — काम अधिक है। अपना काम दूसरों पर थोपकर मैं एक क्षण भी अपने सुख की इच्छा नहीं करता हूँ। नहीं तो तुम जानती ही हो कि मेरा किस तरह पहाड़ की शोभा का लालची हृदय है।

लीला — कथन्नैव। तेनैव त्वया कूर्म्माचल-प्रदेशस्य रानीखेताख्ये रमणीये स्थाने सुशोभनं भवनं क्रीतम्, यत्रारुणोदयादारभ्यासायं भगवान् भास्करः हिमालयं नैकरूपै र्नानावर्णैश्चालंकुर्वन्नस्तमेति, रात्रौ च चीरदेवदारु - द्रुमान्तराल - विवरै र्ज्योत्स्ना गतागतं करोति।

लीला — क्यों नहीं। तभी तो तुमने कूर्माचल स्थित रानीखेत नगर में एक सुन्दर घर खरीदा, जहाँ अरुणोदय से लेकर शाम तक भगवान् सूर्य हिमालय को अनेक रूपों तथा रंगों से सजाते हुए अस्त होते हैं और रात में चाँदनी चीड़ और देवदार के बीच के छिद्रों से आती-जाती रहती है।

हरीश्वरः — प्रिये ! इच्छत्येष जन एतेषु पर्वतशिखरेष्वेवोषित्वा राष्ट्रसेवां विदधीत। अधुना च नाधिकमुपेक्षितव्या उत्तरस्था हिमधवला अधित्यकाः।

हरीश्वर — प्रिये! मैं चाहता हूँ इन पहाड़ों की चोटियों पर ही निवास कर राष्ट्रसेवा करूँ। और अब उत्तर दिशा स्थित हिमश्वेत पठारों की और अधिक उपेक्षा की भी नहीं जानी चाहिए।

लीला — किन्तु कथं सुकरः स्यात्तत्र वासः ? कथं पूरणीया दैहिकापेक्षा। मुनिवृत्त्याऽपि तत्र सदा स्थातुं न शक्यते।

लीला — परन्तु वहाँ रहना कैसे संभव हो ? दैहिक आवश्यकताओं की पूर्ति कैसे हो ? मुनिवृत्ति से भी वहाँ सदा नहीं रहा जा सकता।

हरीश्वरः — आम् , यावद्देहं प्राणालम्बनाभावा मानवानां गतिं बाधन्त एव।

हरीश्वर — हाँ, जब तक शरीर है, तब तक प्राणधारक तत्त्वों के अभाव मनुष्यों की गति को अवरुद्ध कर ही लेते हैं।

लीला - [किञ्चित्खिन्ना] मासार्थमपि पर्वतेषु भ्रमणं त्वं नानुमन्यसे, तत्किमर्थमसौ चिरन्तनवासस्य कल्पना ?

लीला — [कुछ खिन्न होकर] पहाड़ों में एक माह का घूमना तो तुम्हें स्वीकार नहीं है। तब यह चिरन्तन वास की कल्पना किसलिए ?

हरीश्वरः - [हस्तेन लीलायाः शिरः स्पृशन्] रुष्टासि ? प्रसीद। चलिष्याम्यहमपि [किंचिद्विचार्य] सीम्नो निरीक्षणं मयाऽपि कर्तव्यम्। एकः पन्थाः कार्यद्वयं साधयिष्यति।

हरीश्वर — [हाथ से लीला के सिर को सहलाते हुए] रुष्ट हो गई हो ? खुश हो जा। मैं भी चलूँगा। [कुछ सोचकर] सीमा का निरीक्षण मुझे भी करना ही है। एक पंथ दो काज।

लीला - [प्रसन्नानना] कीदृक् भद्रोऽसि दयित!
गमिष्यामि गमिष्यामि भर्त्रा सह हिमालयम्।
भरिष्यामि भरिष्यामि हिमवातैः कलेवरम्॥
हसिष्यामि हसिष्यामि पतिं दृष्ट्वा श्रमाकुलम्।
हरिष्यामि हरिष्यामि तस्य श्रान्तिं निरन्तरम्॥

पट-परिवर्तनम्

लीला — [प्रसन्नमुख] प्यारे! कितने अच्छे हो।
मैं पति के साथ हिमालय यात्रा पर जाऊँगी, जाऊँगी।
शीतल पवन से शरीर का भरण करूँगी, करूँगी।
पतिदेव को थके पाकर हँसूँगी, हँसूँगी।
निरंतर उसकी थकान को मिटा दूँगी, मिटा दूँगी।

पट-परिवर्तन

तृतीयं दृश्यम्

[**स्थानम्** — गोरक्ष्य-क्षेत्रम्। लीलाहरीश्वरौ पर्वतमारोहन्तौ दृश्येते।]

हरीश्वरः — श्रान्तोऽस्मि। शिखर-सम्प्राप्तिः संदिग्धा। निर्वतनीयम्।

लीला — नैव प्रिय! आसन्नमेवावयोर्गन्तव्यम्। यत्रावां स्थितौ स्वः, ततो निवर्तनं न सम्भवति। अग्र एव गन्तव्यमधुना। साहसिकेन त्वया भाव्यम्। किञ्चिद्भुक्त्वा पीत्वा गतक्लमो भविष्यसीति मन्ये [स्वानुचरमभिलक्ष्य] **गोविन्द! गोविन्द!** [किञ्चित्खिन्ना] **न जाने कियद्दूरं पश्चात्सोऽस्ति, क्षणमत्र विरम, अहं चास्य पर्वतस्यापर- पार्श्वतस् तमाकारयामि। अद्य ग्राह्यं निखिलं पाथेयं स एवावहति** [इत्युक्त्वा सा प्रयाति, अपरपार्श्वतो यतिरेकः प्रविशति]।

यतिः — अपि महामनसो भारतीय-राजदूता भवन्तः ?

हरीश्वरः — सम्यग् ज्ञातं भवद्भिः।

यतिः — अपि निरुह्यते-दूतकर्म सम्यक् ?

हरीश्वरः — यथाशक्ति प्रयतेऽहं।

यतिः — किन्तु.........।

हरीश्वरः — कथमवरुद्धाः श्रीमन्तः ?

यतिः — काष्ठमण्डपे स्थित्वा नेपाले क्रियमाणान्य-खिलानि कर्माणि न निष्पाद्यन्ते भवद्भिः।

हरीश्वरः — कथमिदम् ?

यतिः — नेपालस्योत्तरस्यां सीमायां किं किमाचर्यते शत्रुभिरिति न सम्यग्ज्ञातुं शक्यते काष्ठमण्डपतः। शत्रवो निर्विरोधं नेपाल-सीमान-मुल्लंघ्य भारतमाक्रमितुं शक्नुवन्ति।

हरीश्वरः — नैवंविधा काचिद् वार्ता नेपाले श्रूयते।

यतिः — अनल्पसाधनमपि भारत-गणराज्यं न जानाति चेत्, कथं स्वल्पसाधनं नेपालराज्यमवगच्छेत् सर्वमेतत् ?

तीसरा दृश्य

[स्थान — गोरखा क्षेत्र। लीला और हरीश्वर पहाड़ चढ़ते हुए दिखाई देते हैं]

हरीश्वर — थक गया हूँ। चोटी पर शायद ही चढ़ पाऊँ। लौट चलें।

लीला — नहीं प्यारे! हमारी मंजिल समीप ही है। जहाँ हम स्थित हैं, वहाँ से लौटना असम्भव है। अब आगे ही बढ़ना है, तुम हिम्मत करो। मेरा विचार है कि कुछ खा-पीकर थकान मिट जायेगी। [अपने सेवक को लक्ष्य कर] **गोविन्द! गोविन्द!** [कुछ खिन्न] **न जाने कितना पीछे वह है, ज़रा ठहरो। मैं इस पहाड़ के दूसरे भाग से उसे बुलाती हूँ। आज का सारा यात्रा-खाद्य वही ढो रहा है।** [ऐसा कहकर वह चल देती है। दूसरी ओर से एक यति प्रवेश करता है]

यति — आप क्या महामान्य भरतीय राजदूत हैं ?

हरीश्वर — आपने ठीक समझा है।

यति — क्या आप अपने दूतत्व को अच्छी तरह निभा रहे हैं?

हरीश्वर — यथाशक्ति प्रयत्न कर रहा हूँ।

यति — किन्तु.......।

हरीश्वर — आप रुक क्यों गये ?

यति — काठमांडू में रहकर नेपाल में किये जाने योग्य सभी काम आप सम्पन्न नहीं कर पा रहे हैं।

हरीश्वर — यह कैसे ?

यति — शत्रु नेपाल की उत्तर सीमा पर क्या-क्या कर रहे हैं - यह काठमांडू रहकर जाना नहीं जा सकता है। शत्रु नेपाल सीमा का बिना विरोध उल्लंघन कर आक्रमण कर सकते हैं ?

हरी. — ऐसी कोई बात नेपाल में नहीं सुनी जाती है।

यति — बहु-साधनसम्पन्न भारतगण राज्य यदि नहीं जानता है तो विरल-साधन नेपाल यह सब कैसे जाने!

हरीश्वरः — किं क्रियेत। सिंहानां गतिरवलोक्यते न तु मूषिकाणाम्।

यतिः — यथास्थानमवस्थितिश्चेत्साऽपि निरीक्षितुं शक्यते। अन्यदेशेषु संचारसाधनसम्पन्नेषु दौत्यं न तथा दुष्करं यथात्र साधन-विरले गिरिगह्वरबहुले नेपाले।

हरीश्वरः — अथ किमादिशन्ति श्रीमन्तो माम् ?

यतिः — काष्ठमण्डपं विहाय सागरमाथा-गिरौ स्वावासो विधेयः, यत्र स्थित्वा पूर्वं नेपालं पश्चाद् भारतमाक्रमितुकामानां शत्रूणां गतिविधिं भवन्तोऽवगच्छेयुः। नेपालस्य रक्षापि भारतस्य पवित्रं कृत्यमस्तीति भारतस्य प्रधानमन्त्रिणा बहुवारं समर्थितम्।

हरीश्वरः — तत्तु सत्यमस्ति। यथा नेपालीया भारतस्य रक्षार्थं कटिबद्धास्तथैव भारतीया नेपालं रक्षितुं कृतपणाः सन्ति, परं नेपाले भारते वा कुत आशङ्क्यत आक्रमणम् ?

यतिः — नैतच्चित्रं शत्रवः कुतोऽपि नेपालमाक्रामेयुः। न ते जानन्ति यन्नेपालीया भारतीयाश्च परस्परमेवं संबद्धा यन्न काचिच्छक्तिस्तान् पृथक्कर्तुं शक्नोति। भारतमाक्रमितुं ते प्रथमं नेपाल-प्रदेशतो मार्ग-मेषिष्यन्ति। नेपालीयाश्च...........।

हरीश्वरः — यावज्जीवनं मार्गं न दास्यन्ति भारतमाक्रमितुमिति मे दृढा मतिः।

यतिः —तदा तेषां प्रथममाक्रमणं नेपाले भविष्यति, अत एव मयोक्तं सागरमाथागिरौ स्वावासं विधातुम्।

हरीश्वरः — कथं स्थीयते तत्र ? हिमान्यां किं भविष्यति शरीरधर्मणाम् ?

यतिः — मनसा संनद्धा भवन्तु भवन्तः। कैलासाधिपतिः शंकरः सर्वं साधयिष्यति [किञ्चिद् विहस्य]

हरीश्वर — क्या किया जाय ? शेरों का आवागमन देखा जा सकता है, चूहों का नहीं।

यति — यदि ठीक स्थान पर वास हो तो वह भी देखा जा सकता है। संचार-साधनों की जहाँ सुलभता हो, उन अन्य देशों में दूतकर्म उतना कठिन नहीं, जितना कि पर्वत-कन्दराओं वाले अल्पसाधन इस नेपाल में।

हरीश्वर — अच्छा, आपका क्या आदेश है ?

यति — काठमांडू छोड़कर सागरमाथा (एवरेस्ट) की चोटी पर अपना डेरा जमाओ, जहाँ रहकर आप पहले नेपाल पीछे भारत पर आक्रमण के इच्छुक शत्रुओं की गतिविधि को जान लें। नेपाल की रक्षा भी भारत का पवित्र कर्तव्य है - यह भारत के प्रधानमन्त्री ने अनेक बार दुहराया है।

हरीहर — वह तो ठीक है। जैसे नेपाल-निवासी भारत की रक्षा के लिए कमर कसे हैं, वैसे ही भारतीय नेपाल की रक्षा के लिए प्रतिज्ञाबद्ध हैं; पर नेपाल या भारत पर कहाँ से आक्रमण की आशंका है ?

यति — शत्रु कहीं से भी नेपाल पर आक्रमण करें तो इसमें आश्चर्य नहीं। वे यह नहीं जानते हैं कि नेपाली और हिन्दुस्तानी इस तरह परस्पर सम्बद्ध हैं कि कोई शक्ति उन्हें अलग नहीं कर सकती है। वे भारत पर आक्रमण करने के लिए नेपाल से रास्ता माँगेंगे और नेपाली जनता....

हरी० — प्राणों के रहते कभी भारत पर आक्रमण करने के लिए रास्ता नहीं देगी — ऐसा मेरा विश्वास है।

यति — तब उनका पहला आक्रमण नेपाल पर होगा। इसीलिए मैंने कहा कि सागरमाथा पर अपना डेरा जमाओ।

हरीश्वर — वहाँ कैसे रहा जा सकता है जहाँ हिम ही हिम हो ! वहाँ शरीरधारी क्या करेंगे ?

यति — आप मन से तैयार हो जायँ। कैलासपति शंकर सब बना लेंगे। [कुछ मुस्कराते हुए] उन्हीं भगवान्

तस्यैव भगवत इयमाज्ञास्ति [इत्युक्त्वा यतिरन्तर्धत्ते]।

हरीश्वरः — 'मनसा सन्नद्धा भवन्तु। कैलासाधिपतिः शङ्करः सर्वं साधयिष्यति।' कथं कोऽपि, जीवितः सागरमाथाचले निवसेत् !
[राजदूतो विचारपरतां नाटयति, गोविन्देन सह प्रविशति लीला।]

लीला — [ध्यानपरं प्रियमुद्दिश्य] **अपि श्रान्तोऽस्यधिकम् ?**

हरीश्वरः — [प्रकृतिस्थः] **नैव, स्वस्थोऽस्म्यधुना।**

लीला — गृहाणैतानि भोज्यानि पेयं च। अचिरादेव म्लानतां हास्यसि [अन्नपानादिकं ददाति] **घटिकामात्रं दिनमवशिष्टमस्ति। अत्रैवाद्य दूष्याणि** [तम्बू] **नियोजनीयानि** [लीलाया आदेशानुसारेणानुचरा दूष्याणि नियोजयन्ति। आतपविगलितहिमान्तरालात्शीर्णकंचुकादिवाचलांगानि दृष्टिपथमायान्ति]।

हरीश्वरः — लीले ! अस्तं गच्छतो भास्करस्यान्तिमैः किरणैः कीदृशीमनुपमां शोभां तनुते हिमबहुलोऽसौ प्रदेशः। प्रतीयते नियतिः स्वदैनिकाट्टहासमुपसंहरतीति।

लीला — मम मनस्तु दर्शं दर्शमेतद्दृश्यं नरीनृत्यते।

हरीश्वरः — कथं मन एव ? त्वं तु नृत्यकलानिपुणासि मल्लीले!त्वं स्वयं नृत्यसि, अपरान् नर्तयसि च। मया न कदाचिदपि नृत्यदर्शनेच्छा प्रदर्शिता। अद्याहमपि नृत्यं ते दिदृक्षे। एवं नर्तितव्यं त्वया यदहं त्वत्पादविक्षेपैः सहोत्तरोत्तरं तल्लीनः स्याम्।

[नेपथ्ये गानं श्रूयते। लीला नृत्यति।]

अति रमणीया प्रियता -नगरी।
कदा नयसि मां वद सखि! वद री !

शंकर की यह आज्ञा है [ऐसा कहकर यति अन्तर्धान हो जाता है]

हरीश्वर — 'आप मन से तैयार हो जायँ। कैलासपति शंकर सब बना लेंगे।' कैसे कोई जीवधारी सागरमाथा की चोटी पर बस सकता है!

[राजदूत विचारने लगते हैं। लीला गोविन्द के साथ प्रवेश करती है]

लीला — [विचारमग्न प्रियतम के प्रति] **क्या अधिक थक गये हो ?**

हरीश्वर — [सचेत होकर] **नहीं, मैं ठीक हूँ।**

लीला — ये खाने-पीने की चीजें ले लो। शीघ्र ही ताजगी आ जायेगी। [खाने-पीने की चीजें देती है] **केवल एक घड़ी दिन शेष है। आज यहीं तम्बू लगा लेंगे।** [लीला के आदेशानुसार सेवक तम्बू लगाते हैं। जिन स्थानों पर बर्फ पिघल गई हैं उनसे पहाड़ के भाग उसी तरह दिखाई दे रहे हैं जैसे फटी चोली या कुर्ते से अंग दिखाई दे रहे हों]

हरीश्वर — लीला! अस्त होते हुए सूर्य की अन्तिम किरणों से इस हिमाच्छादित प्रदेश में कैसी अनुपम शोभा छा जाती है। ज्ञात होता है कि नियति अपने दैनिक अट्टहास का उपसंहार कर रही हो।

लीला — इस दृश्य को देख-देखकर मेरा मन नाचने लगता है।

हरीश्वर — मन ही क्यों ? मेरी लीले! तुम तो नाचने की कला में निपुण हो। तुम स्वयं नाचती और दूसरों को नचाती हो। मैंने कभी नाच देखने की इच्छा प्रदर्शित नहीं की। आज मैं भी तुम्हारा नाच देखना चाहता हूँ। ऐसा नाच करो कि तुम्हारे पाद-प्रक्षेप के साथ-साथ मैं भी उत्तरोत्तर लीन हो जाऊँ।

[नेपथ्य में गीत सुनाई देता है। लीला नाचती है]

प्रियतम की नगरी अत्यन्त रमणीय है। हे सखि! मुझे वहाँ कब ले जाओगी ? बोल सखी, बोल।

सुपरिचिताहं स्वकीयगेहे, तदीयमहिमा मदीयदेहे।
विहाय जलधिं परांगणेऽसौ,
इतस्ततो धावतीह लहरी॥
यथा कमलिनी विना दिनेशम्,
यथा चकोरी विना निशेशम्॥
विना निवेशं तथाकुलाहं यथा स्थलस्था तृषिता मकरी॥
अति रमणीया प्रियता-नगरी॥

[हरीश्वरो नयने निमील्य स्थितो विकृताकृतिर्दृश्यते]

लीला — किमेवं निमीलितनयनोऽसि?

हरीश्वरः — [शनैः शनैः] श्वासोच्छ्वासौ सवेदनमनुभूयेते।

लीला — [यथोपलब्धैरुपचारैः परिचरति, ज्वरमापकं यन्त्रं राजदूतस्य मुखे संस्थाप्य पलत्रयानन्तरं पश्यति] ज्वरो नास्ति [यन्त्रेण रक्तचापं निरीक्ष्य] सम्यगस्ति, प्रतीयते प्रतिश्याय-पीडितोऽसीति [औषधं पाययति, नासापुटयोः, मस्तिष्के, वक्षस्थले च लिम्पति] अविलम्बं स्वस्थो भविष्यसि। न किञ्चिच्चिन्ताजनकम्।

हरीश्वरः — सत्यमेवोक्तं तेन। प्रस्तुतोऽहमधुना शिखरमारोढुम्।

लीला — केन किमुक्तम्? सर्वथा त्वत्सहायया मया न कश्चिद्दृष्टो येन किंचिदुक्तं स्यात्। व्यथाजनित-विकत्थनमात्रमिदम् [मस्तके करं निधाय] स्वस्थो भूत्वा गिरि-शिखरमप्यारोक्ष्यसि।

हरीश्वरः — [वेदनामनुभवन् विच्छिन्नशब्देषु शनैः शनैः] नाहं शरीरमिदं तत्र प्रापयितुं शक्तोऽस्मि, सभारमस्ति, एनदत्रैव परित्यजामि। न चेदं बुभुक्षितं, तृषितं दिनानि यापयितुं समर्थमस्ति। शैत्यं बाधत एनत्।

लीला — [किंचित्कातरा] किमेतैः प्रजल्पनैः।

हरीश्वरः — अधुनैकाकी निर्वक्ष्यामि राजदूतत्वम्, त्वयापि प्रत्यावर्तनीयमस्मात्स्थानात्। अहं पुनः शरीरं विहायाच्छेद्योऽशोष्योऽदाह्यश्च भूत्वा

मैं अपने घर से सुपरिचित हूँ। मेरे शरीर में उसी की महिमा है। यह छोटी सी लहर समुद्र को छोड़कर दूसरे के आँगन में इधर-उधर भटक रही है।

जिस तरह सूरज के बिना कमलिनी, चाँद के बिना चकोरी तथा भूमि पर रखी हुई प्यासी मछली बेचैन हो जाती है, वैसे ही अपने घर के बिना मैं हूँ।

[हरीश्वर आँखें बन्द कर बैठे अपनी आकृति की रंगत खोते हुए दिखाई देते हैं]

लीला — इस तरह क्यों आँखें बन्द किये हुए हो?

हरीश्वर — [धीरे-धीरे] श्वास लेने और छोड़ने में कष्ट हो रहा है।

लीला — [उपलब्ध उपायों से परिचर्या करती है, ज्वर नापने वाले यन्त्र को राजदूत के मुँह में रखकर तीन पल बाद देखती है] ज्वर नहीं है [यन्त्र से रक्तचाप देखती है] ठीक है। ज्ञात होता है कि सर्दी लग गई है [दवा पिलाती है, नासिकाछिद्रों, सिर तथा वक्षस्थल पर लेप करती है] बहुत शीघ्र स्वस्थ हो जाओगे। चिन्ताजनक कुछ भी नहीं।

हरीश्वर — उन्होंने ठीक ही कहा। अब मैं चोटी पर चढ़ने को तैयार हूँ।

लीला — किसने कहा? मैं तो सदा तुम्हारे साथ रही। मैंने किसी को नहीं देखा कि जिसने कुछ कहा हो। पीड़ाजनित प्रलाप मात्र है यह [माथे पर हाथ रखकर] स्वस्थ होकर पहाड़ की चोटी पर चढ़ोगे।

हरीश्वर — [कष्ट का अनुभव करते हुए धीरे-धीरे टूटे हुए शब्दों में] इस शरीर को वहाँ ले जाने में मैं असमर्थ हूँ। बोझिला है, इसे यहीं छोड़ता हूँ। यह भूखा, प्यासा रहकर दिन व्यतीत करने में असमर्थ है। इसे सर्दी लगती है।

लीला — [कुछ कातर होकर] बन्द करें इन प्रलापों को।

हरीश्वर — अब अकेला राजदूतत्व को निबाहूँगा। तुम भी यहाँ से लौट चलो। मैं शरीर छोड़कर अच्छेद्य, अशोष्य तथा अदाह्य होकर अपने कर्तव्य को पूरा

स्वकर्तव्यं साधयिष्यामि।

लीला — [विलपन्ती] **प्राणपते! अलमेवं प्रलापेन। मा हतोत्साहो भूः। अहं तन्त्रीविहीन-यन्त्रेण काष्ठ-मण्डपस्थं चिकित्सकं पृच्छामि त्वद्रोगस्य विषये।** [हरीश्वरोऽधोमुखोऽवाक् सुप्त इव दृश्यते, लीला पूर्वोक्तं यन्त्रमादाय काष्ठमण्डपस्थेन चिकित्सकेन भाषते] **कोऽस्ति भवान्? चिकित्सकः? अस्वस्थो राजदूतः। श्वासोच्छ्वासयोर्वेदनानुभूयते—ज्वरो नास्ति—रक्तचापः? सम्यगस्ति—शीघ्रमादिश किमौषधं दातव्यम्—समुद्रतलादष्टा-दशसहस्त्र-पादोच्च-प्रदेशे स्थिता अधुना वयं सर्वे—अथ कदापगमिष्यति हृदयव्यथा?** [हरीश्वरमुपगम्य चिकित्स-कादेशानुसारेणौषधं ददाति, ज्वरमवगन्तुं यन्त्रं पुनरपि रोगिणो बाहुमूले स्थापयति, हस्तेनैकेन नाडीं गृहीत्वाऽपरहस्ते धृतां घटिकां विलोकयन्ती चिन्तापरा दृश्यत उत्तरोत्तरम्। सहसा समीरणः सवेगो दूष्यस्यान्तः प्रविशति। हरीश्वरस्य शिरो लीलाया अङ्काद् भूपृष्ठे पतति। लीला भृशं विलपति] **प्राणवल्लभ! किमिदं कृतं त्वया? क्व गतोऽसि मां विहाय? आह! मयात्र चतुर्षु वर्षेषु द्वादश संस्कृतैकाङ्कनाटकानि प्रदर्शितानि। संस्कृतज्ञ-सनाथिते नेपालदेशेऽहं दर्शकानुपलब्धवती, मदीयं रुचिं पुरस्कृत्य त्वं नेपाले न्यवसः, अथ कुतोऽवहेलनाधुना मदभि-लाषस्य? कथमेकाकिनीं मां परित्यज्य स्वर्गसुख-लोलुपो जातः? अदृष्टपूर्वा स्वार्थपरता तवैषा। हा! क्व गतोऽसि? किं करोमि!** [गिरिमुद्दिश्य] **हिमालय! शरणगताया मे कृत ईदृश उपहास-स्त्वया! शंकर! कैलासाधिपते! किमिदं जातम्!**

शंकरः — [शंकरः प्रादुर्भवति] **मा शुचः भद्रे! भारत-नेपालयोः सेवार्थं मयैव तव भर्ता धृतः। कल्पस्व सुप्तेषु सैनिकेषु रात्रौ शत्रव आक्रामन्ति** [पर्वत-श्रेणिभ्यश्शत्रवः शस्त्रास्त्रपाणय आक्रामन्तो

करूँगा।

लीला — [रोती हुई] **प्राणनाथ, इस प्रलाप को बन्द करो। हतोत्साह मत होओ। मैं वायरलैस द्वारा काठमांडू स्थित डॉक्टर से तुम्हारे रोग के विषय में पूछती हूँ।** [हरीश्वर नीचे मुँह किये हुए सोये हुए जैसे मौन दिखाई देते हैं। लीला पूर्वोक्त यन्त्र लेकर काठमांडू स्थित डॉक्टर से बात करती है] **कौन हैं आप? चिकित्सक? राजदूत अस्वस्थ हैं। साँस लेने और छोड़ने में कष्ट होता है.... ज्वर नहीं है.... रक्तचाप? वह ठीक है शीघ्र कहें कि क्या दवा दी जाय.... अब हम समुद्रतल से अठारह हजार फीट ऊँचाई पर हैं.... अच्छा दिल की पीड़ा कब दूर होगी?** [हरीश्वर के पास जाकर चिकित्सक के आदेशानुसार दवा देती है, ज्वर के ज्ञान के लिए यन्त्र को फिर रोगी के बाहुमूल पर रखती है। एक हाथ से नाड़ी पकड़कर दूसरे हाथ पर लगी घड़ी को देखती हुई उत्तरोत्तर चिन्तातुर दिखाई देती है। हवा का झोंका आता है। हरीश्वर का सिर लीला की गोद से धरती पर लुढ़क पड़ता है। लीला अत्यधिक विलाप करती है।] **प्राणप्यारे! यह तुमने क्या किया? मुझे छोड़कर कहाँ गये हो? हाय! मैंने यहाँ (नेपाल में) चार सालों में बारह संस्कृत एकांकियों का मञ्चन करवाया। संस्कृतज्ञों के निवास-स्थल नेपाल में मुझे दर्शक मिले। मेरी रुचि का ध्यान कर तुम नेपाल रहे। अब मेरी इच्छा की यह अवहेलना कैसी? मुझे अकेली छोड़कर स्वर्गसुख के लालची बन बैठे? तुम्हारा यह स्वार्थीपन पहले तो कभी नहीं देखा। हाय! कहाँ चले गये हो? क्या करूँ?** [पहाड़ को लक्ष्य कर] **हिमालय! तूने शरण में आई हुई के साथ ऐसा मजाक किया? शंकर! कैलास के मालिक! यह क्या हुआ?**

शंकर — [शंकर प्रादुर्भूत होते हैं] **भद्रे! शोक मत करो। भारत-नेपाल की सेवा के लिए मैंने ही तुम्हारे पति को ले लिया है। कल्पना करो कि रात में सैनिकों के सोने पर शत्रु आक्रमण करते हैं** [पहाड़ की चोटियों

दृश्यन्ते] यावद् भारतीय-सैनिका अवगच्छेयुस्तावत्ते गिरिशिखरेषु चावस्थिता व्यूहं विरचयितुं शक्नुवन्ति। मया तव भर्ताऽशरीरी कृतः, येनाखिलदेहजनित-बाधाभिरनभिभूतोऽतन्द्रितः स राजदौत्यं निर्वहेत्। अधुना स सर्वं पश्यति, तं च न कोऽपि द्रष्टुं शक्नोति। मनसोपि तीव्रगत्या स शिविरस्थान् सैनिकान्, देहलीस्थान् नेतृंश्च सूचयिष्यति स्वप्नगतो भूत्वा। शत्रूणां कपटकौशलेन भ्रान्तान् स्व-सैनिकान् स तन्त्रीविहीने यन्त्रे स्वरं प्रपूर्य सुपथमानेतुं शक्नोति। किमधिकं कल्याणि ! सोऽधुना कर्तुमकर्तुमन्यथा-कर्तुं च समर्थो जातः। अहं रुद्रोऽपि हरीश्वरस्य साहाय्यमासाद्य युद्धभूमौ तथा योत्स्येऽसंख्यसैनिकरूपैर्यन्नकश्चिच्छत्रुर्भविष्यत्कालेऽपि भारतं नेपालं चाभियन्तुमुत्तरदिशाया मनसाऽपि चिन्तयेत्।

लीला — परं किं भविष्यति निर्भर्तृकाया मेऽधुना ?

शंकरः — त्वं हरेर्लीलासि। स्वेङ्गितेन जनान् नर्तयितुं शक्नोषि, गच्छ, स्वदेशरक्षार्थं तान् सन्नद्धान् कुरु। स्वयं च सेवस्वाहतान्, उद्धारय दलितान्, सुखं प्रयच्छ दुःखिभ्यः, अर्पय च स्वजीवनं देववाण्याः प्रसारार्थम्। न त्वयैकमप्यश्रु निपातनीयम्।

[इत्युक्त्वा शंकरोऽदृश्यतां गच्छति, लीला च नतमस्तका दृश्यते]

पटाक्षेपः

से हथियार लिए हुए शत्रु आक्रमण करते दिखाई देते हैं] जब तक भारतीय सैनिकों को पता चलता है, तब तक वे पहाड़ की चोटियों पर जाकर व्यूहरचना कर सकते हैं। मैंने तुम्हारे पति को शरीरहीन बना दिया है जिससे वह देहजनित बाधाओं से मुक्त होकर सावधानीपूर्वक राजदूतत्व को निभा सके। अब वह सबको देखता है, उसे कोई नहीं देख सकता। मन से भी तेज चाल से वह शिविर के सैनिकों तथा देहली के नेताओं को उनके स्वप्नों में जाकर सूचना देगा। शत्रुओं की चालबाजी से धोखा खाये अपने सैनिकों को वह वायरलैस में स्वर भरकर ठीक राह पर ला सकता है। कल्याणि! अधिक क्या कहूँ ? वह अब करने, न करने तथा दूसरे ढंग से करने के लिए समर्थ हो गया है। मैं रुद्र भी हरीश्वर की सहायता पाकर लड़ाई के मैदान में असंख्य सैनिक रूपों में ऐसा लड़ूँगा कि भविष्य में भी कोई शत्रु उत्तर दिशा से नेपाल और भारत पर आक्रमण करने की बात मन में भी न सोचे।

लीला — परन्तु पतिविहीन मेरा अब क्या होगा ?

शंकर — तुम हरि की लीला हो। अपने इशारे पर लोगों को नचा सकती हो। जाओ अपने देश की रक्षा के लिए उन्हें सन्नद्ध करो। स्वयं घायलों की परिचर्या करो, दलितों का उद्धार करो, दुखियों को सुख दो। देववाणी (संस्कृत) के प्रसार के लिए अपना जीवन अर्पित करो। तुम्हें एक भी आँसू नहीं बहाना है।

[ऐसा कहकर शंकर अन्तर्धान हो जाते हैं और लीला नतमस्तक दिखाई देती है]

पटाक्षेप

शुद्धाज्यम्

प्रथमं दृश्यम्

रङ्गमञ्चे घृतविपणिः सज्जिता दृश्यते। [रामदीनो घृतभाण्डानि क्रमानुसारं स्थापयञ्छनैः शनैः प्रलपति।]

रामदीनः — **पापकर्मायमस्मानपि पापं शिक्षयति। भाण्डस्योपरि विशुद्धमाज्यमिति विलिख्य वनस्पति-तैलं विक्रीणाति। गन्धं विकरितुं भाण्ड-मुखभागे नाममात्रं किञ्चिद् घृतं मिश्रयति।**

[नेपथ्ये सचीत्कारं श्रूयते— **त्रायस्व मां त्रायस्व मामिति**। रामदीनः सर्वं यथावत् त्यक्त्वा चीत्कारदिशां प्रति धावति। नेपथ्ये कोलोहलो मुष्टीमुष्टिध्वनिश्च श्रूयते। रामदीनः पंचविंशतिवर्षदेशीयं युवकं गलहस्तं दत्त्वानयति, छम्मो निश्वासान्विमुञ्चन्ती तमनुसरति, यामभिलक्ष्य रामदीन आदिशति] **गृहादानय छुरिकामेकाम्, लीलाशेषं करिष्याम्यहमिमम्।** [युवकं प्रति] **न हि निराश्रया छम्मो...............।**

युवकः — **त्यज माम्, त्यज, अन्यथा.............।**

रामदीनः — [चपेटामेकां दत्वा] **अन्यथा किं करिष्यसि ? दास्याः पुत्र !** [छम्मो प्रति] **किमाचरितमनेन ?**

छम्मो — **असौ मां रूप्यकाणि दर्शयित्वाभाषत — आगच्छ मया सह। भव्यं विशालं च मे गृहम्। उद्योग-पतिरहम्, प्रभूतं च मे धनम्। वस्त्राभूषणैस् तर्पयिष्याम्यहन्त्वामिति।**

रामदीनः — **धनाधिक्यमेवेदृशमनर्थं जनयति। अग्रे कथय किं कृतमनेन शठेन।**

छम्मो — **यदाऽयं मया वाचा ताडितः, तदैव मां करेणागृह्णात्। अहञ्चोच्चैः क्रन्दितुमारभे।**

युवकः — **मिथ्यैषा भणति। व्यर्थमेव मामाक्षिपति। दुश्चरित्रैषा धनिनं मां मत्वा स्वपाशान् प्रसारयति।**

प्रथम दृश्य

[रंगमञ्च पर घी की दुकान सजी दिखाई देती है। रामदीन घी के टिनों को क्रमशः लगाता धीरे-धीरे बुड़बुड़ाता है]

रामदीन — **यह पापी हमें भी पाप का पाठ पढ़ाता है। टिन के ऊपर शुद्ध घी लिखकर वनस्पति तेल बेचता है। खुशबू फैलाने के लिए बर्तन के मुखभाग में थोड़ा घी मिलाता है।** [नेपथ्य में चीत्कार के साथ सुनाई देता है - **'मुझे बचाओ, बचाओ।'** रामदीन सब कुछ ज्यों का त्यों छोड़कर चीत्कार की ओर दौड़ता है। नेपथ्य में हल्ला होता है तथा मुक्कों के मार की ध्वनि सुनाई पड़ती है। रामदीन लगभग पच्चीस वर्ष के युवक को गला पकड़ कर लाता है। छम्मो हाँफती हुई उसका अनुसरण करती है जिसे रामदीन आदेश देता है - जाओ, घर से एक छुरी लाओ। इसका काम तमाम करता हूँ।] (युवक से) **छम्मो निराश्रय नहीं है....**

युवक — **छोड़ मुझे। छोड़ दे, नहीं तो.....**

रामदीन — [एक चाँटा देकर] **नहीं तो क्या करेगा ? दासी के जाया!** [छम्मो से] **इसने क्या किया ?**

छम्मो — **यह मुझे रुपये दिखाकर बोला -- मेरे साथ चलो। बहुत बड़ा घर है मेरा। मैं उद्योगपति हूँ। मेरे पास बहुत धन है। तुझे कपड़ों और आभूषणों से खुश कर दूँगा।**

रामदीन — **अधिक होने पर धन ऐसा ही अनर्थ करता है। आगे बता इस नीच ने क्या किया ?**

छम्मो — **जब मैंने इसे फटकारा तो इसने मेरा हाथ पकड़ लिया और मैंने ऊँचे स्वर में रोना शुरू किया।**

युवक — **यह झूठ बोलती है। मुझ पर झूठ-मूठ दोष लगाती है। यह दुश्चरित्र है। मुझे धनी समझ कर अपने जाल फैला रही है।**

रामदीनः — नैषा धनाधिक्यदृप्ता, किं जानाति वराकी नाट्यमेवंविधम्। एतादृशी कला तु धनिभ्य एव रोचते। आम् .... अपहरामि ते मदमधुनाहम्। [उपस्थितं स्व-सहचारिणमुद्दिश्य] देवीदीन! आनय लगुडम् .... श्यालः .... शीघ्रमानय।

राम. — यह धनाधिक्य के कारण घमण्ड नहीं करती है। यह बेचारी इस तरह का नाटक करना कहाँ जानती है? ऐसी कला तो धनियों को ही सुहाती है। अच्छा - तेरे घमण्ड को अभी तोड़ता हूँ [उपस्थित अपने सहकर्मी को लक्ष्य करके] देवीदीन, लेआ लाठी... साला... जल्दी ला।

देवीदीनः — [आगत्य वस्तुस्थितिं विज्ञाय] त्यज मूढमेतं वयस्य! हत्वैनं किं साधयिष्यसि? [अर्द्धचन्द्रेण युवकं बहिर्निष्कासयन् तस्मात्स्थानान्निष्क्रामति]।

देवीदीन — [आकर वस्तुस्थिति का ज्ञान कर] यार! छोड़ इस मूर्ख को। इसे मारकर क्या कर लेगा? [गला पकड़ कर युवक को बाहर निकालता हुआ चला जाता है]

रामदीनः — दर्शनीयोऽस्ति धनिक-पुत्रः। तद्गृहगता सुखमनुभविष्यतीति निश्चप्रचम्।

रामदीन — सेठ का छोकरा है तो दर्शनीय। उसके घर में रहकर निश्चित ही सुख अनुभव करेगी।

छम्मो — कृमिभक्ष्या भूयात्सा या परपुरुषं कामयेत [सकटाक्षपातम्] किमेवं प्रलपसि?

छम्मो — जो दूसरे आदमी की कामना करे, कीड़े पड़ें उसे [कटाक्ष के साथ] ऐसी क्या बकवास करते हो?

रामदीनः — छम्मो! सर्वथाऽयोग्योऽस्म्यहम्। न धनं न च वृत्ति-रेव गरीयसी, सुपठितोऽपि नास्मि। कुलमप्यकूलम्। त्वन्तु कमनीयासि। रूपलावण्य-मुग्धो यः कश्चिदपि त्वत्पाणिं ग्रहीष्यति..... शोचाम्यहम्....।

रामदीन — छम्मो! मैं बिल्कुल अयोग्य हूँ। न तो धन है और नौकरी भी बड़ी नहीं है, अच्छी तरह पढ़ा भी नहीं हूँ। कुल का भी पता नहीं। तुम तो सुन्दर हो। तुम्हारे रूप-सौन्दर्य से मोहित होकर कोई भी...... तुमसे विवाह कर लेगा.... मैं सोचता हूँ.....

छम्मो — कथय कथय कथमवरुद्धोऽसि........ किं शोचसि?

छम्मो — कहो, कहो। रुक क्यों गये.... क्या सोचते हो?

रामदीनः — अनुचितमाचरामि त्वया सह। यदि त्वं स्वकीयं मनो वशीकुर्यास्तर्हि स्वयमेवाहं तवोद्वाहं क्वापि.....।

रामदीन — तेरे साथ अन्याय कर रहा हूँ। यदि तुम अपने मन को वश में रखो तो मैं स्वयं तुम्हारा विवाह कहीं......

छम्मो — अलमलम् [निर्निमेषं रामदीनं पश्यन्ती] त्वां विहाय न क्वाप्यहं जिगमिषामि। त्वया सह अनशन-वासोपि वरम्। नाहं सुखमैश्वर्यञ्च त्वां विना वाञ्छामि। किन्नारी सा या धनलोभाकृष्टा विहायैकमन्यमभिलषेत्।

छम्मो — बस, बस [रामदीन को अपलक नेत्रों से देखती है] तुम्हें छोड़कर मैं कहीं नहीं जाना चाहती हूँ। तुम्हारे साथ भूखी रहना भी अधिक अच्छा है। तुम्हारे बिना कोई सुखैश्वर्य मुझे नहीं चाहिए। वह क्या औरत है जो धन के लालच से खिंचकर एक को छोड़कर दूसरे की इच्छा करे।

रामदीनः — छम्मो! .... किमेतत्सर्वं त्वं सत्यमेव कथयसि?

रामदीन — छम्मो! ...... यह सब कुछ तू सच कह रही है?

छम्मो — अथ किम्!

छम्मो — और क्या!

रामदीनः — धन्योऽस्मि! यद्येवं तर्हि वर्षेऽस्मिन्नेवावयोः परिणयः संपत्स्यते ...... परं तव बान्धवा नानुमन्यन्ते चेत्।

छम्मो — केयं बन्धुता ? जननी मेऽनुमन्यते । नान्यानहं परिगणयामि। ते तु मां विक्रेतुमिच्छन्ति।

रामदीनः — छम्मो ! [स्तिमितनयनः सानन्दं छम्मों पश्यन्नास्ते]।

छम्मो — अस्तु, गच्छाम्यहमधुना। श्वो घृतसंक्रान्तिरस्ति। निमन्त्रयाम्यहन्त्वाम्। आगमिष्यसि ? .... गृहेऽम्बामात्रमस्ति .... अकुतोभयः समागच्छ। स्वच्छन्दं स्नेहालापावसरं लप्स्यावहे। अस्तु गृहे शुद्धमाज्यं नास्ति। घृतसंक्रान्तौ वनस्पति-पक्वान्नं न युज्यते। घृतपानं महत्पुण्यं घृतसंक्रान्तौ। आगच्छन्नानयार्द्ध-किलो -प्रमाणं शुद्धं माहिषमाज्यम्। गृहाणैतद्धनम् [रूप्यकाणि दातुमिच्छति। रामदीनो निषेधति]।

रामदीनः — मा मैवम्। अहमानेष्यामि। [छम्मोऽनिच्छन्ती वस्त्रखण्डे रूप्यकाणि निधाय **एषाहं गच्छामीति** वदन्ती निष्क्रामति। रामदीनः स्निग्धदृष्ट्या तां पश्यन्नास्ते, गतायां च तस्यां प्रस्फुट-सिट्टिका-मुखो विपणिं परिक्राम्यति, पुनः स्थितश्चैकत्र किञ्चिदस्फुटं गायति। श्रेष्ठिनोऽपरो भृत्यो देवीदीनः प्रविशति]।

देवीदीनः — प्रहृष्टमना दृश्यतेऽद्य। का वार्ता ? [रामदीन स्तूष्णीमेव स्थित एवं नाटयति येन तद्धृज्जातस्यानन्दस्य प्रतीतिः स्पष्टा भवति। 'देवीदीन' इत्युक्त्वा तमालिंगति स गाढम्] **प्रतीयतेऽद्य काचिद्यक्षिणी सिद्धा।**

रामदीनः — यक्षिणी... सत्यमेव यक्षिणी सिद्धा। महद्विडम्बनं जगत्। पश्य... अस्य श्रेष्ठिनो न रूप-मस्ति, न सुरंग एव। सर्वथा कुघटितांगः। पत्नी चापि टुनटुनभगिनी, किन्तु लक्ष्म्यानुकम्पितोऽस्ति।

रामदीन — मैं धन्य हूँ। यदि ऐसा है तो इसी साल हमारी शादी होगी..... किन्तु तुम्हारे भाई-बिरादर नहीं माने तो....

छम्मो — कौन सी ऐसी बिरादरी है ? मेरी माँ मानती है। औरों की मैं परवाह नहीं करती। वे तो मुझे बेचना चाहते हैं।

रामदीन — छम्मो! [अर्धनिमीलित नेत्रों से आनन्दपूर्वक छम्मो को देखता जाता है]

छम्मो — अच्छा, अब जाती हूँ। कल घृतसंक्रान्ति है। मैं तुम्हें न्यौता देती हूँ। आओगे ? घर में केवल माँ है। निःशंक होकर आओ। स्वतन्त्रतापूर्वक प्यार की बातें करने का मौका मिलेगा... हाँ, घर में शुद्ध घी नहीं है। घृतसंक्रान्ति को वनस्पति से बना अन्न अच्छा नहीं लगता है। घृतसंक्रान्ति में घी पीने से बड़ा पुण्य होता है। आते हुए आधा किलो भैंस का शुद्ध घी ले आना। पैसे ले [रुपये देना चाहती है। रामदीन मना करता है]

रामदीन — नहीं, ऐसा नहीं। मैं ले आऊँगा।

[छम्मो न चाहती हुई रुमाल में रुपये बाँधकर **'लो मैं चली'** कहती हुई विदा लेती है। रामदीन स्नेह भरी दृष्टि से उसे देखते रहता है और उसके चले जाने पर मुँह से सीटी देता हुआ दुकान का चक्कर काटता है। फिर एक स्थान पर खड़े होकर कुछ गुनगुनाता है। सेठ का दूसरा नौकर देवीदीन प्रवेश करता है]

देवी० — आज बड़े खुश दिखाई दे रहे हो। क्या बात है ? [रामदीन चुप रहकर ही ऐसा नाट्य करता है कि जिससे उसके हृदय की खुशी का पता लग जाता है। वह 'देवीदीन' कहकर उसका जोर से आलिंगन करता है] **मालूम पड़ता है कि आज कोई यक्षिणी सिद्ध हो गई है।**

रामदीन — यक्षिणी!.... सचमुच यक्षिणी सिद्ध हो गई है। संसार बड़ी विडम्बना है। देख— इस सेठ का न रूप है, न रंग। बिल्कुल बेडौल और पत्नी भी टुनटुन की बहिन (खूब मोटी) परन्तु इस पर लक्ष्मी

सेवकाः सन्ति, सुखमैश्वर्य-साधनानि च सर्वाण्युत्त-मोत्तमानि गृहे सन्ति, प्रभूतं धनमस्ति। केवलैषा घृतविपणी रूप्यकसहस्त्रमर्जयति प्रतिदिनमस्मै।

देवीदीनः — न सर्वाणि वस्तूनि सुलभानि कस्यचिदपि; किन्तु केचित्तु न किंचिदपि प्राप्नुवन्ति जगत्याम् [सगाम्भीर्यम्] मामेव पश्य। अनाथ एव जातः, सर्वथा रूपरंगहीनः, उच्छिष्टोदरंभरिः, अनाथालये किञ्चिदधीतम्, तेनैव समाचारपत्र-वाचनक्षमोऽद्य। रामदीन ! तव तु रूपमस्ति।

रामदीनः — केवलेन रूपेण किं सिध्यति .... जगती क्षिप्रगत्याऽतिदूरं प्रगता, किन्त्वास्माकमेषणा यथावदतृप्तास्ति [भावान्तरमनुभवन्] देवीदीन ! अतीवानन्दितोऽहमद्य। कामये विस्मर्तुमधुना न मे किञ्चिदस्तीति।

देवीदीनः — कथं तद्विस्मरणीयं यन्मरणमिवा-संदिग्धमस्ति। कथन्नैव चिन्तयसि यदुदरभरणार्थं वराटिकापि न तवास्ति।

रामदीनः — अलमलम्, निखिलमेव वस्तुजातं ममाद्यास्ति। क्षणं पालय मदादेशम्, पश्य चाहं क्षणादेव किं किं भवामि। अपि स्वीकरोषि मे वचनम् ?..... स्वीकुरु .... अनुगृहीतो भविष्यामि।

देवीदीनः — कथं नाचर्यते मया तद्येन तव हितं स्यात् !

रामदीनः — अवहितो भव तर्हि।आम्, आरमणा-सन्दीमानय, [देवीदीन आसन्दीमानयति] अरे ! किं बुद्ध्या परित्यक्तोऽसि ? न हि आतपाभिमुखं स्थीयते। सम्यक् कुरु [देवीदीनो यथोक्तमाचरति स च गर्वेणासन्द्यारूढो भवति, देवीदीनं प्रति] चरणौ संवाहय तावत्। आक्लान्तोऽस्मि। चौरो लिपिकः, चौरो भृत्यः। यत्रैव न गम्यते, कार्यरोधो जायते तत्र। एकाकी किं किं साधयेयम् [देवीदीनं प्रति] गत्वा क्षिप्रमानय स्थूलमुपधानम्। अन्यच्च... मंजूषायां

की कृपा है। सेवक हैं। घर में उत्तमोत्तम सभी सुख तथा ऐश्वर्य साधन विद्यमान हैं। प्रभूत धन है। केवल यह घी की दुकान प्रतिदिन इसे हजार रुपये देती है।

देवीदीन — सभी वस्तुएँ किसी को भी प्राप्त नहीं होती हैं। किन्तु दुनिया में कुछ लोगों को तो कुछ भी नहीं मिलता। [गंभीर होकर] मुझे ही देख! अनाथ पैदा हुआ। सर्वथा रूप-रंगहीन, झूठन खाकर पेट भरने वाला। अनाथालय में कुछ पढ़ लिया, उसी से समाचार-पत्र पढ़ लेता हूँ। रामदीन! तुम्हें रूप तो प्राप्त है।

रामदीन — केवल रूप से क्या होता है ? दुनिया तेज चाल से बहुत दूर चली गई है किन्तु हमारी इच्छा यथापूर्व अतृप्त है। [भावान्तर का अनुभव करता हुआ] देवीदीन ! आज मैं बहुत खुश हूँ। इस समय मैं यह भुला देना चाहता हूँ कि मेरे पास कुछ नहीं है।

देवीदीन — जो मौत की तरह सुनिश्चित है उसे कैसे भुलाया जाय ? यह क्यों नहीं सोचते कि पेट भरने के लिए तुम्हारे पास कौड़ी भी नहीं है।

रामदीन — बस, बस। आज मेरे पास सब कुछ है। थोड़ी देर मेरी आज्ञा मान। देखता जा कि मैं एक क्षण में ही क्या-क्या बनता हूँ। मेरा कहा मानता है ? ....मान ले.... कृतज्ञ हूँगा।

देवीदीन — जिससे तेरा भला हो उसे मैं क्यों न करूँ ?

रामदीन — तो सावधान! अच्छा, आरामकुर्सी ला। [देवीदीन कुर्सी लाता है] अरे, बुद्धि ने तुझे छोड़ दिया क्या ? धूप की ओर मुँह कर नहीं बैठा जाता है। ठीक कर [देवीदीन उसके कहे अनुसार कर देता है और वह गर्व से कुर्सी पर विराजमान होता है। देवीदीन से] जरा पैर दबा। थक गया हूँ। क्लर्क चोर है, नौकर चोर है। जहाँ भी न जाऊँ, वहीं काम रुक जाता है। अकेले क्या-क्या करूँ! [देवीदीन से] आकर मोटा तकिया ले आ। और भी..... सन्दूक में कपड़े पड़े हैं, धोबी

वस्त्राणि सन्ति, ...रजकधौतानि वस्त्राणि, तान्यप्यानय।

देवीदीनः — अरे! यदि श्रेष्ठी समागच्छेत्.........

रामदीनः — धृष्टोऽसि। आज्ञां पालय। [देवीदीनः खिन्नोऽपि वस्त्राण्यानयति, रामदीनस्तानि धारयति]। आम्, तदुत्तरीयकमानय, धारय चैनम् [देवीदीनः संकोचं नाटयति] अरे! कथं लज्जसे? [स्वयं उत्तरीयकं तथा तस्योपरि क्षिपति यथा देवीदीनोऽगुण्ठनवती नवोढेव प्रतीयते] अधुना स्वबाहू मम स्कन्धयोरुपरि क्षिप्त्वा स्थितो भव। [देवीदीनस्तूष्णीमास्ते, रामदीनो भाव-विमूढतां गतः] लज्जितासि? [स्वयं तस्य बाहु-पाशं स्वग्रीवां प्रापयन्] अहो! कीदृशं सुखमैश्वर्यम्! कथयाधुना .... 'प्राणनाथ!' .... मन्दं मन्दं मधुरं वक्तव्यम् .... अहं त्वदर्थे म्रिये, त्वय्यधिकं स्निह्यामीति।

देवीदीनः — एषोऽहं त्वय्यधिकं स्निह्यामि।

रामदीनः — कथमेषः? अत्याहितम्.... 'एषाहम्' कथय। [अक्षिणी निमील्यैकैकस्य शब्दस्यार्थं स्मारं स्मारं तमास्वादयति, क्षणानन्तरं भावान्तरेणाभिभूतो देवीदीनं प्रति] साधु-साधु भो! उत्तरीयकमपाकुरु। सत्वरं दूरं तिष्ठ। कार्यं सुचारुरूपेण साधय। वेतनवृद्धिस्ते नियतास्ति। अस्तु, शीघ्रं गत्वा हाटकात् किलोप्रमाणं मिष्टान्नं कतिपयद्राक्षाफलानि चानय। पादकिलोप्रमाणं रबड़ी मिष्टान्नं त्वया निजार्थमपि क्रेतव्यम् [तदैव 'म्याऊ-म्याऊ' इति भाषिणी विडाली समागत्य रामदीनस्य चरणौ लेढि] इयमपि किंकथयिष्यति? अस्या कृतेऽपि पादकिलो-प्रमाणं रबड़ी मिष्टान्नमानय। मया सह वसद्भ्यां युवाभ्यामत्र सुखं नानुभूयते चेत् क्वान्यत्रानुभूयेत! [स्वदक्षिणचरणं वामपादोपरि निधाय गर्वमुद्रया] जना भृत्येभ्योऽदत्त्वैव भुञ्जते, एतदेव कारणं यत्ते चौर्यमाचरन्ति। अपि च रात्र्यर्थं चित्रपटस्य त्रिकट [टिकट] त्रयमप्यानेयम्। द्वौ त्वावां स्वः, तृतीयं कस्य जनस्य हेतोः? जानासि? अरे ! त्वं किं

द्वारा धोये कपड़े। उन्हें भी ले आना।

देवीदीन — अरे! यदि सेठ आ गया.....

रामदीन — बड़े ढीठ हो। कहना मानो [देवीदीन खिन्न होता हुआ भी कपड़े लाता है। रामदीन उन्हें पहन लेता है] अच्छा, वह दुपट्टा ला और इसे धारण कर ले [देवीदीन संकोच दिखाता है] अरे! क्यों शरमा रहा है? [स्वयं दुपट्टे को उसके ऊपर डालता है जिससे देवीदीन घूँघट निकाले हुई नई दुल्हन-सा लगने लगता है] अब अपनी भुजाएँ मेरे कंधों पर डाल कर खड़ा हो जा। [देवीदीन चुप रहता है। रामदीन भावविभोर हो जाता है] अरी! शरमा रही हो? [स्वयं उसके भुजबन्धन को अपने गले में डालता हुआ] अरे! कैसा सुख, ऐश्वर्य है! अब कहो - प्राणनाथ, धीरे-धीरे और मिठास भरकर कहो कि मैं तुम पर मरती हूँ। तुम्हें बहुत प्यार करती हूँ।

देवीदीन — मैं तुमसे बहुत प्यार करता हूँ।

रामदीन — करता हूँ क्यों? चौपट कर दिया - करती हूँ कह [आँखें बन्द कर एक-एक शब्द के अर्थ को बार-बार स्मरण कर उसका स्वाद लेता है और एक क्षण बाद भावान्तर से प्रभावित होकर देवीदीन से] शाबाश, अरे दुपट्टा हटा। जल्दी हट जा यहाँ से। अपना काम अच्छे ढंग से करना। अपनी वेतनवृद्धि निश्चित समझो। हाँ, जल्दी जाकर दुकान से एक किलो मिठाई और कुछ अंगूर ले आना। एक पाव रबड़ी तू अपने लिए भी खरीद लेना। [तभी म्याऊँ म्याऊँ बोलती हुई बिल्ली आकर रामदीन के चरण चाटती है] यह भी क्या कहेगी? इसके लिए भी पाव भर रबड़ी ले आना। मेरे साथ रहते हुए तुम लोग सुख नहीं भोगोगे तो और कहाँ भोगोगे? [अपने दायें पैर को बायें पैर के ऊपर रखकर गर्व-मुद्रा से] लोग नौकरों को दिए बिना खाते हैं। यही कारण है कि वे चोरी करते हैं। और भी, रात के लिए सिनेमा के तीन टिकट भी ले आना। दो तो हम हैं। तीसरा किसके लिए? जानता है? अरे

जानासि लक्ष्मीवाहन ! गच्छ त्वरितम्।

देवीदीनः — सीमानमुल्लंघ्य स्थितोऽस्यधुना। स्वस्थो भव। त्वमुपधानमासनञ्चैच्छः, अहमानयम्। त्वच्चरण-संवाहनमपि मया कृतम्। श्रेष्ठिनो वस्त्राण्यपि तव दत्तानि। एतत्सर्वं मच्छक्तिसाध्यमासीत्। अधुना त्वं रबड़ी-द्राक्षा-चित्रपट-त्रिकटान्याहर्तुमादिशसि। द्रव्यं विना कथमेतेषां प्राप्तिः स्यात्। यद्यस्ति तव धनं, देहि मे, क्षणादेवाहमेतत्सर्वं प्रापयिष्यामि।

[श्रेष्ठी प्रविशति, रामदीनो देवीदीनश्च त्रस्तौ दृश्येते। देवीदीनस्तु शीघ्रं यथापूर्वमाचरति, किंच रामदीनः परिहितश्रेष्ठिवस्त्रः काष्ठतल्पस्याधो निगूढस्तिष्ठति। श्रेष्ठी क्रोधाविष्टदृष्ट्येतस्ततः पश्यति, देवीदीनमुद्दिश्य कथयति च] **क्वास्ति सोऽपरः श्वशावकः? अधुनैव सोऽत्र बुक्कतिस्म** [काष्ठतल्पाधः पश्यन्] **बहिरागच्छ** [भीतो रामदीनो बहिरायाति] **तव पितामहे नाप्येतादृशानि वस्त्राणि परिहितानि? लम्पटौ न जाने कुतः समायातौ? विपणौ दौर्जन्यमेवंविधमाचरतः! कश्चित् पश्येच्चेत् ......जना कथयिष्यन्ति यच्छ्रेष्ठिनो भृत्याः शिरआरूढाः सन्ति।**

रामदीनः — भाणनाट्यपरावावाम् .... हं हं हं। [संकुचितः]

श्रेष्ठी — भाणस्य जातक ! विपणिर्मे नास्ति भाणकृते। अपसर, स्ववस्त्राणि धारय। [रामदीनः स्ववस्त्राणि परिधातुं पार्श्वाभिमुखं प्रचलति, श्रेष्ठी च श्मश्रुन्यस्तहस्तो रंगमंचे भ्रमति] **पश्य, अहमद्य क्वापि बहिर्गच्छामि। श्वः प्रातःकाले परावर्तिष्ये। रात्रावद्य त्वया भूयो घृतनिर्मितिः कार्या। अवगतम्? कथं करिष्यसि?**

रामदीनः — घृतेन वनस्पतितैलमिश्रणं ....

श्रेष्ठी — गर्दभोऽसि। प्राप्स्याम्येतादृशाचरणैस्तु प्रभूतं धनम्! अरे! ईदृशं भ्रष्टाचरणं त्वकिंचित्करमेव।

उल्लू, तू क्या जाने? जल्दी जा।

देवीदीन — अब सीमा लाँघ चुके हो। होश में आ। तूने तकिया और आसन चाहा। मैं ले आया। तेरे पैर भी मैंने दबाये। सेठ के कपड़े भी तुझे दिये। यह सब मेरे वश की बात थी। अब तू रबड़ी, अंगूर और सिनेमा के टिकट लाने को कहता है। पैसे के बिना इनकी प्राप्ति कैसे होगी? तेरे पास धन है तो मुझे दे। एक क्षण में मैं सब ले आऊँगा।

[सेठ उपस्थित होता है। रामदीन और देवीदीन डरे हुए दिखाई देते हैं। देवीदीन तो शीघ्र ही पहले की तरह व्यवहार करने लगता है किन्तु रामदीन सेठ के कपड़े पहनने के कारण पटखाट के नीचे छिप जाता है। सेठ अपनी क्रुद्ध दृष्टि इधर-उधर डालता है और देवीदीन से कहता है] **वह दूसरा कुत्ते का पिल्ला कहाँ है? अभी वह यहीं भौंक रहा था** [पटखाट के नीचे देखता हुआ] **बाहर आ** [डरा हुआ रामदीन बाहर आता है] **तेरे दादा ने भी ऐसे वस्त्र पहने थे? ये लम्पट न जाने कहाँ से आये? दुकान में ऐसी धाँधली करते हैं। कोई देख ले तो...... लोग कहेंगे कि सेठ ने नौकरों को सिर चढ़ा रक्खा है।**

रामदीन — हम भाण नाट्य कर रहे थे .... हं, हं, हं! [संकोच करता है]

सेठ — भाण के बच्चे, मेरी दुकान भाण के लिए नहीं है। भाग जा, अपने कपड़े पहन। [रामदीन अपने कपड़े पहनने एक ओर जाता है, और सेठ दाढ़ी पर हाथ रखे रंगमञ्च पर घूमता है] **देख, मैं आज रात कहीं बाहर जाना चाहता हूँ। सवेरे लौटूँगा। रात में आज तुझे फिर घी तैयार करना है। समझा? कैसे करेगा?**

रामदीन — घी के साथ वनस्पति तेल मिलाकर।

सेठ — गधा है तू। ऐसा करने से तो बहुत धन मिलेगा मुझे! अरे! ऐसा भ्रष्टाचार किसी काम का नहीं।

रामदीनः — तर्हि तर्हि ....

श्रेष्ठी — तर्हि-तनय ! वनस्पतितैलेन घृतं मिश्रणीयं न तु घृतेन वनस्पतितैलम्। मिश्रणं घृतगन्धमात्रार्थमेव भवेत्। अवगतमधुना ?

रामदीनः — सम्यगवगतम्।

श्रेष्ठी — [यष्टिकां भ्रामयन् प्रस्थितः, पुनः परावृत्य] लेखा-लेखकं, लिपिकं वा क्षणमाह्वय [रामदीनः पार्श्वाभिमुखं चलति, लेखाकारः प्रविशति] अहमधुनैव रेलयानेन बहिर्गन्तुमिच्छामि।। प्रातरेव प्रत्यावर्तिष्ये। यदि ते समागच्छेयुर्लेखापुस्तिका प्रदर्शनीया त्वया। अवगतम् ? किमवगतम् ?

लेखाकारः — एतदेव यदहं लेखापुस्तिकां प्रदर्शयेयमायकराधिकारिणः।

श्रेष्ठी — कां पुस्तिकाम् ? दर्शयितुं निर्मितां पुस्तिकां, न तु गोपनीयाम्। इमानकृतज्ञान्दास्याः पुत्रान् कियद्-भिरपि धनैरहं सत्कुर्याम्, परमेते परदुःखावहं स्वभावं न परित्यजन्ति। दोग्ध्रीं धेनुं मन्यन्ते मामेते।

लेखाकारः — अथ तानि वनस्पति-घृत-भाण्डानि ?

श्रेष्ठी — भूगर्भ-निगूढानि स्युस्तानि। तेषामयमादेशो यद्विशुद्धघृतापणे वनस्पतितैलं न विद्यतामिति। हह.......... [प्रहसन्] यथा घृतं वनस्पत्यादिभिः संक्रम्यते। मूर्खास्ते न जानन्ति यद्वनस्पतिघृतं माहिष-घृतस्य मित्रमस्ति। इत्थं परस्परं मिलित्वा तिष्ठतो यदेकदा मिश्रिते न पुनः पृथक् क्रियेते [स्मेराननः] अभिन्न-प्राणशरीरे! अस्त्वहं गच्छामि। यदा कदोपरितो नीचैरागत्यैतौ पश्यन्नास्स्व। न ह्येतौ घृतं विक्रीणीतः, अपि तु नाट्यं रचयतः। [देवीदीन-रामदीनौ प्रति] उच्चैराकार्यतां विशुद्धाज्यविपणिः, आज्यं पीत्वा स्वास्थ्यं प्राप्नुहीति।

लेखाकारः — निश्चिन्तास्तिष्ठन्तु भवन्तः [पार्श्वभागादेकस्माच्छ्रेष्ठी द्वितीयाच्च लेखाकारः प्रस्थानं

रामदीन — तो, तो.....

सेठ — तो के बच्चे! वनस्पति तेल के साथ घी मिलाना है न कि घी में वनस्पति तेल। मिलावट घी की खुशबू देने के लिए ही होवे। अब समझ लिया ?

रामदीन — अच्छी तरह समझ लिया।

सेठ — [लाठी घुमाता हुआ प्रस्थान करता है। फिर लौट कर] संख्यानक अथवा लिपिक को जरा बुलाना [रामदीन एक पार्श्व की ओर बढ़ता है। लेखाकार (संख्यानक) आता है] मैं अभी ट्रेन से बाहर जाना चाहता हूँ। सवेरे ही लौट आऊँगा। यदि वे आवें तो बही दिखा देना। समझे ? क्या समझे ?

लेखाकार — यही कि मैं आयकर अधिकारियों को बही दिखा दूँ।

सेठ — किस बही को ? दिखाई जाने वाली बही को, गुप्त बही को नहीं। इन अकृतज्ञ दासी के पुत्रों को मैं कितना ही धन क्यों न दूँ, ये दूसरों को दुख पहुँचाने वाले अपने स्वभाव को नहीं छोड़ते हैं। मुझे ये दूध देने वाली गाय मानते हैं।

लेखाकार — वे वनस्पति घी के टिन....

सेठ — उन्हें तहखाने में छिपा दो। उनका यह कहना है कि शुद्ध घी की दुकान में वनस्पति तेल नहीं रहना चाहिए। ह....ह... [हँसता हुआ] जैसे घी को वनस्पति आदि की छूत लगती हो। वे मूर्ख यह नहीं जानते कि वनस्पति घी भैंस के घी का मित्र है। ऐसे मिलकर रहते हैं कि एक बार मिला दिये जायँ तो फिर अलग नहीं किये जा सकते हैं। [मुँह पर प्रसन्नता लाकर] प्राण और शरीर से एक! अच्छा मैं चलता हूँ। कभी-कभी ऊपर से नीचे आकर इन्हें देखते रहना। ये घी नहीं बेचते हैं, अपितु नाट्य करते हैं [देवीदीन और रामदीन से] ऊँचे स्वर में बोला करो - शुद्ध घी की दुकान, घी पीकर स्वास्थ्य प्राप्त करो।

लेखाकार — आप निश्चिन्त रहें [एक बगल से सेठ दूसरे से लेखाकार प्रस्थान करते हैं। रामदीन और देवीदीन

कुरुतः। रामदीन-देवीदीनौ भाण्डानि मार्जयन्तौ विपणेर्वस्तूनीतस्ततः स्थापयतः। ग्राहका आगत्य विशुद्धमाज्यं वाञ्छन्ति। खिन्नमना रामदीनो घृततोलनं नाटयति। ग्राहकश्चैको घृतं जिघ्रति]।

रामदीनः — किं जिघ्रसि ? श्रेष्ठिनो विपणि-चिह्नं पश्य 'विशुद्धमाज्यम्' त्वया न्याय्यं द्रव्यमुपार्जितं स्यात्तेनैवात्र घृतं क्रेतुमागतोऽसि [ग्राहको भय-संकुलो दृश्यते येन स्पष्टं प्रतीयते यत्तस्य धनं न्यायोपार्जितं नास्ति। रामदीनः उच्चैः क्रन्दति] **श्रेष्ठिनो विपणे र्विशुद्धमाज्यम्** [पुनः शनैः कथयति] **अथवा 'डालडा'** [ग्राहको घृतं क्रीत्वा निष्क्रामति]।

देवी० — शनैः शनैः 'डालडा' इति किं कथयसि ?

रामदीनः — धर्मसंकटनिवृत्यर्थमेष पुराणः पन्थाः। महाभारत समरेऽश्वत्थामा हस्ती मृतः। महाराजो युधिष्ठिरः 'अश्वत्थामा हतः' इति कथनानन्तरं नरो वा कुञ्जरो वा — इत्युक्त्वा मिथ्याभाषण-पापात्स्वं ररक्ष।

देवीदीनः — किं ररक्ष! नरकं तु स ददर्शैव। धर्मराजोऽपि नरकगामी............. आह ! किमस्माकं भविता ? बिभेमि नरकात्।

रामदीनः — वयस्य! युधिष्ठिरस्तु निधनानन्तरं नरकमपश्यत्। वयं त्वधुनैव पश्यामः। सर्वत्र मिश्रणम्। आधुनिक-धर्मराजैरियं धरणी नरकादपि निकृष्टतरा कृता। न केवलं तैल-घृत-दुग्धादि-खाद्येष्वेव मिश्रणम् अपितु स्त्रीपुरुषाणां पारस्परिकसंबंधेष्वपि संकरतास्ति। किमधिकं कथयेयं मरणानन्तरं शवांशुकमपि ......। [ततः समागच्छति श्रेष्ठिनी स्थूल-शरीरा, स्थूलौष्ठी, शूकरमूर्धजा, पृथुलजघना सुसज्जिता शृङ्गारादिभिः]।

श्रेष्ठिपत्नी — [देवीदीनं प्रति] **गच्छ रात्रिभोजनार्थं शाकमानय। गृहाणेदं रूप्यकम्।** [देवीदीनः कर्गजमुद्रां गृहीत्वा निष्क्रामति। श्रेष्ठिपत्नी च

बर्तन साफ करते हुए दुकान की चीजों को इधर-उधर रखते हैं। ग्राहक आकर विशुद्ध घी चाहते हैं। दुखी होकर रामदीन घी तोलने का नाट्य करता है और एक ग्राहक घी सूँघता है।]

रामदीन — क्या सूँघते हो ? सेठ की दुकान का लेबिल देखें - विशुद्ध घी। आपने उचित ढंग से धन अर्जित किया होगा कि आप यहाँ घी खरीदने आये हो [ग्राहक डरा हुआ दिखाई देता है जिससे लगता है उसका धन न्यायपूर्वक कमाया नहीं है। रामदीन ऊँचे स्वर में चिल्लाता है] **सेठ जी की दुकान का शुद्ध घी** [फिर धीरे से कहता है] **अथवा डालडा** [ग्राहक घी खरीद कर चले जाता है]

देवीदीन — धीरे-धीरे डालडा क्यों कहता है ?

रामदीन — धर्मसंकट से बचने का यह पुराना रास्ता है। महाभारत के युद्ध में अश्वत्थामा हाथी मरा। महाराज युधिष्ठिर ने अश्वत्थामा मर गया यह कहने के बाद धीरे से आदमी या हाथी कहकर मिथ्याभाषण के पाप से अपनी रक्षा कर ली।

देवीदीन — क्या रक्षा की ? उन्होंने नरक तो देखा ही। धर्मराज भी नरकगामी..... आह! हमारा क्या होगा ? नरक से डर लगता है।

रामदीन — दोस्त! युधिष्ठिर ने तो मरने के बाद नरक देखा। हम तो अभी देख रहे हैं। सब जगह मिलावट। आधुनिक धर्मराजों ने इस धरती को नरक से भी बुरी बना दिया है। केवल घी, तेल, दूध आदि खाद्य पदार्थों में ही मिलावट नहीं, अपितु स्त्री-पुरुषों के पारस्परिक सम्पर्कों में भी मिलावट है। अधिक क्या कहें ? मरने के बाद कफन भी.... [तब स्थूल शरीर सेठानी आती है। उसके होंठ मोटे हैं, सूअर के समान बाल हैं, स्थूल जाँघें हैं और शृंगारादि से सुसज्जित है]

सेठानी — [देवीदीन से] **जा, रात के भोजन के लिए सब्जी ले आ। यह रुपया ले** [देवीदीन रुपया लेकर चला जाता है। सेठानी रामदीन से] **दिनोंदिन कमजोर**

रामदीनमभिलक्ष्य] **कथं प्रतिदिनं दुर्बलतरस्त्वम्?**

रामदीनः — कार्याधिक्येन भोजनपानाद्यर्थमपि समयो न लभ्यते। अस्माकमपि जीवनं किं जीवनम्! कृमय एव मनुष्यरूपेण वयम्।

श्रेष्ठिपत्नी — कथमेवं भणसि? घृतस्यापणावनुवृत्तिं करोषि। षोडशांश-सेटक-प्रमाणमपि घृतं नित्यं पिबता स्वल्पैरहोभिर्गामासदृशेन भाव्यं त्वया। रूपसौन्दर्येण तु त्वमलंकृत एव...... [मौनमाकलयति]।

रामदीनः — तत्रभवती त्वेवं कथयति यथा विपणिर्मदीयैव स्यात्। एकैकस्यापि तोलकस्य लिपिकस्य पुस्तिकायां संख्यानमस्ति। नापि स्यात् संख्यानं, किमहं चौर्यमाचर्य घृतं पिबेयम्?

श्रेष्ठिपत्नी — कथं चौर्यं मन्यसे? [अक्षिभ्यां मादकतां नाटयन्ती] **सकलमिदं कार्यजालं स्वकीयमेव जानीहि मत्कथनमनुमन्यसे चेत्।**

रामदीनः — किं कदावहेलित आदेशः?

श्रेष्ठिपत्नी — [हि हि कुर्वन्ती साक्षि-निकोचं लज्जां नाटयति] **त्वया नावहेलित आदेशः; किञ्चाहमेव वक्तुं नाशक्नवम् .... न कदाचिदप्यवसरो लब्धः .... मनसि त्विदं चिरकालादस्ति .... कीदृक् कमनीयोऽसि रामदीन!**

रामदीनः — [गम्भीरान्तःकरणः श्रेष्ठिनीं पश्यति तस्या नयनगर्भ-गतां वासनां पठन्निव]।

श्रेष्ठिपत्नी — रामदीन! त्वं न जानासि श्रेष्ठी दर्शनेनैव पुरुषः। अहन्तु पिपासाकुलिता म्रिये। त्वं मम सहचर........... [हि हि करोति]।

रामदीनः — श्रेष्ठिनि! किमेवं जल्पसि! यस्मिन् पुटे पयः पीतं छेत्तुं तन्नैव शक्यते। नेत्थमभद्रं रामदीन आचरिष्यति।

श्रेष्ठिपत्नी — नाहं श्रेष्ठिगृहेऽतृप्ता पिपासिता निवत्स्यामीति मत्वा त्वं तस्य कीर्तिं गार्हस्थ्यं च

क्यों हो रहे हो?

रामदीन — काम अधिक होने से भोजन-पानी के लिए भी समय नहीं मिलता। हमारा जीना भी क्या जीना है! कीड़े ही हैं मनुष्य रूप में हम।

सेठानी — ऐसा क्यों कहते हो? घी की दुकान में नौकरी करते हो। एक छटाँक भी घी नित्य पीते रहो तो थोड़े ही दिनों में तुम गामा (पहलवान) बन जाओगे। रूप-सौन्दर्य तो तुम्हारे पास है ही।....... [चुप हो जाती है]

रामदीन — आप तो ऐसे कह रही हैं जैसे दुकान मेरी ही हो। एक एक तोले का भी लिपिक की बही में हिसाब है। हिसाब न भी हो, क्या मैं चोरी करके घी पीऊँगा?

सेठानी — चोरी क्यों मानते हो? [आँखों में नशा दिखाती हुई] **यह सारा व्यापार - यदि मेरा कहना मानो तो - अपना ही समझो।**

रामदीन — मैंने आपकी आज्ञा कब नहीं मानी?

सेठानी — [हि हि करती हुई आँखें सिकोड़ कर लज्जा प्रकट करती है] **तुमने आज्ञा नहीं टाली, परन्तु मैं ही कह नहीं सकी.... कभी अवसर मिला भी नहीं..... मन में तो बहुत दिनों से यह बात बसी है..... कितने अच्छे हो रामदीन!**

रामदीन — [गंभीर होकर सेठानी और उसके आँखों में बसी वासना को पढ़ता हुआ सा दिखाई देता है]

सेठानी — रामदीन! तुम नहीं जानते हो कि सेठ तो देखने में ही पुरुष है। मैं तो प्यासी मर रही हूँ। तुम मेरा साथी.... [हि हि करती है]

रामदीन — सेठानी, यह क्या कह रही हो? जिस दोने में दूध पिया हो, उसमें छेद नहीं किया जा सकता है। इस तरह की बुरी बात रामदीन नहीं करेगा।

सेठानी — मैं सेठ के घर में इस तरह अतृप्त और प्यासी नहीं रहूँगी— ऐसा समझ कर तुम उसके नाम

रक्षितुमर्हसि। त्वत्-स्वामिनो हितमेव स्यादावयोः संमेलनेन।

रामदीनः — नैव श्रेष्ठिनि! न मयैतदाचरणीयम्।

श्रेष्ठिपत्नी — कथं विक्षिप्तायसे? अहमचिरादेव श्रेष्ठिन ऐहिक-लीलां समापयितुं समर्थास्मि। सकला अपि तस्य सम्पत्तयो मत्संबन्धात्त्वदधीना भविष्यन्ति। अखिलास्ते विपत्तय उत्सत्स्यन्ति।

रामदीनः — नहि, नहि [कर्णौ पिधाय] मयैतत्सर्वं न ....

श्रेष्ठिनी — विचारय पुनः। श्रेष्ठी क्वापि बहिर्गतः श्वो प्रत्यावर्तिष्यते। रात्रावहं प्रतीक्षिष्ये। जानीहि न ते कुशलं त्वं नागच्छसि चेत्।

रामदीनः — किम्! [श्रेष्ठिनीं पश्यन्नेवास्ते, सा च वेगेन पार्श्वभागं प्रचलति, रामदीनश्च शिरो गृहीत्वा जान्वोरन्तरालं चिबुकं कृत्वा शोचन्दृश्यते। तदैव नववादन-समय-सूचक-ध्वनिः श्रूयते। स उत्थाय विपणि-कपाटौ पिदधाति। विद्युद्दीपं निर्वाप्य तत्रैव काष्ठमंचिकायां स्वपिति क्षणादेव स्वप्नाविष्टश्च जायते। (अत्र छायाभिनये श्रेष्ठिनी-कर-चुम्बनं, तस्याः केशसंवाहनं, नतमस्तकान् भृत्यान् हस्तप्रसारणा दिभिरादेशदानादि-क्रिया नेपथ्यागत-निम्नाङ्कितं कथनमनुसरति)]।

स्वप्नात्मा — [नेपथ्ये] रामदीन! श्रेष्ठिनी-मैत्री त्वां सम्पच्छालिनं विधास्यति। श्रेष्ठिनि पंचत्वं गत एव त्वमस्याः सम्पत्तेः स्वामी भविष्यसि। भृत्या बद्धकरास्त्वां सेविष्यन्ते। पालनीयः श्रेष्ठिन्यादेशः, अन्यथा दुभार्ग्यग्रस्तः कृमि-जीवनं यापयिष्यसि संसारेऽस्मिन्। भोगान् भुंक्ष्व। छम्मो! .... त्यज तां वराकीम्। किं सुखं प्रापयिष्यति सा.... अहहहह सुखार्थं धनमत्यावश्यकम्। ह ह ह.... [प्रबुद्धो रामदीन उत्तिष्ठति]।

रामदीनः — नहि नहि नैव कर्तुं शक्यते। रामदीनो न कदाचिदपि धनार्थं स्वात्मानं विक्रेष्यति

और गृहस्थी को बचा सकते हो। हमारे मिलने से तुम्हारे स्वामी का भला ही होगा।

रामदीन — नहीं सेठानी, मुझे यह नहीं करना है।

सेठानी — क्यों पागल बने जा रहे हो? मैं शीघ्र ही सेठ को मारने में समर्थ हूँ। उसकी सारी सम्पत्ति मेरे साथ सम्बन्ध जोड़ने पर तेरी हो जायेगी। तुम्हारी सारी विपत्तियाँ मिट जायेंगी।

रामदीन — नहीं, नहीं [कान बन्द कर] मैंने यह सब नहीं ......

सेठानी — फिर सोच लो। सेठ जी कहीं बाहर गये हैं कल लौटेंगे। रात को मैं तुम्हारी प्रतीक्षा करूँगी। यदि तुम न आओ तो तुम्हारी कुशल नहीं।

रामदीन — क्या! [सेठानी को देखते रहता है और वह वेग से बगल की ओर बढ़ती है। रामदीन सिर पकड़कर घुटनों के बीच ठुड्डी स्थिर कर सोचता दिखाई देता है। तभी नौ बजने की घंटाध्वनि सुनाई देती है। वह उठकर दुकान के किवाड़ बन्द करता है। बिजली बुझाकर वहीं तख्तपोश पर सोता और शीघ्र ही स्वप्न देखने लग जाता है। यहाँ छायाभिनय से सेठानी का हाथ चूमना, उसके बाल सहलाना, नतमस्तक नौकरों को हाथ फैलाए आदि क्रिया द्वारा नेपथ्य में उच्चरित कथन का अनुसरण सम्पन्न होता है]

स्वप्नात्मा — [नेपथ्य से] रामदीन! सेठानी की यारी तुझे सेठ बना देगी। सेठ के मरने पर तुम इस सम्पत्ति के स्वामी होगे। नौकर हाथ जोड़कर तुम्हारी सेवा करेंगे। सेठानी का कहना मान ले, नहीं तो दुर्भाग्य का मारा इस संसार में कीड़े का जीवन व्यतीत करेगा। भोग भोगो। छम्मो ?..... उस बेचारी को छोड़। वह क्या सुख देगी..... अहहह सुख के लिए धन की अपेक्षा होती है हहहह...

[रामदीन जागकर उठ जाता है]

रामदीन — नहीं, नहीं, नहीं किया जा सकता। रामदीन धन के लिए अपने को नहीं बेचेगा। [घुटनों के बीच

[शोचन्निव दृश्यते जान्वोरन्तरालं शिरः कृत्वा। तदैव विहगाः कूजन्ति। रङ्गमञ्चे प्रकाशः — पूर्वमरुणः पश्चात्पीतः पुनश्च श्वेतः। रामदीनः उत्थाय विपणिं सज्जीकुर्वन् कथयति] **अर्द्धसेटकप्रमाणं शुद्धमाज्यम् ! एतावच्छुद्धमाज्यं निष्कास्य संख्यानसंगतिः कथं स्यात् !** [एकं घृतभाण्डं द्वितीये, द्वितीयं तृतीये विपर्यस्यति। छम्मो प्रविशति]।

छम्मो — मया चिन्तितं त्वं विलम्बेनागमिष्यसि, कार्याधिक्यादापणे, अत एव स्वयमेव घृतं नयामीति। देहि मेऽर्द्धकिलोप्रमाणं घृतम्। [रामदीनः किंकर्तव्यविमूढतां नाटयति। छम्मो च तामसहमाना ब्रवीति] **कथं विभेषि ? किमहं चौर्यमाचरामि ? एतदस्ति मूल्यम्।** [कर्गजमुद्रां (नोटं) प्रक्षिपति]

रामदीनः — छम्मो ! न जानासि त्वम्। अस्मिन्नापणे शुद्धमाज्यं केनचिदपि मूल्येन न लभ्यते। अतस्त्वं गच्छ। गृहाणेदं नोटम्। अहमप्यद्य वेतनं लप्स्ये, स्वयमेव मूल्यमर्पयिष्यामि।

छम्मो — नहि, नहि। नाहमेतादृशी नारी या स्वकीयजनं मुष्णाति। मूल्यं तु त्वया स्वीकरणीयमेव।

रामदीनः — मैवं छम्मो ! मैवम्। नय स्वकीयं नोटम्।

[हठान् मुद्रां छम्मो-केशेष्वारोपयति]

छम्मो — आम् , शीघ्रमागम्यताम् [गन्तुमद्यतां सहसा प्रविष्टः श्रेष्ठी तिर्यग्दृष्ट्या पश्यति]।

श्रेष्ठी — प्रभात एव विपणिं स्वकीयामेव मन्यमाना समागता किम् ?

छम्मो — विपणौ तु सर्वेषामप्यप्रतिहतगतिः। घृतं क्रेतुं समागताहं न तु चौर्यमाचरितुम्।

श्रेष्ठी — [घृतं जिघ्रन्] **हुं विशुद्धमाज्यं नयसि !** [अंगुल्या घृतं निष्कासयन् पुनः जिघ्रंश्च सरोषः] **सर्वथा विशुद्धमाज्यमिदम्। मुष्णासि माम् ?** [रामदीनमभिलक्ष्य] **अरे मूषिक-शावक ! एतदर्थमेव मया निखिला विपणिस्त्वदायत्तीकृता ?**

सिर ले जाकर सोच करता सा दिखाई देता है, तभी चिड़ियाँ चहक उठती हैं। रंगमञ्च पर प्रकाश - पहले अरुण, पीछे पीला, फिर श्वेत। रामदीन उठकर दुकान सजाते हुए कहता है] **आधा सेर शुद्ध घी। इतना घी निकाल कर हिसाब पूरा कैसे हो ?** [एक बर्तन को दूसरे में, दूसरे को तीसरे में उलटता है, छम्मो प्रवेश करती है]

छम्मो — मैंने सोचा कि तुम देर से आओगे दुकान में अत्यधिक काम होने के कारण। अतएव स्वयं घी ले जाती हूँ। [रामदीन किंकर्तव्यविमूढ़ दिखाई देता है। छम्मो उस स्थिति को न सहती हुई बोलती है] **क्यों डरते हो ? क्या मैं चोरी कर रही हूँ ? यह मूल्य है** [दस रुपये का एक नोट फेंकती है]

रामदीन — छम्मो! तू नहीं जानती है। इस दुकान में शुद्ध घी किसी भाव पर नहीं बिकता है। अच्छा, तुम जाओ। यह नोट लो। मैं भी आज वेतन लूँगा। स्वयं मूल्य दे दूँगा।

छम्मो — नहीं, नहीं। मैं ऐसी औरत नहीं हूँ जो अपने आदमी को मूँढ़ ले। मूल्य तो तुम्हें लेना ही होगा।

राम० — ऐसा नहीं छम्मो। ऐसा नहीं। अपना नोट ले जाओ।

[हठात् नोट को छम्मो के बालों में खोंस देता है]

छम्मो — हाँ, जल्दी आना [जाने को उद्यत छम्मो को सेठ अचानक प्रवेश कर तिरछी निगाह से देखता है]

सेठ — दुकान को अपनी ही समझकर सवेरे ही चली आई ?

छम्मो — दुकान में आने का सबका समान अधिकार है। मैं घी खरीदने आई हूँ न कि चोरी करने।

सेठ — [घी सूँघता हुआ] **हुं, शुद्ध घी ले जा रही हो ?** [अंगुली से घी निकालता और फिर सूँघता हुआ सक्रोध] **यह बिल्कुल शुद्ध घी है। मुझे लूट रही है ?** [रामदीन से] **अरे चूहे के बच्चे! इसीलिए मैंने सारी दुकान तुझे सौंप रक्खी है ? यह घी तूने इसे दिया या इसने चोरी**

घृतमेतत् त्वया प्रदत्तमस्यै किंवाचोरयदेषा ?

रामदीनः — मा मैवम्। एषा विशुद्धमाज्यं क्रेतुमैच्छद् घृत-संक्रान्तौ। मया विशुद्धमाज्यमेव दत्तम्।

श्रेष्ठी — सर्वेऽपि विशुद्धमाज्यमिच्छन्ति। कीदृशः समयः! यस्य पिता तैलमपि नालभत सोऽपि विशुद्धमाज्यं वाञ्छति! [रोष-ताम्राक्षः] धर्मराजावतार ! किं सर्वेभ्य एव विशुद्धमाज्यं प्रयच्छसि ? [रामदीनो मूकस्तिष्ठति] कथन्न वदसि ? वाग्विहीनो जातः किम् ?

रामदीनः — नहि, अन्येभ्यो भवन्नामांकित-भाण्डादेव घृतं विक्रीणामि।

श्रेष्ठी — [रामदीनमनुकुर्वन्] अन्येभ्यो भवन्नामांकित-भाण्डादेव घृतं विक्रीणामि! अप्येषा ते मातामही यया प्रार्थितस्त्वं विशुद्धाज्यं लुण्ठसि ? [छम्मो प्रति] कोऽस्त्यसौ धूर्तस्ते ?

छम्मो — कोऽपि स्यात्। किन्ते प्रयोजनमनेन ? विशुद्धाज्यस्य मूल्यमादाय विशुद्धाज्यविक्रेतारं ....अवद्यवचनै-धर्षयसि ? अवगतम् — शुद्धाज्यस्य मूल्यं लब्ध्वा वनस्पतितैलं विक्रीणासि ?

श्रेष्ठी — एवमेव। वनस्पतिमेव विक्रीणामि। केन त्वमाहूता क्रेतुम् ? तस्करवृत्त्या नार्हसि घृतं नेतुम् [रामदीनं प्रति] पश्यसि किम् ? गृहाणैतद् घृतम्। घृतापणौ कार्यं करोषि अथवा स्वमातरम् ....

रामदीनः — [क्रुद्धः] श्रेष्ठिन् !

श्रेष्ठी — शूकर! वर्णसंकर ! अपसर!।

रामदीनः — [श्रेष्ठिनो गलेऽर्द्धचन्द्रं दत्त्वा] अलमपशब्दैः। [श्रेष्ठिनोऽक्षिणी कोटराद् बहिर्निर्गते दृश्येते। स च फूत्कर्तुमसमर्थो बद्धपाणिः प्राणभिक्षां याचते दृष्ट्वा च तं तथाविधं छम्मो हसति]।

छम्मो — त्यजैतम्। कथं हत्या-पापमाकारयसि ?

की ?

रामदीन — नहीं, ऐसा नहीं। यह घृतसंक्रान्ति के दिन शुद्ध घी खरीदना चाहती थी। मैंने विशुद्ध घी ही दे दिया।

सेठ — सभी शुद्ध घी चाहते हैं। कैसा समय आया ? जिसके पिता को तेल तक नहीं मिला, वह भी शुद्ध घी चाहता है [क्रोध से लाल आँखें] धर्मराज के अवतार! क्या सभी को शुद्ध घी देता है ? [रामदीन चुप रहता है] क्यों नहीं बोलता है ? क्या जीभ कट गई ?

रामदीन — नहीं, औरों को आपके नामांकित बर्तन से ही घी बेचता हूँ।

सेठ — [रामदीन की नकल उतारता हुआ] औरों को आपके नामांकित बर्तन से ही घी बेचता हूँ! यह क्या तेरी नानी है कि जिसके कहने पर तू शुद्ध घी लुटा रहा है ? [छम्मो से] यह धूर्त तेरा क्या लगता है ?

छम्मो — कोई लगता हो ? इससे तुम्हें क्या मतलब ? शुद्ध घी का मूल्य लेकर शुद्ध घी बेचने वाले को गाली देकर धमका रहा है ? समझ में आया— शुद्ध घी के दाम लेकर वनस्पति तेल बेचते हो ?

सेठ — ऐसा ही। वनस्पति ही बेचता हूँ। तुझे खरीदने किसने बुलाया ? चोरी कर घी नहीं ले जा सकती हो [रामदीन से] क्या देखता है ? यह घी ले ले। घी की दुकान में काम करता है या अपनी माँ को........

रामदीन — [क्रोध में] सेठ!

सेठ — सुअर, बदजात! चले जा।

रामदीन — [सेठ का गला पकड़कर] गाली मत दे [सेठ की आँखें गड्ढे से बाहर आई दिखाई देती हैं। वह फुफकारने में असमर्थ हो हाथ जोड़कर प्राणों की भीख माँगता दिखाई देता है, उसे वैसा देखकर छम्मो हँसती है।]

छम्मो — छोड़ इसे। क्यों हत्या का पाप ले रहा है ?

रामदीनः — यद्यहमद्यैनमदण्डितं परित्यजामि, श्व एवासौ पुनः सिंहायिष्यते। एवंभूताञ्जनान्न हितोपदेशो न चोपकृतिः संस्कर्तुं शक्नुतः। एक एवोपचार एषां रक्त-पायिनाम्। स चास्त्येतेषां गलनिष्पीडनम्, तथापि त्वत्कथनेन त्यजामि जीवितमेनम्। [श्रेष्ठिनो गलाद्धस्तमपसार्य] **गच्छ मनुजाद ! मुखं मार्जय कलङ्कितम्। प्रयच्छ च मे मदीयं प्राप्यम्। एषोऽहं गच्छामि। स्वयं चौर्यमाचरन्नन्यानाक्षिपसि! त्वादृशा एव जना जगतीं तापयन्ति; तथाप्यात्मानं पुनः पुनः प्रशंसन्ति। न तावल्लोकस्य हितं साध्यते यावत्त्वादृशानां कपटव्यापारप्रसारोऽस्ति जगत्याम्।** [श्रेष्ठी हतप्रभो दृश्यते। सहसा युवक एक सभुशुण्डीकः सम्प्राप्तो रामदीनं जिंघासति। मध्यगता छम्मो प्रथमाघातेन हता भूमौ पतति म्रियते च]।

युवकः — [मृतछम्मोमभिलक्ष्य] **तस्मिन् दिने त्वयास्य बलमाश्रित्याहं तिरस्कृतः** [पुनर्नालीकं चालयति, तेन विद्धो रामदीनश्च पतति भूमौ म्रियते च] **श्रेष्ठिन्! एष न केवलं तव, ममापि शत्रुरस्ति** [श्रेष्ठी शत्रुरस्तीत्यनुवदति] **एष हतो मया ससहचरीक आवयोः शत्रुः। न्यायालये किं भविष्यतीति त्वं जानीहि।**

श्रेष्ठी — न भेतव्यम्। धनेन कर्तुमकर्तुमन्यथाकर्तुञ्च शक्यते।

श्रेष्ठिपत्नी — [महारवं श्रुत्वा प्रविशति। विकीर्णं घृतं शवद्वयं च दृष्ट्वा तस्या मुखान्निस्सरति सहसा] **'शुद्धात्मानौ, शुद्धाज्यम्'।**

पटाक्षेपः

रामदीन — यदि मैं इसे दण्ड दिये बिना छोड़ता हूँ तो यह कल ही फिर शेर बन जायेगा। ऐसे लोगों को न तो हितकर वचन और न उपकार ही सही कर सकते हैं। इन खून पीने वालों का एक ही इलाज है और वह है इनका गला घोंटना, तो भी तेरे कहने से इसे जीवित छोड़ता हूँ। [सेठ के गले से हाथ हटाकर] **अरे राक्षस! जा, अपना कलंकित मुँह साफ कर। मेरा हिसाब कर दे। मैं अब चला। स्वयं चोरी करता है, आक्षेप दूसरों पर लगाता है। तेरे जैसे लोग ही दुनिया को दुखाते हैं, फिर भी बार-बार अपनी प्रशंसा करते हैं। तब तक संसार का कभी भला नहीं हो सकता है जब तक तुझ जैसों का कपटाचरण (भ्रष्टाचार) उसमें फैला है।** [सेठ हतप्रभ दिखाई देता है] सहसा एक युवक बन्दूक लेकर उपस्थित हो रामदीन को मारना चाहता है। छम्मो बीच में आकर पहली चोट खाकर धरती में गिरती और मर जाती है।]

युवक — [मरी छम्मो को लक्ष्य कर] **उस दिन तूने इसका बल पाकर मेरा अपमान किया** [फिर बन्दूक चलाता है, उससे चोट खा रामदीन धरती पर गिरता तथा मर जाता है। सेठ से] **सेठ जी, यह तुम्हारा ही नहीं, मेरा भी शत्रु है** [सेठ 'शत्रु है' दुहराता है] **यह मैंने हम दोनों का दुश्मन सहेली के साथ मार गिराया है। न्यायालय में क्या होगा- यह तुम जानो।**

सेठ — डरो नहीं। धन से करना, न करना, अन्यथा करना— सब कुछ किया जा सकता है।

सेठानी — [कोलाहल सुनकर प्रवेश करती है, बिखरे हुए घी और दो शवों को देखकर उसके मुँह से सहसा निकल पड़ता है] **ये दो शुद्ध आत्माएँ, शुद्ध घी........**

पटाक्षेप

कामोऽस्मि

प्रथमं दृश्यम्

[हिमाचलस्योपत्यकायामेकं भव्यं भवनम्। पुरस्तादेव शाद्वलप्रांगणे शिलारूढावर्चनावामदेवौ परस्पर-मालपन्तौ दृश्येते]

अर्चना — अद्य त्वदालिङ्गनम्.......................

वामदेवः — किम्? कथमवरुद्धासि?

अर्चना — पवित्रं शीतलञ्चास्ति। नास्मिन्नुष्णता न चाप्यधीरतैव .... ।

वामदेवः — अपि रोचते तुभ्यमिदम्?

अर्चना — आम्, नूनम्। [किञ्चिद्विरम्य] अधुना प्रेमपाठस्यार्थोऽवगतस्त्वया।

वामदेवः — अथवा विस्मृतो मयाऽसौ।

अर्चना — मैवम्। वासनालिप्तत्वदुच्छ्वासकटु-गन्धैः शिरो मे भ्रमतिस्म, प्रियता च पिपासाकुला मनोदेशे मेऽतिष्ठत्। अद्यैव त्वत्स्नेहो विश्वासयोग्यः।

वामदेवः — कथं स्पष्टं न भणसि यत्त्वं ..... अज्वलितस्यांगारस्याऽश्रुतादृष्टप्रकाशे स्नेह-मन्वेषितुमिच्छसि।

अर्चना — यच्चापि त्वं मन्यसे, मह्यं तु न रोचतेऽसंयमः। विशुद्धानुरागे कोऽर्थः कामस्य?

वामदेवः — असंयमादेव त्वं बिभेषि। संयमश्चेत्........... ।

अर्चना — नहि, नहि वामदेव! अस्मान्मार्गाद्-दूरस्थतैव वरम्। न कदाचिदपि तस्मिन्नहं स्निह्यामि, यस्य प्रेम वासना-व्यामिश्रं स्यात्।

वामदेवः — अपि स्निह्यसि मय्यधुना?

अर्चना — आम्।

वामदेवः — कथमिव?

अर्चना — यथा चकोरी चन्द्रे स्निह्यति।

प्रथम दृश्य

[हिमालय की उपत्यका में एक भव्य भवन। सामने ही हरे-भरे आँगन में शिलारूढ़ अर्चना-वामदेव परस्पर बात करते दिखाई देते हैं]

अर्चना — आज तुम्हारा आलिंगन........

वामदेव — क्या? रुक क्यों गई?

अर्चना — पवित्र तथा शीतल है। न गर्मी है और न अधीरता ही।

वामदेव — क्या तुम्हें यह अच्छा लगता है?

अर्चना — हाँ अवश्य [कुछ रुककर] अब तुम्हें प्रेम के पाठ का अर्थ ज्ञात हुआ?

वामदेव — अथवा उसे मैंने भुला दिया।

अर्चना — ऐसा नहीं, वासनायुक्त तुम्हारी उसासों की कड़वी गन्ध से मेरा सिर चकरा जाता था और प्यासा प्यार दिल में दुबक जाता था।

वामदेव — स्पष्ट क्यों नहीं कहती हो कि तुम बुझे हुए अंगारे के अश्रुत और अदृष्ट प्रकाश में स्नेह खोजना चाहती हो।

अर्चना — तुम जो भी मानो, मुझे असंयम से घृणा है। विशुद्ध प्यार में काम का क्या मतलब?

वामदेव — तुम असंयम से ही डरती हो, संयम बरता जाय तो.......

अर्चना — नहीं, नहीं वामदेव, इस रास्ते से दूर रहना ही श्रेयस्कर है। उससे मैं कभी प्यार नहीं कर सकती, जिसका प्रेम वासनामिश्रित हो।

वामदेव — अब तुम मुझसे प्यार करती हो?

अर्चना — हाँ।

वामदेव — किसकी तरह?

अर्चना — जैसे चकोरी चन्द्रमा से प्यार करती है।

वामदेवः — एवम्!	वामदेव — ऐसा!
अर्चना — यथा कमलिनी भानौ, मीनश्च सलिले।	अर्चना — जैसे कमलिनी सूर्य से और मछली पानी से।
वामदेवः — न कदापि मां त्यक्ष्यसि ?	वामदेव — मुझे कभी नहीं छोड़ोगी ?
अर्चना -- त्वद्वियोगात्पूर्वं प्राणांस्त्यक्ष्यामि।	अर्चना — तुम्हारे वियोग से पहले प्राण छोड़ दूँगी।
वामदेवः — मामकीना भूत्वा स्थास्यसि ?	वामदेव — मेरी होकर रहोगी ?
अर्चना — तथैव यथाऽऽतपस्य छाया।	अर्चना — उसी तरह जैसे धूप की छाया।
वामदेवः — न कदापि मह्यं क्रोत्स्यसि ?	वामदेव — मुझ पर क्रोध तो नहीं करोगी ?
अर्चना — त्वां तथैव हृदि वासयिष्यामि यथा प्रसूनं गन्धम्।	अर्चना — तुम्हें उस तरह हृदय में बसाऊँगी जैसे फूल सुगन्ध को।
वामदेवः — अप्यर्पयिष्यसि मत्प्रणयमूल्यम् ?	वामदेव — क्या मेरे प्यार का मूल्य चुकाओगी ?
अर्चना — सर्वस्वं समर्प्य।	अर्चना — सर्वस्व न्यौछावर कर।
वामदेवः — समाजोऽन्तरायश्चेत् .... ।	वामदेव — यदि समाज बाधक बना तो.......
अर्चना — तमप्युल्लंघ्य त्वदीया भविष्यामि।	अर्चना — उसे लाँघकर तुम्हारी हो जाऊँगी।
वामदेवः — निशीथे .... ।	वामदेव — आधी रात में.........
अर्चना — अभिसारमाचरिष्यामि।	अर्चना — अभिसार करूँगी।
वामदेवः — स्वर्णिम-प्रभाते .... ।	वामदेव — सुनहरे प्रभात में........
अर्चना — त्वदर्थं मंगलं गास्यामि।	अर्चना — तुम्हारे लिए मंगलगान गाऊँगी।
वामदेवः — प्रशान्तसंध्यायाम् .... ।	वामदेव — प्रशान्त सन्ध्या में........
अर्चना — त्वन्नीराजन-परायणा भविष्यामि।	अर्चना — तुम्हारी आरती करने लगूँगी.........
वामदेवः — अहं त्वञ्च .... ।	वामदेव — मैं और तुम.......
अर्चना — अद्यप्रभृत्येकत्वं गतौ।	अर्चना — आज से एक हुए।
वामदेवः — स्खलनम् .... ।	वामदेव — इसमें स्खलन..........
अर्चना — न कदाचिदपि ।	अर्चना — कभी नहीं।
वामदेवः — पुनर्विचारय।	वामदेव — फिर सोच लो।
अर्चना — विचारितम् ; न परिवर्तिष्येऽपरिवर्तिते त्वयि।	अर्चना — सोच लिया। तुम्हारे न बदलने पर मैं नहीं बदलूँगी।
वामदेवः — श्रावय गीतमेकम्। त्वत्स्वरोर्मिषु निमज्जन्तु मे प्राणाः।	वामदेव — एक गीत गाओ। मेरे प्राण तुम्हारी स्वर लहरियों में खो जायँ।
अर्चना — [गायति] स्नेहं सेवितुमथागताऽहम्। शान्तस्वान्ता सुखानताऽहम्।	अर्चना—[गाती है] मैं तो स्नेह-सेवन के लिए आई हूँ मेरा हृदय शान्त है, मैं सुख से झुकी हुई हूँ

कूजति कूहू - कुहू पिकीयम्,
चातकचञ्चूर् घनोन्मुखीयम्।
मानव ! मनसो मालिन्यं त्यज।
श्रद्धा-सलिलैः सदाप्लुताऽहम्॥
मदिर - समीरः सरति सलीलः,
लाति मरन्दं विहरणशीलः।
मनोऽविचलितं, वपुः पुलकितम्
स्नायं स्नायं समर्पिताऽहम्॥

यह कोयल कुहू कुहू कह रही है
चातक की चोंच बादलों की ओर लगी है
मनुष्य! हृदय की मलिनता छोड़
मैं श्रद्धा के पानी से सदा भीगी हूँ।
मन्द पवन क्रीड़ा करता हुआ डोल रहा है
विहारमग्न होकर मकरन्द ला रहा है
मन स्थिर हो चला है, शरीर रोमाञ्चित है
मैं नहा नहा कर समर्पित हूँ।

मदनः क्लाम्यति, हृदयं शाम्यति,
कुसुमवनीयं समदं विकसति।
नरोऽनुकूलो नारीं लभते,
प्रणय-कलशरस-परिषिक्ताऽहम्॥

काम थका पड़ा है, हृदय शान्त है
फूलों की वाटिका नशे के साथ खिली है
अनुकूल पुरुष नारी को प्राप्त करता है
मैं प्यार के कलश के रस से सिक्त हूँ॥

वामदेवः — किं नारी नार्यामेवं स्निह्यति ?

अर्चना — कोऽभिप्रायस्ते ?

वामदेवः — [विरम्य] नाहं पुरुषोऽधुना। नष्टं मे पुंस्त्वम् ....।

अर्चना — कथम् ?

वामदेवः — शापवशात्।

अर्चना — कीदृशः शापः ? कस्माद्धेतोः ?

वामदेवः — आखेटार्थं महाराजेन सहाहमपि ह्योऽम्बिकावनं गतः।

अर्चना — कथय, कथय।

वामदेवः — तदा जगन्माता पार्वती जगत्पिता शिवश्च वने विहारमग्नावास्ताम्।

अर्चना — अलम्प्रलापेन पित्रोर्विषये।

वामदेवः — सत्यमेतत्।

अर्चना — किम् ?

वामदेवः — अस्मानुपस्थितान् दृष्ट्वा भगवती पार्वती लज्जाभिभूता खिन्ना चाभवत्। ततः कोपाविष्टेन शिवेन शापो दत्तः — ये केचनात्र समागताः, समागमिष्यन्ति च, ते स्त्रीत्वमाप्स्यन्ति।

वाम. — क्या औरत औरत से इस तरह प्रेम करती है ?

अर्चना — तुम्हारा क्या मतलब है ?

वामदेव — [रुककर] मैं अब पुरुष नहीं हूँ। मेरा पुंस्त्व नष्ट हो चुका है।

अर्चना — कैसे ?

वामदेव — शाप के कारण।

अर्चना — कैसा शाप ? किस कारण ?

वामदेव — महाराज के साथ शिकार खेलने मैं भी कल अम्बिका बन गया।

अर्चना — कहो, कहो।

वामदेव — तब जगन्माता पार्वती तथा जगत्पिता शिव विहारमग्न थे।

अ० — माता-पिता के विषय में ऐसी बकवास मत करो।

वामदेव — यह सत्य है।

अर्चना — क्या ?

वामदेव — हमें उपस्थित देखकर भगवती पार्वती लजा गई और खिन्न हुई। तब क्रुद्ध होकर शिव ने शाप दिया- जो कोई यहाँ आए हैं और आयेंगे, वे स्त्रीरूप हो जायेंगे।

अर्चना — मिथ्यैतत्।

वामदेवः — सत्यं ब्रवीमि। पश्य मे पततः श्मश्रुमुच्छ- केशान् [हस्तेन केशानपाकरोति] ममाङ्गेषु च सञ्जात उद्भारः। नारीवदे- वाहमधुना।

अर्चना — [अवधानेन पश्यति, विवर्णानना च दृश्यते, किन्तु संजातमनोदुःखमपह्नोतुं यतते] वामदेव !

वामदेवः — अर्चने !

अर्चना — किमिदं सञ्जातं तव ?

वामदेवः — वाञ्छनीयमेतत्तव। यस्मात्त्वं बिभेषि, तन्नष्टम्। नात्र घृणावसरोऽधुना।

अर्चना — किन्तु ....

वामदेवः — किन्तु किम् ?

[पततः श्मश्रुमुच्छकेशान् हस्ताभ्यां स्पृशति] पतन्त्येते सर्वे। अद्य प्रभृति त्वं मेऽभिन्ना सखी।

अर्चना — अस्त्येव पूर्णलोपा मम सहचरी। भवतु भवान् वामदेव एव।

वामदेवः — अस्म्यहं सोऽपि। न मे त्वत्प्रेमपरायणा मनोभावाः प्रणष्टा अद्यापि। शरीरमेव मे परिवर्तितं, मनस्तु पूर्ववदेवास्ति।

अर्चना — [सोच्छ्वासं] तदपि परिवर्तिष्यते।

वामदेवः — [तीव्रदृष्ट्या] कीदृशो विपर्ययस्ते मनसि ? वासना तुभ्यं न रोचते। नष्टायां तस्यां प्रहृष्टया भवत्या भाव्यम्।

अर्चना — प्रहृष्टया .... मया .... अस्तु, प्रहृष्टाहं .... किन्तु ....।

वामदेवः — कथय, कथय।

अर्चना — शोचामि कथं स्थास्यावोऽनस्मा- दृशजनजगत्यामिति।

अर्चना — यह मिथ्या है।

वामदेव — सच बोल रहा हूँ। मेरे दाढ़ी-मूँछ के बालों को गिरते हुए देख लो [हाथ से बालों की दूर करता है] मेरे अंगों में उभार हो चला है। मैं अब नारी के समान हूँ।

अर्चना — [ध्यानपूर्वक देखती है, आकृति बिगड़ती सी दिखाई देती है, किन्तु पैदा हुए मन के कष्ट को छिपाने का प्रयत्न करती है] वामदेव!

वामदेव — अर्चने!

अर्चना — तुम्हारा यह क्या हुआ ?

वामदेव — तुम्हारे लिए तो यह वाञ्छनीय है। जिससे तुम्हें डर था, वह नष्ट हुआ। अब घृणा के लिए कोई स्थान नहीं।

अर्चना — किन्तु..........

वामदेव — किन्तु क्या ?

[गिरते हुए दाढ़ी-मूँछों को हाथों से छूता है।] ये सब गिर रहे हैं। आज से तुम मेरी अभिन्न सखी हो।

अर्चना — पूर्णलोपा मेरी सखी है ही। आप वामदेव ही रहें।

वामदेव — वह भी मैं हूँ ही। तुमसे प्यार करने वाले मेरे मनोभाव नष्ट नहीं हुए आज भी। शरीर ही मेरा बदला है, मन तो पहले की तरह है।

अर्चना — [उच्छ्वास के साथ] वह भी बदल जायेगा।

वामदेव — [आँख गढ़ाकर] तुम्हारे मन में कैसा पलटाव है ? तुम्हें वासना अच्छी नहीं लगती। उसके नष्ट हो जाने पर तुम्हें खुश होना चाहिए।

अर्चना — खुश....... मुझे......... हाँ....... खुश हूँ। किन्तु.........

वामदेव — कहो, कहो।

अर्चना — सोचती हूँ कि कैसे रहेंगे उनके बीच, जिनकी दुनिया हमारे जैसी नहीं है।

वामदेवः — [तीव्रदृष्ट्या] एवम्!

अर्चना — नैवं [पुनः हृज्जातपरितापं निह्नोतुकामा वाक्यं मोटयति] चेत् किमन्यच्छोचामि।

वामदेवः — यद्येवम्, अस्त्यत्रोपायः।

अर्चना — कोऽसौ ?

वामदेवः — अध्यक्षोऽहमस्य जनपदस्य। सर्वमपि सबलं जीवग्रामं प्रापयाम्यम्बिकावनम्। प्रत्यावृत्तेषु तेषु तस्माद्वनाद्वासनाराज्यं विजितं स्यादिति वयं कामं लीलावशेषं विधास्यामः।

अर्चना — नहि, नहि। परदुःखावहं पापमेतद-नाचरणीयं स्वसुखार्थम्।

वामदेवः — पापम्। कथम्? पापं तु वासनास्तीत्येव भवती मन्यते। तस्या मुक्त्यर्थं प्रयत्नः कथं पापाचरणम्?

अर्चना — [निर्जितेव] मैवं कार्षीर् वाम! जनपदोऽयं निर्जनो भविष्यति किञ्चित्कालानन्तरं सृष्टिक्रमश्चावरुद्धो भवेत्।

वामदेवः — नास्य चिन्ता कार्या। अहं पार्वतीं प्रसाद्य तस्या-स्तामेव विद्यामर्जयिष्यामि, यया सा गणेशं निर्मितवती। मृत्पिण्डोपरि जलमभिषिच्य सा तस्मिन्प्राणान् संचारयामास। अस्त्वहं गच्छामि [निष्क्रामति]।

अर्चना — वामदेव! [द्वित्राणि पदानि तमनुसरति। पुनश्च परावृत्य शनैः शनैः विचारपरतां नाटयति।]

द्वितीयं दृश्यम्

[वसन्तर्तुकालः उपवने रेवारुणिश्च नृत्यन्तौ गायन्तौ च दृश्येते]

रेवारुणिश्च — चल चल रे पवन! निष्क्लेशम्।
वद वद रे! मदन -सन्देशम्॥

रेवा — सर्षपवनी सुफुल्ला पीता।

वामदेव — [आँख गढ़ाकर] ऐसा!

अर्चना — नहीं ऐसा नहीं.... [फिर हृदयजनित दुख को छिपाने की इच्छा से वाक्य मोड़ लेती है] तो और क्या सोचती हूँ?

वामदेव — यदि ऐसा है तो एक उपाय है।

अर्चना — वह कौन सा?

वामदेव — मैं इस जनपद का प्रधान अधिकारी हूँ। सारे समर्थ प्राणिवर्ग को अम्बिका बन ले जाता हूँ। उस वन से लौटते ही वासना का राज्य जीत लिया जायेगा। इस तरह काम को नामशेष बना देंगे।

अर्चना — नहीं, नहीं। अपने सुख के लिए दूसरे को दुख देने वाला यह पापकर्म नहीं किया जाय।

वामदेव — पाप? क्यों? पाप तो वासना है - ऐसा ही तुम मानती हो। इससे मुक्ति के लिए प्रयत्न पापाचरण कैसा?

अर्चना — [हारी-सी] वाम! ऐसा मत करो। यह जनपद निर्जन हो जायेगा। कुछ समय बाद सृष्टि ही समाप्त हो जायेगी।

वामदेव — इसकी चिन्ता न करो। मैं पार्वती को खुश कर उनसे वही विद्या सीख लूँगा, जिससे उन्होंने गणेश बनाये। मिट्टी के ढेले के ऊपर पानी छिड़क कर उन्होंने गणेश जी में प्राण-संचार किये थे। अस्तु, मैं जाता हूँ [चले जाता है]

अर्चना — वामदेव! [दो-तीन कदम उसके पीछे चलती है। फिर लौट कर धीरे-धीरे विचार करने का नाटक करती है]

दूसरा दृश्य

[उपवन में रेवा और आरुणि नाचते गाते हुए दिखाई दे रहे हैं। वसन्त ऋतु का समय]

रेवा और आरुणि — पवन चल, क्लेशहीन होकर चल। काम के सन्देश को कहते रह।

सरसों के खेत फूल कर पीले हुए हैं। डरी

आरुणिः — उद्दीप्ता हृत्काङ्क्षा भीता।
रेवा — क्रीतः कान्तः कान्ता क्रीता।
रेवारुणी — सुखमाप्तं निःशेषम्।
चल चल रे पवन ! निष्क्लेशम्॥
रेवा — पश्यति सारंगो रससिन्धुम्।
आरुणिः — वाञ्छति स्वात्यां पतितं बिन्दुम्।
रेवा — आचामन्ति चकोरा इन्दुम्।
उभौ — शनैः शनैरनिमेषम्। चल...निष्क्लेशम्॥

आरुणिः — रेवे !

रेवा — प्रिय !

आरुणिः — अस्त्यद्यावयोर्मधुयामिनी चिरपिपासा-तृप्तिः।

रेवा — यां संस्मृत्य रोमाञ्चो मे जायते। नाहं शक्नोमि संयन्तुम्।

आरुणिः — एषैव सा रजनी यां प्रतीक्षमाणा मानवप्राणा उत्ताम्यन्ति। जीवने सकृदेवायात्येषा, सकृदेव। मनो मे समुत्सुकं जायते प्रिये!

रेवा — मया दृष्टमधुनैव यद्द्वादशघटिका व्यतीताः। अष्टादशैव शेषाः। मयाज्ञापितो यामिको घटिका-घटन-सूचनार्थं क्रमशः।

आरुणिः — कथं नाज्ञप्तो यामिको घटिका-यन्त्रगतिमेधितुम्? येन शेषा घटिका अचिराद्व्यतीताः स्युः।

रेवा — किमनेन, भगवान् भास्करस्तु समय एवास्तमेति।

आरुणिः — अद्यास्माकं कृते घटिकाद्वयं समयात्पूर्वमेव कथं नास्तमेति?

रेवा — नियमानुसारी भगवान् भानुः।

आरुणिः — आवाभ्यां नियमान् रक्षयितुं कथन्नैव स्वनियमं शिथिलीकरोति सविता। यद्यावां तस्यावहेलाम् .... ।

रेवा — किमर्थमावां धैर्यं परित्यज्य तथाचरिष्यावः!

हुई हृदय की कामना उद्दीप्त हुई है। सुन्दर स्त्री-पुरुष एक दूसरे के हाथ बिक गये हैं। उन्होंने सभी सुख प्राप्त किये हैं। तू भी बहता चल।

चातक बादल को देख रहा है, स्वाति नक्षत्र में गिरी बूँद की इच्छा कर रहा है। चकोर चाँद को जैसे धीरे-धीरे पी रहे हों, इस तरह देख रहे हैं और उनके नेत्र अपलक हैं।

अरे पवन! निर्बाध गति से चलता रह।

आरुणि — रेवे!

रेवा — प्रिय!

आरुणि — हमारी चिरकालीन प्यास को बुझाने में समर्थ है आज यह मधुर रात। सुहाग रात।

रेवा — जिसे स्मरण कर मुझे रोमाञ्च हो रहा है। मैं तो अपने को रोक नहीं पा रही हूँ।

आरुणि — यही वह रात है जिसकी प्रतीक्षा में मनुष्य के प्राण उद्दीप्त हो उठते हैं। जीवन में यह एक बार ही आती है, केवल एक बार। प्रिये! मेरा मन उत्सुक हो रहा है।

रेवा — मैंने अभी देखा है कि बारह घड़ियाँ बीत गई हैं। केवल 18 शेष हैं। मैंने समय रखने वाले से कह दिया है कि वह घड़ियाँ बीतने की सूचना देता रहे।

आरुणि — समय सूचित करने वाले को घटिका (घड़ी) को आगे बढ़ाने को क्यों नहीं कहा? जिससे शेष समय शीघ्र ही बीत जाय।

रेवा — इससे क्या होगा? भगवान् भास्कर तो समय पर ही अस्त होते हैं।

आरुणि — आज हमारे लिए समय से दो घड़ी पहले ही क्यों नहीं अस्त हो जाते?

रेवा — सूर्य तो नियम के अनुसार ही चलते हैं।

आरुणि — हमसे नियमों की रक्षा करवाने क्यों नहीं अपने नियमों को शिथिल कर देते हैं सविता? यदि हम उनकी अवहेलना......

'सुफला सहजा गतिः!' [कर्णौ दत्त्वा] कीदृशीयं घोषणा? [आरुणिं प्रदर्शयन्ती] अग्रेऽग्रे चलत्येष उद्घोषकः। आर्या अर्चना, आर्यो वामदेवश्च रथारूढौ तमनुसरन्तावित एवागच्छतः।

आरुणिः — कर्णौ पिधेहि रेवे! नाद्य राजाज्ञा श्रोतव्या [आरुणिरङ्गुलिभ्यां कर्णपिधानं नाटयति, रेवा च हसितुमारभते। अर्चना-वामदेवौ समीप एव प्राप्नुतः]।

वामदेवः — कथमेतदङ्गुलिभ्यां कर्णपिधानम्! किन्नाकर्णिता मदाज्ञा त्वया? किमस्मिन् वने क्रियते साम्प्रतम्?

आ० — [अपसार्याङ्गुली] किं निस्सरत्यार्यमुखात्?

वामदेवः — आज्ञा-पालनार्थं सन्नद्धो भवेति। अम्बिका-वनं यास्यामः। रात्रौ तत्रैव निवत्स्यामः [रेवामभिलक्ष्य] काऽसौ?

आरुणि — सद्यः परिणीता पत्नी।

वामदेवः — परिणीता!

आरुणि — आम्, देव! गान्धर्वविधिना पाणि-गृहीत्येषा। अद्यावयोर्मिलनमधुयामिनीति राजाज्ञां न श्रोतुं मया ....।

वामदेवः — कर्णौ पिहितौ [उच्चैर्हसति] किन्तु सा तु श्रोतव्यैव।

आ० — दशवारं श्रोष्यामि श्वः, नाद्य सकृदपि। नाहं किञ्चिद्दिदृक्षे न चापि किञ्चिच्छ्रोतुमिच्छामि। अवेहि मामद्य बधिरं मूकमन्धञ्च।

वामदेवः — नैतादृशी शोभतेऽधीरता।

अर्चना — [रेवां प्रति] किं भवत्यपि स्व-प्रियाभीष्टमनुमन्यते?

रेवा — चिर-प्रतीक्षितोऽयं समयः सर्वैर्मानवैस्तथाऽनुभूयते।

अर्चना — भ्रान्ताऽसि।

रेवा — न कदाचिदपि।

रेवा — हम धैर्य छोड़कर वैसा क्यों करेंगे? स्वाभाविक चाल अच्छा फल देती है [कान देकर] यह घोषणा कैसी? [आरुणि को दिखाती हुई] आगे-आगे यह उद्घोषक चल रहा है। उसी के पीछे-पीछे रथारूढ़ आर्य वामदेव तथा आर्या अर्चना इधर ही आ रहे हैं।

आरुणि — रेवे, कान बन्द कर। आज हमें राजाज्ञा नहीं सुननी है। [आरुणि अंगुलियों से कान बन्द करता है और रेवा हँसने लगती है। अर्चना और वामदेव बिल्कुल समीप आ पहुँचते हैं]

वामदेव — यह अंगुलियों से कान बन्द क्यों? क्या तुमने मेरे आदेश को नहीं सुना? इस वन में इस समय क्या कर रहे हो?

आरुणि — [अंगुलियाँ हटाकर] आपने क्या कहा?

वामदेव — कहा-आदेश पालन करने को तैयार रहो। अम्बिका वन जायेंगे। रात वहीं रहेंगे। [रेवा को लक्ष्य कर] यह कौन है?

आरुणि — मेरी अभी-अभी विवाहित पत्नी।

वामदेव — विवाहिता?

आरुणि — हाँ, महाराज! इसके साथ मैंने गन्धर्व विवाह किया है। आज हमारी मधुयामिनी है, इसलिए मैंने राजाज्ञा न सुनने को........

वामदेव — कान बन्द कर दिये [ऊँचे स्वर में हँसता है] किन्तु उसे तो सुनना ही होगा।

आ० — कल दस बार सुनूँगा, आज एक बार भी नहीं। न मैं आज कुछ देखना चाहता हूँ और न कुछ सुनना ही। समझ लें कि मैं बहरा, गूँगा तथा अन्धा हूँ।

वामदेव — ऐसी अधीरता शोभा नहीं देती है।

अर्चना — [रेवा से] क्या आप भी अपने प्रियतम की इच्छा का अनुमोदन करती हैं।

रेवा — यह चिर-प्रतीक्षित समय सभी मनुष्यों से उसी तरह अनुभूत होता है।

अर्चना — भ्रम में हो।

रेवा — कभी नहीं।

अर्चना — न किञ्चिदपि माधुर्यं प्रतीयते स्त्रीपुरुषयोर्भौतिक-सम्पर्केषु।

रेवा — महदाश्चर्यम्। प्रतीयते नास्ति तत्रभवती नारी, तस्याश्छायामात्रम्।

अर्चना — सम्यग् विचार्य वक्तव्यम्। वासनापङ्कमविगणय्य भोगैश्वर्य - कनककङ्कण लुब्धा नूनं दुःखमवाप्स्यसि।

रेवा — बुद्धिभ्रमोऽयं भवत्याः। नोपहासो यद्येष हृत्प्रदेशान्निसृतश्चाप्ययं विचारस्तदा मन्येऽहं नाभिनन्दति तथाकथितं स्वप्रियपतिमार्या, पाषाणहृदया रुग्णा वास्ति। [रेवां तीव्रदृष्ट्या पश्यन्ती किञ्चिद्विचारयन्तीव दृश्यतेऽर्चना]।

वामदेवः — [आरुणिमभिलक्ष्य] आरुणे ! अप्यवगाहिता त्वयार्चनोक्तिः ?

आरु० — अवगता सम्यक्। न शक्यते तथा कर्तुं, मनुष्येण यदुच्यते। नैवास्ति कामः पापोत्पादकः। अपि विस्मृतम् 'धर्माविरुद्धो भूतेषु कामोऽस्मि भरतर्षभ'?

वामदेवः — अस्तु, त्यजैतत्प्रलापम्, अम्बिकावनं प्रयाहि। अरण्येऽपि युवयोराकाङ्क्षितं साधयितुं शक्यते। मदनोत्सवोऽद्य। पृथक् पृथक् लताकुञ्जावासो विनिर्मितोऽस्ति दम्पतिकृते। द्रक्ष्याम्यद्य त्वत्कथनं सत्यं स्यात्किंवार्चनायाः। त्वरा कार्या। शृणु शृणु [कर्णौ दत्त्वा] नृत्यन्तो गायन्तश्च जनास्तत्र गच्छन्ति।

[आरुणी रेवां पश्यति, स्मेरानना रेवाचाक्षिनिकोचेन स्वानुमतिं प्रयच्छति]।

वामदेवः — गन्तव्यमधुना [रेवारुणिश्च निष्क्रामत एक पार्श्वतोऽन्यतश्चार्चनावामदेवौ। नेपथ्ये नुपूरमंजीरादिवाद्य-तुमुलध्वनिना सह सहगानं श्रूयते, जनाश्च रङ्गमञ्चं पारयन्तो दृश्यन्ते।]

अर्चना — स्त्री-पुरुषों के भौतिक मिलनों में कुछ भी तो मिठास मालूम नहीं पड़ती है।

रेवा — बड़ा आश्चर्य है। मालूम पड़ता है कि आप नारी नहीं हैं, उसकी केवल छाया हैं।

अर्चना — ठीक विचार कर कहो। वासनारूपी कीचड़ की परवाह न कर ऐशोआराम रूपी सोने के कंकण के लोभ में फँसी हुई तुम अवश्य कष्ट उठाओगी।

रेवा — यह आपका बुद्धिभ्रम है। यदि यह उपहास नहीं है और आपके हृदय-प्रदेश से निकला विचार है तो मैं मानती हूँ कि आप अपने तथाकथित प्रिय पति को प्यार नहीं करती हैं अथवा पत्थरदिल या रोगिणी हैं। [रेवा को तीव्र दृष्टि से देखती हुई अर्चना कुछ विचार करती-सी दिखाई देती है]

वामदेव — [आरुणि को लक्ष्य कर] आरुणि, तुमने अर्चना की बात समझी ?

आरुणि — खूब समझी! मनुष्य जैसा कहता है, वैसा कर नहीं सकता है। काम से पाप की उत्पत्ति नहीं होती है। क्या भूल गये आप? 'हे अर्जुन! मैं धर्म के अनुकूल काम हूँ' [श्रीकृष्ण गीता में]

वामदेव — अच्छा, पर बकवास छोड़ो, अम्बिका वन चलो। जंगल में भी तुम अपनी इच्छा पूरी कर सकते हो। आज कामोत्सव है। दम्पतियों के लिए लताकुञ्जों के अलग-अलग निवास-स्थान बने हुए हैं। देखूँगा, आज तुम्हारा कहना ठीक निकलता है या अर्चना का। जल्दी करो। सुनो, सुनो [कान देकर] नाचते और गाते हुए मनुष्य वहाँ चल रहे हैं। [आरुणि रेवा को देखता है और विकसितवदना रेवा आँख मारकर अपनी अनुमति प्रकट करती है]

वामदेव — अब चलें [एक ओर से रेवा और आरुणि निकलते हैं और दूसरी ओर से अर्चना और वामदेव। नेपथ्य में नूपुर, मंजीर आदि वाद्यों की तुमुल ध्वनि के साथ सहगान सुनाई देता है और मनुष्य रंगमञ्च को पार करते हुए दिखाई देते हैं]

[सहगानम्]

वर्षति रसो रसिक-लोके जीवन-गीतं गास्यामः।
मन्मथ-मादक-मनोरथं हृदये हृद्ये प्राप्स्यामः।
सुखदान् स्वप्नान् पास्यामः॥
वेणुं वादयते कृष्णो राधा नृत्यति वने वने।
प्रियः प्रेयसीं सरति पुरः प्रियापसर्पति शनैः शनैः।
निमील-क्रीडां खेलन्तो मिथो वयं वै न्युंक्ष्यामः।
वनेऽद्य शीतल-सरसि वयं हृत्तलतापं हास्यामः।
सुखदान् स्वप्नान् पास्यामः॥
गा गग पा धा सा सस सा नी सनि धध पप धानी नी
धा गे ना ती नक धी ना, धा गे ना ती नक धी ना
सेक्ष्यामो जीवन-विटपं छायायां सुखमाप्स्यामः।
मनोरथानां मधुरां वसतिं प्रेम्णाधुना प्रसात्स्यामः।
सुखदान् स्वप्नान् पास्यामः॥

[पृष्ठ-प्रदेशे वनं दृश्यते]

वामदेवः — [अपरपार्श्वमभिलक्ष्य] पश्य रेवारुणी समागच्छतः। आत्मानं गोपयित्वा द्रष्टव्यं किं तौ कुरुतः। अखिलोत्साहो नष्टः स्यात्साम्प्रतम्।

अर्चना — कीदृक् कदाचार आचरितो भवता? तौ पिपासा-कुलितौ प्राणिनौ .... ।

वामदेवः — अर्चनामुखात्किमहं श्रृणोमि! मया कापथात् पन्थानमानीतौ तौ, वासनाया अशुचिकर्दमादुद्धृत्य पवित्र-पवन-सेवनावसरः प्रदत्तस्ताभ्याम्। पुण्यं नाचरितं किं मया?

अर्चना — अलं व्यंग्येन।

वामदेवः — अरे! सम्प्राप्तावेवैतौ [अर्चना-वामदेवौ निष्क्रामत एकस्मात्पार्श्वात्, प्रविशतश्चान्यस्मा-द्रेवारुणी।]

रेवा — कथं भवता पूर्वमेव तन्नोद्घाटितम्?

आरुणि — सर्वमेतदधुनैव सञ्जातम्। सम्प्राप्ते मय्यदो वनं ....। [लज्जितो दृश्यते]

रेवा — वनं सम्प्राप्त एव .... ?

सहगान

रसिक लोगों के बीच रस बरस रहा है। हम जीवन का गीत गायेंगे। अपने सुन्दर हृदय में काम की नशीली इच्छा पूरी करेंगे। सुख देने वाले सपनों को पालेंगे। कृष्ण वंशी बजाते हैं। राधा वन-वन नाचती है। प्रिय सामने होता है। प्रियतमा धीरे-धीरे खिसक जाती है। हम आँख-मिचौनी का खेल खेलते हुए परस्पर न्यौछावर हो जायेंगे। आज जंगल के बीच शीतल तालाब में हम अपने हृदयगत ताप को त्याग देंगे। सुख देने वाले सपनों को पालेंगे।

गीत के सरगम गा गग आदि। तबले के बोल धागे ना ती आदि। हम जीवन-वृक्ष की शरण में जाकर उसकी छाया में सुख प्राप्त करेंगे। अब मनोभिलाषाओं की मधुर बस्ती को प्यार से सँवार देंगे। सुख के सपने लेंगे।

[पीछे वन दिखाई देता है]

वामदेव — [दूसरी ओर देखकर] देखो, रेवा और आरुणि आ रहे हैं। छिपकर देखें कि वे क्या करते हैं? अब सारा उत्साह भंग हो गया होगा।

अर्चना — कैसा बुरा काम आपने किया! वे प्यासे प्राणी.......

वामदेव — अर्चना के मुँह से यह मैं क्या सुन रहा हूँ? मैं उन्हें कुमार्ग से ठीक रास्ते पर लाया। वासना की अपवित्र कीचड़ से उबारकर मैंने उन्हें पवित्र हवा के सेवन का अवसर प्रदान किया। क्या मैंने पुण्य नहीं किया?

अर्चना — व्यंग्य मत करें।

वामदेव — अरे ये तो आ ही गये। [एक ओर से अर्चना और वामदेव निकलते हैं, दूसरी ओर से रेवा और आरुणि प्रवेश करते हैं]

रेवा — आपने पहले ही यह क्यों नहीं बताया?

आरुणि — यह सब कुछ अभी हुआ। इस वन में मेरे प्रवेश करते ही..... [लज्जित दिखाई देता है]

रेवा — वन में आते ही.........

आरुणि — आम्, एवमेव। अत्रागत्य नर-नारीणामुन्मुक्तं नृत्यमवरुद्धम्। नाधुना मदनस्य जय-जयकारः श्रूयते। अत्रत्या लतास्तरोः पृथगवस्थिता भूमौ शेरते। शृंगे वामनयनं कण्डूयमानायामपि मृग्यां मृगोऽसौ स्थितोऽस्त्य-विचलः। नात्र कूजन्ति कपोताः। मया तु दृष्टं यन्नगरादानीतः पञ्जरस्थः सिंहाधिराजः सिंहीमनादृत्य स्वपादान् लेढि। प्रभावोऽयमस्य प्रदेशस्य। क्षन्तव्योऽहम्। गृहं गत्वा सर्वं यथापूर्वं भविष्यतीत्याशासे।

[अर्चनया सह सम्प्राप्तो वामदेवः]

वामदेवः — गृहं गत्वाप्यधुना न किञ्चित्परि-वर्तिष्यते; वासनामय-जीवनस्यान्तो जातः। का क्षतिरर्चने !

[उद्विग्नार्चना वामदेवं पश्यति, रेवारुणी च चकितौ दृश्यते]

आरुणि — हाँ, ऐसा ही। यहाँ आकर नर-नारियों का उन्मुक्त नाच बन्द हो गया। अब मदन की जय जयकार नहीं सुनाई देता। यहाँ की लताएँ पेड़ से अलग-थलग पड़ी धरती पर सो रही हैं। मृगी यद्यपि मृग के सींग से अपनी बाईं आँख खुजला रही है, फिर भी मृग अविचल खड़ा है। यहाँ कबूतरों का कूजना बन्द है। मैंने तो देखा कि शहर से लाया गया पिंजरे का शेर सिंहनी की परवाह न कर अपने चरण चाट रहा है। यह इस प्रदेश का प्रभाव है। मुझे क्षमा करना। आशा है कि घर जाकर सब ठीक हो जायेगा।

[अर्चना के साथ वामदेव उपस्थित होता है]

वामदेव — अब घर जाकर भी कुछ नहीं बदलेगा। वासनापूर्ण जीवन का अन्त हुआ। अर्चने, हानि क्या है?

[अर्चना उद्विग्न होकर वामदेव को देखती है और रेवा तथा आरुणि चकित दिखाई देते हैं]

तृतीयं दृश्यम्

स्थानम् — राजभवनस्थं न्यायाधिकरणम्

समय — दिनस्य प्रथमः प्रहरः।

अर्चना — वामदेव !

वामदेवः — वामदेवी, ननु वामदेवः।

अर्चना — अभ्यासो दुर्निवारः (साश्रुनयना दृश्यते)

वामदेवः — शैलमालावृतेऽस्मिन्नारीजनपदे न कोऽपि राजा साम्प्रतम्। प्रतीयते राज्ञा स्त्रीरूप-प्राप्तेन लज्जावशादात्महननं कृतमथवा तपस्तप्यते निर्जनारण्ये क्वाऽपि।

अर्चना — स्यादेवम्।

वामदेवः — साम्प्रतमावामेवास्यप्रदेशस्य शासकौ। अद्य स्व-क्लेशान्निवेदयितुं प्रजा आकारिता मया। जानीहि जना आगतप्राया एवेति। श्रोतव्या

तृतीय दृश्य

स्थान - राजभवन में स्थित न्यायालय

समय - दिन का पहला पहर।

अर्चना — वामदेव!

वामदेव — वामदेव नहीं, वामदेवी।

अर्चना — आदत भुलाना कठिन होता है। [आँखों में आँसू दिखाई देते हैं]

वामदेव — पहाड़ों से घिरे इस नारी जनपद में अब कोई राजा नहीं है। मालूम पड़ता है कि स्त्री हो जाने पर राजा लज्जा के कारण या तो आत्महत्या कर बैठा या कहीं निर्जन जंगल में तपस्या कर रहा है।

अर्चना — हो सकता है।

वामदेव — अब हम ही इस प्रदेश के शासक हैं। आज आपका कष्ट निवेदित करने के लिए मैंने प्रजा को बुलाया है। समझो कि लोग आने ही वाले हैं। उनकी

तेषामभ्यर्थना त्वया। अहञ्च धनागारं जिगमिषामि। [उत्थाय गन्तुं प्रयतते]

अर्चना — [करेण धृत्वा] मैवम्। प्रजानां प्रतिवेदनं त्वयैव श्रोतव्यम्।

वामदेवः — कथन्नैव त्वया ? किमन्तरमावयोरधुना ? न मया त्वत्तोऽधिकतरं कर्तुं शक्यते। [सकृत्परावृत्यार्चनां पश्यन्निष्क्रामति, अर्चना च कर्तव्यविमूढतां नाटयति। ततः प्रविशति कविः]

कविः — जयतु जयतु राज्ञी।

अर्चना — कथं सम्प्राप्तोऽसि कवे !

कविः — नाहमधुना कविः। अम्बिकावनागमनानन्तरं मदीया लेखनी कुण्ठिता जाता। काव्य-प्रेरणा-प्रदायिनी नारी न कथञ्चिद्रोचते मे साम्प्रतम्। स्नेहभाजनं घृणापात्रं जातमधुना।

अर्चना — नैतन्मत्प्रश्नस्योत्तरम्।

कविः — प्रभावोऽयमम्बिकावनस्य। किं कुर्वन्ति जनपदस्य शासकमहानुभावाः काव्य-कला-ह्रासावरोधार्थम्।

अर्चना — क्षणं तिष्ठ। दास्येऽहमुत्तरं क्षिप्रमेव।

[ततः प्रविशति चित्रकारः]

चित्रकारः — प्रणमामि श्रीमति !

अर्चना — कथं प्राप्तोऽसि चित्रकार !

चित्रकारः — निवेद्यते यदम्बिकावनादागमनानन्तरं न जाने किं संजातं यन् मम तूलिका प्रयतमानेऽपि मयि न सुष्ठु सञ्चरति रंगपटले। न किञ्चिद्रोचते मह्यम्। किं कथयामि। [लज्जाभिभूतः कथयितुमसमर्थः] .... दयनीया मेऽवस्था। मृता मत्कलाकारिता। पिपृच्छेयं मुखरीकरोति मां — किमेवंविधायामप्यवस्थायां राज्यवृत्तिर्मया प्राप्स्यत एवाथवा चिन्तनीयः कश्चिदन्यो जीविकोपायः।

अर्चना — क्षणं विरम।

प्रार्थना पर विचार करना। मैं खजाने तक जाना चाहता हूँ। [उठकर जाने का प्रयत्न करता है]

अर्चना — [हाथ पकड़कर] ऐसा नहीं। प्रजा की पुकार [शिकायत] तुम्हीं सुनो।

वामदेव — तुम क्यों नहीं ? हममें अब अन्तर क्या है ? मैं तुमसे अधिक कर सकने में असमर्थ हूँ। [एक बार घूमकर अर्चना को देखता हुआ चला जाता है और अर्चना किंकर्तव्यविमूढ़ दिखाई देती है। तब कवि प्रवेश करता है]

कवि — महारानी की जय हो।

अर्चना — कवि, कैसे उपस्थित हुए ?

कवि — मैं अब कवि नहीं रहा। अम्बिका वन से लौटने के बाद मेरी कलम कुण्ठित हो गई। काव्य प्रेरणादायिनी नारी अब मुझे अच्छी नहीं लगती है। अब स्नेहपात्र घृणापात्र हो चला है।

अर्चना — यह मेरे प्रश्न का उत्तर नहीं है।

कवि — यह अम्बिकावन का प्रभाव है। जनपद के शासक काव्यकला के ह्रास को रोकने के लिए क्या कर रहे हैं ?

अर्चना — कुछ ठहरो। शीघ्र ही उत्तर दूँगी।

[उसके बाद चित्रकार उपस्थित होता है।]

चित्रकार — श्रीमती जी, प्रणाम करता हूँ।

अर्चना — चित्रकार! कैसे आये ?

चित्रकार — निवेदित है कि अम्बिका वन से आने के बाद न जाने क्या हुआ कि प्रयत्न करने पर भी मेरा ब्रुश रंगपटल पर ठीक नहीं चलता है। मुझे कुछ भी अच्छा नहीं लगता। क्या कहूँ [लज्जित होकर कहने में असमर्थ रहता है]..... मेरी दशा दयनीय है। मेरी कला मर चुकी है। पूछने की इच्छा मुझे यह कहने को विवश कर रही है कि ऐसी अवस्था में भी क्या मुझे राज्य की नौकरी मिली ही रहेगी या मुझे कोई दूसरा जीविका-साधन खोजना होगा।

अर्चना — कुछ ठहरो।

[गायिका प्रविशति]

गायिका — क्षन्तव्याहमार्यया।

अर्चना — किमर्थम्? कस्तेऽपराधः?

गायिका — नाहं गातुं शक्नोम्यधुना। भग्नेव जाता मत्स्वरतन्त्री।

अर्चना — कथमिदं संवृत्तम्?

गायिका — [तूष्णीं तिष्ठति]।

अर्चना — निःसंकोचं कथय कथमवरुद्धासि?

गायिका — प्रणय-वञ्चिताहम्।

अर्चना — स्पष्टं भण।

गायिका — यं स्मारं स्मारं दीर्घकालमहमयापयम्, यन्मेलनौत्सुक्याद्धर्षिता, विरह-सम्भावनया च विषण्णा गीतान्यगायम्, सोऽधुना ....

अर्चना — किमधुना ?

गायिका — नाधुनासौ पुरुषः ....

अर्चना — किं न स्निह्यति त्वयि सः ?

गायिका — प्रयतते स तथाकर्तुम्, किन्तु न रोचन्ते मह्यं तस्य क्रियाः।

अर्चना - तवैवैषोऽपराधः।

गायिका — नैव राज्ञि! नारी पौरुषं कामयते न तु स्त्रैणम्।

अर्चना — अलमलम्। अवगतम्। [दीर्घमुच्छ्वसति] **तिष्ठ।**

[ततः प्रविशत्येकः पुरुषः]

पुरुषः — परित्यक्तोऽहं निजपरिणीतया पत्न्येति नाहं शोचामि, किन्तु तस्याः कुक्षे र्यो मदीयः पुत्रोऽजनि, तं विना जीवितुमसमर्थोऽस्मि।

अर्चना — कथं परित्यक्तोऽसि पत्न्या ?

पुरुषः - हं , हं [संकोचं नाटयति] **अम्बिका-वनात्प्रत्यागताय द्रुह्यति सा मह्यम्।**

[गायिका प्रवेश करती है]

गायिका — आर्या क्षमा करें मुझे।

अर्चना — किसलिए? तुम्हारा क्या अपराध है?

गायिका — अब मैं गा नहीं सकती हूँ। मेरी स्वरतन्त्री टूट-सी गई है।

अर्चना — यह कैसे हुआ ?

गायिका — [चुप रहती है]

अर्चना — संकोच छोड़कर कहो - क्यों रुक गई ?

गायिका — मैं प्यार से वंचित हूँ।

अर्चना — साफ-साफ कहो।

गायिका — जिसे बार-बार स्मरण कर मैं लम्बा समय बिता देती थी, जिससे मिलने की उत्सुकता से मैं खुश और विरह की आशंका से उदास होकर गीत गाती थी, वह अब.......

अर्चना — अब क्या ?

गायिका — वह अब पुरुष नहीं रहा ....

अर्चना — क्या तुमसे प्यार नहीं करता है ?

गायिका — प्यार करने का प्रयास तो करता है, किन्तु मुझे उसकी क्रियाएँ अच्छी नहीं लगती हैं।

अर्चना — यह तो तुम्हारा ही अपराध हुआ।

गायिका — नहीं रानी साहिबा, औरत मर्दानगी चाहती है न कि औरत का सा व्यवहार।

अर्चना — बस, बस। समझ लिया। [लम्बा साँस खींचती है] **ठहरो।**

[तत्पश्चात् एक पुरुष प्रवेश करता है]

पु. — मुझे इस बात का खेद नहीं है कि मुझे मेरी विवाहिता पत्नी ने छोड़ दिया, किन्तु उसकी कोख से जो मेरा लड़का पैदा हुआ, उसके बिना मैं जी नहीं सकता हूँ।

अर्चना — तुम्हारी पत्नी ने तुम्हें क्यों छोड़ दिया ?

पुरुष — हं, हं [संकोच करता है] **अम्बिका वन से लौटने के बाद वह मुझसे चिढ़ती है।**

अर्चना — अवगतम्। निर्णेष्याम्यचिरात्, तिष्ठ तावत्।

[ततः प्रविशत्येका नारी]

नारी — अभिवादनं श्रीमति !

अर्चना — कथमागताऽत्र ?

नारी — परित्यक्ताऽहम्।

अर्चना — किं गांधर्वेण विधिना परिणीता नासीः ?

नारी — गान्धर्वेणैव विधिना परिणीता। परस्परं प्रेम्णा चावां निवसावः स्म; किन्त्वम्बिकावनात् प्रत्यावर्तनानन्तरं स इत्थं परिवर्तित यत्तदारभ्याहरह उपेक्षते मां कथयति च — कथमहं परगृहाऽऽगतां कयोश्चित्पित्रोः पुत्रीमाजीवनं पालयेयमिति।

अर्चना — अलमलम्। मौनमाकलय्य तिष्ठ।

[ततः प्रविशति वामदेवः]

भ्रान्तासमहं वामदेव ! अवगतमधुना यद् वासनैव प्रेमास्ति। कपोलकल्पितैव विशुद्धप्रियता।

वामदेवः — अयमपरो भ्रमोऽर्चने! प्रेम्णो मूले वासना वसत्येव, किन्तु सैव प्रेमेत्यवधारणा न समाचीना। विद्यमानायामपि वासनायां संयमः प्रेम्णो विशुद्धिं रक्षत्यात्मोत्सर्गादिभावनापरकत्वात्। जगत्यसंदिग्धा कामस्यापेक्षा। जीवनात्तस्य बहिष्कारो दुःखायैवेति सुनिश्चितम्, सृष्टौ क्वापि शिशूनां शुभ्रमुखानि न दृष्टिपथमायास्यन्ति। तिरस्कृते कामे कतिचिद्दिनानि वृद्धावस्थाया मृत्योश्च लीलास्थलीत्वमापन्ना सृष्टिर्नङ्क्ष्यत्यचिरात्।

अर्चना — अहो ! कीदृगासीद्भ्रमात्मको मे विचारः! केन प्रकारेणैतेषां दुःखनाशः स्यात्।[1]

वामदेवः — उपायेन।

अर्चना — अप्यस्ति कोऽप्युपायः ?

1. एकाङ्कमिदमत्रैव समाप्य विषादान्तं कर्तुं शक्यते।

अर्चना — समझ लिया। जल्दी निर्णय करूँगी। ठहरो।

[उसके बाद एक नारी प्रवेश करती है]

नारी — माननीये, प्रणाम।

अर्चना — यहाँ कैसे आई ?

नारी — मैं परित्यक्ता हूँ।

अर्चना — क्या गान्धर्व विवाह नहीं किया था ?

नारी — गान्धर्व विधि से विवाह हुआ था। हम प्रेम से रहते रहे। किन्तु अम्बिका वन से लौटने के बाद वह ऐसा बदला कि तब से मेरी उपेक्षा करता है और कहता है कि दूसरे के घर से आई किन्हीं माता-पिता की पुत्री को वह आजीवन क्यों पाले ?

अर्चना — बस, बस। चुपचाप बैठ जा।

[उसके बाद वामदेव आता है]

वामदेव! मैं भ्रम में थी। अब जाना कि वासना ही प्रेम है। विशुद्ध प्रेम कपोल-कल्पना है।

वामदेव — अर्चने ! यह तुम्हारा दूसरा भ्रम है। यह सही है कि प्रेम के मूल में वासना रहती है; किन्तु वासना को ही प्रेम मानना भी ठीक नहीं। वासना के रहते हुए भी संयम, आत्मत्याग आदि भावनाओं के कारण प्रेम की विशुद्धि की रक्षा करता है। संसार में काम का महत्त्व असंदिग्ध है। यह निश्चित है कि जीवन से काम की विदाई दुःखात्मक होती है। काम के तिरस्कृत होने पर सृष्टि में बच्चों के मुख दृष्टिगत नहीं होंगे, कुछ दिन वृद्धावस्था और मृत्यु की लीलास्थली बनी सृष्टि शीघ्र ही नष्ट हो जायेगी।

अर्चना — अरे! मेरा विचार कैसे भ्रामक रहा ? किस तरह इनका दुःख नाश हो ?[1]

वामदेव — उपाय से।

अर्चना — क्या कोई उपाय है ?

1. इस एकाङ्की को यहीं समाप्त कर विषादान्त बनाया जा सकता है।

वामदेवः — आम्।

अर्चना — कोऽसौ?

वामदेवः — पूर्वं शिवेन दग्धमपि कामं रतिः प्रतिवेदनेनाजीजिवद्अनङ्गरूपेण च स सर्वेषां मनःस्ववसत्, तत्कथं शिवेनाङ्गीकृतोऽधुनार्चनया च स्वीकृतः कामस्तयोज्जीवयितुं न शक्यते? रतिरेव शरणं साम्प्रतम्, सैवोपासनीया। शुभसंकल्पेन शिवेन न कदाचिदपि सोपेक्षणीया।

अर्चना — एवमेव क्रियताम्। आगम्यताम्, न कदाचिदपि रतिरुपेक्षणीया शिवेन।

[सर्वे निष्क्रान्ताः]

पटाक्षेपः

वामदेव — हाँ।

अर्चना — वह क्या है?

वामदेव — पहले शिव द्वारा जलाये गये काम को रति की प्रार्थना ने जिलाया और वह सबके मन में शरीर बिना बसता रहा, तो आज शिव द्वारा और अर्चना द्वारा भी अनुमोदित काम को वह रति क्यों नहीं जिला सकेगी? हमारी शरण रति ही है। उसी की उपासना की जाय। आओ, शुभ संकल्प वाले शिव रति की उपेक्षा कभी नहीं करेंगे।

अर्चना — ऐसा ही करें। आओ, शिव रति की उपेक्षा कभी नहीं करेंगे।

[सब प्रस्थान करते हैं]

पटाक्षेप

Page 61

द्यावापृथिवीयम्

[हिन्दी अर्थ-सहित]

भागः २

एलोर्वशीयम्

स्थानम् —अमरावती।

[देवसभायां देवराज इन्द्रो भूलोकागतो महाराज ऐलश्च (पुरूरवाः) सुखासीनौ नृत्यन्त्योऽप्सरसश्च दृश्यन्ते। नन्दनोपवनजातपारिजातादिकुसुमोद्भूतसौर-भेणान्दोलितं नभ आमोदकरं प्रतीयते। ऐलः सतृष्णाभ्यां नेत्राभ्यामुर्वशीं पश्यन्नास्ते। सा च पार्थिवसुषमाकृष्टा भूपं दरीदृश्यते। नृत्यावसानेऽ-प्सरसो निष्क्रामन्ति।]

इन्द्रः — स्वागतं दिशतेऽमरलोकः ।
लभ्यन्ते भौतिका न भोगाः
स्वर्गे तथा यथा हि धरित्र्याम्।
गन्धोऽवनेर्गुणः प्राप्योऽत्र तेनैवासौ भाति विशोकः॥
ज्योतिरदाहकममृतं पेयं पारिजातपुष्पाणि, समीरम्।
अपार्थिवा अप्सरसः सरसाः, स्वर्गस्ते सर्वो निर्मोकः॥
प्रतिष्ठानपुरपते मित्रवर! हत्वा जित्वा समरे शत्रून्।
जितं त्वयाद्धा चेतोऽस्माकं ,
ब्रूहि वाञ्छितं पुण्यश्लोक !

ऐलः — मघवन्! चेत् प्रहृष्टोऽसि देह्यप्सरसमुर्वशीम्।
दृष्ट्वा यां मोहितं चित्तं दूयतेऽस्या अदर्शनात्॥

इन्द्रः — न मिथ्या वचनं मे स्यात्किञ्चिदन्यद्धि याच्यताम्।
सुषमा देवलोकस्य कथं देयोर्वशी मया! ॥
उर्वशी नास्ति सम्पत्तिर्मम वैयक्तिकी नृप !
समस्त-देवलोकस्य प्राणास्तस्यां समाहिताः॥

ऐलः — प्रतिष्ठानपुरं नाहं गमिष्याम्युर्वशीं विना।
शवो मे प्रेष्यतां प्राणांस्त्यक्ष्याम्यत्रैव ते पुरः॥

इन्द्रः — मा मा त्याक्षीरसून् राजन्! उर्वशीं ते ददाम्यहम्।
यदि सा नानुमन्येत तर्हि किं करवाण्यहम्॥
दीयते स्त्री न कस्मैचित् न च साप्यवरुद्ध्यते।

स्थान — अमरावती

[देवसभा में देवराज इन्द्र और पृथ्वीलोक से आये हुए महाराज ऐल (पुरुरवा) सुखपूर्वक बैठे हुए हैं और अप्सराएँ नाचती हुई दिखाई दे रही हैं। नन्दन उपवन में उत्पन्न पारिजात आदि फूलों से उत्पन्न सुगन्धि से आन्दोलित आकाश प्रसन्नतादायक लग रहा है। ऐल प्यासी आँखों से उर्वशी को देख रहे हैं और वह पार्थिव सौन्दर्य से खिंची हुई राजा को बार-बार देख रही है। नृत्य समाप्त होने पर अप्सराएँ निकल जाती हैं।]

इन्द्र — स्वर्गलोक आपका स्वागत करता है। स्वर्गलोक में वैसे भौतिक भोग प्राप्त नहीं होते जैसे पृथ्वी पर। गन्धवती पृथ्वी का केवल गन्ध-गुण यहाँ प्राप्य है इसी कारण यह शोक-रहित है। यहाँ न जलाने वाला प्रकाश है, अमृत पेय है, परिजात के फूल तथा उनकी हवा है, अपार्थिव रसीली अप्सराएँ हैं, यह पूरा स्वर्ग तुम्हारे लिए खुला पड़ा है।

हे प्रातिष्ठानपुर के मालिक मित्रश्रेष्ठ! युद्ध में शत्रुओं को जीतकर और मारकर तुमने हमारा मन जीत लिया है। पुण्य कीर्तिवाले राजन्! कहें कि आपको क्या चाहिए।

ऐल — इन्द्र देव ! यदि आप प्रसन्न हों तो उर्वशी अप्सरा दे दीजिए जिसे देखकर मन मोहित हो गया है और जिसके न दिखाई देने से वह अब दुखी है।

इन्द्र — मेरा वचन झूठा न हो, कुछ दूसरी ही वस्तु माँगिए। यह स्वर्ग लोक की शोभा उर्वशी कैसे दी जा सकती है! हे राजन्! उर्वशी मेरी व्यक्तिगत सम्पत्ति नहीं है। सम्पूर्ण स्वर्गलोक के प्राण उसमें समाहित हैं।

ऐल — मैं उर्वशी के बिना प्रतिष्ठानपुर नहीं जाऊँगा। यहीं पर तुम्हारे समक्ष प्राण छोड़ दूँगा। मेरा शव भेज देना।

इन्द्र — नहीं, नहीं राजन्! प्राण मत छोड़ना, मैं तुम्हें उर्वशी दे देता हूँ। यदि वह न माने तो मैं क्या करूँ ? स्त्री किसी को न तो दी जाती और न ही रोकी जा सकती

अनधीना स्वयंसाध्या मतिस्तस्या गरीयसी॥
[आदेशपालम्]
पारिजातस्य शाखासु कूजन्तीवोज्ज्वला पिकी।
उर्वशी प्रापणीयात्र भूपतिस्तां दिदृक्षते॥
[आदेशपालो **यथाज्ञापयति देव** इत्युक्त्वा निष्क्रामति। अत्र जैकलवित्रसदृशे रङ्गमञ्चैकभागे सखीभिः सहोर्वशी नृत्यगानपरा दृश्यते। अपर-भागो जवनिकापतनाददृश्यो भवति। जवनिकामात्रपातो-त्थानाभ्यां सामान्यरङ्गमञ्चेऽपि दृश्यमेतद्दर्शयितुं शक्यते। चतसृषु सखीषु द्वे निष्क्रान्ते]

उर्वशी — [गानम्]
उरसि वसति मे कोऽयम् ?
नयनपथादुत्प्लुत्य निमज्जन्।
उद्वेलयति मनोऽयम्॥

सख्यौ (सुजूर्णिः श्रेणिश्च) —
भूसौन्दर्यं स्वर्लोभयितुम्।
समागतं सुरबाला दयितुम्॥
वृतं स्वर्ग-सुषमयातिधन्यम्।
धन्योऽमरलोकोऽयम्॥

उर्वशी — उरसि वसति मे कोऽयम्।

सख्यौ — उरसि वसति ते सोऽयम्।
अमुञ्चतां यौ शरौ पुरस्ताद्।
विद्धौ विकलावुभावकस्मात्।
पराजयः स्वाद्यते विजयवत्।
प्रियतापरिपाकोऽयम्॥

उर्वशी — उरसि वसति मे कोऽयम्?

सख्यौ — उरसि वसति ते सोऽयम्।
भूतासक्ता दैवी सत्ता।
भौतिकतातीन्द्रियानुरक्ता।
स्वप्नयथार्थाविष्टो द्वन्द्वो।
दिवस्पृथिव्योः सोऽयम्॥

उर्वशी — उरसि वसति मे कोऽयम् ?

सख्यौ — उरसि वसति ते सोऽयम्।

है। वह किसी के अधीन नहीं है और स्वयं साध्या है। उसकी बुद्धि गरीयसी है। (आदेशपाल को)

पारिजात की शाखाओं पर कूजती हुई कोयल के समान उज्ज्वल उर्वशी को यहाँ पहुँचाना। राजा उसे देखने के लिए बार-बार आग्रह कर रहे हैं। ['जैसी महाराज की आज्ञा' ऐसा कहकर आदेशपाल निकल जाता है] [जैक नाइफ सदृश रंगमञ्च के एक भाग में सखियों के साथ उर्वशी नृत्यगानरत दिखाई दे रही है। दूसरा भाग पर्दा गिरने से अदृश्य होता है। केवल पर्दा गिराने और उठाने से सामान्य रंगमञ्च पर भी यह दृश्य दिखाया जा सकता है। चार सखियों में से दो निकल जाती हैं।]

उर्वशी — (गाना) **यह कौन मेरे हृदय में बस रहा है? नयन मार्ग से उछल कर डुबकी लगाता हुआ यह मन को उद्वेलित कर रहा है।**

दो सखियाँ (सुजूर्णि और श्रेणि) —
पृथ्वीलोक का सौन्दर्य (ऐल) **स्वर्गलोक के सौन्दर्य अप्सरा** (उर्वशी) **को लुभाने के लिए आया हुआ है। यह धन्य स्वर्गलोक स्वर्ग की सुषमा** (उर्वशी) **से अति धन्य हो गया है।**

उर्वशी — यह कौन मेरे हृदय में बस रहा है?

सखियाँ — यह वही तुम्हारे हृदय में निवास कर रहा है जिसने सामने से दो बाण फेंके। अकस्मात् विद्ध तथा वेधक दोनों व्याकुल हुए। यह प्रेम की पराकाष्ठा है जिसमें पराजय का भी विजय की तरह आनन्द लिया जाता है।

उर्वशी — यह कौन मेरे हृदय में निवास कर रहा है!

सखियाँ — यह वही तुम्हारे हृदय में निवास कर रहा है। दैवी सत्ता भौतिकता चाह रही है। भौतिकता इन्द्रियों को लाँघकर अतीन्द्रियता चाह रही है। यह वही द्युलोक और पृथ्वी लोक का स्वप्न और सत्य से युक्त द्वन्द्व है।

उर्वशी — यह कौन मेरे मन में बस रहा है?

दो सखियाँ — यह वही तुम्हारे हृदय में बस रहा है!

आदेशपालः — [सम्प्राप्तोऽभिलक्ष्योर्वशीम्]

नरेशेन सुखासीनो देवेशस्त्वां दिदृक्षते।
एकाकिनी यथाशीघ्रं गन्तुमर्हसि सुव्रते !
[परावर्तते]

उर्वशी — [सापह्नवम्]

आहूतास्म्यधुना शीघ्रमधुनैवाऽऽगता ततः।
गन्तव्यं वा न वा तत्र मनो दोलायते मम॥

सखी (श्रेणिः) — [साक्षिनिकोचम्]

गन्तव्यं न त्वया तत्र राजर्षिस्त्वां तु नेष्यति।
राक्षसान्मोचितामेष भुजाभ्यां बाधयिष्यति॥
निवेदयाव आवां हि तत्र गत्वा सुरेश्वरम्।
आहूता नोर्वशी स्थातुं समर्था प्रणयाहवे॥

उर्वशी — [गोप्तुमसमर्था]

आहूतास्मि सुरेन्द्रेण मया गन्तव्यमेव तत्।
दिदृक्षुं तं च राजर्षिं पिपृच्छिषति वां सखी॥
[स्वं विधृतां मन्यमाना]
सूत्रं यथा मणिप्रोतं सख्यौ ! स्वायत्तमानसे!
मह्यं राजर्षिसम्बन्धादुपहासोऽपि रोचते।
ऐलं निरीक्ष्यात्र समागतेयं
नैवोर्वशी, सा भ्रम एव तस्याः।
उपस्थितिं ह्यप्सरसां ब्रवीति
मनःस्थितिर्नैव शरीरयोगः॥
अपि क्रुद्धोऽस्ति देवेशो भूपः स्निह्यति किं मयि ?
प्रणयासक्तचित्तां मामाशङ्का बाधते भृशम्॥

सखी(सुजूर्णिः) —

दिने द्विरेफाविव लोचने ययोर्।
विहाय कुन्दाप्सरसः सरोजिनीम्॥
असेवतां त्वामवधीरणाभये।
नृपान्न शङ्क्ये न च नाकनायकात्॥

उर्वशी — वचो न भूयाद्युवयोर्मृषाप्यदो।
बिभेमि भौमात्प्रणयादसंस्कृतात्॥
प्रपातपार्श्वस्थित- पल्लवं यथा।
विकम्पते मे हृदयं मुहुर्मुहुः॥

आदेशपाल [पहुँचकर उर्वशी को संकेत करके] — हे सुव्रते ! राजा के साथ सुखपूर्वक बैठे हुए देवराज इन्द्र तुम्हें देखने की बार-बार इच्छा कर रहे हैं। तुम अकेली यथाशीघ्र जा सकती हो। [लौटता है]

उर्वशी [छिपाव के साथ] — अभी तो आई हूँ फिर अब शीघ्र बुलाई गई हूँ वहाँ जाना चाहिए अथवा नहीं मेरा मन दोलायमान है।

सखी (श्रेणि) [आँख के इशारे के साथ] — तुम्हें वहाँ नहीं जाना चाहिए तुम्हें तो राजर्षि ले जायेंगे। वह राक्षसों से छुड़ाई गई तुम्हें भुजाओं से जकड़ लेंगे। निश्चय ही हम दोनों वहाँ जाकर देवराज इन्द्र को निवेदन कर देती हैं कि बुलाई गई उर्वशी प्रेम के मैदान में ठहरने में समर्थ नहीं है।

उर्वशी — [छुपाने में असमर्थ] इन्द्र द्वारा बुलाई गई हूँ तो मुझे जाना ही चाहिए और तुम्हारी यह सखी देखने के इच्छुक उस राजर्षि को पूछना चाहती है। [अपने मन की बात प्रकट मानकर] अपने अधीन मन वाली हे सखियो! मणियों से पिरोये हुए धागे की तरह मुझे राजर्षि के साथ संबंध से उपहास भी अच्छा लगता है। ऐल को देखकर उर्वशी नहीं आई है, बल्कि वह उसकी भ्रान्ति ही है। निश्चय ही अप्सराओं की उपस्थिति को उनकी मानसिक स्थिति बताती है, न कि शारीरिक उपस्थिति। क्या इन्द्र क्रुद्ध हैं ? क्या राजा मुझसे स्नेह करते हैं ? प्रेमासक्त चित्त वाली मुझे इस प्रकार की आशंकाएँ अत्यधिक पीड़ित कर रही हैं।

सखी (सुजूर्णि) — कुमुदिनी सदृश अन्य अप्सराओं को छोड़कर जिनकी भ्रमर रूपी आँखें दिन में खिलने वाली कमलिनी के सदृश तुम्हें ही देखने में लगी हैं, उनमें से न तो राजा से उपेक्षा की और न स्वर्ग के नेता इन्द्र से भय की शंका की जानी चाहिए।

उर्वशी — तुम दोनों की वाणी असत्य न हो! फिर भी शालीनता से हीन पार्थिव प्रणय से डरती हूँ। झरने के समीप स्थित पल्लव की तरह मेरा हृदय बार-बार काँपता है।

सखी (सुजूर्णिः) —
अग्नितुल्येन भूपेन सम्भोग- सुखमाप्नुहि।
दर्शनेनैव सन्तुष्टैः क्लीबैर्देवैर्वसाथवा॥
उर्वशी —
दिव्येनापि च किन्तेन प्रेम्णा वा कामगन्धिना!
अग्निस्पर्शं विना स्वर्गे का कान्ता तुष्टिमाप्स्यति?
दिव्या देवा विदेहाश्च पुण्यश्रवणदर्शनाः।
सन्तु नाम महान्तस्ते कदर्याः कामिनीकृते॥
सखी (श्रेणिः) —
गन्तुमिच्छसि नाकात्त्वं भोगान् भोक्तुं महीतलम्।
त्वया तत्रावगन्तव्यं कीटाः पुष्पेषु शेरते॥
पक्षास्त्रितलिकाणान्तु च्छिद्यन्ते पुष्पकण्टकैः।
असूर्यम्पश्ययाऽलङ्घ्या देहली राजभार्यया॥
अपि जानासि भूलोके सूते नारी शिशूनपि।
पयः प्रस्रवणात्क्लिन्ना जायतेऽस्याश्च चोलिका?
दिवं स्प्रक्ष्यत्यधो-नाभिः सन्तती रूपहारिणी।
धिङ्मातृत्वं महत्कष्टमङ्गना - जीवनं भुवि॥

सखी (सुजूर्णि) — अग्नि तुल्य तेज वाले राजा के साथ सम्भोग सुख प्राप्त करो अथवा दर्शन मात्र से ही प्रसन्न होने वाले वासनाहीन देवताओं के साथ निवास करो।
उर्वशी — वासना की गन्ध मात्र वाले उस अलौकिक प्रेम से भी क्या प्रयोजन! स्वर्ग में अग्निस्पर्श (वासना की अग्नि) के बिना कौन सुन्दरी सन्तोष प्राप्त करेगी? देवता अलौलिक और शरीर रहित हैं जिनकी वाणी सुनना और जिनके दर्शन पुण्यदायक हैं। वे भले ही महान् हों; किन्तु कामिनियों के लिए तुच्छ हैं।
सखी (श्रेणि) — तुम भोगों को भोगने के लिए स्वर्गलोक को छोड़कर भूलोक पर जाना चाहती हो तो तुम्हें जान लेना चाहिए कि वहाँ कीड़े-मकौड़े फूलों पर सोये रहते हैं। फूलों के साथ लगे काँटों से तितलियों के पंख कट जाते हैं। राजपत्नी को स्वच्छन्द भ्रमण न करके अन्तःपुर में ही रहना पड़ता है। क्या जानती हो भूलोक पर स्त्री बच्चों को भी जन्म देती है और दूध निकलने से इसकी चोली आर्द्र हो जाती है। वहाँ गहरा नाभिस्थल आसमान छूने लगे। सन्तान सौन्दर्य का हरण करने वाली होती है। मातृत्व को धिक्कार है! पृथ्वीलोक पर स्त्री का जीवन अत्यधिक कष्टदायक है।

सखी (सुजूर्णिः) —
मा मैवं त्वमवज्ञासीर्मातृत्वं भुवि योषितः।
जननी विश्ववन्द्या हि देव्या अपि गरीयसी॥
प्रमादात्प्रमदा सोत्री प्रसादमधिगच्छति।
शोभतेऽङ्के शिशुं धृत्वा शशाङ्कमिव शर्वरी॥
बीजदेहस्य शैथिल्यं पादपे पल्लवायते।
लावण्यं जननी - गर्भे पुनर्नूत्लायते चिरम्॥
नारी नदीव पुष्णाति जगद् भूत्वा पयस्विनी।
पराजयो न मन्तव्यो नारीणां प्रसवो जयः॥

सखी (सुजूर्णि) — नहीं, ऐसा नहीं है। पृथ्वी पर स्त्रियों के मातृत्व पद को इस तरह तिरस्कृत मत करो। निश्चय ही माँ का स्थान संसार में वन्दनीय एवं देवी से भी श्रेष्ठ है। प्रमाद के कारण प्रमदा कही जाने वाली स्त्री बच्चे को जन्म देने पर प्रसन्नता का अनुभव करती है। बच्चे को गोदी में लेकर उसी प्रकार शोभा पाती है जैसे रात्रि चन्द्रमा के साथ। बीज रूपी शरीर के शिथिल हो जाने पर पौधा पल्लवित होता है। लावण्य माँ के गर्भ में लम्बे समय के लिए पुनः नवीन रूप धारण करता है। स्त्री पयस्विनी (१. जल वाली २. दूध वाली) होकर नदी के समान संसार का पोषण करती है। प्रसव को स्त्रियों की हार नहीं, जीत मानना चाहिए।

सखी (श्रेणिः)—
मेदिन्याः सुखदुःखानि क्रमशः दर्शितानि ते।
हितं निजं विचार्यैव यथेच्छसि तथा कुरु॥
स्पृहयसे मनुष्याय मनोवाक्कर्मभिर्यतः।

सखी (श्रेणि) — भूलोक के सुख और दुःख तो हम दोनों ने तुम्हें दिखा ही दिए। अपनी भलाई सोच-विचार कर ही जैसे चाहती हो, वैसा करो। क्योंकि मन, वाणी और कर्म से तुम अब मनुष्य को चाहती हो। मित्रावरुण

मित्रावरुणशापेन गमिष्यस्येव भूतलम् ॥

सखी (सुजूर्णिः) —

राजा चेद्याचते सुभ्रु त्वया चाप्यनुमोद्यते।
मन्येऽहं त्वां गतामेव शक्रस्त्वां नैव रोत्स्यति॥
नक्तंदिवं स्मरिष्यावो निवसन्तीं तु प्रेयसा।
स्मृते त्वयाऽऽगमिष्यावो मनोगत्या त्वदन्तिकम्॥

सख्यौ (साश्रुनयने) —

गच्छ शीघ्रं यथादिष्टा दर्शनाय पुनः पुनः।
शिवास्ते सन्तु पन्थानो योगक्षेमेण संवृताः॥

[अपरभागे वार्तापरावैलेन्द्रौ दृश्येते]

उर्वशी — [प्रविश्य साभिनयं नमस्कृत्य चादेशाय प्रतीक्षते]

इन्द्रः —

यद्युर्वशि ! तवाभीष्टं मेदिनीपतिना सह।
प्रतिष्ठानपुरं गच्छ स्वर्गं स्त्रष्टुं यथारुचि॥

उर्वशी —

आज्ञैषा देवदेवस्य पालनीयाऽविचारतः,
उताहो गमनात्पूर्वं श्रोतव्यं मे निवेदनम् ?

इन्द्रः —

आदेशो नैव कस्यापि प्रेम्णः क्षेत्रे प्रवर्तते।
ऐलाय दीयते स्वर्गो नानिच्छन्ती प्रियोर्वशी॥
इच्छा चेन्न ममापत्तिर्विलोमे नैव चाग्रहः।
अभीप्सितञ्च निःशङ्कं ब्रूहि सुन्दरि ! सत्वरम्॥

उर्वशी —

यस्या वासः प्रवासो वा समानो यत्र गृह्यते।
आसक्तिरहिते स्थाने रमेत रमणी कथम् !
अतएव गमिष्यामि राज्ञा सह महीतलम्।
मह्यं वरत्रयं दातुं यद्यसावनुमन्यते॥

इन्द्रः —

अत्युग्रा वासनासि त्वं तृप्त्यै भौतिकविग्रहम्
इच्छसीति नरेन्द्रेण गच्छ, नाक्षिप देवताः॥

ऐलः —

हृष्टोऽहं त्वद्वशप्राणो विज्ञाय हृदयं तव

के शाप से तुम पृथ्वी पर जाओगी ही।

सखी (सुजूर्णि) — हे सुन्दर भौहों वाली! यदि राजा तुम्हें माँगता है और तुम भी उसका अनुमोदन करती हो तो मुझे विश्वास है कि तुम चली जाओगी। इन्द्र भी तुम्हें नहीं रोकेगा। प्रेमी के साथ निवास करती हुई तुम्हें हम दोनों रात-दिन याद करेंगी। तुम्हारे द्वारा याद किये जाने पर हम दोनों मन की गति से तुम्हारे समीप आ जायेंगी।

दोनों सखियाँ (आँखों में आँसू लिए) — जैसा आदेश दिया गया है जाओ, समय-समय पर आते रहना। योग-क्षेम से युक्त तुम्हारे मार्ग कल्याणकारी हों।

[दूसरे भाग में वार्तालाप में मग्न ऐल और इन्द्र]

उर्वशी — [प्रवेश कर और अभिनयपूर्वक नमस्कार करके आदेश की प्रतीक्षा करती है]

इन्द्र — उर्वशी ! यदि तुम्हें स्वीकार हो तो भूपति के साथ इच्छानुसार अपने स्वर्ग का निर्माण करने के लिए प्रतिष्ठानपुर चली जाओ।

उर्वशी — देवराज की यह आज्ञा बिना विचारे पालनीय है अथवा जाने से पहले मेरा निवेदन सुना जा सकता है?

इन्द्र — प्रेम के क्षेत्र में किसी का भी आदेश नहीं चलता है। स्वर्ग-सुन्दरी उर्वशी इच्छा के विरुद्ध राजा ऐल को नहीं दी जा सकती। यदि आपकी इच्छा है तो इसके विरुद्ध मुझे कोई आपत्ति नहीं है और न ही विशेष आग्रह है। हे सुन्दरी! निःसंकोच अभीष्ट बात शीघ्र कहो।

उर्वशी — जिसका यहाँ अथवा दूसरे स्थान पर रहना जहाँ समान रूप से लिया जाता है ऐसे आसक्तिरहित स्थान पर एक सुन्दरी कैसे रहे! इसलिए यदि राजा मुझे तीन वर देने का वचन देते हैं तो इनके साथ भूलोक चली जाऊँगी।

इन्द्र — हे उर्वशी ! तुम शारीरिक सुख की तृप्ति के लिए उग्र वासनाशील भौतिक शरीर चाहती हो तो राजा के साथ चली जाओ, देवताओं पर दोष न लगाओ।

ऐल — तुम्हारे अधीन प्राणों वाला मैं तुम्हारे हृदय को जानकर प्रसन्न हुआ हूँ। वर माँगो, मेरा मन उन्हें स्वीकार

वरान् वृणीष्व चेतो मे स्वीकर्तुं हि समुत्सुकम्॥
[ऐल उर्वशी च गायतः। इन्द्रोऽपि यथासमयं तावनुकरोति]
उर्वशी — प्रियतम ! प्रथमो मे वर एषः।
पास्याम्यहं सकृत् प्रतिदिवसं घृतमात्रं भूपेश !
ऐलः — दत्तः प्रथमस्ते वर एषः।
आज्याढ्यो मे देशः ॥
प्रेयसि ! कीदृक् ते वर एषः ?
इन्द्रः — आयुर्हर आदेशः .... राजन् !
उर्वशी — प्रियतम ! वरो द्वितीयोऽप्येषः॥
प्रीतिकरो मे वरो द्वितीयो दातव्यो भुवनेश !
द्वयोः पार्श्वयोः शय्यायाः स्यादेकश्चैको मेषः॥
ऐलः — मेषा बहवो राज्ये,
दत्तो — वरो द्वितीयोऽप्येषः ॥
प्रेयसि ! कीदृक् ते वर एषः ?
इन्द्रः — कामविमूढो मेषः ..... मह्यां।
उर्वशी — प्रियतम ! वरस्तृतीयश्चैषः॥
विहाय शय्यामङ्गं नग्नं द्रष्टव्यं न नरेश !
संयोगो नौ भग्ने सन्धौ भविता कथावशेषः।
ऐलः — विक्षिप्तोऽटति नग्नो दत्तो
वरस् तृतीयश् चैषः ॥
प्रेयसि ! कीदृक् ते वर एषः ?
इन्द्रः — नश्यति कामोऽशेषः ... ज्ञानात्....।
उर्वशी — प्रियतम ! वरो न कश्चिच्छेषः॥
उर्वशी (इन्द्रं प्रति) —
आज्ञयानुग्रहीतव्या गन्तुं प्राप्तवरा भुवम्।
क्वात्र वासांसि लप्स्येऽहमपेक्ष्याणि नरालये॥
इन्द्रः —
चिन्तयालं प्रविष्टायां भूकक्षां त्वयि शोभने !
ममादेशाद्यथाशीघ्रं प्राप्स्यतेऽखिलवैभवम् ॥
शिवा वां सन्तु पन्थानो भूयास्तं सुखिनावुभौ।
भाग्याभाग्ये गते अस्तमुर्वश्या सह स्वर्भुवोः॥
(पटपरिवर्तनम्)

करने के लिए छटपटा रहा है।
[ऐल और उर्वशी गाते हैं। इन्द्र भी समयानुसार उन दोनों का अनुकरण करता है।]
उर्वशी — हे प्रियतम! यह मेरा पहला वांछित वरदान है कि हे राजन् ! मैं प्रतिदिन एक बार केवल घी पीऊँगी।
ऐल — यह तुम्हारा पहला वर दे दिया। मेरा देश घी की बहुलता वाला है।
प्रिये ! यह तुम्हारा कैसा वर है ?
इन्द्र — राजन् ! यह आयुहर वर है।
उर्वशी — हे प्रियतम ! दूसरा वर भी यह है।
हे भुवेनश्वर ! मुझे प्रसन्नतादायक दूसरा वर दिया जाय कि मेरी शय्या के दोनों ओर एक-एक भेड़ हो।
ऐल — राज्य में बहुत सी भेड़ें हैं। यह दूसरा वरदान भी दिया। प्रिये ! यह तुम्हारा कैसा वर है ?
इन्द्र — भेड़ काम-विमूढ़ होता है ... धरती पर....
उर्वशी — हे प्रियतम ! और यह तीसरा वर है कि हे शय्या को छोड़कर आप मुझे निर्वस्त्र नहीं दिखाई देने चाहिए। हम दोनों का संयोग सन्धि के टूट जाने पर समाप्त हो जायेगा।
ऐल — विक्षिप्त ही नंगा घूमता है और यह तीसरा वरदान दे दिया। प्रिये ! यह तुम्हारा कैसा वर है ?
इन्द्र — ज्ञान होने पर समस्त काम-भावना नष्ट हो जाती है...
उर्वशी — प्रियतम! और कोई भी वरदान शेष नहीं है। (इन्द्र के प्रति) अब मैंने वरदान प्राप्त कर लिए हैं। मुझे अब भूलोक पर जाने के लिए आज्ञा से अनुगृहीत करें।
पृथ्वीलोक में अपेक्षित वस्त्र यहाँ मुझे कहाँ मिल पायेंगे ?
इन्द्र — हे सुन्दरी ! चिन्ता मत करो। भूलोक में पहुँचने पर तुम्हें मेरे आदेश से शीघ्र ही समस्त वैभव प्राप्त होंगे। तुम्हारे मार्ग कल्याणकारी हों। तुम दोनों सुखी हों। उर्वशी के प्रयाण के साथ-साथ स्वर्ग का सौभाग्य और धरती का दुर्भाग्य भी समाप्त हुए।
पट परिवर्तन

स्थानम् — प्रतिष्ठानपुरवीथी

[उद्घोषकः सडिण्डिमः संसूचयति]

दत्तकर्णाः जनाः सर्वे श्रूयतां श्रूयतां वचः।
महाराजाधिराजस्यास्त्यादेशोऽयं भवत्कृते॥
कोष्ठागारे घृतं शुद्धं राजकीये निधाय च।
पुष्कलं धनमाप्तव्यं राजकोषाद्यथेप्सितम्॥
अन्यच्च श्रूयतां भो भो अत्रत्या मेष-चारकाः!
मेषयुग्मं समानेयं मांसलं बलवत्तरम्॥
नवागता महाराज्ञी घृतं पीत्वैव जीवति।
हर्म्ये पालयितुं चैषा मेषौ कामयते भृशम्॥

[उद्घोषको डिण्डिमं ताडयन् मञ्चपार्श्वतो निस्सरति]

एको नागरिकः —

घृतं पीत्वैव जीवेद्धि — सरहस्यं प्रतीयते।
किमर्थं मेष-मिथुनं प्रासादे परिपाल्यते?॥

अपरः —

ग्रस्तास्याच्छुष्करोगेण पीत्वाज्यं सोऽपहार्यते।
किं वा गड्डरिकापुत्री परिवेशं समीहते!॥

यष्टिहस्तः कश्चिद् वृद्धः —

श्रुतो मया समुद्घोषः श्रुतं च भवतो मतम्।
प्रतीयते प्रतीकत्वं मेषसङ्गाज्य - पानयोः॥
घृतमायुरिति ख्यातं संभोगात्तच्च नश्यति।
उर्वश्या आज्यपानेन तथ्यमेतदुदीर्यते॥
मेषयूथो यथा गर्ते पतत्याद्यमनुव्रजन्।
तथैव दम्पती मूढावाप्नुतो वासनासुखम्॥

अन्यो नागरिकः —

व्यक्तेरेव क्षरत्यायुः संभोगादिति मन्यते।
प्रजोत्पादनहेतुत्वात् कुलस्यायुर्विवर्धते।
यथा भवति यो लोके तथैवान्यत्र पश्यति।
स्थविरत्वं गतः कस्मादादर्शे तरुणो भवेत्!॥

प्रौढो नागरिकः —

आत्मनः प्रतिबिम्बोऽसौ लोक इत्यभिधीयते।
न चास्य तात्त्विकी सत्ता द्रष्टैव प्रतिभासते॥
उर्वशी कामुकी योषित् पीत्वाज्यं बलमर्जति।

स्थान — प्रतिष्ठानपुर की गली

[उद्घोषक डिण्डिम से सूचना देता है]

हे नागरिको ! कान लगाकर सुनिए।

महाराजाधिराज का आपके लिए यह आदेश है :-

आप लोग राजकीय कोष्ठागार में शुद्ध गोघृत जमा कर राजकोष से मनचाहा धन प्राप्त करें।

और भी सुनिए, यहाँ के गडरियो! तुम्हें चर्बी वाले अधिक बलवान् भेड़ों का जोड़ा लाना चाहिए। नई आई महारानी घी पीकर ही जीवित रहती हैं और वे महल में दो भेड़ें पालना चाहती हैं।

[उद्घोषक डिण्डिम को पीटता हुआ मञ्च के पास से निकलता है।]

एक नाग० — घी पीकर ही जीती है! यह बात रहस्यमय प्रतीत होती है। महल में दो भेड़ें पालना किस लिए?

दूसरा — सूखा रोग से ग्रस्त होगी। घी पीकर वह सूखा रोग दूर किया जा रहा है। अथवा वह गडरिये की पुत्री होगी जो पूर्ववत् वातावरण की कामना करती है।

लाठी हाथ में लिए कोई बूढ़ा —

मैंने उद्घोषणा को सुन लिया और आपका मत भी सुन लिया है। ऐसा लगता है कि भेड़ों का संग और घी-पान प्रतीकमात्र हैं। घी आयु है ऐसा प्रसिद्ध है और वह संभोग से नष्ट होती है। उर्वशी द्वारा घी पान से यह तथ्य स्पष्ट होता है। जैसे पहले का अनुगमन करता हुआ भेड़ों का झुण्ड गड्ढे में गिर जाता है वैसे ही वासना- सुख को भोगते हुए मूर्ख पति-पत्नी का पतन होता है।

अन्य नागरिक — सम्भोग से व्यक्ति की ही आयु घटती है ऐसा माना जाता है। सन्तान उत्पन्न होने से कुल की आयु तो बढ़ती है। संसार में जो जैसा होता है दूसरों को भी वैसा ही मानता है। वृद्धावस्था को प्राप्त व्यक्ति दर्पण में युवा कैसे दिखाई दे?

प्रौढ़ नागरिक — यह संसार अपना ही प्रतिबिम्ब है ऐसा कहा जाता है और इसकी तात्त्विक सत्ता नहीं है। यहाँ देखने वाला दीखता है। उर्वशी कामुकी स्त्री है। घी पीकर शक्ति ग्रहण करती है। सम्भोग में लगे हुए मेषयूथ

सम्भोग-निरतौ मेषौ दृष्ट्वा लोलुभ्यते रतिम्॥
अपि दृष्टो महाराजः प्रवृत्तो राजकर्मणि।
उर्वशी यद्दिनादत्र भूपेशेन समागता ?

(पटपरिवर्तनम्)

स्थानम् — प्रतिष्ठानपुरवीथी

[महाराज ऐल आसन्द्यामुर्वश्या सह सुखासीनो दृश्यते। दम्पत्योरतृप्तिः पुनरपि रतिलोलुपतां जनयन्तीव प्रतीयते।]

ऐलः — प्रिये ! ब्रूहि सत्यं धरा रोचते ते
सुराणां सभायां मुधा नर्तनं वा।
भुवो गन्धवाहोऽत्र कल्पागतो वा
सुरापानमत्राथवा सोमपानम्॥

उर्वशी — न लोकः प्रियो वाप्रियः कश्चिदेव
वसेद्यत्र प्रेमाश्रयोऽसौ सुरम्यः।
व्रजेन्नाकमस्मत्प्रियश्चेदिदानीं
धरा स्यात्तदानीं तु कारासमा मे॥

ऐलः — भवत्या कथं याचितोऽस्मान् वरोऽसौ।
जहासीति भग्ने च सन्धौ भुवं त्वम्॥
परं शक्यते नैव रागाद्विरङ्क्तुं
मिलित्वा जलेनेव दुग्धस्वरूपात्॥

उर्वशी — श्रुतं सखिभ्यः प्रणयः प्रबुद्धोऽ
नुरागिणौ शाययति प्रभाते।
स्वप्ने समारुह्य सुखस्य मेरुं
नैराश्यगर्ते पततो विनिद्रौ॥
कालान्तरे प्रेमिजनस्य चित्तं
सामान्यलोके परिवर्ततेऽद्धा।
द्विरेफवृत्तेर्वसुधाधिपस्य तथा
त्रितल्यप्सरसां कथा का!॥

ऐलः —
निर्भरं निर्दयासि त्वं कथमित्थं प्रकल्पसे?
जीवतोरावयोः सत्यं त्यक्तुं त्वां नोत्सहे क्षणम्॥
जातोऽहन्ते ह्यभिन्नाङ्गः किं मे राज्येन साम्प्रतम्।
कामये त्वन्मुखाम्भोजं पश्यतो यातु मे जनिः॥

को देखकर स्वयं भी उसके लिए बार-बार लालायित रहती है। जिस दिन से यहाँ महाराज के साथ उर्वशी आई है क्या आपने महाराज को राजकार्य में प्रवृत्त हुए देखा है?

पट-परिवर्तन

स्थान — प्रतिष्ठानपुर की गली

[महाराज ऐल उर्वशी के साथ कुर्सी पर सुखपूर्वक बैठे दिखाई दे रहे हैं। पति-पत्नी की अतृप्ति पुनः-पुनः सम्भोग की लोलुपता को पैदा करती हुई सी प्रतीत होती है।]

ऐल — प्रिये ! तुम्हें यह पृथ्वी अच्छी लगती है अथवा देवताओं की सभा में बार-बार नृत्य करना? यहाँ पृथ्वी लोक की सुगन्धित वायु अथवा स्वर्गीय कल्पवृक्ष की हवा? यहाँ सुरापान अच्छा लगता है अथवा स्वर्ग में सोमपान?

उर्वशी — कोई भी लोक प्रिय अथवा अप्रिय नहीं है जहाँ प्रेमी निवास करे वही अधिक रम्य होता है। यदि अब मेरा प्रियतम स्वर्ग में गमन करे तब यह पृथ्वी मुझे कारागार सदृश लगेगी।

ऐल — आपने हमसे यह वरदान कैसे माँगा कि तुम सन्धि के टूट जाने पर पृथ्वीलोक को छोड़ दोगी; परन्तु प्रेमी से मिलकर बिछुड़ा नहीं जा सकता जैसे जल दूध से एकरूप होने पर उससे अलग नहीं हो सकता।

उर्वशी — सखियों से सुना है कि प्रबुद्ध प्रणय प्रेमियों को प्रातःकाल सुला देता है।

स्वप्न में सुख के सुमेरु पर्वत पर चढ़कर वे जागते ही निराशा के गड्ढे में गिर जाते हैं। कालान्तर में प्रेमी का मन सामान्यतः बदल जाता है। भौंरे जैसी प्रवृत्ति वाले राजा तथा तितलियों जैसी अप्सराओं का कहना ही क्या?

ऐल — तुम निर्दय हो। इस प्रकार की कल्पना क्यों करती हो? हम दोनों के जीवित रहते सचमुच मैं तुम्हें क्षण भर छोड़ने का भी साहस नहीं रखता हूँ। मैं निश्चय ही तुम्हारा ही अभिन्न अंग हो गया हूँ। अब मुझे राज्य से क्या प्रयोजन? मैं चाहता हूँ कि तुम्हारे मुख रूपी कमल

उर्वशी —

नाहं मंस्ये स्वसौभाग्यं दृष्ट्वा त्वां मत्परं, परम्।
अकर्मण्यं दयापात्रं प्रेमानर्हं घृणास्पदम्॥
भवतां भवने तावत् स्थातुं शक्नोमि भूपते!
यावद्दीव्यति भूलोके भवद्विक्रमभास्करः॥
तस्मिन्नस्तंगते राज्यं क्षयं यातीति निश्चितम्।
माञ्चापि त्वत्प्रियां पश्चात् कश्चिद्दैत्यो हरिष्यति॥

ऐलः —

कालं जेतुमहं शक्तो यदि त्वां हर्तुमीहते।
कोऽन्यः शक्नोति नेतुं त्वां, विरक्तिः कस्य जीवने?

उर्वशी —

आसायमुषसः कश्चिदारमेत्प्रियया यदि।
व्याकुलाननुरक्ता सा सम्बन्धांश्छेत्स्यति ध्रुवम्॥
पश्याम्यहं गवाक्षाद्धि भवद्राज्याधिकारिणः।
आदेशार्थं समासीना निवर्तन्तेऽकृत -क्रियाः॥
शङ्किताहं जनेषु त्वं कामान्ध इति निन्द्यसे।
क्व वाऽस्य कुत्सितो भावः क्व प्रशस्योऽनुरागिणः!

[ऐलः कक्षाद् बहिर्निष्क्रम्य सभागृहं जिगमिषामीति प्रतिहारिणं संसूच्य शृङ्गारकक्षं प्रविशति। उर्वशी सापराधेव प्रतीयते! तस्या ग्लानिं परिहरन्नैलस्तत्क-पोलोपरि करस्पर्शं करोति, निष्क्रामति च। नेपथ्ये श्रूयते]

सुरेन्द्राद्दृतसौहार्दा नरेन्द्राद्दृतशासनाः।
प्रतिष्ठान-पुराधीशाः सभाकक्षं समागताः॥

(पटपरिवर्तनम्)

स्थानम् — स्वर्गस्थं नन्दनकाननम्

[अप्सरसो वार्तामग्ना दृश्यन्ते]

सुजूर्णिः —

उर्वश्या विस्मृतः स्वर्गः किमुपेक्ष्यामरावती?
तया वा निर्मितश्चासौ धरायामेव नूतनः॥
नोर्वशी यत्र किंस्वर्गः किंरात्रिश्चन्द्रिकां विना।
किंवसन्तः पिकीहीनो ग्रीष्मशुष्का च किंनदी!

को देखते हुए ही मेरा जीवन बीते।

उर्वशी — मैं तुम्हें अपने कारण अकर्मण्य, दया का पात्र, घृणास्पद एवं प्रेम के लिए अयोग्य देखकर अपना सौभाग्य नहीं मानूँगी। हे राजन्! मैं तुम्हारे भवन में तब तक ही रह सकती हूँ जब तक पृथ्वीलोक पर आपके पराक्रम का सूर्य चमक रहा है। उसके अस्त हो जाने पर राज्य नष्ट हो जायेगा ऐसा निश्चित है और तुम्हारी प्रिया मुझे भी कोई दैत्य हरण कर ले जाएगा।

ऐल — यदि काल तुम्हारा हरण करना चाहता हो तो मैं उसे भी जीत सकता हूँ और कौन तुम्हें ले जा सकता है? किसे जीवन से वैराग्य हो गया है?

उर्वशी — यदि कोई प्रिया के साथ दिन आरम्भ होने से सायंकाल तक रमण करे तो वह निश्चय ही व्याकुल एवं अनुराग रहित होकर सम्बन्धों को तोड़ लेगी। मैं खिड़की से आपके राज्य के अधिकारियों को देखती हूँ। वे आज्ञापालन के लिए बैठे हुए बिना कुछ कार्य किए लौट जाते हैं। मैं इस बात से शंकित हूँ कि तुम लोगों में कामान्ध समझे जाते हुए निन्दा के पात्र बन रहे हो। कहाँ ऐसा निन्दित भाव और कहाँ 'प्रेमी' का उदात्त अर्थ!

[ऐल कमरे से बाहर निकलकर सभागृह में जाना चाहता है। इसलिए प्रतिहारी को सूचित करके शृंगार कक्ष में प्रवेश करता है। उर्वशी अपराधी की तरह प्रतीत होती है। उसकी ग्लानि को दूर करते हुए ऐल उसके गालों पर हाथ से स्पर्श करता है और निकल जाता है।]

[पर्दे के पीछे से सुनाई देता है — प्रतिष्ठानपुर के स्वामी सभाकक्ष में पधार रहे हैं।]

पट परिवर्तन

स्थान — स्वर्गस्थित नंदनवन

[अप्सराएँ बातचीत में मग्न दिखाई देती हैं]

सुजूर्णि — उर्वशी ने स्वर्ग को भुला दिया है। क्या अमरावती की उपेक्षा उचित है? अथवा उसने पृथ्वी पर ही नए स्वर्ग का निर्माण कर लिया है? जहाँ उर्वशी नहीं है वह कैसा स्वर्ग? चाँदनी के बिना कैसी रात्रि? कोयल से रहित वसन्त कैसा? और गर्मी से सूखी हुई नदी कैसी?

श्रेणि — इन्द्र भी युद्धक्षेत्र में स्थित टूटे हुए अस्त्र-शस्त्र

श्रेणिः —

भूत्वा भग्नास्त्र इन्द्रोऽपि योद्धेव समरे स्थितः।
भजते तां विना खिन्नः किं-कर्तव्य-विमूढताम्॥

सुजूर्णिः —

खिन्नता देव -राजस्य युज्यते सर्वथा शुभे !
विनोर्वशीं निरातङ्कः शेते स्वर्गे न सोऽधुना॥
प्रेष्यते काचिदस्मासु तपोभङ्गाय भूभुजाम्।
विनान्यसाधनैः सिद्धिः कथञ्चिन्नैव लभ्यते॥
सन्तु स्थाने प्रयत्ना नः स्वामी सिद्धिमपेक्षते।
उर्वश्यास्तु प्रभावोऽतः शक्रेऽक्षुण्णो विलोक्यते॥
जटिलं साधुमेकं तं विविधैः कामचेष्टितैः।
मोहितुं नैव शक्तेति ग्लानिग्रस्तास्मि कीदृशी !

हृदेचक्षुः —

अधुना श्रुतमिन्द्रेण गन्धर्वौ द्वौ नियोजितौ।
उर्वश्या मेषकौ हर्तुं तां पुनः प्राप्तुमिच्छता॥
श्रूयत एतदप्यद्य संवर्तकबलाहकौ।
आदिष्टौ त्रिदशेशेन मेघौ देवयितुं तडित्॥

[दूरवीक्षणाकारं यन्त्रमुपधार्य]

दिव्यदृष्ट्या प्रपश्यामि प्रासादे सुप्तदम्पती।
अहो ! कथं भ्रमन्त्यौ द्वे छाये तमसि वेश्मनि ?
सारितं किमहो जालं तत्र देवैस्तदर्थकम् !

सु०आ० — अवधानेन संप्रेक्ष्य ब्रूह्यग्रे यद्धि जायते।

[छायाभिनयेन मेष-हरणं प्रदर्शनीयम्। अश्लीलता-परिहारायोपरितः महाराजस्यार्द्धभाग एव विवस्त्रः कार्यः। उर्वश्याश्चापि स्कन्धपर्यन्तमेव छायाशरीरं दर्शनीयम्]

हृदेचक्षुः —

आयाति मेषमादाय कश्चिच्चौरो गवाक्षतः।
प्रयात्यन्योऽपरं हर्तुं निशायां सुप्तयोस्तयोः ?॥

सुम्नआपिः [साक्षि-निकोचम्] —

कथयन्ती चलाजस्त्रं मा विरंसीः कुमध्यमे !

हृदेचक्षुः (क्रुद्धा) —

नाहं वक्ष्यामि ते किञ्चित् स्वयं पश्य सुमध्यमे!

वाले योद्धा की तरह उसके बिना दुखी होकर किंकर्तव्यविमूढ़ हो गए हैं।

सुजूर्णि — हे कल्याणकारिणी ! इन्द्र की खिन्नता सब प्रकार से उचित है। वे अब उर्वशी के बिना स्वर्ग में निर्भय एवं आतंकरहित शयन नहीं करते हैं। कभी हममें से कोई राजाओं की तपस्या भंग करने के लिए भेजी जाती है तो अन्य साधनों के बिना सिद्धि किसी भी प्रकार प्राप्त नहीं होती है। चाहे कितने ही उचित प्रयत्न हों किन्तु हमारे स्वामी तो सफलता की अपेक्षा करते हैं। उर्वशी का प्रभाव इन्द्र पर अक्षुण्ण दिखाई देता है। मैं जटाधारी एक साधु को विविध कामचेष्टाओं द्वारा मोहित नहीं कर सकी तो इससे कैसी ग्लानि से भर गई हूँ!

हृदेचक्षु — सुना है उर्वशी को पुनः पाने की इच्छा से अब इन्द्र ने उर्वशी की भेड़ों को चुराने के लिए दो गन्धर्व नियुक्त किये हैं। आज यह भी सुनने में आया है कि इन्द्र ने संवर्तक और बलाहक मेघों को बिजली चमकाने का आदेश दिया है। [दूरबीन के आकार के यन्त्र को धारण करके] दिव्यदृष्टि से महल में सोये हुए पति-पत्नी को पुनः पुनः देख रही हूँ। अहो ! अन्धकारयुक्त घर में दो छाया-रूप क्यों घूम रहे हैं ? वहाँ देवताओं ने भेड़ों को चुराने के लिए षड्यन्त्र आरम्भ कर ही दिया है!

सुम्नआपि — आगे भी जो प्रतीत होता है ध्यान से देखकर कहो। [छायाभिनय से मेष-हरण दिखाना चाहिए। अश्लीलता परिहार के लिए ऊपर से महाराज का आधा भाग ही निर्वस्त्र करें और उर्वशी का भी कन्धों तक ही छाया-शरीर दिखाना चाहिए।]

हृदेचक्षु — वे दोनों सोये हुए हैं। कोई चोर भेड़ को लेकर खिड़की से आ रहा है। दूसरा दूसरी भेड़ को चुराने के लिए जा रहा है ?

सुम्नआपि — [आँख से संकेत करके] अरी कुमध्यमे ! [रुक जाने वाली] निरन्तर कहती चल, रुक मत।

हृदेचक्षु — [क्रुद्ध] सुमध्यमे! मैं तुम्हें कुछ नहीं बताऊँगी, स्वयं देख ले।

सुम्नआपिः —

मध्यान्तरस्तयोर्नश्च न सह्य इति मा क्रुधः।

हृदेचक्षुः —

अन्यं मेषकमादाय प्रचलत्यपरो जनः।
उद्बुद्धा तस्य मैकाराद् भूपं वदति चोर्वशी।
'रक्ष रक्ष महाराज! मेषश्चौरेण नीयते।
अहमप्यनुयास्यामि गतौ तौ यदि मद्गृहात्॥'

श्रेणिः —

शीघ्रं कथय भूपोऽसौ किमाचरितुमीहते।
तमोभेदिबृहद्यन्त्रं धृत्वा श्रृणु ब्रवीति किम्॥

[नवं बृहत्तरं यन्त्रं निधाय पश्यन्ती, सहसा यन्त्रमपसार्याक्षिणी निमील्य चोत्पतति ह्रिया]

हृदेचक्षुः —

ओह! ऐलो विवस्त्रोऽपि तस्करावनुधावति।

सुम्नआपिः —

मत्वा जगत्तमश्छन्नं सन्धिभङ्गं न कल्पते।

हृदेचक्षुः —

तस्कराभ्यां मोचयित्वा मेषौ नयति चत्वरम्।
तदैव द्योतते विद्युन् नग्नं पश्यति चोर्वशी॥

सुजूर्णिः —

गर्भस्थं पार्थिवं तेजो नेतुं स्वर्गं न शक्यते।
अवधानेन द्रष्टव्या क्व गच्छत्युर्वशी सखी॥

हृदेचक्षुः (इतस्ततोऽन्वेषणपरा) —

विहायसा पथैवैषा सम्प्राप्ता मानसं सरः।
हिमाङ्के दर्पणं धृत्वा प्रकृतिर्यत्र सज्जते॥

सुम्नआपिः —

स्थानात्स्थानान्तरं गच्छन् राजा विरहकातरः।
मान्वेषीदिति बुद्ध्या सा हंसी स्यान्मानसे किल॥

सुजूर्णिः —

अस्माभिरपि गन्तव्यं यत्रैषा रमतेऽधुना।
सगर्भा नैव हातव्या हंस्यो भूत्वा विचर्यताम्॥

(पटपरिवर्तनम्)

सुम्नआपि — उन दोनों और हमारे बीच विराम सह्य नहीं है। क्रुद्ध न हो।

हृदेचक्षु — दूसरी भेड़ को लेकर दूसरा व्यक्ति चलता है और उसके 'मैं मैं' करने से उठी हुई उर्वशी राजा से कहती है — महाराज! रक्षा कीजिए, रक्षा कीजिए। भेड़ को चोर ले जा रहा है। यदि वे दो भेड़ें मेरे घर से चली गईं तो मैं भी उनके पीछे चली जाऊँगी।

श्रेणि — शीघ्र कहो यह राजा क्या करना चाहता है? अन्धकार को भेदने वाले बड़े यन्त्र को पकड़कर देखो, सुनो क्या कहता है?

[नये बड़े यन्त्र देखती है। सहसा यन्त्र को हटाकर और आँखें बन्द करके लज्जा से गिर पड़ती है।]

हृदेचक्षु — ओह! ऐल निर्वस्त्र चोरों के पीछे भाग रहा है।

सुम्नआपि — सर्वत्र अन्धकार छाये रहने के कारण मानता है कि शर्त टूटने का भय नहीं है।

हृदेचक्षु — और शीघ्रता से चोरों से छुड़ाकर भेड़ों को आँगन में ले जाता है। तभी बिजली चमकती है और उर्वशी उसे निर्वस्त्र देखती है।

सुजूर्णि — गर्भ-स्थित धरती का तेज (गर्भस्थ बच्चा) स्वर्ग में नहीं ले जाया जा सकता। सखी! ज़रा ध्यानपूर्वक देख कि उर्वशी कहाँ जाती है।

हृदेचक्षु — [इधर-उधर ढूँढने में लगी हुई] हिमालय की गोदी में दर्पण लेकर जहाँ प्रकृति सजने में लगी है आकाश मार्ग से ही यह उर्वशी उस मानसरोवर पर पहुँच गई है।

सुम्नआपि —

वियोग से कातर वह राजा एक स्थान से दूसरे स्थान पर जाता हुआ कहीं उसे 'खोज न ले' इस विचार से वह मानसरोवर में हंसी न बन गई हो!

सुजूर्णि — अब यह जहाँ रहे हमें भी वहीं जाना चाहिए। गर्भवती को अकेले नहीं छोड़ना चाहिए। हंसी होकर ही उसके साथ विचरण करना चाहिए।

पट-परिवर्तन

[जटाधरो विरह-पीडितो राजा नदी-नद-शैल-शिखर-वनोपवनेषूर्वशीमन्विष्यन् दृश्यते। दृश्याद् दृश्यान्तरं दर्शयितुममुकामुकचित्रैरङ्किता द्वित्रा जवनिकाः क्रमश उद्घाटनीयाः किंवाभिनयेन कल्पनीयाः]

ऐलः —

याता क्षिप्त्वा विरहविकलं मां क्व नैराश्यगर्ते ?
रोचन्ते मे न दिनघटिका नैव रात्रेः क्षणाश्च॥
शीतो वातो दहति वदनं चन्द्रिका हृल्लुनाति
प्रातः सायं वहति रुधिरं मादृशां विग्रहेभ्यः॥
वृक्षे वृक्षे विहगमधुपा आह ! गालिं ब्रुवन्ति
क्लेशं तन्वन् विरसरुदितैः कोकिलो हिक्कतीव।
यद्यत्पूर्वं श्रवणसुखदं लोचनाभ्याञ्च रम्यम्
तत्तत्सर्वं विरहविषयेऽरुन्तुदं खल्विदानीम्॥
आनेतुं ते प्रियतरपशू तस्करावन्वधावम्
स्थानेऽस्मन्निर्वसनगमनं कृष्ण - पक्षे क्षपायाम्
दौर्भाग्यं मे नियतिविहितैरट्टहासैस्तदैव
विद्युत्पातोऽजनि विलसनाद् विद्युतां हन्त! मह्यम्॥
भो भो वृक्षाः! स्थलजलचराः! क्वास्ति मे प्रेयसी सा ?
दामिन्या तेऽवनितलगृहान्मेघ ! यातान्तरिक्षम् ?
युष्माकं ये विषयरसिका यक्षगन्धर्वदेवाः
नीता कान्ता स्वभवनमितो येन, पूर्णं तदायुः॥

[मानसरोवरं प्राप्य हंसानुद्दिश्य च]

हृता किमनया बुद्ध्या युष्माभिः सोर्वशी प्रिया।
तस्या गतेः समक्षं वो जाता गतिरुक्षेपिता ?

[हंसीमेकां विहाय पक्षान्प्रसारयन्तो हंसा उड्डीयन्ते]

ऐलः [हंसीं प्रति] **—**

दृष्टिभ्रान्तिर्न मे नूनमुर्वशी त्वं प्रियासि भोः !
स्वरूपमवतिष्ठस्व, हंसीरूपं विसृज्यताम्॥

हंसी [मनुष्यवाचा] **—**

सम्यग्ज्ञातं महाराज ! उर्वशी 'अप्सरा' ह्यहम्
राज्यं त्यक्त्वा क्व यातोऽसि ? गच्छ शीघ्रं निकेतनम्॥

[जटाधारी वियोग से पीड़ित राजा नदी-नद-पहाड़ चोटी वन-उपवनों में उर्वशी को ढूँढता हुआ दिखाई देता है। एक दृश्य से दूसरा दृश्य दिखाने के लिए अमुक-अमुक चित्रों से अंकित दो-तीन पर्दे क्रमशः दिखाने चाहिए अथवा अभिनय से कल्पना करनी चाहिए।]

ऐल — विरह से व्याकुल मुझे निराशा के गड्ढे में डालकर कहाँ चली गई हो ? मुझे दिन की घड़ियाँ अच्छी नहीं लगतीं और न ही रात्रि के क्षण अच्छे लगते हैं। ठण्डी हवा शरीर को जलाती है, चाँदनी हृदय को काटती है। बिछुड़ने से हम जैसों का रक्त ही ख़ूनी रंग के प्रातः और शाम को बहता है। आह! पक्षी और भौंरे प्रत्येक वृक्ष पर अपशब्द बोल रहे हैं। नीरस रुदन से क्लेश को बढ़ाती हुई कोयल हिचकी-सी ले रही है। जो-जो पहले सुनने में सुखद और आँखों के लिए सुन्दर था वह सब कुछ अब एक साथ हो निश्चय ही वियोग में कष्टदायक हो चला है। तुम्हारे अधिक प्रिय पशुओं को लाने के लिए मैं चोरों के पीछे दौड़ा, कृष्णपक्ष की रात्रि में मेरा निर्वस्त्र गमन ठीक ही तो था। मेरे दुर्भाग्य द्वारा विहित अट्टहासों से तभी बिजली के चमकने से मुझ पर बिजली गिर पड़ी जो मेरे लिए बड़े कष्ट की बात रही। हे वृक्षो! भूमि और जल में विचरण करने वाले जीवो! वह मेरी प्रेमिका कहाँ है ? हे मेघ! तेरी बिजली के साथ भूलोक से क्या वह अन्तरिक्ष में तो नहीं चली गई ? जो तुम्हारे कामी गन्धर्व, यक्ष और देव हैं उनमें से जो मेरी प्रिया को अपने घर ले गया है उसकी आयु पूरी हो गई समझें। [मानसरोवर में पहुँचकर और हंसों को संकेत करके] **क्या इस बुद्धि से तुमने उस प्रिया उर्वशी का हरण किया कि उसकी चाल के समक्ष तुम्हारी चाल फीकी पड़ गई थी ?** [एक हंसी को छोड़कर पखों को फैलाते हुए हंस उड़ जाते हैं]

ऐल — [हंसी को संकेत करके] **अरी! निश्चय ही तुम प्रिया उर्वशी हो, यह मेरी दृष्टि का भ्रम नहीं है, हंसी का रूप छोड़ दो, अपना रूप ग्रहण करो।**

हंसी — [मनुष्य की वाणी से] **महाराज! आपने ठीक जाना। मैं स्वर्ग-सुन्दरी उर्वशी ही हूँ। राज्य को छोड़कर कहाँ चले आये हो ? जल्दी लौट जाओ महल को।**

ऐलः —

काठिन्यं ते विषम- हृदये सङ्गदोषात्कुचस्य
सोढुं शक्यं कथमपि मया नैव पाषाणतुल्यम्।
प्रेमालापान्सुरतसरसान् हन्त ! विस्मृत्य सर्वान्
पश्चात्तप्तुं स्वदयितजनं प्रेषयस्येव गेहम्॥

ऐल — स्तनों की संगति के दोष से तुम्हारे विषम हृदय में कठोरता आ गई है। पत्थर के समान कठोरता मुझसे किसी भी प्रकार सहन नहीं की जा सकती। हाय! प्रेममय वार्तालापों और सभी सरस सम्भोग प्रसंगों को भुलाकर अपने प्रेमीजन को आगे जलने के लिए ही घर को भेज रही हो।

हंसी [उर्वशी] —

प्रातः कालः प्रथमदिनगो नोषसं याति नूत्नाम्।
शक्नोत्येवं प्रबलपवनं को वहन्तं निरोद्धुम्?
भिन्नावावां खलविधिवशान्नैव संयोक्तुमीशौ।
किं संलापैः प्रणयविनतैः केवलैर्गच्छ गेहम्॥

हंसी (उर्वशी) — जो सवेरा पहले दिन चला गया, वह फिर नवीन उषा के पास नहीं आता है। इस बहती हुई प्रबल वायु को कौन रोक सकता है? हम दोनों दुर्भाग्य से अलग हो गए हैं। अब मिल नहीं सकते हैं। केवल प्रणय-विनययुक्त वार्ताओं से क्या लेना? आप घर जाइए।

ऐलः —

तूणीरे मेऽवचित - विशिखाः शेरते प्राणहीनाः
शत्रूणां चापगतहरणो वर्धते राः सदैव
मल्लक्रीडा-विगमितदिनाः सैनिकास्त्यक्तनादाः
साम्राज्यं मे निहतमनसः प्रत्यहं नाशमेति॥

ऐल — मेरी तरकस में बचे हुए वाण निस्तेज हो रहे हैं। अपहरण के बन्द हो जाने से शत्रुओं का धन सदा बढ़ रहा है। सैनिक लड़ाई के सिंहनादों को छोड़कर कुश्ती कर दिन काट रहे हैं। दिल टूट जाने से मेरा साम्राज्य प्रतिदिन नाश की ओर बढ़ रहा है।

हंसी —

मन्ये पूर्वं प्रतिदिनमहं चुम्बिता त्रिर्भवद्भिः
नूनं नक्तं सततमभजो मामनन्यां वधूषु।
स्मारं स्मारं सकलमनिशं दूयते केवलं हृत्
कस्ते लाभः शवखननतो गच्छ शीघ्रं स्वगेहम्॥

हंसी — मैं मानती हूँ कि पहले आप मेरा प्रतिदिन तीन बार चुम्बन करते थे। निश्चय ही आप लगातार अपनी पत्नियों में से रात्रि में केवल मेरे समीप रहते थे। रात-दिन यह सब याद कर-करके केवल हृदय दुखी होता है। गढ़े मुर्दे उखाड़ने से अब क्या लाभ? आप जल्दी अपने घर जायें।

ऐलः —

याता त्यक्त्वा विरहविकलं मां सखीष्वेव वस्तुम्
नाद्यापि त्वं मिलसि रभसा गौर्यथा वीक्ष्य वत्सम्
कष्टं कष्टं विदितमखिलं वर्ण्यते भुक्तभोगैः।
मित्रस्योक्तं प्रणयविमुखं कष्टभूयिष्ठमस्ति॥

ऐल — वियोग में व्याकुल मुझे छोड़कर तुम सखियों में ही निवास करने के लिए चली गई हो। जैसे सद्यःप्रसूता गौ अपने बछड़े को आतुरता से मिलती है, उस तरह आज तुम नहीं मिलती हो। भुक्तभोगियों ने बहुत-से कष्टों का वर्णन किया है। उनमें से प्यार के विरुद्ध कहा गया मित्र का कथन सबसे अधिक दुखदायी होता है।

हंसी —

दृष्टो यूथो यजनसमये तेऽङ्गने स्वर्वधूनाम्
युद्धक्षेत्रे विविधविबुधास्ते हितं चाचरन्ति।
आदेशात्ते वहति सलिलं शस्यवृद्ध्यै नदीषु।
तस्माच्चित्तं स्खलनविधुरं शिष्यतां, गच्छ गेहम्॥

हंसी — यज्ञ के समय स्वर्गलोक की स्त्रियों का झुण्ड तुम्हारे प्रांगण में देखा गया है और युद्ध क्षेत्र में विभिन्न विद्वान तुम्हारी भलाई के लिए आचरण करते हैं। तुम्हारे आदेश से नदियों में फ़सलों की वृद्धि के लिए जल बहता है। गलती से दुखी चित्त शान्त करें, घर जायें।

ऐलः —

प्रेमासक्तोऽप्सरसमभजं मानुषीनिम्नमानी।
सा व्याघ्राद् विद्रवति हरिणी सारथे र्वा यथाश्वा।

ऐल — मैंने मानुषी स्त्री को तुच्छ समझकर स्वर्ग-सुन्दरी से प्रेम किया। वह जैसे बाघ से हरिणी अथवा सारथी

हृष्टो यादृक् प्रणयसुमुखस्तादृगेवाद्य नष्टः।
उच्चैरुच्चैः पदमुपगता दीर्घपातं पतन्ति ॥

उर्वशी —
रूपं यन्नः सुविदितमदो नास्ति सत्यं स्वरूपम्।
क्रीडन्त्योऽश्वा इव वयमिमाःपुंस्त्वमुच्छालयामः।
मा ते सङ्गो भवतु रमणीष्वासु मायावतीषु।
ज्ञात्वा तथ्यं त्यज मम कुलं गच्छ शीघ्रं स्वगेहम्॥

ऐलः —
भ्रान्तो नासं, सदनमनिशं दीव्यतिस्मोर्वशी मे।
वाञ्छाम्यस्मच्छिशुरपि तथा देवयेन्मत्कुलञ्च
वर्धिष्यन्तेऽमलचिरयशः सम्पदश्चास्य यत्नैः।
सत्सन्तत्या कथय किमिहासाद्यते नैव भद्रम्?॥

उर्वशी —
भूपालस्त्वं प्रबलधनुषा पासि लोकं समस्तम्।
युष्मद्गोत्रं सदयमनसा पाम्यहं गर्भमध्ये।
सन्धिं भङ्क्त्वा विकृतमतिना नीडभङ्गः कृतो नौ।
दाम्भं पौस्नं सपदि ललनां गर्हते विग्रहाय॥

ऐलः —
पुत्रो मातुर्वचनवशगो मन्यते पैतृकीं स्वाम्।
कोऽन्यस्तस्याः परिचितममुं कारयेत्प्रत्ययार्थम्।
रोदिष्यावोऽबलशिशुरहञ्चोभकौ त्वद्विहीनौ ।
मात्रा त्यक्तो न भवति पितुश्चापि पुत्रः स्वकीयः॥
पुत्रः पौत्रं जनयति यथा श्लाघ्यते वंशवृद्ध्यै।
दीप्तं स्यात्ते श्वशुरसदनं तेन दीपेन कामम्॥
को दम्पत्योर्विरहमभजत्स्वेच्छया पुत्रहेतोः ।
न स्यादन्यः प्रणयरहितो मादृशः सन्धिभङ्गात्॥

उर्वशी —
पुत्रं तेऽहं नियत - समये प्रेषयिष्यामि नूनम्।
लोकादृश्या स्वसुतमभितो लालयिष्यामि नित्यम्।
मोक्ष्यत्यङ्कं न तव तनयो नापि रोदिष्यतीति।
मौढ्यं त्यक्त्वा व्रज निजगृहं नात्र मोहः प्रकाम्यः॥

से घोड़ा भाग जाता है, उसी प्रकार मुझे छोड़कर भाग रही है। मेरा मन जितना प्रिया उर्वशी के सम्मुख प्रसन्न हुआ था उतना ही आज खिन्न हुआ है। ठीक है— जो जितना ऊपर चढ़ता है, वह उतना ही अधिक गिरता है।

उर्वशी — आपने जो हमारा रूप जाना है, वह वास्तविक स्वरूप नहीं है। घोड़ों की तरह क्रीड़ा करती हुई हम पुरुष को उद्वेलित करती हैं। इन मायावी सुन्दरियों के साथ तुम्हारी संगति न हो, इसलिए इस तथ्य को जानकर मेरे वंश (सुन्दरियों) को छोड़कर आप जल्दी अपने घर चले जायें।

ऐल — मैं भ्रान्त नहीं था। उर्वशी अहर्निश मेरे घर में क्रीड़ा करती थी। मैं चाहता हूँ कि हमारा बच्चा भी वैसे ही मेरे वंश में क्रीड़ा करे और इसके प्रयत्नों से सम्पत्तियाँ और निर्मल एवं चिरस्थायी यश बढ़ेंगे। अच्छी सन्तान से, कहो कि यहाँ कौन-सा कल्याण प्राप्त नहीं होता है? अर्थात् सभी कल्याणकर बातें होती हैं।

उर्वशी — हे राजन्! तुम बलशाली धनुष से समस्त संसार की रक्षा करते हो। मैं दयालु मन से तुम्हारे वंश को अपने गर्भ में पाल रही हूँ। तुमने विकृत बुद्धि से सन्धि भंग करके हमारा परिवार तोड़ा है। बिना विचारे पुरुष का घमण्ड स्त्रियों को दोषी ठहरा देता है।

ऐल — माँ के कथनानुसार ही पुत्र अपनी पैतृक परम्परा को मानता है। दूसरा कौन तुम्हारे अतिरिक्त इसे विश्वास दिलाने के लिए पिता से परिचित करवाए। तुम्हारे बिना निर्बल बालक और मैं दोनों रोयेंगे। माँ से त्यागा पुत्र पिता का भी नहीं होता है। पुत्र पौत्र को पैदा करता है, जिससे वंशवृद्धि के लिए वह प्रशंसा का पात्र होता है। इस तरह भले ही उस दीपक से तुम्हारा ससुराल प्रकाशमान हो; परन्तु शर्तें टूटने से अपने प्यार को खोकर मुझ जैसा शायद ही कोई और हो जो पुत्र के लिए स्वेच्छा से अपनी जोड़ी से वियुक्त हुआ।

उर्वशी — मैं निश्चय ही तुम्हारे पुत्र को नियत समय पर भेज दूँगी। लोगों की नजर बचाकर नित्य हर तरह से अपने पुत्र को लाड़-प्यार करूँगी। तुम्हारा पुत्र गोदी नहीं छोड़ेगा और रोयेगा भी नहीं। मूर्खता छोड़कर आप अपने घर जाओ। यहाँ मोह वाञ्छनीय नहीं है।

ऐलः —

ऐलस्त्यक्तो वसतु सततं भुक्तभोगस्त्विहैव।
गच्छेद् वायं स्वयमपि यमं वा म्रियेताद्य रोगैः॥
कामं चाद्यादकरुणवृकः दारयन् दीर्घदद्भिः।
हित्वा रत्नं व्रजति न गृहं सोऽधुना रिक्त-पाणिः॥

उर्वशी —

मृत्युं यायाद्भवदरिजनस्त्वादृशो नैव भूपः।
अद्याद्राङ्गस्तव हृतधनान् दुर्वृको नैव वा त्वाम्॥
स्नेहायोग्या पिशितरुचयो योषितश्छद्मवृक्यः।
त्याज्या मैत्री नरमतिमुषामस्थिरप्रीतिभाजाम्॥
रूपं हित्वाप्सरसमवसं मानुषीवाचरन्ती।
चत्वारोऽब्दा विविधमरमे श्रीमतां राजगेहे॥
आज्यं पीत्वा दिवसमनयञ्चैकभुक्तानुरक्ता।
गर्भे युष्मुत्कुलमघहरं धारयामि प्रयामि॥

ऐलः —

अङ्गाङ्गानां मधुररुचिभिर्द्योतयन्तीं दिगन्तम्।
आकर्णान्तं प्रसृतनयनैर्वर्षयन्तीं सुधाञ्च॥
पुण्याचारो वशमुपगतामुर्वशीं कामयेऽहम्।
आगन्तव्यं तपति सततं त्वां विना मानसं मे॥

उर्वशी —

तर्पिष्यन्ते जितमृतिभयैस्त्वादृशैरेव देवाः।
आशीर्वादैरनुदिनमिता वृद्धिमैश्वर्यविद्याः॥
नेष्यन्ते त्वां स्वजनसहितं दिव्यलोकं सदेहम्।
देवा ऊचुः-सुरपुरसुखं भोक्ष्यसे मोदमानः॥

[उर्वशी दृष्टिपथाद्दूरमपसर्पति]

ऐलः —

सैषा किं प्रेयसी त्यक्त्वा गताल्पस्खलने गृहात्।
न स्मर्तव्यैव तेनेयम्, आह ! तत्सम्भवेत्कथम्?॥

[उपस्थितौ द्वौ गन्धर्वौ]

कौ युवाम्? मम पार्श्वे किम्? वाऽलं जिज्ञासयानया।
अधुना मोषितव्यं किम्? सर्वस्वं मे गतं गतम्॥

गन्धर्वः (प्रथमः) —

नावां चोरयितुं राजन्! आगतौ हितकारिणौ।

ऐल — भुक्तभोगी और अब छोड़ा हुआ ऐल निरन्तर यहीं पर निवास करे अथवा यह स्वयं ही यम के पास चला जाय अथवा आज ही रोगों से मर जाय। भले ही बड़ी-बड़ी दाढ़ों से विदारित करते हुए निर्दय भेड़िया उसे खा जाये; पर रत्न (उर्वशी) को छोड़कर वह (ऐल) अब खाली हाथ घर नहीं जायेगा।

उर्वशी — आपके दुश्मन मृत्यु को प्राप्त हों, आप जैसा राजा नहीं। जिसने तुम्हारा धन हरण कर लिया है, उन्हें दुष्ट भेड़िया खा जाय, तुम्हें नहीं। कपट व्यवहार वाली मांसप्रिय भेड़ियों-सी स्त्रियाँ स्नेह के योग्य नहीं होती हैं। मनुष्य की बुद्धि का हरण करने वाली अस्थायी प्रेमिकाओं की मित्रता छोड़ देनी चाहिए। मैंने अप्सरा का रूप छोड़कर मनुष्य की तरह आचरण करते हुए निवास किया। श्रीमान् जी के घर में चार वर्ष विभिन्न क्रीड़ायें कीं। घी पीकर दिन बिताये और केवल एक के द्वारा उपभोग की जाती हुई अनुरक्त रही। गर्भ में पाप को धोने वाले तुम्हारे वंशज को धारण किये जा रही हूँ।

ऐल — अलग-अलग अंग के माधुर्य से दिशाओं को देदीप्यमान करती हुई कानों तक फैले हुए नेत्रों से अमृत बरसाने वाली तथा अपने पुण्य प्रताप से उर्वशी को वशीभूत करने की चाह मुझमें बसी है। तुम्हारे बिना निरन्तर मेरा मन जल रहा है। तुम्हें आ जाना चाहिए।

उर्वशी — देवताओं ने कहा है — मौत के भय से मुक्त तुम जैसे लोगों से ही वे खुश रहते हैं। अतः उनके आशीर्वादों से तुम्हारी विद्यायें-सम्पत्तियाँ बढ़ती जायेंगी और वे सशरीर परिवार वालों सहित तुम्हें दिव्यलोक में ले जायेंगे। तुम प्रसन्न होते हुए देवलोक के सुख भोगोगे।

[उर्वशी नजर से दूर चली जाती है]

ऐल — यह कैसी प्रेमिका है जो थोड़ी सी गलती होने पर घर से चली गई? इससे वह याद तो नहीं की जानी चाहिए। पर हाय! यह कैसे हो सकता है? [उपस्थित दो गन्धर्व] आप दोनों कौन हैं? मेरे पास क्या है? कुछ पूछना नहीं मुझसे। अब क्या चुराने योग्य है? मेरा सर्वस्व लुट चुका है।

प्रथम — हे राजन्! भला करने वाले हम दोनों चुराने के

तौ चौरौ तु समक्षं ते स्वप्नेऽप्यागन्तुमक्षमौ ॥
जात्यै द्रुह्यसि किं व्यर्थं व्यक्तिसम्पादितागसे ?
अनलं दत्तमावाभ्यां शिरसा त्वं वहेर्यदि ।
आकृष्टा तूर्वशी नूनं स्वर्गादवतरिष्यति ॥

द्वितीयः —

रसायन-प्रभावो यो वह्नितापादुदेष्यति ।
अलौकिका तु तच्छक्तिर्भवत्युत्पद्यते हि सा ॥
तदा त्वां परितः सैव चक्रवच्च भ्रमिष्यति ।
त्वय्येव सन्निविष्टासावानन्दं जनयिष्यति ॥

ऐलः —

यद्यदादिश्यते तत्तत् सर्वमैलः करिष्यति ।
दुराशापङ्कमग्नेन तृणमप्यवलम्ब्यते ॥

[राजा शिरसा घटं वहन् दृश्यते, अपरपार्श्वतो गन्धर्वौ प्रस्थितौ]

लिए नहीं आये हैं। वे चोर तो तुम्हारे समक्ष स्वप्न में भी आने में असमर्थ हैं। किसी व्यक्ति-विशेष द्वारा किये गये अपराध के लिए तुम व्यर्थ ही सम्पूर्ण जाति से द्रोह कर रहे हो। यदि तुम हम दोनों द्वारा दी गई अग्नि को सिर पर वहन करो तो उर्वशी स्वर्ग से निश्चय ही खिंची हुई चली आयेगी।

द्वितीय — जो रसायन-प्रभाव अग्नि की गर्मी से उत्पन्न होगा, उसकी शक्ति अलौकिक होगी और तब वही चक्रवत् तुम्हारे चारों ओर घूमेगी। तुममें ही सन्निविष्ट वह आनन्द उत्पन्न करेगी।

ऐल — [मानता हुआ] आप जो-जो आदेश देते हैं ऐल वह सब करेगा। निराशा के कीचड़ में डूबता हुआ तिनके का भी सहारा लेता है। [राजा सिर पर घड़े को ले जाता हुआ दिखाई देता है। दूसरी तरफ से दो गन्धर्व प्रस्थान करते हैं।]

(पट-परिवर्तनम्)

स्थानम् — मानसरोवरः

[हंसीरूपिण्यः सुजूर्णिः, श्रेणिः, सुम्नआपि, हृदेचक्षुश्चौर्वश्या (हंसी-रूपिण्यैव) सह मनुष्यवाचा संलपन्त्यो दृश्यन्ते। ईषत्कम्पिताभिः सलिलाभाभिः साटिकाभिः सरोवरो निर्मापयितुं शक्यते]

सुजूर्णिः (उर्वशीं प्रति) —

मानवी रूपमासाद्य गता स्वर्गात्तु भूतलम् ।
भूतले किं पुनरिदं हंसीरूपमवस्थिता ?

श्रेणिः —

हताः सुरा हि मानव्या हंस्या चैलः पृथुश्रवाः ।
सन्त्वप्सरस एवैता जीवेतां स्वभुर्वावुभे ! ॥

उर्वशी (हंसी) —

गन्धर्वैः सूचितं — मूढो विक्षिप्तिं भूमिपो गतः ।
बोधितोऽप्यप्सरा नैव ग्राह्या नारीव सुव्रता ॥

सुम्नआपिः —

त्वामहं सखि ! पृच्छामि, अपि न स्मर्यते नृपः ?
अप्यस्ति भवती स्वस्था, किं गतं नैव शोचति ?

पट-परिवर्तन

स्थान — मानसरोवर

[हंसिनी रूप वाली सुजूर्णि, श्रेणि, सुम्नआपि और हृदेचक्षु (हंस रूप वाली ही) उर्वशी से मनुष्य की वाणी से बातचीत करती हुई दिखाई देती हैं।
कुछ काँपते हुए जल की आभा वाली साड़ियों से सरोवर बनाया जा सकता है।]

सुजूर्णि — (उर्वशी के प्रति) तुम स्वर्ग से भूतल पर मानवी रूप पाकर चली गई थी। भूतल पर क्या फिर इस तरह हंसी के रूप में रह रही हो ?

श्रेणि — निश्चय ही इसने मानवी रूप पाकर देवताओं को मारा और हंसी का रूप धारण करके बड़े नाम वाले ऐल को। अप्सरायें अप्सरायें ही बनी रहें, जिससे स्वर्ग और धरती दोनों जीवित रह सकें।

उर्वशी (हंसी) गन्धर्वों ने सूचना दी— यह समझाये जाने पर भी कि अप्सरा को पतिव्रता स्त्री की तरह कभी नहीं मानना चाहिए, मूर्ख राजा तो पागल ही हो गया।

सुम्नआपि — हे सखी ! मैं तुम्हें पूछती हूँ क्या तुम राजा को याद नहीं करती हो ? क्या तुम स्वस्थ हो ? क्या बीती हुई घटना के विषय में नहीं सोचती हो ?

उर्वशी —

यथेयमप्सरा नास्ति पृच्छतीत्थं सखी मम।
अनागतं गतञ्चैव शोचन्त्यप्सरसः कदा ?
अनुभूतः सहैलेन वसन्त्या साम्प्रतं मया।
तस्य पाशविको वेगः शिथिलः कामिनी - प्रियः।
वर्षारम्भाच्चतुर्थाद्धि संयोगस्यावयोर्नृपः ।
प्राशंसत्कामहीनञ्च विशुद्धं प्रेम भूरिशः॥

हृदेचक्षुः —

नरः प्रेम्णो विशुद्धाय स्पृहयति यदा भृशम्।
ज्ञेयं तस्य गतं पुंस्त्वं प्रियालावण्यमेव वा॥

उर्वशी —

प्रतिष्ठानपुरं नेतुं भूपेशः प्रार्थयत्किल।
कीदृशी प्रार्थना राज्ञः कथन्नैव धृता...धृता...॥

[विवक्षां निगूढयति]

सुजूर्णिः —

[विवक्षां पूरयति] कथन्नैव धृता बलात् ?
यदा कश्चिद् बलोन्मत्तो दैत्यो हरति कामिनीम्।
आस्वादयत्यनिच्छन्ती सा मा मामितिभाषिणी॥

श्रेणिः —

कामासक्तोऽक्रियो नेष्टो नाप्यकामश्च सक्रियः।
कर्मण्यो विषयासक्तः प्रमदानां प्रियो नरः॥

सुम्नआपिः —

समयस्य प्रभावोऽयं वर्तते कस्य दूषणम्।
क्व वैराग्यमिदानीं ते क्वौत्सुक्यञ्च तदा भुवे !॥

उर्वशी —

त्रितल्योऽप्सरसो ज्ञेयाः स्वभावेन बहुव्रताः।
न केनापि वयं ग्राह्याः पतिधर्मपरायणाः॥
एकमिच्छन्ति मानव्यो वयं हार्दं नवं नवम्॥
प्रियताप्सरसां विद्युन् नार्या दीपशिखा मता॥
मा भूद् वा सन्धिविच्छेदो भूपेन श्रीमता तदा।
उर्वश्या कामरूपिण्या त्याज्य एव नृपोऽबलः॥

(पट-परिवर्तनम्)

उर्वशी — मेरी सखी इस प्रकार पूछ रही है जैसे यह अप्सरा नहीं है। अप्सराएँ भूत और भविष्य के विषय में कब सोचती हैं ? ऐल के साथ रहते हुए अब मैंने अनुभव किया कि स्त्रियों के प्रेमी उस ऐल का पाशविक वेग शिथिल हो गया है। हमारे संयोग के चौथे वर्ष के आरंम्भ से ही राजा कामहीन और विशुद्ध प्रेम की अत्यधिक प्रशंसा करने लगा था।

हृदेचक्षु — मनुष्य जब विशुद्ध प्रेम के लिए अधिक स्पृहा करता है तो जान लेना चाहिए कि उसका पौरुष चला गया है अथवा प्रेमिका का सौन्दर्य समाप्त हो गया है।

उर्वशी — हाँ, राजा ने प्रतिष्ठानपुर ले जाने के लिए प्रार्थना की थी। राजा की कैसी प्रार्थना ? बलपूर्वक क्यों नहीं.....

(कहने की इच्छा को छुपा लेती है) ले गये ?

सुजूर्णि — [विवक्षा को पूर्ण करती है] बलपूर्वक क्यों नहीं ले गये ? जब कोई बल से उन्मत्त दैत्य कामिनी का हरण करता है, तो ना-ना बोलती हुई अनचाहे ही वह रस लेने लगती है।

श्रेणि — कामुक क्रियाहीन पुरुष स्त्रियों को प्रिय नहीं लगता और न कर्मठ अकामुक व्यक्ति ही। कर्मठ विषयासक्त पुरुष स्त्रियों को प्रिय होता है।

सुम्नआपि — यह समय का प्रभाव है। इसमें किसका दोष है ? पृथ्वीलोक में अब तुम्हारा यह वैराग्य कहाँ ? और कहाँ उस समय की वह उत्सुकता ?

उर्वशी — बहुव्रता अप्सरा को स्वभाव से तितली समझना चाहिए। कोई भी हमें पतिव्रता न माने। मानवी स्त्रियाँ एक को चाहती हैं। हम नये-नये प्रेमी चाहती हैं। अप्सरा का प्रेम बिजली की तरह क्षणभंगुर तथा मानवी स्त्री का प्रेम दीपशिखा की तरह शाश्वत माना गया है। भले ही मान्यवर राजा से सन्धिविच्छेद न भी होता तो भी यह कामुक उर्वशी शक्तिहीन राजा को छोड़ ही देती।

पट-परिवर्तन

स्थानम् — मानसरोवरात्प्रत्यावर्तन-मार्गः

[राजा गन्धर्वदत्तमग्निपात्रं वहन् द्वित्रवारं मञ्चं पारयन् दृश्यते]

विदूषकः (प्रविश्य) — **उह्यतेऽयं कथं वह्निः ?**

राजा —

उर्वशीं प्राप्तुमिच्छया ॥
गन्धर्वाः कथयन्त्येष सेवयाभीष्टदायकः ।

विदूषकः —

हृतौ मेषौ तु यैः पूर्वमानीतोऽयं ततोऽनलः।
त्वन्मन्युवह्नितो भीता होतुमिच्छन्ति त्वामतः॥
अग्निर्वर्यस्तदैवायं यदाङ्के कौमुदी लसेत्।
अस्तु, पश्याव मृद्भाण्डं कुर्वे मुखमनावृतम्॥

[भाण्डमुखमनावृतं करोति]

राजा [वस्तूनि चिन्वन्] —

वह्नेर्नाम न कुत्रापि पत्रपुष्पाश्मधातवः।
पादपानां च मूलानि दृश्यन्तेऽस्मिन्द्रवास्त्रयः॥

विदूषकः —

गुप्तरूपमिदं वह्नेः प्रतीकात्मकमेव वा।
मन्थनाच्छुष्ककाष्ठानां वह्निरुत्पद्यते न किम् ?
द्रवाणामपि चैतेषां चूर्ण-भस्मादि-संयुतम्।
सेव्यते वासनावृद्ध्यै वाजीकरणमौषधम्॥

राजा —

किं मेऽनेनाग्निना साक्षादुताहो कामवह्निना।
प्रार्थिता नागता कान्ता, सानेया कथमग्निना ?
अग्निमेतमतोऽत्रैव त्यक्त्वा गच्छामि काननम्।

[अग्निपात्रं भूमौ त्यक्त्वाऽग्रे व्रजति। विदूषकस्तमनुगच्छति। एकपार्श्वतो निष्क्रान्तावपरतो रंगमञ्चे समायातौ।]

[आकाशवाणी]

अग्निर्जगज्जीवनमन्त्य-मृत्युं
चानिद्धमालिङ्गय मावमंस्थाः।
दीप्तो दहेत्पर्वतमिन्धनाना-
मिन्द्रोऽपि भुङ्क्तेऽस्य मुखेन हव्यम्॥

स्थान — मानसरोवर

[राजा गन्धर्वों द्वारा दी गई अग्नि को ले जाता हुआ दो-तीन बार मञ्च को लाँघता दिखाई देता है।]

विदूषक (प्रवेश करके) — **यह अग्नि क्यों ले जा रहे हो?**

राजा —उर्वशी को पाने की इच्छा से। गन्धर्व कहते हैं कि यह सेवन करने पर अभीष्ट को देने वाली है।

विदूषक — पहले जिन्होंने भेड़ों को चुराया, उनसे ही फिर यह अग्नि लाई गई। अतः तुम्हारी क्रोध रूपी अग्नि से डरे हुए वे तुम्हारा हवन करना चाहते हैं। तभी यह अग्नि श्रेष्ठ है, जब गोदी में चाँदनी शोभित हो। अच्छा, मिट्टी के बर्तन के मुख को खोलकर देखते हैं।

[बर्तन के मुख को खोलता है]

राजा — (वस्तुओं को इकट्ठा करते हुए) **पत्ते, फूल, पत्थर और धातुएँ! कहीं अग्नि का नाम भी नहीं है। और इसमें वृक्षों की जड़ें, तीन रस दिखाई दे रहे हैं।**

विदूषक — यह अग्नि का गुप्त रूप है अथवा प्रतीकात्मक ही हो। सूखी लकड़ियों के मन्थन से क्या अग्नि उत्पन्न नहीं होती है? और इन्हीं रसों की चूर्ण भस्म आदि से मिली हुई ओषधियाँ वासना-वृद्धि के लिए सेवन की जाती हैं।

राजा— मुझे इस साक्षात् अग्नि अथवा कामाग्नि से क्या प्रयोजन? जो सुन्दरी प्रार्थना करने पर नहीं आई वह अग्नि से कैसे लाई जा सकती है? अतः इस अग्नि को यहीं छोड़कर जंगल में जाता हूँ।

[अग्निपात्र को भूमि पर छोड़कर आगे जाता है। विदूषक उसका अनसरण करता है। एक तरफ से निकल जाते हैं दूसरे से रंगमञ्च पर उपस्थित हो जाते हैं।]

[आकाशवाणी]

अग्नि संसार का जीवन और अन्त है, जली हुई न होने पर भी इसका तिरस्कार मत करो। प्रज्वलित होने पर इन्धनों के पर्वत को जला दे। इन्द्र भी इसके मुख से हविष्य ग्रहण करता है।

प्रेष्यास्तथानेन नदीशबाला
यथाङ्गने क्रीडितुमन्तरिक्षे ।
वैश्वानरोऽन्नं पचतीड्यवह्नि
र्दावो वनं किन्तु दहेत्कदाचित् ॥
देवैरुपास्यां प्रददाति मेधा
मग्निः सदोपासकमानवेभ्यः ।
शूरेषु शौर्यं च महत्त्वकाङ्क्षा
कामोऽखिलप्राणिषु वह्निरेव ॥
अग्निं विना किंपुरुषस्त्वपुंस्त्वः
किंस्त्री च षण्डा मनुजस्वरूपा।
सौन्दर्यदृष्टिः शुभकाव्यसृष्टि
र्वह्निं विना नाप्यनुरागवृष्टिः ॥
सेवस्व वह्निं च यशो लभस्व
तेजो नवं राजसुखं वृणीष्व।
त्रिधा विभाज्याज्यहवींषि हुत्वा
परत्र स्वर्गे सुखमाचिनुष्व ॥
ऐलः —
माहात्म्यमग्नेर्विदितं त्रिलोक्यां
न तं विना कापि गतिर्जगत्याः ।
आश्वासनीयः कृपयाऽर्चितेऽग्नौ
प्राप्या प्रियैलेन किमुर्वशी सा ?

[आकाशवाणी]

यां सुन्दरीं मन्यस उर्वशीति
यस्या वियोगाद् गतसौख्यसंज्ञः ।
सा युष्मदर्थे सुषमावती स्यान्
मांसास्थि - पिण्डं गतयौवनेभ्यः ॥
या स्थूलदेहा भुवि हस्तिनीव
सा सुन्दरीवाद्रियते सकामैः ।
या कामिनी विंशतिवर्षकल्पा
सैवाप्सराः किं महिषी परी वा ॥
उद्दामकामाः पुरुषाः सतृष्णा
दृष्ट्यार्पयन्ति प्रमदाजनानाम् ।
अलङ्कृतीश्चापि सरागभावान्,
अभ्येति गर्दभ्यपि दर्पणं तत् ॥

सागर-शिशुओं को यही खेलने के लिए अन्तरिक्ष में भेजती है। यह पूज्य वैश्वानर अग्नि अन्न को पचाती है किन्तु कभी दावानल बनकर जंगल को भी जला देती है। अग्नि श्रेष्ठ उपासक व्यक्तियों के लिए देवताओं द्वारा उपासना-योग्य बुद्धि प्रदान करती है। यही उपासना करने वाले मनुष्यों को देवों की उपास्या बुद्धि देती है। बहादुर व्यक्तियों में पराक्रम और महत्त्वाकांक्षा, समस्त प्राणियों में इच्छाशक्ति तथा काम अग्नि ही है।

अग्नि के बिना (कामाग्नि के बिना) पुरुष और स्त्री नपुंसक तथा षण्डा के रूप में कुत्सित मानव बन जाते हैं। सौन्दर्य को परखने की दृष्टि, सत्काव्य-रचना और स्नेह की वर्षा अग्नि के बिना संभव नहीं है।

अग्नि का सेवन करो और कीर्ति प्राप्त करो, नवीन तेज और राजसुख का वरण करो।

उसे तीन प्रकार से विभाजित करके घी युक्त हवियों से स्वर्ग में सुखों का वरण करो।

ऐल — अग्नि का महत्त्व जान लिया कि तीनों लोकों में उसके बिना संसार की कोई गति नहीं है।

अग्नि का अर्चन किये जाने पर-- कृपा करके मुझे आश्वस्त करें-- कि क्या मैं प्रिया उर्वशी को फिर पा लूँगा।

[आकाशवाणी]

जिस सुन्दरी को तुम उर्वशी मानते हो जिसके वियोग से तुम दुखी हो, वह तुम्हारे लिए भले ही सुन्दरी हो, वृद्ध व्यक्तियों के लिए तो केवल मांस और हड्डियों का लोथड़ा है।

जो पृथ्वी पर हथिनी जैसे मोटे शरीर वाली है, वह भी कामी व्यक्तियों के लिए सुन्दरी की तरह आदर का पात्र हो जाती है। जो कामिनी बीस वर्ष की है, वही अप्सरा है। फिर कौन रानी अथवा कौन परी ?

बढ़ी हुई कामभावना वाले पुरुष स्त्रियों पर प्यासी नजरें डालकर उनमें आभूषणों की सजावट तथा प्रेम-भावना का संचार करते हैं और तब गधी भी शीशा देखने लग जाती है। यदि पुरुष स्त्रियों को सकाम दृष्टि से नहीं

नार्यस्त्यजेयुः किल भूषणानि
न चेन्नरः पश्यति ता अधोऽक्षः।
नार्यैरुपेक्ष्यः पुरुषस्तथैव
त्यजेत्सुवस्त्राण्यथवा म्रियेत ॥
संभोगबाहुल्यवशान्निरोजा
स्त्यक्तोऽसि कामातुरया विरक्त्या।
प्रियाऽप्रिया वा प्रमदा जगत्यां
भोगाक्षमं कापुरुषं त्यजन्ति॥
तवोर्वशी नास्त्यपरा हि कामा
त्कामाग्निदीप्तिः प्रथमं वरेण्या।
दीप्ते तु कामे गृहमध्यतिष्ठत्
तस्मिन् विनष्टे च पलायिता सा॥
तिर्यग्गतिं लोचनयोस्तरुण्याः
सालस्यलास्यञ्च पदोर्निधाय ।
कट्या मरन्दं कुचयोर्निवेश्य
कामाग्निरङ्गेषु तनोति रूपम्॥
केशेषु कृष्णो वदने तु गौरः
कपोलयोः सारुणिमोऽधरे च ।
नेत्रे त्रिरङ्गः कुचयोश्च चित्रो
नारीषु कामोऽस्ति धनुर्यथैन्द्रम्॥
लावण्यमुद्भूतमथोरसि स्वं
निजेतरं लिङ्गिनमावृणीते ।
आत्मस्थमानन्दमुपेत्य विन्ते
जातं सुसङ्गादितरेतरस्य ॥
आमोद इष्टो विषयिश्रितत्वान्
न प्राप्यतेऽसौ विषयात्तु सिद्धम्।
भ्रान्त्या मनुष्याः सुरतप्रसङ्गे
प्रायः कदाचारमिहाचरन्ति ॥
अस्त्वस्तु रम्यो विषयो नवीनो
मनस्तृषायाः परिवर्धनाय ।
जानीहि पेयं शमनाय चास्या
स्तवैव पार्श्वे न नवागतस्य ॥
अतो निवर्तस्व गृहं स्वकीयं
पात्रस्थमग्निं शिरसा वहंस्त्वम्।

देखता या नज़र झुका लेता है तो निश्चय ही वे आभूषण पहनना छोड़ दें अथवा मृत्यु का वरण कर लें।

इसी तरह औरतों से उपेक्षित पुरुष अच्छे वस्त्र पहनना छोड़ दे अथवा मर जाय।

हे राजन्! सम्भोग की अधिकता से तेजोहीन होने पर तुम्हें कामातुर उर्वशी ने घृणापूर्वक छोड़ दिया है।

संसार में स्त्री चाहे वह प्रिय हो अथवा अप्रिय, सम्भोग में असमर्थ कुत्सित पुरुष को छोड़ देती है।

निश्चय ही तुम्हारी उर्वशी वासना से भिन्न नहीं है। इसलिए कामाग्नि की दीप्ति सर्वप्रथम वरण योग्य है।

काम के दीप्त होने पर वह घर पर ही रही और उसके नष्ट होने पर वह पलायन कर गई।

कामाग्नि युवती की आँखों में बाँकापन पैरों में आलस्य भरा नृत्य और कमर के मकरन्द को स्तनों में डालकर रूप प्रदान करती है।

बालों में कृष्ण, शरीर में गौर, कपोलों और होठों पर लाल, दोनों आँखों में तीन रंग भरकर और स्तनों को चितकबरा बनाकर स्त्रियों में काम इन्द्रधनुष की सृष्टि करता है।

व्यक्ति अपने हृदय में उत्पन्न लावण्य को अपने से भिन्न लिंग वाले प्राणी का लावण्य समझता है।

आत्मस्थ आनन्द को दूसरे के संग से उत्पन्न हुआ मानता है।

मनचाहा आमोद-प्रमोद विषयीगत होता है, अतः वह किसी विषय से प्राप्य नहीं है।

फिर भी लोग काम-व्यापार में भ्रान्तिवश प्रायः निन्दित आचरण करते हैं।

भले ही मन की प्यास को बढ़ाने के लिए नया विषय सुन्दर हो, किन्तु यह जान लो कि इस प्यास को बुझाने के लिए पेय तुम्हारे ही पास है नये आये हुए प्रेमास्पद के पास नहीं।

हे राजन् ! इसलिए पात्र में स्थित अग्नि को सिर पर ले जाते हुए तुम अपने घर को लौट जाओ। जिस उर्वशी

यामुर्वशीं मार्गयसीह राजन् !
प्रतीक्षते सा भवने त्वदीये॥
घटस्थितं चौषधवस्तुजातं
सेवस्व नित्यं स्वबलाभिवृद्ध्यै।
अन्तःपुरस्थाः कमनीयकान्ता
यस्माद् भवेयुश्च तवोर्वशीव॥

[आकाशवाणी विलीयते, राजा च किञ्चिद्विचारयन् विकीर्णां सामग्रीमवचित्य घटे निदधाति। नेपथ्ये श्रूयते।]

दम्पत्योरादिजं कामं व्यस्तं जनयितुं रतिम्।
विभज्याग्निं त्रिधा त्वैलो भारमुक्तं व्यधात्किल॥
हविष्यं भौतिको भुङ्क्ते सूक्ष्मः कामयते हृदि।
उदरस्थः पचत्यन्नं त्रिधारूपात्मकोऽनलः॥
वासितोऽग्निर्मनस्येवं यज्ञेन भिन्नलिङ्गयोः।
स्वर्गेऽप्यप्राप्तमानन्दं वष्टि नाम्नोर्वशी भुवि॥

पटाक्षेपः

इति त्वा देवा इम आहुरैल यथेमेतद्भवसि मृत्युबन्धुः।
प्रजा ते देवान्हविषा यजाति स्वर्ग उ त्वमपि मादयसे॥
(ऋग्वेद 10-8-95-18)

को तुम यहाँ ढूँढ रहे हो वह तुम्हारे महल में प्रतीक्षा कर रही है।

अतः नित्य अपने बल की वृद्धि के लिए घड़े में रखी हुई ओषधियों का सेवन करो जिससे तुम्हें अन्तःपुर में ठहरी सुन्दर स्त्रियाँ उर्वशी के समान प्रिय लगें।

[आकाशवाणी विलीन हो जाती है और राजा कुछ सोचता हुआ बिखरी हुई सामग्री को इकट्ठा करके घड़े में डाल लेता है। पर्दे के पीछे से सुनाई देता है।]

पति और पत्नी के बीच विद्यमान काम द्वारा प्यार बढ़ाने के लिए ऐल ने आग को तीन भागों में बाँट कर भारमुक्त बना दिया। 1. भौतिक आग — जो हविष्य (यज्ञ में दी गई हवि) भक्षण करती है। 2. सूक्ष्म आग — जो हृदय में कामना के रूप में अनुभूत होती है। 3. जाठराग्नि — जो अन्न को पचाती है। इस तरह आग के तीन रूप बने। भिन्न लिङ्गियों के मन में यज्ञ द्वारा बसाई गई आग से पैदा स्वर्ग में भी अप्राप्त आनन्द पृथ्वी पर उर्वशी के नाम से विलसित है।

पटाक्षेपः

देवताओं ने यह कहा है--- हे ऐल, मौत के भय से मुक्त तुम जैसे लोगों से ही वे खुश रहते हैं। तुम्हारी प्रजा देवताओं का यज्ञ के हविष्य से यजन करेगी और तुम भी स्वर्ग में आनन्द-लाभ करोगे।

(ऋग्वेद १०-८-९५-१८)

देवो याति भुवनानि पश्यन्

स्थानम् — देवपुरी (अमरावती)

[देवशिल्पी त्वष्टा सरण्यूनाम्न्याः पुत्र्या विवाहार्थं मित्रेण सौमिलेन सह वार्तापरो दृश्यते]

त्वष्टा — विश्वस्रष्टुर्भगवतः कृपास्ति।

सौमिलः — आम्, आम् न तां विना प्राप्तुं शक्यत ईदृशी दक्षता। त्वच्छिक्षिताः शिष्या विशेषत ऋभुः, बिभ्वा, वाजा, देवलोके सुदक्षाः शिल्पिनो मन्यन्ते।

त्वष्टा — गतिशीलतैव गुरोर्गरिमा। कला सुपात्र-संक्रमणादेव यशस्करी सिद्ध्यति।

सौमिलः — सर्वथा प्रशंसार्हा ते वास्तुकला। अधुना निखिले देवलोके भवद्यशो गीयते। अहो भव्यता भवद्वास्तुकलायाः ! महानसि त्वम्।

त्वष्टा — नाधुना मे महत्ता निरापदा। चिन्तितोऽस्मि।

सौमिलः — किमवलम्ब्य ?

त्वष्टा — त्वं तु जानास्येव सप्तवर्षेभ्यः प्राक् सरण्यूजननी महत्तेजसि न्यलीयत। तदासीत्सरण्यूर्नववर्षदेशीया बालिका। तथानभिज्ञा यदेकदा स्वमातरं जिगमिषया सापृच्छन्मां तस्या वसतिम्। अपि निर्वाणं गता ज्योतिर्दर्शयितुं शक्यते ? [तूष्णीमास्ते]

सौमिलः — कथमवरुद्धोऽसि ?

त्वष्टा — सरण्यूर्वयःसन्धिस्थाऽधुना। कश्चिद् योग्यवरो लभ्यते चेत्तस्या उद्वाहं कुर्यामिति मे चिन्ताविषयः।

सौमिलः — अस्ति सूर्योऽनूढः। न मया क्वापि तादृशं दीप्तं मुखं दृष्टं कस्यचिदन्यस्य। रश्मीन् विकिरति तत्।

त्वष्टा — न स्यात्काचिद्धानिस्तस्य मुखमात्रं

स्थान — देवपुरी (अमरावती)

[देवशिल्पी त्वष्टा सरण्यू नाम की पुत्री के विवाह के लिए मित्र सौमित्र से बातचीत करते हुए दिखाई दे रहे हैं]

त्वष्टा — संसार के स्रष्टा भगवान की कृपा है।

सौमिल — हाँ हाँ। उसके बिना ऐसा कौशल प्राप्त नहीं किया जा सकता। तुमसे शिक्षा-प्राप्त शिष्य विशेषतः ऋभु, विभ्वा, वाजा स्वर्ग में कुशल शिल्पी माने जाते हैं।

त्वष्टा — गतिशीलता से ही गुरु की महिमा है। कला अच्छे पात्र को प्रदान करने से ही कीर्ति देने वाली सिद्ध होती है।

सौमिल — तुम्हारी वास्तुकला सब प्रकार से प्रशंसा के योग्य है। इस समय समस्त स्वर्गलोक में आपका यशोगान होता है। अहो कैसी भव्य है आपकी वास्तुकला! तुम महान् हो।

त्वष्टा — अब मेरी महत्ता आपत्तियों से रहित नहीं है। मैं चिन्तित हूँ।

सौमिल — किस बात को लेकर ?

त्वष्टा — तुम तो जानते ही हो कि सात वर्ष पहले सरण्यू की माता परम तेज में विलीन हो गई थी। तब सरण्यू लगभग नौ वर्ष की बालिका थी। ऐसी अनजान कि एक बार उसने अपनी माँ के पास जाने की इच्छा से मुझे उसका निवासस्थान पूछा। क्या बुझी हुई रोशनी दिखाई जा सकती है ? [चुप हो जाता है]

सौमिल — क्यों रुक गए हो ?

त्वष्टा — सरण्यू अब वयःसन्धि अवस्था में है। यदि कोई योग्य वर मिल जाता है तो उसका विवाह कर दूँ— यही मेरी चिन्ता का विषय है।

सौमिल — सूर्य अविवाहित है। मैंने कहीं भी किसी दूसरे का वैसा कान्तिमान् मुख नहीं देखा। वह किरणें फैलाता है।

त्वष्टा — यदि केवल उसका मुख ही कान्तिमान् हो तो

दीप्तिमच्चेत्; किन्तु तस्य तु सम्पूर्णं शरीरमेव ज्योतिष्मदस्ति। कथं सहिष्यते सा तस्य साहचर्यम्? नहि, नहि, काचित्तुषारकायैव तमुद्वोढुमर्हति। वयसाप्यधिकोऽस्ति सः।

सौमिलः — सन्ततिः सदैवावमूल्यते पितृभ्याम्। सरण्यूर्न तथोद्वोढुं अक्षमा यथा त्वं मन्यसे। स्यादप्यक्षमाधुना, विवाहानन्तरं सर्वं समाधीयते। केचित्प्रहृष्टा गार्हस्थ्यं साधयन्ति, केचिदसन्तुष्टा जीवन्ति, इतरे चोदासीना गतानुगत्या समयं यापयन्ति। भद्र! अप्यस्ति कश्चिदन्यो भद्रतरो वरो येन सरण्यूः परिणेया? अतोऽधिकमविचार्यैव देया सा सूर्याय।

त्वष्टा — अपृष्ट्वा सरण्यूम्?

सौमिलः — त्वं ब्रूहि ओमिति। कुलीना सा पितरमनुमंस्यते।

त्वष्टा — अस्त्वहं पुत्रीमाशंसानि सूर्यं वरयितुं। त्वं तं स्वेनैव साकमानय।

सौमिलः — स स्वयमागत्य त्वां सरण्यूपाणिं याचिष्यते।

त्वष्टा — किम्?

सौमिलः — अहं मदनं निवेदयिष्ये निशितीकर्तुं निजशरान्। सद्योजातानि कुसुमानि कलिकाश्चाभिनवाः सन्धातुम्। प्रवेशयतु भवान् सखीभिः सह सरण्यूं प्रमदोपवनम्। मदनस्तत्रैव उभावेव संलक्ष्य पुष्पबाणान् चालयिष्यति। इत्थमभीप्सितं प्राप्तमेव जानातु।

त्वष्टा — किमित्थं भणसि कन्यापितरम्?

सौमिलः — ममापि ते कन्या कन्यकैव। व्यवहारवित्पिता सिद्धिमपेक्षते न तु साधनानि। विवाहात्पूर्वं वरकन्याभ्यां मिथो मेलनावसरदाने किं कथञ्चानौचित्यम्? जाने, परम्परावादिता त्वां बाधते। अस्तु, जानीहि न मया किञ्चिदुक्तं न त्वया श्रुतम्। अहं स्वयं सर्वं सात्स्यामि

कोई हानि नहीं; किन्तु उसका तो सम्पूर्ण शरीर ही प्रकाशमान् है। सरण्यू उसके साहचर्य को कैसे सहन करेगी? नहीं, नहीं। कोई शीतल शरीर वाली ही उसके साथ विवाह कर सकती है। वह आयु से भी अधिक है।

सौमिल — माता-पिता द्वारा हमेशा सन्तान का अवमूल्यन किया जाता है। सरण्यू विवाह के लिए वैसी अमसर्थ नहीं है जैसी तुम मानते हो। भले ही अब असमर्थ हो। विवाह के पश्चात् सब ठीक हो जाता है। कुछ आनन्द के साथ गृहस्थ-जीवन का यापन करते हैं, कुछ असन्तुष्ट जीवन बिताते हैं और अन्य उदासीन एवं भेड़चाल से समय व्यतीत करते हैं। मित्रवर! क्या कोई और अन्य अधिक अच्छा वर है जिससे सरण्यू का विवाह किया जाए? इसलिए अधिक विचार किए बिना ही सूर्य के साथ उसका विवाह कर देना चाहिए।

त्वष्टा — क्या सरण्यू को बिना पूछे ही?

सौमिल — तुम हाँ कह दो। वह कुलीन है। पिता की बात का अनुमोदन कर देगी।

त्वष्टा — अच्छा, मैं पुत्री को सूर्य का वरण करने के लिए कहता हूँ। तुम उसे अपने साथ ही ले आओ।

सौमिल — वह स्वयं आकर तुमसे सरण्यू का हाथ माँगेगा।

त्वष्टा — क्या?

सौमिल — मैं कामदेव को अपने वाणों को तीखा करने के लिए निवेदन करूँगा तथा तत्काल खिले हुए फूलों और नई कलियों का सन्धान करने के लिए भी। आप सखियों के साथ सरण्यू को प्रमदोपवन में भेज दें। कामदेव वहीं दोनों को ही लक्ष्य करके पुष्पवाण चलायेंगे। इस प्रकार अभीष्ट को प्राप्त ही समझो।

त्वष्टा — कन्या के पिता को इस प्रकार क्या कह रहे हो?

सौमिल — तुम्हारी कन्या मेरी भी कन्या ही है। व्यवहार का ज्ञान रखने वाले पिता सफलता की अपेक्षा करता है, साधनों की नहीं। विवाह से पूर्व वर और कन्या के लिए परस्पर मिलने का अवसर देने में क्या और कैसा अनौचित्य? जानता हूँ कि रूढ़िवादिता तुम्हें कष्ट दे रही है। अच्छा, समझो कि मैंने कुछ नहीं कहा और न ही तुमने सुना। मैं स्वयं सब कुछ कर लूँगा। [वहाँ से निकल

[निस्सरति ततः]

(पटपरिवर्तनम्)

स्थानम् — सुलभसर्वसुखं स्वर्गस्थं प्रमदोपवनम्।

समय — दिनस्य प्रथमः प्रहरः।

[वसन्ततौं गुञ्जद्भ्रमरनिकरैः कूजत्पक्षिकुलैः प्रस्त्रवज्जल-सीकरसिक्तैः पुष्पलतावितानैः संकुलमुपवनमनुपमां शोभां विधत्ते। अप्सरसो गायन्त्यो नृत्यन्ति। सखीभिः सह प्रविशति सरण्यूः। अरुणेन साकं सूर्यदेवश्चापरपार्श्वे सामाजिकैरीषदेव दृष्टो नृत्यं पश्यन्नास्ते। भ्रमन्तीं नृत्यं पश्यन्तीञ्च सरण्यूं प्रति दृष्टिपातं करोति। सामाजिकैः सुदृश्यो मञ्चस्थपात्रैरदृष्टः कामः सूर्यं सरण्यूञ्च पुष्पैः सन्दधाति। तौ च पुष्पबाणविध्यमानावीषद्विचालितौ मिथः सतृष्णं पश्यतः]

[अप्सरसो गायन्त्यो नृत्यन्त्यश्च]—

कल्पतरोर् हृदये कूजति कुहू कुहू।
पिकी प्रणयि-विरहे हिक्कति हुहू हुहू॥
विकिरति कुसुमरजो वर्षति मकरन्दः
लता-लग्नपुष्पं चषति मधुपवृन्दः।
शिखी शाखिशिखरे नृत्यति ढुहू ढुहू॥
वापयितुं मुक्तां शेतेऽसौ शुक्तिः।
रतिमनुसरतीयं गुट्टरगूँ उक्तिः।
सारङ्गः पुलिने विलपति पिऊ पिऊ॥
लाति वसन्तोऽसौ प्रियता-सन्देशम्।
आनन्दं रसिको लभतेऽनेकविधम्।
बुक्कति यतिर्वने नहि, नहि मुहुर्मुहुः॥

[नृत्यावसाने त्वष्टा सौमिलेन सह सम्प्राप्याधुना सुदृष्टं सूर्यमुपगच्छति। सूर्योऽधोमुख एव किञ्चिदग्रे सरति। लज्जिता सरण्यूः सखीभिः सहापर-पार्श्वतो निष्क्रान्ता। आत्मानमपराधिनं मन्यमानं सूर्यं त्वष्टा सावधानो निरीक्षते ब्रूते च।

त्वष्टा — [सूर्यं] स्वस्थो भव वत्स ! अनुमीयते त्वया सरण्यूः सखीभिः सहात्र सम्प्राप्ता सम्यग्

जाता है।]

पट-परिवर्तन

स्थान — सर्वसुख-सुलभ स्वर्गस्थित प्रमदोपवन

समय — दिन का पहला पहर

[वसन्त ऋतु में गूँजते हुए भौंरों के समूहों से, कूजते हुए पक्षियों से गिरते हुए जलकणों से सिञ्चित फूलों और बेलों के विस्तार से समस्त उपवन अद्वितीय शोभा धारण कर रहा है। अप्सराएँ गाती हुई नाच रही हैं। सखियों के साथ सरण्यू प्रवेश करती है। दूसरे भाग में लोगों के द्वारा थोड़ा सा ही दिखाई देता अरुण के साथ सूर्यदेव नृत्य देख रहा है। घूमकर नाच देखती हुई सरण्यू पर नजर डालता है। लोगों को अच्छी तरह दिखाई देता हुआ और मञ्च पर स्थित पात्रों द्वारा न देखा गया कामदेव सूर्य और सरण्यू पर फूलों के बाण मार रहा है और वे दोनों पुष्पवाणों से बिंधे हुए कुछ विचलित-से परस्पर तृष्णा से देखते हैं।]

[अप्सराएँ गाती और नाचती हुईं]

कल्पवृक्ष के बीच कोयल कुहक ध्वनि कर रही है। प्रेमी के वियोग में कोयल हू हू शब्द कर रही है। पुष्प धूलि बिखर रही है। मकरन्द की वर्षा हो रही है। भौरों के समूह बेलों पर लगे फूलों को चख रहे हैं। वृक्षों की चोटी पर मोर ढुहू-ढुहू नृत्य कर रहे हैं। यह सीपी मोती उगलने के लिए सो रही है। यह कबूतर की गुटर गूँ उक्ति रति का अनुसरण करती है। नदी के तट पर पपीहा पिऊ-पिऊ का विलाप करता है। यह वसन्त प्रेम का सन्देश लाता है। रसिक प्रेमी बहुविध आनन्द प्राप्त करता है। तपस्वी वन में बार-बार नहीं-नहीं कहता है।

[नृत्य समाप्त होने पर त्वष्टा सौमिल के साथ आकर अब अच्छी तरह देखे गए सूर्य के पास जाता है। सूर्य नीचे मुँह किये हुए कुछ आगे जाता है। लज्जित सरण्यू सखियों के साथ दूसरे भाग से बाहर निकल गई। अपने आपको अपराधी मानते हुए सूर्य को त्वष्टा ध्यानपूर्वक देखता है और कहता है।]

त्वष्टा — [सूर्य को] बेटा स्वस्थ हो जाओ। लगता है सखियों के साथ आई सरण्यू को तुमने अच्छी तरह से

दृष्टा। नैष तेऽपराधः। युवा प्रथमां युवतिं प्रणयदृष्ट्यापि पश्यति चेत्तन्नाप्राकृतं न च दुराचरितम्। नाहं जाने तया सह ते वार्तालापो जात उताहो न, किन्तु तां दृष्ट्वा यज्जातं ते मनसि, तत्त्वया निवेदनीयं निःसङ्कोचम्।

देख लिया है। यह तुम्हारा अपराध नहीं है। यदि युवक पहली युवती को प्रेम की दृष्टि से भी देखता है, यह अस्वाभाविक नहीं है और न ही दुराचरण। मैं नहीं जानता हूँ कि उसके साथ तुम्हारी बातचीत हुई है अथवा नहीं किन्तु उसे देखकर जो तुम्हारे मन में आता है, वह तुम्हें निस्संकोच कह देना चाहिए।

सूर्यः — [तूष्णीमास्ते]
त्वष्टा — कथं मौनमाकलय्य स्थितोऽसि ?
सूर्यः — बिभेति मद्वाणी मुखाद्बहिर्निःसर्तुम्।
त्वष्टा — भा भैषीः। अकुतोभयं वद।
सूर्यः — स्त्रीविरलायामस्यां कक्षायां न मे काचित्सहचारिणी। श्रीमत्पुत्रीं सरण्यूं दृष्ट्वाभिलषेऽहं तामुद्वोढुम्। अनुग्राह्योऽहं सरण्यूपाणिदानेन।

[नेपथ्ये नूपुरध्वनिः श्रूयते]

त्वष्टा — प्रतीयते सरण्यूरित एवागच्छतीति। सा मन्यते चेन्न मे काप्यापत्तिः। त्वं स्वयमेव तस्या मनोऽवगाह्य मां संसूच-यितुमर्हसि। अस्त्वहं व्रजामि। [निष्क्रान्तः। सूर्योऽपि मञ्च-स्यैकपार्श्वेऽदृश्यस्तिष्ठति]

सरण्यूः — [प्रविश्य गायति]

जीवन - सङ्गीतम्।
गुञ्जति तद्दिवसात्तेन मनो नीतम् ॥
मेघालोके मे मञ्जीरौ रणतः।
विपिने नागफणी कीदृक्कण्टकितः !
स्मरति निजातीतम्॥

सूर्यः — [सम्प्राप्तः]

आश्लिष्य स्मर्तुं पाठं यदधीतम्।
जीवन - सङ्गीतम्॥

सरण्यूः —

त्वामाश्लिष्य भवेन्नाम्ना शेषः कः ?
नैषोऽहं प्राणी पतेत्पावके यः।
हृदयं मे भीतम्।
जीवन - सङ्गीतम्॥

सूर्य — [चुप रहता है।]
त्वष्टा — मौन धारण करके क्यों खड़े हो ?
सूर्य — मेरी वाणी मुख से बाहर निकलने से डरती है।
त्वष्टा — डरो मत। निर्भय होकर कहो।
सूर्य — स्त्रियों की न्यूनता वाले इस स्थान पर कोई भी मेरी संगिनी नहीं है। मैं आपकी पुत्री सरण्यू को देखकर उससे विवाह करने की अभिलाषा करता हूँ। सरण्यू का पाणिदान करके मुझ पर अनुग्रह करें।

[पर्दे में नूपुर की आवाज सुनाई देती है।]

त्वष्टा — ऐसा लगता है कि सरण्यू इधर ही आ रही है। यदि वह मान जाती है तो मुझे कोई आपत्ति नहीं है। तुम स्वयं ही उसके मन की थाह पाकर मुझे सूचित कर सकते हो। अच्छा, मैं जाता हूँ। [निकल गया। सूर्य भी मञ्च के एक भाग में अदृश्य बैठ जाता है।]

सरण्यू — [प्रवेश करके गाती है]

वह मन चुराकर ले गया है। उसी दिन से जीवन-संगीत गूँज रहा है। आकाश में बादल छाये होने पर मेरे नूपुर बज उठते हैं। जंगल में नागफणी कैसा काँटों से भरा है! क्या वह अपने अतीत को याद करता है ?

सूर्य — [उपस्थित होकर]

आलिङ्गन कर जो पाठ पढ़ा, उसे याद करने के लिए जीवन-संगीत (चल रहा है)

सरण्यू —

तुम्हारा आलिंगन करके कौन नामशेष हो ? मैं अग्नि में नहीं गिरना चाहती। मेरा हृदय डरा हुआ है। जीवन का गान (चल रहा है)

सूर्यः — [उभौ करौ मेलयित्वा]

दहति हिमं नाग्निर्निवारयति शीतम्।
किमपि न विपरीतम् ?
जीवन - सङ्गीतम् ॥

[भ्रमन्तौ त्वष्टा सौमिलश्च सम्प्राप्नुतः। स्मेरमुखः सूर्योऽधोमुखी सरण्यूश्च प्रणमतः। त्वष्टा क्षणमेकं सूर्यं सरण्यूञ्च निरीक्ष्य सौमिलमवलोकयति। अक्षिसंकेत-मुद्रया सौमिलोऽनुमोदयति तयोर्मिलनम्]

त्वष्टा — [सरण्यू-सूर्यावपवार्य] **अनुमीयते यन्ममाभीष्टं, तदुभाभ्यां निर्णीतमिति। सौमिल! सम्पादनीयः सद्य एव तयोरुद्वाहः।**

सौमिलः — कथं सद्यः, सपद्येवेति वक्तव्यम्।

त्वष्टा — तत् करिष्यमाणसम्भारा वयं चलेम।

[सर्वे प्रस्थिताः]

(पटपरिवर्तनम्)

स्थानम् — अमरावती

[सूर्यकान्तमणिभिः प्रोद्भासिते प्रसाद-कक्षे सरण्यूर्वर्षद्वयकल्पौ यमलौ आत्मजात्मजौ यमीं यमञ्च लालयन्ती दृश्यते। भोजनपानादिभिः परिपुष्टौ शिशू क्रीडनकैः खेलतः। गम्भीरान्तःकरणा सा पृच्छति परिचारिकाम्।]

सरण्यूः — न निवृत्ता श्रुतिरद्यावधि ?

विश्रुतिः — नैव, नाद्यावधि।

सरण्यूः — महद्दुःखम्। नित्यमेव सा मत्सदृशीं स्त्रियमन्वेषितुं लोकलोकान्तरेषु भ्रमति मन्नैराश्यपरिवर्धनाय। गच्छ त्वं श्रुतेरन्वेषणाय

[यथाज्ञापयति महिषीत्युक्त्वापसर्पति। प्रविशति च सूर्यः। भीतेक्षणा सरण्यूरुत्थायासनं प्रदर्शयति।]

सूर्यः — प्रतीक्षमाणस्य मम वर्षत्रयं गतम्। नाधिकं प्रतीक्षितुं शक्यते।

सरण्यूः — माधुर्यं जनयति प्रतीक्षा। अपि नैव ?

सूर्यः — अलमतिमाधुर्येण। अधुना शिशुभ्यामपि वर्षद्वयमतिक्रान्तम्। श्वो भूलोकादागन्ताहं त्वया सत्कार्य आश्लेषेण।

सूर्य — [दोनों हाथ मिलाकर]

अग्नि बर्फ को नहीं जलाती है, केवल सर्दी का निवारण करती है। यहाँ कुछ विपरीत नहीं है। जीवन का संगीत (चलता रहे) [हाथ मिलाकर भ्रमण करते हुए त्वष्टा और सौमिल पहुँचते हैं। खिले हुए मुख वाला सूर्य और झुके हुए मुख वाली सरण्यू प्रणाम करते हैं। त्वष्टा एक क्षण सूर्य और सरण्यू को देखकर सौमिल को देखता है। आँख के संकेत से सौमिल उन दोनों के मिलन का अनुमोदन करता है।]

त्वष्टा — [सरण्यू और सूर्य से अलग होकर] **लगता है कि जो मुझे अभीष्ट है, उन दोनों ने वही निर्णय लिया है। सौमिल! शीघ्र ही उन दोनों का विवाह कर देना चाहिए।**

सौमिल — जल्दी क्यों, अभी करना चाहिए।

त्वष्टा — तो, तैयारी करने के लिए हम चलते हैं।

[सभी प्रस्थान करते हैं।]

पट-परिवर्तन

स्थान — अमरावती

[सूर्यकान्त मणियों से चमकते हुए महल के कमरे में सरण्यू दो वर्ष के जुड़वाँ पुत्र-पुत्री यम और यमी को लाड़-प्यार करती हुई दिखाई देती है। खान-पान से हृष्ट-पुष्ट बच्चे खिलौनों से खेल रहे हैं। कुछ गहराये हुए दिल से वह परिचारिका से पूछती है।]

सरण्यू — क्या अभी तक श्रुति नहीं लौटी ?

विश्रुति — नहीं, अभी तक नहीं।

सरण्यू — बड़े दुख की बात है। नित्य ही वह मेरे जैसी स्त्री को ढूँढने के लिए तीनों लोकों में भ्रमण करती है केवल मेरी निराशा बढ़ाने के लिए! तुम श्रुति को ढूँढने के लिए जाओ। ['जैसा महारानी का आदेश' कहकर चली जाती है। और सूर्य प्रवेश करता है। डरी हुई आँखों वाली सरण्यू उठकर आसन दिखाती है।]

सूर्य — इन्तजार करते हुए मेरे तीन वर्ष व्यतीत हो गये। मैं अधिक प्रतीक्षा नहीं कर सकता हूँ।

सरण्यू — प्रतीक्षा मधुरता उत्पन्न करती है। नहीं क्या ?

सूर्य — अधिक मधुरता से बस करें। अब बच्चे भी दो वर्ष के हो गए हैं। कल पृथ्वी लोक से आए हुए मेरा तुम आलिंगन से सत्कार करना।

सरण्यूः — **श्व एव कथम् ?**

सूर्यः — **ऊष्मणा पीडितोऽहं शान्तिमपेक्षे भृशम्। आशासे पूरयिष्यस्यभिलाषमिति।**

[कपोलोपरि करस्पर्शं दत्त्वा निष्क्रामति। सरण्यूश्चिन्तिता खं सूचयति। ततः प्रविशति श्रुतिविश्रुतिसहायैका स्त्री। तिस्रोऽप्यभिवादयन्ति सरण्यूम्। सा च सस्नेहं स्वागतं व्याहरति नवागतायै। सरण्यूस्तां स्त्रियं परितः परीक्षमाणा दृश्यते। द्वे एव सख्यौ निष्क्रान्ते]

सरण्यूः — [दर्पणं करस्थं कृत्वा तस्मिन् क्रमशः स्वकीयामाकृतिं नवागतां स्त्रियञ्च पुनः पुनः पश्यन्ती प्रहृष्टा पृच्छति] **किंनाम्नी भवती ?**

नवागता — **शीलभद्रा।**

सरण्यूः — **नाद्यावधि कस्यचिदपि पाणिगृहीती ?**

नवागता — **सम्यग्ज्ञातम्।**

सरण्यूः — **पितरौ ?**

नवागता — **नाहं जाने। पाताललोकस्थाश्रमस्य प्रबन्धकानेवाहं स्वसंरक्षकान् मन्ये।**

सरण्यूः — [दर्पणं शीलभद्रायाः करे निधाय] **मामवलोक्य दर्पणे स्वाकृतिं पश्य।**

नवागता — [तथैव कृत्वा] **यथा यमले भगिन्यौ।**

सरण्यूः — **सर्वथा मे छाया प्रतीयसे। अपि स्वीकरोषि मम भगिनी भूत्वात्र स्थातुम् ?**

नवागता — **आम्, नूनम्।**

सरण्यूः — [तस्या गृहीतोज्झितं करमुद्दिश्य] **हिमस्पर्शस्ते करः। अपि शैत्यं बाधते ?**

नवागता — **नैव, प्रकृत्या शीतलाहम्।**

सरण्यूः — **यतोऽभिन्नाकृती आवाम् ; अतो न चेदापत्तिस्त्वमत्र छाया नाम्ना ज्ञास्यसे। छायावच्छीतला शीता वाप्यसि।** [विहसतो द्वे एव]

नवागता — **स्वीकरोमि।**

सरण्यूः — **अपि स्वीकरोषि मे मित्रत्वम् ?**

नवागता — **स्वीकरोमि।**

सरण्यू — **कल ही क्यों ?**

सूर्य — **गर्मी से पीड़ित मुझे पर्याप्त शान्ति चाहिए। आशा करता हूँ मेरी अभिलाषा पूरी करोगी।**

[कपोलों पर हाथ से स्पर्श करके निकल जाता है और चिन्तित सरण्यू आकाश को देखती है। फिर श्रुति और विश्रुति के साथ एक स्त्री प्रवेश करती है। तीनों सरण्यू को अभिवादन करती हैं। और वह नई आई हुई स्त्री का प्रेमपूर्वक स्वागत करती है। सरण्यू उस स्त्री को चारों ओर से परखती हुई दिखाई देती है। दोनों ही सखियाँ निकल जाती हैं।]

सरण्यू — [दर्पण को हाथ में लेकर उसमें क्रमशः अपनी आकृति और नवागत स्त्री को बार-बार देखती हुई प्रसन्न होकर पूछती है।] **आपका क्या नाम है ?**

नवागता — **शीलभद्रा।**

सरण्यू — **अभी तक किसी की भी विवाहिता नहीं हो ?**

नवा. — **ठीक जाना।**

सरण्यू — **माता-पिता कौन हैं ?**

नवा. — **मैं नहीं जानती हूँ। पाताल लोक में स्थित आश्रम के प्रबन्धकों को ही मैं अपना संरक्षक मानती हूँ।**

सरण्यू — [दर्पण को शीलभद्रा के हाथ में देकर] **मुझे देखकर दर्पण में अपनी आकृति को देखो।**

नवा. — [वैसा ही करके] **जैसे जुड़वाँ बहनें हों।**

सरण्यू — **सब प्रकार से मेरी छाया लग रही हो। क्या मेरी बहन बनकर यहाँ रहना स्वीकार करती हो ?**

नवा. — **हाँ, निश्चय ही।**

सरण्यू — [उसके पकड़ कर छोड़े हुए हाथ को संकेत करके] **तुम्हारा हाथ बर्फ जैसे स्पर्श वाला है। क्या तुम्हें ठण्ड लग रही है ?**

नवा. — **नहीं, मैं स्वभाव से ही शीतल हूँ।**

सरण्यू — **हम दोनों हमशक्ल हैं अतः यदि तुम्हें आपत्ति न हो तो यहाँ तुम छाया नाम से जानी जाओगी। छाया की तरह शीतल या ठण्डी भी हो।** [दोनों ही हँसती हैं।]

नवा. — **स्वीकार करती हूँ।**

सरण्यू — **क्या मेरी मित्रता स्वीकार करती हो ?**

नवा. — **स्वीकार करती हूँ।**

सरण्यूः — अपि स्वीकरोषि मे सापत्न्यम् ?
नवागता — सापत्न्यम् !
सरण्यूः — सापत्न्यमेव।
नवागता — अपि सापत्न्यं मित्रत्वञ्च सहैव निर्वोढुं शक्येते भवत्या ? नेच्छति काचित्स्वस्था योषित्-सामान्यस्थितिषु स्वपतिं विभक्तुम्।
सरण्यूः — असामान्या स्थितिश्चेत् ?
नवागता — जिज्ञासितव्या मया सा।
[सरण्यूश्छायायाः कर्णे जनैरश्राव्यं किञ्चित्कथयति। मूकसंकेतैरेव छाया प्रतिवदति]

(पटपरिवर्तनम्)

स्थानम् — सूर्यसौधस्यान्तःपुरम्

समयः — निशामुखम्

[सरण्यूः स्तिमितनयना शयाना दृश्यते]
सूर्यः — [प्रविश्य] यदैव दिनान्ते स्वावासमागच्छामि शान्तिलाभाय, तदेव त्वामहं मत्तोऽप्यधिकां श्रान्तिक्लिन्नां पश्यामि। पूर्वमपि यमयम्योर्गर्भस्थयो र्दिनेष्वपि त्वं गर्भभाराधिक्यात्खिन्नादृश्यथाः, किन्तु मां त्वं सदैव स्मयमानाभाषथाः। अपि बिभेषि प्रसवकष्टेभ्यः ?
सरण्यूः — [न किञ्चद् वक्ति]
सूर्यः — नास्ति भयकारणम्। न खल्विदानीं तेऽल्पवयः। अपत्यद्वयं जनयित्वापि बिभेषि कन्यकेवानूढा।
सरण्यूः — [पूर्ववन्मौनमाकलय्य शयानास्ते]
सूर्यः — [हस्तेनोदरं संस्पृश्योपहासपरः] प्रतीयतेऽस्मिन्समये शिशुचतुष्टयं जनिष्यते। किन्त्वधुना मासद्वयमात्रं जातम्।
[सरण्यूः पूर्ववद्गम्भीराकृतिः सूर्यस्य हस्तमपसारयति] अपि कुशलिनी त्वम् ?
सरण्यूः — आम्।
सूर्यः — परिवर्तितेव प्रतिभासि।
सरण्यूः — अहम् ! [परावर्तते]
सूर्यः — मासद्वयपूर्वं दीर्घकालान्तरं यदाहं

सरण्यू — क्या मेरी सौतन होना स्वीकार करती हो ?
नवा. — सौतन ?
सरण्यू — सौतन ही।
नवा. — क्या आप सापत्न्य और मित्रता का एक साथ निर्वाह कर सकती हैं ? कोई भी स्वस्थ स्त्री सामान्य स्थितियों में अपने पति को बाँटना नहीं चाहती।
सरण्यू — यदि असामान्य स्थिति हो तो ?
नवा. — मुझे उस स्थिति के विषय में जान लेना चाहिए।
[सरण्यू छाया के कान में लोगों से न सुनने योग्य ध्वनि में कुछ कहती है। मूक संकेतों से ही छाया उत्तर देती है।]

पट-परिवर्तन

स्थान — सूर्य के महल का अन्तःपुर

समय — रात्रि

[अचल-नयन सरण्यू सोई हुई दिखाई दे रही है।]
सूर्य — [प्रवेश करके] दिन समाप्त होने पर शान्ति पाने के लिए जब ही अपने निवास-स्थान पर आता हूँ तभी मैं तुम्हें स्वयं से भी अधिक थकावट से ग्रस्त देखता हूँ। पहले जब यम-यमी गर्भ में थे, उन दिनों में भी तुम गर्भ भार की अधिकता से खिन्न रहती थी, किन्तु मुझसे तुम हमेशा ही मुस्कराती हुई बतियाती थी। क्या अब भी प्रसव कष्टों से डरती हो ?
सरण्यू — [कुछ नहीं कहती है।]
सूर्य — भय का कोई कारण नहीं है। निश्चय ही अब तुम्हारी आयु कम नहीं है। दो बच्चों को जन्म देकर भी अविवाहिता कन्या की तरह डरती हो।
सरण्यू — [पहले की तरह मौन धारण करके सो रही है।]
सूर्य — [हाथ से पेट को छूकर हँसी-मजाक में] लगता है अब चार बच्चों को जन्म दोगी। किन्तु अभी दो महीने ही हुए हैं।
[सरण्यू पहले की तरह गम्भीर बनी सूर्य के हाथ को हटाती है।] क्या तुम कुशलपूर्वक हो ?
सरण्यू — हाँ।
सूर्य — बदली हुई लग रही हो।
सरण्यू — मैं ! [पीछे मुड़ती है]
सूर्य — लम्बे अन्तराल के बाद दो महीने पूर्व जब तुमने

त्वयानुकम्पितः प्रणयदानेन, तदारभ्य ते स्वभावे व्यवहारे चोत्तरोत्तरं परिवर्तनशीलता वर्धत एव। क्व स्तो बालौ ?

सरण्यूः — स्यातामत्रैव क्वापि! [सूर्य आकारयति 'यम'! 'यमि'! इति। संलग्नकक्षादागतो रुदित-ध्वनिः श्रूयते। सूर्यः कपाटावुद्घाट्य यमं यमीञ्च द्वावेव रज्ज्वा बद्धौ भूमौ लोटन्तौ पश्यति, बन्धनान्मोचयति च तौ]

सूर्यः — [शिशू] को युवयोरपराधो येन मात्रा दण्डितौ ?

यमः — नाहं जाने किं मया यम्या वा कृतमकरणीयं येनावां ताडितौ रज्ज्वा बद्धौ च मात्रा।

सूर्यः — अपि सेवितं किञ्चिज्जीवनधारकम् ?

यमी — मात्रा न किञ्चिदपि दत्तम्। हीयन्तेऽस्मत्प्राणास्तद्विना।

सूर्यः — [रोषताम्राक्षः सरण्यूं प्रति] कासि त्वं सरण्यूवेषधारिणि ? मात्रा दण्ड्यन्त इत्थं स्वबालास्त्रैलोक्ये ? नासि त्वं सरण्यूः। ज्ञाताधुना ते स्वर-विकृतिः। शीघ्रं भण। मा भूःशापग्रस्ता।

सरण्यूः — [करबद्धा] क्षन्तव्याहम्। नाहं सरण्यूः। तया नियुक्ता छायास्मि।

सूर्यः — क्व गता सा, कथञ्च गता ?

छाया — नाहं जाने क्व सा गता वडवारूपमुपधार्य।

सूर्यः — वडवारूपम्! देवी किमर्थं वडवाऽभवत् ?

छाया — बिभेति सा भवत्संयोगात्। पलायनार्थं वडवा स्यात्।

सूर्यः — कथं जातो युवयोः संयोगः ? कुतस्त्व-मागतासि ? कौ ते पितरौ ?

छाया — पाताललोकवासिनी सरण्यूजनैरत्र प्रापिता। आश्रमवासिनी नाहं जाने स्वपितरौ।

प्रणयदान से मुझ पर अनुकम्पा की, तब से लेकर तुम्हारे स्वभाव और व्यवहार में उत्तरोत्तर परिवर्तनशीलता बढ़ रही है। बच्चे कहाँ हैं ?

सरण्यू — यहीं कहीं पर होंगे। [सूर्य पुकारता है यम! यमी! साथ वाले कमरे से आती हुई रोने की आवाज सुनाई देती है। सूर्य द्वार खोलकर यम और यमी दोनों को ही रस्सी से बँधे भूमि पर लोटते हुए देखता है और उन्हें बन्धन से छुड़ाता है।]

सूर्य — आप दोनों का क्या अपराध है जिससे माँ ने तुम्हें यह दण्ड दिया है ?

यम — मैं नहीं जानता हूँ कि मैंने या यमी ने न करने योग्य कौन-सा काम किया है जिससे माँ ने हम दोनों को पीटा है और रस्सी से बाँधा है।

सूर्य — क्या जीवन धारण करने के लिए कुछ सेवन किया है ?

यमी — माँ ने कुछ भी नहीं दिया। भोजन बिना हमारे प्राण निकल रहे हैं।

सूर्य — [क्रोध से लाल आँखें किए सरण्यू के प्रति] सरण्यू का रूप धारण करने वाली तुम कौन हो ? क्या माँ द्वारा तीनों लोकों में कहीं इस प्रकार अपने बच्चों को दण्ड दिया जाता है ? तुम सरण्यू नहीं हो। तुम्हारे स्वर में विकार का रहस्य ज्ञात हुआ। जल्दी बोलो। शापग्रस्त मत हो।

सरण्यू — [हाथ जोड़कर] मुझे क्षमा कीजिए। मैं सरण्यू नहीं हूँ। मैं उसके द्वारा नियुक्त छाया हूँ।

सूर्य — वह कहाँ गई ? और कैसे गई ?

छाया — मैं नहीं जानती हूँ कि वह घोड़ी का रूप धारण करके कहाँ गई ?

सूर्य — घोड़ी का रूप ? देवी ने किसलिए घोड़ी का रूप धारण किया ?

छाया — वह आपके साथ संयोग से डरती है। यहाँ से भाग जाने के लिए वडवा हुई होगी।

सूर्य — आप दोनों का मिलन कैसे हुआ ? तुम कहाँ से आई हो ? तुम्हारे माता-पिता कौन हैं ?

छाया — पाताललोक में रहने वाली मैं सरण्यू के आदमियों द्वारा यहाँ पहुँचाई गई हूँ। मैं आश्रम में रहने

यः कश्चित् मामनुगृह्णाति तमहमनुसरामि। सरण्यू-शरणमागता यथा तयात्र नियुक्ता तथैवाचरामि।

सूर्यः — मन्ये तया त्वं मत्पत्नीत्वे नियुक्ता, शिशुताडनमपि तया समर्थितम् ?

छाया — तत्तु तयोर्विवादशमनाय मया तौ दण्डितौ।

सूर्यः — न काचिज्जननी शिशून् तथा दण्डयति यथाद्य त्वमदण्डयः।

छाया — क्षन्तव्यो मेऽपराधः। तयोर्लालनपालने स्वकर्तव्यं मन्यमानाऽपि नाहं सरण्यूवत्तौ प्रीणयितुं समर्था।

सूर्यः — अक्षम्योऽपि तेऽपराधः क्षन्तुं शक्यतेऽग्रे तौ स्वापत्ये इव परिचर्येते चेत् !

छाया — प्रतिजानेऽहं तथाकर्तुमग्रे।

सूर्यः — सरण्यू मां परित्यज्य वडवा भूत्वा पलायितेत्यत्रापवादः प्रसरिष्यतीति न स्थातुं शक्यते मया, अतोऽहं गच्छामि सरण्यूसकाशं यत्र कुत्रापि सा स्यात्।

छाया — सगर्भां मां विहाय व्रजिष्यति मत्पतिः ? अहमपि त्वामनुयास्यामि। किं भविष्यत्यनयोर्भ-वच्छिश्वोः ?

सूर्यः — आम्, गन्तव्यं त्वयाप्यस्मात्स्थानात्, किन्तु न मया सह सरण्यूसकाशम्। त्वां मातरं मन्यमानयोस्तयोर्मनसि समानाकृतिर्भेदं जनयिष्यति। यौवने ज्ञातरहस्यावपि तौ न द्रुह्यतः स्वपितृभ्याम्। अतो गन्तव्यं त्वया विपरीतां दिशं बालौ नीत्वा।

छाया — नाहं जाने कुत्र सा निवसतीति। कथमवधारणीया स्वगमनदिङ् मया ?

सूर्यः — स्वभावतोऽनियन्त्रिता अश्वाः स्वाभिमुख्यं धावन्ति। कथयास्मात्स्थानात्कां दिशं सा

वाली माता-पिता के विषय में नहीं जानती हूँ। जो कोई मुझ पर कृपा करता है, मैं उसके कहे पर चलती हूँ। सरण्यू की शरण में आई हुई मुझे जैसे उसने यहाँ नियुक्त किया, वैसे ही आचरण करती हूँ।

सूर्य — मैं मानता हूँ उसने तुम्हें मेरी पत्नी के रूप में नियुक्त किया है। क्या बच्चों को पीटने के लिए भी उसने कहा है ?

छाया — वह तो उन दोनों के झगड़े को निपटाने के लिए मैंने उन्हें दण्ड दिया था।

सूर्य — कोई भी माँ अपने बच्चों को इस प्रकार दण्ड नहीं देती जैसे तुमने आज इन्हें दण्ड दिया।

छाया — मेरा अपराध क्षमा करें। उन दोनों के लालन-पालन को अपना कर्तव्य मानती हुई भी मैं सरण्यू की तरह उन्हें प्रेम करने में समर्थ नहीं हूँ।

सूर्य — तुम्हारा अक्षम्य अपराध भी क्षमा किया जा सकता है यदि तुम भविष्य में उन दोनों को अपनी सन्तान की तरह देखभाल करो।

छाया — मैं भविष्य में वैसा करने की प्रतिज्ञा करती हूँ।

सूर्य — सरण्यू मुझे छोड़कर वडवा घोड़ी होकर पलायन कर गई, यहाँ ऐसा अपवाद फैल जायेगा। मैं नहीं ठहर सकता। इसलिए सरण्यू जहाँ कहीं भी हो मैं उसके पास जाता हूँ।

छाया — क्या मेरा पति मुझ गर्भवती को छोड़कर चला जायेगा ? मैं भी तुम्हारा अनुसरण करूँगी। आपके इन बच्चों का क्या होगा ?

सूर्य — हाँ, तुम्हें भी इस स्थान से जाना चाहिए; किन्तु मेरे साथ सरण्यू के पास नहीं। तुम्हें अपनी ही माँ मानने वाले बच्चों के मन में समान आकृति से संशय पैदा होगा। पीछे युवावस्था में रहस्य जान लेने पर भी वे दोनों अपने माता-पिता से द्रोह नहीं करेंगे ? अतः तुम्हें बच्चों को लेकर विपरीत दिशा में जाना चाहिए।

छाया — मैं नहीं जानती कि वह कहाँ रहती है ? मुझे अपने जाने की दिशा कैसे तय करनी है ?

सूर्य — स्वभाव से नियन्त्रण रहित घोड़े मुँह की सीध में सामने दौड़ते हैं। बताओ उसने इस स्थान से किस दिशा

प्रातिष्ठत।

छाया — सास्मात्स्थानादुत्तर-दिशां प्राव्रजत्।

सूर्यः — अहमुत्तरावर्त एव तामुपतिष्ठे।

छाया — मया बालाभ्यां सह दक्षिणदिक्........?

सूर्यः — आम्, आम्, कोणार्कसेविता पुरी। अचिरादेवाहं त्वत्पार्श्व-स्थो भविष्यामि। त्वदध्यासितो वैतरणीपार-प्रदेशो यमशासिता पुरी संयमनी-नाम्ना ख्यातिमेष्यति।

छाया — मदध्यासिता नगरी सरण्यूपुत्र-नाम्ना .....?

सूर्यः — पुनः सापत्न्यं बाधते त्वाम्! त्वं जनिष्यमाणेन स्वापत्येन सहोत्तरस्यां दिशि भगवतामरनाथेन रक्षितादमर-लोकादधस्त्रिविधसमीरवीजित ऋद्धि- सिद्धिपरिपूर्णे सारस्वत-प्रदेशे सुखमेधिष्यसे। अहञ्चोत्तर-पथगामी श्रमाधिक्य-प्रस्फुटितदीप्तिस्त्वच्छीतल-सम्पर्के शान्तिं लप्स्ये। त्वं प्रथमं दक्षिणावर्तं दृष्ट्वोत्तरवासिनी भूयाः, सा च प्रथममुत्त-रापथमचिनोदिति तया दक्षिणावर्ते वस्तव्यम्। अस्त्वहं गच्छामि अरुणेन सह। स्वशिशु-वद्रक्षितव्यौ यमी-यमौ यावदहं प्रत्यावर्ते तयोर्मात्रा सह दक्षिणावर्ते त्वत्सकाशम्।

छाया — अहमपि सबाला श्वः परश्वो वा मध्यान्तरिक्षस्थमिदं स्थानं परित्यज्य यथादिष्टं दक्षिणावर्तं प्रस्थास्ये [अरुण आगच्छन् दृश्यते। छाया निष्क्रामति]

सूर्यः — स्मृतः समागतोऽसि सखे!

अरुणः — स्मरतस्तवागच्छामि, गच्छतोऽग्रे-सरामि। नैवेत्थं किम्? क्व गन्तव्यम्? किमर्थञ्च?

सूर्यः — अभिन्नहृदयोऽसि त्वं मे। निवेदयिष्ये सर्वं ते मार्गे। अथ केन मार्गेण गन्तव्यं भूलोके?

की ओर प्रस्थान किया था।

छाया — उसने इस स्थान से उत्तर दिशा की ओर गमन किया था।

सूर्य — मैं उत्तर दिशा में ही उसके समीप जाता हूँ।

छाया — मुझे बच्चों के साथ दक्षिण दिशा में.....?

सूर्य — हाँ, हाँ, कोणार्क वाली पुरी में। शीघ्र ही मैं तुम्हारे समीप होऊँगा। तुम्हारे निवास से वैतरणी नदी के दूसरी तरफ वाला प्रदेश यम द्वारा शासित नगरी संयमनी नाम से प्रसिद्ध होगी।

छाया — मेरे निवास की नगरी सरण्यू-पुत्र के नाम से........?

सूर्य — फिर सौतन भाव तुम्हें पीड़ित कर रहा है। तुम उत्पन्न होने वाली अपनी सन्तान के साथ उत्तर दिशा में भगवान अमरनाथ द्वारा रक्षित स्वर्ग लोक से नीचे जहाँ मन्द, सुगन्ध और शीतल हवा पंखा डुलाने का काम करती है, धनधान्य और सफलता से परिपूर्ण सारस्वत प्रदेश में सुखपूर्वक रहोगी। और मैं उत्तर दिशा में जाने पर थकावट के कारण अधिक गर्मी अनुभव करूँगा तो तुम्हारे शीतल सम्पर्क में शान्ति प्राप्त करूँगा। पहले तुम दक्षिणावर्त को देखकर उत्तर दिशा में निवास करो और वह (सरण्यू) पहले उत्तरापथ का चयन करे। पीछे दक्षिणावर्त में निवासे करे। अच्छा, मैं अरुण के साथ जाता हूँ। जब तक मैं उन दोनों की माता सरण्यू के साथ दक्षिणावर्त में तुम्हारे पास लौटता हूँ, तुम यमी-यम से अपने बच्चों की तरह व्यवहार करना।

छाया — मैं भी बच्चों सहित कल या परसों मध्य अन्तरिक्ष वाले इस स्थान को छोड़कर आदेशानुसार दक्षिणावर्त को प्रस्थान करूँगी। [अरुण आता हुआ दिखाई देता है। छाया निकल जाती है।]

सूर्य — मित्र, याद करते ही आ गए हो।

अरुण — तुम्हारे याद किये जाने पर आता हूँ, जाते हुए आगे चलता हूँ। ऐसा नहीं है क्या? कहाँ जाना चाहिए? और किसलिए?

सूर्य — तुम मेरे अभिन्न-हृदय हो। तुम्हें रास्ते में सब निवेदन करूँगा। हाँ, भूलोक पर किस मार्ग से जाना

विहायसा किंवा रथ्यया ?
अरुणः — अन्तरिक्षे यानेन किञ्चित्कालं तु गन्तव्यमेव भुवमवतरितुम् ? तत्र च न रथ्या सार्वत्रिकी। कथन्नैवाश्वावारुह्यैव ?

सूर्यः — एवमेव। त्वर्यताम् [निष्क्रान्तौ]

चाहिए ? आकाश मार्ग से अथवा रथ से ?
अरुण — पृथ्वी पर उतरने के लिए अन्तरिक्ष में कुछ समय तो यान द्वारा जाना ही चाहिए। और वहाँ सब जगह रथ का मार्ग नहीं है। फिर घोड़ों पर चढ़कर ही क्यों नहीं ?
सूर्य — इस प्रकार ही उचित है। शीघ्र कीजिए। [दोनों निकल गए।]

(पटपरिवर्तनम्)

[शष्पशाद्वले वनेऽदृश्या अश्वा हेषणैश्चरन्तः प्रतीयन्ते। सूर्यारुणौ स्थितावेक-पार्श्वेऽवधानेन तान् पश्यतः]

सूर्यः — अरुण ! मनो मे विश्वसित्यत्रैव वडवारूपिणी सरण्यूः स्यादिति। अहमश्वरूपं विधार्य तत्रैव गच्छामि। मयि हेषत्युच्चैस्त्वया-वगन्तव्यं सरण्यूः प्राप्तेति निवर्तनीयमेकाकिना मामत्रैव विहाय। प्रतीक्षणीयौ चावां त्रिंशत्तमे दिने छायाधिष्ठितायां पुर्यां कोणार्काख्ये स्थाने।
अरुणः — करिष्यामि यथा तेऽभिमतम्।
[एकपाश्वर्तः सूर्योऽपरपाश्वतोऽरुणश्च निष्क्रान्तौ। बहिर्भागादाव्रजतोरश्वयोरेक उच्चैर्हेषति। (अत्र कूटशरीरावश्वौ चालयितुं शक्येते)]
अश्वसूर्यः — मां विहाय क्वात्र वने परिभ्रमसि ? अपि न स्मरसि स्वापत्ये ?
वडवा — बिभेम्यहं त्वत्तः। तदेव कारणं स्मरन्त्यपि भृशं स्वसन्ततिं परित्यज्यात्र वने भ्रमामि।
सूर्यः — अपूर्णयौवनया सहोद्वाहोऽपरिपक्वाव-स्थायां प्रथम-प्रसूनागम एव फलोद्गमश्च ते मनसि भयमुत्पादयतोऽद्यापि, परं सकृज्ज-ननीत्वमापन्नया त्वया न भेतव्यमधुना गार्हस्थ्य-धर्माचरणात्।
सरण्यूः — मत्सख्योऽपीत्थं भणन्ति, तथापि न समुत्सहते मे मनः पुनर्मेलनाय। त्वत्सङ्ग-संलापोऽपि सन्तापप्रदो मे।

पट-परिवर्तन

[नई घास के मैदान में वन में अदृश्य घोड़े हिनहिनाने की आवाज से चरते हुए प्रतीत होते हैं। एक किनारे पर स्थित सूर्य और अरुण ध्यानपूर्वक उन्हें देखते हैं।]

सूर्य — अरुण! मुझे लगता है कि यहीं पर वडवा रूप धारण किये हुए सरण्यू हो। मैं घोड़े का रूप धारण करके वहीं जाता हूँ। मेरे ऊँचे स्वर में हिनहिनाने से तुम्हें जान लेना चाहिए कि सरण्यू मिल गई है और मुझे यहीं छोड़कर अकेले तुम्हें लौट जाना चाहिए और छाया द्वारा अपनाई गई नगरी में कोणार्क नामक स्थान पर तीसवें दिन हम दोनों की प्रतीक्षा करना।
अरुण — जैसी तुम्हारी इच्छा हो, मैं करूँगा।
[एक तरफ से सूर्य और दूसरी तरफ से अरुण निकलते हैं। बाहरी भाग से जाते हुए घोड़ों में से एक ऊँचे स्वर में हिनहिनाता है।]
अश्वसूर्य — मुझे छोड़कर यहाँ वन में कहाँ घूम रही हो ? क्या अपने बच्चों की भी याद नहीं आई ?
वडवा — मैं तुमसे डरती हूँ। यही कारण है कि अपने बच्चों को अत्यधिक याद करने पर भी छोड़कर यहाँ वन में घूमती हूँ।
सूर्य — यौवन से पहले विवाह, कच्ची उम्र में ही फूल खिलना, फल लगना आज भी तुम्हारे मन में भय पैदा करते हैं। परन्तु एक बार माँ बन जाने पर अब तुम्हें गृहस्थ धर्म का पालन करने से नहीं डरना चाहिए।
सरण्यू — मेरी सहेलियाँ भी इस प्रकार कहती हैं; फिर भी मेरा मन पुनः मिलन के लिए साहस नहीं करता है। तुम्हारे साथ वार्तालाप भी मुझे सन्ताप देता है।

सूर्यः — *तक्रं स्पृशति फूत्कृत्य दग्धो दुग्धेन चैकदा।* हन्त! असम-विवाहस्य परिणतिरेषा ! कथं मया ते भयमपहार्यम्! विधिनाऽहं त्वयि सन्ततिचतुष्टयं जनयितुं नियुक्तोऽस्मि प्रिये !

सूर्य — एक बार दूध से जला हुआ छाछ को फूँक मार कर छूता है। हन्त! यह असम विवाह का परिणाम है। मैं तुम्हारा भय कैसे दूर करूँ! प्रिये! ब्रह्मा ने मुझे तुमसे चार सन्तानें पैदा करने के लिए नियुक्त किया है।

सरण्यूः — क्षम्यताम्। *न गङ्गदत्तः पुनरेति कूपम्।* अपसरत्वस्मात्स्थानात्।

सरण्यू — क्षमा कीजिए। मुझे वह गल्ती दुहरानी नहीं है। मैं पुनः तुमसे सम्पर्क नहीं कर सकती। यहाँ से दूर चले जाओ।

सूर्यः — विधेर्विधानं न कोऽप्यतिक्रमितुं समर्थः। त्वं सूर्याद् विभेषि, तत्तेज आधिक्यात्। अश्वरूपोऽहं सर्वात्मना त्वादृशो जीवामि विधेराज्ञापालनार्थम्।

सूर्य — कोई भी ब्रह्मा के विधान का अतिक्रमण करने में समर्थ नहीं है। तुम सूर्य से डरती हो उसके तेज की अधिकता से। मैं ब्रह्मा की आज्ञा का पालन करने के लिए अश्व रूप सब प्रकार से तुम्हारे जैसा जीवन जी रहा हूँ।

सरण्यूः — [किञ्चिद्विचार्य] तर्हि विधिविधानं पालयितुमहं त्वदोजो योगपद्धतिमाकलय्य नासा-रन्ध्रेण गर्भं प्रापयिष्यामि। नाधिकमतः।

सरण्यू — [कुछ सोचकर] तो विधि के विधान का पालन करने के लिए मैं तुम्हारे तेज को योगपद्धति से नासिका-रन्ध्र से गर्भ में पहुँचाऊँगी। इससे अधिक नहीं।

सूर्यः — एवमस्तु [अश्वरूपः सूर्यो वडवारूपिणी सरण्यूः परस्परं लिहन्तौ दृश्येते]

सूर्य — ऐसा ही हो। [अश्वरूप सूर्य वडवा रूप वाली सरण्यू परस्पर चाटते हुए हिनहिनाते दिखाई देते हैं।]

पटपरिवर्तनम्

[वडवारूपिणी सरण्यूः स्वरूपावस्थितः सूर्यश्चालपन्तौ मार्गमध्यासाते]

पट-परिवर्तन

[वडवा रूप वाली सरण्यू अपने रूप में आया सूर्य वार्तालाप करते हुए मार्ग में]

सरण्यूः — किमेतत्स्वामिन् ! भवांस्तु प्रकृतस्वरूपमवस्थितोऽस्ति। माञ्च वडवारूपमापन्नामेव नयति ?

सरण्यू — स्वामी ! यह क्या ! आप तो अपने प्राकृतिक रूप में आ गए हो और मुझे वडवा रूप में ही ले जा रहे हो।

सूर्यः — यथासमयं स्वरूपमवस्थास्यसे त्वमपि। आवामस्मादुत्तरापथाद् दक्षिणावर्तं प्रस्थितौ स्वः। उभावेवाश्वौ चेत्स्वामिरहितौ मत्वा कश्चिदपहर्तुं न प्रयतेतेति ते स्वामी प्रकृतस्वरूपमवस्थितोऽहम्।

सूर्य — उचित समय पर तुम भी अपने रूप को धारण कर लोगी। हम दोनों ने इस उत्तरापथ से दक्षिणावर्त को प्रस्थान कर लिया है। यदि दोनों घोड़े हों तो कोई स्वामी-रहित मानकर अपहरण करने का प्रयत्न न करे, इसलिए मैं तुम्हारा स्वामी प्राकृतिक रूप में हूँ।

सरण्यूः — अहमपि वडवारूपं त्यजेयम्..........।

सरण्यू — मैं भी घोड़ी का रूप छोड़ना चाहती हूँ.....

सूर्यः — बालयोर्मनसि सरण्यूद्वयविषयिणी विसङ्गतिर्माभूदिति वडवारूपेणैव त्वया तत्र गन्तव्यम्।

सूर्य — सरण्यू के दो रूप देखकर बच्चे अचंभे में न आयें, इसलिए तुम्हें घोड़ी के रूप में ही वहाँ जाना चाहिए।

सरण्यूः — अवगतं स्वामी मत्पृष्ठस्थो मां धावयितुमिच्छतीति। किं भविष्यति मे भारद्वयं वहन्त्या इत्यपि विचारितम् ?

सरण्यू — जान लिया ! स्वामी मेरी पीठ पर बैठकर मुझे दौड़ाना चाहते हैं। दोनों का भार वहन करते हुए मेरा क्या होगा, क्या यह भी सोचा ?

सूर्यः — कोऽपरो मदन्यो भारः ?
सरण्यूः — जनिष्यमाणा ते प्रजा।
सूर्यः — [स्मयमानः] कियान् भारो मासादप्यूनस्य डिम्बस्य !
सरण्यूः — अननुभूतविषयाः पुरुषाः इत्थमेव भणन्ति। अस्तु, मत्पृष्ठमारोहतु। अहन्त्वामचिरादेव दक्षिणावर्तं नयामि। तत्र छायान्वेषणं युष्मत्कार्यम्।
सूर्यः — मयादिष्टा सा सागरतटस्थां पुरीं गन्तुम्। अरुणश्चादिष्टश्छायावासं दृष्ट्वा नियतदिने तत्रावां प्रतीक्षितुं यत्रार्कस्तथा कोणस्थो भवति यथास्योदयास्तभागौ प्रतीयेते अभिन्नौ।
सरण्यूः — कथमहं तेषां समक्षं गच्छेयं वडवा-रूपिणी। जिह्रेमि तथा गन्तुम्।
सूर्यः — न ते किञ्चिल्लज्जाजनकं मदुक्त-मनुष्ठीयते चेत्। अस्त्वहमारोहामि त्वत्पृष्ठम्

[आरोहणमुद्रा, पटपरिवर्तनम्]

स्थानम् — समुद्रतटस्था पुरी

[एकपार्श्वतोऽरुणोऽपरतो वडवाप्रग्रहकरः सूर्यश्च प्रविशतः]
सूर्यः — अरुण ! अपि दृष्टश्छायावासः ?
अरुणः — ओम्, समीप एव।
सूर्यः — चलेव ?
अरुणः — देवी सरण्यूर्वडवा........ !
सूर्यः — आम्, वडवैव (सर्वे नेपथ्यरङ्गमञ्चौ परिक्रामन्ति)
अरुणः — (रङ्गमञ्चं पारयन्) नाद्यापि देवी स्वरूपं धारयिष्यति ?
सूर्यः — नाद्य, श्वः प्रत्यूषे यदाहं सरण्यूभूतया छायया सहोत्तरापथं प्रयामि तदा।
अरुणः — अवगतम्। तदा वडवावेषमपहाय देवी सरण्यूः स्वबालौ लालयिष्यति।
सूर्यः — एवमेव।

सूर्य — मेरे अतिरिक्त दूसरा भार कौन-सा ?
सरण्यू — पैदा होने वाली तुम्हारी सन्तान।
सूर्य — [मुस्कराते हुए] एक माह से भी कम समय के अण्डे का कितना भार ?
सरण्यू — इस विषय में अनुभवशून्य पुरुष ऐसा ही कहते हैं। अच्छा, मेरी पीठ पर सवार हों। मैं तुम्हें शीघ्र ही दक्षिणावर्त ले जाती हूँ। वहाँ छाया को ढूँढना तुम्हारा काम।
सूर्य — मैंने उसे सागर-तट स्थित पुरी को जाने का आदेश दिया है और अरुण को छाया का निवासस्थान देखकर नियत दिन हम दोनों की वहाँ प्रतीक्षा करने के लिए कह दिया है, जहाँ सूर्य इस तरह कोणस्थ होता है कि इसके उदय और अस्त भाग अभिन्न प्रतीत होते हैं।
सरण्यू — मैं उनके समक्ष वडवा रूप में कैसे जाऊँ ? वैसे जाने में लज्जा अनुभव करती हूँ।
सूर्य — यदि मेरे कहे अनुसार करो तो तुम्हें कुछ भी लज्जाजनक नहीं है। अच्छा, मैं तुम्हारी पीठ पर सवार होता हूँ। [सूर्य आरोहण-मुद्रा में। पर्दा गिरता है।]

स्थान — समुद्र तट स्थित पुरी

[एक तरफ से अरुण और दूसरे से वडवा की लगाम पकड़े सूर्य प्रवेश करते हैं।]
सूर्य — अरुण! क्या छाया का निवास-स्थान देखा ?
अरुण — हाँ, समीप ही है।
सूर्य — चलें?
अरुण — देवी सरण्यू वडवा रूप में....
सूर्य — हाँ, वडवा रूप में ही। [सभी नेपथ्य में रंगमञ्च पर घूमते हैं]
अरुण — [रंगमञ्च को पार करते हुए] क्या आज भी देवी अपना रूप धारण नहीं करेंगी ?
सूर्य — आज नहीं, कल सुबह जब मैं सरण्यू बनी छाया के साथ उत्तरापथ को प्रस्थान करूँगा, तब।
अरुण — जान लिया। तब घोड़ी का वेश छोड़कर देवी सरण्यू अपने बच्चों का लालन-पालन करेंगी।
सूर्य — ऐसा ही।

अरुणः — क आदेशो मदर्थम् ?

सूर्यः — छायया सह मत्प्रयाणवेलायाः पूर्वमेव त्वयाग्रेऽग्रे गन्तव्यमुत्तरापथम्।

अरुणः — सम्प्राप्ता वयं छायावासस्थानम्। आवृतं कपाटमुद्घाटयाम्यहम्।

[अरुणः कपाटमुद्घाटनं नाटयति। सरण्यूरूपिणी छाया रङ्गमञ्चागता स्वागतं व्याहरति। अरुणो निष्क्रामति सवडवः]

छाया — न लब्धा क्वापि सा ?

सूर्यः — लब्धा सहैवागता।

छाया — क्वास्ति सा ?

सूर्यः — न दृष्टा वडवा त्वया ?

छाया — सरण्यू वडवा ? सैव वडवा [परिहसन्ती] **अप्यत्ति तृणानि सा ?**

सूर्यः — चणकानपि चर्वति [छाया-सूर्यौ हसतः]

छाया — कीदृशो नूतनोऽनुभवः !

सूर्यः — तुभ्यं रोचते ?

छाया — भृशम्। वडवा द्रुतगामिनी !

सूर्यः — (प्रहसन्) धाव त्वमपि सरण्यूरिव वडवा भूत्वा किंवा वडवावत्। तव दौहृदेच्छापि पूरणीया।

छाया — परं नाहं त्वां त्यक्ष्यामि।

सूर्यः — मा त्याक्षीः (व्यंग्येन) त्वामारूढेनैव मया गन्तव्यम्।

छाया — गर्भस्थं तवापत्यं त्वाञ्च वहन्ती यद्यहं श्रान्ता स्याम्...।

सूर्यः — तर्हि कस्यचित्तरोरधः श्रमोऽपहार्यः। अहञ्च तच्छिखरा-रूढस्त्वां रक्षिष्यामि। क्व स्तो बालौ ?

छाया — दिष्ट्या सुप्तौ तावद्य समयात्पूर्वमेव।

सूर्यः — यद्येवं तत्स्वरूपमवस्थिता सरण्यूर-धुनैवात्रानेया।

छाया — [सरण्यूमानेतुं बहिर्गमनोत्सुका] **नाह-मधुनैव वडवा भूत्वा सरण्यूस्थाने बाध्येय।**

अरुण — मुझे क्या आदेश है ?

सूर्य — मेरे छाया के साथ प्रस्थान करने से पहले ही तुम्हें आगे-आगे उत्तरापथ को जाना चाहिए।

अरुण — हम छाया के निवास स्थान पर पहुँच गए हैं। मैं बन्द दरवाजे को खुलवाता हूँ।

[अरुण दरवाजे को खोलने का अभिनय करता है। सरण्यू के रूप वाली छाया रंगमञ्च पर आकर स्वागत करती है। अरुण वडवा सहित निकल जाता है।]

छाया — क्या वह कहीं पर भी नहीं मिली ?

सूर्य — मिल गई, साथ ही आई हुई है।

छाया — वह कहाँ है ?

सूर्य — क्या तुमने घोड़ी नहीं देखी ?

छाया — सरण्यू.... घोड़ी, वही घोड़ी [हँसती हुई] **क्या वह तिनके खाती है।**

सूर्य — चने भी चबाती है [छाया और सूर्य हँसते हैं]

छाया — कैसा नया अनुभव ?

सूर्य — क्या तुम्हें अच्छा लगता है ?

छाया — बहुत अच्छा। तेज गति से चलने वाली घोड़ी!

सूर्य — [हँसता हुआ] **तुम भी सरण्यू जैसी वडवा होकर अथवा घोड़ी की तरह दौड़ो। तुम्हारी गर्भावस्था की इच्छा भी पूर्ण करनी चाहिए।**

छाया — परन्तु मैं तुम्हें नहीं छोड़ूँगी।

सूर्य — मत छोड़ना [व्यंग्य से] **मुझे तुम पर सवार होकर ही जाना है।**

छाया — गर्भस्थ तुम्हारी सन्तान और तुम्हें ले जाते हुए यदि मैं थक जाऊँ.... ?

सूर्य — तो किसी वृक्ष के नीचे थकावट दूर कर लेना और मैं उसकी चोटी पर बैठा तुम्हारी रक्षा करूँगा। बच्चे कहाँ हैं ?

छाया — सौभाग्य से वे दोनों आज समय से पूर्व ही सो गये हैं।

सूर्य — यदि ऐसा है तो स्वरूप धारण कर सरण्यू अभी यहाँ आ जाए।

छाया — [सरण्यू को लाने के लिए बाहर जाने की इच्छुक] **मुझे अभी वडवा होकर सरण्यू के स्थान पर न बाँधा**

सूर्यः — नाधुना, न च श्व एव। न बाधयिष्यामस्त्वाम्। परिवर्तितासु स्थितिषु नैतदपेक्ष्यते। आवां श्वः प्रातःकाले बालयोः सुप्तयोरेव स्वरथयानेन व्रजिष्यावः ; तथापि स्वदौहृदपूर्त्यर्थं प्रतिवेशिनाञ्च प्रत्ययार्थं कर्तव्यमेव हयहेषणमतिप्रत्यूषे।

[छाया निष्क्रामति। सूर्यश्छायागृहं निरीक्षमाणः कालं यापयति। छाया सरण्यूदेव्या सह सम्प्राप्नोति]

स्वागतम्, स्वागतम्। साम्प्रतं युवयोर्न काचिच्चर्वति चणकान् [सरण्यूं निरीक्ष्य साभिनयम्] वयं सर्वे भोक्ष्यामहे [सर्वे प्रहृष्टाः समकालं वदन्ति] मिष्टान्नम् !

पटाक्षेपः

[नेपथ्ये श्रूयते]

आकृष्णेन रजसा वर्तमानो निवेशयन्नमृतं मर्त्यञ्च।
हिरण्ययेन सविता रथेना देवो याति भुवनानि पश्यन्॥

(यजुर्वेद)

उद्घोषकः —

सूतेऽश्विनीकुमारौ सा सरण्यूर्वडवाऽथवा।
नासत्यावपि तौ ख्यातौ देवानाञ्च भिषग्वरौ॥
जायते च मनुः काले छायाया उत्तरापथे।
जनको मानवानां यो धर्माणाञ्च निदेशकः॥

जाय।

सूर्य — अब नहीं, और न कल ही। तुम्हें कष्ट नहीं देंगे। बदली हुई स्थितियों में यह अपेक्षित नहीं है। हम दोनों कल प्रातः बच्चों के सोये होने पर ही अपने रथ से चले जायेंगे। फिर भी तुम्हें अपनी गर्भावस्था की इच्छा की पूर्ति के लिए और पड़ोसियों के विश्वास के लिए तड़के कुछ समय घोड़े की हिनहिनाहट सुनानी होगी।

[छाया निकलती है। सूर्य छाया के घर को देखते हुए समय बिताता है। छाया देवी सरण्यू के साथ आती है।]

स्वागत है, स्वागत है। अब आप दोनों में से कोई भी चने नहीं चबाती है। [सरण्यू को देखकर अभिनय के साथ।] हम सब खायेंगे। [सभी प्रसन्न हुए एक साथ कहते हैं] मिठाई।

पर्दा गिरता है।

[नेपथ्य में सुनाई देता है।]

गहरे श्याम रंग की धूलि से भरा अमर तथा मर्त्य लोकों में प्रवेश करता हुआ देदीप्यमान सविता (सूर्य) सोने के रथ से विभिन्न लोकों को देखते-देखते चला जा रहा है।

(यजुर्वेद)

उद्घोषक —

सरण्यू किंवा घोड़ी अश्विनी कुमारों को पैदा करती है। उन्हें नासत्य भी कहा जाता है। वे देवताओं के वैद्य हैं। उत्तरापथ में यथासमय छाया के गर्भ से मनु पैदा होता है जो मनुष्यों का आदि पिता है और विभिन्न कर्तव्यों/धर्मों को बताने वाला है।

सामयिकी

स्थानम् —संयमनी (यमराज-नगरी)

समयः —प्रथमः प्रहरो रजन्याः।

[यमो यम्या विमुखः स्थितो वार्तालापपरो दृश्यते। भित्तिषु ''सत्यं वद, धर्मं चर'' इति स्थूलाक्षरेषु लिखिते वाक्ये पठितुं शक्येते दूरतोऽपि।]

यमः — नैव, नैव कदाचिदपि। आवयोर्यौन-सम्पर्कोऽवैधो धर्माऽननुकूलः।

यमी — कथम्? अप्यहं स्त्री नैव? नासि किं त्वं पुमान्?

यमः — सत्यं, भिन्नलिङ्गावावाम्। किन्तु... ...

यमी — किन्तु किम्?

यमः — आवां भ्रातरौ स्वः। त्वं मे भगिनी, अहञ्च त्वत्सहोदर्यः।
अमर्यादितः काम एषोऽपसार्यः।

यमी — त्वया मेऽधुना कामतापोऽपहार्यः॥
सुगन्धिः समीरः समोदः शशाङ्कः।
नवं देवयुग्मं विविक्तः प्रदेशः।
प्रबुद्धो मनोजो मनोज्ञा च वेला।
सुतोत्पादनान्मद्विधिश्चोपकार्यः।
त्वया मेऽधुना कामतापोऽपहार्यः॥

यमः — रविर्नौ पिता विश्वभर्ता वरेण्यः।
अनन्या च माता सरण्यूः शरण्या।
स्वसः! सोदरो नाग्रजो नानुजस्ते।
अगम्यासि, नाहं तदर्थं विचार्यः॥
अमर्यादितः काम एषोऽपसार्यः॥

यमी — मनुष्येषु वर्ज्योऽस्ति भोगो भगिन्याः
परं देवयोनौ स्वसा यभ्यतेऽतः,
मनोऽस्यां युवत्यां निधायात्मतृप्त्यै,
सुभर्त्रेव भोगेन कायोऽवगाह्यः॥
त्वया मेऽधुना कामतापोऽपहार्यः॥

यमः — न मिथ्या ब्रुवेऽहं सदा सत्यवक्ता।

यमराज नगरी

समय : रात्रि का पहला पहर

[यम यमी से विमुख स्थित बातचीत करता दिखाई दे रहा है। दीवारों पर 'सत्य बोलो, धर्म पर चलो' इस प्रकार मोटे अक्षरों में लिखे हुए वाक्य दूर से भी पढ़े जा सकते हैं।]

यम — नहीं, कभी नहीं। हम दोनों का यौन सम्पर्क धर्म के प्रतिकूल और अवैध है।

यमी — क्यों? क्या मैं स्त्री नहीं हूँ? क्या तुम पुरुष नहीं हो?

यम — सत्य है, हम दोनों भिन्न लिंगी हैं। किन्तु.....

यमी — किन्तु क्या?

यम — हम दोनों सगे भाई-बहन हैं। तुम मेरी बहन हो और मैं तुम्हारा सगा भाई। ऐसी मर्यादा रहित इच्छा दूर रखनी चाहिए।

यमी — तुम्हें अब मेरा वासना-सन्ताप दूर करना चाहिए। सुगन्धित वायु चल रही है। चन्द्रमा प्रसन्नता देने वाला है। यह देवताओं अर्थात् हमारा जोड़ा और निर्जन प्रदेश है, कामदेव जाग्रत है और मनोहारिणी वेला है। पुत्रोत्पत्ति से तुम्हें मेरा उपकार करना चाहिए। तुम्हें अब मेरा सन्ताप दूर करना है।

यम — संसार के पालक श्रेष्ठ सूर्य हम दोनों के पिता हैं और शरण देने वाली सरण्यू एक ही माता है। बहन! मैं तुम्हारा जुड़वाँ भाई हूँ। न बड़ा और न छोटा। तुम अगम्या हो। हमें ऐसी बात नहीं सोचनी चाहिए। इस मर्यादा रहित काम से दूर रहना है।

यमी — मनुष्यों में भगिनी के साथ सम्भोग निषिद्ध है परन्तु देव-योनि में यह निषिद्ध नहीं है। तुम्हें आनन्द के लिए इस युवती में मन लगाकर अच्छे पति की तरह उसके शरीर का अवगाहन करना चाहिए। तुम्हें अब मेरा काम-सन्ताप दूर करना है।

यम — हमेशा सत्य बोलने वाला मैं झूठ नहीं बोलता

पिता व्योम्नि साक्षी जनन्या सहैव।
कृतो नैव जाने कदाचार ईदृक्।
स्वदेहस्त्वयास्माच्च पापान्निवार्यः॥
अमर्यादितः काम एषोऽपसार्यः॥

हूँ। जननी के साथ ही पिता आकाश में साक्षी हैं कि मैंने ऐसा दुराचार नहीं किया। तुम्हें अपने इस शरीर को पापकर्म से बचाना चाहिए। इस मर्यादा रहित काम को दूर करना चाहिए।

यमी — विधी रूपस्त्रष्टा तु कार्यं ह्यकार्यम्।
अवेत्योदरेऽकारयत् सङ्गमं नौ।
न पृथ्वीं दिवं वा विना कश्चिदन्यः।
प्रपश्यत्यशङ्केन देहः प्रसाद्यः।
त्वया मेऽधुना कामतापोऽपसार्यः॥

यमी — सृष्टि का निर्माण करने वाले ब्रह्मा ने तो अकार्य और कार्य को जानकर हम दोनों को माँ के पेट में मिला दिया था। पृथ्वी और आकाश के अलावा कोई दूसरा नहीं देख रहा है। निःशंक भाव से यह शरीर खिल उठे। तुम्हें अब मेरा काम-सन्ताप दूर करना चाहिए।

यमः — न देवाः स्वचक्षूंषि सम्मीलयन्ति
शुभं वाशुभं कर्म पश्यन्ति कर्तुः।
रथेनेव नेमिश्चलान्येन साकम्,
पुनर्नैव वाचा त्वयाऽहं प्रहार्यः॥
अमर्यादितः काम एषोऽपसार्यः॥

यम — देवता अच्छे या बुरे काम करने वाले को देखते हैं। अपनी आँखों को बन्द नहीं कर लेते हैं। तुम किसी दूसरे पुरुष के साथ रथ के साथ पहिये की धुरी की तरह चलती रहो; किन्तु फिर तुम्हें मुझ पर इस तरह वाणी से प्रहार नहीं करना चाहिए। इस मर्यादा रहित काम को दूर करना चाहिए।

अहोरात्रमाकल्पिता ये हि भागाः,
ममाभीप्सितानाप्नुयात्तान् यथावत्।
रवेस्तेजसा दीप्तिमानस्तु भालः।
वरेण्यो मया नैष पन्था अनार्यः।
अमर्यादितः काम एषोऽपसार्यः॥

दिन-रात समय के जो-जो कल्पित हिस्से हैं, वे अच्छे बनकर मेरे जीवन में आयें। सूर्य के समान तेज से मेरा मस्तक देदीप्यमान हो। इस अनुचित रास्ते पर मुझे नहीं चलना है। इस मर्यादाहीन काम से हमें दूर रहना है।

स्वसा भ्रातरं कामयानोत्तरेऽस्तु।
युगे नाम नास्मिंस्तु सृष्टेः प्रभाते।
समाश्लिष्य चान्यं पतिं भोगहतोः।
त्वया सोदरेणाभिषङ्गो न कार्यः॥
अमर्यादितः काम एषोऽपसार्यः॥

बहन, भाई की कामना करे, सम्भवतः परवर्ती काल में ऐसा हो, सृष्टि के प्रारम्भ के इस युग में ऐसा नहीं हो। अतः काम-तोष के लिए तुम किसी दूसरे को पति मानकर उसका आलिंगन करो, भाई को नहीं। इस मर्यादाहीन कामकृत्य से दूर रहना है।

यमी — अहन्ते स्वसा सोदरस्त्वं मदीयः।
हरेद् भ्रातुरार्तिं न या सा स्वसा किम्!
स किं सोदरो यः स्वसुर्नोपकुर्यात्!
ममायं विकारस्त्वयैवोपचार्यः ॥
त्वया मेऽधुना कामतापोऽपसार्यः ॥

यमी — मैं तुम्हारी बहन हूँ। तुम मेरे सगे भाई हो। जो भाई की पीड़ा को दूर न करे, वह कैसी बहन? जो बहन की भलाई न करे वह कैसा भाई? मेरे इस मनोविकार का तुम्हें ही इलाज करना है। तुम्हें अब मेरा सन्ताप दूर करना चाहिए।

यमः — न काङ्क्षे सकामोऽङ्गसङ्गं त्वयाहम्।
स्वसुर्देहलिप्सा हि पापं जघन्यम्।
वृणीष्वापरं कञ्चिदात्मानुरूपम् ।
परं मत् सदा पापसङ्गोऽपवार्यः॥
अमर्यादितः काम एषोऽपसार्यः॥

यम — मैं कामवासना से तुम्हारा साथ नहीं चाहता हूँ। निश्चय ही बहन के शरीर की लालसा करना जघन्य पाप है। अतः तुम अपने अनुरूप किसी दूसरे का वरण करो; परन्तु मुझे इस पापात्मक आसक्ति से दूर रखो। हमें इस अमर्यादित काम से दूर रहना है।

यमी — न जाने त्वदीयं मनः कीदृशं यत्।
लतेव द्रुमं काचिदाश्लेक्ष्यति त्वाम्।
परा भन्त्स्यति त्वा वरत्रा यथाश्वम्।
मयाऽसाध्यरोगः कथं वा निकार्यः।
त्वया मेऽधुना कामतापोऽपहार्यः॥

यमी — मैं नहीं जानती हूँ कि तुम्हारा कैसा मन है! कोई स्त्री तुम्हारा उसी प्रकार आलिंगन करेगी जैसे एक बेल वृक्ष का। कोई दूसरी तुम्हें उसी तरह बाँध लेगी जैसे लगाम घोड़े को। बताओ कि मैं असाध्य रोग से कैसे छुटकारा पाऊँ! तुम्हें मेरा यह काम-ज्वर अब दूर करना ही होगा।

यमः — वृणीष्वापरं गच्छ, दूरं त्यजास्मान्,
हरामुष्य चित्तं, शुभञ्चावयोः स्यात्।
पुनर्मा वदीर्वाचमेतामवद्याम्,
मदर्थं हि दोषस्त्वया नोपहार्यः।
अमर्यादितः काम एषोऽपसार्यः॥

यम — जाओ, किसी दूसरे का वरण करो। हमें दूर रहने दो। उस पुरुष का मन हर लो ताकि हम दोनों का भला हो। इस निन्दनीय वाणी को दोबारा मत बोलना। मुझे इस दोष का उपहार मत दो। मर्यादाहीन काम दूर रहे।

यमी — प्रकृतिः स्त्रीपुंसौ जनयति, नतु भ्रातरं भगिनीञ्च। आवयोः प्रथम एकाकी द्वन्द्वः प्रकृत्या दाम्पत्यार्थमेव प्रतीयते। कालान्तरे जातेषु बहुषु स्त्रीपुरुषेषु सोदरो द्वन्द्व समाजस्वास्थ्याय भगिनीभ्रातृसम्बन्धेन ज्ञास्यते। पशुपक्षिषु तु भविष्यत्कालेऽपि जननपरायणौ स्त्रीपुंसावेवोत्पत्स्येते।

यमी — कुदरत स्त्री और पुरुष पैदा करती है, भाई-बहन नहीं। हम दोनों का पहले अकेला जोड़ा प्रकृति द्वारा पति-पत्नी के लिए ही बना प्रतीत होता है। कालान्तर में उत्पन्न हुए बहुत से स्त्री-पुरुषों में सगे भाई-बहन का जोड़ा समाज को उचित दिशा देने के लिए जाना जाएगा। पशु-पक्षियों में तो भविष्य में भी सन्तानोत्पत्ति में लगे नर और मादा ही उत्पन्न होंगे।

यमः — मन्ये सृष्टिविकासार्थमावामुत्पन्नौ। प्रतीक्षावहे यावदन्येऽपि स्त्रीपुरुषा उद्भवन्ति। तदा कश्चित्पुरुषस्त्वद्भर्ता काचित्स्त्री च मद्भार्या भविष्यतः प्रजातन्तु-वितानाय।

यम — मैं मानता हूँ कि हम दोनों सृष्टि के विकास के लिए उत्पन्न हुए हैं। जब तक दूसरे स्त्री-पुरुष भी पैदा हों, हम प्रतीक्षा करें। तब सन्तान के लिए कोई पुरुष तुम्हारा पति और कोई स्त्री मेरी पत्नी होगी।

यमी — यदि विधिरपरं द्वन्द्वं निर्मापयति, सोऽप्यावयोः कृतेऽग्राह्य एव पित्रोरभिन्नत्वाच्चेतनसृष्टा अस्मत्पितुः सूर्यस्यात्म-रूपत्वाद्वा सूर्य आत्मा जगतस्तस्थुषश्चेति श्रुति-प्रामाण्यात्। एवं सृष्टिविकासक्रमोऽवरुध्यत एव।

यमी — यदि ब्रह्मा किसी दूसरे जोड़े का निर्माण करता है वह भी हम दोनों के लिए पिता के भिन्न न होने से ग्रहण करने योग्य नहीं होगा क्योंकि चेतन स्त्रष्टा सूर्य जग के पिता हैं। वेद-प्रमाण से सूर्य स्थावर और जंगम की आत्मा हैं। इस प्रकार सृष्टि का विकास-क्रम रुक ही जाएगा।

यमः — मा स्म चलत् सृष्टिक्रमः। नाहं समानपितुः स्त्रीसन्ततिमुद्वोढुं शक्नोमि। इह जन्मनि जन्मान्तरेष्वपि च कौमारजीवनं यापयिष्यामि।

यम — भले ही सृष्टि क्रम न चले। मैं समान पिता की स्त्री-सन्तान से विवाह नहीं कर सकता हूँ। इस जन्म में और दूसरे जन्मों में भी ब्रह्मचर्य जीवन बिता कर रहूँगा।

यमी — यमलावावां गर्भावस्थायां यद् विवस्त्रावेव सहैवावसाव, किं सिद्ध्यत्यनेन भवतां मतेन?

यमी — जुड़वाँ हम दोनों गर्भावस्था में जो निर्वस्त्र ही साथ रहे, आपके मत में इससे क्या सिद्ध होता है?

यमः — अविज्ञातसम्पर्काय नावामुत्तरदायिनौ।

यम — अविज्ञात सम्पर्क के लिए हम दोनों उत्तरदायी

अप्रबुद्धयोर्जातः सम्बन्धो न दोषावहः।

यमी — जानताजानता विहितमनौचित्यं दोषावहमित्याचार-संहितानुशासनम्।

यमः — अचेतनतया कृतं पापमुपेक्षणीयमिति व्यवहारसिद्धम्।

यमी — त्वां सोमं पाययित्वा निश्चेतनं विदधामि। [चषकं सोमेनापूर्य यमाधरमुपनयति। यमो हस्तेन वारयति]

यमः — अलं कुतर्केण।

यमी — जातावेव वियुक्तावावां युवावस्थायां पुनर्मिलितावभिष्याव चेत् किमकरिष्यः प्रणयप्रार्थितो मया त्वम्?

यमः — अजानता विहितं स्खलनं कथं मण्डयसि सिद्धान्तैः?

यमी — नाहं किञ्चित्करोमि। प्रस्फुटति सत्यमनायासम्। कदाचिदितिहासज्ञानेन तदवरुध्यते, परिष्क्रियते वा।

यमः — कामोऽपरिचयं वृणुते। तस्मान्मयापि त्वत्प्रणयप्रस्तावः स्वीकार्योऽभविष्यत्तदा। किञ्चावां तु चिरपरिचितौ।

यमी — किं परिचितयोः कामसम्पर्को न कदाचिदपि सम्भवति?

यमः — सम्भवति, हठात्कारितः स्याद्यदि केनचिदन्येन परिष्थिति-वशात्, किञ्चैवम्भूतः सम्पर्को न सिद्ध्यति प्रेरकः। सहोदरया भगिन्या कामसम्पर्कस्तु भविष्यत्कालेऽपि न भविष्यतीति मे दृढा मतिः।

यमी — दुराशैवेयं ते धर्मात्मन्!

यमः — अहं योगबलेन पूर्वं मन्वन्तरं त्वत्प्रत्ययार्थमुपस्थापयामि [मुचुटीं वादयति] ओह! मार्कण्डेयाश्रमे युवक एक एका युवतिश्च परस्परमालपन्तौ भ्रमतः। आत्मानं गोपयित्वा

नहीं हैं। अनजाने हुआ सम्बन्ध दोष वाला नहीं होता है।

यमी — जानते या न जानते हुए किया गया अनुचित कार्य दोष वाला होता है, यह आचारसंहिता का अनुशासन है।

यम — अचेतावस्था में किया गया पाप उपेक्षा के योग्य है— ऐसा व्यवहारसिद्ध है।

यमी — मैं तुम्हें सोमपान करवाकर निश्चेतन कर देती हूँ। [प्याले को सोमरस से भरकर यम के होठों तक ले जाती है। यम हाथ से हटाता है।]

यम — ऐसे बुरे तर्क से बस करो।

यमी — यदि पैदा होते ही बिछुड़े हुए हम दोनों फिर युवावस्था में पुनः मिल जाते तो मेरे द्वारा प्रणय-प्रार्थना करने पर तुम क्या करते?

यम — अज्ञान से हुई भूल को सिद्धान्तों से क्यों मण्डित कर रही हो?

यमी — मैं कुछ नहीं करती हूँ। अनायास ही सत्य प्रस्फुटित होता है। कभी इतिहास ज्ञान से वह अवरुद्ध हो जाता है अथवा परिष्कृत कर दिया जाता है।

यम — वासना परिचयहीन का वरण करती है। इसलिए तब मैं भी तुम्हारे प्रणय-प्रस्ताव को स्वीकार कर लेता; किन्तु हम दोनों तो चिर-परिचित हैं।

यमी — क्या परिचित युवक-युवती में कभी भी काम सम्पर्क नहीं हो सकता है?

यम — हो सकता है यदि परिस्थितिवश किसी दूसरे के द्वारा बलपूर्वक करवाया गया हो; किन्तु इस प्रकार का सम्पर्क प्रेरक सिद्ध नहीं होता है। सगी बहन के साथ तो काम-सम्पर्क भविष्यत् काल में भी नहीं होगा-- ऐसा मेरा दृढ़ विश्वास है।

यमी — हे धर्मात्मा! यह तुम्हारी आशा शायद ही पूरी हो।

यम — मैं योगबल से पूर्व मन्वन्तर को तुम्हारे विश्वास के लिए उपस्थित करता हूँ। [चुटकी बजाता है।] ओह, ऋषि मार्कण्डेय के आश्रम में एक युवक और एक युवती परस्पर वार्तालाप करते हुए घूम रहे हैं। अपने

पश्याव किं तौ कथयत आचरतश्च [मञ्चस्यैकपार्श्वेऽदृश्यौ भूत्वा पश्यतः, प्रविशतोऽपरपार्श्वतो वर्तुलावृन्दारकौ]

आप को छुपाकर देखते हैं कि वे दोनों क्या करते हैं और क्या कहते हैं? [मञ्च के एक तरफ दोनों अदृश्य होकर देखते हैं। दूसरी तरफ से वर्तुला और वृन्दारक प्रवेश करते हैं।]

वर्तुला — स्नातकोत्तरदीक्षायामावयोः पूर्णो हायनो जातः।

वर्तुला — स्नातकोत्तर दीक्षा में हम दोनों का एक वर्ष पूरा हो गया है।

वृन्दारकः — आम्, सम्प्रति तु प्रत्यावर्तनस्य कालः समायातः। अस्यामेव श्रावण्यां संपत्स्यतेऽस्माकं दीक्षासमारोहः। ततोऽहं पितृपादानां दर्शनार्थं शीघ्रमेव प्रयास्यामि गृहम्।

वृन्दारक — हाँ, अब तो लौटने का समय आ गया है। इस श्रावणी में ही हमारा दीक्षा-समारोह सम्पन्न होगा। फिर मैं पूज्य माता-पिता जी के दर्शनों के लिए शीघ्र ही घर जाऊँगा।

वर्तुला — अथ त्वं गार्हस्थ्यं चरिष्यसि? [अवरुद्धा नखेन धरित्रीं लिखति]

वर्तुला — क्या इसके पश्चात् तुम गृहस्थ जीवन का आरम्भ करोगे? [रुककर नाखून से पृथ्वी कुरेदती है]

वृन्दारकः — गार्हस्थ्यम्! ओम्, इत्थमेव भणन्ति पितृपादाः [अवरुद्धो नताननां वर्तुलां बाढं पश्यति]

वृन्दारक — गृहस्थ जीवन! हाँ, पूज्य पिता जी ऐसा ही कहते हैं। [रुककर नीचे मुख किए हुए वर्तुला को अच्छी तरह देखता है]

वर्तुला — मां त्यक्त्वा व्रजिष्यसि? [वेपथुमतीव नाटयति]

वर्तुला — मुझे छोड़कर चले जाओगे? [कम्पन का अभिनय करती है]

वृन्दारकः — यद्यहं त्वत्पितृपादान् पाणिं ते याचे.......।

वृन्दारक — यदि मैं तुम्हारे पिता जी से तुम्हारा हाथ माँग लूँ...

वर्तुला — वयःसन्धिस्था कदाचिदेव वरणाधिकारिणी मन्यते जनैः। परिणयोत्सवे पठितव्या मन्त्रा अपि नाद्यावधि कण्ठस्थीकृता मया। तव पितृपादास्त्वविलम्बमेव त्वदुद्वाहं कर्तुमेषिष्यन्ति।

वर्तुला — वयः सन्धि अवस्था वाली लड़की को लोग मुश्किल से वरण के योग्य मानते हैं। परिणय उत्सव पर पढ़े जाने वाले मन्त्र भी आज तक मैंने कण्ठस्थ नहीं किए हैं। तुम्हारे पिता तो शीघ्र ही तुम्हारा विवाह करना चाहेंगे।

वृन्दारकः — मानयिष्यामि स्वपितरं त्वत्पिता मन्यते चेत्। आशासे सोऽपि मंस्यत एव, यतः कन्याया यौवनं पित्रोर् महच्चिन्ताजनकम्। त्वञ्चाधुना समासन्नयौवना पूर्णतः प्रणयार्हा। लतासु प्रसूनागम एव नाह्वयति भ्रमरकुलम्?

वृन्दारक — यदि तुम्हारे पिता मान जाएँ तो मैं अपने पिता को मना लूँगा। आशा करता हूँ वह भी मान ही जाएँगे, क्योंकि कन्या की युवावस्था माता-पिता के लिए अत्यधिक चिन्ता का कारण होती है और तुम तो अब लगभग युवती तथा पूर्णतः प्रेम करने के योग्य हो। क्या लताओं पर प्रसूनागम ही भौंरों को नहीं बुलाता है?

वर्तुला — किञ्चोपवनपतिर्लतायाः फलोत्पादनक्षमतामपि न तोलयति? अतएवादौ जातानि कुड्मलान्यवचिनोति। प्रहृष्टयैव मया भाव्यं ममपितृपादा मन्यन्ते चेत्।

वर्तुला — किन्तु माली क्या बेल की फल उत्पन्न करने की क्षमता भी नहीं मापता है? इसलिए तो पहले पैदा हुई कलियों को तोड़ देता है। यदि मेरे पिता जी मान जाते हैं तो मुझे प्रसन्न ही होना चाहिए।

वृन्दारकः — कामं न मन्यन्तामस्मत्पितरः, मनोभावान्ते विज्ञायाहं न कामपीतरां पत्नीत्वेन ग्रहीष्यामि। गतवर्षे दीक्षापीठं प्रविष्ट एवाहं यदा त्वां प्रथममपश्यम्, मनसीत्थं सञ्जातं यत्प्राप्तुं त्वामहं बहुषु पूर्वजन्मसु व्याकुल आसम्।

वृन्दारक — भले ही हमारे माता-पिता न मानें, तुम्हारे मनोभावों को जानकर मैं दूसरी किसी को भी पत्नी रूप में स्वीकार नहीं करूँगा। गत वर्ष दीक्षापीठ में प्रविष्ट होते ही तुम्हें पहली बार देखा तो मन में ऐसा लगा कि मैं तुम्हें पाने के लिए पूर्व जन्मों में व्याकुल रहा।

वर्तुला — संकीर्णवीथ्यां चलन्ती त्वच्छरीरसंस्पर्शादहं तथैवोद्दीप्ता जाता यथा प्रज्वलितदीपं संस्पृश्य स्नेहसिक्ता काचिदन्यवर्तिका।

वर्तुला — तंग गली में चलती हुई तुम्हारे शरीर के स्पर्श से मैं उसी प्रकार उद्दीप्त हुई थी जैसे जलते हुए दीपक को छूकर तेल से भीगी हुई कोई दूसरी बत्ती प्रज्वलित हो जाती है।

वृन्दारकः — कुलादिवृत्तमविज्ञायैवावयोर्हृदये मिलिते। किं भविष्यति तदननुकूलं भवेच्चेत्....।

वृन्दारक — कुल आदि के विषय में जाने बिना ही हम दोनों के हृदय मिल चुके हैं। यदि वह प्रतिकूल हों तो क्या होगा ?

वर्तुला — तव तुष्ट्यै यथाविदितं सर्वं निवेदयितुं न मे काचिदापत्तिः, किन्तु को लाभो जलं पीत्वाऽऽहरकान्वेषणैः ?

वर्तुला — तुम्हारी प्रसन्नता के लिए जितना मुझे ज्ञात है, वह सब कुछ बताने में मुझे कोई आपत्ति नहीं है। किन्तु जल पीकर उसे लाने वाले की जाति पूछने से क्या लाभ ?

वृन्दारकः — ईदृश्येव प्रेम्णो रीतिः। धन्योऽस्मि वर्तुले एकत्वमापन्नावावाम्।

वृन्दारक — प्रेम की रीति ही ऐसी है। वर्तुला, मैं धन्य हूँ कि हम दोनों एक हो गए हैं।

वर्तुला — अभिन्नात्मानौ। वियुक्तावेकादश, मिलितावेक एव। [वार्तापरावेव निष्क्रामतः प्रविशतश्च विवृताभद्रबाहू]

वर्तुला — हमारी आत्माएँ एक हो गई हैं। अलग होने पर एक-एक ग्यारह, मिलकर एक ही। [बातचीत करते हुए ही निकल जाते हैं और विवृता तथा भद्रबाहु प्रवेश करते हैं।]

भद्रबाहुः — प्रतीयसे साम्प्रतं शैलनदीव भङ्गिमवर्तुला वेगवती च।

भद्रबाहु — अब पर्वतीय नदी की तरह टेढ़ी-मेढ़ी एवं वेगवाली लग रही हो।

विवृता — त्वमपि कामातुरो वृषभ इव लगसि।

विवृता — तुम भी कामातुर वृषभ की तरह लग रहे हो।

भद्रबाहुः — अप्यभद्रमाचरितं मया किञ्चिद् बलात् ?

भद्रबाहु — क्या मैंने बलपूर्वक कुछ अभद्र आचरण किया ?

विवृता — नाहमसमर्था पाठं पाठयितुं त्वामभद्रमाचरिते त्वयि।

विवृता — तुम्हारे अभद्र आचरण करने पर मैं तुम्हें पाठ पढ़ाने के लिए असमर्थ नहीं हूँ।

भद्रबाहुः — को नाम समयं नाशयति त्वां घ्रातुम् ?

भद्रबाहु — तुम्हें सूँघने के लिए कौन अपना समय नष्ट करे ?

विवृता — चल चल बलीवर्द ! कामिनीमनुधावसि।

विवृता — जा, जा रे बैल ! कामिनी के पीछे दौड़ता है।

भद्रबाहुः — अलमलं कुख्यातवृत्ते ! जानाम्यहं त्वाम् ! परश्वः पितृव्य आगत्याकथयत्..........

विवृता — किमकथयत् ?

भद्रबाहुः — ब्रूतेऽसौ मन्ये चेदहं, ते पाणिग्रहणाय त्वत्पितरं स प्रार्थयिष्यतीति।

विवृता — अरे ! काचिद् गर्दभ्येव त्वां वरिष्यति।

भद्रबाहुः — किं मया स्वीकृतम् ? त्वां ! .... अहं परिणेष्यामि ? मयोक्ताः पितृव्यपादा न रोचते मे ते पाणिग्रहणमिति।

विवृता — अहमपि स्वपितरं निवेदयिष्ये न मे रोचते ते पत्नीत्वमिति। [विवदमानौ निष्क्रामतः] [उद्घाटिते मध्यवर्तिपट आचार्यो मार्कण्डेय आसनासीनो दृश्यते। पुरस्तादेव दीक्षिता युवतयो युवानश्चासनस्था दृश्यन्ते। आचार्यः क्रमश एकं युवकं युवतिञ्चैकामाकारयति।]

मार्कण्डेयः — [एकं युग्मं प्रति] गृहाणेमं नारिकेलम्। गच्छ दाम्पत्य-जीवनं प्रारब्धुम्।

युगलः — [नारिकेलं गृहीत्वा प्रसन्नमुद्रया] शिरसा वहामि श्रीमतामादेशम्। [मार्कण्डेयो द्वित्रयुगला-न्याहूय दाम्पत्यजीवनं यापयितुमादिशति नारि-केलञ्च ददाति तेभ्यः।]

मार्कण्डेयः — [अपरं युगलम्] पीठपर्यवेक्षकेणाहं संसूचितो यद्युवां मामकीनादादेशात्पूर्वमेव गान्धर्वेण सम्बद्धौ। आश्रम-नियमोल्लङ्घनमपि क्षन्तव्यं क्षत्रियेषु गान्धर्वविवाहस्य परिचलनात्। [भद्रबाहुर्विवृता च प्रविशतः]

मार्कण्डेयः — आगच्छ वत्स ! कैषा ? भार्यात्वाभिलाषिणी वा सखी-मात्रम् ?

भद्रबाहुः — सखीमात्रम्।

मार्कण्डेयः — कथन्नैनां भार्यां विदधासि ?

विवृता — क्षन्तव्याहमाचार्य ! नाहं वृणे भद्रबाहुम्।

मार्कण्डेयः — [भद्रबाहुम्] भद्र ! कस्ते विचारः ?

भद्रबाहु — बदनाम कहीं की। बस कर। मैं तुम्हें जानता हूँ। परसों तुम्हारे चाचा ने आकर कहा था....

विवृता — क्या कहा ?

भद्रबाहु — कहा था कि यदि मैं मानूँ तो मेरा तुम्हारे साथ विवाह के लिए तुम्हारे पिता से वे बातचीत करेंगे।

विवृता — अरे ! कोई गधी ही तुम्हारा वरण करेगी।

भद्रबाहु — क्या मैंने स्वीकार कर लिया ? तुमसे ?... मैं विवाह करूँगा ? मैंने चाचा से कह दिया — मैं तुमसे विवाह नहीं करना चाहता हूँ।

विवृता — मैं भी अपने पिता जी से निवेदन करूँगी कि मुझे तुम्हारी पत्नी बनना स्वीकार नहीं है। [झगड़ते हुए निकल जाते हैं। बीच वाला पर्दा हटाने पर आचार्य मार्कण्डेय आसन पर बैठे दिखाई दे रहे हैं। सामने ही दीक्षा-प्राप्त युवतियाँ और युवक आसन पर बैठे हुए दिखाई दे रहे हैं। आचार्य क्रमशः एक युवक और एक युवति को बुलाते हैं]

मार्कण्डेय — [एक जोड़े के प्रति] यह नारियल ग्रहण करो। गृहस्थ-जीवन प्रारम्भ करने के लिए जाओ।

युगल — [नारियल को ग्रहण कर प्रसन्न मुद्रा से] श्रीमान् जी के आदेश को सादर स्वीकार करता हूँ। [मार्कण्डेय जी दो-तीन युगलों को बुलाकर गृहस्थ जीवन बिताने के लिए आदेश देते हैं और उन्हें नारियल देते हैं]

मार्कण्डेय — [दूसरे जोड़े को] पीठ पर्यवेक्षक ने मुझे सूचना दे दी है कि तुम दोनों मेरे आदेश से पूर्व ही गन्धर्व-रीति से मिल गए हो। क्षत्रियों में गन्धर्व विवाह का प्रचलन होने से आश्रम के नियमों का उल्लंघन भी क्षमा के योग्य है। [भद्रबाहु और विवृता प्रवेश करते हैं]

मार्कण्डेय — आओ बेटा, यह कौन है ? पत्नी बनने को इच्छुक अथवा केवल सहेली ?

भद्रबाहु — केवल सहेली।

मार्कण्डेय — इसे पत्नी क्यों नहीं बना लेते हो ?

विवृता — आचार्य महोदय! मुझे क्षमा करें। मैं भद्रबाहु को पति रूप में स्वीकार नहीं कर सकती।

मार्कण्डेय — [भद्रबाहु को] भद्र ! तुम्हारा क्या विचार है?

भद्रबाहुः — अहमपि नेच्छामीमां परिणेतुम्।

मार्कण्डेयः — मया श्रुतं युवां पञ्चदशवर्षेभ्यः सहैव वसथः। का हानिर्यदि युवयोर्विवाहो भवेत्।

विवृता — आर्य ! एतमहमपेक्षितादधिकं जानामि।

भद्रबाहुः — मयैषा बाल्ये विवस्त्रापि दृष्टा। आवयोः शौचादिक्रिया अपि सहैव समपद्यन्त। न किञ्चिदपि गुह्यमस्मत्कृते। तस्माज्जात आकर्षणाभावः। अथाधुना कीदृशो विवाहोऽनाकृष्टयोः।

मार्कण्डेयः — सम्यगुक्तं त्वया। प्रतीक्षेथां तावदपरप्रकोष्ठे। युष्मदर्थेऽन्विष्याम्यन्यं साहचर्यम्।

[सम्प्राप्तौ वर्तुलावृन्दारकश्च]

मार्कण्डेयः — अपीच्छथो युवां मिथो दाम्पत्यम्?

उभौ आम्, आम्, आचार्य!

वृन्दारकः — गतवर्षे कक्षां प्रविष्टावेव विचारयितुमारब्धौ तदर्थम्।

वर्तुला — ओम्, भगवन्! आदेष्टव्यावावाम् दाम्पत्यसाधनाय।

[वृन्दारक-वर्तुलयोः पितरौ सम्प्राप्तौ]

वृन्दारक — मा, मा, आचार्य! नैष विवाहः सम्पादयितुं शक्यते।

पिता मार्कण्डेयः — कथन्न? द्वावेव युवावस्थामधिगतौ परस्परमभिलषतः।

वर्तुला पिता — वृन्दारको वर्तुलाया अग्रजोऽस्ति।

मार्कण्डेयः — कथम्?

वर्तुलापिता — श्रेष्ठी सुदासः सौहार्दवशीभूतः सद्योजातां स्वपुत्रीं वर्तुलां निरपत्याय मह्यमदात्। तदा सुदासपुत्रो वृन्दारकोऽसौ द्विवर्षदेशीय एवासीत्। एवमस्मत्पालिता पुत्री वर्तुला वस्तुतो भगिन्यस्ति वृन्दारकस्य। नेदं रहस्यं तावद्यावधि जानीतः।

भद्रबाहु — मैं भी इससे विवाह नहीं करना चाहता।

मार्कण्डेय — मैंने सुना है कि तुम दोनों पंद्रह वर्षों से साथ ही रह रहे हो। यदि आप दोनों का विवाह हो जाए तो क्या हानि है?

विवृता — श्रीमान् जी, मैं इसे आवश्यकता से अधिक जानती हूँ।

भद्रबाहु — बाल्यावस्था में मैंने इसे निर्वस्त्र भी देखा है। हम दोनों की शौचादि क्रियाएँ भी साथ होती थीं। हमारे लिए कुछ भी गुह्य नहीं है। इसलिए आकर्षण का अभाव है। फिर परस्पर आकर्षण के बिना कैसा विवाह!

मार्कण्डेय — तुमने ठीक कहा। तब तक दूसरे कमरे में इन्तजार करें। तुम्हारे लिए दूसरा साथी ढूँढता हूँ।

[वर्तुला और वृन्दारक आ जाते हैं]

मार्कण्डेय — क्या तुम दोनों परस्पर पति-पत्नी बनकर रहना चाहते हो?

दोनों — हाँ, हाँ, आचार्य महोदय!

वृन्दारक — गत वर्ष कक्षा में प्रविष्ट होते ही हमने इसके लिए सोचना आरम्भ कर दिया था।

वर्तुला — हाँ महाराज! हमें गृहस्थ-जीवन बिताने के लिए आदेश दें।

[वृन्दारक और वर्तुला के पिता पहुँच जाते हैं]

वृन्दारक का पिता — नहीं, नहीं आचार्य महोदय! यह विवाह सम्पन्न नहीं किया जा सकता।

मार्कण्डेय — क्यों नहीं? दोनों ही युवा हैं और परस्पर प्यार करते हैं।

वर्तुला का पिता — वृन्दारक वर्तुला का बड़ा भाई है।

मार्कण्डेय — कैसे?

पिता — सेठ सुदास ने मित्रता से वशीभूत हो तत्काल उत्पन्न अपनी पुत्री वर्तुला को निःसंतान मुझे दे दिया था। तब सुदास का पुत्र यह वृन्दारक दो वर्ष का ही था। इस प्रकार हमसे पाली हुई पुत्री वर्तुला वस्तुतः वृन्दारक की बहन है। इस रहस्य को वे दोनों आज तक नहीं जानते हैं।

मार्कण्डेयः — स्त्रीपुरुषाः प्रकृत्या परस्परं कामयन्ते। यौवनारम्भात्पूर्वमेव तेषां पारस्परिकः सम्पर्को विवाहमार्गे दुर्लङ्घ्या बाधास्ति। सम्भवत इदमेव कारणं यद् भ्रातास्वस्त्रोर्विवाहो न सम्पद्यते। वृन्दारको वर्तुला च यौवनारम्भे मिलितौ। तत्, जन्मना भ्रातृभगिनी-रूपावपि परस्परं कामयेते अज्ञानवशात्। अत्राभिभावकानामापत्तिः परम्परानुमोदिता। विवाहोऽयं समाज-स्वीकृतिविरहितत्वान्नार्हति भवितुमिति युवाभ्यामपरं जीवनमित्रमन्वेषणीयम् [मध्यवर्तिनी जवनिका पात्यते। यमीयमौ प्रविशतः]

यमः — अपि श्रुतस्त्वया महर्षिमार्कण्डेयनिर्णयः ?

यमी — अनेन भवति भवद्भावपुष्टिः, किन्तु सञ्जातं यन्मे मनसि, किमस्ति तस्य समाधानम् ? आवयोर्द्वयोः पिता सूर्यो माता च सरण्यूरिति जानन्त्या अपि मे मनसि कथं जातः प्रेमोदयः ? कथन्नैवापास्तः परिचयाधिक्येऽपि ?

यमः — अपवादमेव जानीहि स्वहृदयम्। अपवादैर्नाकल्प्यन्ते सिद्धान्ताः।

यमी — नैवापवादः। हृदयस्योद्घाटनमिदम्। त्वत्प्रयास आदर्शरूप एव। कथमेतद्भण्यते ?

मात्रा स्वस्रा दुहित्रा वा न विविक्तासनो भवेत्।
बलवानिन्द्रियग्रामो विद्वांसमपि कर्षति॥

पश्य च दिव्य-चक्षुषा किं भणिष्यन्ति स्त्रीपुरुषयोर्मनोविषये मनोविश्लेषणनाम्न्यो यथार्थवादिन्यो गवेषणा अग्रे। यच्च निर्णीतं परिचयाधिक्ये प्रणयभावशान्तिरिति ? तदपि पुरुष-मनोव्याख्यास्ति। स्त्रीमनसि तु क्वापि परिचयाद् भावशबलता प्रणयभावस्य तीव्रता वा दृश्यते। भूतपूर्वमन्वन्तरेषु द्वापरे गोप्यः प्राधान्येन साहचर्याधिक्यादेव श्रीकृष्णेऽन्वरज्यन्।

मार्कण्डेय — स्त्री और पुरुष स्वभावतः एक दूसरे को चाहते हैं। युवावस्था के आरम्भ से पहले ही उनका आपस में सम्पर्क विवाह के मार्ग में दुर्लंघ्य बाधा बनती है। सम्भवतः यही कारण है कि भाई-बहन का विवाह सम्पन्न नहीं होता। वृन्दारक और वर्तुला युवावस्था के आरम्भ में मिले हैं। वे जन्म से भाई-बहन होते हुए भी अज्ञान से परस्पर चाहने लगते हैं। यहाँ अभिभावकों की आपत्ति परम्परा के कारण है। अतः यह विवाह समाज की स्वीकृति न मिलने से नहीं हो सकता। तुम दोनों को दूसरा जीवनसाथी ढूँढ़ना चाहिए। [मध्यवर्ती पर्दा गिराया जाता है । यमी और यम प्रवेश करते हैं।]

यम — क्या तुमने महर्षि मार्कण्डेय का निर्णय सुन लिया ?

यमी — इससे आपके भाव की पुष्टि होती है किन्तु जो मेरे मन में शंका उत्पन्न हुई है, क्या उसका कोई समाधान है ? हम दोनों के पिता सूर्य और माता सरण्यू है— ऐसा जानते हुए भी मेरे मन में प्रेम क्यों उत्पन्न हो गया ? परिचय की अधिकता होने पर भी क्यों ?

यम — अपने हृदय को अपवाद ही समझो। अपवादों से सिद्धान्त नहीं बनते हैं।

यमी — यह अपवाद नहीं है। यह हृदय का उद्घाटन है। तुम्हारा प्रयास आदर्शपरक है। ऐसा क्यों कहा जाता है कि माता, बहन अथवा पुत्री के भी समक्ष अकेले नहीं बैठना चाहिए। शक्तिशाली इन्द्रियों का समूह विद्वान को भी आकृष्ट कर लेता है और दिव्यदृष्टि से देखो कि स्त्री और पुरुष के मन के विषय में मनोविश्लेषणात्मक यथार्थवादी गवेषणा करने वाले आगे क्या कहेंगे ? और जो परिचय की अधिकता से प्रणय में शिथिलता की बात कही गई है, वह भी पुरुष के मन की व्याख्या है। स्त्री के मन में तो कहीं परिचय से भावशवलता अथवा प्रेमभाव की तीव्रता दिखाई देती है। भूतपूर्व मन्वन्तरों में द्वापर युग में गोपियाँ मुख्य रूप से साहचर्य की अधिकता के कारण ही कृष्ण के प्रति अनुरक्त थीं।

यमः — यान् तर्कानाश्रित्य त्वमद्य भ्रातृभगिन्योर्यौनसम्बन्धान् समर्थयसि, तानेवोद्धृत्य कश्चिदन्यः काचिदन्या वा मातापुत्रयोः पितापुत्र्योश्च सम्बन्धेषु कालुष्यमुत्-पादयिष्यति। यत्पशुषु युज्यते तन्मनुष्येष्वपि दर्शयिष्यति। पापमिदम्। स्त्रीपुरुषेषु कामस्थानं निर्धारयितुमस्मद्वैमात्रेयो धर्मज्ञो मनुः स्मृतिं रचयत्यधुना। तदनुसारमेव सर्वैः काम-सम्पर्काः स्थापनीयाः। कामः पुरुषार्थचतुष्टय एकोऽस्ति। दोषचतुष्टयेऽप्येकः। तस्मात्सिद्ध्यति वर्जनीयस्तस्यातिचार इति।

यम — जिन तर्कों का आश्रय लेकर तुम आज भाई-बहन के यौन सम्बन्धों का समर्थन कर रही हो, उन्हीं को ही उद्धृत करके कोई दूसरा पुरुष अथवा स्त्री माँ अथवा पुत्र के, पिता और पुत्री के सम्बन्धों में कालुष्य पैदा करेगा। जो पशुओं में होता है, वही मनुष्यों में भी होगा। स्त्री-पुरुषों में काम का स्थान निर्धारित करने के लिए हमारे सौतेले भाई धर्म के ज्ञाता मनु जी अब स्मृति-शास्त्र की रचना कर रहे हैं। उसी के अनुसार ही सभी मनुष्यों द्वारा काम-सम्बन्ध स्थापित किए जाने चाहिए। काम पुरुषार्थ चतुष्टय (धर्म-अर्थ-काम-मोक्ष) में से एक है। दोष चतुष्टय में से भी एक है। इसलिए सिद्ध होता है कि उसकी अधिकता वर्जनीय है।

यमी — त्वं सदा किं भवत्वित्येव भणसि। विस्मरसि च किमस्तीति।

यमी — तुम हमेशा 'क्या हो' ऐसा ही कहते हो। और 'क्या है ?' यह भूल जाते हो।

यमः — सूर्यसुतो धर्मराजोऽहमादर्शमनुमोदयामि।

यम — मैं सूर्य पुत्र धर्मराज आदर्श का अनुमोदन करता हूँ।

यमी — सूर्यसुताहं यमी यथार्थं दर्शयामि।

यमी — मैं सूर्यपुत्री यमी यथार्थ दिखाती हूँ।

यमः — पतितासि त्वम् !

यम — तुम पतिता हो।

यमी — पाषण्डोऽसि त्वम्, पाषाणोऽपि।

यमी — तुम पाखंडी हो, पत्थर हो, निष्ठुर हो।

यमः — पाषाणोऽप्यहं सुष्ठिरः। त्वां पापामहं शपामि यत्त्वं प्रवाहिणी भूत्वा निरन्तरमधोऽधो यायाः।

यम — मैं पत्थर होते हुए भी दृढ़व्रती हूँ। मैं तुझ पापिनी को शाप देता हूँ कि तुम नदी होकर लगातार नीचे-नीचे जाती रहो।

यमी — भ्रातः ! कियान्निष्ठुरोऽसि !

यमी — भाई! कितने निर्दय हो!

यमः — शासकस्य निष्ठुरतापि जगतो हितायैव सिद्ध्यति। मच्छापेन त्वदवपातोऽपि संदेशपरकत्वाद् भूयान्मङ्गलाय शस्यसमृद्ध्यै च भूलोकस्य॥

यम — शासक की निर्दयता भी संसार के लिए हितकारक सिद्ध होती है। मेरे शाप से तुम्हारा अधोगमन भी संदेशपरक होने से कल्याणकारी और पृथ्वीलोक पर फसलों की वृद्धि करने वाला सिद्ध हो।

पटाक्षेपः

[पर्दा गिरता है।]

[नेपथ्ये प्रवहन्त्या यमुनानद्या ध्वनिः श्रूयते]

आ घा ता गच्छानुत्तरा युगानि यत्र जामयः
कृणवन्नजामि । उप बर्बृहि वृषभाय
बाहुमन्यमिच्छस्व सुभगे पतिं मत्॥
ऋग्वेद १०-१-१०-१०

[पर्दे में बहती हुई यमुना नदी की आवाज सुनाई देती है]

आगे ऐसा समय आ सकता है जबकि समान माँ-बाप के बच्चे (पुत्र-पुत्री) विवाह कर लें। (सृष्टि के आरम्भ में ऐसा नहीं होना चाहिए) अतः तुम (यमी) किसी अन्य बली पुरुष का पाणिग्रहण कर पति के रूप में वरण करो।

ऋग्वेद १०-१-१०-१०

उत्कोचः

स्थानम् — अमरावती (इन्द्रपुरी)

[देवसभायां सिंहासनस्थो देवेन्द्रोऽप्सरोनटनर्तकगायकैः परिवृतो नृत्यगीतादिकला आस्वादयन् दृश्यते। समागच्छन्तं गुरुवर्यं बृहस्पतिं दृष्ट्वा संकेतेन कलाकारान् विदायं ददाति। आसनादुत्थाय च बृहस्पतेः स्वागतार्थमग्रे सरति।]

इन्द्रः — प्रणमामि देवगुरो !

बृहस्पतिः — स्वस्त्यस्तु।

इन्द्रः — केनादेशेनानुग्राह्योऽयं जनः ?

बृहस्पतिः — तस्करैर्न जाने क्व नीता मे गावः, दुग्धा-भावादसम्पन्नयज्ञादिक्रियोऽहं भृशं दुनोमि।

इन्द्रः — [सामर्षः] **शासति मयि तस्करा गा अपाहरन् ? क्षम्यतां गुरुदेव! कालमपि जित्वाहमचिरादेवामृतस्यन्दिनीस्ता गा उपस्थापयिष्यामि।**

बृहस्पतिः — आयुष्मन् ! गवेषणीयं प्रथमं के ते चौराः, कुत आयाताः, क्व गता इति। एतदर्थं दिव्यचक्षुषोऽन्तेवासिनो मयापि सम्प्रेषिताः। नाधुना लब्धं किञ्चिद्विश्वसनीयं स्रोतः।

इन्द्रः — देवशुनी सरमा साधयिष्यति सर्वम् [सचिवम-भिलक्ष्य] **सरमा गोष्ठं घ्रात्वा गोतस्कराणां गवां च साम्प्रतिकीं स्थितिं ज्ञातुं प्रयात्वविलम्बमेव। रसापारवासिनः पणयो गवामपहरणमाचरन्तीति सर्वविदितम्। गवां दुग्धं तेभ्यस्तथा न रोचते यथा तासामालम्भनम्।**

सचिवः — किं सरमयैकयैव गन्तव्यमुताहो रक्षका अपि तामनुसरेयुः ?

स्थान — अमरावती (इन्द्रपुरी)

[देवताओं की सभा में सिहासन पर देवराज (इन्द्र) अप्सराओं, नटों-नर्तकों और गायकों से घिरा हुआ नृत्य-गीतादि कलाओं का आस्वादन करते हुए दिखाई दे रहा है। पास आते हुए गुरुवर बृहस्पति को देखकर संकेत से कलाकारों को वहाँ से विदाई देता है और आसन से उठकर बृहस्पति के स्वागत के लिए आगे जाता है]

इन्द्र — हे देवगुरु, मैं प्रणाम करता हूँ।

बृहस्पति — कल्याण हो।

इन्द्र — किस आदेश से यह सेवक आपकी कृपा का पात्र बने ?

बृहस्पति — पता नहीं चोर मेरी गौएँ कहाँ ले गए, जिनके दूध के अभाव से यज्ञादि क्रियाएँ सम्पन्न न होने से अत्यधिक दुखी हो रहा हूँ।

इन्द्र — (क्रोध के साथ) **मेरे शासन करते हुए चोर गौएँ चुराकर ले गए ? गुरुदेव, क्षमा कीजिए। मैं काल पर भी विजय पाकर शीघ्र ही अमृतसदृश दूध देने वाली उन गौओं को आपके समक्ष ला दूँगा।**

बृहस्पति — दीर्घायु हो! पहले यह खोज करनी चाहिए वे चोर कौन हैं, कहाँ से आए, कहाँ गए ? इसके लिए दिव्यदृष्टि वाले शिष्य मैंने भी भेजे हैं। अभी तक कोई भी विश्वस्त स्रोत प्राप्त नहीं हुआ है।

इन्द्र — देवशुनी सरमा सब कुछ सिद्ध कर देगी [मन्त्री को संकेत करके] **सरमा गोशाला को सूँघकर गौओं और चोरों की वर्तमान स्थिति जानने के लिए शीघ्र ही चली जाए। रसा नदी के दूसरी तरफ रहने वाले पणि जाति के लोग गौएँ चुराते हैं— ऐसा सर्वविदित है। गौओं का दूध उन्हें उतना अच्छा नहीं लगता जितना उनका वध।**

सचिव — क्या सरमा को अकेले ही जाना चाहिए अथवा रक्षक भी उसका अनुसरण करें ?

इन्द्रः — स्थानात्स्थानान्तरं जिघ्रन्ती सरमा पश्चिमां दिशं धावति चेद्रक्षका अपि।

इन्द्र — एक स्थान से दूसरे स्थान पर सूँघती हई सरमा यदि पश्चिम दिशा को दौड़ती है तो रक्षक भी उसका अनुसरण करें।

सचिवः — यथाज्ञापयति देवः। [इत्युक्त्वा निष्क्रान्तः]

सचिव — जो आज्ञा महाराज की [ऐसा कहकर निकल जाता है]

पटपरिवर्तनम्

[त्रिभी रक्षकैरनुसृता सरमा गोतस्करपद्धतिं जिघ्रन्ती रङ्गमञ्चं पुनः पुनः पारयन्ती दृश्यते। मध्यवर्तिनी जवनिकोद्घाट्यते, येन पीठशीर्षयोर्मध्ये नियोजितं शाटिकादिभिर्निर्मितं नदीदृश्यं दृष्टिपथमायाति, यत्रागत्य गवेषणामण्डली विचारयत्यवरुद्धा।]

पट-परिवर्तन

[तीन रक्षकों से अनुगमन की जाती हुई सरमा गौओं के चोरों के पदचिह्नों को सूँघती हुई रंगमञ्च को बार-बार पार करती हुई दिखाई देती है। मध्यवर्ती परदा उठाया जाता है जिससे पीठ और सिर के मध्य में लगाया हुआ साड़ियों से निर्मित नदी-दृश्य दिखाई देता है जहाँ आकर गवेषणा-मण्डली विचार करती हुई रुक गई है]

सरमा — नद्येषा रसानाम्नी विशाला विस्तीर्णा च। अपि शक्यते युष्माभिस्तरितुम्?
[सर्वे शिरश्चालनेनासामर्थ्यं दर्शयन्ति]

सरमा — यह रसा नाम वाली नदी बहुत बड़ी और फैली हुई है। क्या आप इसे तैर कर पार कर सकते हैं?
[सभी सिर हिलाकर असमर्थता दिखाते हैं]

सरमा — तस्कराणां सरणिमन्वेषितुं रसापारगमनमत्यावश्यकम्। [स्थानं दर्शयन्ती] **एतत्पर्यन्तं तेषां गन्धविशेषो लभ्यते। अस्मात्स्थानादेव तैर्महानदी स्यादतिक्रान्ता। अतोऽहं नदीमुत्तीर्य पारं गत्वा च तानन्विष्यामि। युष्माभिरत्रैव प्रतीक्षणीयाहम्।**

सरमा — चोरों का मार्ग ढूँढने के लिए रसा नदी के पार जाना बहुत जरूरी है। [स्थान को दिखाती हुई] **यहाँ तक उनकी विशेष गन्ध प्राप्त होती है। इसी स्थान से उन्होंने महानदी पार की हो। इसलिए मैं नदी को तैर कर और पार जाकर उन्हें ढूँढती हूँ। तुम सबको यहीं पर मेरी प्रतीक्षा करनी चाहिए।**

देवपुरुषाः — (सैनिकाः) **आम्, आम्। विश्रब्धा गच्छ।** [सरमा नद्याभासिन्याः शाटिकायाः पृष्ठभागे तरन्तीव दृश्यते]

राजपुरुष (सैनिक) — हाँ, हाँ। विश्वासपूर्वक जाओ।
[सरमा नदी का आभास करवाने वाली साड़ी के पृष्ठभाग पर तैरती हुई-सी दिखाई देती है]

(पटपरिवर्तनम्)

[पणिगणाध्यक्षः कुन्तहस्तैर्गणनायकैः साकमुपत्यकायां पाषाणशिलासीनो दृश्यते। देवदूती सरमा प्रविशति]

पट-परिवर्तन

[पणिगणाध्यक्ष भाले हाथ में लिए गणनायकों के साथ तलहटी में पत्थर की चट्टान पर बैठा हुआ दिखाई देता है। देवदूती सरमा प्रवेश करती है]

सरमा — कीदृशा मन्दबुद्धयो गोतस्करा यूयम्। विचारयथाऽकुतोभया जाता अत्रागत्य? विस्मृतं भवद्भिर्यद् बुद्धिमतो बाहू सुदीर्घौ भवतः। न कश्चिदपराद्धो ताभ्यामगृहीतस्तिष्ठति।

सरमा — तुम सब गौओं को चुराने वाले कैसे मूर्ख हो? सोचते हो कि क्या यहाँ आकर तुम निर्भय हो गए? आपने यह भुला दिया कि बुद्धिमान की भुजाएँ लम्बी होती हैं। कोई भी अपराधी उनसे बिना पकड़े नहीं रह सकता।

प०ग०अ०—दुरासदं रसापारमागता सरमे! कथम्? [परिहसन्] **स्थानात्स्थानान्तरं घ्रात्वा ज्ञातुमिच्छसि किं वद।**

पणिगणाध्यक्ष — अरी सरमा! दुर्गम रसा नदी को कैसे पार करके आ गई? (हँसता हुआ) **एक स्थान से दूसरे**

आपद्ग्रस्ते कथं मार्गे तव नक्तंदिवं गतम् ?
त्वया रसाजलौघं किं सरमे ! तरितुं कृतम् ?

किं जिघ्रसीत्थ परितो भ्रमन्ती
बुभुक्षितान्विष्यसि मांसपिण्डम् ?
स्वर्गेऽप्यनासाद्य सुखाद्यमिष्टं
गृहीतमन्तेऽटनमेतदर्थम् ?

सरमा — जिघ्राम्यहं किं किमितीहते यो
ज्ञातुं गुरोर्गा अपहृत्य धृष्टः।
ढुण्ढामि गर्तं पविरिन्द्रमुक्तो
रसातलं तं प्रहिणोतु यस्मात्॥

प०ग०अ० —
स्त्रष्टा गवां नैव गुरुर्न चेन्द्रो
यस्यासि दूती स कियानबुद्धः
गावो धनं तस्य जनस्य यस्य
गोष्ठेषु दुह्यन्त इमा धरावत्॥

सरमा — हन्त्येव शत्रून्मघवा ह्यवध्यो
रोद्धुं न शक्यो रसया वहन्त्या।
देवाः समागत्य विनाश्य युष्मान्
नेष्यन्ति धेनूश्च गुरोरवश्यम्॥

प०ग०अ० —
दूरागता वेत्सि न शूरतां नो
निनीषसीत्थं धनमस्मदीयम्।
युद्धं विना नो पणयस्त्यजन्ति
स्वायत्तगोवित्तमिति स्वनीतिः॥

सरमा —सैन्यं न सिद्धं न वपुर्बलिष्ठं
न वश्च मार्गाः सरलाः प्रसर्तुम्
देवेन्द्रसेनानुगतो गुरुस्तु भोक्तुं
सुखं त्यक्ष्यति नैव युष्मान्॥

प०ग०अ० —
गोवाजिरायोऽचलकन्दरासु
निक्षिप्य रक्षन्ति पणिप्रवीराः।
कामं चिरं बुक्कतु देवदूती
गोरम्भणं किन्तु न रोत्स्यतेऽत्र॥

स्थान पर सूँघकर क्या जानना चाहती हो, बोलो। मुसीबतों से भरे रास्ते में तुम्हारे दिन-रात कैसे व्यतीत हुए ? सरमा! रसा नदी के विस्तृत जलप्रवाह को पार करने के लिए तुमने क्या किया ?

इस प्रकार चारों ओर घूमती हुई क्या सूँघती हो ? भूख से पीड़ित होकर क्या मांस ढूँढ रही हो ? स्वर्ग में इच्छित अच्छा भोजन न मिलने पर उसे खोज रही हो क्या ?

सरमा — मैं यह सूँघ रही हूँ कि ढीठ बनकर जिसने गुरु जी की गायों का अपहरण किया है, वह क्या चाहता है और मैं उस गड्ढे को ढूँढ रही हूँ जिससे इन्द्र के वज्र से उसको रसातल भेजा जाय।

पणि० — तुम जिसकी दूती हो वह कितना बुद्धिहीन है! गौओं का निर्माता न बृहस्पति है और न इन्द्र ही। गोधन उसी व्यक्ति का है जिसकी गोशाला में वे पृथ्वी की तरह दुही जाती हैं।

सरमा — निश्चय ही अवध्य इन्द्र शत्रुओं को मारे बिना नहीं रहते। वेगवती रसा नदी उन्हें नहीं रोक सकती है। देवता आकर तुम सबको नष्ट करके बृहस्पति की गौओं को अवश्य ले जाएँगे।

प०ग०अ० — बाहर से आई हुई हो, अतः हमारी बहादुरी को नहीं जानती हो। इसलिए ऐसे ही हमारे गोधन को ले जाना चाहती हो। पणि जाति के लोग युद्ध के बिना अपने अधीन गोधन को नहीं छोड़ते हैं— ऐसी हमारी नीति है।

सरमा — न तो तुम्हारा सैन्य बल पूर्ण है, न शरीर ही बलवान है और न भागने के लिए तुम्हारे सीधे मार्ग हैं। देवराज (इन्द्र) की सेना लेकर बृहस्पति तुम सबको सुख भोगने के लिए नहीं छोड़ेंगे।

प०ग०अ —

पणि जाति के श्रेष्ठ बहादुर पुरुष गायों और घोड़ों को पहाड़ की कन्दराओं में डाल कर बचा लेते हैं। भले ही देवदूती चिरकाल तक भौंकती रहे; किन्तु यहाँ गायों का राँभना बन्द नहीं होगा।

सरमा — प्राप्स्यन्नवग्वाङ्गिरसः प्रमत्ता
धेनूर्विभंक्ष्यन्ति निषेव्य सोमम्।
वाक्स्तम्भनं ते तु विदन्ति सम्यक्
क्व श्रोष्यतेऽदश्च विकत्थनं वः॥

सरमा — सोम पीकर मदमत्त नई गायों वाले आंगिरस (अंगिरा गोत्रोत्पन्न) गायों को खोजकर बाँध लेंगे। वे आपकी बोलती बन्द करना अच्छी तरह जानते हैं। तब आप लोगों की यह बकवास कहाँ सुनाई देगी!

प०ग०अ० —
कष्टान्यनेकानि शुभे सहित्वा
ऽऽगतासि देवानुपकर्तुमत्र।
केनापि देवेन शुनीतरा त्वं
देवाङ्गनेवाद्रियसे च कच्चित्?

प०ग०अ —
हे कल्याणकारिणी! तुम अनेक कष्टों को सहन करके देवताओं का भला करने के लिए आई हो। किसी भी देवता ने कभी कुतिया से बढ़कर तुम्हें देवांगना की तरह आदर दिया है?

[सरमा जिघ्रन्तीतस्ततो मञ्चात्क्षणं निष्क्रामति। पणिगणाध्यक्ष उपगणाध्यक्षेण मन्त्रयते]

[सरमा क्षणभर इधर-उधर सूँघती मञ्च से निकलती है। पणि समूह का अध्यक्ष उपाध्यक्ष से मन्त्रणा करता है]

उपाध्यक्षः — यत्राशङ्क्यते प्रबलता शत्रूणाम्, तत्र राजनीतिविशारदैः समर्थितः पन्था अस्ति कूटनीत्यवलम्बनम्। तदस्माभिः प्रथमं प्रलोभनैर्जेतव्या सरमा।

उपा० — जहाँ शत्रुओं के बलशाली होने की आशंका हो, वहाँ राजनीति के पण्डितों द्वारा समर्थित मार्ग है कूटनीति का सहारा। तो हमें पहले प्रलोभनों से सरमा को जीतना चाहिए।

अध्यक्षः — बाढम्, बाढम्। सरमा प्रथमं चाटुकारैस् तदनन्तरमुत्कोचप्रदानेन जेतव्यैव। इन्द्रप्रेषितेयं विचक्षणा दूती निवर्त्य, गवामन्वेषणेऽसामर्थ्यं निवेदयति चेन्न ते दिशमिमां प्रैष्यान्प्रेषयिष्यन्ति पुनः। वयञ्च कामधेनुजातानामासां दुग्धामृतं पीत्वा देवा इवाजरा अमराश्च भविष्यामः।

अध्यक्ष — अच्छा, अच्छा। सरमा को पहले प्रशंसाओं से, फिर घूस प्रदान करके जीतना ही है। इन्द्र द्वारा भेजी गई यह विशिष्ट प्रतिभा वाली दूती लौटकर यदि गौओं को ढूँढने में असामर्थ्य दिखाती है तो वे इस दिशा में ढूँढने वालों को दोबारा नहीं भेजेंगे और हम सब कामधेनु से उत्पन्न हुई इन गौओं के अमृत-सदृश दूध को पीकर देवताओं की तरह वृद्धावस्था और मृत्यु से रहित हो जायेंगे।

[सम्प्राप्नोति पुनः शुनी]

(दोबारा शुनी पहुँच जाती है)

गणाध्यक्षः — मा मा गमस्त्वं सुरलोकमार्ये भूत्वा
पणीनां भगिनी वसात्र।
धन्या वयं स्मः सुभगेऽनुजाप्त्या
गोभागलाभाच्च तवापि भद्रम्॥

गणाध्यक्ष — आर्ये! नहीं-नहीं तुम देवलोक में मत जाओ, पणियों की बहन बनकर यहीं निवास करो। हे सौभाग्यशालिनी! छोटी बहन पाकर हम सब धन्य हो गए हैं और गो-भाग की प्राप्ति से तुम्हारा भी भला है।

सरमा — भ्राताभगिन्याववगच्छतीन्द्रो
मन्येहमापज्जनितान्न भावान्।
वरं पलायध्वमतो न यावत्संदिष्ट
आक्राम्यति वज्रपाणिः॥

नन्वहं स्नानार्थं नदीतटं गच्छामि पुनरागमनाय। तावदाहर्तव्या गावोऽत्र। तदैव सर्वेषां कुशलम्।

सरमा — इन्द्र भाई और बहन को जानता है। मैं मुसीबत से उत्पन्न हुए रिश्तों को नहीं मानती हूँ; इसलिए जब तक हाथ में वज्र लिए हुए इन्द्र आक्रमण करे तब तक तुम्हारा यहाँ से भाग जाना ही अच्छा है। मैं स्नान करने नदी-किनारे जाती हूँ और फिर आती हूँ। तब तक तुम्हें गौएँ यहाँ ले आनी चाहिए। तभी सभी की कुशल है।

[सरमा निष्क्रामति, संलपति च गणाध्यक्ष उपाध्यक्षेण

[सरमा निकल जाती है और गणाध्यक्ष उपाध्यक्ष से वार्तालाप

सह]

अध्यक्षः — पणिकुलं पूर्वतोऽभिक्रुद्धो देवेन्द्रः सरमया चाधुना संसूचित आक्रमिष्यत्यविलम्बम्। घातकतर-शस्त्रास्त्रसन्नद्धैर्देवैःसह युधि वयं ताञ्जेतुं न शक्नुमः सामान्यतः। अतएवात्मरक्षार्थं पलायनम्, संहारार्थञ्च गुप्ताक्रमणमस्माभिर्ग्रहीतव्ये। वरमेषाऽननुमन्यमाना शुनी व्यापादनीया।

उपाध्यक्षः — नहि, नहि, माभूदपरः स्फोटो गण्डस्योपरि। हतायां तस्यां पूर्वतोऽपि तीव्रतरमन्वेषणं भवितु-मर्हति।

अध्यक्षः — किन्त्वस्माकं समक्षे चत्वार एव विकल्पाः। प्रथमः, उत्कोचदानेन सरमानुकूल्यम्। द्वितीयः, सरमा-वधः। तृतीयः, क्षमायाचनापूर्वकं गोमोचनम्। चतुर्थश्च युद्ध-सज्जा।

उपाध्यक्षः — नान्यः पन्था विद्यतेऽयनाय ! परीक्षितः किं चतुर्षु कश्चित्पन्थाः ?

अध्यक्षः — भवत्समक्ष एव भगिनी-कृता सा शुनी गोधनमपि स्वीकर्तुं नोत्सहते। ननु द्वितीयो विकल्प आचरणीयोऽधुना। स्नानं कृत्वागमिष्यन्त्यास्तस्या अनुष्ठेयं त्वयास्मदभिमतम्। सगरलक्षीर-दानेन किंवा शस्त्राघातेन। अहन्तावदन्यत्र व्रजामि।

[उपाध्यक्षो विचारमुद्रां नाटयति]

उपाध्यक्षः — [द्वौवारिकं] सदुग्धं पात्रद्वयमानय [इतस्ततो भ्रमन् दृश्यते। दौवारिकः सदुग्धं पात्रद्वयमानयति, निष्क्रामति च। उपाध्यक्षः पुटिकामेकामुद्घाट्य, परावृत्य च दुग्धपात्रान्तिकं गत्वा चूर्णं मिश्रयन्निव लक्ष्यते दर्शकैः। सरमा सम्प्राप्नोति]

सरमा — कीदृशी विरसास्ति भवतामेषा रसा ?

उपाध्यक्षः — एवमेव। वयं न पिबामो रसाजलम्।

करता है]

अध्यक्ष — पहले से ही इन्द्र पणियों के वंश पर कुद्ध है और अब सरमा द्वारा सूचना दिए जाने पर वह अविलम्ब आक्रमण कर देगा। सामान्य रूप से बहुत घातक शस्त्र-अस्त्रों से सन्नद्ध देवताओं के साथ युद्ध में हम उन्हें जीत नहीं सकते हैं। इसलिए अपनी रक्षा के लिए पलायन और संहार के लिए गुप्त आक्रमण किए जाने चाहिए। हमारी बात न मानती हुई यह कुतिया मार दी जानी चाहिए।

उपा० — नहीं, नहीं। गलगण्ड के ऊपर दूसरा फोड़ा न हो जाये। (मुसीबत के ऊपर अन्य मुसीबत न आ जाये) उसके मारे जाने पर पहले से भी अधिक तीव्रता से अन्वेषण हो सकता है।

अ० — किन्तु हमारे समक्ष चार ही विकल्प हैं। पहला, सरमा को घूस देकर अपने अनुकूल करना। दूसरा, सरमा का वध। तीसरा, क्षमायाचनापूर्वक गौओं को छोड़ देना और चौथा, युद्ध के लिए तैयारी करना।

उपा० — समाधान का अन्य रास्ता नहीं है क्या ? चारों में से कोई मार्ग परखा गया है ?

अ० — आपके सामने ही बहन बनाई हुई वह कुतिया गोधन भी स्वीकार करने के लिए तैयार नहीं है। निश्चय ही अब दूसरा विकल्प परखना चाहिए। स्नान करके लौटने पर हमारा अभीष्ट.... विष वाला दूध देकर या शस्त्र प्रहार से। मैं तब तक दूसरी जगह जाता हूँ।

(उपाध्यक्ष विचारमग्नता का अभिनय करता है)

उपा० — (द्वारपाल को) दूध वाले दो पात्र लाओ [इधर-उधर घूमता हुआ दिखाई देता है। द्वारपाल दूध के दो पात्र लाता है और निकल जाता है। उपाध्यक्ष एक पुड़िया खोलकर और घूमकर दूध के पात्र के समीप जाकर चूर्ण को मिलाता हुआ-सा दर्शकों के द्वारा देखा जाता है। सरमा पहुँच जाती है]

सरमा — आपकी यह रसा नदी कैसी नीरस है!

उपा० — ऐसा ही है। हम रसा का जल नहीं पीते हैं। यहाँ

दुग्धं वा सुरा वा पीयतेऽत्र। अपि तृषा बाधते भवतीम्?

सरमा — बाधते! तृषापीडिताऽहं मृतप्रायास्मि।

उपाध्यक्षः — [आत्मानं निगूढयन् शङ्काकुल इव दृश्यते दुग्धं यच्छन् तस्यै] अमृतस्पर्धि दुग्धमिदं पीत्वा शाम्यति तृषा सपद्येव।

सरमा — दुग्धं .... शत्रुप्रदत्तं दुग्धं! नाहं पिबामि।

उपाध्यक्षः — किं शात्रवं दुग्धदानपानयोः! [दुग्धं दृष्ट्वा स्वं रोद्धुमसमर्थायाः सरमाया मुखाल्लाला स्रवति, तदनन्तरं शङ्किता दुग्धं पिबन्ती प्रसन्नतरा दृश्यत उत्तरोत्तरम्, वदति च मधुर-वाण्या]

सरमा — कियन्मधुरं दुग्धम्! [क्षणानन्तरम्] का मे शत्रुता भवद्भिः? युष्माकं विरोधो देवैः सह, न च मया। जानीहि मां स्वभगिनीम्।

उपाध्यक्षः — [हृष्टः] वयं सर्वे ते भ्रातरः। अत्रैव स्वावासं विधेहि। प्रतिदिनं त्रिवारं दुग्धं पीत्वा स्वास्थ्यं प्राप्नुहि।

सरमा — मां त्रयो देवसैनिकाः प्रतीक्षन्ते रसापारम्। गन्तव्यमेव मया शीघ्रं सूचयितव्यश्च देवराजः।

उपाध्यक्षः — स्वसः! किं सूचयिष्यसि?

सरमा — शोचामि-कथं भविष्यति हितं स्वभ्रातृणाम्।

उपाध्यक्षः — [सरमाया अपश्यन्त्या द्वितीयं दुग्धपात्रं स्वेच्छया कराघातेन निपात्य दौवारिकमादिशति] आह! च्युतमधः! हंहो! पुनरानय दुग्धम् [दौवारिको दुग्धमानयति। सरमा तदपि सानन्दं पिबति।]

सरमा — अहो! दिष्ट्यैव प्राप्यत ईदृशं प्राणप्रदं पयः।

उपाध्यक्षः — कामधेनुजातायाः क्षीरमिदम्। नित्यमेव लप्स्य-सेऽत्रोषित्वा...। स्वसः! नेन्द्रो जानीयाद् बृहस्पतेर्गवां स्थितिम्।

सरमा — [तूष्णीमास्ते] अस्त्वहं गच्छामि।

दुग्धपान अथवा सुरापान किया जाता है। क्या आपको प्यास सता रही है?

सरमा — सता रही है! मैं तो प्यास से मरी जा रही हूँ।

उपा० — [उसे दूध देता हुआ अपने आपको छुपाता हुआ शंकित-सा दिखाई दे रहा है।] अमृत जैसे इस दूध को पीकर झट से प्यास शान्त हो जाती है।

सरमा — दूध... शत्रुओं द्वारा दिए गए दूध को.... मैं नहीं पीती हूँ।

उपा० — दूध देने और पीने में कैसी शत्रुता? (दूध को देखकर स्वयं को रोकने में असमर्थ सरमा के मुख से लार टपकती है। उसके पश्चात् शंकाकुल रहने पर भी दूध पीती हुई उत्तरोत्तर अधिक प्रसन्न दिखाई देती है और मधुर वाणी में बोलती है)

सरमा — कैसा मधुर दूध! (एक क्षण पश्चात्) मेरी आपसे क्या शत्रुता? तुम्हारा विरोध देवताओं के साथ है, मेरे साथ नहीं। मुझे अपनी बहन ही मानो।

उपा० [प्रसन्न हुआ] — हम सब तुम्हारे भाई हैं। यहीं पर अपना निवास करो। प्रतिदिन तीन बार दूध पीकर सेहत बनाओ।

सरमा — तीन देव-सैनिक रसा नदी के पार मेरी प्रतीक्षा कर रहे हैं। मुझे जल्दी ही जाना चाहिए और इन्द्र को सूचित करना चाहिए।

उपा० — बहन! क्या सूचित करोगी?

सरमा — सोचती हूँ अपने भाइयों का भला कैसे होगा।

उपा० — [सरमा के न देखते हुए दूसरे दूध के बर्तन को जान बूझकर हाथ से गिराकर द्वारपाल को आदेश देता है] आह! नीचे गिर गया। अरे! दोबारा दूध लाओ [द्वारपाल दूध लाता है। सरमा उसे भी आनन्दपूर्वक पीती है]

सरमा — अहो! ऐसा जीवनदायी दूध भाग्य से ही प्राप्त होता है।

उपा० — यह दूध कामधेनु गौ का है। यहाँ निवास करके प्रतिदिन ही प्राप्त करोगी। बहन! इन्द्र बृहस्पति की गौओं के विषय में न जाने।

सरमा - [चुप रहती है] अच्छा मैं जाती हूँ [निकल जाती

[निष्क्रामति, गणाध्यक्षः सम्प्राप्नोति]

अध्यक्षः — अप्यपिबद्दुग्धं सा?

उपाध्यक्षः — पीत्वा स्वर्गता।

अध्यक्षः — साधु, साधु। मृता दुष्टा।

उपाध्यक्षः — जीवन्त्येव स्वर्गं गता।

अध्यक्षः — न दत्तं विषम्?

उपाध्यक्षः — दत्तम्। विषादपि घातकतरं मधुरं दुग्धम्, यत्पीत्वा सा श्वसन्त्यपि मृता। देवराष्ट्रस्य विश्वस्ता गुप्तचरी दुग्धं पीत्वाधुना तस्य प्रातिकूल्यमाचरितुं विचारयति।

अध्यक्षः — अपि दत्तं तयेदृशं वचनम्?

उपाध्यक्षः — नैव, न सा ब्रवीति पूर्ववत्कर्कशवचनानि। तस्या नेत्रयोः कृतज्ञता नृत्यन्तीव लक्ष्यते। मन्ये शनैः-शनैः परिवर्तमाना सा देवलोकसम्प्राप्तिपूर्वमेवास्मदीया भविष्यतीति। उत्कोचग्रहीतुरित्थमेव विनिपातो भवति।

अध्यक्षः — नाहं दुग्धपानमात्रमुत्क्रोचग्रहणं मन्ये।

उपाध्यक्षः — न स्यादेव उत्कोचो भवत्कृते, किन्तु कुक्कुरे-भ्योऽस्त्यैव। प्रत्येकस्य प्राणिनो मूल्यं भिन्नं भिन्नं भवति। अमूल्यो महात्मा दुर्लभ एव जगति।

अध्यक्षः — अप्याशास्से दुग्धं पीत्वा सरमा नास्मद्विरुद्धमाचरिष्यति?

उपाध्यक्षः — न दृश्यन्त उत्कोचग्राहिणोऽपरिवर्तिताः। यथा चोच्यते—

वाणी कर्कशतां विहाय भजते माधुर्यमिश्रं वचः
वक्रा घूर्णितदृष्टिरेव कुरुते पीयूषवर्षां हिताम्।
कट्वास्योऽप्यलसस्तदा, मृगयते कार्याणि चाशुक्रियः
रूपं धारयतीतरत् सरटवन् निर्लज्ज उत्कोचभुक्॥

[वार्तालापपरावुभावेव निष्क्रान्तौ। मध्यवर्तिनी जवनिका पतति। एकपार्श्वतः सरमा, अपरतश्च देवसैनिकाः प्रविशन्ति। सैनिकाः संकेतैः सरमां गवां स्थितिं पृच्छन्ति, सरमा शिरसा निषेधति। सर्वे द्विस्त्रिर्वा परिक्रामन्ति रङ्गमञ्चमन्तर्गमनैबहिरा-

है। गणाध्यक्ष पहुँच जाता है]

अ० — क्या उसने दूध पी लिया?

उपा० — पीकर स्वर्गलोक चली गई।

अ० — अच्छा, अच्छा। दुष्टा मर गई।

उपा० — जीते हुए ही स्वर्ग चली गई।

अ० — क्या विष नहीं दिया?

उपा० — विष से भी अधिक घातक मधुर दूध दिया जिसे पीकर वह साँस लेती हुई भी मर गई। इन्द्र की विश्वस्त गुप्तचरी दूध पीकर अब उसके प्रतिकूल आचरण के लिए विचार कर रही है।

अ० — क्या ऐसा वचन दिया?

उपा० — नहीं, पर वह पहले की तरह कठोर वचन नहीं बोलती है। उसकी आंखों में कृतज्ञता नाचती हुई दिखाई देती है। मैं मानता हूँ धीरे-धीरे बदलती हुई वह देवलोक पहुँचने से पहले ही हमारी हो जाएगी। घूस लेने वाले का ऐसा ही पतन होता है।

अ० — मैं दूध पीने मात्र को घूस लेना नहीं मानता हूँ।

उपा० — आपके लिए यह घूस न हो; किन्तु कुत्तों के लिए तो है ही। प्रत्येक प्राणी का मूल्य भिन्न-भिन्न होता है। संसार में अमूल्य महात्मा दुर्लभ ही है!

अ० — क्या तुम आशा करते हो कि सरमा दूध पीकर हमारे विरुद्ध आचरण नहीं करेगी?

उपा० — घूस लेने वाले अडिग स्वभाव वाले नहीं दिखाई देते हैं। और जैसे कहा जाता है—

वाणी कठोरता छोड़कर मिठास भरी बातें करती है, टेढ़ी घूरने वाली नजर हितकारक अमृत-वर्षा करती है। आकृति से आलसी और रूखे स्वभाव वाला शीघ्रता से काम निबटाना चाहता है। घूस लेने वाला बेशरम गिरगिट की तरह दूसरा रूप धारण कर लेता है।

[बातचीत में लगे हुए दोनों ही निकल जाते हैं। मध्यवर्ती परदा गिरता है। एक तरफ से सरमा और दूसरी तरफ से देव-सैनिक प्रवेश करते हैं। सैनिक संकेतों से सरमा से गौओं की स्थिति पूछते हैं। सरमा सिर से मना करती है।

गमनैश्च। तत उद्घाट्यते मध्यवर्तिनी जवनिका। इन्द्रः सिंहासनाधिरूढो दृश्यते। सरमा शनैः शनैस्तमुपगच्छति, करावग्रे प्रसार्य प्रणमति च]

सभी दो या तीन बार घूमते हैं। रंगमञ्च से अन्दर आते और बाहर जाते हैं। फिर मध्यवर्ती परदा खोला जाता है। इन्द्र सिंहासन पर बैठा दिखाई देता है। सरमा धीरे-धीरे उसके पास जाती है और हाथ आगे फैलाकर प्रणाम करती है]

इन्द्रः — कैर्हृता गावः ?

सरमा — [वक्रग्रीवा तूष्णीमास्ते]

इन्द्रः — वद, कस्य वक्षो वज्राघातमाह्वयति ?

सरमा — [नतनयना] **अहं ... भृशं ..... प्रायते....।**

इन्द्रः — [रोषताम्राक्षः] **प्रयतमानायां त्वय्यपरिज्ञाताश्चौराः ? को विश्वसिष्यत्यधमे ! त्वयि ?**

सरमा — [अधोमुखी] **क्षन्तव्याहम्................. अहन्तु रसापारमपि गता, किन्तु........।**

इन्द्रः — किन्तु तत्रापि त्वया न कोऽपि गोतस्करो दृष्टः ?

सरमा — [कम्पिता] **यदि मार्गाः प्रशस्ता अभविष्यन्..........**

इन्द्रः — [क्रुद्धतरः] **तर्हि सरमा कृतकार्याऽभविष्यदित्येव ते विवक्षा ?**

सरमा — [शनैः शनैः] **चौराश्चतुराः प्रतीयन्ते। तैर्जलमार्गो गृहीतः।**

इन्द्रः — कथं त्वयावगतं तैर्जलमार्गो गृहीत इति ?

सरमा — [गृहीतां मन्यमाना] **रसातटान्न लब्धानि तेषां पदचिह्नानि ?**

इन्द्रः — किमभवद्रसापारम् ?

सरमा — [विधृतेव] **प्रतीयते धूर्तैश्चौरैर्जलमार्गेणै-वाज्ञातप्रदेशं नीता गावः।**

इन्द्रः —

जिह्वा ते कम्पते कस्माच्छ्रुतमस्ति किमश्रुतम् ?
वाक्कथं द्विविधाग्रस्ता व्याजनिन्दास्तुती कुतः ?
किमर्थं निन्दितस्यापि गुणः कश्चित्प्रशस्यते ?
प्रस्तवीषि पथोऽनेकाञ् शत्रुं रक्षितुमीहसे ?
कथं भीतासि तस्मात्त्वं यो हि त्वां बहु मन्यते ?

इन्द्र — गौओं को चुराने वाले कौन हैं ?

सरमा — [गर्दन टेढ़ी करके चुप रहती है]

इन्द्र — बोलो, किसका वक्षस्थल वज्र प्रहार को बुलाता है ?

सरमा — (झुकी हुई आँखों वाली) **मैंने... बहुत... प्रयास किया...।**

इन्द्र — (क्रोध से लाल आँखों वाला) **तुम्हारे प्रयत्न करने पर भी चोर नहीं मिले ? नीच! तुम पर कौन विश्वास करेगा ?**

सरमा — [नीचे मुँह किए हुए] **मुझे क्षमा करें... मैं तो रसा नदी के पार भी गई थी किन्तु...**

इन्द्र — किन्तु वहाँ भी तुमने कोई गो-चोर नहीं देखा ?

सरमा — [काँपती हुई] **यदि मार्ग प्रशस्त होते....**

इन्द्र — [अधिक क्रुद्ध] **तो सरमा कार्य पूर्ण कर पाती— तुम यही करना चाहती हो ?**

सरमा — [धीरे-धीरे] **चोर चतुर प्रतीत होते हैं। उन्होंने जलमार्ग ग्रहण कर लिया।**

इन्द्र — तुमने कैसे जाना कि उन्होंने जलमार्ग ग्रहण कर लिया ?

सरमा — [अपनी पोल खुली मानती हुई] **रसा के तट से उनके पदचिह्न नहीं दिखाई दिये।**

इन्द्र — रसा के पार क्या हुआ ?

सरमा — [पकड़ में आई-सी] **लगता है धूर्त चोरों द्वारा जलमार्ग से ही गौएँ अज्ञात-स्थान पर ले जाई गईं।**

इन्द्र — तुम्हारी जिह्वा किस कारण से काँप रही है ? सुना अनसुना क्यों हो रहा है ? वाणी क्यों द्विविधाग्रस्त है ? निन्दा के बहाने से स्तुति कहाँ से ? किसलिए किसी निन्दित के भी गुणों की प्रशंसा की जा रही है ? अनेक रास्ते प्रस्तुत कर क्या शत्रु की रक्षा करना चाहती हो ? जो तुम्हारा बहुत मान करता रहा है उससे तुम क्यों डरी

उत्कोचोऽस्ति त्वया नूनं गृहीतोऽस्मद्विपक्षतः॥
[इन्द्रः पादेन प्रहरति सरमाम्। सा च चीत्कारं कुर्वती भुक्तं वमति। दुग्धगन्धि वमनमवधानेन पश्यन् देवेन्द्रः सेवकमेकमादिशति।]

इन्द्रः — नय चिकित्सालयमेतां सम्प्रापय च पुनश्चेतनामधिगताम्। अन्यदपि प्रष्टव्यमस्ति। [अनुचरस्तथाकर्तुं सरमां वहति। सेनापतिं स्कन्दमभिलक्ष्य] गोहरणं पणिभिः कृतमनुमीयते। तेऽस्माकं प्रतिवेशिनः। देवानां समुन्नतिमसहमाना एतादृशमभद्रमाचरन्ति।

स्कन्दः — आज्ञापयतु देवः पणीनां विनाशाय। न ते स्थातुं शक्नुवन्ति दिनद्वयमपि सुरसेनाविरुद्धमाहवे।

इन्द्रः — मा, मैवम्। पणिराष्ट्रं पूर्वं स्वर्गस्यैवाङ्गमासीत्। पणिषु बहुसंख्यकानामस्माकञ्च पूर्वजः पुण्यश्लोकः कश्यप एव। इत्थमस्माकं स्वजना न ते सर्वे वधार्हाः। तेषां त एव दण्डनीया येऽस्मद्राष्ट्र आतङ्कं प्रसारयन्ति, तस्करवृत्याऽस्मत्प्रजा लुण्ठन्ति च।

स्कन्दः — अन्येऽपि यक्षगन्धर्वकिन्नरादयो देवयोनिविशेषाः सन्ति। ते न कदाचिदपि देवांस्तापयन्ति। कथं पणय एवास्मान् दावयन्ति!

इन्द्रः — न पृथक् पृथक् राष्ट्रं यक्षगन्धर्वकिन्नरादीनाम्। तेषां राज्यानि त्रिपिष्टपकेन्द्रस्याङ्ग-भूतानि, अतएव केन्द्रस्य कृते तेषां विरोधोऽपि नाक्रान्तिजनकः। पणिभिः पृथग् राष्ट्रं स्थापितम्। भिन्नराष्ट्रस्य हिताहिते अपि भिन्ने जाते ! संघर्षशान्तिस्तु तदैव स्थायिनी यदा पूर्ववद् बृहत्तरं स्वर्गराष्ट्रं स्यात्।

स्कन्दः — देवेश ! किं तद् भवितुं शक्यते?

इन्द्रः — न किञ्चिदसम्भवम्। प्रजा गाव इव परिचाल्यन्ते। प्रजाहितं कर्तुमनसो नेतार इत्थं चिन्तयन्ति चेत्, प्रजा अनुमोदिष्यन्त एव।

हुई हो? निश्चय ही तुमने हमारे विपक्ष से घूस ली है?
(इन्द्र पैर से सरमा पर प्रहार करता है और वह चीत्कार करती हुई खाए हुए का वमन करती है। दूध की गन्ध वाले कै को ध्यानपूर्वक देखता हुआ इन्द्र सेवक को आदेश देता है)

इन्द्र — इसे चिकित्सालय में ले जाओ और फिर होश में आ जाने पर इसे लाना। और भी पूछना है। [अनुचर वैसा करने के लिए सरमा को ले जाता है] सेनापति, [स्कन्ध को संकेत करके] लगता है पणियों ने गौओं को चुराया है। वे हमारे पड़ोसी हैं। देवताओं की उन्नति को सहन न करते हुए ऐसा अभद्र व्यवहार करते हैं।

स्कन्द — महाराज, पणियों के विनाश के लिए आदेश दें। वे युद्ध में देवसेना के सम्मुख दो दिन भी नहीं ठहर सकते।

इन्द्र — नहीं, ऐसा नहीं। पणियों का देश पहले स्वर्ग का ही अंग था। बहुसंख्यक पणियों और हमारे पूर्वज उत्तम कीर्ति वाले कश्यप ही थे। इस प्रकार वे हमारे परिवार वाले हैं। वे सभी वध के योग्य नहीं हैं। उनमें से वे ही दण्ड के योग्य हैं जो हमारे देश में आतंक फैलाते हैं और तस्कर-वृत्ति से हमारी प्रजा को लूटते हैं।

स्कन्द — यक्ष, गन्धर्व, किन्नर आदि दूसरे देवजाति-विशेष के लोग हैं। वे कभी भी देवताओं को पीड़ित नहीं करते। पणि-जाति के लोग ही क्यों हमें सताते हैं?

इन्द्र — यक्ष, गन्धर्व, किन्नर आदि के अलग-अलग राष्ट्र नहीं हैं। उनके राज्य त्रिपिष्टप केन्द्र (तिब्बत) के अंग हैं। इसलिए केन्द्र से उनका विरोध भी आक्रामक नहीं है। पणियों द्वारा अलग राष्ट्र की स्थापना की गई है। भिन्न राष्ट्र के हित और अहित भी भिन्न हो गए हैं। संघर्ष की शान्ति तो तभी स्थायिनी होगी जब पूर्ववत् अधिक बड़ा स्वर्ग-राष्ट्र हो।

स्कन्द — हे देवेश! क्या वैसा हो सकता है?

इन्द्र — कुछ भी असम्भव नहीं है। प्रजाएँ गौओं की तरह चलाई जाती हैं। यदि प्रजाहित चाहने वाले नेता इस प्रकार सोचते हैं तो प्रजाएँ अनुमोदन करेंगी ही।

भौगोलिकदृष्ट्यापि पणिराष्ट्रं स्वर्गस्याभिन्न-मङ्गमस्ति।

स्कन्दः — प्रयतेऽहं बृहत्तरं स्वर्गं पुनः स्थापयितुम्। भवतामादेशमुररीकृत्य त एव पणयो मया हन्तव्या ये प्रधानरूपेण गोहर्तारो बृहत्तर-स्वर्गा-वरोधकाश्च। ये केवलमादेशपालका नायका-स्तान्सजीवान्धृत्वा श्रीमन्तं प्रापयिष्यामि। बृहत्तरस्वर्गरचनार्थमनुमन्यन्ते चेत्ते क्षन्तव्याः श्रीमद्भिः।

[अनुचरः सरमया सह सम्प्राप्नोति]

इन्द्रः — कैर्दत्तं दुग्धं तुभ्यम्?

सरमा — (भीता) रसापारं वसद्भिः पणिभिः।

इन्द्रः — क्व सन्ति गावः?

सरमा — पणिभिर्निगृहीताः।

इन्द्रः — कियद्दुग्धं पीतम्?

सरमा — शेटकमात्रम्।

इन्द्रः — अन्यत्किमाप्तम्?

सरमा — नान्यत्किञ्चित्।

इन्द्रः — शेटकमात्रं दुग्धं पीत्वा त्वया राष्ट्राहितमसत्यं भणितम्। दुष्टे! दूरमपसर। सन्ततिस्ते ग्रासं भुञ्जाना जीविष्यतीति शापो मया दीयते [पुनः पादेन हन्तुं प्रयतते। सरमा सचीत्कारं पलायते। स्कन्दं प्रति] सरमा नूनमुत्कोचदातॄन् गोहर्तॄनेव सम्प्राप्स्यति। अनुस्त्रियमाणा सा प्रापयिष्यत्यभीष्टं स्थानं युष्मान्। तत्र तया सहोत्कोचदायिनो गोहर्तारो हन्तव्या वज्राघातेन, यतः—

उत्कोचो — भ्रंशयत्येव नूनमुत्कोचलोलुपम्।
उत्कोचदातुरप्यात्मा सिद्धान्ताद्धि पतत्यधः॥
दत्त्वैकः साधयेत्कार्यं गृहीत्वान्यः करोतु तत्।
नाना संस्थाः किमर्थं नः, सदाचारं क आचरेत्?॥
कियान्दत्तः कियानाप्तो गण्योऽयं नान्यदोषवत्।

भौगोलिक दृष्टि से भी पणि देश स्वर्ग का अभिन्न अंग है।

स्कन्द — मैं फिर बृहत्तर स्वर्ग स्थापित करने के लिए प्रयत्न करता हूँ। आपके आदेश को स्वीकार करके वे ही पणि लोग मेरे द्वारा वध्य हैं जो मुख्य रूप से गौओं को चुराने वाले हैं और बृहत्तर स्वर्ग के विरोधी हैं। जो केवल आदेशपालक नायक हैं, उन्हें जीवित पकड़कर श्रीमान् जी के पास पहुँचा दूँगा। यदि वे बृहत्तर स्वर्ग के निर्माण के लिए अनुमोदन करते हैं तो श्रीमान् जी द्वारा क्षमा कर दिए जाने चाहिए।

[सेवक सरमा के साथ आता है]

इन्द्र — तुम्हें दूध किसने दिया?

सरमा — [डरी हुई] रसा के पार निवास करने वाले पणियों ने।

इन्द्र — गौएँ कहाँ हैं?

सरमा — पणियों द्वारा पकड़ी गई हैं।

इन्द्र — कितना दूध पिया?

सरमा — सेर भर।

इन्द्र — और क्या प्राप्त किया?

सरमा — और कुछ भी नहीं।

इन्द्र — सेर भर दूध पीकर तुमने देश के लिए अहितकर झूठ बोला। नीच, दूर हट। मैं तुझे शाप देता हूँ कि तेरी सन्तान टुकड़े खाती हुई जीवित रहेगी।

[दोबारा पैर से मारने के लिए प्रयत्न करता है। सरमा चीख मारकर भाग जाती है। स्कन्द के प्रति] सरमा निश्चय ही घूस देने वाले गो-तस्करों के पास पहुँचेगी। अनुसरण की जाती हुई वह तुम्हें अभीष्ट स्थान पर पहुँचा देगी। वहाँ उसके साथ ही उत्कोच देने वाले गो-तस्कर वज्रप्रहार से मार दिये जायें क्योंकि—

घूस के लोभी को तो घूस भ्रष्ट करती ही है। घूस देने वाले की भी आत्मा सिद्धांत से नीचे गिरती है।

एक देकर कार्य करवाये, दूसरा लेकर वह कर दे तो हमारी अनेक संस्थाएँ किसलिए हैं, सदाचार का पालन कौन करे? कितना दिया, कितना लिया, अन्य दोष की

ग्राह्योऽल्पो योऽद्य लघ्वर्थेऽधिकः श्वश्च गरीयसे ॥
भुक्त्वा पीत्वा गृहीत्वा वा न्यायः कर्तुं न शक्यते ।
कृतज्ञतावशाद् भोक्त्रा नापराद्धोऽपि दण्ड्यते ॥
पानीयं चापि नो पेयं तस्य शासनसेवकैः ।
भोक्तव्यो दारुणो दण्डो येन न्यायानुसारतः ॥
मा भूच्चेष्टेदृशी भूयो दण्डनीया शुनी मया ।
अन्यथा चित्रगुप्तोऽपि पापिनो वासयेदिह ॥

तरह यहाँ हिसाब विचारणीय नहीं है। जो आज छोटे काम के लिए थोड़ा ग्रहण करता है, वही कल बड़े काम के लिए अधिक चाहेगा। खाकर, पीकर या लेकर न्याय नहीं किया जा सकता है। कृतज्ञतावश खाने वाला अपराधी को भी दण्ड नहीं दे सकता है। सरकारी कर्मचारियों को उसके यहाँ पानी भी नहीं पीना चाहिए, जिसे न्याय के अनुसार कठोर दण्ड को भोगना है। पुनः ऐसी चेष्टा न हो, इसलिए कुतिया को मुझे दण्ड देना है। नहीं तो चित्रगुप्त भी यहाँ स्वर्ग में पापियों को बसा लेगा।

पटाक्षेपः

[नेपथ्ये डिण्डिमध्वनिपूर्वकं श्रूयते]

पणिगणाध्यक्ष आदिशति — शुनी सरमा हन्तव्या, यतो देवसेनानुसृता सास्मदर्थे महती बिभीषिका शरणमिच्छन्ती शात्रवमाचरन्ती वेति [म्रियमाण-शुनी-चीत्काराः]

पटाक्षेप

[नेपथ्य में डुगडुगी के साथ]

पणिगण के अध्यक्ष का आदेश है कि सरमा कुतिया को मार देना चाहिए क्योंकि देवताओं की सेना द्वारा अनुसरण की जाती हुई वह हमारे लिए अत्यधिक खतरनाक है चाहे वह शरण चाहे अथवा शत्रु बनकर आये। [मरती हुई कुतिया की चीखें]

दूरमित पणयो वरीय उद्गावो यन्तु मिनती ऋतेन
बृहस्पतिर्या अविदन्नि गूळहाः सोमो
ग्रावाण ऋषयश्च विप्राः ।

ऋग्वेद ११.१०.९.१०८-११

प्रसूनं मदीयं सरोजं त्वदीयम्

[शरदृतौ सायंकाले सेनाशिविरस्थो ज्यामघः सेनानायकैः सह वार्तापरो दृश्यते श्रूयते च तदेव त्रायस्व त्रायस्वेत्यार्तनादोऽनतिदूरादेव।]

[शरद ऋतु में सायंकाल सेना के शिविर में बैठा ज्यामघ सेनानायकों के साथ बातचीत करता हुआ दिखाई देता है और तभी समीप से ही 'बचाओ-बचाओ' इस प्रकार पीड़ित की ध्वनि सुनाई देती है।]

राजा ज्यामघः — [अवधानेन] पश्य, केयं बाला विपदापन्ना-कारयति। भवतु नाम शत्रुराष्ट्रम्, समाप्ति गतेऽपि युद्धे नास्माकमभिमतमुत्पीडनं कस्य-चिदपि, नारीणां बालकानान्तु विशेषेण। [एकः सैनिकः '**यथाज्ञापयन्ति देवपादाः**' इत्युक्त्वा शिविरस्थराजकक्षाद्बहिर्निर्गत्यार्तनादागमन-दिशं प्रति चलति, प्रत्यावर्तते च युवत्यैकया सह। अन्तराले राज्ञः सेना-नायकानां च परस्परं "**अस्माकं कति सैनिका हता आहताश्च। शत्रूणां कति हताः कत्याहताः कति च जीवद्धृता**" इत्यादि प्रश्नो-त्तराणि श्रूयन्ते।]

राजा ज्यामघ — ध्यान से देखो, यह कौन लड़की मुसीबत में पड़ी पुकार रही है। भले ही शत्रु राष्ट्र हो, युद्ध के समाप्त हो जाने पर भी किसी का भी उत्पीड़न हमें अभीष्ट नहीं है। स्त्रियों और बच्चों का तो विशेष रूप से। [एक सैनिक '**महाराज, जैसी आपकी आज्ञा हो**' ऐसा कहकर शिविर-स्थित राजकक्ष से बाहर निकल कर आर्त शब्द आने की दिशा की ओर चलता है और एक कन्या के साथ लौट आता है। इसी बीच राजा और सेनानायकों के परस्पर '**हमारे कितने सैनिक मारे गए और घायल हुए? शत्रुओं के कितने मारे गए कितने घायल हुए और कितने जीवित पकड़े हुए हैं?**' इत्यादि प्रश्नोत्तर सुनाई देते हैं]

सैनिकः — एतामाततायिभ्यो विमोच्य तत्र श्रीमतां समक्षमेव उपस्थापयितुकामानस्माकं सैनिकान् आततायिनोऽन्यान्मन्यमानैषा क्रन्दि-तुमारब्धवती।

सैनिक — इसे आततायियों से छुड़ाकर श्रीमान् के समक्ष उपस्थित करने के इच्छुक हमारे सैनिकों को दूसरे आततायी मानती हुई इसने चीखना आरम्भ कर दिया।

युवतिः (राजकु०) — कथमहं जाने कः कीदृशोऽस्ति। न शोभतेऽभद्राऽऽचरणं विजयिनाम्। अस्तु निवेद्यते दिवंगता पूर्वमेव मे जननी। जनको भ्राता चाहवे निहतौ। अनाथाऽहं जिगमिषामि कञ्चिदाश्रममिति प्रापयितव्या देवेन तत्र।

कन्या — मैं कैसे जानूँ कौन कैसा है? जीते हुओं को अभद्र व्यवहार शोभा नहीं देता है। हाँ, निवेदन है कि पहले ही मेरी माता स्वर्ग सिधार चुकी हैं। पिता और भाई युद्ध में मारे गए हैं। मैं अनाथ हूँ। किसी आश्रम में जाना चाहती हूँ। महाराज मुझे वहाँ पहुँचा दें।

राजा — भवत्या आकृती राजवंशमनुवदति। अपि स्वर्गतस्य राज्ञोऽपत्यतामलङ्करोति भवती?

राजा — आपकी आकृति कहती है कि आप राजवंश में पैदा हुई हैं। क्या आप स्वर्गीय राजा की पुत्री हैं?

युवतिः — सम्यगनुमितं श्रीमद्भिः।

युवती — आपका अनुमान सत्य है श्रीमन्!

राजा — नान्यत्रगमनमनिवार्यमधुना। अस्मत्प्रजा-पदमाप्तया न भेतव्यं भवत्या।

राजा — अब दूसरी जगह जाना जरूरी नहीं है। हमारी प्रजा का स्थान पा लेने से तुम्हें डरना नहीं चाहिए।

राजकुमारी — न भेतव्यं स्वपितृघातकात्?

राजकुमारी — क्या अपने पिता का वध करने वाले से नहीं डरना चाहिए?

राजा — मा भाषीरित्थम्। राष्ट्रपरकं कञ्चित्-कलहमाश्रित्य युध्यन्ते राजानः। युद्धे यः कश्चिदपि व्यापाद्यते। एको विजयते, अन्यः पराजयते। व्यक्तिविशेषो नास्माकं शत्रुः। विजितराष्ट्रस्य प्रजा अस्माकं प्रजा अधुना। तेषां च योगक्षेमोऽस्माकं धर्मः। यः कश्चिदपि भवतीं पीडयति, दण्डयिष्यते सोऽस्माभिः।

राजा — ऐसा मत कहो। राजगण राष्ट्रपरक किसी झगड़े को लेकर युद्ध करते हैं। युद्ध में कोई भी मारा जा सकता है। एक जीतता है, दूसरा हारता है। व्यक्ति-विशेष हमारा शत्रु नहीं है। जीते हुए राष्ट्र की प्रजा अब हमारी प्रजा है और उसका योगक्षेम हमारा धर्म है। जो कोई भी तुम्हें पीड़ित करता है, वह हमारे द्वारा दण्डित होगा।

राजकु० — किं करवाण्यधुना नगरे वसन्ती। नास्ति कश्चिन् मामकीनः।

राजकुमारी — अब नगर में रहती हुई क्या करूँ! मेरा कोई भी नहीं है।

राजा — मा भूर्हतोत्साहा। प्रस्थास्यामहे श्वो वयं स्वराज-धानीम्। न चेदापत्तिः सहैवास्माभिर्गन्तुमर्हति भवती।

राजा — निराश मत हों। कल हम अपनी राजधानी की ओर प्रस्थान कर लेंगे। यदि आपत्ति न हो तो आप हमारे साथ ही चल सकती हैं।

राजकु० — विवक्षाम्येकान्ते [राज्ञः संकेतमभिज्ञायान्ये निष्क्रा-मन्ति] कीदृशमाचरण-मनुभविष्यामि तत्र।

राजकुमारी — एकान्त में बात करना चाहती हूँ। [राजा का संकेत समझ कर दूसरे निकल जाते हैं।] वहाँ मेरे साथ कैसा बर्ताव होगा?

राजा — यदपि रोचते भवत्यै।

राजा — आपको जो भी अच्छा लगे।

राजकु० — विजितायै रोचते?

राजकुमारी — जीती हुई को क्या अच्छा लगना?

राजा — मा मैवम्, निरपत्या वयं रत्नं त्वां विभावयामः।

राजा — नहीं, ऐसा नहीं है। हम सन्तानहीन हैं। तुम्हें रत्न समझेंगे।

राजकुमारी — दासीरत्नम्?

राजकुमारी — क्या दासी-रत्न?

राजा — नारीरत्नमात्रम्।

राजा — केवल नारी-रत्न।

राजकुमारी — तर्हि न गन्तव्यं मया तत्र। स्थिरसम्बन्धाभावे सम्बन्धातिचारसम्भवात्।

राजकुमारी - तो मुझे वहाँ नहीं जाना चाहिए। स्थिर सम्बन्ध के अभाव में अतिचार की सम्भावना रहती है।

राजा — तद्भवतु कश्चित्सम्बन्धः।

राजा - तो बना लें कोई सम्बन्ध?

राजकु० — कतमः? कतिवर्षदेशीयाः श्रीमन्तः?

राजकु० — कौन-सा? श्रीमन् की आयु कितनी है?

राजा — चत्वारिंशद्वर्षीयः।

राजा — चालीस वर्ष

राजकु० — श्रीमतां पिता?

राजकुमारी — श्रीमान् जी के पिता?

राजा — मज्जन्मन एकादशवर्षानन्तरं स दिवंगतः। एवं एकादशवर्षीय एवाहं सिंहासनमध्य-तिष्ठम्?

राजा — मेरे जन्म से ग्यारह वर्ष पश्चात् वे स्वर्ग सिधार गए थे। इस प्रकार ग्यारह वर्ष की अवस्था में ही मैं सिंहासन पर बैठ गया था।

राजकु० — काप्यन्या सन्ततिर्भवत्पितृपादानाम्?

राजकुमारी — क्या आपके पिता जी की कोई और सन्तान भी है?

राजा — न कापि।

राजा — कोई भी नहीं।

राजकुमारी — ये केचन संभाविताः सम्बन्धाः

राजकुमारी — स्त्री के पुरुष के साथ जो कुछ सम्बन्ध

पुरुषेण नार्याः,न तेषामन्यतमोऽपि कश्चिद्विश्वसितुं योग्य आवयोर्मध्ये।	हो सकते हैं, हम दोनों के बीच में उनमें से विश्वास-योग्य एक भी सम्भावित नहीं है।
राजा — कथमिति ?	राजा — यह कैसे ?
राजकु० — नाहं स्यां मान्या जनेषु श्रीमतां भगिनी, यतः एकादशवर्षीय एव भवति दिवंगताः श्रीमत्पितृ-पादा अद्वितीयापत्यकाः। अहं च तदारभ्य नववर्षानन्तरं संजाता।	राजकुमारी — लोग मुझे श्रीमान् जी की बहन नहीं मान सकते हैं क्योंकि आपके ग्यारह वर्ष की अवस्था होने पर ही श्रीमान् जी के एकमात्र सन्तान वाले पिता महोदय स्वर्ग सिधर गए। और मैं उससे नौ वर्ष पश्चात् पैदा हुई।
राजा — अन्यः सम्बन्धः ?	राजा — कोई दूसरा सम्बन्ध ?
राजकु० — नाहं तव दुहितैव मन्तव्या। विंशतिवर्षाणि यावत् भवान् कृतोद्वाहोऽपि न स्यात्; किंपुनर्मादृश्याः सन्ततेरुद्भवः।	राजकुमारी — और न ही आपकी पुत्री मानने योग्य हूँ। बीस वर्ष तक श्रीमान् जी का विवाह भी नहीं हुआ था फिर मेरे जैसी सन्तान की उत्पत्ति कैसी ?
राजा — कश्चिदन्यः सम्बन्धो विचारणीयः।	राजा — किसी दूसरे सम्बन्ध के विषय में विचार करना चाहिए।
राजकु० — अपुत्रस्य भवतः स्नुषाऽपि न ग्राह्या जनैरहम्।	राजकुमारी — आपके कोई पुत्र भी नहीं है अतः लोग मुझे आपकी पुत्रवधू भी नहीं मानेंगे।
राजा — कश्चनाऽन्यः ?	राजा — कोई अन्य सम्बन्ध ?
राजकु० — अत्रभवतां माता, मातामही, पितामही वा ? को विश्वसिष्यति ?	राजकुमारी — श्रीमान् जी की माता, नानीं अथवा दादी ? कौन विश्वास करेगा ?
राजा — यथा द्वौ पुरुषौ सम्बन्धनिरपेक्षौ मैत्रीभावमापन्नौ निवसतस्तथैवावाम् — एका नारी, एको नरश्च — कथन्न सहैव निवसाव ?	राजा — जैसे दो पुरुष बिना किसी सम्बन्ध के मित्रता हो जाने से रहते हैं, वैसे ही हम दोनों — एक स्त्री और एक पुरुष क्यों नहीं साथ-साथ रह सकते ?
राजकु० — अप्येतत्स्वीकरिष्यति परिणीता पत्नी ?	राजकुमारी — क्या आपकी विवाहिता पत्नी यह स्वीकार करेंगी ?
राजा — यद्यहमिच्छेयम् ?	राजा — यदि मैं चाहूँ ?
राजकु० — त्यक्ष्यति सा श्रीमन्तम्। तया त्यक्तं राजपदमधिष्ठितमपि भवन्तं प्रजा अपवदिष्यन्ते। समष्टिः सर्वोपरिस्था, अनुदारा च। न कञ्चनापि सा क्षमते।	राजकुमारी — वह श्रीमान् जी को छोड़ देगी। उसके द्वारा छोड़ देने पर राजपद पर अधिष्ठित होने पर भी प्रजा में आपका अपवाद होगा। समाज सर्वोपरि है और अनुदार है। वह किसी को भी क्षमा नहीं करता है।
राजा — राजकन्ये ! राजाऽहम्। कोऽर्थो जनापवादेन ? न कश्चित् किञ्चित् कर्तुं शक्ष्यति मदननुकूलम्।	राजा — राजकुमारी! मैं राजा हूँ। लोकनिन्दा से क्या लेना ? मेरे प्रतिकूल कोई कुछ भी नहीं कर सकता।
राजकु० — नापि राजमहिषी ?	राजकुमारी — क्या महारानी भी नहीं ?
राजा — द्रष्टव्यमेतत्। तच्च तदैव परीक्षितुं शक्यते	राजा — यह देखना चाहिए और वह तभी देखा जा

यदि चलति मया सह भवती। भविष्यत्, समाधानं च तदैव ज्ञास्येते।

राजकु० — यथा रोचते श्रीमते।

राजा — प्रस्थास्यामहे श्वः। विश्रब्धा स्वपिहि दूष्ये नातिदूरनियोजिते। श्वो ब्राह्ममुहूर्ते प्रस्थाय दिनक्षयात्पूर्वमेव वयं गृहं प्राप्स्यामः।

सकता है यदि आप मेरे साथ चलें। भविष्य और समस्या का समाधान भी तभी जाने जा सकते हैं।

राजकुमारी — जैसा श्रीमान् जी को अच्छा लगता है।

राजा — हम कल प्रस्थान करेंगे। समीप ही लगाए गए तम्बू में विश्वासपूर्वक शयन करें। कल ब्राह्ममुहूर्त में प्रस्थान करके हम सूर्यास्त से पहले ही घर पहुँच जाएँगे।

दृश्यान्तरम्

[राजकुमार्या सह दृश्येते द्वे अपरे विधृते नार्यौ। नेदीयस्येव स्त्रीणामवरुद्धार्तवचनानि पुरुषाणां च मन्दमदोन्मत्तविकत्थनानि श्रूयन्ते। अनतितीव्रत्वान्निद्रां भङ्क्तुमसमर्थानि जाग्रतामेव कर्णगतानि प्रतीयन्ते। तिस्रोऽपि नार्य उन्मुक्तकर्णा दृश्यन्ते]

पुरुषस्वरः — [नेपथ्ये] आ-आ-गच्छ। न-बाध-बाधयिष्यामि। न-ह-निष्या-मि स्नेहिष्यामो वयम्।

स्त्रीस्वरः — नैव नैव। दूरमपसर निर्लज्ज? युद्धक्षेत्रे यूयं शत्रूनजयत न तु नारी-हृदयम्। परदारान् प्रकुरुषे, पतिव्रतां तिरस्कृत्य कथाशेषं गमिष्यसि। आह-ओह!

पुरुषस्वरः — अ-अस्तु-अस्तु-एवमेव। त्वाम् - आ-लिं-ग्य-अहं मृत्योः-अपि-न बिभेमि। ओहो-एवम् [चीत्कारपुरस्सरं आक्रमण-प्रतिरोधौ प्रतीयेते। अपरपार्श्वतोऽपि मदोन्मत्तस्वरः श्रूयते] **त्व.... या शपामि। भृशम् अहं... त्वयि.... स्नि.... स्निह्यामि। सर्वं त्वदर्थे त्यक्ष्यामि।**

नारीस्वरः — राक्षस! मदिरां पीत्वा मृषावचनैस्तर्पयसि? कः शक्नोति स्वपत्नीं बालांश्च त्यक्तुम्?

पुरुषस्वरः — अहं त्यक्ष्यामि। वचनं... ददामि। लिखित्वा ददामि। ... क्वास्ति कर्गजम्? सर्वं ददामि। प्राणान् ददामि।

नारीस्वरः — अपसर लुण्ठक! नामशेषो भूयाः।

राजकुमारी — [सख्यौ प्रति] **अन्या काचिद्**

दूसरा दृश्य

[राजकुमारी के साथ दो दूसरी बन्दी स्त्रियाँ दिखाई दे रही हैं। समीप ही स्त्रियों के अवरुद्ध पीड़ित शब्द और पुरुषों के मन्द मस्ती भरे आत्मप्रशंसा के शब्द सुनाई दे रहे हैं। वे मन्द होने से नींद भंग करने में असमर्थ हैं और जगते लोगों के सुनने लायक हैं। तीनों स्त्रियाँ भी कान खोले दिखाई दे रही हैं]

पुरुष स्वर — (परदे में) आओ। पीड़ित नहीं करेंगे। मारेंगे नहीं। हम स्नेह करेंगे।

स्त्री स्वर — नहीं-नहीं। निर्लज्ज! दूर हट। युद्ध क्षेत्र में तुमने शत्रुओं को जीता है, स्त्रियों के हृदय को नहीं। दूसरों की स्त्रियों से बलात्कार करते हो, पतिव्रता का तिरस्कार कर नष्ट हो जाओगे। आह-ओह !

पुरुषस्वर — अच्छा ऐसा ही हो। तुम्हारा आलिंगन करके मैं मृत्यु से भी नहीं डरता हूँ। ओहो- ऐसा (चीखने के साथ ही आक्रमण-प्रतिरोध प्रतीत होता है। दूसरी तरफ से भी मदोन्मत्त स्वर सुनाई देता है) **तुम्हारी सौगन्ध खाता हूँ। मैं तुमसे अत्यधिक स्नेह करता हूँ। तुम्हारे लिए सब कुछ छोड़ दूँगा।**

नारी स्वर — राक्षस! मदिरापान करके झूठे वचनों से प्रसन्न कर रहे हो। कौन अपनी पत्नी और बच्चों को छोड़ सकता है?

पुरुष स्वर — मैं छोड़ दूँगा। वचन देता हूँ। लिखकर देता हूँ। कागज कहाँ है? सब कुछ देता हूँ। प्राण देता हूँ।

नारीस्वर — लुण्ठक! दूर हट। नष्ट हो जा।

राजकुमारी — (सखियों के प्रति) **कोई दूसरी बन्दी स्त्री**

विधृता! भूपालोऽसौ दिनान्तेऽगदद्यत्तेनाज्ञा प्रसारिता — केनचिद्-युद्धधृतेन विशेषतः कयाचिन्नार्या सह माभूदभद्रो व्यवहार इति।

सखी — तस्य सैनिकाश्च नारीभिःसह बलात्कारमनुतिष्ठन्ति!

राजकुमारी — अपि श्रुतम् - अन्तःपुरस्थाः सर्वा अपि स्त्रियस्तैरपहृताः ? अहो ! रूपमस्माकं शत्रुः!

अन्या सखी — आम्, आम्। मया सह सुशीलाप्यासीत्?। तस्या आननं ''शीतला'' मातृरोगाक्रान्तत्वाद्विदूपमित्ये-तैर्दुष्टैर्न सा धृता। मां चात्रानीतवन्तः।

राजकु० — नरपशुभिरेतैर्नार्यो वासनातृप्त्यै वर्त्यन्ते।

सखी — राजा तु भद्रः प्रतीयते। न जानाति स किं कुर्वन्ति तस्यैते सैनिका इति।

राजकु० — कीदृशोऽस्ति महाराज इत्यपि ज्ञास्यतेऽधुनास्माभिः। भद्रश्चेन्निवेदिते बलात्कारवृत्तान्ते स ता रक्षिष्यतीति निवेदनीयमेतत्सर्वम्।

अपरा सखी — अत्र भवती राजकुमारी गमिष्यति निवेदयितुं राज्ञे ? मदिरज्योत्स्नाधौतयामिन्यां यदि भवतीं दृष्ट्वा परिहृतसदाचारः राजा किमप्यभद्रमाचरेत्....।

राजकु० — अन्या उपकर्तुं सहिष्ये सर्वम्। मया सह यद्भाव्यं श्वः, भवतु तदद्यैव! विजिता वयम्। गच्छाम्यहम्। युवाभ्यां च मच्चीत्कारं श्रुत्वा तुमुलकोलाहलं कर्तुं सन्नद्धाभ्यां स्थेयम्।[शनैः शनैरपसर्पति।

जवनिका-परिवर्तनम्]

राजकु० — [राजदूष्यस्थं यामिकम्] राजदर्शनं वाञ्छामि। निवेद्यताम् — एका युद्धधृता दिदृक्षत इति।

पकड़ ली! यह राजा सन्ध्या समय कहता था कि उसने आज्ञा प्रसारित की है कि किसी युद्धबन्दी विशेषकर किसी स्त्री के साथ अभद्र व्यवहार न हो।

सखी — और उसके सैनिक स्त्रियों के साथ बलात्कार करते हैं !

राजकुमारी — और भी सुना है कि अन्तःपुर में स्थित सभी स्त्रियों का उन्होंने अपहरण कर लिया है ? अहो! सौन्दर्य ही हमारा शत्रु है।

अन्य सखी — हाँ हाँ। मेरे साथ सुशीला भी थी। उसका मुँह शीतला-मातृरोगाक्रान्त होने से कुरूप हो गया है अतः इन दुष्टों ने उसे नहीं पकड़ा और मुझे यहाँ ले आए।

राजकुमारी — इन मनुष्य रूपी पशुओं द्वारा स्त्रियाँ वासना की भूख मिटाने के लिए प्रयोग की जाती हैं।

सखी — राजा तो भला लगता है। वह नहीं जानता है कि उसके ये सैनिक क्या करते हैं।

राजकुमारी — महाराज कैसे हैं— यह भी अब हमें ज्ञात हो जाएगा। यदि वे भद्र हैं तो बलात्कार की घटना के विषय में निवेदन करने पर वे उनकी रक्षा करेंगे; इसलिए यह सब निवेदन करना चाहिए।

दूसरी सखी — तो क्या मान्या राजकुमारी राजा से निवेदन करने के लिए जाएगी ? मदमस्त चाँदनी से धुली हुई रात्रि में यदि आपको देखकर राजा सदाचार छोड़कर कुछ भी अभद्र आचरण करे।

राजकुमारी — दूसरों का उपकार करने के लिए सब कुछ सहन कर लूँगी। मेरे साथ जो कल होना है वह आज ही हो जाए। हम सब विजिता हैं, मैं जाती हूँ और तुम्हें मेरी चीखने की आवाज सुनकर एक साथ शोर करने के लिए तत्पर रहना चाहिए। [धीरे-धीरे दूर जाती है]

पट-परिवर्तन

राजकुमारी — (राजा के तम्बू में स्थित पहरेदार को) राजा के दर्शन करना चाहती हूँ। निवेदन कीजिये कि एक युद्धबन्दी मिलना चाहती है।

यामिकः — प्रगाढनिद्रावशगं राजानं नाहं निवेदयितुं शक्नोमि। विरुद्धाचरणं दण्डावाहनम्।
राजकु० — अदण्ड्य एव। शिविरमेतत्, नैव नगरस्थमन्तःपुरम्। कश्चिदाक्रामेच्चेत् निद्राभंगभीरुणा त्वया न प्रबोध्यते महाराजः? प्रबोध्य दण्डं नैव, पुरस्कारमाप्स्यसि।
[उच्चैः क्रन्दति–"रक्षतु महाराजः"]
यामिकः — राजाज्ञया नार्योऽदण्ड्याः, अन्यथा मृताःस्या अद्यावधि।
[विवदमानयोस्तयोर्विनिद्रो राजा सम्प्राप्तस्तत्र स्वयमेव] प्रतिरुद्धाऽपि चीत्कारमकरोदेषेति निरपराधोऽहं क्षन्तव्यः।
राजा — स्वस्थानमशून्यं कुरु। पृच्छाम्यहमेताम् [राजकुमारीं प्रति] का वार्ता?
राजकुमारी — मिथ्यैव श्रीमतां कथनं यद्भवत्सैनिकाः स्त्रीभिःसह भद्रमाचरन्ति। अपि नाभवन्ननतिदूरदूष्येषु नारीणामुच्छ्वासाः सचीत्काराः श्रीमतां कर्णगोचराः? को नाम विश्वसेद् भवति वचन-व्यवहारयोरन्तरं परिज्ञाय?
[क्षुब्धो राजा राजकुमारी-संकेतानुसारेण छद्मवेष-मुपधार्य दूष्येभ्यो बहिर्भ्रमति। वस्तुस्थितिं विदित्वा यामिकप्रधानमाकारयति स्वदूष्ये। उद्विग्नश्च तस्या-गमनं प्रतीक्षते]

यामिक-प्रधानः — [प्रविश्य प्रणमति]
राजा — किमेतत्कथञ्चैतत्? अस्माकं सैनिका अस्मदाज्ञामुल्लङ्घ्य युद्धधृताभिः शत्रुनारीभिर-भद्रमाचरन्ति। भृशं दण्डनीयास्ते। येनाजीवनं प्रमदाजनमपकर्तुं कोऽपि स्वप्नेऽपि न चिन्तयेत्
[यामिको यदाज्ञापयति देव इत्युक्त्वा निष्क्रामति। "उपकृताऽस्मि" इत्युक्त्वा राजकुमारी स्वकीय-दूष्यान्तः प्रविशति]

यामिक — गहरी नींद में सोये राजा से मैं निवेदन नहीं कर सकता। विरुद्ध आचरण दण्ड को न्यौता देना है।
राजकुमारी — तुम दण्डनीय नहीं होगे। यह शिविर है, नगर में स्थित अन्तःपुर नहीं। यदि कोई आक्रमण कर दे तो नींद भंग होने के भय से तुम महाराज को नहीं जगाओगे? जगाकर दण्ड नहीं, पुरस्कार प्राप्त करोगे।
[ऊँचे क्रन्दन करती है— महाराज रक्षा करें]
यामिक — राजा की आज्ञा से स्त्रियाँ अदण्ड्य हैं अन्यथा अब तक मृत होती।
[उनके विवादग्रस्त होने पर जगे हुए राजा स्वयं ही वहाँ पहुँच जाते हैं] रोकने पर भी इसने चीख लगा दी। मैं निरपराध हूँ। क्षमा करें।
राजा — अपने स्थान पर चले जाओ। मैं इसे पूछता हूँ। [राजकुमारी के प्रति] क्या बात है?
राजकुमारी — श्रीमान् जी का यह कथन असत्य ही है कि आपके सैनिक स्त्रियों के साथ भद्र व्यवहार करते हैं। क्या समीप के तम्बुओं में स्त्रियों के उच्छ्वास चिल्लाने के साथ श्रीमान् जी के कानों तक नहीं पहुँच रहे हैं? आपके कथन और व्यवहार में अन्तर को जानकर कौन आपका विश्वास करे? [खिन्न होकर राजा राजकुमारी के संकेतानुसार गुप्त भेष धारण करके तम्बुओं के बाहर घूमता है। वास्तविकता जान कर प्रधान यामिक को अपने तम्बू में बुलाता है और बेचैनी के साथ उसकी प्रतीक्षा करता है]
यामिक प्रधान — [प्रवेश करके प्रणाम करता है]
राजा — यह क्या है, और कैसे? हमारे सैनिक हमारी आज्ञा का उल्लंघन करके युद्धबन्दी शत्रु स्त्रियों से अभद्र व्यवहार करते हैं। उन्हें कठोर दण्ड मिलना चाहिए जिससे आजीवन कोई स्वप्न में भी स्त्रियों से अभद्र व्यवहार करने की बात न सोचे। ['जैसी महाराज की आज्ञा' यामिक ऐसा कहकर निकल जाता है। 'मैं कृतज्ञ हूँ' ऐसा कहकर राजकुमारी अपने तम्बू में प्रवेश करती है]

दृश्यान्तरम्

[पक्षिणां कलरवः श्रूयते। मन्दः पवनो दूष्यस्याभ्यन्तरं प्रविश्य राजकुमार्याः केशान् चालयति। बालारुण-रश्मयस्तस्या अलसार्ध-निमीलितनयनाभ्यां गतागतं कुर्वन्तोऽधिकं शोभन्ते। द्वारस्थः कश्चित्सैनिको राजाज्ञां श्रावयति]

सैनिकः — सर्वैः सन्नद्धैर्भाव्यं नगरं गन्तुम्। संसूच्यते राजाज्ञा नगर-गमनाय। घटिकात्र-यानन्तरमेव प्रस्थानवेला ज्ञातव्या। प्रहरद्वयेनैवास्य राज्यस्य सीमानमुल्लङ्घ्य प्रवेक्ष्यामस्त्रि-चतुर्वादनपर्यन्तं स्वनगरम्।

राजकु० — निवेदितव्यो राजा — वयमुद्यताः स्मः स्वशरीरैरिति।

एका सखी — रथारूढा राजकुमारी सैनिकैरादृता राज्ञा सह गमिष्यति, किं भविष्यत्यावयोः।

राजकु० — अहं मोक्षयिष्यामि युवाम्। स्वगृहं गन्तव्यं युवाभ्याम्।

अपरा स्त्री — अपि स्वीकरिष्यन्ति ते? निष्कलङ्के आवामिति कः प्रत्ययमुत्पादयिष्यत्यस्मज्जनेषु?

प्रथमा नारी — कीदृशीयं विडम्बना! युद्धगृहीताः पुरुषा मुक्तिम-वाप्य स्वं स्वं गृहं संप्राप्ता लप्स्यन्ते समादरं प्रणयिजनैस्तत्र। विजेतारश्च परनारीणां सतीत्वं बलादपहृत्य गृहं गताः प्राप्स्यन्ति कुलवधूभिर्विहितां स्वागतार्चनाम्। न काचिदपि ललना बलाद्धृतशत्रु-नारीनयन-गलिताश्रुभिः सलवणस्वेदमपि स्वपतिं त्यक्ष्यति। किन्तु, का गतिः शत्रुधृतानामस्माकम्! एतैर्भुक्तमुक्ता वयं स्वजनैरपि त्याज्या एव [अवरुद्धाश्रूणि विमुञ्चति]

राजकु० — अहो! कीदृशीयं नरजातिः। प्रथमं ते नारीन् प्रकुर्वते तदनन्तरं तास्तैरेव मन्यमाना

दूसरा दृश्य

[पक्षियों का कलरव सुनाई देता है। मन्द हवा तम्बू के भीतर प्रवेश करके राजकुमारी के बालों को हिलाती है। उगते सूर्य की किरणें उसकी अलसाई आधी खुली आँखों से क्रीड़ा करती हुईं अधिक शोभायमान हो रही हैं। द्वार पर स्थित कोई सैनिक राजा की आज्ञा सुनाता है]

सैनिक — सभी को नगर जाने के लिए तैयार हो जाना चाहिए। शहर जाने के लिए राजा की आज्ञा से सूचना दी जा रही है। तीन घड़ी पश्चात् ही प्रस्थान का समय समझना चाहिए। दोपहर में ही इस राज्य की सीमा लाँघकर तीन-चार बजे तक अपने नगर में प्रवेश करेंगे।

राजकुमारी — आप राजा से निवेदन करें कि हम अपनी ओर से तैयार हैं।

एक सहेली — सैनिक सम्मान सहित राजकुमारी राजा के साथ रथ पर सवार होकर जायेगी, हम दोनों का क्या होगा?

राजकुमारी — मैं तुम दोनों को छुड़ा दूँगी। तुम दोनों को अपने घर चले जाना है।

दूसरी — क्या वे हमें स्वीकार कर लेंगे? हम दोनों निष्कलंक हैं। हमारे लोगों में ऐसा विश्वास कौन उत्पन्न करेगा?

पहली स्त्री — यह कैसी विडम्बना है? युद्धबन्दी पुरुष मुक्ति पाकर अपने-अपने घर पहुँचे हुए वहाँ अपने प्रेमीजनों से आदर पायेंगे और विजेताओं का दूसरों की स्त्रियों का सतीत्व बलपूर्वक भंग करके घर जाने पर भी कुलवधुएँ स्वागत-सत्कार करेंगी। कोई भी स्त्री बलपूर्वक हरण की गई शत्रु-स्त्रियों के नेत्रों से गिरे हुए आँसुओं से नमकीन बने अपने पति को नहीं छोड़ेगी; किन्तु शत्रुओं द्वारा बन्दी बनाई गई हमारी क्या गति है? इनके द्वारा भोग करके छोड़ी गई हम अपनों द्वारा भी छोड़ दी जायेंगी। [रुके हुए आँसुओं को गिराती हैं]

राजकुमारी — अहो! यह पुरुष-जाति कैसी है? पहले वे स्त्रियों से बलात्कार करते हैं। फिर उनके द्वारा ही वे

उच्छिष्टा परित्यज्यन्ते। स्वयं च ते न कदाप्युच्छिष्टा जायन्ते।

एका नारी — इत्थमेव भवति पुरुष-प्रधानेऽस्मिन् समाजे। स्त्री-प्रधानः समाजश्चेन्न स्यादीदृशी स्थितिरथवा विलोमा भवेत्, किञ्चाधुना नारी-प्रधानता कथावशिष्टैव। किं कर्तव्यम् !

राजकु० — मत्सखीत्वमापन्नाभ्यां युवाभ्यां सहैव गन्तव्यम्। महाराजमहं मानयिष्यामि।

द्वे एव — प्रस्तुते आवाम्। [एका] विधिरेवास्माकं गतिरधुना। हन्तु नाम कश्चिदावाम्, तदपि वरमेव। नार्या अङ्गानि लावण्यं च शात्रवमाचरन्ति तस्याः कृते। न कोऽप्युपचारः। अहो! नियतिक्रीडाकन्दुकं निरुपाया नारी!

राजकु० — सन्नद्धे भवतं प्रस्थानार्थम्

[राजकुमारीसहाये ते गतागतं कुर्वन्त्यौ दृश्येते। अचिरादेव प्रयाणवाद्यं श्रूयते। नेपथ्ये वार्तालापः, उपानहां खटपटम्, अश्वानां हिनहिनाहटं रथाङ्गानां घरघरं चूँ चूँ इत्यादिभिर्मिश्रितो ध्वनिर्वातावरणं व्यस्तमशान्तं च विदधाति]

स्त्रियाँ उच्छिष्ट मानकर छोड़ दी जाती हैं और स्वयं वे कभी भी उच्छिष्ट नहीं होते हैं।

एक स्त्री — इस पुरुषप्रधान समाज में ऐसा ही होता है। यदि स्त्रीप्रधान समाज होता तो ऐसी स्थिति न होती अथवा इससे विपरीत होती किन्तु अब नारी-प्रधानता कथावशिष्ट ही है। क्या करें!

राजकुमारी — मेरी सहेलियाँ बनी हुई हो तो तुम्हें साथ ही जाना चाहिए। मैं महाराज को मना लूँगी।

दोनों ही — हम दोनों तैयार हैं [एक सखी] अब भाग्य ही हमारी गति है। भले ही कोई हमें मार दे तो भी अच्छा ही है। स्त्रियों के अंग और सौंदर्य उससे शत्रुता का व्यवहार करते हैं। कोई भी उपचार नहीं है। अहो ! विवश स्त्री भाग्य के हाथ का खिलौना है!

राजकुमारी — आप प्रस्थान के लिए तैयार हो जाओ

[वे दोनों राजकुमारी के साथ इधर-उधर जाती हुई दिखाई देती हैं। शीघ्र ही प्रस्थानसूचक वाद्य सुनाई देता है। पर्दे में बातचीत, जूतों की खटखट, घोड़ों के हिनहिनाने की आवाज, रथों की घर्र-घर्र और चूँ-चूँ आदि से मिश्रित शोर वातावरण को व्यस्त और अशान्त बनाता है]

पट-परिवर्तनम्

स्थानम् — ज्यामघस्य राजभवनम्

[राजमहिषी शैव्या आरार्तिकपात्रं सज्जीकुर्वन्ती दृश्यते। सख्यो लाजैः पुष्पैश्च पात्राणि पूरयन्ति। प्रतीयते ता रथारूढं राजानं पश्यन्ति। जिज्ञासाधिक्याद् राज्ञी सखीमेकामुपरिस्थं स्थानं निर्दिश्य]

राज्ञी — तत्र गत्वा पश्य कियद्दूरमस्ति विजयश्री-मण्डित आर्यपुत्रः।

[सखी यथानिर्दिष्ट-स्थानमारुह्य पश्यत्यवधानेन। राज्ञी च पुनर्वर्तिकाज्वालन-परायणा भवति, प्रत्यागतां सखीं च पृच्छति]

राज्ञी — क्वास्ति महाराजः ?

सखी — महामान्याः सम्प्राप्ता एवावधार्यन्ताम्।

पट-परिवर्तन

स्थान - ज्यामघ का राजभवन

[महारानी शैव्या आरार्तिक पात्र को सजाती हुई दिखाई दे रही है। सखियाँ लाजा और फूलों से पात्रों को भर रही हैं। ऐसा लगता है वे रथ पर सवार हुए राजा को देखती हैं। जिज्ञासा की अधिकता से रानी एक सखी को ऊँचे स्थान का संकेत करके]

रानी — वहाँ जाकर देखो विजयश्री से सुशोभित आर्यपुत्र कितने दूर हैं ?

(सखी यथानिर्दिष्ट स्थान पर चढ़कर ध्यानपूर्वक देखती है। और रानी दोबारा बत्तियाँ जलाने में लग जाती है और लौटी हुई सखी को पूछती है)

रानी — महाराज कहाँ पर हैं ?

सखी — महारानी जी, पहुँचे ही जानें।

राज्ञी — एकाकिनार्यपुत्रेण न तथा शोभाप्तव्या यथा वामभागस्थया मया सह, किं वाहं शोभेऽधिकमार्यपुत्रेण।

सखी — न सन्ति देवपादा एकाकिनः।

राज्ञी — अपि कश्चिदपरोऽपि रथारूढः ?

सखी — [शङ्किता] क्षन्तव्याहं, अपराऽपि काचिद्रमणी सहाधिष्ठिता दृश्यते।

राज्ञी — रमणी ? इतरभूपसदृशोऽस्मद्राजापि काञ्चिद्रमणीं लुण्ठितवस्तूनीवानयति !

सखी — न कोऽपि महाराजः सामान्यलुण्ठक इव स्वरथस्थानि करोति स्वायत्तीकृतवस्तूनि, क्षन्तव्याहम्।

राज्ञी — किं तर्हि गन्धर्वेणोढा सा महाराजेन ? किमिदं जातम् !

सखी — कृतमधैर्येण। संप्राप्तप्राया भर्तृपादाः स्वयमेव प्रष्टव्याः।

राज्ञी — [अपरां सखीमादिशति] पश्य त्वं — सत्यमेव काचिद्रमणी रथारूढास्ति।

[गच्छति सा] अनर्थमेतच्छत्रुभिः सह हताऽहमपि राज्ञा। [भावान्तरं नाटयति] आगच्छतु सोऽत्र। एवं विलपिष्यामि .... अहमपि .... ऋतुपर्णपुत्री .... शप्स्यामि .... द्वावेव ...... राजपार्श्ववर्तिनीं नाशयिष्यामि [सखी प्रविश्यापि न किञ्चिद्भाषते]

राज्ञी — कथं मौनमाकलितम् [उच्चैः क्रन्दति] अस्ति काचित् ? [सखी मौनेनैव स्वीकरोति]

राज्ञी — किमहं करवाणि ! अपनयैतामारार्तिक-सामग्रीम् [लाजापुष्पपात्राण्यपसारयति]

सखी — धैर्यमालम्ब्यताम्। अलममंगलक्रियाभिः। भूपालोऽत्रभवत्या अनुकूलो दक्षिणः पतिर्न कदाचिदप्यनीप्सितमाचरिष्यति भवत्याः।

राज्ञी — शङ्कितं मे मनो नोत्सहते स्वागताय। एषाहं प्रचलिता कोपभवनम्।

रानी — अकेले महाराज वैसी शोभा नहीं पा रहे होंगे जैसे बायें भाग में मेरे बैठे होने से शोभा पाते अथवा मैं आर्यपुत्र के साथ अधिक शोभा पाती हूँ।

सखी — महाराज अकेले नहीं हैं।

रानी — क्या कोई दूसरा भी रथ पर सवार है ?

सखी — (शंका से) मुझे क्षमा करें कोई दूसरी सुन्दर स्त्री भी महाराज के साथ बैठी दिखाई दे रही है।

रानी — क्या ! सुन्दर स्त्री ? क्या दूसरे राजाओं की तरह हमारे राजा भी किसी सुन्दरी को लूटी हुई वस्तु की तरह ला रहे हैं।

सखी — कोई भी महाराज सामान्य लुटेरे की तरह स्वाधीन की गई वस्तुओं को अपने रथ पर नहीं लादते हैं। मुझे क्षमा करें।

रानी — तो क्या महाराज ने उससे गन्धर्व रीति से विवाह कर लिया ? यह क्या हुआ ?

सखी — धैर्य धारण करें। महाराज पहुँच ही रहे हैं। उनसे स्वयं ही पूछ लें।

रानी — [दूसरी सखी को आदेश देती है] तुम देखो क्या सत्य ही कोई सुन्दरी रथ पर सवार है ?

[वह जाती है] यह अनर्थ है। महाराज ने शत्रुओं के साथ मुझे भी मार डाला है। [भावान्तर का अभिनय करती है] वे यहाँ आयें। इस प्रकार विलाप करूँगी... मैं भी ऋतुपर्ण की पुत्री हूँ... दोनों को ही शाप दे दूँगी। दोनों को ही नहीं...राजा के समीप रहने वाली को नष्ट कर दूँगी। [सखी प्रवेश करके भी कुछ नहीं बोलती है]

रानी — क्यों मौन धारण कर लिया ? [ऊँचे चिल्लाती है।] कोई है ? [सखी मौन रहकर ही स्वीकार करती है]

रानी — मैं क्या करूँ! इस आरार्तिक सामग्री को दूर ले जाओ। [लाजा और पुष्प पात्रों को दूर हटाती है]

सखी — धैर्य धारण करें। अमंगल कार्यों से बस करें। महाराज आपके अनुकूल दक्षिण पति हैं कभी भी आपकी इच्छा के विरुद्ध आचरण नहीं करेंगे।

रानी — मेरे शंकाकुल मन में अब स्वागत के लिए उत्साह नहीं रहा। यह मैं कोपभवन को चली। [सब

[सर्वमसज्जितमर्धसज्जितं वा त्यक्त्वा प्रचलति। सख्यो विकीर्णा स्वागत-सामग्रीं सञ्चित्य यथास्थानं स्थापयन्ति। सम्प्राप्तो महाराजो रथादवतीर्य भूमौ स्थितो राजमहिषीमपश्यन्नुद्विग्नो राजप्रसादाभ्यन्तरंगन्तुकामो दृश्यते। राजकुमारी तस्याः सख्यौ च रथादवतीर्य राजानमनुसरन्ति। राजा राजमहिषीं द्वारस्थामलभमानः साश्चर्यश्चान्तःपुराध्यक्षं पृच्छति]

कुछ बिना सजावट के अथवा आधा सजा हुआ छोड़कर चली जाती है। सखियाँ बिखरी हुई सामग्री को इकट्ठा करके यथास्थान रखती हैं। महाराज पहुँचने पर रथ से उतरकर भूमि पर खड़े महारानी को न देखकर बेचैनी से राजमहल के भीतर जाने के इच्छुक दिखाई देते हैं। राजकुमारी और उसकी सखियाँ रथ से उतरकर राजा का अनुसरण करती हैं। राजा महारानी को द्वार पर खड़ी हुई न देखकर हैरानी से अन्तःपुर के अध्यक्ष को पूछते हैं]

राजा — अपि सर्वे कुशलिनः ?

राजा — क्या सभी कुशलपूर्वक हैं ?

अ०पु०अ० — ईश्वरकृपया भवत्प्रतापरक्षिताः सर्वे सकुशलाः।

अ०पु०अ० — ईश्वर की कृपा से आपके प्रताप से रक्षित सभी कुशलपूर्वक हैं।

राजा — कः स्थानविशेषो राजमहिष्याऽनुकम्प्यते स्वोपस्थित्याधुना ? आहवे परःसहस्रान् शत्रुसैनिकान्निहत्य विजयश्रीमण्डितो गृहागतोऽनुरक्तः पतिः कथन्न सत्क्रियते तया ? अपि स्वस्था भवत्स्वामिनी ?

राजा — महारानी अब अपनी उपस्थिति से किस स्थान विशेष पर अनुकम्पा कर रही हैं ? युद्ध में हजार से अधिक शत्रु-सैनिकों को मारकर विजयश्री से सुशोभित घर आये हुए प्रेमी पति का वह क्यों नहीं सत्कार कर रही हैं ? आपकी स्वामिनी स्वस्थ तो हैं ?

अ०पु०अ० — शारीरिकास्वास्थ्यविषयिका न काचित्सूचना सम्प्राप्ता।

अ०पु०अ० — शारीरिक अस्वस्थता से सम्बन्धित कोई सूचना प्राप्त नहीं हुई।

राजा — [कञ्चुकिनमालक्ष्य] **मनसाऽस्वस्था स्यात् ?**

राजा — [कञ्चुकी को लक्ष्य करके] **मन से अस्वस्थ होंगी ?**

कञ्चुकी — मनस्याहता। अतएव........ [अवरुद्धः]

कञ्चुकी — मन से घायल। इसलिए........ [रुक गया]

राजा — कोपभवनं गता ? अस्तु तत्रैव गत्वा क्रोधमपहारयामि। [अन्तःपुरचारिणीम्] **तिस्रोऽपि नार्यः सातिथ्यं यथास्थानं नेयाः।**

राजा — क्या कोपभवन में चली गई ? अच्छा वहीं जाकर क्रोध शान्त करता हूँ। [अन्तःपुर की परिचारिकाओं को] **तीनों ही स्त्रियों को अतिथि-सत्कारपूर्वक यथास्थान ले जायें।**

अ०पु०अ० — यथाज्ञापयति देवः। [राजकुमारीं नार्यौ च मञ्चपार्श्वद्वाराभ्यन्तरं प्रवेशयति। पीठस्था जवनिकाऽनावृता भवति। राजमहिषी शय्यायामधोमुखी संविष्टा दृश्यते]

अ०पु०अ० — 'जो आज्ञा महाराज की' [राजकुमारी और दोनों स्त्रियों को मञ्च के समीपी द्वार से भीतर प्रवेश कराती हैं] [पृष्ठ भाग का परदा खुलता है। महारानी शय्या पर अधोमुखी सोई हुई दिखाई दे रही है]

राजा — [प्रविश्य] **सम्प्राप्तोऽहं शैव्ये! स्वागतार्थमनागतां भवतीं द्रष्टुं स्वयमेव समागतः** [शैव्या न वदति, पतिं न प्रणमति न च पश्यत्येव] **ज्ञातमस्माभिस्त्वत्कोपकारणम्। मन्ये कयाचित् सख्या संसूचिता — वयं काञ्चिद्रमणी-**

राजा — [प्रवेश करके] **शैव्या ! मैं पहुँच गया हूँ। स्वागत के लिए आई हुई न देखकर स्वयं ही तुम्हें देखने के लिए आ गया हूँ।** [शैव्या न बोलती है, न पति को प्रणाम करती है और न देखती ही है] **मैंने तुम्हारे क्रोध का कारण जान लिया है। मैं मानता हूँ कि किसी सखी ने**

मप्यन्यरत्नैः सहानीतवन्त इति। किन्तु..... [राजावरुद्धो राज्ञी च मौनमाकलय्य यथापूर्वं पर्यङ्के शयाना दृश्यते।]

राजा — [राजमहिषीमुत्थापयितुं प्रयतमानः] उत्तिष्ठ, आकर्णय मदीयं निवेदनम्। तस्या अत्रावस्थानं नानुमोद्यते चेद्वयं तां राजसीम्नो बहिःप्रेषयिष्यामः, न च तां द्रष्टुं तत्र गमिष्यामः। [पुनरुत्थापयितुं यतते]

राज्ञी — [राजहस्तमपसार्य] अनावृतं श्रीमतां प्रेमाधुना।

राजा — किमनावृतम्? नर-नारीणां संयोगः प्रिय-प्रेयसीरूप एव भवति किम्? मया सह समागतां तां दृष्ट्वा कथं भवत्या निर्णीतं सा मम प्रेयसीति। शैव्ये! त्वत्पुत्री यथासमये जाता चेत्तयैतादृश्यैव भाव्यमिति मया सह तां रथारूढां दृष्ट्वा त्वन्मनसि कयाचिच्छङ्कया भवितव्यम्?

राज्ञी — यत्र हि सुष्ठिरः पत्नीतरः सम्बन्धस्तत्र न शङ्कावसरः, किन्त्वनाख्यातपूर्वसम्बन्धस्य वयस्क-पुरुषस्य युवत्या सह कोऽन्यः सम्पर्कः संभवति? शास्त्रेषु...।

राजा — स्वानुभूतिं विहाय शास्त्रमुदाहरति भवती। तत्र नारीमग्निकुण्डोपमां नरं च घृतकुम्भोपमं मत्वा तयोः सान्निध्यं वर्जितमस्ति।

राज्ञी — शास्त्रं पूर्वानुभवाननुसरति।

राजा — मन्ये शास्त्रवचनमनुभवानुसारि, परं न निरपवादम्। नरनारीसम्पर्को वासनाबहुल इति शास्त्रेषु समाजस्वास्थ्याय प्रवृत्तिमार्गी साधारणो लोक-स्त्रासितोऽस्ति। स्त्री-पुरुषयोश्च पवित्रः प्रेरणात्मकः सम्बन्धस्तस्योदाहरणानि च शास्त्रेष्वनिर्दिष्टानि किंवा न्यूनानि सन्ति।

राज्ञी — स्वकीयपरिवेश एवोदाहरणान्यन्विष्यन्ते। रमणीकृतर्षितपोभङ्गवृत्तानि न सन्त्यविदितानि।

तुम्हें सूचना दी है कि हम अन्य रत्नों के साथ ही किसी सुन्दरी को भी लाये हैं। किन्तु... [राजा रुक जाता है और रानी पहले की तरह पलंग पर सोई हुई दिखाई दे रही है]

राजा — [महारानी को उठाने के लिए प्रयत्न करते हुए] उठो, मेरा निवेदन सुनो। यदि आपको उसका यहाँ रहना ठीक न लगे तो हम उसे राज्य की सीमा से बाहर भेज देंगे और न उसे देखने के लिए वहाँ जायेंगे ही। [दोबारा उठाने के लिए प्रयत्न करता है]

रानी — [राजा का हाथ हटाकर] अब महाराज का प्रेम प्रकट हो गया!

राजा — क्या प्रकट हो गया! क्या स्त्री-पुरुष का संयोग प्रेमी-प्रेमिका के रूप में ही होता है? मेरे साथ आई हुई उसे देखकर आपने कैसे निर्णय कर लिया कि वह मेरी प्रेमिका है। शैव्या! यदि समय पर तुम्हारे कोई पुत्री पैदा हो जाती तो वह ऐसी ही होती। तब मेरे साथ उसे रथ पर सवार देखकर क्या तुम्हारे मन में कोई शंका होती?

रानी — जहाँ पत्नी से भिन्न स्थिर सम्बन्ध हो वहाँ शंका का स्थान नहीं है, किन्तु प्रसिद्ध पूर्व सम्बन्ध न होने पर युवा पुरुष का युवती के साथ दूसरा कौन-सा सम्बन्ध हो सकता है? शास्त्रों में....

राजा — अपने अनुभव को छोड़कर आप शास्त्र का उदाहरण ले रही हैं। वहाँ स्त्री को अग्निकुंड के समान और पुरुष को घी के घड़े के समान मानकर उनका सामीप्य वर्जित है।

रानी — शास्त्र पहले के अनुभवों का अनुसरण करता है।

राजा — मैं मानता हूँ कि शास्त्रवचन अनुभव के अनुसार हैं, किन्तु अपवादरहित नहीं हैं। स्त्री और पुरुष का सम्पर्क वासना उकसाता है इसलिए शास्त्रों में समाज को स्वस्थ रखने के लिए प्रवृत्ति के रास्ते पर चलने वाले साधारण मनुष्य को इस वासना से डराया गया है। स्त्री-पुरुषों के पवित्र और प्रेरणात्मक सम्बन्ध और उसके उदाहरण शास्त्रों में नहीं मिलते हैं अथवा न्यून हैं।

रानी — अपने परिवेश में ही उदाहरण ढूँढे जाते हैं। सुन्दरियों द्वारा किये गये ऋषियों के तपोभंग की घटनायें

राजा — येऽजितास्ताभिः, आश्रमेषु च येषु युवतयो निःशङ्कं स्वकालं निन्युः, तेषां तासांश्चोदाहरणानि........।

राज्ञी — नाहमाशासेऽत्र भवन्तोऽपवादाः सिद्ध्यन्तीति। यद्रत्नं भवद्भिः समानीतं तदविलम्बं परिहर्तव्यम्। तदैव शमिष्यति मे हृदयम्।

राजा — नारी नामरहितं प्रसूनमस्ति। उपाधि-विशेष-रहितमदः प्रसूनमेव मत्वा कथन्न शिरसि विधार्यते? कविना मौनेन सम्यगेव भणितम्:—

न राज्ञी न दासी स्नुषा नैव श्याली,
स्वसा नैव पत्नी न पुत्री न पौत्री
जपाचम्पकादिष्वभिन्नात्मतत्त्वम्
सजीवं मनोहारि नारी प्रसूनम्॥

राज्ञी — विशिष्टनाम्नः प्रसूनस्यैव महत्त्वं न तु सामान्य-सुमनसः। पुष्पं तु मदारस्याप्यस्ति। तत्तु त्याज्यमेव। सम्बन्धा भावनां निर्मापयन्ति।

राजा — यत्र नियतसम्बन्धाभावस्तत्र का भावना जायते?

राज्ञी — निवर्तकस्थितीरपहाय प्रिय-प्रणयिनीपरैव।

राजा — नास्ति सम्बन्धाभावःप्रिय-प्रेयसीभावनायाः कारणम्; अपितु तस्य निदानं समाजकृते तत्प्रयासे निहितमस्ति यः समाजेन युगयुगान्तरेषु स्वरचित-सम्बन्धच्छायायां पठित आचरितश्च। समानोदराज्जातां सखीं भगिनीति कथयित्वा वासना सुवसनेनावृता। एवमेवान्यान्य-सम्बन्धा ज्ञेयाः। यत्र न कश्चिद्रक्तसम्बन्धो दृष्टस्तत्र वासनाया भाण्डागारमुद्घाट्य स्त्रीपुंसौ तया मण्डितौ। गतानुगतिक्रमेण परवर्ती समाजस्तथैव मन्यमानः प्राचलत्।

राज्ञी — श्रीमतैतत्स्वीकृतं यदधुना वयं गतानुगतिग्रस्ताः।

राजा — अप्यवगतं भवत्या कथमेषा परम्परा

अविदित नहीं हैं।

राजा — जो उन सुन्दरियों द्वारा नहीं जीते गये और जिन आश्रमों में युवतियों ने निःशंक भाव से अपना समय बिताया, उन ऋषियों और उन युवतियों के उदाहरण....

रानी — मैं यहाँ आशा नहीं करती हूँ कि आप अपवाद सिद्ध होंगे। जो रत्न आपके द्वारा लाया गया है वह शीघ्र त्याग देना चाहिए; तभी मेरा हृदय शान्त होगा।

राजा — स्त्री नाम से रहित फूल है। इसे उपाधि-विशेष से रहित फूल मानकर क्यों न माथे धारण किया जाये? कवि मौन द्वारा उचित ही कहा गया है—

नारी न रानी, न दासी, न पुत्रवधू, न साली,
न बहन, न पत्नी, न पुत्री और न पौत्री है।
जपा चम्पक आदि में अभिन्न आत्म-तत्त्व के रूप में रहने वाला सजीव सुन्दर फूल है नारी।

रानी — विशिष्ट नाम के फूल का ही महत्त्व है, सामान्य फूल का नहीं। फूल तो आँक-धतूरे का भी है। वह तो त्याज्य ही है। सम्बन्धों से भावना पैदा होती है।

राजा — जहाँ निश्चित सम्बन्ध का अभाव हो वहाँ कैसी भावना उत्पन्न होती है?

रानी — विपरीत स्थितियों को छोड़कर प्रेमी-प्रेमिका जैसी भावना ही उत्पन्न होती है।

राजा — प्रेमी-प्रेमिका रूप भावना का कारण सम्बन्ध का अभाव नहीं है अपितु उसका कारण समाज के उस प्रयास में निहित है जो उसने युग-युगान्तरों में स्वरचित सम्बन्धों की छाया में पढ़ा और आचरण किया। समान उदर से उत्पन्न सखी को बहन कहकर वासना को सुन्दर वस्त्र से ढक लिया। इस प्रकार ही भिन्न-भिन्न सम्बन्ध जानने चाहिए। जहाँ कोई खून का सम्बन्ध नहीं दिखाई दिया, वहाँ वासना का भण्डार खोलकर स्त्री-पुरुष उससे अलंकृत किये गये। भेड़चाल से परवर्ती समाज उसी प्रकार मानता हुआ चल पड़ा।

रानी — श्रीमान् जी ने यह स्वीकार कर लिया कि अब हम परम्पराओं से जकड़े हुए हैं।

राजा — क्या श्रीमती जी ने जान लिया किस प्रकार यह

कृतकार्या जगति?

राज्ञी — नैव, कथमभवत्?

राजा — अपह्नुतिः, आवरणं, सहजसम्बन्धाभावश्च कारणानि।

राज्ञी — कोऽभिप्रायः?

राजा — नर-नारीणां शरीराङ्गेषु यान्यावृतानि, तेषामनावरणं कामोद्दीपकं जातम्, यानि चानावृतानि, तानि सहजस्वीकृतिकारणान्न विकारजनकानि। कामिन्याः कमनीयनासिकाप्यावृता चेत्सैव कामोद्भाविका सिद्ध्येदनावृतौ।

राज्ञी — भवन्तः सम्बन्धानां विषये.....।

राजा — नाहं विषयान्तरगतः। नर-नारीष्वमुक्तसंयोगाः कामासक्तिमजनयन्, प्रजातन्तुवितानाय प्रकृत्य-नुमोदिताः कामसम्पर्काश्च मनुष्ययोनौ विलासाय ग्राह्या अभवन्। स्वाभाविकी मधुरप्रेरणा वह्निजिह्वारूपतां प्राप्ता शरीरं मनश्च दग्धुं प्रारभत।

राज्ञी — अपि स्वीकरोषि दग्धुं प्रारभत इति? स्खलनं क्व जातं, नासौ प्रकृतविषयः। वह्निजिह्वया लेलिह्यते जनमानसमिति सिद्धम्। कस्तद्रक्षेत्? कथञ्च रक्षेत्?

राजा — अभिलाषश्चेज्जनमानसमपि परिवर्तयितुं शक्यते। शरीरावश्यकतामवेक्ष्य जीवने कामो गृह्यते चेत्तस्य सीमाऽस्ति किन्त्वासक्तिविद्धे मानव-मनसि सञ्चयकामिता लोभाभिभूतत्वात् सर्वग्रासिनी वासना भूत्वोद्भवति। एकः पुरुषः किंवैकानारी भिन्नलिङ्गेनैकेन मित्रेण सह भौतिकीमावश्यकतां पूरयितुं शक्नोति, किञ्चासक्तिर्विश्वस्मिन्विश्वेऽखिलानपि भिन्नलिङ्गान् स्त्री-पुरुषान् न्यूनानेव मन्यते वासनातृप्त्यै, अतएव समाजो नरनारी-सम्पर्कानवधानेन वारयति; किन्तु पापभावना-प्रसारं विहाय न कोऽप्यर्थोऽनया वर्जनया। विचलिते मनसि किं सिद्ध्यति शरीरा-

परम्परा संसार में चल पड़ी।

रानी — नहीं, कैसे चली?

राजा — छिपाव, आवरण और सहज सम्बन्धों का अभाव इसके कारण हैं।

रानी — क्या मतलब?

राजा - स्त्री-पुरुषों के शारीरिक अंगों में जो ढके हुए हैं, उनका नंगा न होना ही कामोद्दीपक हो गया और जो नंगे हैं वे सहज स्वीकृति से विकार उत्पन्न करने वाले नहीं हुए। यदि सुन्दरी की सुन्दर नासिका सदा ढकी होती तो नंगी होने पर वही काम-भावना को बढ़ाने वाली सिद्ध होती।

रानी — आप सम्बन्धों के विषय में....

राजा — मैं विषय से भिन्न नहीं हूँ। स्त्री-पुरुषों में संयमित संयोगों से काम के प्रति आसक्ति उत्पन्न हुई, सन्तान की परम्परा को चलाये रखने के लिए प्रकृति द्वारा अनुमोदित काम-सम्पर्क मनुष्य-योनि में विलास के लिए ग्राह्य हो गये। स्वाभाविक मधुर प्रेरणा ने अग्नि की जिह्वा का रूप धारण कर लिया और शरीर एवं मन को जलाना प्रारम्भ कर दिया।

रानी — क्या तुम स्वीकार करते हो कि जलाना प्रारम्भ कर दिया? भूल कहाँ हुई— विषय यह नहीं है। कामाग्नि की जीभ मनुष्य के मन को चाट रही है— ऐसा सिद्ध है। उसकी रक्षा कौन करे? और कैसे करे?

राजा — यदि अभिलाषा हो तो मनुष्य का मन भी बदला जा सकता है। यदि शरीर की आवश्यकता को देखकर जीवन में काम स्वीकार किया जाता है तो उसकी सीमा है; किन्तु आसक्ति से बिंधे हुए मानव-मन में संचय करने के लोभ से सब कुछ को ग्रास बना लेने वाली वासना पैदा होती है। एक पुरुष अथवा एक स्त्री की भिन्न लिङ्ग वाले एक मित्र के साथ भौतिक आवश्यकता पूरी हो सकती है; किन्तु आसक्ति संसार के समस्त भिन्न लिङ्ग वाले स्त्री-पुरुषों को भी वासना की तृप्ति के लिए कम ही मानती है। इसलिए समाज स्त्री-पुरुष-सम्बन्धों को सतर्क होकर रोकता है, किन्तु पापभावना

वरोधेन?

के प्रसार को छोड़कर इस रोक का कोई भी अर्थ नहीं है। मन के विचलित होने पर शरीर को रोकने से क्या मिलता है?

राज्ञी — महाराज !

रानी — महाराज !

राजा — मा भूः शङ्किता। नार्हते हस्तगतं रत्नं त्यक्तुम्।

राजा — आप शंकालु न बनें। हाथ आया हुआ रत्न छोड़ना ठीक नहीं है।

राज्ञी — नाहमकृतसम्बन्धां रमणीमस्मिन् प्रासादे वासयितुं मंस्ये। ममेच्छाविरुद्धं सात्र वास्यते चेदहं प्राणाँस् त्यक्ष्यामीति ध्रुवम्।

रानी — मैं बिना किसी सम्बन्ध वाली सुन्दरी को इस महल में निवास करवाने के लिए नहीं मानूँगी। यदि मेरी इच्छा के विरुद्ध उसे यहाँ रखा जाता है तो निश्चय ही मैं प्राण त्याग दूँगी।

राजा — जीविष्यति भवती। विमोचयाम्यहं तां यथेच्छं गमनाय। श्वः प्रातरेव...... तद्गन्तव्यस्थानं परिज्ञाय तत्र तां प्रापयितुं प्रबन्धो भविष्यति। अधुना गन्तव्यं विश्रामालयम्। समागतप्राया रात्रिः। श्रान्ता वयं स्वावाससुखमनुभविष्यामो भवत्या सह।

राजा — आप जीवित रहेंगी। मैं उसे इच्छानुसार गमन के लिए छोड़ देता हूँ। कल प्रातःकाल ही... उसका गन्तव्य स्थान जानकर वहाँ उसे पहुँचाने के लिए प्रबन्ध हो जायेगा। अब विश्रामालय में चलें। रात्रि होने ही वाली है। हम थके हुए हैं। आपके साथ अपने निवासस्थान में सुख का अनुभव करेंगे।

[राज्ञी निष्क्रामति। महाराजः क्षणं विरम्य मुचुटीवादनसमकालमेवोपस्थितां परिचारिकामादिशति किञ्चित् सामाजिकैरश्राव्यं, निष्क्रामति च]

[रानी निकलती है। महाराज क्षण भर रुककर चुटकी बजाते ही उपस्थित हुई परिचारिका को सामाजिकों के लिए अश्राव्य कुछ आदेश देते हैं और वह निकल जाती है]

दृश्यान्तरम्

दूसरा दृश्य

[राजप्रसादस्यापरपार्श्वं, यत्र राजकुमारी सहैवागताभ्यां स्त्रीभ्यां सह दृश्यते। गवाक्षादागता मयूखा राजकुमार्याः सौन्दर्ये चाकचक्यं जनयन्ति। वाद्यं वादयन्ती सा गायति]

[राजमहल का दूसरा भाग, जहाँ राजकुमारी साथ ही आई हुई स्त्रियों के साथ दिखाई दे रही है। खिड़की से आई हुई किरणें राजकुमारी के सौन्दर्य में चाकचक्य पैदा कर रही हैं। वाद्य यन्त्र को बजाती हुई वह गाती है]

लष्यति शारद-यामिनी॥
इन्दुमुखीन्दीवर-वर-नयना
विहरति दिशि दिशि भामिनी॥
तारक-खचित-ललितकचवेणी
स्वेद -बिन्दु - नीहारसन्मुखी॥
कलितकौमुदी, कुमुद्वती कुज -
कुङ्कुममस्तकधारिणी ॥
ज्योत्स्नावलयितनीलदुकूलं -
पृष्ठलम्बितं स्फुरति सलीलम्॥

शरद ऋतु की रात बड़ी सुहावनी है।
चन्द्रमा इसका मुख है और नीलकमल इसकी आँखें हैं। यह अन्तरिक्ष में दिग-दिगन्त में घूमती नायिका है।
आसमान पर, तारे इसके बालों की लट पर लगे सितारे हैं। ओस की बूँदें इसके मुँह का पसीना हैं। चाँदनी को ओढ़े हुए मंगल तारे के रूप में मस्तक पर लाल कुंकुम लगाकर कुमुदनी को लेकर यह घूम रही है।
चाँदनी से जड़ित इसका नीला दुपट्टा पीठ पीछे झूलता पसर रहा है।

सदसि विशन्ती शनैर्यथाऽसौ
राज्ञी शासनकारिणी ॥

लगता है जैसे कोई शासन करने वाली मलका सभा में प्रवेश कर रही है।

केशकलापाच्च्युतकुसुमोपम -
तारककणा भुवं सेवन्ते ॥

बालों के जूड़े से धरती पर गिरे हुए फूलों की तरह तारे इधर-उधर बिखरे हैं।

रशना - नीहारिका शोभते
जटित - रजतपट - काकिणी ॥

आसमान की दूधगंगा (मिल्की वे) इसके कमर की चँदीली करधनी पर जड़े कौड़ियों की पाँत लगती है।

गतागतं कुर्वन्तो बाला
ज्योतिरिङ्गणास्तमसो मार्गं॥
मोचयन्ति मा पतीद् यथैषा
प्रतिजन - निद्रावाहिनी ॥

इधर-उधर फिरते हुए जुगनू रास्ते को अन्धकार से मुक्त बना रहे हैं ताकि लोगों के लिए नींद के बोझ को ढोती हुई यह कहीं गिरे नहीं।

सहस्रशीर्षा कोऽसौ पुरुषः?
कुत आयातः ? क्वास्ति ? कीदृशः ?
कस्मै दातुं ? किं पुनराप्तुं
सरति शनैरभिसारिणी ?

वह हजारों सिर वाला कौन पुरुष है ?
कहाँ से आया है ? कहाँ है ? कैसा है ?
जिसे वह कुछ देकर न जाने क्या लेना चाहती है ?
क्या यह शारदी रात उससे मिलने के लिए चुपचाप जाती हुई अभिसारिका है ?

[कञ्चुकी शिरश्चालनेनानन्दं प्रकटयति। समाप्ते गीते रज्ज्वाकृष्य घण्टिकां वादयति। एका नारी कपाटमुद्घाट्य कञ्चुकिनमभिलक्ष्य] **प्रतीयते राजभवनस्य प्रधानकञ्चुकी....। स्वागतम्।**

[रनिवास का प्रबंधक सिर हिलाकर अपना आनन्द प्रकट करता है। गीत समाप्त होने पर रस्सी खींच कर घण्टा ध्वनि करता है। एक औरत किवाड़ खोलकर उससे कहती है] **मालूम पड़ता है कि आप राजभवन के मुख्य कंचुकी हैं। आपका स्वागत है।**

कञ्चुकी — सम्यग्ज्ञातं भवत्या। आदिष्टोऽहं महाराजेन राजकुमारीं संदेष्टुम्।

कंचुकी — आपने सही जाना। मुझे राजकुमारी को महराज का सन्देश देने को कहा गया है।

अपरा नारी — अप्रतिहतगतयो भवन्त आगच्छन्तु। पुरस्तादेव समासीना राजदुहिता।

दूसरी औरत — आप बेरोकटोक चले आयें। सामने ही राजकुमारी बैठी हैं।

[कञ्चुकी प्रविशति, राजकुमारी कञ्चुकिनमासनं प्रदर्शयति]

[कंचुकी प्रवेश करता है। राजकुमारी उसे आसन दिखाकर कहती है]

अपि महाराजेन संप्रेषिताः ? क आदेशः ?

क्या महाराज ने भेजा है ? क्या आदेश है ?

कञ्चुकी — अत्रभवतीं अन्तरङ्गप्रकोष्ठं नेतुं श्वः प्रातःकालेऽन्तः पुरप्रधानपरिचारिकाऽऽगमिष्यति। आपत्तिश्चेन्निवेदनीयो महाराजो मन्मुखेन।

कंचुकी — आपको अन्तःपुर के कमरे में ले जाने के लिए कल सवेरे रनिवास की प्रधान सेविका आयेगी। यदि आपको आपत्ति हो तो मैं उसे महाराज को निवेदित कर दूँ।

राजकु० — अपि विजितराज्यस्य राजकुमारी कर्तुमर्हत्यापत्तिम् ?

रा०कु० — जीते हुए राजा की राजकुमारी क्या आपत्ति कर सकती है ?

कञ्चुकी — मैवं वादीः। महाराजस्येयमभ्यर्थना।

कंचुकी — ऐसा न कहें। महाराज की यह प्रार्थना है।

राजकु० — प्रभोरभ्यर्थनाऽपि भवत्यादेशः। आगमिष्यामि॥

राजकुमारी — प्रभु की प्रार्थना भी आज्ञा होती है। आऊँगी।

[नतमस्तकः कञ्चुकी निष्क्रामति। राजकुमारी पुनर्गायति]

लष्यति शारद-यामिनी॥
ज्योत्स्नाधौतधराधरधरणी मानसनिर्मलकारिणी॥
रचनामयी मनीषेवैषा ।
सदसज्ज्ञानवती सविशेषा।
विश्वाधारा क्रिया निश्चला चेतश्चिन्ताहारिणी॥
दीव्यद् यद् दिवि खेचर-जालम्
अङ्केऽस्या खेलति सुविशालम्।
निखिलचेतना जगत्प्रसूरिव योगक्षेमाचारिणी॥
एकाकी खं पश्यति योगी।
कान्तां स्वप्नाविष्टो भोगी।
निशा निशेशं, प्रभा परेशं लाति हृदीशं कामिनी॥
विश्वजनीनं भावातीतं।
एकीकृतभूमौ विलसन्तं।
आश्रयमन्विष्यते जनाय निशा सदाशिवदायिनी॥

[उत्तरोत्तरं तस्याः स्वरो मन्दीभूतः शाम्यति। निद्राभिभूतां तां मन्यमाने सख्यौ प्रकाशमपवार्य शनैःशनैर्बहिरपसर्पतः।]

स्थानम् - राजभवनेऽन्तःपुरस्थं सभागृहम्

[गवाक्षात्प्रविष्टे प्रभातकालिकातपे त्रिसरेणवो भ्रमन्तो दृश्यन्ते। अत्र स्थान-निर्देशकप्रकाशे धूलिकणाः पवनान्दोलिता दर्शयितुं शक्यन्ते। महाराजो ज्यामघो राज्ञी चासनमलङ्कुर्वाते। प्रधानपरिचारिकयानुसृता प्रविशति राजकुमारी। अभिवादनान्तरं निर्दिष्टमासन-मध्यास्ते। परिचारिका बहिर्निःसरति।]

राजा — अप्यनयद् भवती सुखेन रात्रिं परिवर्तिते परिवेशे ? मन्ये न किंचिदरुन्तुदं जातम्।
राजकु० — सर्वं समीचीनम्, कृतज्ञाऽस्मि।
राजा — राजकुमारि! मुञ्चामो भवतीम्।
राजकु० — [किञ्चिद्विरम्य] अनुगृहीताऽस्मि।
राजा — मुक्ता स्वैरं गन्तुं शक्नोति भवती।
राजकु० — किं विवक्षन्ति श्रीमन्तः ?

[कंचुकी सिर झुकाकर चला जाता है। राजकुमारी फिर गाने लगती है]

शरद ऋतु की रात शोभा दे रही है। चाँदनी से धुले पहाड़ सहित धरती के वासियों के मन को यह निर्मल बना रही है। यह रचनात्मक बुद्धि की तरह सत् और असत् के ज्ञान की विशेषता दिखा रही है।
यह विश्व की आधार है और चित्त की चिन्ता को दूर कर उसे शान्त बना रही है।
जाल-सा बना नक्षत्रों का विशाल दल इसकी गोद में खेलता है। सारे विश्व की चेतना बनी यह जगन्माता की तरह संसार का योगक्षेम करने वाली है।
रात में योगी अकेला आसमान को देखता है और भोगी स्वप्नों में खोया सुन्दरी को। रात स्वयं चाँद को, चाँदनी ईश्वर को और कामिनी प्रियतम को प्राप्त करती है।
जो विश्वात्मक भावातीत एवं समभावात्मक आधारभूत शक्ति की खोज करता हो, उस साधक के लिए रात सदाशिव (ब्रह्म) की पहिचान देती है।

[उत्तरोत्तर उसका स्वर कम होता हुआ शान्त हो जाता है। उसे नींद से अभिभूत मानती हुई दोनों सखियाँ प्रकाश हटाकर धीरे-धीरे बाहर चली जाती हैं]

स्थान — राजभवन में अन्तःपुर-स्थित सभागृह

[खिड़की से प्रवेश करती हुई प्रातःकाल की धूप में धूलि के कण उड़ते हुए दिखाई दे रहे हैं। यहाँ स्थान-निर्देशक प्रकाश में धूलि के कण हवा द्वारा आन्दोलित दिखाये जा सकते हैं। महाराज ज्यामघ और रानी आसनों पर बैठे हैं। प्रधान परिचारिका द्वारा अनुसरण की जाती हुई राजकुमारी प्रवेश करती है। अभिवादन के पश्चात् निर्दिष्ट आसन पर बैठ जाती है। परिचारिका बाहर निकल जाती है]

राजा — क्या बदले हुए परिवेश में आपने रात्रि सुखपूर्वक बिताई ? मैं मानता हूँ कि कुछ कष्टदायक नहीं हुआ।
राजकु० — सब कुछ ठीक-ठाक रहा, मैं कृतज्ञ हूँ।
राजा — राजकुमारी, आपको हम मुक्त करते हैं।
राजकु० — [कुछ रुककर] अनुगृहीत हूँ।
राजा — आप अपनी इच्छानुसार जा सकती हैं।
राजकु० — श्रीमान् क्या कहना चाहते हैं ?

राजा — [अवाक् भुवं पश्यति]

राज्ञी — *असिद्धयेन नैकस्मिन् कोशे वस्तुं हि शक्यते।*

राजकु० — कोशाद् बहिरपरा स्थातुं शक्नोति।

राज्ञी — अनावृतासिश्छेत्स्यति।

राजकु० — बहिःस्थामेव छेत्तुं शक्नोति न त्वन्तरालस्थिताम्।

राज्ञी — तर्कमात्रमेतत्। आवयोर्हितं न कदाप्यभिन्नम्।

राजकु० — किन्तु महाराजेनाहं शरणवचनं दत्त्वात्र समानीता।

राज्ञी — पत्नी पत्युरर्द्धाङ्गमिति तां विना प्रदत्तं वचनमपूर्णं परिवर्तनीयं चास्ति।

राजकु० — किमिदमाकर्ण्यते मया? कोऽस्ति ममाधुना? रात्रौ सैनिकशिविरमध्युष्य समागताहं निर्दोषाऽपि न केनापि पत्नीरूपेण ग्राह्या। राजशरणं विहाय न काऽप्यन्या गतिर्मम। [स्तब्धता]

राजा — [राज्ञीं] प्रिये! यद्येषा सम्बन्धनिरपेक्षभावेनात्र वसति...।

राज्ञी — नराधिष्ठिते गृहे युवतिर्नारी नार्हति स्थातुं सम्बन्धविरहिता। सम्बन्धश्च स्थापयितुमशक्य इत्यावाभ्यां प्रथमं विचारितमेव [राजा नतमस्तको दृश्यते]

राजकु० — महाराज! मया पूर्वमेव निवेदितं यन्न रोचिष्यते राजमहिष्यै मन्निवासो राजप्रासादे। शरणवचनं दत्त्वा श्रीमताहं निःशरणा नाशिता। नाहमधुना पूर्ववसतिं प्रत्यावर्तनार्हा, न चात्र वस्तुं समर्था। मां स्वप्रजां मन्यमानाः समानीतवन्तो भवन्तोऽत्र। क्व स्थेयं मया? स्थाननिर्देशेनानुग्रहीतव्या स्वप्रजा।

[किंकर्तव्यविमूढो ज्यामघो राज्ञीं प्रत्यक्षिपातं करोति, तां च कोपाविष्टां दृष्ट्वा नतग्रीवतां नाटयति]

राजा — [मूक पृथ्वी की ओर देखता है]

रानी — निश्चय ही एक म्यान में दो तलवारें नहीं रह सकतीं।

राजकु० — दूसरी म्यान से बाहर रह सकती है।

रानी — तलवार बिना म्यान के काट डालेगी।

राजकु० — बाहर स्थित को ही काट सकती है, भीतर स्थित को नहीं।

रानी — यह केवल तर्क है। हमारे हित कभी भी एक नहीं हैं।

राजकु० — किन्तु महाराज द्वारा शरण का वचन देकर मैं यहाँ लाई गई हूँ।

रानी — पत्नी पति की अर्धांगिनी होती है उसके बिना दिया गया वचन अपूर्ण और परिवर्तनीय है।

राजकु० — मैं यह क्या सुन रही हूँ? अब मेरा कौन है? रात्रि में सैनिक शिविर में निवास करके आई हुई मैं निर्दोष भी किसी के द्वारा पत्नी रूप में ग्राह्य नहीं हूँ। राजशरण को छोड़कर मेरा दूसरा कोई ठिकाना नहीं है। [चुप्पी]

राजा — [रानी से] प्रिये! यदि यह सम्बन्ध-निरपेक्ष भाव से यहाँ रहती है....

रानी — जिस घर में पुरुष रह रहा है वहाँ सम्बन्ध के बिना युवती स्त्री नहीं रह सकती है और सम्बन्ध स्थापित करना सम्भव नहीं है। यह हम दोनों ने पहले विचार कर ही लिया है। [राजा नतमस्तक दिखाई दे रहे हैं]

राजकु० — महाराज! मैंने पहले ही निवेदन किया था कि महारानी को राजभवन में मेरा निवास अच्छा नहीं लगेगा। शरण का वचन देकर महाराज ने मुझे शरण रहित कर दिया है। मैं अब पहले निवास स्थान पर लौटने के योग्य नहीं हूँ और न ही यहाँ रहने में समर्थ हूँ। मुझे अपनी प्रजा मानते हुए आप यहाँ लाये हैं। मुझे कहाँ ठहरना चाहिए? स्थान निर्देश से अपनी प्रजा को अनुगृहीत करें। [किंकर्तव्यविमूढ़ ज्यामघ रानी की ओर आँख से संकेत करता है, और उसे क्रुद्ध देखकर गर्दन झुकाने का अभिनय करता है]

राजकु० — युद्धे युद्धोत्तरे च मत्सम्बन्धिनो हत्वा मां च जीवितां विहाय विवशीकृताऽहं त्वया स्वात्मघाताय।

[सजवं कक्षाद्बहिर्निर्गम्य स्वात्मानं पातयितुकामा अट्टमारोहति। दृश्यं परिवर्तयितुं मध्यमजवनिका-पातानन्तरं कर्मचारिणो जालं प्रसारयन्तो दृश्यन्ते। राजकुमारी नीचैरागत्य राजानं भर्त्सयति! कर्मचारिणो निष्क्रान्ताः] **राजन्! मन्यते भवान् स्वं धर्मात्मानं न्यायशीलं च। अबलाया मरणाधिकारमप्यधिगृह्य कीदृशी न्यायशीलता भवतः? निवारयतु जालग्राहिणो निजजनान्। न कश्चिन्मां मरणान्निवारयितुं शक्नोति।**

तावदेवाबला नारी यावन्मार्गान्न भ्रंश्यते।
विध्वंसाकाङ्क्षिणी सैव जेतुं शक्या न दानवैः।

मर्तव्यमेव मया। अद्यैव वा श्वो वा। कियत्कालं जीविष्याम्यहमनीहया? [इत्युक्त्वा तत्रैव तूष्णी-मासनमधितिष्ठति। घण्टिकावादनसमकालमेव प्रतिहारी प्रविशति, प्रणतिपुरस्सरं निवेदयति च]

प्रतिहारी — राजकुलपुरोहिताः पुरुषोत्तमगर्गाख्याः समुपस्थिताः श्रीमद्दर्शनलाभं वाञ्छन्तीत्यादेशे-नानुग्रहीतव्योऽयं जनः।

राजा — सादरं सम्प्रापणीयाः पूजार्हा दैवज्ञराजमहाशयाः।

[प्रतिहारी निर्गच्छति, दैवज्ञं सम्प्रापय्य निवर्तते च। राजा समुत्थायासनात्स्वागतं व्याहरति। आशी-र्वचनानन्तरं गृहीतासनं दैवज्ञं प्रति] **कृत-कृत्योऽहं सेवको भवद्दर्शनात्। आदेष्टव्योऽहं — किं करवाणि भवत्तोषाय?**

दैवज्ञः — कुलपुरोहिता वयं नित्यमेव श्रीवृद्धिं भवतां कामयामहे। वयोवृद्धैः पितृचरणैरहं शुभसमाचारं दातुं संप्रेषितः। अद्यारभ्य अष्टमदिवसे दुर्लभ उर्वरयोगो भवितास्ति, षष्टिवर्षानन्तरं सम्प्राप्तेऽस्मिन् योगयुप्तं बीजं

राजकु० — युद्ध में और युद्ध के पश्चात् मेरे सम्बन्धियों को मारकर और मुझे जीवित छोड़कर तुमने मुझे आत्महत्या के लिए विवश किया है। [वेगपूर्वक कमरे से बाहर निकल कर अपने आपको गिराना चाहती हुई अट्टालिका पर चढ़ती है। दृश्य परिवर्तन के लिए बीच वाला पर्दा गिराने के पश्चात् कर्मचारी जाल फैलाते हुए दिखाई देते हैं। राजकुमारी नीचे आकर राजा की निन्दा करती है। कर्मचारी चले जाते हैं] **राजन्, आप स्वयं को धर्मात्मा और न्यायशील मानते हैं। अबला के मृत्युवरण के अधिकार तक भी छीनने में आपकी कैसी न्याय-शीलता? जाल बिछाने वाले अपने लोगों को हटा लें। कोई भी मुझे मरने से नहीं रोक सकता है।**

स्त्री तब तक ही अबला है जब तक रास्ते से भ्रष्ट नहीं होती है। विध्वंस चाहती हुई वह दैत्यों द्वारा भी नहीं जीती जा सकती। मुझे मरना ही है। आज ही अथवा कल। बिना इच्छा के मैं कितने समय जीवित रहूँगी?

[ऐसा कहकर वहीं चुपचाप आसन पर बैठ जाती है। घण्टी बजने के साथ ही द्वारपाल प्रवेश करता है और प्रणामपूर्वक निवेदन करता है]

द्वारपाल — राजकुल के पुरोहित पुरुषश्रेष्ठ गर्ग जी आये हुए हैं। श्रीमान् जी के दर्शन करना चाहते हैं। मुझे आदेश देकर अनुगृहीत करें।

राजा — पूजा के योग्य ज्योतिषी महोदय को आदर सहित ले आओ।

[द्वारपाल जाता है और ज्योतिषी को पहुँचाकर लौट जाता है। राजा आसन से उठकर स्वागत करता है। आशीर्वाद के पश्चात् आसन ग्रहण किये हुए ज्योतिषी के प्रति] **यह सेवक आपके दर्शन से कृतकृत्य है। मुझे आदेश दें आपकी प्रसन्नता के लिए क्या करूँ?**

ज्योतिषी — हम कुल-पुरोहित नित्य ही आपकी लक्ष्मी की वृद्धि की कामना करते हैं। वयोवृद्ध पिता महोदय द्वारा मैं शुभ समाचार देने के लिए भेजा गया हूँ। आज से आठवें दिन दुर्लभ उर्वर योग होगा। साठ वर्ष के पश्चात् आये इस योग में बोया हुआ बीज बन्ध्य भूमि

बन्ध्यायां भूमावपि सन्ततिजनकम्। यतो हि महाराजस्य राज्ञ्याश्च ग्रहदशा एकमेव संतानं दर्शयति, कालान्तरे पौत्रमेकमपि, अतः सुनिश्चिता भवतः पुत्रोत्पत्ति-र्जातकस्य दीर्घायुष्यं च। तदर्थं प्रयत्नो विधेय इति।

महाराज — [मेरुमतीं रत्नमालिकां समर्पयन्] दैवज्ञशिरोमणेर्भविष्यवाणी कदाचिदपि मिथ्या नाभवदिति भृशमानन्दितोऽस्मि। वर्तमाना समस्यापि समाधीयतेऽनेन शुभसन्देशेन। [रत्न-मालिकां दत्त्वा] समर्प्यते चैषा रत्नमालिका दैवज्ञवराय।

[दैवज्ञः स्वस्तीत्युक्त्वा प्रतिगृह्णाति रत्नमालिकां निस्सरति च]

राजा — [राजकुमारीं प्रति] अपि श्रुतं त्वया दैवज्ञवचनम्? [राज्ञीमभिलक्ष्य] अधुना पुत्र-प्राप्तिः सुनिश्चिताऽऽवयोः। पुत्रवधूरूपेण ग्राह्यैषा।

राजकु० — [साश्चर्यम्] भवतोः पुत्रवधूः? योऽधुना गर्भगतोऽपि नास्ति तस्य वधूः? तेन जनिष्यमाणेन सह विंशतिवर्षदेशीयाहं विवाहं करिष्यामि?

राज्ञी — नापि स्याद्वरोऽधिको वयसि, समवयस्क-स्त्वपेक्ष्यत एव। वधूवयसो वरस्य न्यूनं वयोऽसह्यम्।

राजा — विवाहः प्रजासातत्याय भवति। तदर्थं नरः नार्या वयोऽधिकः स्यादिति नास्ति प्रकृतिविधानम्।

राज्ञी — प्रकृतिविधानं न स्याल्लोकसिद्धन्त्व-स्त्येव। अप्यस्ति आसीद्वा कोऽपि पतिर्यस्य जाया तस्माद्विंशतिवर्षाधिका भवेत्?

राजा — न भवेत्। कारणं च तत्र प्रजाधिक्यम्। सन्ततिर् मातुर्यौवनापहारिणीति ज्ञायते। एकस्यापि जातकस्य जन्म तस्या यौवनमपहरति, किं पुनर्बहूनामपत्यानां जननं, लालनं पालनञ्च, अतएव द्विगुणित-त्रिगुणित-वयोऽधिकोऽपि

पर भी सन्तान देने वाला होता है। चूँकि महाराज और रानी की ग्रहदशा एक ही सन्तान दिखाती है और कालान्तर में एक पौत्र भी, इसलिए आपके पुत्र की उत्पत्ति और जातक का दीर्घायु होना सुनिश्चित है। उसके लिए प्रयत्न करना चाहिए।

महाराज — [मेरु वाली रत्नों की माला देते हुए] दैवज्ञ शिरोमणि की भविष्यवाणी कभी भी असत्य नहीं हुई; अतः अत्यधिक आनन्द का अनुभव कर रहा हूँ। इस शुभ सन्देश से वर्तमान समस्या भी हल हो रही है। [रत्नों की माला देकर] यह रत्नों की माला ज्योतिषी महोदय के लिए दी जा रही है।

[ज्योतिषी 'कल्याण हो' ऐसा कहकर रत्नों की माला ग्रहण करता है और निकल जाता है।]

राजा — [राजकुमारी के प्रति] क्या आपने ज्योतिषी का कथन सुना? [रानी को संकेत करके] अब हमारे पुत्र प्राप्ति सुनिश्चित है। इसे पुत्रवधू रूप में ग्रहण किया जाये।

राजकु० — [हैरानी के साथ] आपकी पुत्रवधू? जो अभी तक गर्भ में भी नहीं है उसकी पत्नी? मैं बीस वर्ष की उस पैदा होने वाले के साथ विवाह करूँगी?

रानी — लड़का अधिक उम्र का न भी हो, समान आयु वाला तो होना ही चाहिए। लड़की से लड़के की कम आयु असह्य है।

राजा — विवाह सन्तान-परम्परा के लिए होता है। उसके लिए पुरुष स्त्री से अधिक आयु का हो, ऐसा कुदरत का नियम नहीं है।

रानी — कुदरत का नियम न हो, लोकसिद्ध तो है ही। क्या कोई ऐसा है अथवा था जिसकी पत्नी उससे बीस वर्ष अधिक हो?

राजा — न हो। प्रजा की अधिकता वहाँ कारण है। सन्तान माँ की युवावस्था को नष्ट करने वाली मानी जाती है। एक भी सन्तान का जन्म उसके यौवन को छीन लेता है फिर बहुत से बच्चों को जन्म देना और उनके लालन-पालन का क्या कहना! इसलिए दुगुनी-

पुरुषस्तस्याः पतिर्दृश्यते। तयोः संयोगश्च प्रीतिकरः पुष्टिप्रदः संतुलितश्च सिद्ध्यति। प्रस्तुतविषये स्नुषा पुत्रमेकमेव जनिष्यते, अस्मत्केवलैक-पौत्रयोगत्वात्। नाल्पीयस्येव काले तया गतयौवनया भाव्यमित्येकविंशति-वर्षोनोऽपिस्वानुरूपयौवनसम्पन्नजायापतिरस्मत्सूनुः सुखम-वाप्स्यतीति ध्रुवम्।

राज्ञी — अस्मिन्नेव राजभवने जातः पुष्टो वर्धितश्चास्मत्पुत्रोऽत्रस्थितां विंशतिवर्षाधिकां नारीं जननीयिष्यति। सति विवाहे मर्यादाभङ्गोऽसति चास्मन्मनोरथभङ्ग इत्युभावे-वासह्यौ।

राजा — समस्यैषा समाधातुं शक्यते। राजकुमारी राजकुमारात्तावदन्यत्र वसेद्यावत्स पूर्णयुवा न भवति। विंशतिवर्षदेशीयो युवा कुमारः सहसा सम्प्राप्तां जननाभावात्पूर्णयौवनसम्पन्नां चत्वारिंशद्वर्ष-कल्पामपि समवयस्कामिव ग्रहीष्यति। सापि च रूपयौवनसम्पन्नं राजकुमारं वरिष्यते।

राज्ञी — किं कथयिष्यन्ति ज्ञातवृत्ता जनाः?

राजा — किं कथयन्ति ते तदा, यदा विंशतिवर्षीया काचिद्युवतिश्चत्वारिंशद्भ्योऽप्यधिकेन पुरुषेण परिणीयते? यासु परिष्ठितिष्वसौ सम्पाद्यते तादृशीष्वेवैष विवाहोऽपि संपत्स्यते। [राजकुमारी-मभिलक्ष्य] **कथं राजकुमारि?**

राजकु० — महाराजो दयावशीभूत इत्थं विचारयति, किं च राजवंशस्तु दयादण्डं कठोरतमं मन्यते। मृत्युदण्डं वाञ्छति भवच्छत्रुपुत्री।

राजा — दण्डमिच्छति राजकुमारी? तर्हि विवाहमेतं दण्डरूपमेव स्वीकरोतु। बहवो समाजशास्त्र-वेत्तारोऽसमानविवाहं मृत्युदण्डमेव मन्यन्ते।

राज्ञी — को जनो दण्ड्यते महाराजेन। एषा राजकुमारी किंवा जनिष्यमाणो राजकुमारः?

तिगुनी अधिक उम्र वाला पुरुष भी उसका पति देखा जाता है। और उनका संयोग प्रीतिकर, पुष्टिप्रद और सन्तुलित सिद्ध होता है। प्रस्तुत विषय में हमारी पुत्रवधू एक ही पुत्र पैदा करेगी, हमारे एक ही पौत्र का योग जो है। थोड़े ही समय में जवानी खोयेगी नहीं। 21 वर्ष छोटा भी [कम आयु वाला भी] हमारा पुत्र अपने अनुरूप यौवन-सम्पन्न पत्नी का पति निश्चय ही सुख पायेगा।

रानी — इसी राजमहल में उत्पन्न हुआ हृष्ट-पुष्ट और युवा हुआ हमारा पुत्र यहाँ रहने वाली बीस वर्ष अधिक आयु वाली स्त्री को माँ जैसा मानेगा। विवाह होने पर मर्यादा भंग और न होने पर हमारे मनोरथ भंग होंगे जो दोनों ही असह्य हैं।

राजा — इस समस्या का समाधान किया जा सकता है। राजकुमारी राजकुमार से तब तक दूसरे स्थान पर रहे जब तक वह पूर्ण युवा नहीं हो जाता है। बीस वर्ष का युवा कुमार सहसा प्राप्त हुई मातृत्व अभाव से पूर्ण यौवनसम्पन्न 40 वर्षीय स्त्री को भी समान वय वाली की तरह ग्रहण करेगा। और वह भी रूप-यौवन-सम्पन्न राजकुमार का वरण करेगी।

रानी — इस घटना को जानने वाले लोग क्या कहेंगे?

राजा — तब वे क्या कहते हैं जब 20 वर्ष की कोई युवती 40 वर्ष से भी अधिक उम्र के किसी पुरुष से विवाहित होती है? जिन परिस्थितियों में वह सम्पन्न किया जाता है वैसी ही परिस्थितियों में यह सम्पन्न होगा। [राजकुमारी को देखकर] **क्यों राजकुमारी?**

राजकु० — मेरे ऊपर दया कर महाराज इस प्रकार विचार कर रहे हैं किन्तु राजवंश तो दयादण्ड को सबसे कठोर मानता है! आपके शत्रु की पुत्री मृत्युदण्ड चाहती है।

राजा — क्या राजकुमारी दण्ड चाहती है ? तो इस विवाह को दण्ड रूप में ही स्वीकार करो। बहुत से समाजशास्त्रवेत्ता बेमेल विवाह को मृत्युदण्ड ही मानते हैं।

रानी — महाराज किसे दण्ड दे रहे हैं? इस राजकुमारी को अथवा उत्पन्न होने वाले राजकुमार को?

राजा — नैषा, न च सः। रत्नं सदा नूत्नमेव भवति। नारीरत्नमिति प्रसिद्धमेव। नारी तावद्युवतिर्मन्यते यावत्सा तादृशी दृश्यते। अथ च यावश्विनीकुमारौ वृद्धं च्यवनं युवानं विधातुं शक्तौ, तौ ते वध्वा यौवनं न वर्धयिष्यतः? तावस्माकं कुलभिषगाचार्यौ। प्रिये! राजकुमारीप्राप्तिकाल एव पुत्रप्राप्त्याशा! धातुर्विधानं न तिरस्कार्यम्। अस्मद्दत्तं वचनं सत्यं भवतु। [राजकुमारीं पश्यन्] जीवतु च चिरं राजकुमारी।

राजकु० — किमेष उपहार उत दण्डः?
राजा — मन्यतां यथारुचि। त्वया जीवितव्यमेव।
[राजकुमारी नतमुखी न किञ्चिद् ब्रूते]
[राज्ञीमभिलक्ष्य] मा भूः सविषादा। मङ्गलदिनमद्य तवैषा पुत्रवधूः साक्षाद्रत्नमस्ति। नारीरत्नम्।
राज्ञी — [स्मेरमुखी] कथं 'तव', आवयोरिति वक्तव्यम्।
राजा — तव स्नुषा मदर्थं नारीमात्रमस्ति। आवयोर्जनिष्यमाणः — पुत्रः प्राप्तयौवनामेतां यदा परिणेष्यति, तदा भविष्यत्येना मत्पुत्रवधूः।

प्रसूनं मे सरोजं ते नारी पुत्रवधूरियम्।
सूनुना परिणीतैव सरोजं नौ हि ज्ञास्यते॥

पटाक्षेपः

नाहं प्रसूता पुत्रेण नान्या पत्न्यभवत्तव।
स्नुषासम्बन्धता ह्येषा कतमेन सुतेन ते?
शैव्या, विष्णुपुराण ४-१२-२९

राजा — न इसे और न उसे। रत्न हमेशा नया ही होता है। नारी-रत्न ऐसा प्रसिद्ध ही है। स्त्री तब तक युवती मानी जाती है जब तक वह वैसी दिखाई देती है और जो अश्विनी कुमार वृद्ध च्यवन को युवा बनाने में समर्थ रहे, क्या वे तुम्हारी वधू के यौवन को नहीं बढ़ा पायेंगे? वे दोनों हमारे कुल के भिषगाचार्य हैं। प्रिये! राजकुमारी की प्राप्ति के समय ही पुत्र-प्राप्ति की आशा! विधाता के विधान का तिरस्कार नहीं करना चाहिए। हमारा दिया हुआ वचन सत्य हो [राजकुमारी को देखते हुए] और राजकुमारी दीर्घायु हो।
राजकुमारी — क्या यह उपहार है अथवा दण्ड?
राजा — अपनी इच्छानुसार मानें। तुम्हें जीना ही है।
[राजकुमारी मुँह नीचा कर कुछ नहीं कहती है। रानी को देखकर] दुखी मत हो। आज कल्याणकारी दिन है। तुम्हारी यह पुत्र-वधू साक्षात् रत्न है। स्त्री-रत्न!
रानी — [चेहरे पर खुशी लेकर] 'तुम्हारी क्यों, हम दोनों की' कहना चाहिए।
राजा — अभी तुम्हारी पुत्रवधू मेरे लिए केवल स्त्री है। हम दोनों का उत्पन्न होने वाला पुत्र युवावस्था को प्राप्त हो और इससे जब उसका परिणय होगा तब यह मेरी पुत्रवधू होगी।
अभी यह मेरे लिए एक नारी रूप फूल है और तुम्हारे लिए कमल। पुत्र से विवाह होने पर यह हम दोनों के लिए कमल का पुष्प मानी जाएगी।

पटाक्षेप

न तो मेरा कोई पुत्र है और न आपकी कोई दूसरी पत्नी। किस पुत्र के साथ सम्बन्ध होने से यह हमारी पुत्रवधू हुई?

(विष्णुपुराण में ज्यामघ-पत्नी शैव्या ४-१२-२९)

कालगिरिः

(कारगिल)

[हिन्दी अर्थ-सहित]

भागः ३

अहो! सापत्न्यं कवितावनितयोः!

स्थानम् - वनमार्गः

[रङ्गमञ्चे ''शीतल-परिमलौ'' मार्गे संलपन्तौ दृश्येते]

शीतलः - (परिमलं प्रति) **परिमल!** वरप्रदानक्षमस्य मुनेर्दर्शनार्थं-आवां गच्छावः। अपि ते काचिद्वराकाङ्क्षा?

परिमलः - अवगच्छस्येव यदहं श्रेष्ठं रत्नं वाञ्छामि। तदस्ति स्त्रीरत्नम्। न मे कश्चिदपरो हृद्यो वरः।

शीतलः - अहमपि मन्ये स्त्रियं निरुपमं रत्नम्; किन्तु तस्याः साहचर्यं तया सह गृहावासो वा न मह्यं रोचते। प्रदोषकाले चलत्तारकद्युतिरिव नार्याः प्राप्तिप्रायतैव वरं न तु तस्याः सन्निधिसातत्यम्।

परिमलः - कल्पनाकानने विहरणशीलस्त्वं न जानासि सम्यक् कमनीयकान्तामहिमानम्। मन्येऽहमपि प्रेयसीसंसर्गविरहितोऽद्यावधि; किन्त्वनुमीयते मया यन्नवनीतकोमला हेमाङ्गी युवतिश् चपलापाङ्गनयनाभ्यां प्रेम्णा प्रेक्षते चेत्तज्जातमदो नापसर्पेदाजीवनम्, का कथा तस्या आश्लेषस्य?

शीतलः - गुणवती वक्रोक्तिसंवलिता ध्वनिमनोहरा सहृदयहृदाह्लाद-कारिणी सरसा कविता प्राप्ता चेत्किमन्यत्सौन्दर्यं स्थास्यत्यग्रे तस्याः? स्पृहयसि त्वं यस्यै वनितायै, कविस्तादृशीं विरच्य दिव्यदृष्टिद्रव्यैरहरहः पुनस्तामुत्सृजति च महत्तर-कविताहिताय।

परिमलः - अपि शाम्यति बुभुक्षा मनोमोदकैः? नालमेषा वायवी सुषमा मम तुष्ट्यै। मम मनस्तु कस्याश्चिदसिताक्ष्याः कृशोदर्या गौराङ्ग्याः शोभावलयिताननस्य चिबुकगर्ते चिरावासं

स्थान — वनमार्ग

[रङ्गमञ्च पर शीतल और परिमल मार्ग में बातचीत करते हुए दिखाई देते हैं।]

शीतल — (परिमल के प्रति) **परिमल!** वरदान देने में समर्थ मुनि के दर्शन के लिए हम दोनों जा रहे हैं। क्या तुम्हें वर-प्राप्ति की इच्छा है?

परिमल — तुम तो जानते हो कि मैं श्रेष्ठ रत्न चाहता हूँ। वह है स्त्री-रत्न। मेरा अन्य कोई भी अभिलषित वर नहीं है।

शीतल — मैं भी स्त्री को अद्वितीय रत्न मानता हूँ; किन्तु उसका साहचर्य अथवा उसके साथ घर बसा कर रहना मुझे अच्छा नहीं लगता। प्रदोष काल में चञ्चल तारों की चमक की तरह स्त्री की प्राप्ति की आशा ही श्रेष्ठ है। उसका निरन्तर साहचर्य नहीं।

परिमल — कल्पना के वन में विहार करने वाले तुम कमनीय स्त्री की महिमा को अच्छी तरह नहीं जानते हो। भले ही मैं भी आज तक प्रेमिका के सान्निध्य से रहित हूँ; किन्तु मैं अनुमान करता हूँ कि मक्खन के समान कोमल स्वर्णिम अङ्गों वाली युवती बिजली के समान चञ्चल कटाक्षों से यदि प्रेमपूर्वक देखती है तो उससे उत्पन्न नशा आजीवन दूर नहीं होता, उसके आलिङ्गन का क्या कहना?

शीतल — गुणों वाली वक्रोक्ति से सजी हुई मनोहर ध्वनि वाली सहृदयों के हृदयों को आह्लादित करने वाली सरस कविता यदि प्राप्त हो जाए तो उसके आगे कौन-सा सौन्दर्य ठहर सकेगा? तुम जिस सुन्दर स्त्री के लिए स्पृहा करते हो, कवि महान कविता के लिए अपनी दिव्य दृष्टि से वैसी ही सुन्दरी की दिनोंदिन रचना करता और त्याग देता है।

परिमल — क्या मन के लड्डुओं से भूख शांत होती है? मेरे मनस्तोष के लिए यह हवाई काल्पनिक सौन्दर्य पर्याप्त नहीं है। मेरा मन तो किसी कजरारी आँखों वाली,

समीहते । किमनया कवितया ? वनितामहं वाञ्छामि, रूपयौवनसम्पन्नां वनिताम्।

क्षीण कटि प्रदेश वाली, गौर वर्ण वाली के शोभायमान मुख की ठुड्डी के गड्ढे में चिरकाल तक रहना चाहता है। इस कविता से मुझे क्या ? मैं सुन्दरी को चाहता हूँ रूप और यौवन से सम्पन्न सुन्दरी को।

शीतलः - सौन्दर्यातिशयाश्रितमपि शरीरं यस्मिन्कस्मिन् दिने क्षीयत एव। कथं विस्मरसि वृद्धापि स्वसमये रूपयौवनसम्पन्ना युवतिरभवदिति। कोऽर्थो विनाशि शरीरं प्रत्यासक्त्या। अहन्तु प्रकृतिपरककवितां विरच्यैव जिजीविषामि। सैवास्ति ममानिन्द्यसुन्दरी वल्लभा।

शीतल — अत्यधिक सौन्दर्यसम्पन्न होता हुआ भी शरीर किसी दिन नष्ट होता ही है। तुम यह क्यों भूलते हो कि बुढ़िया भी अपनी युवावस्था में रूप और जवानी से युक्त युवती थी। विनाशशील शरीर के प्रति आसक्ति का क्या अर्थ ? मैं तो प्रकृतिपरक कविता की रचना करके ही जीना चाहता हूँ। वही मेरी प्यारी अनिन्द्य सुन्दरी है।

परिमलः - सुन्दरीसुमुखं चन्द्रसदृशमिति कविप्रपञ्च एवैषः। क्व रमणी-मुखं, क्व च धूलिधूसरितो गर्त-बहुलश्चन्द्रः! ईषच्चलित-सुन्दरी-सरसाधरः क्व, क्व च वायु-विधूतं निर्जीवं द्रुम-पल्लवम्! क्व दयिताधररससीकरः, क्व च क्षारसागरजा सुधा दासी! राशीकृतस्यासत्यस्य नामास्ति कविता।

परिमल — सुन्दरी का सुन्दर मुख चन्द्रमा के समान है— यह कवियों का प्रपञ्चमात्र है। कहाँ सुन्दरी का मुख और कहाँ धूलि से भरा हुआ अत्यधिक गड्ढों वाला चन्द्रमा। कहाँ थोड़ा सा हिलता हुआ सुन्दरी का रसीला निम्नोष्ठ और कहाँ वायु से हिलाया जाता हुआ बेजान वृक्ष का कोंपल। कहाँ सुन्दरी के निम्नोष्ठ के रस की बूँद और कहाँ खारे समुद्र से उत्पन्न अमृत की बूँद! कविता ढेर सारे असत्य का नाम है। झूठ का पुलिंदा!

शीतलः - कविता दैव्यभिव्यक्तिरितीर्यते बुधैः। अचिन्त्यानन्तशक्तिं जनयत्येषा। एतस्या एवाद्भुतशक्तिजां सृष्टिमनुकरोति मुहुर्मुहु - र्निर्मितनष्टा प्रकृतिर्युगयुगान्तरेषु।

शीतल — विद्वान कहते हैं कि कविता अलौकिक अभिव्यक्ति है। यह अचिन्त्य अनन्त शक्ति को उत्पन्न करती है। बनती-बिगड़ती प्रकृति युग-युगान्तरों में पुनः पुनः इसकी ही अद्भुत शक्ति से उत्पन्न हुई सृष्टि का अनुकरण करती है।

परिमलः - भ्रमात्मकोऽयं विचारः। नारीमप्राप्तः कविःकवितायां रोदिति। रमण्या सह प्रचलन्नरो मदिरापानं विनैव मादकतां लभते। सुन्दरी रत्नमस्ति संसारसागरोद्भूतम्। प्रयतस्व तस्याः प्राप्तये। मा नैषीः स्वजीवनं निष्फलताम्।

परिमल — यह विचार भ्रान्तिपूर्ण है। स्त्री के न मिलने से कवि कविता में रोता है। सुन्दर स्त्री के साथ चलता हुआ मनुष्य मदिरापान के बिना ही मादकता अनुभव करता है। सुन्दरी संसार-सागर से उत्पन्न रत्न है। उसकी प्राप्ति के लिए प्रयत्न करो। अपने जीवन को व्यर्थ मत जाने दो।

शीतलः - रम्यतमापि नारी कालान्तरे विरूपायते। जगति नैकापि रमणी, यस्या अन्तराले वृद्धैकावस्थिता न स्यात्। कविता नित्यं नवा, शरदां शतं शतोत्तरं वा असकृदानन्ददायिनी। प्राप्तायां काव्यप्रतिभायां कः स्पृहयेत्कामिन्यै ? कश्चिद्विक्षिप्त एव काञ्चनं परित्यज्य काचं गृह्णाति।

शीतल — सर्वाधिक सुन्दरी स्त्री भी कालान्तर में कुरूप सी लगती है। संसार में एक भी ऐसी सुन्दरी नहीं है जिसके भीतर एक वृद्धा स्थित न हो। कविता नित्य नवीन, शत-शताधिक वर्षों तक आनन्द देने वाली होती है। काव्य-प्रतिभा प्राप्त होने पर कौन कामिनी की स्पृहा करे ? कोई पागल ही सोने को छोड़कर काँच ग्रहण

परिमलः - सत्यम्, शताधिकवर्षीयो वृद्धोऽसत्सुखपरायणः कविश्च न कामयेते कामिनीम्। वृद्धस्य तरुणी विषमिति प्रसिद्धोक्त्या कवेश्चेति योजनीयम्।

शीतलः - अलं विवादेन। भिन्नरुचि र्हि लोकः। आर्द्रकस्वादो न ज्ञायते वानरेण।

परिमलः - आम्, आम्, नारीसंपर्कमगतेन कथमाकल्यते तज्जं सुखम्।

शीतलः - आत्मानं मांसलधरातलादुद्धर्तुमसमर्थः कल्पनासोपानारोहणानन्दं कथमनुभवेत्।

परिमलः - (ईषत्खिन्नो रंगमञ्चे परिभ्रमन्) **ऐहिकसुखान्यननुभूय भ्रान्तिग्रस्ता एव कल्पनासोपानारोहणमाचरन्ति। प्रसूनावेष्टित-वल्लरीव कामिनी यस्याङ्कमधिष्ठिता स कथं दिवास्वप्नसुखाय स्पृहयेत्। मित्र! कमलकोशाकारकान्तापादप्रहारोऽपि नन्दन-प्रसूतप्रसून-स्पर्शसुखं तिरस्कर्तुं सुक्षमः। गच्छाम्यहं श्री 1008 प्रपन्नानन्दं त्रैलोक्यसुन्दरीसाधकं मन्त्रं वरञ्च प्राप्तुम्।** (यातुं प्रयतते)

शीतलः - मया ततः काव्यशक्तिसाधको मन्त्रो ग्राह्यः, परं त्वत्तो भिन्नमतिरहं भिन्नमार्गेणैव गमिष्यामि। [पृष्ठलम्बिता जवनिका उत्थाप्यते। विपरीतां दिशं प्रचलन्तौ शीतल-परिमलौ रङ्गमञ्चं पारयन्तौ मध्ये भूयो भूयो मिलतः।]

परिमलः - भिन्नपथावप्यावां मध्ये भूयो भूयो मिलाव इति महदाश्चर्यम्।

शीतलः - अहमप्येतच्छोचामि यन्मध्ये मध्ये मिलित्वापि कथं पुनरावां भिन्नां दिशं व्रजावः।

परिमलः - अस्ति नेदीयानेवाश्रमः। तत्र सम्प्राप्तौ ज्ञास्यावोऽस्यापि रहस्यम्। (उभावपि व्रजत आश्रमं प्रति भिन्नपथौ)

करता है।

परिमल — सचमुच, यह सत्य है कि शतायु वृद्ध और काल्पनिक सुखों को भोगने में लगा हुआ कवि दोनों ही सुन्दरी की कामना नहीं करते हैं। वृद्ध के लिए नवयुवती विष के समान है इस प्रसिद्ध कथन के साथ 'कवि के लिए भी' ऐसा जोड़ देना चाहिए।

शीतल — विवाद से बस करें। संसार भर में प्राणियों में रुचि-भिन्नता है। बन्दर क्या जाने अदरक का स्वाद!

परिमल — हाँ, हाँ, नारी-सम्पर्क के बिना उससे उत्पन्न सुख का आकलन कैसे किया जा सकता है?

शीतल — स्वयं को मांसलता के धरातल से ऊपर उठाने में असमर्थ व्यक्ति कल्पना की सीढ़ियों पर चढ़ने का आनन्द कैसे अनुभव करे?

परिमल — (कुछ दुखी रंगमञ्च पर घूमता हुआ) **सांसारिक सुखों को न भोग कर भ्रम में पड़े हुए ही कल्पना की सीढ़ियों पर चढ़ते हैं। फूलों से सजी हुई बेल जैसी सुन्दरी जिसकी गोदी में बैठी हो, वह दिवास्वप्न जैसे सुख के लिए क्यों स्पृहा करे? हे मित्र, कमल के कोष के आकार वाली सुन्दरी के पैरों का प्रहार भी नन्दनवन में उत्पन्न पुष्प के स्पर्श-सुख को तिरस्कृत करने में समर्थ है। मैं त्रैलोक्य-सुन्दरी को वश में करने वाले मन्त्र तथा वर की प्राप्ति के लिए श्री 1008 प्रपन्नानन्द की शरण में जाता हूँ।** (जाने का यत्न करता है।)

शीतल — मुझे उनसे काव्यशक्ति-साधक मन्त्र ग्रहण करना है, किन्तु तुमसे भिन्न बुद्धि वाला मैं भिन्न मार्ग से ही जाऊँगा। (पीछे लटका हुआ पर्दा उठाया जाता है। विपरीत दिशा को चलते हुए शीतल और परिमल रंगमञ्च को पार करते हुए मध्य में बार-बार मिलते हैं)

परिमल — यह आश्चर्यजनक है कि अलग-अलग रास्तों पर चलते हुए भी हम बार-बार मिल रहे हैं।

शीतल — मैं भी यही सोचता हूँ कि बीच-बीच में मिलकर भी कैसे हम दोनों भिन्न दिशा में चलते हैं।

परिमल — समीप ही आश्रम है। वहाँ पहुँचने पर इसका रहस्य भी जान लेंगे। (भिन्न मार्ग पर दोनों ही आश्रम की ओर जाते हैं।)

[द्वितीया पृष्ठस्था जवनिका उत्थाप्यते। ध्यानमग्नस्य मुनेरन्तिकं शिष्य एकः सावधानोऽवतिष्ठते। उभौ प्रणम्यासनमध्यासाते। शीतलस्य करे वीणावादिन्याः सरस्वत्याश्चित्राङ्कितः काव्य-ग्रन्थोऽस्ति, परिमलस्य करेऽस्ति रमणीचित्रसंग्रहः। उभावपि स्वकीयं चित्रमवलोकयतः। कतिपयक्षणानन्तरं ध्यानोत्थितो मुनिर्नयने उन्मीलयति। प्रणमतस्तावुभावपि मुनि-शिरोमणिम्। मुनिश्च वरदमुद्रया स्वहस्तं उन्नमति।]

मुनिः - कथं समागतौ?

शीतलः - मन्येऽहं मानवोद्भवं जगति काव्य-प्रणयनाय। कवये निखिला सृष्टिर्जन्मना सुषमावती। संसारे कविरेव प्रथमः सौन्दर्योद्-भावकः। मनस्विनां महात्मनां कृपयैव कवित्वप्राप्तिः सम्भवा। तदहं कामये शक्तिसम्पन्न-माशुकवित्वं तत्रभवतामनुग्रहेण।

परिमलः - जगति रमणीरमणं मे रोचते। भूयान्मे जीवनं धन्यं कयाचित्सुन्दर्या सह वसतः। मयि सा, अहञ्च स्निह्याव तस्याम्।

मुनिः - युवयोरुभयोरपि गन्तव्यमभिन्नमहं मन्ये; यतः कविः कामिनीवल्लभो भवत्येव, रमणी-रमणश्च कवित्वं प्राप्नोत्येव; सौन्दर्यं हि भवति कवित्वावर्जकम्।

शीतलः - किन्तु कवितामात्रमहं वाञ्छामि।

परिमलः - कामिनीमात्रं ममाभीष्टम्।

मुनिः - कामिनी कविं, कविता च ललितयुव-जानिमप्रार्थितेऽपि वृणुतः। कामिन्या वृतः कविर्न तां परित्यक्तुं शक्नोति सहृदयत्वात्। सुषमावतीं कामिनीमाप्तः पुरुषोऽपि तद्योगे वियोगे वा कविः संजायते। तदेव मयोक्तम् उभयोरेकैव गतिरिति। कविता वनिता चैकस्या एवाभिधानद्वयम्।

शीतलः - अस्थिमांसमेदोमयी कामिनी कथं स्थास्यति अतीन्द्रिय-कल्पनामय्या निष्कलुष-भावात्मिकायाः कविताया अग्रे।

(पीछे दूसरा पर्दा उठाया जाता है। ध्यानमग्न मुनि के समीप एक शिष्य सावधान बैठा है। दोनों प्रणाम करके आसन पर बैठ जाते हैं। शीतल के हाथ में वीणावादिनी सरस्वती के चित्र से युक्त काव्यग्रंथ है, परिमल के हाथों में सुन्दरी के चित्रों का संग्रह है। दोनों भी अपने चित्रों को देखते हैं। कुछ क्षणों के पश्चात ध्यान टूटने से मुनि नेत्र खोलता है। वे दोनों भी मुनिश्रेष्ठ को प्रणाम करते हैं और मुनि वरदान की मुद्रा में अपने हाथ को ऊपर करता है।)

मुनि — कैसे आए हो?

शीतल — मैं संसार में मनुष्य की उत्पत्ति काव्य रचना के लिए मानता हूँ। कवि के लिए सम्पूर्ण सृष्टि जन्म से ही सौन्दर्यशालिनी है। संसार में कवि ही प्रथम सौन्दर्य की उद्भावना करने वाला है। मनस्वी महात्माओं की कृपा से ही कवित्व की प्राप्ति संभव है। तो मैं आपके अनुग्रह से शक्तिसम्पन्न आशुकवित्व की कामना करता हूँ।

परिमल — मुझे संसार में सुन्दर स्त्रियों से रमण अच्छा लगता है। किसी सुन्दरी के साथ रहते हुए मेरा जीवन धन्य हो जाए। मैं उससे स्नेह करूँ और वह मुझसे स्नेह करे।

मुनि — मैं मानता हूँ कि तुम दोनों का गन्तव्य एक ही है। क्योंकि कवि सुन्दरियों का प्रेमी होता ही है। सुन्दरियों से रमण करने वाला कवित्व को प्राप्त होता ही है। सौन्दर्य का झुकाव कवित्व की ओर होता ही है।

शीतल — किन्तु मैं केवल कविता को चाहता हूँ।

परिमल — केवल कामिनी ही मेरी अभीष्ट है।

मुनि — सुन्दरी कवि को और कविता सुन्दर स्त्री के पति को प्रार्थना न करने पर भी वरण कर लेती हैं। कामिनी द्वारा वरण किया गया कवि सहृदय होने के कारण उसे छोड़ नहीं सकता। सौन्दर्यशालिनी स्त्री को प्राप्त पुरुष भी उसके संयोग एवं वियोग में कवि बन जाता है। तभी मैंने कहा कि दोनों का एक ही गन्तव्य है। कविता और सुन्दरी एक के ही दो नाम हैं।

शीतल — अतीन्द्रिय, कल्पनामयी, निष्कलुष भावों से युक्त कविता के आगे हड्डियों, मांस तथा चर्बी से निर्मित शरीर वाली सुन्दरी कैसे ठहरेगी? अर्थात् कविता का स्थान कामिनी से अधिक श्रेष्ठ है।

परिमलः - कविता वनिता च नैवाभिन्ने। वनिता सुघटितावयवा स्पर्शसुखावहा। कविता रूपरहिता कल्पनाप्रसूता, सत्याभासितापि न कदाचित्स-त्तात्मिकाया वनितायाः सादृश्यं भजते।

मुनिः - युवयोरुभयोरपि वचनानि स्वस्थाने स्थाने। दत्तो वरो मयोभाभ्याम्। द्वित्रमासान्ते-ऽत्रागत्य स्वानुभवान् संसूचनीयोऽहम् [उभावपि मुनिं प्रणम्य निष्क्रान्तौ]

दृश्य-परिवर्तनम्

स्थानम् - नदीतटे विस्तीर्णमुद्यानम्।

[भूस्वामिनः शीलभद्रस्य पुष्पवाटिकायां प्रतिपादपं गुञ्जद्भिरलिकुलैः सह गायन् कविः शीतलः पवनपतत्-प्रसूनपरागान् हस्ताभ्यामुन्नीय मस्तकलेपनं करोति। कदुष्णो हृद्य आतपः मधुस्रावी मन्थरो वायुः, कूजन्तः पक्षिणश्चोपवनं समदं विदधति। मकरन्दभारश्लथसुरभिर्नासारन्ध्रेणान्तः प्रविश्य कविशीतलस्य हृत्स्थां गीतिं मुखाद्बहिर्निस्सारयतीत्थम्।]

शीतलः - (मञ्चस्यैकभागे गायति)

सुरभे ! नयसि वयसि बाल्ये माम् ?
दिशमभिसार्यां नाहं जाने,
वाचं नापि शुभामभिरामाम्।
क्वासौ प्रियो बिभेति मनो मे
किमेष एषिष्यति मां वामाम् ?
द्रुमोऽभिरामः पवनविधूतो
हस्तैराकारयति सदा याम्
भजते चेज्जारं सासक्ता
प्रियो वदेत् किं विस्मृत-प्रियताम्!

[भित्तिविभक्ते मञ्चस्यार्धभागेऽथवा स्थानप्रदर्शक-प्रकाशेन दर्शयितव्येऽर्धभागे शीतल-परिमलौ वार्तापरौ दृश्येते। मञ्चस्यापरभागे तत्रत्यभूस्वामिदुहितरौ सुवृत्तानिवृत्ते चलापाङ्गदृष्टिभिः पश्यन्त्यौ क्रीडार्थं

परिमल — कविता और सुन्दरी एक नहीं हैं। सुन्दरी सुडौल अंगों वाली तथा स्पर्श सुख देने वाली है। कविता बिना शरीर की कल्पना से उत्पन्न सत्य का आभास करवाने वाली होकर भी कभी अस्तित्वमयी सुन्दरी से समानता नहीं कर सकती।

मुनि — तुम दोनों की बातें अपने-अपने स्थान पर उचित हैं। मैंने दोनों को वर दे दिया है। दो-तीन महीनों के अंत में यहाँ आकर मुझे अपने अनुभवों से सूचित करें। [दोनों ही मुनि को प्रणाम करके निकल जाते हैं।]

दृश्य परिवर्तन

स्थान — नदी तट पर फैला हुआ उद्यान

[भू-स्वामी शीलभद्र की पुष्प-वाटिका में प्रत्येक पौधे पर गुञ्जार करते हुए भ्रमरों के समूहों के साथ गाता हुआ कवि शीतल हवा से गिरे हुए फूलों के पराग कणों को दोनों हाथों से उठाकर मस्तक पर लेपन कर लेता है। हल्की गर्म मनोहारी धूप, मधु गिराने वाली मन्द हवा और चहचहाते हुए पक्षी उपवन को मादक बना रहे हैं। मधु के भार से बिखरी हुई सुगन्धि नासिका-रन्ध्र से अंतःकरण में प्रविष्ट होकर कवि शीतल के हृदय में स्थित गीति को इस प्रकार मुख से बाहर ले आती है]

शीतल — (मञ्च के एक भाग पर गाता है)

री सुगन्धित हवा, तुम मुझे बाल्यावस्था में ले जा रही हो मैं अभिसरण योग्य दिशा को नहीं जानता हूँ और न ही सुन्दर कल्याणकारी वाणी को जानता हूँ।

मेरा प्रेमास्पद कहाँ है ? मेरा मन डरता है। क्या यह पवन मुझे उसके पास पहुँचायेगा ?

वायु से हिलाया जाता हुआ सुन्दर वृक्ष हमेशा जिसे हाथों से बुलाता है.......

यदि वह वासना से विवश होकर जारज प्रेमी के पास रहती है तो उस प्रेम-भूली से उसका असली प्रेमी क्या कहे ?

[दीवार से बँटे हुए मञ्च के आधे भाग में अथवा स्थान प्रदर्शक प्रकाश से दिखाने योग्य आधे भाग में शीतल और परिमल वार्तालाप करते हुए दिखाई दे रहे हैं। मञ्च के दूसरे भाग में वहाँ के भूस्वामी की सुवृत्ता और निवृत्ता नाम

निर्मितगुहापृष्ठे ताभ्यामदृष्टे गीतं श्रुत्वालपतो मिथः]

वाली दो पुत्रियाँ चञ्चल नेत्रों से देखती हुई खेल के लिए बनायी गई गुहा के पृष्ठ भाग में, जिसे शीतल और परिमल नहीं देख रहे हैं, गीत को सुनकर परस्पर बातें करती हैं।]

(मञ्चस्यापरभागे)

सुवृत्ता - अहो! मधुरं गायति।

निवृत्ता - कथमवरुद्धा?

सुवृत्ता - अपि न रोचते तुभ्यम्?

निवृत्ता - अपि कविता भोजनाद्यपेक्षाः पूरयति?

सुवृत्ता - धिक्! स्वार्थपरतां ते हृदयस्य। प्रेम्णःकृते...

निवृत्ता - प्रेम्णः कृते जीवनस्य भौतिकापेक्षा न कथमप्युपेक्ष्यन्ते। मह्यं तु कविसहायोऽयं द्वितीयो रोचते।

सुवृत्ता - कपिरिव कविर्दुर्ग्राह्यः। कोऽर्थो मनोरथानां व्यायामेन!

(मञ्चस्य पूर्वभागे)

परिमलः - (शीतलं प्रति) **अत्रत्यां हृद्यां प्रकृतिं निरीक्ष्य निःसृता ते हृदयात्कविता। यद्यप्यहम-किञ्चित्करीं कवितां नाभिनन्दामि, तथाप्यद्य सुखावहा प्रकृतिर्मामपि आत्मनोऽभिव्यक्तये मुखरीकरोति किञ्चिद्रचयितुम्। मया दृष्टं यद् एतयो र्ज्यायसी बाला गीतिपङ्क्तीः श्रुत्वैव हर्षातिरेकादश्रूणि व्यमुञ्चत्। अपरा नलिनेक्षणा पूर्वस्या अनुजेव प्रतीयमाना कथं जेतव्या मया काव्यरचनां विना। अहो! अदूरदर्शिता रमणीनाम्। ननु कल्पनैकवृत्तिस्त्वं वरिष्यसे रमण्या, नत्व-हमर्जनक्षमः प्राकृतः पुरुषः** (मुखाच्छन्दोमयी वाणी निः सरति)

न रूपं न वित्तं, न वंशोऽनुकूलः
गुणो नैव कश्चित्प्रकृष्टोऽपि यस्य,
परं प्राप्तकान्तो लसेत्सोऽपि लोके

मञ्च के दूसरे भाग पर

सुवत्ता — अहा, कितना मधुर गाता है!

निवृत्ता — क्यों रुक गई?

सुवृत्ता — क्या तुम्हें अच्छा नहीं लगता?

निवृत्ता — क्या कविता भोजनादि भौतिक आवश्यकताओं की पूर्ति करती है?

सुवृत्ता — तुम्हारे हृदय की स्वार्थपरता को धिक्कार है। प्रेम के लिए....

निवृत्ता — प्रेम के लिए जीवन की भौतिक आवश्यकताओं की किसी भी प्रकार उपेक्षा नहीं की जा सकती। मुझे तो यह कवि का सहायक दूसरा अच्छा लगता है।

सुवृत्ता — कवि वानर की तरह कठिनता से ग्रहण करने योग्य होता है। मन की इच्छाओं के व्यायाम से क्या ?

(मञ्च के पूर्व भाग में)

परिमल — (शीतल के प्रति) **यहाँ की मनोहारी प्रकृति को देखकर तुम्हारे हृदय से कविता फूट पड़ी। यद्यपि मैं अकर्मण्य कविता से मोह नहीं रखता हूँ, फिर भी आज सुखदायक प्रकृति मुझे भी स्वयं की अभिव्यक्ति के लिए वाचाल बना रही है। मैंने देखा कि इन दोनों में से बड़ी लड़की गीतिका की पंक्तियों को सुनकर ही अत्यधिक प्रसन्नता से आँसू बहाने लगी। दूसरी कमलिनी के समान आँखों वाली पहली की छोटी बहन की तरह प्रतीत होने वाली को मैं कैसे काव्य-रचना के बिना वश में करूँ! सुन्दरियों की अदूरदर्शिता का क्या कहना! निश्चय ही तुम कल्पनाशील हो। तुम सुन्दरी के द्वारा वरण कर लिए जाओगे। मैं सीधा-सादा किन्तु अर्जन करने में समर्थ पुरुष** (मुख से छन्दोमयी वाणी निकलती है)

जिसके न ही रूप सौन्दर्य, न धन, न अनुकूल वंश और न ही कोई प्रकृष्ट गुण है; किन्तु वह भी संसार में सुन्दरी को प्राप्त करके शोभायमान हो! कोई भी सुन्दरी मेरा

न काचिन्मनोवल्लभा मां वृणीते।

(मञ्चस्यापरभागे)

निवृत्ता - महत्त्वाकाङ्क्षोऽयं कामिनीप्रियो भृशं रोचते मह्यम्।

सुवृत्ता - कविरपि।

निवृत्ता - (व्यङ्ग्योक्तिमवगत्य) तथापि नोपेक्षणीयः, यतो हि वनिताविरहितोऽसौ तस्या सहकारायैव कवितां रचयति। प्राप्तायां तस्यां कवितां त्यक्ष्यतीति ध्रुवम्।

सुवृत्ता - अपि कवित्वं तथा गर्ह्यं यत्कविकर्मरतं नररत्नं न वरिष्यसे।

निवृत्ता - नूनम्, न रोचते मह्यं कवीनां कल्पनाविहरणम्।

सुवृत्ता - भिन्नरुचिर्हि लोकः। अहं तु...

निवृत्ता - जानेऽहं ते चित्तम्। रोचते तुभ्यमयमपरो गीतगायकः कविमहाशयः।

(मञ्चस्य पूर्वभागे शीतलः पूर्वोक्तगीतपङ्क्तिं गायति। परिमलो मार्कण्डेयपुराणस्य निम्नलिखितं श्लोकं पठति)

पत्नीं मनोरमां देहि मनोवृत्तानुसारिणीम्।
तारणीं दुर्गसंसारसागरस्य कुलोद्भवाम्॥

(द्विस्त्रिः पठित्वा) कथमन्यकृतां स्तुतिं व्याहरन्नहं स्वमनोऽभिलषितां प्रेयसीं प्राप्नुयाम्! किं करोमि न प्ररोहति कविता मम हृन्मरुभूमौ।

शीतलः - कविताविमुखस्त्वं किमर्थं तस्यै स्पृहयसि?

परिमलः - नाहं स्पृहयामि मनसा, किन्तु श्रुतं यद्रमण्योऽज्ञतावशादकिञ्चनेष्वपि कविषु स्निह्यन्ति [पुनः पत्नीं मनोरमामिति श्लोकं पठति। स्वं प्रति परिमलस्य स्नेहं ज्ञात्वा निवृत्ता, शीतलस्य हृद्यां गीतिमाकर्ण्य सुवृत्ता - उभे अपि प्रियतासक्ते ह्रिया नतानने समक्षं समुपस्थिते। दूरतः मध्ये मध्ये

वरण नहीं करती है।

(मञ्च के दूसरे भाग से)

निवृत्ता — यह महत्त्वाकांक्षी सुन्दरियों को चाहने वाला मुझे अत्यधिक अच्छा लगता है।

सुवृत्ता — कवि भी!

निवृत्ता — (व्यंग्य वाणी को समझ कर) फिर भी उपेक्षा के योग्य नहीं, क्योंकि सुन्दरी के वियोग में यह उसके सान्निध्य के लिए ही कविता रचना करता है। सुन्दरी के मिल जाने पर निश्चय ही कविता को छोड़ देगा।

सुवृत्ता — क्या कविता वैसी निन्दनीय है कि कवि कर्मरत रत्न-सदृश मनुष्य का वरण नहीं करोगी।

निवृत्ता — निश्चय ही मुझे कवियों का कल्पनाओं में खोए रहना अच्छा नहीं लगता है।

सुवृत्ता — संसार में निश्चय ही भिन्न भिन्न रुचियों के लोग हैं। मैं तो...

निवृत्ता — मैं तुम्हारे मन को जानती हूँ। तुम्हें यह दूसरा गीत गाने वाला कवि महाशय अच्छा लगता है।

(शीतल पहले वाली गीत की पंक्ति को गाता है। परिमल मार्कण्डेय पुराण के निम्नलिखित श्लोक को पढ़ता है।)

हे देवि, मन की इच्छा के अनुसार चलने वाली तथा कठिन संसार रूपी सागर से पार ले जाने वाली श्रेष्ठ कुल में उत्पन्न सुन्दर स्वरूप वाली पत्नी मुझे प्रदान करें। (दो-तीन बार पढ़कर) किसी अन्य द्वारा की गई स्तुति को दोहराता हुआ मैं अपनी मनोवाञ्छित प्रेमिका को कैसे प्राप्त करूँ? क्या करूँ? मेरे हृदयरूपी मरुस्थल में कविता का प्रस्फुटन नहीं होता है।

शीतल — तुम कविता से विमुख हो फिर कविता के लिए किसलिए स्पृहा करते हो?

परिमल — मैं मन से स्पृहा नहीं करता हूँ, किन्तु मैंने सुना है कि सुन्दरियाँ अज्ञानता के कारण तुच्छ कवियों से भी स्नेह करती हैं। [दोबारा सुन्दर पत्नी को... इस श्लोक को पढ़ता है। अपने प्रति परिमल के स्नेह को जानकर निवृत्ता, शीतल की मनोहारी गीत को सुनकर सुवृत्ता.... दोनों ही प्रेम में आसक्त होने पर लज्जा से झुके हुए मुखवाली सामने उपस्थित हो जाती हैं। दूर से बीच बीच में उनकी

तेषामगोचर उपवनरक्षकः पश्यन्नास्ते]

शीतलः - अपि भूस्वामिदुहितरौ भवत्यौ ?

सुवृत्ताः - सम्यग्ज्ञातं तत्रभवता। अनुजैषा निवृत्ता नाम्नी।

शीतलः - (विहस्य) किन्नाम्न्यग्रजा ?

निवृत्ता - यथा नाम तथा गुणा इत्युक्तिं प्रमाणयति सुवृत्ता नाम्नी ममाग्रजा।

परिमलः - अनुजापि नामानुरूपगुणवती स्यादिति भिया खिन्नोऽस्मि।

सुवृत्ताः - मा भैषीः। नाम्नैव मेऽनुजा निवृत्ता। व्यवहारे मनसा, वाचा कर्मणा च सा प्रवृत्तिपारङ्गता।

[द्वे एव निष्क्रान्ते]

शीतलः - किमस्ति नामसु ?

(परिमलं प्रति) **अपि रोचते सा तुभ्यम् ?**

परिमलः - भृशं भृशम्। अपि सुवृत्ता तुभ्यम् ?

शीतलः - सकृद्दर्शनेनैव तयापहृतं चेतः।

(उपवन-रक्षकः संप्राप्तः)

उप०-रक्षकः - आकारयति प्रभुरुभावेव स्व-कक्षे।

उभावेव - (सापराधाविव) **किं... किं... ब्रुवते ते?**

उप०-रक्षकः - गत्वैव ज्ञातव्यं किमस्ति तेषां मन्तव्यम् ? आगच्छतम्।

(अग्रे अग्रे गच्छति, तौ च भीतौ तमनुसरतः)

[आसन्द्यारूढो भूस्वामी जवनिकोत्थानानन्तरं क्रोधमुद्रायां प्रदर्श्यते]

भूस्वामी - अननुज्ञातावुपवने विचरतः ?

शीतलः - प्रसूनदिदृक्षया समागतौ।

परिमलः - न काचित्कालिका स्पृष्टा।

शीतलः - नापि मर्दिता काचिद्वल्लरी।

दृष्टि में न पड़कर बगीचे का रक्षक देखता रहता है]

शीतल — क्या तुम दोनों भूस्वामी की पुत्रियाँ हो ?

सुवृत्ता — श्रीमान् जी ने ठीक जाना। यह निवृत्ता नाम वाली मेरी छोटी बहन है।

शीतल — (हँसकर) **बड़ी बहन का क्या नाम है ?**

निवृत्ता — जैसा नाम वैसे ही गुण। सुवृत्ता नाम वाली मेरी बड़ी बहन इस कथन को प्रमाणित करती है।

परिमल — छोटी बहन भी नाम के अनुरूप गुण वाली हो इस भय से मैं दुखी हूँ।

सुवृत्ता — मत डरो। मेरी छोटी बहन नाम से ही निवृत्ता है। मन, वाणी और कर्म से व्यवहार में दुनियावी है।

[दोनों ही निकल जाती हैं।]

शीतल — नामों में क्या है ?

(परिमल के प्रति) **क्या वह तुम्हें अच्छी लगती है ?**

परिमल — अत्यधिक, अत्यधिक। क्या सुवृत्ता तुम्हें अच्छी लगती है ?

शीतल — एक बार दर्शन मात्र से ही उसने मेरा मन हर लिया। (उपवन का एक रक्षक वहाँ पहुँचकर)

उप०-रक्षक - स्वामी तुम दोनों को अपने कमरे में बुलाते हैं।

दोनों ही — (अपराधियों की तरह) **क्या.... वे क्या कहते हैं?**

बगीचे का रक्षक — तुम जाकर ही जान लो कि उनका अभीष्ट क्या है ? आइए।

(उपवन का रक्षक आगे-आगे जाता है और वे दोनों डरे हुए उसका अनुसरण करते हैं) [कुर्सी पर बैठा हुआ भूस्वामी पर्दा उठने के पश्चात क्रोध मुद्रा में दिखाई देता है]

भूस्वामी — तुम दोनों बिना आज्ञा बगीचे में विचरण करते हो ?

शीतल — हम दोनों फूलों को देखने की इच्छा से आए हैं।

परिमल — हमने किसी कली को नहीं छुआ है।

शीतल — और न ही किसी बेल को मसला है।

परिमलः - नयनसुखमात्रं लब्धम्।

शीतलः - तत्तु निवारयितुं न शक्यते केनचिदपि।

भूस्वामी - निवारयितुं शक्यते। तस्करदृष्ट्या दर्शनमपि वर्जनीयं सिध्यति विशेषतः सुमनः सुन्दरीणाम्।

शीतलः - दर्शकादृष्टै रलिकुलाचुम्बितै र्विहगाशंसितैः पुष्पपादपैः कोऽर्थो वाटिकायाम्? श्रीमन्! नावां पुष्पाण्यजिघ्राव, नाप्यवचेतुं प्रायतावहि॥

परिमलः - नावां सुमनस्तस्करौ।

भूस्वामी - स्यादेवम्। सुमनोभ्योऽपि हि कोमलतराणि कन्यामनांसि। तानि युवामपहरतः। मनोहरौ युवाम्।

शीतलः - किं भणन्ति भवन्तः?

परिमलः - अपि सत्यं वदन्ति भवन्तः?

भूस्वामी - आम्, आम्, सत्यं वदामि। उपवनात्प्रत्यावृत्ते द्वे एव मे पुत्र्यौ मनोहीने जाते। क्व गते तयोर्मनःसुमनसी? अपहृते ते दण्डनीयाभ्यां युवाभ्याम्।

शीतलः - अपि सत्यमेव मन्यते भवान् आवां दण्डनीयौ? कथमपहृते आवाभ्यां मनसी?

भूस्वामी - सकृद्दृष्टिपातेनैव मुषिते। मनोविरहिते कथं जीविष्यतस्ते? तयोश्चित्ते प्रत्यावर्तनीये बन्धनं वा स्वीकार्यं युवाभ्याम्।

परिमलः - कथमवगतं तत्रभवद्भिरावाभ्यां मुषिते मनसी इति? मन्यते चेन्मुषिते एव, कीदृशेन बन्धनेन बद्धव्यावावाम्?

भूस्वामी - (नेत्रे विस्फारयन्) निगडेन, न चाजीवनं मोक्तव्यौ। कुसुमादपि मृदुतरं नारीणां हृदयं प्रेम्णः सुलघु शोभनं भाजनं भवति। तद्युष्मादृशां यूनां नाट्यरूपेणाप्यभिष्वङ्गेनापह्रियते सद्यः। स्नेहस्निग्धहृदया नारी प्रेमाश्रयमपहाय नान्यमभिलषति।

परिमल — केवल नेत्र-सुख प्राप्त किया है।

शीतल — उसे तो कोई भी नहीं रोक सकता है।

भूस्वामी — रोका जा सकता है। चोर की निगाह से देखना भी रोका जा सकता है। विशेष रूप से सरल मन वाली सुन्दर कुमारियों का....

शीतल — दर्शकों ने जिन्हें देखकर नेत्रसुख प्राप्त नहीं किया, भ्रमरों ने जिनका चुंबन नहीं किया, पक्षियों ने जिनका यशोगान नहीं किया, उन फूलों वाले वृक्षों का बगीचे में क्या प्रयोजन? महाराज, हमने फूलों को नहीं सूँघा और न ही उन्हें तोड़ने का प्रयत्न किया।

परिमल — हम दोनों फूलों की चोरी करने वाले नहीं हैं।

भूस्वामी — ऐसा ही हो। निश्चय ही कन्याओं के मन फूलों से भी अधिक कोमल होते हैं। तुम दोनों ने उन्हें चुराया है। तुम दोनों सुन्दर हो।

शीतल — आप क्या कहते हैं?

परिमल — क्या आप सत्य कहते हो?

भूस्वामी — हाँ, हाँ, मैं सत्य कहता हूँ। उपवन से लौटने पर मेरी दोनों ही पुत्रियाँ अन्यमनस्क हो गईं। उन दोनों के मन कहाँ चले गए? वे आप दोनों ने चुरा लिये, इसलिए आप दोनों दण्डनीय हैं।

शीतल — क्या सचमुच आप ऐसा मानते हैं कि हम दोनों दण्ड के योग्य हैं। हम दोनों ने उनके मन कैसे चुराये?

भू० — एक बार दृष्टिपात से ही चुरा लिये। मन से रहित वे दोनों कैसे जीवित रहेंगी? तुम्हें उन दोनों के मन लौटाने होंगे अथवा बंधन स्वीकार करना होगा।

परिमल — आपने यह कैसे जान लिया कि हम दोनों ने उन दोनों के मन चुरा लिये? यदि चुरा ही लिये तो हमें किस तरह के बन्धन का दण्ड दिया जा सकता है?

भूस्वामी — (आँखें फाड़ते हुए) साँकल के बंधन से जिससे आजीवन छुटकारा न हो। फूल से भी अधिक कोमल स्त्रियों का हृदय प्रेम का अति लघु सुन्दर पात्र होता है। वह आप जैसे युवकों के प्रेम के नाटक से भी तत्काल चुरा लिया जाता है। स्नेह से स्निग्ध हृदय वाली स्त्री प्रेमी को छोड़कर किसी दूसरे को नहीं चाहती है।

शीतलः - अथ कोऽभिप्रायो भवताम्?

परिमलः - किमिच्छन्ति भवन्तः?

भूस्वामी - हृतचित्तयोः पुत्र्योरुद्वाहमात्रम्। तदेकैकस्याःस्वानुरूपायाः पुत्र्याः पाणिग्रहणान्नेतरा गतिरधुना भवतोः कृते।

शीतलः - हृद्यैषा गतिः। स्वीकरोमि भवत्प्रस्तावम्।

परिमलः - अभिलषितमेव ममैतत्।

भूस्वामी - तर्हि स्वीक्रियतां सत्कारः।

[भूस्वामी इङ्गितेन परिचारकमाह्वयति, कर्णान्तिकं मुखं नीत्वा किञ्चिदादिशति च। स चाचिरान्मधुपर्कमिष्टान्नादीन्यानयति। आभ्यन्तरात्कक्षान्मधुरालापाः श्रूयन्ते।]

दृश्य-परिवर्तनम्

[रङ्गमञ्चस्य जवनिकाकृतप्रत्यर्धभागे सुवृत्ताशीतलावेकत्र, निवृत्ता-परिमलावपरत्र परस्परमपश्यद्दम्पतिद्वयं वार्तापरं क्रमशो दृश्यते]

शीतलः - तव प्रथमदर्शन एवाहं त्वत्परो जातः। तदा ते मनस्यपि मदर्थं प्रणयोदयः सञ्जात इत्यहमनुमन्ये। अथ कथमवगतास्ते मनोभावास्त्वत्पित्रा, येन पश्चादहं परिमलेन सह प्रताडितः?

सुवृत्ता - त्वन्मुखाम्भोजान्निसृतायास्ते कवितायाः प्रथमामेव पंक्तिं श्रुत्वा मे मनस्त्वदायत्तं जातम्। मां वियोगविमनस्कां दृष्ट्वा पितृपादाः सेवकसहकारेण तत्सर्वं ज्ञात्वावदन् — यदि रोचते ते कविर्विवाहस्ते करिष्यामि तेनैवेति।

शीतलः - अत्यद्भुतं तस्य चरितम्। कीदृक्प्रताडनपुरस्सरः पुरस्कारः।

सुवृत्ता - एवमेव, एवमेव। दिष्ट्या लब्धो मया ते सहकारः, कवेः सहकारः!

शीतलः - अपि रोचते ते कविता?

शीतल — श्रीमान जी का क्या अभिप्राय है?

परिमल — आप क्या चाहते हैं?

भूस्वामी — केवल चुराए गये हृदय वाली पुत्रियों का विवाह। तो आपके लिए अपने अपने गुणों के अनुरूप मेरी एक- एक पुत्री के पाणिग्रहण के अतिरिक्त दूसरा रास्ता नहीं है।

शीतल — यह दिल को भाने वाली बात है। मैं आपके प्रस्ताव को स्वीकार करता हूँ।

परिमल — यह मेरा मनोवांछित ही है।

भूस्वामी — तो स्वागत स्वीकार कीजिए।

[भूस्वामी इशारे से नौकर को बुलाता है और कान के समीप मुख ले जाकर कुछ आदेश देता है और वह शीघ्र ही मधुपर्क, मिष्टान्न आदि लाता है। भीतरी कक्ष से मधुर आवाजें सुनाई देती हैं।]

दृश्य परिवर्तन

[रङ्गमञ्च के परदे से किए गए प्रत्येक आधे भाग में सुवृत्ता और शीतल एक स्थान पर, निवृत्ता और परिमल दूसरे स्थान पर आपस में न दिखाई देते हुए दोनों जोड़े बातचीत करते हुए क्रमशः दिखाई देते हैं]

शीतल — तुम्हें पहली बार देखने पर ही मैं तुम्हारे अधीन हो गया। तब तुम्हारे मन में भी मेरे लिए प्रेम भाव का उदय हो गया था, मैं ऐसा मानता हूँ। तो तुम्हारे पिता ने तुम्हारे मनोभावों को कैसे जाना, जिससे फिर उन्होंने परिमल के साथ मुझे प्रताड़ित किया?

सुवृत्ता — तुम्हारे मुखरूपी कमल से निकली हुई कविता की प्रथम पंक्ति को सुनकर ही मेरा मन तुम्हारे अधीन हो गया था। मुझे अन्यमनस्क पाकर पिता जी ने सेवक से वह सब कुछ जानकर कहा, यदि तुम्हें कवि अच्छा लगता है तो उसी के साथ तुम्हारा विवाह करूँगा।

शीतल — उनका चरित्र विचित्र है। कैसा प्रताड़नायुक्त पुरस्कार?

सुवृत्ता — ऐसा ही है, ऐसा ही है। भाग्य से मुझे तुम्हारा साहचर्य प्राप्त हुआ है। कवि का साहचर्य!

शीतल — क्या तुम्हें कविता अच्छी लगती है?

सुवृत्ता - भृशम्। त्वद्गीतपदानि श्रुत्वा सञ्जातो रोमाञ्चोऽद्यापि स्मर्यमाणो मां मादयति।

शीतलः - न मां कदाचित्त्यक्ष्यसि ?

सुवृत्ता - त्यक्ष्यामि प्राणैः सहैव।

[परस्परमाश्लेष्टुकामाभ्यां प्रकाशोऽपहृत्यापरस्मिन् भागे प्रक्षेपणीयः, यत्र निवृत्तापरिमलौ वार्तापरौ स्तः]

परिमलः - रमणीरहितमरमणीयं जीवनं किं जीवनम् ? त्वया स्वोपस्थित्या सुधन्यः कृतोऽयं जनः।

निवृत्ता - प्रियानाश्रिता नारी भ्रमरानभिनन्दिता लतेव निष्फला। त्वां लब्ध्वावगतो जीवनस्यार्थः। अहो! पितृपादानां कल्याणकारिता!

परिमलः - कीदृशी कटुतावेष्टिता मधुरता पितृपादानाम्। शीतलेन सहाकारितोऽहं तदा तत्समक्षं स्थातुमपि भीतः, किञ्च पश्चात्तेनैव प्रस्तुतं विवाहादेशं श्रुत्वाद्यापि न विश्वसिति मे हृदयम्।

निवृत्ता - प्रवृत्तिपरकान् ते विचारान् उपवने गुप्तरूपेण विज्ञायाहं भृशं तुष्टा मनसि त्वामवृणि पतिरूपेण।

परिमलः - त्वां दृष्ट्वा स्वभावतोऽकवे मे मुखाद्धर्षाधिक्याच्छन्दोमयी वाणी निःसृता। जानीहि कविता निःसृता।

निवृत्ता - कविता ? त्वं तु कवितां...

परिमलः - आम्, आम्, अहं कवितां नाभ्यनन्दम्, किञ्च न जाने किं संजातं यत्ते रूपशीले वर्णयतो मे शब्दाः कविताकारतां संप्राप्ताः।

निवृत्ता - किं तदारभ्य कविता प्रीणाति त्वाम् ?

परिमलः - प्रणयकुपितां स्नेहासक्तां वा त्वामुद्दिश्य

सुवृत्ता — अत्यधिक। तुम्हारे गीत के पदों को सुनकर उत्पन्न रोमाञ्च आज भी याद किए जाने पर मुझे उन्मत्त कर देता है।

शीतल — क्या मेरा साथ कभी नहीं छोड़ोगी ?

सुवृत्ता — प्राणों के साथ ही तुम्हें छोड़ूँगी।

[आपस में आलिंगन की इच्छा वाले उनसे प्रकाश हटाकर दूसरी तरफ डालना चाहिए, जहाँ निवृत्ता और परिमल बातचीत कर रहे हैं]

परिमल — सुन्दरी के बिना नीरस जीवन कैसा जीवन है! तुमने अपनी उपस्थिति से मुझे कृतार्थ किया।

निवृत्ता — प्रेमी पुरुष के आश्रय से विहीन स्त्री भ्रमर समूहों द्वारा गुञ्जार से कृतकृत्य न की गई लता की तरह व्यर्थ है। तुम्हें पाकर जीवन का महत्त्व जान लिया। पिता जी की कल्याणकारी भावना का क्या कहना है!

परिमल — पिता जी की सहृदयता कैसी कड़वाहट से लिपटी है ? शीतल के साथ बुलाया गया मैं तब उनके समक्ष ठहरने में भी डरा हुआ था; किन्तु बाद में उनके द्वारा ही प्रस्तुत विवाह के आदेश को सुनकर आज भी मेरा हृदय विश्वास नहीं करता है।

निवृत्ता — उपवन में गुप्त रूप से तुम्हारे प्रवृत्तिपरक विचारों को जानकर मैं अत्यधिक प्रसन्न हुई तथा मन में पति रूप में तुम्हारा वरण कर लिया।

परिमल — तुम्हें देखकर स्वभाव से कवि न होने पर भी मेरे मुख से हर्ष की अधिकता के कारण छन्दोमयी वाणी निकल पड़ी। समझ लो कि कविता ही निकल पड़ी।

निवृत्ता — कविता ? तुम तो कविता को.....

परिमल — हाँ, हाँ, मैं कविता से मोह नहीं रखता हूँ किन्तु मैं नहीं जानता हूँ कि क्या हो गया था कि तुम्हारे सौन्दर्य और स्वभाव का वर्णन करते हुए मेरे शब्द काव्यमयता को प्राप्त हो गए।

निवृत्ता — क्या तब से लेकर तुम्हें कविता अच्छी लगती है?

परिमल — प्रेम में क्रुद्ध अथवा स्नेह में आसक्त तुम्हें

वर्णिता लिखिता वा कविता रोचते मह्यम्, न च त्वदनाश्रिता।

निवृत्ता - बिभेमि कालान्तरे मामनुद्दिश्य लिखितापि कविता ते तोषाय प्रभविष्यतीति।

परिमलः - अलं संदेहेन। त्वामन्तराहं नन्दनानन्दकरीमुर्वशीमपि नाद्रिये किं पुन र्मनुजादिसौन्दर्यशालिनीं कविताम्। न जीविष्यति परिमलो निवृत्तां विना।

निवृत्ता - (परितुष्टा) अनुगृहीतास्मि।

दृश्य-परिवर्तनम्

[रङ्गमञ्चे मध्यान्तरायभिन्ने द्वे गृहे दृश्येते। एकस्मिन् सुवृत्ताशीतलौ द्वितीये च निवृत्तापरिमलौ कार्यरतौ स्तः। सुवृत्ता शिशुधार्यमूर्णावस्त्रं वयन्ती दृश्यते। निर्मितमेकं वस्त्रं नागदन्तेऽप्यवलम्बितमस्ति। शीतलो मञ्चिकास्थितः कवितां रचयन् दृश्यते। पुरस्ताद्द्वितीये गृहे परिमलो निवृत्तायाः केशेषु पुष्पाण्यारोपयति। सहसा प्रपन्नानन्दो मुनिः प्रविशति। सर्वे समुत्थाय ससंभ्रमं मुनिं प्रणमन्ति]

मुनिः - (आसनस्थः) अपि कुशलिनो भवन्तः ?

सर्वे - [तत्रभवतामनुग्रहः, अनुगृहीता वयम्। भगवत्कृपास्तीति शब्दान् व्याहरन्ति।]

मुनिः - (पुनः पृच्छति) अपि नीयते सुखेन कालः ?

सर्वे - आम्, भगवन्!

मुनिः - वत्सरादधिकः समयो जातः। विस्मृतोऽहं युवाभ्याम्। मत्तो वरान् लब्ध्वा विवाहस्य सूचनापि न प्रेषिता।...

[शीतल-परिमलौ वक्तुमनसौ प्रतीयेते] यौ वरौ लब्ध्वा तुष्टौ युवां स्वसुखाय स्पृहयथः, तौ न सदा सुखावहौ। युवाभ्याम्...।

लेकर वर्णित अथवा लिखित कविता मुझे अच्छी लगती और उससे भिन्न नहीं। किसी अन्य को लेकर नहीं।

निवृत्ता — मैं डरती हूँ कि कालान्तर में किसी अन्य विषय पर लिखी गई कविता भी तुम्हारी प्रसन्नता के लिए प्रभावशालिनी होगी।

परिमल — सन्देह से बस करो। तुम्हारे बिना मैं नन्दनवन को आनन्दित करने वाली उर्वशी को भी सम्मान नहीं देता हूँ; फिर मनुष्य को लेकर लिखी सौन्दर्यशालिनी कविता का क्या ? परिमल निवृत्ता के बिना जीवित नहीं रहेगा।

निवृत्ता — (प्रसन्न हुई) अनुगृहीत हूँ।

दृश्य परिवर्तन

[रङ्गमञ्च पर मध्य भिन्न-भिन्न दो घर दिखाई दे रहे हैं। एक में सुवृत्ता और शीतल एवं दूसरे में निवृत्ता और परिमल काम में लगे हैं। सुवृत्ता बच्चे के पहनने योग्य ऊनी वस्त्र बुनती हुई दिखाई दे रही है। बुना हुआ एक वस्त्र खूँटी पर भी लटका हुआ है। शीतल चौकी पर बैठा हुआ कविता लिखता हुआ दिखाई दे रहा है। सामने दूसरे घर में परिमल निवृत्ता के बालों पर फूल सजा रहा है। अकस्मात प्रपन्नानन्द मुनि प्रवेश करता है। सभी उठकर आदर के साथ मुनि को प्रणाम करते हैं]

मुनि — (आसन पर बैठे हुए) क्या आप कुशलपूर्वक हैं?

सभी — [आपकी कृपा है, हम सब कृतार्थ हैं, भगवान की कृपा है, इस प्रकार के शब्दों का प्रयोग करते हैं।]

मुनि — (दोबारा पूछता है) क्या समय सुखपूर्वक व्यतीत हो रहा है ?

सभी — हाँ श्रीमान जी।

मुनि — एक वर्ष से अधिक समय हो गया है आप दोनों ने मुझे भुला दिया। मुझसे वर प्राप्त करके आपने विवाह की सूचना भी नहीं दी।

[शीतल और परिमल कहने के इच्छुक लग रहे हैं]

जिन वरदानों को प्राप्त कर तुम दोनों सुख की कामना करते हो, वे हमेशा सुखदायक नहीं हैं। तुम दोनों के

[शापभयात्त्रस्तौ शीतल-परिमलौ] **तौ कष्टकरौ सेत्स्यतः।**

शीतलः - क्षम्यतां मुने! मा मैवं शाप्सीः।

परिमलः - क्षन्तव्योऽहं प्रमादाय।

मुनिः - नाहं शपामि। प्राप्तयो-र्वरयो-र्दोषान्दर्शयामि।

शीतलः - को दोषो मद्याचितवरस्य?

परिमलः - अहन्तु निर्दोषं वरमयाचे।

मुनिः - अद्यावधि स्ववाञ्छितवरयो र्गुणानेव युवाम् लब्धवन्तौ (किञ्चिद्-ध्यात्वा) **अग्रे तयोर्दोषान्द्रक्ष्यथः। शुभमस्तु** [मुनिः व्रजति। पिपृच्छिषया सपत्नीकौ शीतलपरिमलौ 'किंभविष्यत्यग्रे भगवन्!' इति वदन्तौ तमनुसरतः]

दृश्य-परिवर्तनम्

[नेपथ्यस्थः सूत्रधारः सूचयति — व्यतीतं हायनत्रयमिति। शीतलो रङ्गमञ्चस्यार्द्धभागे गायं ल्लिखंश्च दृश्यते। सुवृत्ता रसवत्यां पाचन-क्रियालग्ना। तयोः पुत्री रीती रोदिति कथयति च]

रीतिः - माता बुभुच्छा मां बाडते। देहि खाद्दम्। (मातः बुभुक्षा मां बाधते। देहि मे खाद्यम्)

सुवृत्ता - गोधूमचूर्णावलेहक्लिन्नौ मे हस्तौ। स्वपितरं ब्रूहि।

रीतिः - (पितरमुगम्य) **छुधा...** (क्षुधा) **छुधा...** (क्षुधा) **खाद्दम्...।**

(सा द्वित्रवारं याचते। भोजनं पेयं वालब्ध्वा पुनर्मातरं सम्प्राप्य)

रीतिः - पिता कवता (कविता)... **न छुनोति (शृणोति)**

सुवृत्ता - (खिन्ना) **कविवर! बालिका ते बुभुक्षितास्ति। कवितोपासनां विहाय प्रयच्छ तस्यै करपट्टिकाम्॥**

[शीतलः पूर्ववद्रचनां कुर्वन् दृश्यते]

सुवृत्ता - (खिन्नतरा) **कपि(वि)बर! न शृणोषि**

लिए..... [शाप के भय से भयभीत शीतल और परिमल] **वे दोनों वरदान कष्टदायक सिद्ध होंगे।**

शीतल — मुनिराज क्षमा करें। नहीं, इस प्रकार शाप मत दें।

परिमल — मुझे अवहेलना के लिए क्षमा करें।

मुनि — मैं शाप नहीं दे रहा हूँ। प्राप्त वरों के दोषों को दिखा रहा हूँ।

शीतल — मेरे द्वारा माँगे गए वर में क्या दोष है?

परिमल — मैंने तो दोषरहित वर माँगा है।

मुनि — आज तक तुम दोनों ने स्वअभिलषित वरों के गुणों को ही पाया है। (कुछ सोचकर) **आगे शीघ्र ही उनके दोषों को देखोगे। आपका कल्याण हो।** [मुनि चलता है। **महाराज, आगे क्या होगा?** ऐसा पूछने की इच्छा से पत्नी सहित शीतल और परिमल उसका अनुसरण करते हैं]

दृश्य परिवर्तन

[पर्दे में स्थित सूत्रधार सूचना देता है कि तीन वर्ष व्यतीत हो गए हैं। शीतल रंगमञ्च के आधे भाग में गाता और लिखता हुआ दिखाई देता है। सुवृत्ता रसोई में भोजन पकाने में लगी हुई है। उनकी पुत्री रीति रोती है और कहती है]

रीति — माँ मुझे भूख लगी है। मुझे खाने के लिए दो।

सुवृत्ता — मेरे हाथ गेहूँ का आटा गूँथने के कारण गीले हैं। अपने पिता से कहो।

रीति — (पिता के पास जाकर) **भूख... भूख.... खाने को....**

[वह दो तीन बार माँगती है, खाद्य व पेय न पाकर पुनः माता के पास जाकर....]

रीति — पिता कबता (कविता).... **नहीं छुनते** (सुनते) **हैं।**

सुवृत्ता — (दुखी) **हे कविश्रेष्ठ, तुम्हारी पुत्री भूखी है। कविता की उपासना छोड़कर उसे रोटी दो।**

[शीतल पहले की तरह रचना में लगा हुआ दिखाई देता है]

सुवृत्ता — (अधिक दुखी) **हे कविश्रेष्ठ, क्या मेरी बात**

मद्वच ? कीदृग्धृष्टोऽसि!

[शीतलो ध्यानभङ्गकारणात्क्रुद्धः समागत्य गलहस्तं दत्त्वा रीतिं ताडयति। रसवत्या मञ्जूषामुद्घाट्य करपट्टिकां प्रयच्छति, सरोषाक्षिभ्याञ्च सुवृत्तां पश्यन् पुनः स्वकक्षं गत्वा कवितां रचयति। द्वारे कृतः खट्-खट् ध्वनिः श्रूयते। सुवृत्ता शीतलमाकार्यादिशति- **'पश्य कोऽस्ति ? किमिच्छतीति ?'** शीतलो गत्वा पश्यति भिक्षुरेको भिक्षां याचत इति। भिक्षां दत्त्वा यावदेव स स्वकक्षमागत्य कपाटौ पिधाय लिखति तावदेव सुवृत्ता तं हट्टाद् दध्यानेतुं पुनराकारयति **'आनय हट्टाद्दधि'**। शीतलोऽनाकर्ण्य स्वकीयां रचनां पठति]

शीतलः -

नृत्येत् क्षेत्रे मयूरेण गीतं गायेच्च कोकिलैः
उड्डयेताण्डजैर्व्योम्नि सञ्चरेन्मेषशावकैः
कुड्मलाङ्कित-वल्लर्यां शयानशशाद्वले स्थले
पत्रान्तरालविच्छिन्नां ज्योत्स्नामाच्छादयेद्वने
किमप्राकृत-सौन्दर्यं न्यूनतारिक्ततामयम्।
प्रकृतिः परमा शोभाप्सरो-दर्पहरी दरी।

सुवृत्ता - काव्यरचनैव नालं बुभुक्षा-शमनाय। नास्ति गृहेऽल्पमपि दधि। शिशु-विडालोऽयं कथं मया तोषणीयः ? आनय शीघ्रं दध्यापणात्। नो चेद् भोजनं न पच्यते मया। सर्वदैव प्रातःकालादासायं गृहकार्यलग्नया मया दुःखमनुभूयते, त्वया च **कवितां कुर्वता सुखम्।**

शीतलः - (पुरःस्थः) **कथमकारणक्रुद्धा मां भर्त्सनैस्त्रासयसि ? कवित्वाद् वृतपूर्वं मां तिरस्करोषि तत्कारणदेवाधुना ? तवाज्ञातवृत्तोऽनुशोचामि स्वोद्वाहं त्वया सार्द्धम्।**

सुवृत्ता - मा शोचीः। गच्छाम्यहमपुनरागमनाय। [प्रस्फुरिताधरा] **न ते कयाचिन्नार्या प्रयोजनम्। एतानि कमलानि ते काव्यसुन्दर्याः करचरणनयनमुखानामुपमानानि** (कमलानि विकिरति) **दर्शं**

नहीं सुनते हो ? कैसे ढीठ हो ?

[शीतल ध्यानभंग होने से क्रुद्ध आकर गर्दन पकड़कर रीति को रसोई में अलमारी खोलकर रोटी देता है और क्रोध भरी दृष्टि से सुवृत्ता को देखता हुआ दोबारा अपने कमरे में जाकर कविता लिखता है। दरवाजे पर की गई खटखट की आवाज सुनाई देती है। शीतल जाकर भीख माँगते हुए भिखारी को देखता है। भिक्षा देकर जब वह अपने कमरे में आकर दरवाजा बंद करके लिखता है तभी सुवृत्ता उसे दुकान से दही लाने के लिए पुनः बुलाती है। शीतल बिना सुने अपना रचना पढ़ता है]

शीतल — मोर खेतों में नृत्य करें, कोयलों का समूह गीत गाए,
पक्षी आकाश में उड़ें, भेड़ के बच्चे चिन्हित बेल से सोते हुए घास वाले स्थान पर विचरण करें,
पत्तों के मध्य में विछिन्न चाँदनी को वन में ढक लें।
क्या कृत्रिम सौन्दर्य कमी से रहित है ?
असुन्दर स्त्री प्रकृति की परम शोभा अप्सरा के घमंड को दूर करने वाली है।

सुवृत्ता — भूख मिटाने के लिए काव्यरचना पर्याप्त नहीं है। घर पर थोड़ा सा भी दही नहीं है। इस बच्चे को मैं कैसे प्रसन्न करूँ ? जल्दी बाजार से दही लाओ अन्यथा मैं आज भोजन नहीं पकाऊँगी। हमेशा ही प्रातःकाल से शाम तक गृहकार्यों में मैं दुख भोगती हूँ और तुम कविता करते हुए सुख का अनुभव करते हो।

शीतल — (सामने स्थित) **क्यों अकारण ही क्रुद्ध होकर मुझे ताड़ना देकर डरा रही हो ? पहले कवित्व के कारण ही तुमने मुझे चुना और अब मेरा तिरस्कार करती हो। तुम्हारे स्वभाव से अपरिचित हो तुम्हारे साथ विवाह कर पछता रहा हूँ।**

सुवृत्ता — चिन्ता मत करो। मैं दोबारा न आने के लिए जा रही हूँ। (फड़फड़ाते होंठों से) **तुम्हें किसी स्त्री से प्रयोजन नहीं है। ये कमल, तुम्हारी काव्यसुन्दरी के हाथ, पैर, नेत्र और मुख के उपमान हैं।** (कमलों को

दर्शमानन्दं लभस्व। शुक्लपक्षे त्रयोदश्यां चन्द्रः प्रतिमासं द्रक्ष्यते। कदलीवनं ते उद्यानेऽस्त्येव। दीर्घग्रीवानां कलशानामपि नात्राभावः। दाडिम्यः सुलभा अत्र। मृग-मयूर-पिकानां बाहुल्यं न स्यात्, किञ्च नातिदूरे जन्तुगृहे द्रष्टव्यास्ते। प्रकृत्युपासकानां कवीनां कृते न कश्चिदर्थः कामिन्या। तदहं गच्छामि बालिकया सह। [बालिकां संगृह्य प्रस्थिता। मा मेति-भाषमाणः शीतलस्तामनुसरति]

[रङ्गमञ्चस्य द्वितीयार्धभागे स्थानदर्शकप्रकाश-साहाय्येन निवृत्तापरिमलयोरभिनयो दर्शयितव्यः। स्नानागारं गतां निवृत्तामाकारयति परिमलः]

निवृत्ता - (खिन्ना) कथमेवमाकुलस्त्वम्?

परिमलः -

संगृह्य चिकुरानूर्ध्वं कराभ्यां सीकरान्वितान्।
सद्यः स्नातां प्रियां द्रष्टुं मनो मे ह्याकुलायते॥

[स्नानागाराद्बाहरागतां निर्निमेषनयनाभ्यां पश्यन्तं परिमलमविगणय्याग्रे चलन्तीं निवृत्तामालक्ष्य]

परिमलः - (तामनुसरन्)

दासोऽहं त्वद्गतप्राणः कामये त्वामहर्निशम्
अदत्त्वाप्रियताश्लेषं प्रिये यासि कुतोऽधुना?

निवृत्ता - किमर्थं कवीयसि सततम्? गद्येऽप्यभिप्रायः निवेदयितुं शक्यते।

परिमलः - त्वां दृष्ट्वा प्रायश आनन्दातिरेकात् कवितैव प्ररोहति। विवशोऽहं प्रिये! अभिप्रायस्तु मौनमाकलय्यापि निवेद्यते (आलिङ्गितुं करौ प्रसारयति)

निवृत्ता - (खिन्दन्त्यपि) स्व-सौभाग्यं मन्ये।

परिमलः - (चत्वरगमनोत्सुकाया निवृत्ताया मार्गं रुणद्धि। तत्क्षान्तर्गताया मुखशोभां चन्द्रज्योत्स्नां चकोरकिशोराभ्यामिव नयनाभ्यां निर्निमेषं पिबन्)

बिखेरती है) इन्हें देख देखकर आनन्द प्राप्त करना। शुक्ल पक्ष मे त्रयोदशी को चन्द्रमा हर माह दिखाई देगा। केले का वन तुम्हारे उद्यान में है ही। लम्बी गर्दन वाले घड़ों की भी यहाँ कमी नहीं है। अनार यहाँ सुलभ हैं। हिरण, मोर, कोयलों की भले ही यहाँ अधिकता न हो, किन्तु समीप चिड़ियाघर में वे द्रष्टव्य हैं। प्रकृति के उपासक कवियों के लिए कामिनी का कोई महत्त्व नहीं है। तो मैं बेटी के साथ जा रही हूँ।

[बालिका को लेकर चली गई- नहीं, नहीं कहता हुआ शीतल उसका अनुसरण करता है]

[रंगमञ्च के दूसरे आधे भाग में, स्थानदर्शक प्रकाश की सहायता से निवृत्ता और परिमल का अभिनय दिखाना चाहिए। नहाने गई निवृत्ता को परिमल बुलाता है]

निवृत्ता — (दुःख के साथ) तुम इस तरह व्याकुल क्यों हो?

परिमल — जलकणों से युक्त केशों को हाथ से ऊपर पकड़कर अभी-अभी स्नान किए हुई प्रिया को देखने के लिए मेरा हृदय व्याकुल हो रहा है। [स्नानघर से बाहर आई हुई एकटक दृष्टि से देखते हुए परिमल को कुछ न समझती हुई आगे चलती हुई निवृत्ता को लक्ष्य करके]

परिमल — (उसका अनुसरण करता हुआ) मैं तुम्हारा दास हूँ। मेरे प्राण तुम्हारे अधीन हैं। मैं रात दिन तुम्हें चाहता हूँ। हे प्रिये, अब प्यार भरा आलिंगन दिए बिना कहाँ जा रही हो?

निवृत्ता—निरन्तर किसलिए कवि की तरह आचरण करते हो। गद्य में भी अभिप्राय निवेदन किया जा सकता है।

परिमल — तुम्हें देखकर प्रायः हर्ष की अधिकता के कारण हृदय से कविता ही निकलती है। हे प्रिये, मैं विवश हूँ। अभिप्राय तो मौन रहकर भी निवेदन किया जा सकता है। [आलिंगन करने के लिए हाथों को फैलाता है।]

निवृत्ता — (दुखी होती हुई भी) अपना सौभाग्य मानती हूँ।

परिमल — [चौराहे पर जाने के लिए उत्सुक निवृत्ता के मार्ग को रोकता है। कमरे के भीतर आई हुई उसके मुख की शोभा का उसी प्रकार टकटकी लगाकर पान करता है

मृगाङ्कवदनं वीक्ष्योत्प्लवेते अक्षिणी मम
भ्रूभृङ्गाश्रितकञ्जात्किं मकरन्दं पिपासतः ?॥

जैसे युवा चक्रवाक पक्षियों का जोड़ा चाँदनी को देखता है]
मेरी आँखें चन्द्रमा के समान तुम्हारे मुंह को देखकर उमंग में उछल रही हैं। क्या भौंहों रूपी भँवरों से घिरे कमल से शहद लेना चाहती हैं ?

निवृत्ता - (मनसो घृणाभावमपह्नुते) त्वं निरन्तरं गृह एव निवससि। धनार्जनार्थं क्वचित्कथं न गम्यते ?

निवृत्ता — (मन के घृणाभाव को छुपा लेती है) तुम हर समय घर पर ही रहते हो। कहीं धनार्जन के लिए क्यों नहीं जाते ?

परिमलः - त्वद्रमणीयतोर्मिषु मग्नोऽहं न किञ्चिदन्यत्कर्तुमीहे। भृशमहं कामये त्वाम्।

परिमल — मैं तुम्हारे सौन्दर्य की तरंगों में मग्न हूँ अन्य कुछ भी नहीं करना चाहता हूँ। मैं तुम्हें अत्यधिक चाहता हूँ।

निवृत्ता - सख्यो मामुपहसन्ति त्वाञ्च दयिता-दासादिशब्दैराक्षिपन्ति।

निवृत्ता — सखियाँ मेरा उपहास करती हैं और तुम्हें पत्नी-दास आदि शब्दों से आक्षिप्त करती हैं।

परिमलः -

संमुखे त्वादृशी भार्या स्थिता यस्य गृहे सदा।
कथं स कर्मकूपेषु पतितो दुःखमाप्नुयात्!॥

परिमल — जिसके घर पर सदा तुम्हारे जैसी पत्नी सामने रहे वह कर्म के कुँओं में पड़कर क्यों दुख पाए ?

निवृत्ता - (घृणाभावमपह्नोतुकामा) नाहं स्वं धन्यां मन्ये त्वत्प्रेम्णा। वृत्तिहीनेन त्वया कियत्कालं स्वपरिवारः परिपालयितुं शक्यः ? मन्ये प्रभूतं धनं तव, तत्तु सच्छिद्रघटान्निःसरत् सलिलमिव प्रतिपलं क्षयमेति।

निवृत्ता — [घृणा भाव को छुपाने की इच्छुक] मैं तुम्हारे प्रेम से स्वयं को धन्य नहीं मानती हूँ। आजीविका के बिना तुम कब तक अपने परिवार का पालन कर सकते हो। मैं मानती हूँ कि तुम्हारे पास अत्यधिक धन है, वह तो छेद वाले घड़े से निकलते हुए जल की तरह हर पल कम हो रहा है।

परिमलः - मा भूश्चिन्ताक्रान्ता। पित्रार्जितं धनं संवत्सरशतं सततं व्ययतापि मया न तदभावोऽनुभविष्यते। प्रिये ! क्षणमप्यहं ते वियोगं सोढुमक्षमः।

परिमल — तुम चिन्ता मत करो। पिता द्वारा कमाए हुए धन से सौ वर्ष तक निरन्तर व्यय करते हुए भी मुझे उसकी कमी महसूस नहीं होगी। प्रिये! मैं क्षण भर भी तुम्हारा वियोग सहन नहीं कर सकता हूँ।

निवृत्ता - न किञ्चित्करिष्यसि ?

निवृत्ता — क्या कुछ भी नहीं करोगे ?

परिमलः - समक्षं स्थितायास्ते सुषमासंवलिताः कविता रचयिष्यामि।

परिमल —तुम्हारे सम्मुख होने पर सौन्दर्य-सम्पन्न कविता की रचना करूँगा।

निवृत्ता - कर्माण्यकृत्वा मन्निष्ठाः कविता एव रचयन्मे प्राणेश! नाहं त्वय्येवंभूतेऽकर्मण्ये कवौ स्निह्यामि। कर्मैव प्रेम्णःप्रेरकं न तु चर्मावरणम्। अस्त्वहं गच्छामि स्वं पितृगृहं न च तावत्प्रत्यावर्तिष्ये यावत्ते मनसः कर्मस्थानापन्ना कविता नापसर्पति।

निवृत्ता — प्रियतम, कार्य न करते हुए तुम मेरे ध्यान में मग्न कविता की ही रचना करो तो मैं इस प्रकार के अकर्मण्य कवि से स्नेह नहीं करती हूँ। कर्म ही प्रेम का प्रेरक है, चमड़ी नहीं। अच्छा मैं अपने पिता के घर जाती हूँ और तब तक नहीं लौटूँगी तब तक तुम्हारे मन से कर्म के स्थान पर स्थित कविता की विदाई नहीं होती है।

[निवृत्ता सवेगं निष्क्रामति। परिमलः 'मा गमो मा गमः' इतिशब्दै रोद्धुं प्रयतते]

(नेपथ्य श्रूयते)

कविता वनिता चैव मिथोऽनुसरतः, परम्।
एकमेवाश्रिते शीघ्रं सपत्न्याविव हीर्ष्यतः॥

(पटाक्षेपः)

[निवृत्ता वेग से निकलती है। परिमल मत जाओ, मत जाओ, इन शब्दों से रोकने का प्रयत्न करता है।] [परदे के पीछे से सुनाई देता है]

कविता और सुन्दरी परस्पर एक दूसरे के पीछे चलती हैं परन्तु एक का ही आश्रय लेने पर बाद में सौतन की तरह दाह करती हैं।

(पर्दा गिरता है)

प्रायश्चित्तम्

[पंचापप्रदेशे क्वापि निर्जन-स्थाने रथ्यायाम्। अरुणोदयकालः।]

जनप्रीतसिंहः (अतिवादी) – **नहि-नहि नास्माभिः स हन्तव्यः।**

अमरसिंहः (अतिवादी) – **कथन्नैवासौ वधार्हः? यथान्ये वाहनास्था मुण्डिता (हिन्दू) हता स्तथैवासावपि वध्यः।**

प्रथमः – **न मह्यं रोचते तस्य वधः।**

द्वितीयः – **त्वया हता बहवो हिन्दूजनाः। कथन्नैव त्वन्मनसि समुद्भूतो दयाभावस्तदा?**

प्रथमः – **मदीयः प्रतिवेशी न हन्तव्योऽसौ।**

द्वितीयः – **अस्तु नाम प्रतिवेशी, किमनेन? स हिन्दूरस्ति।**

प्रथमः – **भवतु। किं वयं हिन्दूमात्रस्य विघातकाः? कथञ्च वयं सिद्धान्तरूपेण हिन्दूजनं हन्तुं शक्नुमः। के वयम्? अस्माकं पूर्वजा हिन्दूधर्माण आसन्। अधुनापि नैके हिन्दूजना अस्माकं सम्बन्धिनः सन्ति।**

द्वितीयः – **सत्यं भणसि। 'सिक्खाः' हिन्दूजनाश्च धर्मेण नातिभिन्नाः। एतदपि सत्यं यत्त्रिशताब्दी-पूर्वस्यैकस्यैव धर्मस्यानुयायिनां कतिपये जनाः सिक्खा (शिष्याः) अभवन्।**

प्रथमः – **तर्हि कथमद्य हिन्दूवधः क्रियते?**

द्वितीयः – **समाचारपत्रेषु प्रकाशनार्थम्, दूरदर्शनात् प्रदर्शनार्थम्, आकाशवाण्याः प्रसारार्थञ्च।**

प्रथमः – **किमनेन सिध्यति?**

द्वितीयः – **अनेन सिध्यत्यस्माकमाजीविका।**

स्थान – [प्रातःकाल पञ्चाब प्रदेश में कहीं भी गली में जनशून्य स्थान पर]

जनप्रीतसिंहः (आतंकवादी) – **नहीं, नहीं, हमें उसे नहीं मारना चाहिए।**

अमरसिंह — यह वध योग्य क्यों नहीं है? इसे क्यों नहीं मारना चाहिए? जैसे दूसरे (हिन्दू) यात्री मारे गए वैसे ही वह भी वध के योग्य है।

प्रथम — मुझे उसका वध कुछ ठीक नहीं लगता।

दूसरा — तुमने बहुत से हिन्दुओं का वध किया है। तब तुम्हारे मन में दयाभाव क्यों उत्पन्न नहीं हुआ?

प्रथम — यह मेरा पड़ोसी है। अतः वध के योग्य नहीं है।

दूसरा — भले ही पड़ोसी हो, इससे क्या? वह हिन्दू है।

प्रथम — क्या हम समस्त हिन्दुओं का वध, विनाश करने वाले हैं? और फिर हम सिद्धान्त रूप से कैसे हिन्दुओं का वध कर सकते हैं? हम सब कौन हैं? हमारे पूर्वज हिन्दू धर्म के ही अनुयायी थे। अब भी अनेक हिन्दू हमारे सम्बन्धी हैं।

दूसरा — तुम सत्य कहते हो। सिक्खों और हिन्दुओं में धार्मिक दृष्टि से अधिक भिन्नता नहीं है। यह भी सत्य है कि 300 वर्ष पूर्व एक ही धर्म के अनुयायियों में से कुछ लोग (सिक्ख) कहलाने लगे।

प्रथम — तो आज हिन्दुओं का वध क्यों किया जा रहा है?

दूसरा — समाचार पत्रों में प्रकाशन के लिए दूरदर्शन पर दिखाने के लिए और आकाशवाणी से प्रसार के लिए।

प्रथम — इससे क्या सिद्ध होता है?

दूसरा — इससे हमारी आजीविका चलती है।

प्रथमः - अवगतम्। भारतारिभिः प्रदत्तानादेशान् मन्यमाना वयं वस्त्रभोजनादीनि, सिक्खराष्ट्रस्य दिवास्वप्नेषु मग्ना अस्माकं नेतारश्च पाकिस्थानस्य साहाय्याश्वसनमर्जयन्ति। अहं शोचामि.....। अप्यातङ्कवादमगृहीत्वा वैधानिक - जीवनं यापयन्तो भारतीया भोजन-वस्त्रादीनि न लभन्ते? किमविभक्ते भारते सिक्खा असुरक्षिताः सन्ति?

द्वितीयः - न ते शङ्का निर्मूला, परमेकदा हिंसामार्गं गृहीत्वा तस्य त्यागो दुष्कर एव। पापात्पापं प्रजायते। केनापि कारणेनैकमपि मनुजं हत्वा सर्वकारो हन्तारमदण्डितं न त्यजति। तज्जायतेऽपराधसन्ततिर्वर्धते चातङ्कवादोऽपराधि-नामागमात्।

प्रथमः - सिध्यति तव कथनेन यदेकदा गृहीतोऽय-मुग्रतावादो नाजीवनं त्यक्तुं शक्यः। कश्चिद् उग्रवादी त्यजति चेद् हन्यमानं जीवितं, हन्यतेऽसावेवान्योग्रवादिभिर्गोप्योद्घाटनभयात्। न त्यजति चेद् व्यापाद्यते सर्वकारेणातङ्कशमनाय, किन्तु व्यापादयितव्येष्वेको जीवतीत्यनेन कियाँल्लाभोऽलब्धो मन्येत।

(प्रथमस्य स्कन्धे हस्तं निवेश्य द्वितीयो गम्भीरया गिरा)

द्वितीयः - जनप्रीत! अपि विचारितं त्वया किमर्थमेतादृशाघातायोजनम्? व्यक्तिगतरूपेण व्यापादयितव्यानां नैकोऽप्यस्मच्छत्रुः। सिक्खवेष-धारिणो वयं सिक्खयात्रिणो जीवितान् त्यक्त्वा सर्वान् हिन्दून् हन्मः। अद्य श्वो वा प्रसार्यते समाचारमाध्यमेन वाहनयात्रिषु हिन्दूयात्रिणो व्यापादिताः सिक्खोग्रवादिभिरिति। यद्यनेन समाचारेण हिन्दूसिक्खयोर्वैमनस्यमुद्भवेत्तस्य यथाकालं गृहयुद्धे परिणतिः, पश्चात्खालिस्थान-स्थापनेत्येतादृशानां घातयोजनानां साफल्यं सिध्यति। वयं यद्येतेषामेकमपि हिन्दूं जीवितं

प्रथम — जान लिया। भारतवर्ष के शत्रुओं द्वारा दिए गए आदेशों को मानते हुए हम सब भोजन वस्त्र आदि तथा सिक्ख राष्ट्र के दिवास्वप्नों में मग्न हमारे नेता पाकिस्तान की सहायता का आश्वासन पाते हैं। मैं सोचता हूँ..... क्या आतंकवाद का सहारा न लेकर वैधानिक जीवन बिताते हुए भारतवासी भोजन वस्त्र आदि प्राप्त नहीं कर पाते हैं? क्या भारत वर्ष के वर्तमान स्वरूप में बिना विभाजन के सिक्ख असुरक्षित हैं?

दूसरा — तुम्हारी शंकाएँ निर्मूल नहीं हैं। किन्तु एक बार हिंसा का मार्ग पकड़कर उसे छोड़ना कठिन ही है। पाप से पाप उपजता है। किसी भी कारण से एक भी मनुष्य का वध करके सरकार हत्यारे को बिना दण्ड दिए नहीं छोड़ती है। उससे अपराध बढ़ते जाते हैं और अपराधियों के आगम से आतंकवाद बढ़ता है।

प्रथम — तुम्हारे कहने से यह सिद्ध होता है कि एक बार ग्रहण किया गया आतंकवाद का रास्ता जीवनपर्यन्त छोड़ा नहीं जा सकता है। यदि कोई उग्रवादी मारे जाने वाले को जीवित छोड़ देता है तो वह रहस्योद्घाटन के भय से अन्य उग्रवादियों द्वारा मार दिया जाता है और यदि नहीं छोड़ता है तो आतंकवाद को समाप्त करने के लिए सरकार द्वारा मारा दिया जाता है। किन्तु मारने योग्यों में से एक जीवित रहता है तो इससे कितना लाभ अप्राप्त माना जाए। (पहले के कन्धे पर हाथ रख कर दूसरा गंभीर वाणी से)

दूसरा — जनप्रीत, क्या तुमने सोचा कि इस प्रकार के सामूहिक हत्याकांड का क्या प्रयोजन है? व्यक्तिगत रूप से वध योग्य लोगों मे से कोई भी हमारा शत्रु नहीं है। हम सब सिक्ख वेषधारी सिक्ख यात्रियों को जीवित छोड़कर सभी हिन्दुओं को मारते हैं। आज अथवा कल समाचार माध्यम से प्रसारित होगा कि किसी आतंकवादी द्वारा सवार यात्रियों में से हिन्दू यात्रियों की हत्या। यदि इस समाचार से हिन्दुओं और सिक्खों में वैरभाव पैदा हो जाए तो समय आने पर इसकी परिणति गृहयुद्ध के रूप में होगी और तत्पश्चात् खालिस्थान की स्थापना। यही ऐसी सामूहिक हत्याओं की योजना की सफलता

त्यजेम, सिक्खानपि हन्याम वा तर्ह्यन्येषां हिन्दूनां वधोऽकिञ्चित्करो निरर्थको वा।

जयसिंहः (तृतीयः) - यथा जाता पाकिस्थान-निर्मितिस्तथैव स्यात् खालिस्तानिर्मितिरपि।

प्रथमः - नूनमेतादृशी कूटनीति र्भिन्नधर्मावलम्बिषु हिन्दूयवनेषु विग्रहमुत्पादयितुं साफल्यमभजत्, परं सिक्ख-हिन्दू-जनानां पारिवारिकसम्बन्धान् विच्छेत्तुं कदाचिदेवेयं सफला भवेत्।

तृतीयः - सम्भावना भवत्युभयमुखी। सा स्वानुकूलापि भवितुर्महति। गतं विस्मृत्य कार्यार्थी सदा शोचत्यनागतम्। हन्तव्योऽयमितर-मुण्डितजनवत् (भुशण्डीं चालयितुं साधयति)

प्रथमः - मा मा। भ्रष्टाचारोऽपि स्ववीथीं विहाय अनिष्टाचारान्प्रसारयति।

द्वितीयः - अलं विवादेन। एष तव प्रतिवेशी न चावयोः। त्वयाऽवध्योऽप्यावाभ्यां हन्तव्यः (भुशुण्डीचालनध्वनिः श्रूयते सचीत्कारम्)

आहतो जनः - धिक् त्वां जनप्रीत! विद्यमानेऽपि त्वयि---- किं भविष्यत्यनाथानाम् (इत्याद्यपूर्णानि हा-हा-मध्यानि शनैः शनैः क्षीणतराणि वाक्यानि श्रूयन्ते। काकरवः)

(पटपरिवर्तनम्)

स्थानम् — आतङ्कवादिभिर्व्यापादितस्य गृहम्।
[हा, हा - कुर्वन्तो जना विलपन्ती पत्नी निश्वसन्त्यो बालिकाश्च वातावरणं सकरुणं विदधति।]

पत्नी - दयित! क्व गतोऽसि मां विहाय.... कथन्नाहमपि व्यापादिता दुष्टैरुग्रवादिभिः हा! अद्याहं जीवन्त्यपि मृता.... कोऽस्माकं योगक्षेमाय प्रयतिष्यते। क एतासां तिसृणां पुत्रीणां परिणय-व्यवस्थां विधास्यति... क आनेष्यति दुग्धं शिशवे..... को लालयिष्यत्येतां — मदीयां मुन्नीमि

सिद्ध होती है। यदि हम इनमें से एक भी हिन्दू को जीवित छोड़ दें अथवा सिक्खों का भी वध कर दें तो दूसरे हिन्दुओं का वध व्यर्थ है।

जयसिंह (तीसरा) — जैसे पाकिस्तान का निर्माण हुआ था वैसे ही खालिस्तान का निर्माण भी हो जाए।

प्रथम — निश्चय ही ऐसी कूटनीति भिन्न धर्मों को मानने वाले हिन्दुओं और मुसलमानों में फूट डालने में सफल हुई किन्तु सिक्खों और हिन्दुओं के पारिवारिक सम्बन्धों को तोड़ने में शायद ही यह सफल हो।

तीसरा — संभावना दोनों ही प्रकार की होती है। वह अपने अनुकूल भी हो सकती है। बीती बात को भूलकर सफलता चाहने वाला हमेशा भविष्य की चिन्ता करता है। यह दूसरे हिन्दुओं की तरह वध योग्य है। (बन्दूक चलाने के लिए निशाना लगाता है।)

पहला — नहीं, नहीं। भ्रष्ट आचरण वाला भी बुरे काम करने में अपनी गली को छोड़ देता है।

दूसरा — विवाद से बस करें। यह तुम्हारा पड़ोसी है, हम दोनों का नहीं। तुम्हारे द्वारा वध योग्य न होने पर भी हम दोनों द्वारा वध्य है। (चिल्लाने के साथ बन्दूक चलने की आवाल सुनाई देती है।)

घायल मनुष्य — जनप्रीत, तुम्हें धिक्कार है। तुम्हारे उपस्थित होने पर भी.... अनाथ बच्चों का क्या होगा? [इत्यादि अधूरे वाक्य हाय हाय के बीच में धीरे-धीरे क्षीण होते हुए सुनाई देते हैं। कौओं का स्वर]

पट-परिवर्तन

स्थान — आतंकवादियों द्वारा मारे गए मनुष्य का घर
[हाय हाय करते हुए लोग, विलाप करती हुई पत्नी, दीर्घ साँसें लेती हुई लड़कियाँ वातावरण को करुण बना रही हैं।]

पत्नी — स्वामी, मुझे छोड़कर कहाँ चले गए... दुष्ट उग्रवादियों ने मुझे भी क्यों नहीं मार दिया? हाय, आज मैं जीते हुई मर गई। कौन हमारी देखभाल करेगा? इन तीन पुत्रियों के विवाह की व्यवस्था कौन करेगा?... बच्चे के लिए दूध कौन लाएगा? इस मेरी मुन्नी का

[त्याकारयन्? हि....हिं.... हि हिक्कात्रयानन्तरं निःशब्दा भवति]

काचिदपरा - हा, मृतैषापि।

ज्येष्ठा पुत्री - (चीत्कारं विधाय) **मातः क्व गतासि? पितरौ विना कथं वयं जीवेम।**

(भृशं रोदिति सा। कनीयसी भगिनी तामनुकरोति।)

अन्या स्त्री - क्षणेन पूर्वं या स्वबालरक्षार्थं चिन्तिता, सैवाधुना निश्चिन्ता भूमौ शेते।

अपरा स्त्री - शिशुबालिकाप्यधुना मृतैव मन्तव्या। कः पालयिष्यत्येताम्?

काचिदन्या - किं भविष्यत्यासां बालिकानाम्? सती तु स्वपतिमनुगता, किन्तु मासद्वयदेशीयां दुग्धं का पाययिष्यति?

(नेपथ्ये कस्यचित् वृद्धस्य स्वरः श्रूयते)

स्नापय शवद्वयमेव। समकालमेव भस्मावशेषत्वं गच्छताम्।

[समवेतश्चीत्कारध्वनिः, कश्चिद् हायहायेति वदन्त्यो मुष्टिभिर्निजोरस्ताडयन्ति। नेपथ्ये किञ्चित्कालानन्तरं तुमुलचीत्कारैः सह रामनाम सत्यमिति वाक्यं श्रूयते। जनानां पदध्वनिः शवयात्रां सूचयति। तेषां

कश्चित् — 'जनप्रीत! कुतस्त्वमश्रूणि मुञ्चसि?'

अपरः — 'त्वादृशानामेवैतत्कुकृत्यम्' इत्याद्यपशब्दैर्जनप्रीतसिंहं निन्दति। दूरतः----

'नैनं छिन्दन्ति शस्त्राणि नैनं दहति पावकः।
न चैनं क्लेदयन्त्यापो न शोषयति मारुतः॥

इत्यादिगीतोक्तश्लोकाः श्रूयन्ते।]

समयः — सन्ध्या-वेला

[यानानि जनाश्च गतागतं कुर्वन्ति। तेन हि चूँ चूँ चर चर टप् टप् ध्वनिः श्रूयते। खाद्यवस्तूनि क्रेतुं बहिर्गता लता प्रत्यावर्तते। सिक्खयुवानं समायान्तं दृष्ट्वा गतिरवरुद्धा तस्याः]

लालन-पालन कौन करेगा?.... [इस प्रकार पुकारती हुई.... **हि-हि हि** इस प्रकार तीन बार चिल्ला कर मौन हो जाती है।]

कोई अन्य स्त्री — हाय, यह भी मर गई।

बड़ी पुत्री — (चिल्लाकर) **हे माँ, तुम कहाँ चली गई? माता-पिता के बिना हम सब कैसे जीवित रहेंगी?**

(वह अत्यधिक रोती है। छोटी बहन उसका अनुकरण करती है)

दूसरी स्त्री — क्षण भर पूर्व जो बच्चे की रक्षा के लिए चिन्तित थी, वही अब निश्चिंत भूमि पर सो रही है।

एक और स्त्री —छोटी बच्ची को भी अब मरी हुई मानना चाहिए। इसका लालन-पालन कौन करेगा?

कोई अ०स्त्री — इन लड़कियों का क्या होगा? सती साध्वी तो अपने पति के साथ ही चली गई; किन्तु उसकी लगभग दो महीने की पुत्री को दूध कौन पिलाएगा?

(पर्दे में किसी वृद्ध की आवाज सुनाई देती है।)

दोनों ही शवों को स्नान करवा दो। एक साथ ही राख हो जाएँ। [सामूहिक चिल्लाने की आवाज़; कुछ स्त्रियाँ हाय हाय कहती हुई मुट्ठी से छाती पीटती हैं। पर्दे में कुछ समय के पश्चात एक साथ चिल्लाने के साथ **राम राम सत्य है** वाक्य सुनाई देता है। लोगों की पैरों की आहट शवयात्रा की सूचना देती है]

कोई — जनप्रीत, तुम कैसे आँसू बहा रहे हो?

दूसरा — तुम्हारे जैसे लोगों का ही यह कार्य है। इत्यादि बुरे शब्दों से जनप्रीतसिंह की निन्दा करता है। दूर से .....
शस्त्र इसे काट नहीं सकते हैं, अग्नि इसे जला नहीं सकती है, जल इसे गीला नहीं कर सकता है, हवा इसे सुखा नहीं सकती है..... इत्यादि आत्मा की अमरता से सम्बन्धित गीता में कहे गए श्लोक सुनाई देते हैं।]

समय — सन्ध्या काल

[वाहन और लोग आ-जा रहे हैं। इसीलिए चूँ चूँ चर् चर् टप् टप् की आवाज सुनाई देती है। खाने का सामान खरीदने के लिए बाहर गई लता लौटती है। सिक्ख युवक को आता हुआ देखकर उसकी गति अवरुद्ध हो जाती है।]

जनप्रीतसिंहः - मा भैषीर्जनप्रीतोऽहम्। तव बालसहचरो वयस्यः।

लता - त्वम्! न हि न हि। --- मम पितृव्यौ हरिद्वारं गतावस्थिविसर्जनाय। खाद्यवस्तूनि क्रेतुं समागताहं प्रत्यावर्ते।

जनप्रीतः - स्वस्था भव। नात्र कश्चिद्भयहेतुः। मामवेहि स्वकीयं जनम्।

लता - स्वकीयम्... त्वाम्... अति... (निह्नोतुमवरुद्धा)। क्वासीरद्यावधि?

जनप्रीतः - (तूष्णीं तिष्ठति)

लता - कथन्नैव भाषसे? कदा सम्प्राप्तोऽत्र? पितरौ ते त्वद्विरहातुरौ दिवंगतौ (स्वपितरौ स्मरन्ती दीर्घं श्वसिति) जानासि किं कथयन्ति जनाः?

जनप्रीतः - किं कथयन्ति?

लता - कथयन्ति.. त्वामप्यातङ्कवादिनं मन्यन्ते ते।

जनप्रीतः - त्वं किं मन्यसे?

लता - किं मन्ये जनप्रीत! एकोऽपि मत्स्यो निखिलं सरो मलिनीकरोति। कः केशधारिणामातङ्कवादीति न निर्णीयते। बिभेम्यहं त्वत्तोऽपि।

जनप्रीतः - अपि विचारितं त्वया कथं केचन युवान आतङ्कवादिनो जाताः? वृत्तिरहिता अपक्वमतयो युवानः शत्रुपोषित-प्रेरितनेतृणां प्रलोभकानि वचनानि श्रुत्वाखेटक्रीडामिव जनवधमाचरन्ति। सकृत्कृतापराधास्ते न पुनरिच्छन्तोऽपि प्राकृतपथानुसरणमनुज्ञाप्यन्ते। अहं नाधुनातङ्कवादी न चासमेव। नाहं जाने कोऽर्थ आतङ्कवादस्य, किमस्त्यस्य साध्यञ्च।

लता - इच्छेयं सत्यं स्यादित्थमेव, किञ्च कथं विस्मर्येत मत्पिता हतस्त्वादृशेन येन केनचिदातङ्कवादिना सिक्खेन।

जनप्रीतः - त्वमधुना सिक्खमात्रं... (निह्नोतुकामो

जनप्रीतसिंह — डरो मत, मैं जनप्रीत हूँ। तुम्हारा बचपन का साथी

लता — तुम। नहीं, नहीं।.... मेरे चाचा अस्थिविसर्जन के लिए हरिद्वार गए हुए हैं। खाने की वस्तुएँ खरीदने के लिए आई हुई मैं लौट रही हूँ।

जन० — घबराओ नहीं। यहाँ डरने का कोई कारण नहीं है। मुझे अपना ही समझो।

लता — अपना.... तुम आतंकवादी हो (मनोभावों को छिपाने को रुकती है) जनप्रीत! तुम आज तक कहाँ थे? (जनप्रीत चुप रहता है)

लता — तुम क्यों नहीं बोलते हो? यहाँ कब पहुँचे हो? तुम्हारे माता-पिता तुम्हारे वियोग में व्याकुल स्वर्ग सिधार चुके हैं। [अपने माता-पिता का स्मरण करती हुई लम्बी साँस लेती है] जानते हो लोग क्या कहते हैं?

जन० — क्या कहते हैं?

लता — कहते हैं..... वे तुम्हें भी आतंकवादी मानते हैं।

जन० — तुम क्या मानती हो?

लता — जनप्रीत, मैं क्या मानूँ? एक भी मछली सारे तालाब को गन्दा कर देती है। कौन केशधारी आतंकवादी है - यह नहीं कहा जा सकता। मैं तुमसे भी डरती हूँ।

जन० — क्या तुमने सोचा कि कैसे कितने युवक आतंकवादी बन गए? बेरोजगार, कच्ची बुद्धि के युवक शत्रुओं द्वारा पोषित और प्रेरित नेताओं के प्रलोभन से सने हुए वचनों को सुनकर शिकार खेलने की तरह लोगों का वध करते हैं। एक बार अपराध कर चुकने पर वे फिर चाहते हुए भी प्राकृत मार्ग पर नहीं चलाये जा सकते। मैं अब आतंकवादी नहीं हूँ और न पहले ही था। मैं नहीं जानता हूँ कि आतंकवाद का क्या अर्थ है और इसका साध्य क्या है?

लता — मैं चाहती हूँ कि सचमुच ऐसा ही हो किन्तु यह कैसे भुलाया जाए कि मेरे माता-पिता तुम्हारे जैसे जिस किसी आतंकवादी सिक्ख द्वारा मारे गए।

जन० -- तुम अब केवल सिक्ख को.... (अपने कथ्य

वाक्यं न पूरयति) अपि विस्मृतं त्वया कथमावां परस्परमालपन्तौ सुखेन समयमगमयाव। गां दुहन्तीं त्वामेकदा वेणीमाकृष्य भूमावपातयम्। दुग्धद्रोणी च रिक्ताऽभवत्। मात्रा निर्भर्त्सितापि गोवत्सकृतमेतदिति मुधा व्याहृत्य त्वं तथा-करोर्यथा न सा मह्यमक्रुध्यत्।

को छुपाने के लिए वाक्य को अधूरा छोड़ता है) क्या तुम भूल गई किस प्रकार हम दोनों आपस में बातें करते हुए सुखपूर्वक समय बिताते थे। गाय ने दूध दूहते हुए एक बार तुम्हारी लट खींचकर तुम्हें भूमि पर गिरा दिया था और दूध का बर्तन खाली हो गया था। माँ द्वारा झिड़कने पर भी 'गौ के बछड़े ने दूध गिरा दिया' ऐसा झूठ कहकर तुमने वह किया कि जिससे वह मुझ पर क्रुद्ध नहीं हुई।

लता - स्मरामि त्वद्दर्शनपरायणाहं गां दुहन्ती दुग्धपात्राद् बहिःस्तन्यधाराः वाहयिष्यामीति। (विरम्य भावान्तरगता) त्वं मत्पितृघातकोऽसि। दूरमपसर। न त्वया कलङ्कितं निजमुखं प्रदर्शनीयम्।

जनप्रीतः - नाहं त्वत्पितृ-हन्ता।

लता - स्यादेवम्। किन्तु---।

जनप्रीतः - न मया ज्ञातं यत्तस्मिन्वाहने त्वत्पिताप्यारूढः, अन्यथा नास्माभिस्तस्य वाहनस्य यात्रिणो व्यापादिताः स्युः, तथापि न मया हतस्ते पिता। वर्जिताश्च मया तस्य हन्तारः।

लता - किमनेन? मत्पितरं परित्यज्यान्येषां केषाञ्चिदपि पितॄन् हन्तुकाम स्त्वं घृण्यतर आतङ्कवादी। त्वं न केवलमाङ्कवादी, मोहग्रस्तः पक्षपातपूर्णोऽपि। दुष्कर्म सर्वत्रापि नाचरणीयम्। यथाहमद्य रोदिमि मा तथैवान्या रोदीत्। दृश्यते न कथञ्चनाप्यौचित्यं त्वदाचरितहिंसायाः।

जनप्रीतः - प्राणिनोऽहरहो हिंसापरायणा जीवितार्थे। अपि ते मादृशापराधिनस्त्वया निर्भर्त्सिताः?

लता - सिंहः स्वभावतो मांसं विहाय तृणं नात्ति, अतस्तत्कृतमृगमारणं सोढव्यम्। नकुलसर्पौ सहजशत्रू परस्परं हिंसतः, अतोऽत्रापि हिंसनमुपेक्षणीयम्। आहवे युध्यमानाः परस्परं शत्रुतामुपगताश्चान्योऽन्यं घ्नन्तीति हिंसाऽपरिहार्या। अजानता कृतः मांसाहारार्थं विहितो वा

लता — याद है तुम्हारी ओर देखती हुई मैं गाय दूहती हुई दूध बर्तन से बाहर गिरा दिया करती थी (रुक कर अन्य भाव को प्राप्त हुई) तुम मेरे माता-पिता को मारने वाले हो..... दूर हट जाओ। तुम अपना कलंकित मुँह मुझे मत दिखाना।

जन० — मैं तुम्हारे पिता का हत्यारा नहीं हूँ।

लता — ऐसा ही हो। किन्तु.....

जन० — मुझे मालूम नहीं था कि उस वाहन में तुम्हारे पिता भी सवार हैं। नहीं तो हम उस वाहन के यात्रियों को न मारते। फिर भी मैंने तुम्हारे पिता का वध नहीं किया और मैंने उनके हत्यारों को भी रोका था।

लता — इससे क्या? मेरे पिता को छोड़कर अन्य किसी के भी पिता को मारने के इच्छुक तुम अत्यधिक घृणित आतंकवादी हो। तुम केवल आतंकवादी ही नहीं हो, बल्कि मोह में फंसे हुए और पक्षपात से भरे हुए भी हो। बुरा कार्य सब जगह ही त्याज्य होता है। जैसे मैं आज रो रही हूँ वैसे कोई अन्य न रोए। तुम्हारे द्वारा की गई हिंसा का किसी भी प्रकार से औचित्य नहीं दिखाई देता है।

जन० — प्राणी दिन प्रतिदिन जीवित रहने के लिए हिंसक हो रहे हैं। क्या मेरे जैसे उन अपराधियों की तुमने भर्त्सना की?

लता — शेर स्वभाव से मांस छोड़कर तिनके नहीं खाता है। इसलिए उनके द्वारा पशुओं का मारना सह्य है। नेवला और साँप जन्मजात एक दूसरे को मारते हैं इसलिए यहाँ भी हिंसा उपेक्षा योग्य है। युद्ध में लड़ते हुए आपस में शत्रुता को प्राप्त हुए एक दूसरे को मारते हैं, अतः

जीवनाशोऽप्यशोच्यः, परं निरपराधानां हिंसा कथञ्चिदपि नोपेक्षणीया। युष्माभिर्हतः स्वप्नाविष्टो मे पिता।

जनप्रीतः - कीदृशःस्वप्नाविष्टः? (पदध्वनिः) ओह! एषा मे भगिनी सम्प्राप्ता। (सुरेन्दरकौरः प्राप्नोति)

सुरेन्दरकौरः - मरणात्पूर्वमस्मत्पिता लतापितरं प्रार्थितवान् यज्जनप्रीतसिंहः गृहं प्रत्यावर्ततेऽतिवादं त्यजति चेत्तेन सह लताया विवाहः क्रियतामिति। (लतां प्रति) तव पिता च युवयो र्बाल्यप्रीतिं परिज्ञायासन्नमृत्योस्तां प्रार्थनाममन्यत। पितुरन्त्येष्टि-क्रियायै गुप्तरूपेणागतोऽसौ जनप्रीतस्तदा त्वत्पितृसमक्षे प्रतिज्ञातवान् परित्यक्तुमातङ्कवादिनां संघटनम्। इत्थं 'स्वप्नाविष्ट एव स मृत इति सम्यगुक्तं त्वया, यतः मिथ्याभाषी जनप्रीतोऽसौ नापालयत्स्ववचनम् (जनप्रीतस्योत्तरं प्रतीक्षमाणे ते क्षणं तिष्ठतः। जनप्रीतसिंहः 'ओह' इत्युक्त्वा तूष्णीं बभूव)

जनप्रीतः - (कतिपयक्षणान् मौनमाकलय्य) अपराधोऽपराधान्तरं जनयति। भृशं प्रार्थिता अपि मत्सहकर्मिणो न मामकृतापराधं द्रष्टुमैच्छन् तेऽनुग्रताचारिणं मां हन्तुं प्रवृत्ता इति वचन-बद्धोऽप्यहं मुहुर्मुहुर्हिंसाकर्माणि कुर्वन्नेव जीवामि। कथं स्यान्मे निस्तार इति युवामेवादिशतम्। सर्वकारधृतोऽप्यहं स्वजीवनं निरापदं न प्रपश्यामि। (निःश्वसिति)

लता - कथमारब्धं त्वयापराधाचरणम्?

जनप्रीतः - स्नातकपरीक्षायां द्विर्वारमनुत्तीर्णोऽहं खिन्नमना इतस्ततोऽभ्रमम्। काचिदपि विद्यासंस्था मां प्रवेशयितुं नामन्यत। जनकादप्यर्थ

ऐसी हिंसा अपरिहार्य है। अज्ञानवश मांसाहार के लिए की गई हिंसा भी विचारणीय नहीं है; किन्तु निरपराध व्यक्तियों की हिंसा की उपेक्षा नहीं की जा सकती है। तुमने हृदय में स्वप्न सँजोए हुए मेरे पिता की हत्या की है।

जन० — कैसे स्वप्न सँजोए हुए ? (पैरों की आहट) ओह, यह मेरी बहन आ गई है। (सुरिन्दर कौर पहुँच जाती है)

सुरि० — मृत्यु से पूर्व हमारे पिता ने लता के पिता से प्रार्थना की थी कि यदि जनप्रीत घर लौट आता है और आतंकवाद छोड़ देता है तो उसके साथ लता का विवाह कर दिया जाए। और तुम्हारे पिता ने तुम दोनों की बचपन की प्रीति को जानकर मृत्यु के समीप रहते उस प्रार्थना को मान लिया। पिता की अन्त्येष्टि क्रिया के लिए गुप्त रूप से आए हुए जनप्रीत ने तब तुम्हारे पिता के समक्ष आतंकवादी संगठन को छोड़ने की प्रतिज्ञा की थी। इस प्रकार स्वप्नों में डूबा हुआ ही वह मृत्यु को प्राप्त हो गया। यह तुमने ठीक कहा; किन्तु झूठे जनप्रीत ने अपनी उस प्रतिज्ञा का पालन नहीं किया। (जनप्रीत के उत्तर की प्रतीक्षा करती हुई वे दोनों क्षणभर ठहर जाती हैं। जनप्रीत सिंह 'ओह' कहकर चुप हो गया।)

जनप्रीत — (कुछ क्षण मौन धारण करके) एक अपराध दूसरे अपराध को जन्म देता है। अत्यधिक प्रार्थना किए जाने पर भी मेरे साथी मुझे बिना अपराध किए नहीं देखना चाहते। वे उग्र व्यवहार न करने पर मुझे मारने के लिए प्रवृत्त हो गए। वचन में बँधा हुआ भी मैं बार-बार हिंसा कर्म करता हुआ ही जीता हूँ। मेरा उद्धार किस प्रकार हो— तुम दोनों ही आदेश दो। सरकार के समक्ष आत्मसमर्पण करने पर भी अपने जीवन को मैं आपदाओं से रहित नहीं मानता हूँ। (दीर्घ साँस लेता है)

लता — तुमने अपराध करना कैसे आरम्भ किया ?

जनप्रीत — स्नातक परीक्षा में दो बार अनुत्तीर्ण होने पर मैं दुखी मन से इधर-उधर घूमता था। कोई भी कालेज मुझे प्रवेश देने को तैयार न था। पिता से भी धनप्राप्ति

प्राप्तिरवरुद्धा। तदातङ्कवादिभिश्चोदितोऽहं शस्त्रास्त्रचालनशिक्षार्थं पाकिस्तानं गतः। ततः प्रत्यागतः सर्वकारकोषान् लुण्ठन्, प्रभूतं धनञ्च स्वायत्तीकुर्वन् हिंसाकर्मपरायणोऽभवम्। न कदाचिल्लब्धोऽवसरः स्वकर्मणां शुभाशुभत्वं तोलयितुम्। इत्थं प्रसृतापराधसन्ततिः, परं लते! त्वय्यहं पूर्ववदेव स्निह्यामि।

रुक गई थी। तब आतंकवादियों से प्रेरित मैं शस्त्र-अस्त्र चलाने की शिक्षा प्राप्त करने के लिए पाकिस्तान चला गया। वहाँ से लौटा हुआ सरकारी खजानों को लूटता और बहुत-सा धन अपने पास रखता हुआ हिंसा कार्य में लग गया। अपने कर्मों की अच्छाई-बुराई का विचार करने का भी मौका नहीं मिला। इस प्रकार अपराध की सत्ता फैलती गई किन्तु लता, तुमसे मैं पहले की तरह ही स्नेह करता हूँ।

लता - परन्तु नाहं स्निह्यामि त्वयि। घृण्योऽसि।
जनप्रीतः - सत्यं न स्निह्यसि मयि?
लता - न स्निह्यामि पितृहन्तरि।
जनप्रीतः - न मयासौ हतः।
लता - न विश्वसिति मे हृदयम्। जनप्रीत! त्वदृते न कश्चिदितरो मे मनोऽध्यतिष्ठत्, परं मानवस्य जनप्रीतस्याहं न तु पिशाचस्य।

(निष्क्रामति द्रुतपदा)

लता — परन्तु मैं तुमसे प्यार नहीं करती हूँ। तुम घृणा के योग्य हो।

जनप्रीत — क्या सचमुच ही मुझसे प्यार नहीं करती हो?

लता — पिता के हत्यारे से मैं स्नेह नहीं करती हूँ।

जनप्रीत — तुम्हारे पिता की हत्या मैंने नहीं की है।

लता — मेरा हृदय विश्वास नहीं करता है। जनप्रीत, तुम्हारे अतिरिक्त कोई दूसरा मेरे हृदय में नहीं रहा। परन्तु मैं मानव जनप्रीत की हूँ, पिशाच की नहीं। (शीघ्रता से निकल जाती है।)

[जनप्रीतः सुरन्दरकौरश्च परस्परमालपन्तौ शनैः शनैः प्रचलन्तौ प्रतीयेते। नातिदूरे कश्चिद्यतिर्गायति प्रव्रजन्]

[जनप्रीत और सुरिन्दर कौर आपस में बातचीत करते हुए धीरे-धीरे चलते हुए प्रतीत होते हैं। समीप ही कोई तपस्वी चलते हुए गाता है—]

यतिः - खादत-पिबता वृथा मृतोऽहम्।
पश्यत-श्वसिता मृषा शवोऽहम्॥
जगति किमाप्तं ललिताकारे?
प्राप्तं किं पुनरिह कान्तारे?
स्वप्ने स्वर्णं प्राप्य सुवर्णं दीव्यत-
ददता दीनतरोऽहम्॥

खाना-पीना बेकार है। मैं तो मरा हुआ हूँ। देखना और साँस लेना भी मिथ्या है। मैं तो मुर्दा हूँ। सुन्दर दिखाई देने वाली दुनिया में क्या पाया और क्या पाया बीहड़ जंगल में! सपने में अच्छे वर्ण का सोना प्राप्त कर गौरवान्वित होने और उसे लुटाते हुए मैं अधिक दीन हूँ।

सुरेन्दरकौरः - मधुरं गायति।
जनप्रीतः- निर्वेदकरञ्च गीतम्।
(पुनः तूष्णीं भूत्वा गीतं शृण्वन्ताविव प्रतीयेते)
उन्नय निजतां शमय दनुजताम्,
तत्त्वमसीति विधूनय लघुताम्।
निगमागमा भणन्तु नाम माम्,
जीवो यथावदतिविवशोऽहम्॥
(कुक्करो बुक्कति प्रियता प्रदर्शनाय। प्रतीयते गृहं

सुरेन्द्र कौर - गीत मधुर है।

जनप्रीत — और सुनकर वैराग्य पैदा करता है।

[फिर चुप होकर गीत सुनते हुए-से लगते हैं]

अपने व्यक्तित्व को उन्नत करो। दैत्यपन को हटाओ। 'वह (ब्रह्म) तुम हो - इसलिए अपने छुटपन को दूर करो।' वेद-पुराण भले ही यह कहते रहें; मैं तो वस्तुतः अत्यन्त मजबूर जीव हूँ।

[प्रेम प्रदर्शन के लिए कुत्ता मधुर स्वर में भौं-भौं करता है।

सम्प्रासौ। तावनुगच्छन्तौ अमरसिंह जयसिंह नामानौ द्वावातङ्कवादिनावपि तत्र समागतौ)

प्रतीत होता है कि दोनों घर पहुँच गए हैं। उन दोनों का पीछा करते हुए अमरसिंह और जयसिंह नाम के दो आतंकवादी भी वहाँ पहुँच जाते हैं]

अमरसिंहः - जनप्रीत!

अमरसिंह — जनप्रीत

जनप्रीतः - (न किञ्चिद् भाषते)

जनप्रीत — (कुछ भी नहीं बोलता है)

सुरेन्दरकौरः - आसनं गृहाण (अपरमभिलक्ष्य) **त्वमपि।**

सुरिन्दर कौर — आसन ग्रहण करें। (दूसरे को संकेत करके) **तुम भी आसन....**

अमरसिंहः - अलमासनेन। नावामत्र स्थातुं समागतौ (जनप्रीतम्) **क्वास्ति ते भुशुण्डी?**

अमरसिंह — आसन से क्या लेना? हम यहाँ पर बैठने के लिए नहीं आए हैं। (जनप्रीत को) **तुम्हारी बन्दूक कहाँ है?**

जनप्रीतः - नाहं जाने।

जनप्रीत — मुझे मालूम नहीं है।

जयसिंहः - अचिरादेव ज्ञास्यसि भुशुण्डी क्वास्ति ते।

जयसिंह — जल्दी ही जान जाओगे तुम्हारी बन्दूक कहाँ है।

अमरसिंहः - एषोऽहं बध्नामि पाशैस्त्वां धूर्तम्।

अमरसिंह — धूर्त, मैं तुम्हें रस्सियों से बाँधता हूँ।

जयसिंहः - मा, मैवम्। अङ्गनाद् गृहाभ्यन्तरं प्रापयैतम्। अहमेनमभिलक्ष्य भुशुण्डीं साधयामि। तत्रैव काष्ठस्तम्भेन दृढं बध्वासौ हन्तव्यः। पश्चात् सनिकेतनान् भस्मावशेषान् करिष्यावोऽस्य प्रतिवेशिनः, येषामर्थेऽसावस्मानत्यजत्। सहायतार्थमागच्छन्ति ये केचन तेऽप्येनमनुगमिष्यन्ति यमक्षयम्।

जयसिंह — नहीं, ऐसा मत करो। इसे आँगन से घर के भीतर तक ले चलो। मैं इस पर बन्दूक का निशाना लगाता हूँ। वहीं पर लकड़ी के स्तम्भ से पक्का बाँधकर इसे मारना चाहिए। बाद में घर सहित इसके पड़ोसियों को जला देंगे, जिनके लिए इसने हमें छोड़ा। जो कोई इसकी सहायता के लिए आते हैं तो वे भी साथ ही यमपुरी को चले जाएँगे।

(अतिवादिनौ जनप्रीतसिंहं गृहाभ्यन्तरं नीत्वा बध्नीतः। जयसिंहो भुशुण्डीं साध्नोति। सुरेन्दरकौरः प्रार्थयते जनप्रीतसिंहं मोचयितुम्)

[वे दोनों आतंकवादी जनप्रीत सिंह को घर के भीतर ले जाकर बाँध देते हैं। जयसिंह बन्दूक से निशाना लगाता है। सुरिन्दर कौर जनप्रीत सिंह को छोड़ने की प्रार्थना करती है।]

सुरेन्दरकौरः - मा, मैवं भ्रातरौ। सन्मार्गग्राहिणे जनप्रीताय कथं दुह्यतः। युवामपि हिंसां परित्यज्य---।

सुरि० — नहीं भाइयो, ऐसा मत करो। सन्मार्ग पर चलने वाले जनप्रीत से क्यों द्रोह करते हो? तुम दोनों भी हिंसा छोड़कर.....

अमरसिंहः - अलमुपदेशैः। अपसर (स तां मुष्टिभिस्ताडयति। सा च चीत्कारं कुर्वती प्रतिवेशिगृहं प्रति धावति। उल्मुकहस्त आतङ्कवादी तामनु धावति)

अमरसिंह — उपदेश देने से बस करो। [दूर हट। वह उसे मुक्कों से पीटता है और वह चिल्लाती हुई पड़ोसी के घर की ओर दौड़ती है। मशाल हाथ में लिए आतंकवादी उसका पीछा करता है।]

जनप्रीतसिंहः - (स्वात्मानं कथञ्चित् विमोच्य स्वभुशुण्डीमादाय) **एषोऽहं मुक्तोऽस्मि। इयमस्ति मद्भुशुण्डी। क्वास्ति उल्मुकहस्तोऽतिवादी?** (उल्मुकहस्तमतिवादिनमनुधावति) **पश्यामि कथं त्वमस्माकं वासस्थानानि अग्निना दहसि?**

(भुशुण्डी-चालन-ध्वनिः)

जयसिंहः - (भूमौ प्रपतन्) **आह! हतोऽहं जनप्रीतेन। अमरसिंह! पाठय पाठमेनमपि।** (अमरसिंहो भुशुण्डीं चालयति)

जनप्रीतसिंहः - (गुलिकाविद्धः) **आह! लते!** (जनकोलाहलः, यं श्रुत्वा सम्प्राप्ता राजपुरुषा भुशुण्डीः परिचालयन्ति। अमरसिंहः पलायते)

लता - (जनप्रीत-मस्तकं क्रोडे कृत्वा) जनप्रीत! अस्मान् रक्षितुं त्वया विस्मृतं स्वजीवनम्। किमेतत्कृतम्?

जनप्रीतः - (म्रियमाणः) **प्रा...य...श्चित्तम्।**

लता - स्यात्तदेव। शोणितमुद्गिरन्ती त्वदङ्गुलिरियं सिञ्चतु मे सीमन्तम्। (निःश्वसन्ती रक्ताप्लुतेन जनप्रीतहस्तेन सीमन्तं पूरयति)

सुरेन्दरकौरः - (सचीत्कारम्) **क्व गतोऽसि भ्रातः! धन्यासि लते!**

(पटाक्षेपः)

जनप्रीत — (अपने आपको छुड़ाकर अपनी बन्दूक लेकर) **यह मैं बन्धनमुक्त हो गया हूँ। यह है मेरी बन्दूक। आतंकवादी कहाँ है?** (मशाल वाले आतंकवादी का पीछा करता है) **मैं तुम्हें देखता हूँ कि तुम कैसे हमारे घरों को आग लगाते हो?**

(बन्दूक चलने की आवाज)

जयसिंह — (भूमि पर गिरता हुआ) **आह! जनप्रीत ने मुझे मार डाला है अमरसिंह! इसे भी सबक सिखा दो।** (अमरसिंह बन्दूक चलाता है)

जनप्रीत — (गोली से घायल) **हाय! लता....** [पुलिस वाले पहुँचकर बन्दूक से गोलियाँ चलाते हैं। अमरसिंह भाग जाता है]

लता — (जनप्रीत के माथे को गोदी में लेकर) **जनप्रीत! हमारी रक्षा के लिए तुमने अपने जीवन की परवाह नहीं की। यह तुमने क्या किया?**

जनप्रीत — (मरते हुए) **प्रा...य...श्चि....त्त।**

लता — वही हो। खून बहाती हुई तुम्हारी यह अंगुली मेरी माँग भरे। (दीर्घ साँस लेती हुई खून से लथपथ जनप्रीत के हाथ से माँग भर लेती है)

सुरिन्दर कौर — (चिल्लाती हुई) **भाई! तुम कहाँ चले गए? लता, तू धन्य है!**

(पर्दा गिरता है)

अक्षि-परिचयः

(वृत्तविवरणात्मकं रूपकम्)

सूत्रधारः - [नेपथ्यस्थः] चिकित्सालयस्य नारीकक्षे क्षणं शयाना क्षणमुत्थितोद्विग्ना च शिरोवेदनाग्रस्ता कीर्तिनाम्नी युवतिः। पुरःस्थे कक्षे स्मृतिभङ्गग्रस्तः सोमदत्त नामा रोगी निजमञ्चिकास्थो गवाक्षात्पूर्वोक्तां रोगिणीं निरन्तरं प्रपश्यन्नास्ते। सा च तन्नयनबद्ध-दृष्टिर्वेदनाविह्वला भवति। कीर्तिमभिलक्ष्य परिचारिका पृच्छति।

परिचारिका - किं पश्यसि ?

कीर्तिः - (अक्षिणी निमील्य) किमपि नैव।

परिचारिका - इत्थमस्रार्द्रनयनाभ्यां पुरुष-दर्शनमशोभनम्।

कीर्तिः - (हस्तेन शिरो घर्षयन्ती) कथं स पश्यति माम् ? एकाकिनीं स्त्रियम्...

सूत्रधारः - [नेपथ्ये, अत्र सूत्रधारकथनानुसारी मूकाभिनयः] परिचारिका विस्फारयत्यक्षिणी, तर्जनीं प्रकम्पय्य निषेधति च। कीर्तिस्तद्-भिया क्षणमन्यत्र पश्यति। स च तां पश्यति। स्वस्थानादन्यत्र गतायां तस्यां स विकलो भवति। निवृत्तायाञ्च हर्षं जनयति। परिचारिका-सन्निधौ पुरुषस्तु कीर्तिमेव पश्यति, किन्तु कीर्तिरन्यत्रा-वलोकयति। परिचारिका कीर्तिं पृच्छति 'किं पश्यसि ?' कीर्तिर्न किञ्चिद् भाषते। अपरस्मिन् प्रकोष्ठे कीर्तिमन्यमनस्कां दृष्ट्वा सोमदत्तो व्याकुलतरो दृश्यते। कीर्तिः कपाटान्तरे स्थित्वा सोमदत्तस्य निमीलितयोर्नयनयोर्दृष्टिं पातयति। स्थितिमसहमाना 'कथन्निमीलिते अक्षिणी' ? इति कथयति।

परिचारिका - कथं परपुरुषमित्थमवलोकयसि ?

सूत्रधार (पर्दे में) — चिकित्सालय के स्त्री-कक्ष में क्षण भर सोती हुई और क्षण भर में उठकर बेचैन सिर दर्द से पीड़ित कीर्ति नाम की युवती। सामने वाले कमरे में स्मृतिभंग रोग से ग्रस्त सोमदत्त नाम का रोगी अपने बिस्तर पर स्थित खिड़की से पूर्वोक्त रोगिणी को निरन्तर देख रहा है और वह (कीर्ति) उसकी आँखों पर नजर लगाकर पीड़ा से व्याकुल हो रही है। कीर्ति को संकेत करके परिचारिका पूछती है —

नौकरानी — क्या देखती हो ?

कीर्ति — (दोनों आँखें बन्द करके) कुछ भी नहीं।

नौकरानी — इस प्रकार आँसुओं से गीली आँखों से पुरुष की ओर देखना ठीक नहीं।

कीर्ति — (हाथ से सिर को रगड़ती हुई) वह मुझे क्यों देखता है ? अकेली स्त्री को.....

सूत्रधार — (पर्दे में, यहाँ सूत्रधार के कहने के अनुसार मूक अभिनय) नौकरानी आँखें फाड़ती हुई और तर्जनी को हिलाकर रोकती है और कीर्ति उसके भय से क्षण भर दूसरी तरफ देखती है और वह (सोमदत्त) उसे (कीर्ति को) देखता है।

कीर्ति के अपने स्थान से दूसरी जगह जाने पर वह व्याकुल हो जाता है और अपने स्थान पर लौटने पर प्रसन्नता का अनुभव करता है। नौकरानी के पास होने पर पुरुष तो कीर्ति को ही देखता है किन्तु कीर्ति दूसरी तरफ देखती है। नौकरानी कीर्ति को पूछती है — क्या देखती हो ? कीर्ति कुछ भी नहीं कहती है। दूसरे कमरे में कीर्ति को अन्यमनस्क देखकर सोमदत्त अधिक व्याकुल दिखाई देता है। कीर्ति किवाड़ के अन्दर रहकर सोमदत्त की बन्द आँखों में नजर डालती है। स्थिति को न सहन करती हुई, 'आँखें बन्द क्यों हैं ?' इस प्रकार कहती है।

नौकरानी — परपुरुष को इस प्रकार क्यों देखती हो ?

नारी-सुलभा लज्जापि---

कीर्तिः - लज्जया किमहं कुर्याम्?

परिचारिका - कामुकी नारी...।

सूत्रधारः - (नेपथ्ये) कीर्तिर्गलहस्तं दत्त्वा परिचारिकां निस्सारयति।

चिकित्सालयकर्मचारिणः कीर्तिं यथास्थानं नयन्ति। कीर्तिर्विलपति शिरोवेदनया। उत्तेजना-प्रशमनाय तस्या ओषधिः प्रदीयते। सा स्वपित्यचिरात्। विनिद्रः सोमदत्त उत्तिष्ठति। कीर्तिमदृष्ट्वोन्मना विजायते। तस्याः प्रकोष्ठं गतस्तां सुप्तामेव निर्निमेषं पश्यति। निद्रां परित्यज्य कीर्तिः सोमदत्तं भर्त्सयति- कथं त्वं मयि प्रेम्णा, व्यवहरसि? परं सा तस्यावलोकने न कञ्चिद्दोषं मन्यते। सोमदत्तः पुनरपि कीर्तिं सहसा संस्पृश्यावलोकते। वर्जितोऽप्यालिङ्ग्य नयने निमील्य च सुखमनुभवति। कीर्तिस्तर्जयति कथं स परस्त्रियमालिङ्गतीति, किन्तु नयने उन्मील्य यदा स कीर्तिं सस्नेहमवलोकते, तदा कीर्तेः प्रतिरोधः शिथिलीभवति। कीर्तिर्निद्रिते सोमदत्ते पृथग् अनिद्रिते च पृथग् व्यवहरति। सोमदत्तस्या-क्षिनिमीलनं कीर्त्यै सह्यं न भवति। परिचारिका सोमदत्तं कक्षान्तरं नयति, यत्र स आकुलो भवति, रोदिति च। परिचारिका पुनस्तं तत्रैव प्रापयति। स पूर्वमेवान्यत्र नीतां कीर्तिमन्विष्यति, अदृष्ट्वा ततः पलायते कक्षात्कक्षान्तरम्, उच्चैः क्रन्दति, भग्नाशः स्वपिति।

कीर्तिः शिरोवेदनाभिभूता रोदिति। परिचारिका तां सोमदत्तान्तिकं प्रापयति, किञ्च सुप्तं सोमदत्तं दृष्ट्वापि सा स्वास्थ्यं न लभते। पूर्वं तु सा सम्प्राप्ते सोमदत्ते स्वस्थाऽभवत्। कथं नाद्येति शोचति परिचारिका। तदैव सोमदत्तोऽक्षिणी

नारी सुलभ लज्जा को भी....

कीर्ति — लज्जा से मैं क्या करूँ?

नौकरानी — कामातुर स्त्री....

सूत्रधार — (पर्दे में) कीर्ति गर्दन पकड़कर परिचारिका को निकाल देती है। चिकित्सालय के कर्मचारी कीर्ति को यथास्थान ले जाते हैं।

कीर्ति सिर दर्द के कारण विलाप करती है। उसकी उत्तेजना शान्त करने के लिए उसे ओषधि दी जाती है। वह शीघ्र ही सो जाती है। नींद से जागा हुआ सोमदत्त उठता है। कीर्ति को न देखकर बेचैन हो जाता है। उसके (कीर्ति के) कमरे में जाकर उसे सोई हुई को एकटक देखता है। नींद त्यागकर कीर्ति सोमदत्त की भर्त्सना करती है — तुम मुझसे प्रेमपूर्वक व्यवहार क्यों करते हो? किन्तु वह उसे देखने में कोई बुराई नहीं मानती है। सोमदत्त फिर भी कीर्ति को सहसा छूकर देखता है। मना करने पर भी आलिंगन करके और आँखें बन्द करके सुख का अनुभव करता है। कीर्ति उसे धमकाती है कि वह पराई स्त्री का आलिंगन क्यों करता है? किन्तु आँखें खोलकर जब वह कीर्ति को स्नेहपूर्वक देखता है तब कीर्ति का प्रतिरोध शिथिल हो जाता है। कीर्ति सोमदत्त के नींद में होने पर पृथक तथा जागने पर पृथक व्यवहार करती है। कीर्ति सोमदत्त की आँखें बन्द करना सहन नहीं कर पाती है। परिचारिका सोमदत्त को दूसरे कमरे में ले जाती है जहाँ वह व्याकुल हो जाता है और रोता है। परिचारिका सोमदत्त को दोबारा वहीं पहुँचा देती है। वह पहले ही अन्यत्र ले जाई गई कीर्ति को ढूँढता है, न देखकर फिर एक कमरे से दूसरे कमरे में भागता है, ऊँचे स्वर में चिल्लाता है और निराश होकर सो जाता है।

कीर्ति सिर दर्द से अभिभूत रोती है। परिचारिका उसे सोमदत्त के समीप पहुँचा देती है; किन्तु सोए हुए सोमदत्त को देखकर भी वह स्वस्थ नहीं होती है। पहले तो वह सोमदत्त के पास ले जाने पर स्वस्थ हो गई थी, आज क्यों नहीं - यह सोचकर परिचारिका चिन्तित है। तभी

उन्मील्य कीर्तिं पश्यति सा लब्धानन्दा शिरोवेदनामुक्ता भवति। अनतिपूर्वं कीर्तेराचरितं संस्मृत्य परिचारिकया प्रचोदितः सोमदत्तो यावदेव तां स्पृशति, कीर्तिस्तावदेव तं भर्त्सयति।

सोमदत्त आँखें खोलकर कीर्ति को देखता है। वह आनन्द प्राप्ति से शिरोवेदना से मुक्त होती है। कुछ देर पूर्व ही कीर्ति के आचरण को याद करके परिचारिका द्वारा प्रेरित सोमदत्त जब भी उसको छूता है, कीर्ति तभी उसकी भर्त्सना करती है।

कीर्तिः - किं मां गणिकां जानासि ? न काचित् पतिव्रता परपुरुषं कामयते।

कीर्ति — क्या मुझे वेश्या समझते हो ? कोई भी पतिव्रता स्त्री परपुरुष की कामना नहीं करती है।

परिचारिका - अपि पतिव्रता नारी कञ्चित्पुरुषं कामुक्या दृष्ट्या पश्यति ?

परिचारिका — क्या कोई पतिव्रता स्त्री किसी पुरुष को कामुकी दृष्टि से देखती है ?

कीर्तिः - सोमदत्तस्य नयनयोर्न जाने किमस्ति यदहं पत्नीधर्ममवगच्छन्त्यपि ताभ्यामाकृष्टा भवामि। न मे तस्यापराङ्गैः प्रयोजनम्। अक्षिणी एव हृद्ये।

कीर्ति — सोमदत्त की आँखों में न जाने क्या है कि मैं पत्नी धर्म को जानती हुई भी उनकी आँखों की तरफ आकृष्ट होती हूँ। मुझे उसके दूसरे अंगों से प्रयोजन नहीं है। आँखें ही मनोहारी हैं।

सूत्रधारः - (नेपथ्ये) परिचारिका विस्मिता चिन्तयति — अक्षिणी प्रिये न चाक्षिमान्। सोमदत्तश्चासौ कीर्तेः समक्षे लब्धसंज्ञ इव प्रतीयते, परं परोक्षे पुनर्विस्मृताचारो बालायते। परिचारिका मनोविज्ञानाचार्यं सूचयति दूरभाषेण।

सूत्रधार — (पर्दे में) हैरान हुई परिचारिका सोचती है.... आँखें प्रिय हैं, आँखों वाला नहीं। और यह सोमदत्त कीर्ति के सामने होश में आया प्रतीत होता है किन्तु परोक्ष में फिर आचार-व्यवहार का भूला हुआ बालक की तरह व्यवहार करता है। परिचारिका दूरभाष से चिकित्सक को सूचना देती है।

परिचारिका - बाल्यमाप्त आत्मविस्मृतो रोगी सोमदत्तः पुरःस्थकक्षवासिनीं विधवां कीर्तिं दृष्ट्वा स्नेहार्द्रहृदयः कामयते तस्याः साहचर्यम्। दर्शनवेलायमविचलस् तिष्ठति, क्रीडनकैर्न क्रीडति। स्थानान्तरितः कीर्तेः कक्षं स स्वस्थः स्यादिति मनोरथेनाहं तथाकर्तुं प्रायते, किन्तु कीर्तेरभिभावका नानुमोदन्ते तयोःसहस्थान-वासम्। परम्परावादिनस्ते वैधव्यं परपुरुषासहं मन्यन्ते। कीर्तिरपि सोमदत्तस्योन्मीलिते नयने दर्शं दर्शं सुखमनुभवति, किन्तु तेनाजानतापि स्पृष्टा खिद्यते।

परिचारिका — बाल्यभाव को प्राप्त हुआ अपने आप को भूला हुआ रोगी सोमदत्त सामने के कमरे में रहने वाली विधवा कीर्ति को देखकर स्नेहार्द्रहृदय उसका सान्निध्य चाहता है। उसके दर्शन के समय अविचल रहता है, खिलौनों से नहीं खेलता है। कीर्ति के कमरे में ले जाने पर वह स्वस्थ हो जाये, इस मनोरथ से मैंने वैसा करने का प्रयत्न किया; किन्तु कीर्ति के अभिभावक उन दोनों का एक स्थान पर रहना उचित नहीं मानते। वे रूढ़िवादी हैं। विधवा का परपुरुष के साथ रहना अनुचित मानते हैं। कीर्ति भी सोमदत्त की खुली आँखों को देख देख कर सुख का अनुभव करती है किन्तु उसके द्वारा अज्ञानतावश स्पर्श से भी दुखी होती है।

सूत्रधारः - (नेपथ्ये) ततः सम्प्राप्नोति शिष्यद्वयेन सह प्राचार्यचिकित्सकः।

सूत्रधार — (पर्दे में) उसके पश्चात् दो शिष्यों के साथ प्राचार्य चिकित्सक आता है।

परिचारिका निवेदयति निखिलं तस्मा अपि।

परिचारिका उसे भी सब कुछ निवेदन करती है।

प्राचार्य चिकित्सकः - सोमदत्तः कीर्तिं दृष्ट्वा सुखमनुभवति।

प्रा०चि० — सोमदत्त कीर्ति को देखकर सुख का अनुभव करता है ।

छात्र चि० - आम्, श्रीमन्!

प्र० शिष्य — हाँ, श्रीमान् जी।

प्रा०चि० - कीर्त्यै सोमदत्तस्याक्षिणी रोचेते, न तु तस्य निखिलं शरीरम्।

प्रा०चि० — कीर्ति को सोमदत्त की आँखें अच्छी लगती हैं, न कि सारा शरीर।

द्वि०छा०चि० - आम्, श्रीमन्!

द्वि०छा०चि० — हाँ, श्रीमन्।

प्रा०चि० - निदानमवगन्तव्यम्।

प्रा०चि० — निदान जानना चाहिए।

प्रथमः छा०- इतिहासोऽवगन्तव्यः।

दूसरा शिष्य — इतिहास जानना चाहिए।

प्र०चि० - एतयोरभिभावकान् मम कार्यालयं सम्प्रापय। (शिष्याभ्यां सह निष्क्रान्तः।)

प्रा०चि० — इन दोनों के अभिभावकों को मेरे कार्यालय में ले आओ। (दोनों शिष्यों के साथ निकल गया।)

सूत्रधारः - (नेपथ्ये) त्रयोऽपि प्राचार्य-कक्षे सावधाना दृश्यन्ते। सम्प्राप्तं सोमदत्त-पितरं प्राचार्य-चिकित्सकः पृच्छति।

सूत्रधार — (पर्दे में) तीनों ही प्राचार्य के कमरे में सावधान दिखाई देते हैं। आए हुए सोमदत्त के पिता को प्रा०चि० पूछता है।

प्रा०चि०- कियत्कालिको रोगः सोमदत्तस्य?

प्रा०चि० — सोमदत्त का रोग कितने वर्ष से है?

सोम-पिता - द्विवार्षिक एव।

सो०-पिता — दो वर्ष से है।

प्रा०चि० - किं जातं वर्षद्वयात् पाक्?

प्रा०चि० — दो वर्ष पूर्व क्या हुआ था?

सोम-पि० - कारयाने गच्छतस्तस्य दुर्घटना घटिता।

सो०पि० — कार में जाते हुए दुर्घटना हुई थी।

प्रा०चि० - का क्षतिर्जाता तदा?

प्रा०चि० — तब क्या हानि हुई थी?

सोम-पि० - शिरोघातात्तस्य स्मृतिर्नयने च नष्टानि।

सो०पि० — उसके सिर पर चोट लगने से स्मरण-शक्ति और नेत्र नष्ट हो गए थे।

प्रा०चि० - समीचीने नयने। कथं भणसि नयने नष्टे इति?

प्रा०चि० — आँखें तो ठीक हैं। आँखें नष्ट हो गईं ऐसा क्यों कहते हो?

सोम-पि०-मण्डलचिकित्सालयस्याक्षिप्रत्यारोपणविभागे दुर्घटनायां सद्योमृतस्य कारचालकस्येमे नयने सोमदत्ते प्रत्यारोपिते।

सो०पि० — मण्डल चिकित्सालय के नेत्र-प्रत्यारोपण विभाग में तत्काल दुर्घटना में मृत कारचालक की ये आँखें सोमदत्त में प्रत्यारोपित कर दी गई थीं।

प्रा०चि० - किं कारचालकेन मरणानन्तरं नयनदानं प्रतिज्ञातमासीत्?

प्रा०चि० — क्या कारचालक ने मृत्यु पूर्व नेत्रदान का प्रण किया था?

सोम-पि० - आम्, इत्थमेव मया श्रुतम्।

सोम-पि० — हाँ, मैंने सुना है।

प्रा०चि० - अपि त्वं परिचिनोषि कारचालक-

प्रा०चि० — क्या तुम कारचालक के परिवार से परिचित हो?

परिवारम् ?

सोम-पि० - अहं भृशं प्रायते मृतस्याक्षिदातुर्विषये ज्ञातुम्, किन्तु नाशक्नुवमवगन्तुम्।

प्रा०चि० - कथं जाता दुर्घटना ?

सोम-पि० - राजपुरुषैर्ग्रामीणैश्चाहं सूचितो यदवरोधकयन्त्रदोषादन्यस्मात्कारणाद्वा सोमदत्त-यानं पार्श्वस्थशाल्मली-वृक्षसंघट्टाद् विचलितं मार्गमध्यगतं पृष्ठतो तीव्रतरगत्या प्रधावतापरया-नेनेत्थं धक्कितं यच्छिरस्याहतः सोमदत्तो मूर्च्छितो-ऽभवत्, अपरयान-चालकश्च चूर्णिताधोभाग श्चिकित्सालयं नीयमानो बहिर्द्वार एव मृतः।

प्र०चि० - क्व घटितैषा दुर्घटना ? कस्मिन् दिने ?

सोम-पि० - शाल्मलीनगरस्यान्तिके श्रावणस्यै-कादशप्रविष्टौ।

सूत्रधारः - (नेपथ्ये) प्राचार्य-चिकित्सकः सशिष्यः कीर्तेः शायिकां सम्प्राप्तः पट्टाङ्कितां टिप्पणीं पठति, छात्रचिकित्सकौ च दर्शयति। सर्वे वस्तुस्थित्यवगमनपरा दृश्यन्ते। कीर्तिमुखा-गोचराश्च परस्परं मन्त्रयन्ते। किमस्य कारणं यदेषा सोमदत्त-नयने अवलोकयन्ती सुखमनुभवति।

छा०चि० - तत्रैव रोगस्य मुख्योद्गमः प्रतीयते। यतः सोमदत्तस्येतराणि अङ्गानि तस्यै न तथा रोचन्ते यथास्य चक्षुषी।

द्वि०छा०चि० - अस्या अभिभावका अपि प्रष्टव्या ज्ञातव्यञ्च क्व, कदा, केन कारणेनास्याः पतिर्मृत इति।

प्रथमः - अनुमीयते...।

द्वितीयः - अलमनुमानेन। ज्ञातव्यं कथं स मृतः।

सो०पि० — मैंने नेत्रदान करने वाले मृतक के विषय मे जानने का अत्यधिक प्रयत्न किया किन्तु जान नहीं सका।

प्रा०चि० — दुर्घटना कैसे घटी ?

सो०पि० — ग्रामवासियों तथा पुलिस वालों ने मुझे बताया था कि ब्रेक न लग पाने से अथवा अन्य किसी कारण से सोमदत्त का वाहन समीपस्थ सेम्बल के वृक्ष से टकराने से विचलित मार्ग के मध्य आया हुआ पीछे से तेज गति से दौड़ते हुए दूसरे वाहन से इस प्रकार धकेला गया कि सिर पर चोट लगने से सोमदत्त मूर्छित हो गया और दूसरे वाहन का चालक अधोभाग के पिस जाने से चिकित्सालय को ले जाते हुए बाहर दरवाजे पर ही मर गया।

प्रा०चि० — यह दुर्घटना कहाँ हुई थी ? किस दिन ?

सो०पि० — श्रावण मास के ग्यारहवें दिन शाल्मली नगर के समीप यह दुर्घटना घटी थी।

सूत्रधार — (पर्दे में) प्रा० चिकित्सक शिष्यों के साथ कीर्ति की शय्या के पास पहुँच कर पट्टिका पर लिखी टिप्पणी को पढ़ता है और छात्र चिकित्सकों को दिखाता है। सभी वस्तुस्थिति को जानने में प्रयत्नशील दिखाई देते हैं। कीर्ति के मुख की ओर दृष्टि लगाए हुए परस्पर विमर्श करते हैं। क्या कारण है कि यह सोमदत्त की आँखों को देखती हुई सुख का अनुभव करती है।

छा०चि० — वहीं रोग का मुख्य उत्पत्ति-स्थान प्रतीत होता है। क्योंकि सोमदत्त के दूसरे अंग उसे वैसे प्रिय नहीं हैं जैसे आँखें।

दूसरा छा०चि० — इसके अभिभावकों को भी पूछना चाहिए और जानना चाहिए कि कीर्ति का पति कहाँ पर, कब और किस कारण से मृत्यु को प्राप्त हुआ था ?

प्रथम — अनुमान है कि....

दूसरा — अनुमान से बस करें। जानना चाहिए कि उसकी मृत्यु कैसे हुई थी ?

प्रा०चि० — बाहर स्थित इसके अभिभावकों को बुलाना चाहिए। (छात्र चिकित्सक बाहर जाकर कीर्ति के पिता के

प्र०चि० - बहिःस्थोऽस्या अभिभावक आकारणीयः। (छात्र-चिकित्सको बहिर्गत्वा कीर्तेः पित्रा सह निवर्तते)

छा०चि० - (प्राचार्य-चिकित्सकम्) सम्प्राप्तोऽसौ कीर्तेःपिता।

प्रा०चि० - (कीर्तिपितरम्) किन्नामासीत्तव स्वर्गगतो जामाता? का वृत्तिश्च तस्य? कथञ्च स मृतः?

कीर्तिपिता - नाम्ना हर्षवर्धनो बहुवल्लभश्रेष्ठिनो दुर्घटनाग्रस्तो वाहनचालकः।

प्रा०चि० - वाहनचालकः! क्व घटितैषा दुर्घटना? कस्मिन् दिने? सद्य एव मृतोऽथवा चिकित्सालये?

कीर्तिपिता - शाल्मलीनगरस्य निकट एव श्रावणस्यैकादशप्रविष्टौ चिकित्सालयं नीयमानो बहिर्द्वार एव मृतः। चिकित्सालय-परिधावेव

साथ लौटता है।)

छा०चि० — (प्राचार्य चिकित्सक से) यह कीर्ति का पिता है।

प्रा०चि० — (कीर्ति के पिता से) तुम्हारे स्वर्गीय जमाता का क्या नाम था? उसकी आजीविका का साधन क्या था और उसकी मृत्यु कैसे हुई थी?

कीर्ति का पिता — हर्षवर्धन नाम वाला बहुवल्लभ सेठ का वाहनचालक दुर्घटनाग्रस्त होकर मृत्यु को प्राप्त हुआ था।

प्रा०चि० — क्या वाहनचालक था? यह दुर्घटना कहाँ घटी थी और किस दिन? तत्काल ही मृत्यु हो गई थी अथवा चिकित्सालय में?

कीर्ति का पि० — श्रावण मास के ग्यारहवें दिन शल्मली नगर के निकट ही। चिकित्सालय ले जाते हुए बाहर द्वार पर ही उसकी मृत्यु हो चुकी थी। चिकित्सालय की परिधि में ही कहना चाहिए।

प्रा०चि० -अपि तस्याक्षिणी प्रत्यारोपिते सोमदत्ते?

कीर्तिपिता - पूर्वकृतवाग्दानानुसारेण निधनात् पश्चात् चिकित्सालये हर्षवर्धनस्य नयने संगृहीते प्रत्यारोपणार्थम्। नाहं जाने क्वारोपिते ते।

प्रा०चि० - तस्मिन् समये भवत्पुत्री चिकित्सालये---

कीर्तिपिता - नैव, सा शल्यक्रियानन्तरं ग्रामात्संप्राप्ता। पश्चान्मयावगमिता सा कथं तस्याःपतिर्मृतः।

प्रा०चि०-कथं तया गृहीतं पत्युराकस्मिकं निधनम्?

कीर्तिपिता - वज्रपातान्नाल्पतरमदः। तदारभ्य शिरोवेदनाग्रस्ता भ्रमति विक्षिप्तेवैषा। अनिष्टापसर्पणाय हि चिकित्सालयं समानीतवानस्म्येनां किञ्चित्कालमत्र वासयितुम्।

प्रा०चि० - मा शोचीः। साचिरात्स्वास्थ्यं लप्स्यते।

प्रा०चि० – क्या उसकी आँखें सोमदत्त में प्रत्यारोपित हैं?

कीर्ति का पि० – पहले ही किए गए नेत्रदान के प्रण के अनुसार मृत्यु के पश्चात् चिकित्सालय में हर्षवर्धन की आँखें प्रत्यारोपण के लिए ले ली गईं। यह मैं नहीं जानता हूँ कि वे कहाँ पर प्रत्यारोपित की गई हैं।

प्रा०चि० – क्या उस समय आपकी पुत्री चिकित्सालय में....

कीर्ति का पि० –नहीं, वह शल्यक्रिया के बाद गाँव से आई। मैंने उसे बताया कि कैसे उसके पति की मृत्यु हुई।

प्रा०चि० – पति का सहसा मरना उसे कैसा लगा?

कीर्ति का पि० – यह वज्रपात से कम नहीं था। तब से लेकर सिर दर्द से पीड़ित विक्षिप्त सी घूमती है। कुछ समय तक यहाँ रखने के लिए ले आया हूँ।

प्रा०चि० – चिन्ता न करें। वह शीघ्र ही स्वस्थ हो जाएगी। [प्रा०चि० शिष्य को साथ लेकर विदा हुआ]

सूत्रधार – (पर्दे में रंगमञ्च पर मूक अभिनय) चिकित्सक

[प्राचार्य चिकित्सकःसशिष्यो निष्क्रान्तः]

सूत्रधारः - (नेपथ्ये रङ्गमञ्चे मूकाभिनयः) **चिकित्सकैर्निर्णीतं यददृष्टचेतनाप्रचोदितयोः कीर्तिसोमदत्तयोर्मनसोः प्रवेक्ष्यतः प्रेम्णो बहिर्द्वारि अक्षिणी एव; अतएव युगलमेतत्पारस्परिकमाकर्षणमुद्वहति। कीर्तेः पत्युर्नयने अधुना सोमदत्तायत्ते। तस्मात्सावचेतनतया सोमदत्तनयनयोः स्निह्यति।** (रङ्गमञ्चे कीर्तिः सतृष्णनेत्राभ्यां सोमदत्तनयने अवलोकयन्ती दृश्यते) **यतः सोमदत्तप्रत्यारोपितनयनयोः सा सर्वावयवसम्पन्ना दीर्घकालं न्यवसदिति सोऽपि तां दृष्ट्वा स्पृष्ट्वा च सुखमनुभवति। यावदेतयोर्द्वारस्था प्रीतिर्मनोगता न भवति, तावदेतयोः सम्यङ्नीरोगता न सम्भाव्यते। अतस्तयोः सम्पर्को वर्धनीय इति।**

अथ तयोः शायिके एकस्मिन्नेव कक्षे नियोजिते। कीर्तिस्तस्य नयने निरीक्षमाणा, सोमदत्तश्च तां पश्यन् समयं यापयन्तौ स्वास्थ्योन्नतिं प्रापुताम्। तयोर्मिथः प्रेमाकर्षणमवर्धत। (अत्र प्रकाशस्यागमननिर्गमनाभ्यां समयगतिः सूचनीया। सप्रकाशे रङ्गमञ्चेऽधोलिखिताः प्रियताक्रियाः प्रदर्शनीयाः) **सोमदत्तस्योल्लासः कीर्तेर्विहासः सोमदत्तेन कीर्तिहस्तस्पर्शः, कीर्त्या तस्य हस्तसंवाहनम्, कीर्त्या उन्नतोरोभागं दृष्ट्वा सोमदत्तोक्तिः लोचते मअहमेतय मेलूभूतमग्गम्। किमत्त निगुत्थम्?** (रोचते मह्यमेतन्मेरूभूतमङ्गम्। किमत्र निगूढम्) **सोमदत्तमौढ्यमुग्धायाः स्मेरमुख्याः कीर्तेः तिर्यगीक्षणम्, सोमदत्तेन कीर्तेः केशप्रसाधनम्, कीर्त्या तस्य करनिष्पीडनमीत्यादि क्रिया दर्शं दर्शं नातिदूरस्था सोमदत्तधर्मपत्नी 'पम्पा' असहमाना पुनः पुनर्हस्ताभ्यां नयने निमीलति, किञ्च चिकित्साधिकारिनिर्देशान्न किञ्चित्कर्तुं वक्तुं वा शक्नोति। सा निरीक्षणार्थं समागताय चिकित्साधिकारिणे निवेदयति —**

चिकित्सक ने निर्णय किया कि अदृश्य चेतनशक्ति द्वारा प्रेरित कीर्ति और सोमदत्त के मनों में प्रविष्ट होते हुए प्रेम के बाहरी द्वार आँखें ही हैं। इसीलिए यह युगल परस्पर आकृष्ट हो रहा है। कीर्ति के पति की आँखें अब सोमदत्त के पास हैं। इसलिए वह अचेतन अवस्था में सोमदत्त की आँखों से स्नेह करती है। (रंगमञ्च पर कीर्ति प्यासी आँखों से सोमदत्त की आँखों में देखती हुई दिखाई देती है) **चूँकि सोमदत्त की आँखों में वह स्वयं सभी अंगों से सम्पन्न दीर्घकाल तक रहती थी, अतः सोमदत्त भी इसे देखकर और छूकर सुख का अनुभव करता है। जब तक इन दोनों की द्वार पर स्थित प्रीति मन तक नहीं पहुँचती है, तब तक इन दोनों के अच्छी तरह से नीरोग होने की संभावना नहीं है। इसलिए इन दोनों का सम्पर्क बढ़ाना चाहिए।**

इसके पश्चात् उन दोनों के बिस्तर एक ही कमरे में लगा दिए गए। कीर्ति उसके नेत्रों को देखती हुई और सोमदत्त उसे देखता हुआ समय व्यतीत कर स्वास्थ्य में उन्नति करते रहे। उन दोनों का परस्पर प्रेम का आकर्षण बढ़ा। (यहाँ प्रकाश के आगमन और निर्गमन से समय की गति सूचित करनी चाहिए। प्रकाशमय रङ्गमञ्च पर निम्नलिखित प्रेम क्रियाएँ प्रदर्शित की जानी चाहिए।) **सोमदत्त का उल्लास, कीर्ति की हँसी, सोमदत्त द्वारा कीर्ति के हाथ को छूना, कीर्ति द्वारा उसके हाथ को दबाना, कीर्ति के उन्नत वक्षस्थल को देखकर सोमदत्त का कथन---** (मुझे यह सुमेरु पर्वत सदृश अङ्ग अच्छा लगता है। यहाँ क्या छिपाया हुआ है?) **सोमदत्त की मूढ़ता से मुग्ध नतानना कीर्ति का तिरछे देखना, सोमदत्त द्वारा कीर्ति के बालों को सजाना, कीर्ति द्वारा उसके हाथ को दबाना इत्यादि क्रियाओं को देख-देखकर समीपस्थ सोमदत्त की धर्मपत्नी पम्पा सहन करने में असमर्थ पुनः पुनः हाथों से आँखों को बन्द कर लेती है; किन्तु चिकित्सा अधिकारी के निर्देश से कुछ कह तथा कर नहीं सकती है। वह निरीक्षण के लिए आये हुए चिकित्साधिकारी से निवेदन करती है - कीर्ति और**

कीर्ति-सोमदत्तौ नैकत्र वासितव्यौ, किन्तु स नानुमोदते। ततः बाल्यं गतस्य सोमदत्तस्य पत्नी पुनर्ब्रूते चिकित्सकम्।

पम्पा - नाहं स्वस्य पत्युः परहस्तापसरणं द्रष्टुं समर्था। स्वास्थ्यं लभमानः स प्रतिदिनं परकीयतां प्राप्नुवन् प्रतीयते। कोऽर्थस्तस्य स्वास्थ्येन मत्कृते?

चिकित्सकः - सर्वमेवैतत्ते हिताय। अलं चिन्तया। चेतनामाप्तस्ते भर्ता पूर्वजन्मकृतचेष्टितमिव सर्वमेतद् विस्मरिष्यति नयनाकर्षणजातम्। नाधुना तेऽत्रावस्थानं हितम्। (निष्क्रामति चिकित्सकः)

सूत्रधारः - (नेपथ्ये) पम्पा साश्रुनयना कराङ्गुलिभिर्मुखमाच्छादयन्ती क्रन्दति, वदति चोच्चैः 'नहि नहि नैवाहमितो गमिष्यामि' इति। भावावेशं गता पम्पा भयाक्रान्ता व्याघ्रीव क्रन्दति, अपशब्दान् व्याहरति, आसन्द्यादि-वस्तूनि च प्रक्षिपति। कीर्तिस्कन्धन्यस्तहस्तं सोमदत्तं विलोक्य भवनपरिष्कारार्थं तत्र संचितेष्टकानामेकमर्धखण्डं कीर्तिं प्रहर्तुं प्राक्षिपत्। तच्च सोमदत्तं लगति, सा पुनरपरहस्तस्थमिष्टकाशकलं तामुद्दिश्य प्रहरति। ताभ्यां शिरस्याहतयो रुधिरार्द्रयोस्तयोः सोमदत्तो मूर्च्छति कीर्तिश्च विस्मृतात्मज्ञाना रुधिरमुद्वमति। तौ तथाहतौ दृष्ट्वा पम्पा शाम्यति, अनुशोचति च। द्रुतमुपगता सोमदत्तमाश्लिष्य रोदिति। चिकित्सालय-कर्मचारिणस्तां समाश्वास्य सोमदत्तं कीर्तिञ्चा-पातकालपरिचर्याकोष्ठं प्रापयन्ति। कक्षाद् बहिःशोकाकुला पम्पा भग्नाशुभस्वप्नेव संत्रस्ता प्रतीक्षते। पश्चात्तापाभिभूता सा गतागतं कुर्वतश्चिकित्सकान् पृष्ट्वा कीर्तिसोमदत्तयोः स्वास्थ्य-वृत्तं जिज्ञासते।

सोमदत्त को एक स्थान पर नहीं रखना चाहिए किन्तु वह इसका अनुमोदन नहीं करता है। फिर बाल्यभाव को प्राप्त सोमदत्त की पत्नी पुनः चिकित्सक से कहती है।

पम्पा — मैं अपने पति को दूसरे के हाथ में जाता हुआ नहीं देख सकती हूँ। स्वास्थ्यलाभ करता हुआ वह प्रतिदिन दूसरे के हाथ में जाता हुआ प्रतीत होता है। मेरे लिए उसके स्वस्थ होने का क्या लाभ?

चिकित्सक — यह सब कुछ ही तुम्हारे भले के लिए है। चिन्ता न करें। चेतना को प्राप्त हुआ तुम्हारा पति आँखों के आकर्षण से उत्पन्न यह सब कुछ पूर्व जन्म में की गई चेष्टाओं की तरह भुला देगा। अब यहाँ पर तुम्हारा ठहरना हितकर नहीं है। (चिकित्सक निकल जाता है।)

सूत्रधार — (पर्दे में) पम्मा आँखों में आँसू लिए हाथ की अंगुलियों से मुख को ढकती हुई चिल्लाती है और ऊँचे स्वर में कहती है — नहीं, नहीं, मैं यहाँ से नहीं जाऊँगी। भावों के आवेश में पम्पा भयभीत बाघिन की तरह चिल्लाती है, गालियाँ देती है और कुर्सी आदि वस्तुओं को फेंकती है। उसने कीर्ति के कन्धे पर हाथ रखे हुए सोमदत्त को देखकर मरम्मत के लिए इकट्ठी की गयीं ईंटों का भाग कीर्ति को मारने के लिए फेंका और वह सोमदत्त को लगता है। वह दोबारा दूसरे हाथ में स्थित ईंट के टुकड़ों से उस पर प्रहार करती है। वे दोनों सिर पर चोट खाकर घायल होते हैं और खून से लथपथ होने पर सोमदत्त मूर्च्छित हो जाता है और कीर्ति बेहोश हो जाती है एवं खून वमन करती है। उन दोनों को इस प्रकार घायल देखकर पम्पा शान्त होती है और किए पर शोक करती है। शीघ्रता से सोमदत्त के समीप जाकर आलिङ्गन करके रोती है। चिकित्सालय के कर्मचारी उसे आश्वासन देकर सोमदत्त और कीर्ति को आपातकाल सेवाकक्ष में पहुँचा देते हैं। कमरे से बाहर शोक से व्याकुल पम्पा टूटे हुए अशुभ स्वप्न की तरह डरी हुई प्रतीक्षा कर रही है। पश्चात्ताप से अभिभूत वह आते-जाते हुए चिकित्सकों को पूछकर कीर्ति और सोमदत्त के स्वास्थ्य के विषय में जानना चाहती है।

पम्पा - कीदृशोऽस्ति मद्भर्ता ? कीदृशी च सा नारी याचरणैर्मद्भुर्तुः पत्नीव प्रतिभाति ?

सूत्रधारः - (नेपथ्ये) सा अन्तर्गत्वा दिदृक्षते, किन्तु नानुमन्यन्तेऽधिकारिणस्तां तथाकर्तुम्। घटिकाद्वयानन्तरमेकः पुरुषः समागत्य सोमदत्तं लब्धसंज्ञं कीर्तिञ्च निरापदां वर्णयति। तयोरभिभावकान् स्वयं द्रष्टुमाज्ञापयति च (घटिकात्ययकालो घण्टावादनेन संसूचनीयः। स च प्रतीकरूपेण ग्राह्यो न तु वास्तविकः)

सोमदत्त-पितरौ पम्पया सह वाञ्छित-कक्षे प्रविशतः। कीर्तिपितापि तावनुसरति। एकस्मिन्नेव कक्षे मञ्चद्वये शयानौ कीर्तिसोमदत्तौ नयने उन्मील्य स्वकीयाभिभावकान् पश्यतः। सोमदत्तो बाल्यचापल्यं विहाय स्ववयोनुरूपेण मन्दस्वरेण पितरौ प्रणमति, किन्तु कीर्तिः 'ता, ता तैय्येति' व्याहरन्ती विस्मितेव पितरं पश्यति। तदनन्तरं श्रान्तौ द्वावेवाक्षिणी निमील्य तिष्ठतः।

चिकि० - (सोमदत्तपितरावुद्दिश्य) वर्धापनम्। युवयोरपत्यायाश्मघातोऽसौ शुभदो जातः, यतः पूर्वघातजाता स्नायुविकृतिरेतेन सम्यक्कृता। तदनेन स्मृतिर्लब्धा, किन्तु (सखेदं कीर्तिपितरमुद्दिश्य) तयार्जितोऽनुभवो विस्मृतोऽधुना। सा द्वित्रवर्षीया बालिकेव व्यवहरिष्यति यावत्सोमदत्तस्येव तस्याः स्नायुसंस्थानं समीचीनं भवति। अस्याघातस्यैक एव लाभस्तत्कृते यत्सा पत्युर्निधनं विस्मृत्य तच्छोकजां शिरोवेदनां नानुभविष्यति।

पम्पा - अपि मद्भर्ता मां पूर्ववन्मंस्यते ?

पम्पा — मेरे पति कैसे हैं ? और वह स्त्री कैसी है जो आचरण से मेरे पति की पत्नी जैसी लगती है ?

सूत्रधार — (पर्दे में) वह भीतर जाकर देखना चाहती है किन्तु अधिकारी उसे ऐसा करने की अनुमति नहीं देते हैं। दो घड़ी के पश्चात् एक पुरुष उसे बताता है कि सोमदत्त होश में आ गया है तथा कीर्ति खतरे से बाहर है। और उन दोनों के अभिभावकों को स्वयं देखने की अनुमति देता है। (घड़ी बीतने का काल घण्टा वादन से सूचित करना चाहिए और वह प्रतीक रूप में ग्रहण करना चाहिए, वास्तविक नहीं।)

सोमदत्त के माता-पिता पम्पा के साथ अभीष्ट कमरे में प्रवेश करते हैं। कीर्ति का पिता भी उन दोनों का अनुसरण करता है। एक ही कमरे में दो बिस्तरों पर सोये हुए कीर्ति और सोमदत्त आँखें खोलकर अपने अभिभावकों को देखते हैं। सोमदत्त बाल्यावस्था की चञ्चलता को छोड़कर अपनी अवस्था के अनुरूप मन्द स्वर से माता-पिता को प्रणाम करता है, किन्तु कीर्ति ता ता तैया, ऐसा बोलती हुई हैरान होकर पिता को देखती है। उसके पश्चात् दोनों ही आँखें बन्द किए रहते हैं।

चिकित्सक — (सोमदत्त के पिता को लक्ष्य करके) बधाई हो। तुम्हारे पुत्र के लिए यह पत्थर का प्रहार कल्याणकारी सिद्ध हुआ क्योंकि पहले की चोट से उत्पन्न स्नायु की विकृति इससे ठीक हो गई। तो इसने खोई हुई स्मृति प्राप्त कर ली। (किन्तु खेद सहित कीर्ति के पिता को लक्ष्य करके) उसने अर्जित किया हुआ अनुभव अब भुला दिया है। वह दो-तीन वर्ष की बालिका की तरह व्यवहार करेगी जब तक सोमदत्त की ही तरह उसका स्नायु-संस्थान ठीक न हो जाय। उसके लिए इस प्रहार का एक ही लाभ है कि वह पति के निधन को भूलकर उसके शोक से उत्पन्न शिरोवेदना का अनुभव नहीं करेगी।

पम्पा — क्या मेरा पति पहले की तरह मुझे समझेगा ?

चि० — अवश्य ही।

पम्पा — क्या वह इसे भूल जायेगा ?

चि० - अवश्यम्।

पम्पा - अपि स विस्मरिष्यतीमाम्।

चि० - विस्मृतैवाऽसौ वराकी। त्वं सोमदत्तस्य मनसि स्थिता। एषा केवलं नयनस्था। चक्षुषी प्रीतितोरणस्य स्तम्भद्वयम्। प्रेमास्पदमन्तः प्रविश्य मनोभूमिमधितिष्ठति। अन्तःपुरस्थितो गेही न द्वारं द्रष्टुं शक्नोति, नच दिदृक्षत एव, किन्तु त्वद्भर्त्रा स्वनयनयोरितिहासं ज्ञात्वा न कदाचिदपि विस्मरणीयेयम्। भवत्यापि कृतज्ञतावशान्नैषोपेक्षणीया।

सोम-पिता - कीदृश इतिहासः ? स्पष्टं भणतु भवान्।

चि० - कीर्तेः पत्यौ मृते तच्चाक्षुषी पूर्वपणानुसारेण निष्कृष्य चिकित्सालये सोमदत्तस्याक्षिकोटरयोः प्रत्यारोपिते शल्य-चिकित्सकेन। यूयमेतदेव जानीथ — मृते कीर्तिपतौ चक्षुषी निष्कासिते न त्वेतत्ते एव सोमदत्ते प्रत्यारोपिते इति। सम्भवत एतदेव कारणं यत्कीर्तिरजानत्यपि अवचेतनासाहाय्येन स्वस्य पत्युर्नयने दरीदृश्यते।

पम्पा - अपि मे भर्ता कीर्तिभर्तृनयनाभ्यां पश्यति ?

चि० - नूनम्। त्वं तां पतिहारिणीं मत्वा प्राहरः।

पम्पा - (कीर्तिमभिलक्ष्य) क्षम्यताम्। मर्षणीयो मेऽपराधः।

कीर्तिः - (बाल्यं गता) नैवा पत्तलेन पहलिस्सति तम् (नैव, प्रस्तरेण प्रहरिष्यसि त्वम्)

पम्पा - मा मैवम्। न प्रहरिष्यामि। वयं सर्वे मिलित्वा प्रेम्णा निवसिष्यामः आवां स्वसाराविव स्थास्यावः, न त्वयान्यत्र गन्तव्यम्।

सोमपिता - (कीर्तिपितरम्) मम अपराधिन्याः पुत्रवध्वाः प्रस्तावं स्वीकुर्वन् भवान् तस्यै

चि० — यह बेचारी तो भूली हुई ही है। तुम सोमदत्त के मन में स्थित हो, यह केवल नेत्रों में स्थित है। आँखें प्रेम के तोरण के दो स्तम्भ हैं। प्रेम का पात्र भीतर प्रवेश करके मन में निवास करता है। अन्तःपुर में ठहरा हुआ गृहस्थी द्वार पर नहीं देख सकता है और न ही देखना चाहता है। किन्तु तुम्हारे स्वामी को अपनी आँखों का इतिहास जानकर इसे कभी नहीं भुलाना चाहिए। आप भी कृतज्ञता के कारण कभी इसकी उपेक्षा न करें।

सोम का पिता — कैसा इतिहास ? आप स्पष्ट कहें।

चिकित्सक — कीर्ति के पति की मृत्यु होने पर उसकी आँखें पहले की गई प्रतिज्ञा के अनुसार निकाल कर चिकित्सालय में शल्य-चिकित्सक ने सोमदत्त के अक्षिकोटर में प्रत्यारोपित कर दीं। तुम सब यही जानते हो कि कीर्ति के पति के मरने पर उसकी आँखें निकाल ली गईं किन्तु यह नहीं जानते कि वही सोमदत्त में प्रत्यारोपित हैं। सम्भवतः यही कारण है कि कीर्ति न जानते हुए भी अचेतन मन की सहायता से अपने पति की आँखें पुनः पुनः देखती है।

पम्पा — क्या मेरा पति कीर्ति के पति की आँखों से देखता है।

चि० — निश्चय ही। तुमने उसे पति को छीनने वाली मानकर उस पर प्रहार किया।

पम्पा — (कीर्ति की ओर देखकर) मुझे क्षमा करें। मेरा अपराध क्षमा करें।

कीर्ति — (बाल्यभाव को प्राप्त हुई) नहीं, तुम पत्थर से प्रहार करोगी।

पम्पा — नहीं, ऐसा नहीं है। अब मैं प्रहार नहीं करूँगी। हम सब मिलकर प्रेम से रहेंगे। हम दोनों बहनों की तरह रहेंगी। तुम्हें दूसरी जगह नहीं जाना है।

सोमदत्त का पिता — (कीर्ति के पिता से) मैं आशा करता हूँ कि अपराधिनी मेरी पुत्रवधू के प्रस्ताव को स्वीकार करते हुए आप उसे प्रायश्चित्त का अवसर प्रदान करेंगे।

प्रायश्चित्तावसरं दास्यतीत्याशासे।

सोमजननी - बाल्यावस्थां प्राप्ता सास्माभिः पालनीयावधानेन। अनुमन्यतां तस्या अस्मद्गृहावासः।

कीर्तिपिता - (किञ्चिद्विरम्य) शिशुतामाप्तायाः कीर्तेर्मातुरभावे मद्गृहे पालनं कथं सम्भवेदिति विचार्याहं भवदनुरोधं स्वीकरोमि प्रार्थये च कीर्तेर्योगक्षेमाय सप्रश्रयम्। अस्तु (उपचितास्त्रनेत्रः कीर्तेः शिरो हस्तेन संस्पृश्य जिगमिषति)

सूत्रधारः - (नेपथ्ये) कीर्तिः पितुर्मार्गं रुणद्धि। पिता हस्ताभ्यां तस्याः पृष्ठं संवाहयति। बहिर्गन्तुं यतते च। कीर्तिस्तस्याग्रे पाणिपादं विस्फारयति, किन्तु चक्षुभ्यां सोमदत्तनयने अवलोकयति। 'अस्वस्थास्यधुना। त्वया कतिपयदिनानि चिकित्सालयोऽधिष्ठेयः। अहं त्वां द्रष्टुं प्रतिमासमागमिष्यामि।' इत्युक्त्वा स त्रिचतुराणि पदानि चलति। तस्य कञ्चुकं गृहीत्वा परावृत्ता सोमदत्तनयना-सक्तदृष्टिः सापि तेन चलति। तदा तस्य पिता तां निवर्त्य स्वस्थानमवतिष्ठते। सा च स्वकीयां शायिकामधिशेते। पम्पा सोमदत्तस्य चरणौ संवाहयति। सोमपितरौ तन्द्राभिभूतावासन्दी-स्थितौ दृश्येते। कीर्तिपिता साश्रुनयनः सर्वेषां दृष्टिं मुष्णन् शनैः शनैर्बहिरपसर्पति।

(पटाक्षेपः)

सोमदत्त की माता — बाल्यावस्था को प्राप्त हुई कीर्ति का हमें ध्यानपूर्वक पालन करना है। उसे हमारे घर पर निवास की अनुमति प्रदान करें।

कीर्ति का पिता — (कुछ रुककर) बाल्यावस्था को प्राप्त हुई कीर्ति का उसकी माँ के अभाव में मेरे घर पर पालन कैसे सम्भव होगा- ऐसा सोचकर आपके अनुरोध को स्वीकार करता हूँ और कीर्ति के कल्याण के लिए विनम्र प्रार्थना करता हूँ। (आँसुओं से भीगी आँखों वाला वह कीर्ति के सिर को हाथ से छूकर जाना चाहता है)

सूत्रधार — (पर्दे में) कीर्ति पिता का रास्ता रोकती है। पिता दोनों हाथों से उसकी पीठ सहलाता है और बाहर जाने का यत्न करता है। कीर्ति उसके आगे हाथ और पैर फैलाती है किन्तु आँखों से सोमदत्त की आँखों को देखती है। अभी अस्वस्थ हो। तुम्हें कुछ दिन चिकित्सालय में रहना है। मैं तुम्हें देखने के लिए हर मास आऊँगा। ऐसा कहकर तीन-चार पग चलता है। उसके वस्त्र को पकड़े हुई और पलट कर सोमदत्त की आँखों में बद्धदृष्टि वह भी उसके साथ (पिता के साथ) चलती है। तब उसका पिता उसे लौटाकर अपने स्थान पर ठहर जाता है और वह अपने बिस्तर पर सो जाती है। पम्पा सोमदत्त के पैरों को दबाती है। सोमदत्त के माता-पिता आलस्य से अभिभूत कुर्सी पर बैठे हुए दिखाई दे रहे हैं। कीर्ति का पिता आँसुओं से भीगी आँखों से सभी की नजर बचाता हुआ धीरे-धीरे बाहर निकल जाता है।

(पर्दा गिरता है)

जीवन्मृतः

स्थानम् — उपमण्डलाध्यक्षस्य कार्यालयः।

समय — पूर्वाह्णे दशवादनवेला।

[आसनस्थोऽध्यक्षः कनीयोभिः कर्मचारिभिर्वार्तापरो दृश्यते। लिपिकाः क्रमशः संलग्नेभ्यः कक्षेभ्यः समागत्य तस्य हस्ताक्षरं कारयन्ति। भूपतिः प्रविशति]

भूपतिः - अधुना द्वादश-वत्सरा मे तातस्योपरतस्य। तदाहं सप्तवर्षदेशीय आसम्। ज्ञातुमिच्छाम्यहं यन्ममाचलसम्पत्तिर्मन्नाम संक्रान्ता न वा अद्यावधि। न चेदनुग्रहीतव्योऽहमधुना यथोचित-क्रियान्वयनैः।

[उपमण्डलाध्यक्ष आवेदन-पत्रं तद्विषयक-कार्यकारिणो जनस्य समर्प्य तत्काल एव वस्तुस्थितिं ज्ञापयितुमादिशति]

उपमण्डलाध्यक्षः - अपि कश्चित्ते नेदीयान् सम्बन्धी वर्तते? यद्यस्ति सूचनामात्रं दत्त्वा तेनावश्यं भूम्यधिकारसंक्रमणं तदैव कारितं स्याद् यदा ते पिता दिवंगतः।

भूपतिः - कर्तव्यं कदाचित्कृतं न भवतीत्याशङ्का दुनोति मे हृदयम्, अतएवेयं जिज्ञासा।

उ०म०अ० - तव सम्बन्धिनः किं कथयन्ति? अपि पृष्टास्ते? किं वदति ते पितृव्यः? आशासे स त्वामनुगृह्णात्येव निजास्तित्वेन।

भूपतिः - भूयो भूयो निवेदितोऽप्यस्मिन् विषये न किञ्चित्स्पष्टं भणति सः। नानुमोदते च मच्चिन्ताकुलं हृदयम्।

[उपमण्डलाध्यक्षस्तं बहिर्गत्वा प्रतीक्षाया आदिशति। स तथैवाचरति। आहूतो लिपिकः समागत्य स्थानान्तरण-पञ्जीकरणपुस्तिकां प्रदर्शयति]

स्थान — उपमण्डलाध्यक्ष का कार्यालय

समय — पूर्वाह्न 10 बजे

(आसनस्थ अध्यक्ष कनिष्ठ कर्मचारियों के साथ वार्तालाप करते हुए दिखाई दे रहे हैं। लिपिक क्रमशः संलग्न कमरों से आकर उनके हस्ताक्षर करवाते हैं। भूपति प्रवेश करता है)

भूपति — अब मेरे पिता जी का देहान्त हुए बारह वर्ष बीत चुके हैं। तब मैं सात वर्ष का था। मैं जानना चाहता हूँ कि मेरी चल एवं अचल सम्पत्ति अब तक मेरे नाम हो गई है अथवा नहीं। यदि नहीं तो मुझे यथोचित कार्रवाई करके अनुगृहीत करें।

(उपमण्डलाध्यक्ष आवेदन-पत्र उससे सम्बन्धित कर्मचारी को देकर तत्काल ही वस्तुस्थिति जानने का आदेश देता है)

उपमण्डलाध्यक्ष — क्या तुम्हारा कोई निकट सम्बन्धी है? यदि है तो केवल सूचना देकर उसने अवश्य ही तभी जमीन का इन्तकाल तुम्हारे नाम करवा दिया होगा जब तुम्हारे पिता स्वर्ग सिधारे थे।

भूपति — कर देना चाहिए था। कभी न किया हो यही आशंका मेरे हृदय को पीड़ित कर रही है इसलिए ही वह जानने की इच्छा है।

उ०म०अ० — तुम्हारे सम्बन्धी क्या कहते हैं? क्या उन्हें पूछा है? तुम्हारे चाचा क्या कहते हैं? आशा है वे तो तुम्हारा ध्यान रखते ही हैं।

भूपति — बार-बार पूछने पर भी इस विषय में वे कुछ स्पष्ट नहीं बताते हैं। मेरे हृदय की चिन्ता सही भी नहीं ठहराते हैं।

(उपमण्डलाध्यक्ष उसे बाहर जाकर प्रतीक्षा का आदेश देता है। वह वैसा ही करता है। लिपिक बुलाया जाने पर आकर स्थानान्तरण पञ्जीकरण पुस्तिका दिखाता है।)

लिपिकः - (पठन्) स्वर्गतस्य दिनेशसिंहस्य पुत्रो भूपतिर्मृतः। फलतोऽस्याचलसम्पदः संक्रमणं तस्य पितृव्यस्य भूपेन्द्रसिंहस्य नाम क्रियते।

उ०म०अ० - क आसीत्तस्मिन् कालेऽध्यक्षः ?

लिपिकः - श्रीमन्! भवतां कार्यकाल एव सञ्जातमेन्नामान्तरणम्।

उ०म०अ० - मम कार्यकाले ? नैतद् भवितुमर्हति।

लिपिकः - क्षम्यतां श्रीमन्! लेखपालस्य गुप्तचररूपो यस्तत्कालीनो गृहानुचरस्तत्प्रदत्त-टेपाख्याङ्कितः संवादो योऽद्यापि कार्यालयेऽस्मिन् सुरक्षितोऽस्ति, निदर्शयति यदसौ कार्यालय-स्तत्सर्वं जज्ञौ यदप्यनाचर्यमाचरितम्, परम् अश्रावितो भवान् न तज्जानाति।

उ०म०अ० - त्वया कथन्न सूचितोऽहम् ?

लिपिकः - तत्कालीनो लिपिकाध्यक्षो मादृशं नवागतं लिपिकं श्रीमन्तं द्रष्टुं नानुजानाति स्म। अहमुपदिष्टो मन्मित्रेण यल्लिपिकाध्यक्षमतिक्रम्य तत्र भवता सह साक्षात्सम्बन्धो न सुखावहः, अतो मौनमाकलय्यातिष्ठम्।

उ०म०अ० - कार्यालयोऽयं प्रतिबद्धोत्कोचग्राही प्रतीयते। मन्ये समीचीनकार्यार्थं ग्राह्य उत्कोच उपेक्षणीयः परमेतादृशासङ्गतकार्यार्थं गृहीत उत्कोचस्तु न मर्षणीयः।

लिपिकः - लोभो दुर्निवारः श्रीमन्! अभद्रकार्ये वर्धत उत्कोचराशि र्भद्रे च घट्टते, अतएवोत्कोच-ग्राहिणोऽभद्रकार्यं भद्रतरं मन्यन्ते।

उ०म०अ० - आह! सर्वमेतन्मत्कृतं मन्यसे ?

लिपिकः - क्षम्यतां श्रीमन्! न केवलं भवत्कृतं तत्, अस्मिन् कार्यालय उत्कोच आमूलचूडं सर्वैरेव विभज्य गृह्यते। लिपिकाध्यक्षेण यत्र शून्यमध्ये पुष्पमङ्कितं भवति, तत्र न

लिपिक — (पढ़ता हुआ) स्वर्गीय दिनेश सिंह का पुत्र भूपति मर चुका है। अतः उसकी अचल सम्पत्ति का इन्तकाल उसके चाचा भूपेन्द्र सिंह के नाम किया जाता है।

उ०म०अ० — उस समय अध्यक्ष कौन था ?

लिपिक — श्रीमान जी, यह इन्तकाल नामान्तरण आपके कार्यकाल में ही हुआ है।

उ०म०अ० — क्या मेरे कार्यकाल में ? यह नहीं हो सकता है।

लिपिक — श्रीमान जी, क्षमा करें। लेखपाल का गुप्तचर रूप जो तत्कालीन घर का नौकर था, उसके द्वारा दिए गए टेप रिकार्डर का संवाद जो आज भी इस कार्यालय में सुरक्षित है दिखाता है कि यह कार्यालय वह सब कुछ जानता है कि जो भी नियम-विरुद्ध किया गया है; परन्तु आपको नहीं बताया गया तो आप नहीं जानते हैं।

उ०म०अ० — तुमने मुझे क्यों नहीं बताया ?

लिपिक — उस समय के मुख्य लिपिक ने मेरे जैसे नए आए लिपिक को श्रीमान के पास जाने की अनुमति नहीं दी थी। मेरे मित्र ने मुझे सलाह दी थी कि मुख्य लिपिक की परवाह किए बिना कार्यालय में आपके साथ साक्षात् सम्बन्ध से सुखी नहीं रहोगे। अतः मैं मौन रहा।

उ०म०अ० — लगता है यह कार्यालय पक्का रिश्वतखोर है। मानता हूँ कि उचित कार्य के लिए ग्राह्य रिश्वत उपेक्षा के योग्य है। परन्तु ऐसे असंगत कार्य के लिए ली गई रिश्वत क्षम्य नहीं है।

लिपिक — महोदय, लालच को छोड़ना कठिन है। अनुचित कार्य के लिए रिश्वत की राशि बढ़ती है और उचित कार्य के लिए घटती है। इसलिए ही रिश्वतखोर अनुचित कार्य को अधिक अच्छा मानते हैं।

उ०म०अ० — हाय! यह सब मेरे द्वारा किया हुआ मानते हो ?

लिपिक — श्रीमान जी, मुझे क्षमा करें। वह केवल आपके द्वारा किया हुआ नहीं है। इस कार्यालय में रिश्वत नीचे से ऊपर तक सभी बाँटकर ग्रहण करते हैं। मुख्य लिपिक द्वारा जहाँ पर शून्य के मध्य में फूल अंकित

कश्चिदधिकारी ननु नचादिकं कुर्यादिति नियमोऽस्ति कार्यालयस्य, यतः शून्यस्थं पुष्पं सूचयति दत्तमावेदकेन दातव्यमिति। तद्भवानपि पुष्पाङ्किते प्रपत्रे स्वहस्ताक्षरानविचार्याङ्कत एव।

उ०म०अ० - अस्तु, श्रावय टेपाश्रितं संवादम्।

लिपिकः - आनयामि (निष्क्रान्तः, क्षणेनैव टेप-यन्त्रं गृहीत्वा समागतः)

उ०म०अ० - श्रावय (लिपिको यन्त्रं चालयति)

लिपिकः - (गुप्तचरस्य शब्दान् श्रावयति प्रथमम्) दिल्ली-मार्ग-लग्नायां वीथ्यां लेखपालस्य गृहे द्वाभ्यां जनाभ्यां सह भूपेन्द्रसिंहः प्रविशति। लेखपालः स्वागतं व्याहरति। एष जातस्तत्र संवादः —

एकः स्वरः - स्वागतम्। विश्रब्धाः सुखासनमुपतिष्ठत।

द्वितीयः स्वरः - भ्राता मेऽनुजो यक्ष्मग्रस्तः। स पञ्चत्वं गत इति पूर्वं सूचितमेव। इदानीं भूम्यादिचलाचलसम्पदां स्थानान्तरणं विधातव्य-मस्ति। तदर्थमभ्यर्थये तथाकर्तुं येन ता मदधीनाः स्युः।

प्र० स्वरः - अपि निःसन्तानो मृतः सः?

द्वि०स्वरः - एवमेव जानातु। सप्तवर्षीयो नाममात्रात्मक एकः पुत्रोऽस्ति। क्षयरोगाक्रान्तस्य दिवंगतस्य मे भ्रातुः सन्तत्या चिकित्सा-शास्त्रानुसारेण पैतृकी व्याधिर्जन्मनैवोह्यते।

प्र० स्वरः - परं निधनात्पूर्वमेव तं म्रियमाणं मत्वा तत्पितुः संपदो नान्यस्मै दातुं शक्यन्ते।

द्वि०स्वरः - अनुमोदते चेद्भवान्, मासेऽस्मिन्नेव स मरिष्यति।

प्र० स्वरः - किम्! अपि त्वं स्वयमेव तं लीलावशेषं कर्तुमिच्छसि? धिक् त्वामपराधिनम्! रक्षिस्थानराजपुरुषास्त्वां निग्रहीष्यन्ति। न किमपि कर्तुं शक्यते भूमिराजस्वविभागेन तत्र।

होता है वहाँ पर कोई भी अधिकारी टालमटोल न करे, कार्यालय का यह नियम है क्योंकि शून्य में स्थित पुष्प संकेत करता है कि आवेदक ने हिसाब साफ कर दिया है तो आप भी पुष्पांकित प्रपत्र पर अपने हस्ताक्षर बिना अधिक विचार किए करते ही हैं।

उ०म०अ० — अच्छा टेपरिकार्डर संवाद सुनाओ।

लिपिक — लाता हूँ (निकलकर क्षण भर में ही टेप रिकार्डर लेकर आता है)

उ०म०अ० — सुनाओ (लिपिक टेप रिर्काडर चलाता है)

लिपिक — (पहले गुप्तचर के शब्दों को सुनाता है) दिल्ली मार्ग से लगी गली में लेखपाल के घर पर दो लोगों के साथ भूपेन्द्र सिंह प्रवेश करता है। लेखपाल उनका स्वागत करता है। वहाँ पर यह बातचीत हुई...

एक स्वर — आपका स्वागत है। विश्वासपूर्वक आराम से आसन पर बैठो।

द्वितीय स्वर — मेरा छोटा भाई टी०बी० रोग से ग्रस्त था। वह मृत्यु को प्राप्त हो गया है, यह पहले बता ही दिया था। अब भूमि आदि चल-अचल सम्पत्ति का स्थानान्तरण किया जाना है। इसके लिए वैसा करने की प्रार्थना करता हूँ जिससे जमीन मेरी हो जाए।

प्रथम स्वर — क्या वह सन्तानहीन स्वर्ग सिधार गया?

द्वितीय स्वर — ऐसा ही समझ लें। सात वर्ष का नाम मात्र का एक पुत्र है। क्षय रोग से आक्रान्त स्वर्गगत मेरे भाई की सन्तान भी चिकित्साशास्त्र के अनुसार अनुवांशिक बीमारी जन्म से ही धारण किए हुए है।

प्रथम स्वर — परन्तु मृत्यु से पहले ही उसको मृत्यु के निकट मानकर उसके पिता की सम्पत्ति किसी दूसरे को नहीं दी जा सकती है।

द्वितीय स्वर — यदि आप ठीक समझें तो वह इसी महीने मर जाएगा।

प्रथम स्वर — क्या? क्या तुम स्वयं उसे मार डालना चाहते हो? धिक्कार है तुझ अपराधी को! थाने में स्थित सिपाही तुम्हें पकड़ लेंगे। वहाँ पर राजस्व विभाग कुछ भी नहीं कर सकता है।

द्वि०स्वरः - भवतां कृपाकटाक्षैरपराधसन्ततिः क्षणेनैव विलीयते। विषामृतयोरभिन्नोऽब्धिर्भवद्दक्षिणकरे निगूढोऽस्ति। जानेऽहं यः कोऽपि ते करमुष्टिं स्वर्णमुद्राभिः पूरयिष्यति, तदर्थं ते कराग्रादमृतधाराः प्रभविष्यन्ति। अहन्तु ततोऽप्यतिशयानाः स्वर्णमुद्रा वारयितुमुद्यतोऽस्मि। अपि ते करामृतरसस्त्वल्लेखनीद्वारेण निस्सरंस्तर्पयिष्यति माम् ?

प्र०स्वरः - लेखनीमुखादमृत-बिन्दवः कार्यस्य न्यूनाधिकगौरवं तोलयित्वा स्यन्दन्ते। कथय कियत्यः स्वर्णमुद्राः समानीता एतदर्थम्। [ध्वनिना भूपेन्द्रसिंहः कर्गजे लिखित्वा 'एताः समाहृताः' इत्युक्त्वामुद्रासंख्यामवगमयति। लेखपालस्तस्मिन्नेव कर्गजे शून्यैकयोगेन तां वर्धते] **शून्यमेकं योजयाम्येतया।**

द्वि०स्वरः - एताः सन्ति समानीता मुद्राः। शिष्टाः कार्ये सम्पन्ने दास्यन्ते। [अत्र पुनर्ध्वनिः (अन्तर्मुद्रां भस्त्रिकां लेखपालस्य हस्ते निदधाति। लेखपालो मञ्जूषामुद्घाट्य तां तदन्तः स्थापयति। सम्बद्धकर्गजान् निष्कास्य किञ्चिल्लिखति। भूपेन्द्रसिंहेन सहागतौ साक्षिणावपि स्वं स्वं हस्ताक्षरं विधत्तः। लेखपालः 'त्वं हस्ताक्षरं.... त्वमपि' इति कथयन् श्रूयते)]

प्र०स्वरः - विषयमेतं सम्यग् विरच्याहमचिरादुपमण्डलाध्यक्षकार्यालयं प्रेषयिष्यामि। यदप्यद्य जातं तन्नितरां गोपनीयम्, अन्यथा वयं सर्वे भारतीयदण्डसंहितान्तर्गतं कठोरदण्डभागिन इत्यवगन्तव्यम्। (यन्त्रस्था वार्ता समाप्ता)

उ०म०अ०: - (सुखेदम्) असमीचीनमिदम्। जीवितोऽपि जनोऽस्माभिर्घोषितो मृतः (शिरो गृहीत्वा विषादं नाटयति)

लिपिकः - कोऽर्थोऽधुनानुतापेन? यद्भूतं तदनुमोदनेनैव निस्तारः।

द्वितीय स्वर — आपकी कृपादृष्टि से अपराध सन्तति क्षण भर में ही विलीन हो जाती है। विष और अमृत का अभिन्न समुद्र आपके दाहिने हाथ में छुपा हुआ है। मैं जानता हूँ कि जो कोई भी तुम्हारे हाथ की मुट्ठी को सोने की मुद्राओं से भर देगा, उसके लिए तुम्हारे हाथ के अग्र भाग से अमृत की धाराएँ बहेंगी। मैं तो उससे भी अधिक स्वर्णमुद्राएँ देने के लिए तैयार हूँ। क्या तुम्हारे हाथ में स्थित अमृत रस तुम्हारी कलम द्वारा निकलता हुआ मुझे तृप्त करेगा ?

प्रथम स्वर — कलम के मुख से अमृत की बूँदें कार्य की न्यूनता या अधिकता के गौरव को तोल कर बहती हैं। कहो इसके लिए कितनी स्वर्णमुद्राएँ लाए हो ? (ध्वनि से भूपेन्द्र सिंह कागज पर लिखकर 'ये लाया हूँ' ऐसा कहकर मुद्राओं की संख्या बताता है। लेखपाल उसी कागज पर एक मूल्य लगाकर उसे बढ़ाता है) **इस राशि से एक शून्य लगाता हूँ।**

द्वितीय स्वर — ये मुद्राएँ लाया हूँ। शेष कार्य पूर्ण होने पर दे दूँगा। (यहाँ पुनः आवाज। भीतर मुद्राओं की थैली लेखपाल के हाथ पर रखता है। लेखपाल अलमारी खोलकर थैली को उसके अन्दर रखता है। सम्बद्ध कागजों को निकालकर कुछ लिखता है। भूपेन्द्र सिंह के साथ आए हुए दो गवाह भी अपने-अपने हस्ताक्षर करते हैं। लेखपाल 'तुम अपने हस्ताक्षर...' तुम भी... इस प्रकार कहता हुआ सुनाई देता है।)

प्रथम स्वर — इस कार्य को ठीक से सम्पादित करके मैं शीघ्र ही उपमण्डलाध्यक्ष के कार्यालय में भेज दूँगा। जो भी आज हुआ वह अत्यधिक गोपनीय है, अन्यथा हम सभी भारतीय दण्ड संहिता के अन्तर्गत कठोर दण्ड के भागी होंगे- ऐसा जान लेना चाहिए। (टेपरिकार्डर की बातचीत समाप्त हो जाती है)

उ०म०अ० — (खेद के साथ) यह अनुचित है। जीवित मनुष्य को भी हमने मृत घोषित कर दिया है। (सिर पकड़ कर दुःख का अभिनय करता है)

लिपिक — अब दुखी होने से क्या ? जो हो चुका है उसका अनुमोदन करने से छुटकारा हो सकता है।

उ०म०अ०: - (किञ्चिद्विरम्य) **आम्, आम्। मृत एव तिष्ठतु सोऽधुना कर्गजेषु। तं प्रवेशयाभ्यन्तरम्** [लिपिकः 'यथादेशम्' इत्युक्त्वा निर्गच्छति, क्षणेनैव च प्रविशति भूपतिः, उपमण्डलाध्यक्षः कृत्रिमक्रोधमुद्रया]

कोऽसि त्वम्? स्वात्मानं भूपतिं प्रदर्श्य तस्य भूमिं स्वायत्तीकर्तुमिच्छसि? अपरिपक्व-मतिं विचार्य त्वां दयते मे मनः, अन्यथा त्वमधुनैव राजपुरुषैर्निगृहीतः कारयिष्यसे मया।

भूपतिः - **अहमेव भूपतिः श्रीमन्! न कोप्यन्यो मृतोऽद्यावधि भूपतिनामास्माकं ग्रामे।**

उ०म०अ० - (प्रतीहारं प्रति) **बहिर्निष्कासयैतम्। स्वेच्छया न गच्छति चेतु, बलान्नयैनं मत्कक्षात्** (प्रतीहारो भूपतिं बहिर्नयति)

पटपरिवर्तनम्

स्थानम् — राजपुरुषचतुष्की

समय — दशवादनवेला

[आवर्तनाधिकारिणमुपगम्य भूपतिरावर्तनपत्र-मधिकारिणे समर्पयति]

अधिकारी - (आवर्तन-पत्रं पठित्वा) **कथमेत-ल्लिखितसामग्र्या 'मृतः' इति प्रमाणितस्त्वमद्यापि जीवसि ?**

भूपतिः - **जीवामि। येनकेनाप्यहं 'मृतः' इत्युद्घोषितः, स दण्डनीयः।**

अधिकारी - **अपि दण्डनीयाय दण्डदानं ते तोषायालम्?**

भूपतिः - **परनामोल्लिखिता मम पैतृकी संपत्तिरपि पुनर्मन्नामाङ्किता स्यात्।**

अधिकारी - **तदर्थं त्वया महत्तरसाक्षिद्वयमानेयम्।**

भूपतिः - **साक्षिद्वयेन सह यैर्मदीया भूमिरन्यस्य नाम्न्यवतारिता तेषां भिया न कोऽपि सत्यं भणितुं शक्ष्यति।**

उ०म०अ० — (कुछ रुककर) **हाँ, हाँ, वह अब कागजों में मरा हुआ ही रहे। उसे भीतर प्रवेश करवाओ।** (लिपिक 'जैसी आज्ञा' ऐसा कहकर निकल जाता है। क्षण भर में भूपति प्रवेश करता है। उपमण्डलाध्यक्ष बनावटी गुस्से की मुद्रा में) **तुम कौन हो? अपने आपको भूपति दिखाकर उसकी जमीन हड़पना चाहते हो? तुम्हें अपरिपक्व बुद्धि वाला समझकर मेरा मन दया कर रहा है। अन्यथा मैं तुम्हें सिपाहियों से पकड़वाकर बन्द करवा दूँगा।**

भूपति — **श्रीमान जी, मैं ही भूपति हूँ। आज तक भूपति नाम वाले दूसरे किसी की भी हमारे गाँव में मृत्यु नहीं हुई है।**

उ०म०अ० — (द्वारपाल के प्रति) **इसे बाहर निकालो। यदि स्वेच्छा से नहीं जाता है तो इसे मेरे कमरे से बलपूर्वक ले जाओ।**

(द्वारपाल भूपति को बाहर ले जाता है)

पट-परिवर्तन

स्थान — पुलिस चौकी

समय — प्रातः दस बजे

(आवर्तन अधिकारी के पास जाकर भूपति शिकायत पत्र अधिकारी को देता है)

अधिकारी — (शिकायत पत्र को पढ़कर) **यह कैसे रिकार्ड सामग्री से मृत प्रमाणित होने पर तुम आज भी जीवित हो?**

भूपति — **मैं जीवित हूँ। जिस किसी ने भी मुझे मृत घोषित किया है, वह दण्ड के योग्य है।**

अधिकारी — **क्या दण्डनीय व्यक्ति को दण्ड मिल जाने पर तुम प्रसन्न हो?**

भूपति — **दूसरे के नाम लिखित मेरी पैतृक सम्पत्ति भी दोबारा मेरे नाम अंकित होनी चाहिए।**

अधिकारी — **इसके लिए तुम्हें दो गवाह लाने होंगे।**

भूपति — **दो गवाहों के साथ जिन्होंने मेरी भूमि दूसरे के नाम की है, उनके भय से कोई भी सत्य नहीं कह सकेगा।**

अधिकारी - प्रयतस्व।

भूपतिः - कर्गजेषु ममाखिलसम्पदां तथाविहितः स्वामी धनवान्, चतुरश्चास्ति। मल्लाभाय न कश्चित्स्वस्य कृते विपदः आह्वास्यतीति निश्चप्रचम्।

अधिकारी - साक्ष्याभावे नाहं किञ्चित्कर्तुं शक्नोमि।

भूपतिः - अहं भवतः समक्षे स्थितोऽस्मि। कथं कश्चिन्मृतको वक्तुं शक्नोति?

अधिकारी - तत्तु सत्यमस्ति, तथापि नियमानुसारं यः साक्षिद्वयेन मृतो घोषितः स चलन्, वदन्, खादन् पिबञ्चापि तावज्जीवितो न मन्यतेऽस्माभिर्यावत्स्वस्य जीवितस्य प्रमाणं न समुपस्थाप्येत।

भूपतिः - यद्यहं शपामि स्वात्मना....।

अधिकारी - तदकिञ्चित्करम्, यतो यस्य सत्तैव नास्ति, स कथं केन शपेत्? स व्यन्तरवद्-दृश्योऽप्यदृश्यः, अतः शीघ्रमपसर; अन्यथा कारागारे क्षिप्तो दुःखमेवावाप्स्यसि।

(अधिकारी कार्यविशेषनिष्पादनाय स्वस्थानं शून्यं कृत्वा प्रस्थितः। भूपतिरकृतकार्य एवं विषण्णः किमग्रे करणीयमिति विचारयन् स्वावासं प्रति शनैः शनैश्चलितः।)

पट परिवर्तनम्

स्थानम् — मण्डलाधीश-न्यायाधिकरणम्।

समय — प्रातर्दशवादनवेला।

[आसनस्थो मण्डलाधीशः श्रोतव्यानभियोगान् पठन् दृश्यते। प्रवेशकारः सम्बद्धपत्राणि विलोकते। प्रतिहारमाहूयादिशति मृतकभूपति-भूपेन्द्रसिंहयोः प्रेषणाय। तदर्थं स बहिर्गत्वोच्चैराकारयति।]

प्रतीहारः - मृतको भूपति र्भूपेन्द्रसिंहश्चागच्छताम्।

(द्वावेव प्रविशतः)

अधिकारी — कोशिश करो।

भूपति — रिकार्ड में मेरी अखिल सम्पत्ति का बनाया गया स्वामी धनवान और चतुर है। मेरे लाभ के लिए कोई अपने लिए मुसीबत नहीं बुलाएगा- ऐसा निश्चित है।

अधिकारी — गवाह के अभाव में मैं कुछ भी नहीं कर सकता हूँ।

भूपति — मैं आपके सामने खड़ा हूँ। कोई मरा हुआ कैसे बोल सकता है?

अधिकारी — वह तो सत्य है, फिर भी नियमानुसार जो दो गवाहों द्वारा मृत घोषित कर दिया गया है, उसे चलते, बोलते, खाते और पीते हुए को भी हम तब तक जीवित नहीं मान सकते हैं जब तक अपने जीवित होने का प्रमाण उपस्थित न कर दे।

भूपति — यदि मैं अपनी सौगन्ध लेकर कहता हूँ...

अधिकारी — उसका कोई लाभ नहीं क्योंकि जिसका अस्तित्व ही नहीं वह कैसे और किसकी शपथ ले। वह भूत-प्रेत की तरह दृश्य होता हुआ भी अदृश्य है इसलिए जल्दी भाग जाओ, नहीं तो जेल में पड़े दुःख ही भोगोगे।

(अधिकारी कार्यविशेष के लिए अपना स्थान छोड़कर चला गया। भूपति काम सिद्ध न होने से दुःखी होकर आगे उसे क्या करना चाहिए- ऐसा विचारता हुआ धीरे-धीरे अपने घर की ओर चला।)

पट-परिवर्तन

स्थान — मण्डलाधीश का न्यायालय

समय — प्रातःकाल 10 बजे

(आसनस्थ मण्डलाधीश श्रोतव्य अभियोगों को पढ़ता हुआ दिखाई देता है। प्रवेशकार सम्बद्ध पत्रों को देखता है। द्वारपाल को बुलाकर मृतक भूपति और भूपेन्द्र सिंह को भेजने का आदेश देता है। इसके लिए वह बाहर जाकर ऊँचे स्वर में पुकारता है।)

द्वारपाल — मरा हुआ भूपति और भूपेन्द्र सिंह आ जाओ।

(दोनों ही प्रवेश करते हैं)

मण्डलाधीशः - (वादिनं भूपतिमालक्ष्य) **किमस्ति ते निवेदनम्? स्वेन शप्त्वा वद।**

भूपतिः - श्रीमन्! स्वेन शप्त्वाहं सत्यं वदामि। मम पितृव्यः मातापितृरहितं मां मृतमुद्घोष्य मदचलसम्पदः स्वनाम्न्यलेखयत्। प्राथ्र्यते यत्ता मन्नाम संक्रान्ता अपराधिनश्च दण्डिताः स्युः।

म०अ०: - द्वादशवर्षाणि यावत्त्वं कथन्न न्यवेदयः? क्वासीस्त्वम्?

भूपतिः - अहं स्वपितृस्वस्रा सहावसम्। अवयस्केन न मया ज्ञातं यदहं 'मृतः' उद्घोषितो मत्पितृव्येन। अर्थाभावे भूमिविक्रयार्थं कृतप्रयत्नेन मयावगतं यन्नैकमपि क्षेत्रं मदीयं सत् शिष्यते। अतएवाधुनेयमभ्यर्थना श्रीमन्!

म०अ०: - (भूपेन्द्रसिंहमालक्ष्य) **अप्येष सत्यं ब्रूते?**

भूपेन्द्रसिंहः - नैव, सर्वथा मिथ्यैतत्सर्वम्।

म०अ०: - शपथं विनैव भणसि?

भूपेन्द्रसिंहः - अहं- श शप्-.... शपामि।

म०अ०: - आम्रेडय — यद् वदामि, सत्यं वदामि, स्वेन शपामि।

भूपेन्द्रसिंहः - (उद्विग्नः) **श-शप्-प-शपामि स्वेन सत्यम्....।** (वदामीत्यनुक्तं न केनापि लक्षितम्) **द्वादशवर्षाणि पूर्वमेव मृतो मे भ्राता। न जाने कोऽसौ वञ्चकः।**

म०अ०: - (भूपेन्द्रसिंहं प्रति) **कति आसन् ते भ्रातृव्याः?**

भूपेन्द्रसिंहः - द्वावेव।

म०अ०: - अपि द्वावेव जीवितौ?

भूपेन्द्रसिंहः - द्वावेव (विरम्य) तयोरेको मृतः।

म०अ०: - को मृतः? एषोऽथवा सः?

भूपेन्द्रसिंहः - असौ... असौ। स तु पूर्वमेव...

मण्डलाधीश — (वादी भूपति को संकेत करके) **तुम्हारा क्या निवेदन है? अपनी सौगन्ध लेकर बोलो।**

भूपति — श्रीमान जी, मैं अपनी सौगन्ध खाकर सत्य कहता हूँ मेरे चाचा ने मुझ अनाथ को मृत घोषित करके मेरी जमीन अपने नाम लिखवा ली। मैं प्रार्थना करता हूँ कि वह मेरे नाम की जाए और अपराधियों को दण्ड मिले।

मण्डलाधीश — 12 वर्षों तक तुमने क्यों निवेदन नहीं किया? तुम कहाँ गए थे?

भूपति — मैं अपनी बुआ के पास रहता था। अवयस्क होने से मैं नहीं जान सका कि मेरे चाचा ने मुझे मृत घोषित कर दिया है। धन के अभाव में जब मैंने भूमि बेचने की कोशिश की तो मुझे ज्ञात हुआ कि एक भी खेत मेरे पास नहीं बचा है। श्रीमान जी, इसलिए ही अब यह निवेदन है।

मण्डलाधीश — (भूपेन्द्र सिंह को संकेत करके) **क्या यह सत्य कहता है?**

भूपेन्द्र सिंह — नहीं, यह सब सर्वथा मिथ्या है।

मण्डलाधीश — क्या बिना शपथ लिए ही कहते हो?

भूपेन्द्र सिंह — मैं शप.... शपथ लेता हूँ।

मण्डलाधीश — दोहराओ। जो कहता हूँ सत्य कहता हूँ, अपनी सौगन्ध खाता हूँ।

भूपेन्द्र सिंह — (बेचैन) **शप... अपनी सौगन्ध खाता हूँ सत्य....** (अनकहे 'कहता हूँ' शब्द का ध्यान किसी को नहीं रहा) **मेरा भाई 12 वर्ष पूर्व ही मर चुका है। मैं नहीं जानता हूँ कि यह ठग कौन है।**

मण्डलाधीश — (भूपेन्द्र सिंह के प्रति) **तुम्हारे भतीजे कितने रहे?**

भूपेन्द्र सिंह — दो ही।

मण्डलाधीश — क्या दोनों जीवित हैं?

भूपेन्द्र सिंह — दोनों ही (रुककर) **उनमें से एक मर चुका है।**

मण्डलाधीश — कौन मर चुका है? यह अथवा वह?

भूपेन्द्र सिंह — यही... यही। वह तो पहले ही...

म०अ०: - (अक्षिणी विस्फारयन्) **कोऽस्ति युवयोर्वञ्चकः ? असौ किंवा त्वमेव ?**

(मण्डलाधीशस्य प्रवेशकारस्तस्य हस्ते पत्रमेकं निधाय प्रतिक्रियाज्ञानाय मुखमवलोकयति। स च पत्रं पठित्वा किञ्चिद् विरम्यासामान्यस्थितिं विजहाति। पुनर्भूपतिमभिलक्ष्य ब्रूते)

स्वं भूपतिं प्रदर्श्यापि तस्य सम्पदो न तावत्त्वया लप्स्यन्ते न यावत्त्वमेतत्प्रमाणयसि यत्त्वमेव भूपतिरसीति, अतएव स्वग्रामान्महत्तरसाक्षिणौ समानय।

भूपतिः - मम पितृव्याद्भीतः क्वचित्तेनोपकृतश्च सर्वो ग्रामः साक्ष्यं दातुं नानुमंस्यते।

म०अ० - तव पितृस्वसा तस्या पतिर्वा त्वां जीवितं प्रमाणयति ?

भूपतिः - द्वावेव तौ वत्सरपूर्वं पंचत्वं गतौ।

म०अ० - भूपतिसम्पद् - गृध्नुस्त्वं स्वं जीवयितुमिच्छसि, साक्ष्याभावे त्वेतदेवानुमीयते।

भूपतिः - नेत्थं श्रीमन्! नैवम्।

म०अ० - क्वास्ति ते वाक्कीलः ?

भूपतिः - नास्ति मे वित्तम्, यत्समर्प्याहं वाक्कीलं नियोजयेयं कार्येऽस्मिन्।

म०अ० - किन्तेऽहं करवाणि ? न तव वित्तम्, न ते कश्चिद्वाक्कीलः, नच साक्ष्यमेव। अपसर, अन्यथा छद्मवेषधरस्त्वं राजपुरुषैर्धृतः कारागारं गमयिष्यसे [भूपतिः स्तब्धः परावृत्य मण्डलाधीशं निरीक्षमाणः शनैः शनैर्निष्क्रामति]

पट परिवर्तनम्

स्थानम् — रक्षिस्थानम्।

समय — प्रातर्दशवादनवेला।

[रक्षिस्थानाध्यक्षो विष्टरस्थो दृश्यते। राजपुरुषा गतागतं कुर्वन्तः कार्याधिक्यं सूचयन्ति। भूपेन्द्रसिंहः प्रविश्य चित्रं च प्रदर्श्य ब्रूते]

मण्डलाधीश — (आँखें फाड़ता हुआ) **आप दोनों में से कौन ठग है ? यह अथवा तुम ही ?**

(मण्डलाधीश का प्रवेशकार उसके हाथ में एक पत्र देकर प्रतिक्रिया जानने के लिए मुख को देखता है। और वह पत्र पढ़कर कुछ रुककर असामान्य स्थिति से मुक्ति पाता है। फिर भूपति को देखकर कहता है)

अपने आपको भूपति बताकर भी तब तक तुम उसकी सम्पत्ति नहीं प्राप्त कर सकोगे जब तक तुम यह प्रमाणित नहीं कर दोगे कि तुम ही भूपति हो। इसलिए अपने गाँव से दो गवाह लाओ।

भूपति — मेरे चाचा से भयभीत कहीं पर उससे द्वारा उपकृत सारा गाँव गवाही देने के लिए नहीं मानेगा।

मण्डलाधीश — क्या तुम्हारी बुआ या उसका पति तुम्हारे जीवित होने का प्रमाण दे सकते हैं ?

भूपति — वे दोनों ही एक वर्ष पूर्व स्वर्ग सिधार चुके हैं।

मण्डलाधीश — भूपति की सम्पत्ति के लालच से तुम अपने आप को जीवित दिखाना चाहते हो। साक्ष्य के अभाव में तो ऐसा ही लगता है।

भूपति — नहीं, श्रीमान जी, ऐसा नहीं है।

मण्डलाधीश — तुम्हारा वकील कहाँ है ?

भूपति — मेरे पास धन नहीं है जिससे मैं इस कार्य के लिए वकील नियुक्त करूँ।

मण्डलाधीश — मैं तुम्हारा क्या करूँ ? न तो तुम्हारे पास धन है, न ही तुम्हारा कोई वकील है और न ही गवाह। दूर भाग जाओ। नहीं तो छद्मवेषधारी तुम सिपाहियों द्वारा पकड़ लिए जाने पर जेल जाओगे। (भूपति स्तब्ध बना घूमकर मण्डलाधीश को देखता हुआ धीरे-धीरे निकल जाता है।)

पट-परिवर्तन

स्थान — थाना

समय — प्रातः 10 बजे

(थाने का अध्यक्ष बिस्तर पर दिखाई देता है। सिपाहियों का आवागमन कार्य की अधिकता सूचित करता है। भूपेन्द्र सिंह प्रवेश करके और चित्र दिखाकर कहता है)

भूपेन्द्रसिंहः - निवेद्यते यत्तेन मम कनिष्ठः पुत्रोऽपहृतः।

रक्षिस्थानाध्यक्षः - कोस्त्यसौ ?

भू०सिं० - भवान् तु जानात्येव।

र०स्था०अ० - जानामि चेत्कथं गोपयसि तस्य नाम ?

भू०सिं० - स्वात्मानं जीवितं साधयितुं तेनास्मत्पुत्रोऽपहृतः।

र०स्था०अ० - क्वास्त्यधुना सः ?

भू०सिं० - अकुतोभयो यत्र तत्र भ्रमति।

र०स्था०अ० - भूपति-सम्भवत इदमेव तस्याभिधानम् — नावगच्छति रक्षिस्थानवासिनां प्रभुत्वम्। अचिरादेव स निग्रहीतव्योऽस्माभिः।

भू०सिं० - बिभेम्यहम्। मया सोऽधुना जीवितो मन्तव्योऽथवा पुत्रहीनेन स्थेयम् ?

र०स्था०अ० - न भेतव्यम् (मन्दतरस्वरेण) मञ्जूषामुद्घाट्य तत आनेतव्याः काश्चित्स्वर्ण-मुद्राः, येन समुपस्थिता परिष्ठितिर्विजये परिवर्त्यते। स्वर्णामुद्राभावे स्थितिरेषा त्वां निगड.....।

भू०सिं० - कति मुद्रा आनेतव्याः ?

र०स्था०अ० - पूर्वतश्चतुर्गुणाधिकाः। अधिक-स्याधिकं फलमिति तु प्रसिद्धमेव।

(भूपेन्द्रो मुद्राभस्त्रिकामग्रे सारयति। रक्षिस्थानाध्यक्षः शीघ्रतया तां गोपयति, भूपेन्द्रसिंहञ्चाश्वसयति भूपतिं धर्तुमविलम्बं तस्य पुत्रस्य प्रत्यानयनाय च। भरपूरसिंह माह्वयति। समागतं तमादिशति च)

र०स्था०अ० - भरपूर! गच्छ पञ्च-पुरुषैः सह। आनय भूपतिं विधृतम्।

भरपूरसिंहः - एष गच्छाम्यहमानेष्यामि चाचिराद् भूपतिम्।

(जिगमिषति, भूपतिश्च सहसा स्वयमेवोपस्थाय)

भूपेन्द्र सिंह — मैं निवेदन करता हूँ कि उसने मेरे छोटे पुत्र का अपहरण कर लिया है।

थाने का अध्यक्ष — वह कौन ?

भूपेन्द्र सिंह — आप तो जानते ही हैं।

थाने का अध्यक्ष — यदि मैं जानता हूँ तो तुम उसका नाम क्यों छुपाते हो ?

भूपेन्द्र सिंह — अपने आपको जीवित सिद्ध करने के लिए उसने हमारे पुत्र का अपहरण कर लिया है।

थाने का अ० — वह अब कहाँ है ?

भूपेन्द्र सिंह — निर्भय होकर यहाँ-वहाँ घूम रहा है।

थाने का अ० — भूपति सम्भवतः यही उसका नाम है। थाने वालों का प्रभुत्व नहीं जानता है। शीघ्र ही हम उसे पकड़ लेंगे।

भूपेन्द्र सिंह — मैं भयभीत हूँ। मुझे अब उसे जीवित मान लेना चाहिए अथवा पुत्रहीन रहना चाहिए।

थाने का अ० — तुम्हें डरना नहीं चाहिए। (अधिक मन्द स्वर से) तुम अलमारी खोलकर उसमें से कुछ सोने की मोहरें लाओ जिससे परिस्थिति पर विजय प्राप्त की जा सके। स्वर्णमुद्राओं के अभाव में यह स्थिति तुम्हें बेड़ियाँ....

भूपेन्द्र सिंह — कितनी मुद्राएँ लाऊँ ?

थाने का अ० — पहले से चौगुनी। अधिक का अधिक फल - ऐसा तो प्रसिद्ध ही है।

(भूपेन्द्र सिंह मुद्राओं की थैली आगे करता है। थानेदार जल्दी से उसे छुपा लेता है और भूपेन्द्र सिंह को उसके पुत्र को लौटाने तथा भूपति को शीघ्रता से पकड़ने का आश्वासन देता है। वह भरपूर सिंह को पुकारता है और आ जाने पर उसे आदेश देता है)

थानेदार — भरपूर सिंह ! पाँच सिपाहियों के साथ जाओ और भूपति को पकड़ कर लाओ।

भरपूर सिंह — यह मैं जाता हूँ और शीघ्र ही भूपति को ले आऊँगा। (वह जाना चाहता है और भूपति अचानक स्वयं ही उपस्थित होता है)

भूपतिः - भूपतिं निग्रहीतुं न क्वापि गन्तव्यं भवता। एषोऽहमुपस्थितः, मामेव भूपतिं मन्यसे चेत्।

र०स्था०अ० - (भूपतिमभिलक्ष्य राजपुरुषाणां वरिष्ठं प्रति) समागतोऽसौ बालकहरः। (भूपतिमुद्दिश्य) किन्ते नाम? क्वास्ति ते ग्रामः?

भूपतिः - किमस्ति नाम्नि श्रीमन्!

र०स्था०अ० - अप्यपहृतो बालकस्त्वया?

भूपतिः - केनापहृत इत्यहं जाने।

र०स्था०अ० -केनापहृतः? वक्तव्यमेव तस्य नाम।

भूपतिः - 'तुराना' ग्रामवासिना भूपतिना।

र०स्था०अ० - अपहरण-तिथेः पूर्वं मृतः स कथं तमपहर्तुं शक्नोति? त्वयापहृतः।

भूपतिः - कोऽहम्?

र०स्था०अ० - स्याः 'कश्चिदपि', परं त्वयैव भूपेन्द्रसिंहस्य बालकोऽपहृतः। न्यायाधीशेन त्वां दण्डयिष्यामि बालकञ्च भूपेन्द्राय प्रापयिष्यामि (एकं राजपुरुषमादिशति) नयैतं कालप्रकोष्ठे वासयितुम् (भूपतिमुद्दिश्य) यत्त्वं भूपतिं नाटयसि, न तत्ते हिताय। भूपतेर्भूमिं प्राप्तुं भूपतिमानिनं त्वां छद्मवेषधारणाय भारतीय-दण्डसंहितानुसारं सप्तवर्षमितं कारावासं दण्डयिष्यामि॥

पटपरिवर्तनम्

स्थानम् — न्यायालयः।

समय — प्रातर्दशवादनवेला।

[न्यायाधीशः प्रवेशकारेण (पेशकार) सह भाषमाणो दृश्यते। निगडेन बद्धो भूपतिः समानीतो राजपुरुषाभ्याम्।

न्यायाधीशः - कोऽद्याभियोगः?

भूपति — भूपति को पकड़ने के लिए तुम्हें कहीं भी जाने की आवश्यकता नहीं है। यदि मुझे ही भूपति मानते हो तो मैं उपस्थित हूँ।

थानेदार — (भूपति को संकेत करके वरिष्ठ सिपाही के प्रति) यह बालक का अपहरण करने वाला आ गया है। (भूपति को लक्ष्य करके) तुम्हारा क्या नाम है? तुम्हारा निवास कहाँ है?

भूपति — श्रीमान जी, नाम में क्या रक्खा है?

थानेदार — क्या तुमने बालक का अपहरण किया है?

भूपति — किसने अपहरण किया है - यह मैं जानता हूँ।

थानेदार — किसने अपहरण किया है? तुम्हें उसका नाम बताना ही होगा।

भूपति — तुराना गाँववासी भूपति ने।

थानेदार — अपहरण की तारीख से पूर्व ही वह मर चुका है। वह उसका अपहरण कैसे कर सकता है? तुमने अपहरण किया है।

भूपति — मैं कौन हूँ?

थानेदार — कोई भी हो परन्तु तुमने ही भूपेन्द्र सिंह के पुत्र का अपहरण किया है। न्यायाधीश से तुम्हें दण्डित करवाऊँगा और बालक को भूपेन्द्र सिंह के पास पहुँचाऊँगा। (एक सिपाही को आदेश देता है) इसे काल कोठरी में बन्द करने के लिए ले जाओ। (भूपति को संकेत करके) जो तुम भूपति होने का अभिनय कर रहे हो वह तुम्हारे लिए कल्याणकारी नहीं है। भूपति की भूमि प्राप्त करने के लिए स्वयं को भूपति मानने वाले तुम्हें छद्मवेष धारण करने के लिए भारतीय दण्ड संहिता के अनुसार सात वर्ष तक कारावास में रहने के लिए दण्डित करवाऊँगा।

पट-परिवर्तन

स्थान — न्यायालय

समय — प्रातःकाल 10 बजे

(न्यायाधीश प्रवेशकार के साथ बातचीत करता हुआ दिखाई देता है। दो सिपाही सांकलों से बँधे भूपति को लाते हैं)

न्यायाधीश — आज कौन मुकदमा है?

प्रवेशकारः - मृतक-भूपतिना भूपेन्द्रसिंहस्य पुत्रापहरणम्।

न्यायाधीशः - (विषयस्य विरोधाभासं विचार्यावाङ्मुखस्तिष्ठति क्षणद्वयम्, भूपतिमुद्दिश्य) कथमपहृतो भूपेन्द्रस्य पुत्रः ?

भूपतिः - केनापहृतः ?

न्यायाधीशः - भूपतिनामधारिणा त्वया।

भूपतिः - भूमिस्वत्व-राजस्वविभागानुसारं नाहं भूपतिः। श्रीमन्! स तु सुचिरं प्राग् दिवंगतो घोषितो मण्डलाधीशेनापि।

न्यायाधीशः - अपि कश्चित्ते वाक्कीलः ?

भूपतिः - न कश्चन श्रीमन्! यदि प्रभूतं धनं मेऽभविष्यत्, प्रागेव तं न्ययोजयिष्यम्, न च मां कश्चित् मृतकमघोषयिष्यत् जीवितमपि।

वादि-वाक्कीलः - महोदय! अनुज्ञेयोऽहमभियुक्तं प्रष्टुम्।

न्यायाधीशः - प्रष्टव्यः।

वाक्कीलः - अप्यस्ति ते किञ्चित्परिचय-पत्रम्, येन निश्चीयते यत्त्वमेव वादिनो भ्रातृव्योऽसि, योऽधुना संसारे जीवितो न मन्यते ?

भूपतिः - यदि नाहं सः, कोऽन्योऽहम् ?

वाक्कीलः - कश्चिच्छद्मवेषधरः, यो भूपतिनाम्ना ख्यातिमाप्नुवन् भूमिं हस्तगतां कर्तुमिच्छति। किं त्वदुक्तः पितृव्यस्त्वां परिचिनोति ? कश्चिद् ग्रामवासी पत्तनचारो लेखपालो वः त्वां जानाति ?

भूपतिः - नास्मि चेद्भूपतिः, मृतश्चाहम्, बालोऽपहर्तुं न शक्यते मृतकेन मया।

वाक्कीलः - मृतो भूपति र्नान्यं हर्तुं शक्नोति, परं मिथ्याभूपतिनामा सजीवस्त्वं हर्तुं शक्नोषि।

भूपतिः - कोऽहम् ? क्व च वसामि ? अपि दृष्टोऽहं राजपुरुषैः कैश्चिदन्यैर्वा बालमपहरन् ? केन गुप्तरूपेण पृष्टा जना मत्परिचयविषये ? किन्नाम्ना

प्रवेशकार — मृतक भूपति द्वारा भूपेन्द्र सिंह के पुत्र के अपहरण।

न्यायाधीश — (विषय के विरोधाभास पर विचार करके दो क्षण मुँह झुकाए रहता है, भूपति को संकेत करके) भूपेन्द्र के पुत्र का क्यों अपहरण किया ?

भूपति — किसने किया ?

न्यायाधीश — भूपति नाम वाले तुमने।

भूपति — श्रीमान जी! भूमि-अधिकार और राजस्व विभाग के अनुसार मैं भूपति नहीं हूँ। उसे तो बहुत पहले मण्डलाधीश ने भी दिवंगत घोषित कर दिया है।

न्यायाधीश — क्या कोई तुम्हारा वकील है ?

भूपति — श्रीमान जी कोई नहीं। यदि मेरे पास इतना धन होता तो पहले ही वकील नियुक्त कर लेता और कोई भी मुझे जीवित होते हुए भी मृत घोषित न करवाता।

प्रतिपक्ष वकील — श्रीमान जी! मुझे अभियुक्त से पूछने की अनुमति प्रदान करें।

न्यायाधीश — पूछ लीजिए।

वकील — क्या तुम्हारे पास कोई परिचय पत्र है जिससे निश्चित किया जा सके कि तुम ही वादी भूपेन्द्र सिंह के भतीजे हो जिसे अब संसार में जीवित नहीं माना जा रहा है।

भूपति — यदि मैं वह नहीं हूँ तो मैं दूसरा कौन हूँ ?

वकील — कोई छद्मवेषधारी, जो भूपति नाम से ख्यातिप्राप्त करके भूमि को प्राप्त करना चाहता है। क्या तुम्हारे द्वारा कहा गया चाचा तुम्हें पहचानता है ? कोई गवाही अथवा लेखपाल तुम्हें जानता है ?

भूपति — यदि मैं भूपति नहीं हूँ और मर चुका हूँ तो मुझ मृतक द्वारा अपहरण नहीं किया जा सकता है।

वकील — मरा हुआ भूपति किसी दूसरे का अपहरण नहीं कर सकता है; परन्तु झूठे भूपति नाम वाले जीवित तुम तो अपहरण कर सकते हो ?

भूपति — मैं कौन हूँ ? और कहाँ रहता हूँ ? क्या किसी सिपाही अथवा अन्य व्यक्ति ने बालक का अपहरण करते हुए मुझे देखा ? क्या किसी ने मेरे परिचय के

ते मामाह्वयन्ति ? भूपेन्द्रसिंहस्य मूलाभियोगपत्रे कस्यापहर्तुर्नाम लिखितमासीत् ? सोऽन्तरात्मना बालापहारकं किन्नामानं मन्यते ? शपथ-ग्रहणसमये तेन कथमन्त्यो वक्तव्यांशोऽनुक्त-स्त्यक्तः ?

न्यायाधीशः - (वाक्कीलं प्रति) निखिलाः प्रश्ना भवता समाधेयाः, अन्यथाऽभियोगोऽयं वादिनमेव बाधते। परिष्ठितिभिरेष भूपतिः साध्यते न वेति विचारणीयं प्रथमम्।

वाक्कीलः - न केवलमपहरणं, छद्मवेषधारण-मप्यस्य दण्डनीयोऽपराधः। अयमेव प्रष्टव्यो — यद्यसावेव भूपतिः पितृर्मरणाद् द्वादशवर्षाधिके समये कथन्नैवानेन स्वभूमौ स्वामित्वं स्थापितम् ? व्यतीत एतावति समये तु जीवितेऽप्यस्मिन् भूराजस्वनियमान्तर्गतमस्य सम्पत्तिर्भूमिधरनाम संक्रम्यते। तत्किमर्थमेष भूमिधरपुत्रस्यापहरणं विधाय कारागारं जिगमिषति। भूपतिरूप-धारणादस्य न किञ्चिद्धितं सिध्यति।

न्या०अ० - सिध्येन्नवा सिध्येद्धितमस्य, न वयमेतस्य निर्णायकाः। सत्यान्वेषणमेवास्माकं कर्तव्यम्। तच्च द्विविधम्। अन्तःकरणानुमोदितं प्रमाणपुष्टञ्च। प्रथमेन प्रेरिता वयं मन्यामहे। (1) भूपतिर्जीवति। स स्वपैतृकीं भूमिं प्राप्नुयात्। (2) भूपेन्द्रसिंहपुत्रस्यापहारकोऽयमेवास्ति। एनेनैव स गृहमानेयः (3) स्वं भूपतिं साधयितु-मेनेन यो मार्गो गृहीतः सोऽवैधानिकः। तदर्थमसौ दण्डमर्हति। (4) भूपेन्द्रसिंहो जीवितं भूपतिं मृतं प्रदर्श्य तस्य भूमिमध्यगृह्णादिति तेन सप्तवर्षाणि यावत् कारागारोऽधिष्ठेयः। (5) मिथ्यासाक्षिणौ षण्मासाः कारागारे वसताम्। (6) न्याय-दण्डदान-संस्थासुस्थितानां सर्वकार-कर्मचारिणां विरुद्धं विभागीयदण्डव्यवस्था

विषय में गुप्त रूप से लोगों से पूछा ? वे मुझे किस नाम से बुलाते हैं ? भूपेन्द्र सिंह के मूल अभियोग पत्र पर किस अपहर्ता का नाम लिखा था ? वह अन्तरात्मा से बालक का अपहरण करने वाले का क्या नाम मानता है ? शपथग्रहण के समय उसने क्यों वक्तव्य का अंतिम अंश बिना कहे छोड़ दिया ?

न्यायाधीश — (वकील के प्रति) सभी प्रश्नों के उत्तर तुम्हें ही देने हैं अन्यथा यह अभियोग वादी को ही दोषी मानता है। परिस्थितियों से यह भूपति सिद्ध होता है अथवा नहीं यह पहले विचारणीय है।

वकील — केवल अपहरण ही नहीं, कपटवेष धारण करना भी इसका दण्डनीय अपराध है। इसी को पूछ लेना चाहिए- यदि यही भूपति है, तो पिता की मृत्यु के पश्चात् 12 वर्ष से अधिक समय तक अपनी भूमि पर इसने कब्जा क्यों नहीं किया ? इतने समय पश्चात् तो इसके जीवित होने पर भी भू-राजस्व नियम से इसकी सम्पत्ति कब्जा रखने वाले के नाम चढ़ जाती। तो किसलिए यह भूपेन्द्र के पुत्र का अपहरण करके जेल जाना चाहता है। भूपति रूप धारण करने से इसका कुछ भी हित सिद्ध नहीं होता है।

न्यायाधीश — इसका हित सिद्ध हो अथवा न हो- हम इसके निर्णायक नहीं हैं। सत्य की खोज ही हमारा कर्तव्य है और वह दो प्रकार का है। अन्तःकरण द्वारा अनुमोदित और प्रमाणों से पुष्ट। अन्तःकरण से प्रेरित हम मानते हैं कि (1) भूपति जीवित है। वह अपनी पैतृक भूमि प्राप्त करे। (2) भूपेन्द्र सिंह के पुत्र का अपहरण करने वाला यही है। इसी के द्वारा ही वह घर लाया जाना चाहिए। (3) अपने आपको भूपति सिद्ध करने के लिए इसने जो रास्ता अपनाया वह विधिसम्मत नहीं है। इसके लिए वह दण्डनीय है। (4) भूपेन्द्र सिंह ने जीवित भूपति को मरा हुआ दिखाकर उसकी भूमि अधिगृहीत की इसलिए वह सात वर्ष तक जेल में बिताए। (5) झूठे गवाह छः माह तक जेल में रहें। (6) न्यायालय और थानों में स्थित सरकारी कर्मचारियों के विरुद्ध विभागीय

कार्या।

यूयं होरार्धमत्र तिष्ठत, बहिर्गत्वा जलपानं वा कुरुत। अहं विश्रामकक्षे साक्ष्य-परिष्ठिति-विधिसम्मतं भावनानिरपेक्षं निर्णयं कर्तुं तिष्ठामि। (अन्तः प्रविशति। क्षणानन्तरं पृष्ठस्था जवनिका उत्थाप्यते यत्र दर्शकपराङ्मखो न्यायाधीशो लेखन्या स्वमस्तकं कुट्टयन् कक्षे लम्बितादर्शे स्वबिम्बं पश्यति, यस्तस्य निर्णयं नेपथ्यागतवाण्यां श्रावयतीत्थम्—)

यः स्वं भूपतिं मत्वा भवतां समक्षं स्थितः, स एव भूपेन्द्रसिंहस्य बालकस्यापहर्तास्ति। प्रतीयते स एव भूपतिरस्ति। आत्मानं जीवितुं दर्शयितुं तेनेयमपहरण-क्रिया सम्पादिता, परं नैकमपि साक्ष्यं तत्कथनं प्रमाणयति। लेखपालस्तं मृतं मन्यते। रक्षिस्थानाध्यक्ष उपमण्डलाध्यक्षश्च भूपतिं मृतमेव मन्येते। कश्चिदपि ग्रामजनस्तं जीवितं प्रमाणयितुं नाग्रे सरति। साक्ष्याभावे मया न्यायाधीशेनापि स मृतक एव मन्तव्यः, किन्तु बालकस्यापहर्तापि स एवास्ति, अतएव दण्डनीयोऽस्ति। [सर्वे न्यायाधीशाभिमुखं पश्यन्ति, वदन्ति चोच्चैः 'मृतकेन बालो हर्तुं न शक्यते' एतदेवाशङ्क्याहमस्मै मासस्यावकाशं प्रयच्छामि, यस्यान्तरालेऽसावुच्चतर न्यायालये प्रतिवेदनं कर्तुं शक्नोति; परमेष न्यायालयः सखेदं तमित्थं दण्डयति --- सप्तवार्षिकः कारावासो बालकापहरणाय। एतावानेव भूपतेश्छद्मवेष धारणाय च। द्वावेव दण्डौ सहैव भोक्तव्यौ। 'धिग्भावनाशून्यं न्यायम्' केचिच्च 'अहो! सत्यपि विरोधाभासे प्रशस्तो न्यायमार्गः' इति परस्परं विवदमाना निष्क्रान्ताः]

(पटाक्षेपः)

दण्ड की व्यवस्था होनी चाहिए।

आप सब आधा घंटा यहाँ ठहरो अथवा बाहर जाकर जलपान करो। मैं विश्राम कक्ष में गवाह , परिस्थिति विधिसम्मत और भावना निरपेक्ष निर्णय करने के लिए ठहरता हूँ। (भीतर प्रवेश करता है। क्षण भर में पीछे का पर्दा उठाया जाता है जहाँ दर्शकों के दूसरी तरफ न्यायाधीश लेखनी से अपने मस्तक को ठोकता हुआ कमरे में लटके हुए शीशे में अपना प्रतिबिम्ब देखता है जो उसके निर्णय को नेपथ्य से आई वाणी में इस प्रकार सुनाता है)

जो स्वयं को भूपति मानकर आपके सामने बैठा है वही भूपेन्द्र सिंह के बालक का अपहरण करने वाला है। ऐसा लगता है कि वही भूपति है। अपने आपको जीवित दिखाने के लिए उसने यह बालक अपहरण का कार्य किया है; परन्तु एक भी गवाह उसके कथन को प्रमाणित नहीं करता है। लेखपाल उसे मृत मानता है। थानेदार और उपमण्डलाध्यक्ष भूपति को मरा हुआ ही मानते हैं। कोई भी गाँववासी उसे जीवित प्रमाणित करने के लिए आगे नहीं आता है। गवाह के अभाव में मुझ न्यायाधीश द्वारा भी वह मृतक ही माना जाना चाहिए किन्तु बालक का अपहरण करने वाला भी वही है इसलिए दण्डनीय है।

सभी न्यायाधीश की ओर देखते हैं और ऊँचे स्वर में कहते हैं – 'मरे हुए द्वारा बालक का अपहरण नहीं किया जा सकता है।' इसी आशंका से मैं इसे एक मास का अवकाश देता हूँ। इस समय में वह उच्चतर न्यायालय में अपील कर सकता है; परन्तु यह न्यायालय खेद सहित उसे यह दण्ड देता है :- बालक के अपहरण के लिए सात वर्ष की कैद और इतनी ही भूपति का कपट वेष धारण करने के लिए। दोनों ही दण्ड एक साथ भोगे जाने हैं। सभी भावनाशून्य न्याय को धिक्कारते हैं और कुछ 'विरोधाभास होने पर भी न्याय का मार्ग प्रशस्त है'- ऐसा कहकर परस्पर झगड़ते हुए निकल जाते हैं।

(पर्दा गिरता है)

कालगिरिः (कारगिल)

[दूरदर्शन-लघुरूपकम्]

[विंशतिशततमे ख्रिष्टाब्दे शिशिरर्तौ रात्रौ सद्योजातहिमपातेन धवलः कालगिरि मूर्तिमदहङ्कार इव पृथिव्यां स्थितः पर्वतारोहिणां दुरारूढ इति कल्प्यते। तस्यैकस्मिन् पार्श्वे पञ्च भारतीयाः सैनिकाः, अपरभागे च पंचैव पाकसैनिकाः क्रमशो भुशुण्डीं चालयन्तो दृश्यन्ते (लोहित-प्रकाश-प्रक्षेपणेन प्रदर्शनीया गायन्तो नृत्यन्तश्च सैनिकाः)]

पाकसैनिकाः - कथं भारतीया वदन्त्यस्मदीयः।

असौ कालगिरिरस्मदीयोऽस्मदीयः॥

भारतसैनिकाः - (अपर पार्श्वे)

कथं पाकजाता वदन्त्यस्मदीयः।

असौ कालगिरिरस्मदीयोऽस्मदीयः॥

[अम्बरात्पुनर्जलं वर्षति। तच्च हिमपातोऽनुसरति। हिमधावल्येन तनूकृतेऽप्यन्धकारे मण्डूकमुद्रया स्थिताः सैनिका न सम्यग् द्रष्टुं शक्याः। ततः पाकाधिकृतपार्श्वे शैत्यपीडिताः सैनिका मिथ आलपन्ति]

एकः सैनिकः - दिनद्वयाद्भानोर्दर्शनमपि दुर्लभम्।

द्वितीयः - आहारवेलायान्तु बुभुक्षा प्रभवत्यसह्या।

तृतीयः - पश्य ममाङ्गानि शुष्ककाष्ठवज्जडी-भूतान्यधुना।

चतुर्थः - (मन्दस्वरेण) **शनैः शनैर्मन्दतरस्वरेण भाष्यम्। गतरात्रौ गिरेरपरपार्श्वेऽहं गुप्तनिरीक्षण-स्तम्भात् शत्रूणां चलिताङ्गान्यपश्यम्। अस्मद्-वार्तया तेऽस्मत्स्थितिं ज्ञातुं शक्नुवन्ति।**

(क्षणमवरुद्धा वार्ताः पुनः श्रूयन्ते)

एकः - शत्रुभिः खाद्यसामग्री नाशिताग्नेयास्त्र-वर्षया। मृताश्च भारवाहकाः सैनिकाः।

(२००० ई0 वर्ष की शिशिर ऋतु में रात्रि के समय तत्काल बर्फ गिरने से श्वेत कालगिरि (कारगिल) पृथ्वी पर स्थित साकार अहंकार की तरह पर्वतारोहियों के लिए कठिनाई से चढ़ने योग्य माना जाता है। उसके एक भाग में पाँच भारतीय सैनिक और दूसरी तरफ पाँच ही पाकिस्तानी सैनिक क्रमशः बन्दूक चलाते हुए दिखाई दे रहे हैं। (लाल प्रकाश से गाते और नाचते हुए सैनिक दिखाए जाने चाहिए)

पाक सैनिक — भारतीय कैसे कहते हैं कि कारगिल हमारा है, यह हमारा है, हमारा।

भारतीय सै० — (दूसरी तरफ) **पाकिस्तानी कैसे कहते हैं कि यह कारगिल हमारा है, हमारा है, हमारा।**

(आकाश से दोबारा जल बरसता है और वह हिमपात में बदल जाता है। बर्फ की श्वेतिमा से अन्धकार कम होने पर भी मेंढक की मुद्रा में स्थित सैनिक अच्छी तरह से दिखाई नहीं देते। फिर पाकिस्तान अधिकृत भाग में ठण्ड से पीड़ित सैनिक परस्पर वार्तालाप करते हैं।)

एक सैनिक — दो दिन से सूर्य के दर्शन भी दुर्लभ हैं।

दूसरा — भोजन के समय तो भूख असह्य हो जाती है।

तृतीय — देखो, अब मेरे अंग सूखी लकड़ी की तरह जड़ हो गए हैं।

चतुर्थ — (मन्द स्वर से) **धीरे धीरे अधिक मन्द स्वर से कहना चाहिए। बीती रात्रि में मैंने पर्वत के दूसरे भाग में गुप्त निरीक्षण-स्तम्भ से शत्रुओं के हिलते हुए अंगों को देखा। हमारी बातचीत से वे हमारी स्थिति जान सकते हैं।**

(क्षण भर रुकी बातें दोबारा सुनाई देती हैं)

एक — शत्रुओं ने बम वर्षा से खाद्य सामग्री नष्ट कर दी और भार ले जाने वाले सैनिक मृत्यु को प्राप्त हो गए।

अपरः - कथमत्र स्थेयं शुष्कशष्पादिचर्वणेन, तुहिनालेहनेन च !

अन्यः - अस्माभिरपि तेषां खाद्य-पेय सामग्री भस्मसात्कृता। तेऽपि कालगिरेर् अपरभागे बुभुक्षा-पीडिता मरणासन्ना भूमौ शेरते [तदैव भारतीय-वायु-सेनाग्नेयास्त्रमुत्सृजति। तेनाहताः क्षुत्पीडिताः पलायितुमक्षमा रक्षागर्तेभ्यो बहिर्भूताः प्राणान् त्यजन्ति। भारतसेनाधिकृतपार्श्वे रक्षागर्तगताः, क्षुत्तृट् शिथिलाः सैनिका लब्धादेशा अपि पाकसैनिकानाक्रमितुं दृश्यन्तेऽकृतकर्माणः। शीतवायुविधूता मेघाः पुनरन्तरिक्षमाच्छादयन्ति, पुनश्च हिमपातो जायते। शीताधिक्याज्जडीभूताः सैनिका दूरभाषमपि श्रोतुमसमर्थाः सखेदं निःश्वसन्ति]

(आरक्तप्रकाशप्रक्षेपणेन दृश्यं त्रासदं विधेयम्)

एकःस्वरः - पाकपार्श्वे निखिला खाद्यपेय-सामग्री नष्टा (क्षणं शान्तिः)

अपरःस्वरः - शेषेषु सैनिकेषु केचिदाग्नेयास्त्रैर्हताः।

(भारतीय-पार्श्वे)

एकःसैनिकः - शृणु शनैः शनैः। किन्ते जानन्ति यद् वयं तेषां प्रतिकूलमाचरितुमसमर्था इति।

प्रथमः - जानन्तु नाम। किमनेन? किं करिष्यन्ति तेऽस्माकम्? यथा वयं तेषां प्रतिकूलमाचरितुमसमर्थास्तथा तेऽपि नास्माकं विरुद्धं किञ्चित्कर्तुं शक्नुवन्ति। हिमबहुलप्रदेशे न ते, न च वयं किञ्चित्कर्तुमलम्। एतदेव कारणं यद् गतवर्षं यावत् शीतकाले न कोऽप्यत्रायनेष्ववसत्। नवनवत्यधिकैकोनविंशतिशततमे वर्षे यदाक्रामत्पाकिस्थानम् अस्मद्भूभागम्, तदारभ्य सर्वदा क्रियते रक्षास्माभिः। तच्छीतकालेऽपि वयमत्र स्थिताः स्मः। अन्यथा न कोऽप्यवसदत्र हिमान्याम्।

दूसरा — यहाँ पर सूखे पत्ते चबाकर और बर्फ चाटकर कैसे जीवित रहें ?

अन्य — हमने भी उनकी खाद्य-पेय सामग्री नष्ट कर दी है। वे भी कालगिरि की दूसरी ओर भूख से मरणासन्न सो रहे हैं। (तभी भारतीय वायु सेना बम गिराती है उससे घायल भूख से पीड़ित भागने में असमर्थ बंकरों से बाहर निकलते हुए प्राण छोड़ देते हैं। भारतीय सेना द्वारा अधिकृत स्थान के पास बंकरों में गए हुए भूख प्यास से शिथिल सैनिक आदेश पाकर भी पाकिस्तानी सैनिकों पर आक्रमण करने में अकर्मण्य दिखाई देते हैं। ठण्डी हवा से दौड़ाए जाते हुए बादल दोबारा आकाश को ढक लेते हैं और दोबारा बर्फ गिरती है। ठण्ड की अधिकता के कारण जड़ीभूत सैनिक टेलीफोन सुनने में भी असमर्थ कष्ट से गहरी साँस लेते हैं।)

[लाल प्रकाश फेंक कर दृश्य त्रासद बनाना चाहिए।]

एक स्वर — पाकिस्तानी सैनिकों के पास सारी खाद्य-पेय सामग्री नष्ट हो गई है।

(क्षण भर शान्ति)

दूसरा स्वर — बचे हुए सैनिकों में से कुछ बमों द्वारा मारे गए हैं।

(भारतीय भाग में)

एक सैनिक — धीरे धीरे सुनो। क्या वे जानते हैं कि हम उनके प्रतिकूल आचरण करने में असमर्थ हैं।

पहला — भले ही जानते हों। इससे क्या? वे हमारा क्या करेंगे? जैसे हम उनका नुकसान करने में असमर्थ हैं, वैसे ही वे भी हमारे विरुद्ध कुछ भी नहीं कर सकते हैं। बर्फ की अधिकता वाले स्थान पर न वे कुछ करने में समर्थ हैं और न हम ही। यही कारण है कि गत वर्ष तक शीतकाल में यहाँ कोई भी तम्बुओं में नहीं रहता था। जब 1999 में पाकिस्तान ने हमारी भूमि पर आक्रमण किया था तब से लेकर लगातार हम अपनी रक्षा कर रहे हैं तो शीतकाल में भी हम यहाँ स्थित हैं। अन्यथा यहाँ बर्फ की अधिकता में कोई भी निवास न करता था।

तृतीयः - सर्वकारः शीतकालेऽपि स्वसैनिकानत्र नियोज्य समीचीनमेवाकरोत्। गतवर्षे पराजिताः पाकसैनिका विंशतिशततेऽस्मिन् वर्षे शीतकालेऽपि समागता अत्र दीपान्तिकं शलभा इव।

अपरसैनिकः - दूरभाषेणाहं संसूचितो यदस्मद्बृहन्नालीकपातैर्भोजन-पान-सामग्री-सहिताः शत्रोर्नवागन्तुकाः सर्वे सैनिका हताहताः। अधुना किं खादित्वा पीत्वा गुप्तरूपेणात्र सम्प्राप्ता अमी सैनिका अस्मानाक्रमिष्यन्ति ?

कश्चिदन्यः - समीचीनमभवत्। परेषां कृते खनिते गर्ते खनितुरेवावपातो भवतीति लोकोक्तिसिद्धोऽनुभव आस्वादित स्तैरपि। तेषां दूरंघातिरासायनिकास्त्रैर्विद्धा अस्मद्भक्ष्यपेय-भारवाहकाः कथं मृता इति न विस्मर्यते।

प्रथमसैनिकः - वयमत्र जीवनधारणमात्रात्मकं चणकाद्यं चर्वित्वा मृतप्रायाः कथञ्चित्कालं यापयामः। शीताधिक्येन (दन्ताः कटकटायन्ते) कुण्ठितावयवा वयं नलिकामपि ग्रहीतुमसमर्थाः पुरःस्थानपि तान् हन्तुमक्षमाः। तदैवास्माभिः संसूचिता उपत्यकास्था अस्मद्वायुसेनाम्बराद् बृहन्नालीक-वर्षणेन भक्ष्यपेयसामग्रीसहितान् शत्रूणां सैनिकानहन्। फलतस्तेऽप्यत्र क्षुत्तृषा-कुलास्तथैव म्रियमाणा योद्धुमसमर्था जाता यथा वयम्। अधुना सहैव प्राणान् त्यक्ष्यामः (उभयोः पक्षयोर्मन्दं मन्दं कृतो हाहाकारः श्रूयते। रक्तकृष्णप्रकाशोत्प्रक्षेपणम्)

दृश्य-परिवर्तनम्

स्थानम् — कालगिरेरुपत्यका

[विजयाभियानस्य प्रधानसमरसेनाध्यक्षस्तस्य सहायकसेनानायकाश्च परस्परं युद्धसमीक्षार्थं संगता दृश्यन्ते। समरसेनाध्यक्षो दूरभाषेण संभाषते कालगिरिस्थसेनानायकेन सह]

दूसरा - सरकार ने शीतकाल में भी अपने सैनिकों को यहाँ नियुक्त करके उचित ही किया। गतवर्ष पराजित पाकिस्तानी सैनिक इस 2000 वर्ष में भी शीतकाल में दीपक के समीप पतंगों की तरह अपने विनाश के लिए यहाँ आए हुए हैं।

दूसरा सैनिक — मुझे दूरभाष से सूचना मिली है कि हमारी शतघ्नी तोपों से खाद्य सामग्री सहित शत्रु के नए आए हुए सभी सैनिक मर गए हैं या घायल हो गए हैं। अब क्या खा-पीकर गुप्त रूप से यहाँ पहुँचे हुए ये सैनिक हम पर आक्रमण करेंगे।

कोई दूसरा — उचित हुआ। दूसरों के लिए खोदे गड्ढे में खोदने वाला ही गिरता है। उस लोकोक्ति-सिद्ध अनुभव का उन्होंने भी स्वाद चख लिया। उनकी मिसाइलों से घायल हमारे भक्ष्य-पेय भारवाहक कैसे मृत्यु को प्राप्त हुए, यह नहीं भुलाया जा सकता।

प्रथम सैनिक — हम यहाँ जीवन धारण-मात्र करने योग्य चने आदि चबाकर मृतप्राय किसी तरह समय बिता रहे हैं। ठण्ड की अधिकता में (दाँत कटकटाते हैं) कुण्ठित अंगों वाले हम बन्दूक उठाने में भी असमर्थ उन्हें सामने स्थित होने पर भी मारने में असमर्थ हैं। तभी हमसे सूचना पाकर घाटी पर स्थित हमारे वायु सैनिकों ने आकाश से मिसाइलों से खाद्य-पेय सामग्री सहित शत्रुओं के सैनिकों का वध कर दिया। फलस्वरूप वे भी यहाँ भूख-प्यास से व्याकुल वैसे ही मौत के नजदीकी युद्ध करने में असमर्थ हो गए हैं जैसे हम। अब साथ ही प्राण छोड़ेंगे।

(लाल और काला प्रकाश फेंकना चाहिए)

दृश्य परिवर्तन

स्थान — कारगिल की चोटी

(विजय अभियान के प्रधान युद्ध सेनाध्यक्ष और उसके सहायक सेनानायक परस्पर युद्ध समीक्षा में लगे हुए दिखाई दे रहे हैं। युद्ध सेनाध्यक्ष टेलीफोन से कारगिल स्थित सेनानायक के साथ बात करता है)

समरसेनानीः - जानेऽहं यदितोऽस्मत्प्रेषिता खाद्य-पेय सामग्री मार्गमध्य एव सवाहका शत्रुभिर्नाशिता। अहं पुनरपि प्रयत्नशीलोऽस्मि प्रेषयितुम्।

नायकः (कालगिरिस्थः) - (दूरभाषे) श्रीमन्! केचिदस्मत्सैनिका बुभुक्षया शैत्येन च मृताः, शेषा म्रियमाणाः सन्ति।

समरसेनानीः - किमुक्तं बुभुक्षया! कति मृताः? कथं न त्वया संसूचितोऽहंपूर्वमेव?

सेनानायकः - भवत्प्रयासो निष्फलो न स्यादिति धिया। श्रीमन्! यदि पुनरपि सामग्री सैनिकाश्च सम्प्रेषिता अभविष्यन्, पुनर्मध्य एव विनष्टा अभविष्यन्। अधुना कालगिरावाग्नेयास्त्रपात एवैका गतिः। नूनं तेन वयमपि शत्रुभिः सह पञ्चत्वं प्रयास्यामः, किन्तु कालगिरिररिमुक्तो भविष्यति। सामग्र्या अपव्ययश्चापवारयिष्यते।

स०से० - नैतत्सम्भवति! राजधानीस्थितः प्रधान-सेनाध्यक्षो नेमं प्रस्तावं स्वीकरिष्यति। स्वसैनिकेष्वप्याग्नेयबृहन्नालीक-वर्षणम्!

नायकः - (किञ्चिदसम्यक् श्राव्यं भाषते)

स०से० - अलमधैर्येण। अहमद्य बृहन्नालीक-वर्षया पदातिसैनिकान् प्रेषयित्वा च कालगिर्यभिमुखं शत्रु-शिविरं स्वायत्तं कारयिष्ये। तस्माच्छिविरादेव शत्रवो बृहन्नालीकाघातेन कालगिरिं भक्ष्य - भोज्य - सामग्रीं नयतोऽस्मत्सैनिकान् व्यापादयन्ति। कालगिरावपि स्वसैनिकान् विहायास्मानेव हन्तुं शक्नुवन्ति। यूयं मध्ये मध्ये नलिकाश्चालयन्तो युद्धाग्निमरिक्तेन्धनं कुरुत। (पदातिसेनाग्रणी-मुद्दिश्य) हलो रामसिंह! सैनिकान् सम्प्रेषयाधुनैव कालगिरिसंमुखीनमधस्तनं शत्रुशिविरमाक्रमितुम् (वायुसेनाधिकारिणमुद्दिश्य) कालगिरिमाभिमुख्यं सम्यगालक्ष्याक्रमत। कालगिरिं तत एव सम्प्रेष्यते

युद्ध सेनानी — मैं जानता हूँ कि यहाँ से हमारे द्वारा भेजी गई खाद्य-पेय सामग्री ले जाने वालों के साथ ही मार्ग के मध्य में ही शत्रुओं ने नष्ट कर दी है। मैं दोबारा भेजने के लिए प्रयत्नशील हूँ।

कारगिल स्थित नायक — (टेलीफोन पर) श्रीमान जी, हमारे कुछ सैनिक भूख और ठण्ड की अधिकता से मृत्यु को प्राप्त हो गए हैं, शेष मरणासन्न हैं।

युद्ध सेनानी — क्या कहा भूख से? कितने मर चुके हैं? तुमने मुझे पहले सूचना क्यों नहीं दी?

सेनानायक — श्रीमान जी, आपका प्रयास निष्फल न हो, इस कारण से। श्रीमान जी, यदि दोबारा भी सामग्री और सैनिक भेजे होते फिर भी वे मध्य में नष्ट हो गए होते। अब कारगिल पर बम वर्षा ही एक रास्ता है। निश्चय ही उससे हम भी शत्रुओं के साथ मृत्यु को प्राप्त हो जाएँगे; किन्तु कारगिल शत्रुओं से आजाद हो जायेगा और सामग्री का अपव्यय रुक जायेगा।

युद्धसेनानी — ऐसा सम्भव नहीं है। राजधानी स्थित प्रधान सेनाध्यक्ष (राष्ट्रपति) इस प्रस्ताव को स्वीकार नहीं करेंगे। अपने सैनिकों पर भी बम वर्षा!

नायक — (कुछ अच्छी तरह न सुना जाता कहता है)

युद्धसेनानी — धैर्य धारण करो। मैं आज तोप से गोलियाँ बरसा कर और पैदल सैनिक भेजकर कारगिल के सम्मुख शत्रु-शिविर को अपने अधीन करवा लूँगा। उस शिविर से ही शत्रु तोपों से गोलियाँ बरसाकर कारगिल को खाद्य-पेय सामग्री ले जाते हुए हमारे सैनिकों को मारते हैं। कारगिल पर भी अपने सैनिकों को छोड़कर हमें ही मार सकते हैं। तुम बीच-बीच में गोलियाँ चलाते हुए युद्ध की आग को सुलगता रखो। (स्थल सेना के मुख्य को उद्देश्य करके) हैलो राम सिंह! कारगिल के सम्मुख नीचे के शत्रु शिविर पर आक्रमण करने के लिए अपने सैनिकों को भेज दो। (वायु सेनाधिकारी को संकेत करके) कारगिल के सामने के पर्वत को लक्ष्य करके आक्रमण करो। उसके पश्चात कारगिल को सम्पूर्ण सामग्री रात्रि में ही शत्रुओं द्वारा भेजी जाती है।

निखिला सामग्री शत्रुभिर्निशायामेव। (दूरभाषे नायकः) कालगिरावपि बृहन्नालीकवर्षणं विधेयम्। क्षुधा पीडिता मृतप्राया अस्मत्सैनिकाः शत्रूनाक्रमितुमाज्ञप्ता अपि पक्षाघातग्रस्ता इवेत्थमसमर्था यद्भुशुण्डीं चालयितुमप्यक्षमाः। कथं तानस्मादृशमृतप्रायानपि व्यापादयेम! बुभक्षापीडिता न तेऽस्मान् हन्तुं शक्नुवन्ति, न च वयमेव तान्। जानन्तु श्रीमन्तो यदात्महत्ययैवात्रत्या वयं राष्ट्रधर्मं वोढुं शक्नुम इति। नान्यः पन्था विद्यतेऽयनाय। अतो नाधिकं विचार्य कालगिरौ बृहन्नालीकावपातः कार्यः, येन शत्रुभिः सह वयमपि स्वर्गच्छेम। (अत्र स्थानदर्शकप्रकाशे क्रमश उभयपक्षीयाः सैनिका म्रियमाणा दर्शनीयाः)

पट-परिवर्तनम्

[नातिदूरस्थे शत्रुशिविरे बृहन्नालीकपातः शत्रुभिश्चप्रक्षेपणास्त्रप्रयोगः, एवं तुमुलं युद्धमभवत्। (अत्र युद्धदृश्यानि प्रदर्शनीयानि)]

स०से० - (कालगिरिस्थं सेनानायकमुद्दिश्य दूरभाषे) **यथाशक्ति प्रत्यावर्तस्व स्वजनैः सह। येनास्मद्वायुसेना बृहन्नालीकपातेन शत्रून्नाश-यिष्यत्यविचारयन्ती।**

नायकः - (कालगिरिस्थः) **बुभुक्षया म्रियमाणेषु नालीकपातः? नासावधर्म आचरणीयो भारतीयैः। क्षम्यतां श्रीमन्! मृतप्रायास्ते हन्तव्याश्चेद्वयमपि सहैव व्यापादनीयाः। वयं प्रत्यावर्तितुमक्षमाः क्षणान् गणयामः प्राणांस्त्यक्तुम्। शस्त्राघातान-प्राप्य बुभुक्षया मरणं कीदृग् निन्द्यं सैनिकानां कृते! इति विचार्य बृहन्नालीकपातो विधातव्यः। येन मृताः शत्रयो वयं च स्वं स्वं राष्ट्रं प्रति सैनिकधर्मं निर्वहेम, कालगिरेश्च नाम सार्थकं स्यात्।**

(टेलीफोन पर) **कारगिल पर भी गोलों की वर्षा करनी चाहिए। भूख से पीड़ित मृतप्राय हमारे सैनिक शत्रुओं पर आक्रमण करने के लिए आज्ञा पाकर भी लकवे से ग्रस्त की तरह इस प्रकार असमर्थ हैं कि बन्दूक भी नहीं चला सकते हैं। कैसे उन अपने जैसे मृतप्राय शत्रुओं को भी मार डालें? भूख से पीड़ित वे हमें नहीं मार सकते हैं और न ही हम उन्हें मार सकते हैं। श्रीमान जी, जान लें कि आत्महत्या से ही यहाँ पर स्थित हम राष्ट्रधर्म का निर्वाह कर सकते हैं। जाने के लिए अन्य मार्ग नहीं है। इसलिए अधिक विचार किए बिना कारगिल पर गोलों की वर्षा करनी चाहिए जिससे शत्रुओं के साथ हम भी स्वर्ग सिधार जाएँ।**

(यहाँ स्थान दर्शक प्रकाश में क्रमशः दोनों पक्षों के सैनिक मरणासन्न दिखाए जाने चाहिए)

पट परिवर्तन

(समीपस्थ शत्रु शिविर पर गोलों से प्रहार, शत्रुओं द्वारा बमों का प्रयोग, इस प्रकार परस्पर युद्ध हुआ। यहाँ ये दृश्य दिखाये जाने चाहिए)

युद्ध सेनानी — (टेलीफोन पर कारगिल स्थित सेनानायक को संकेत करके)

अपने लोगों के साथ शक्ति के अनुसार लौट आओ जिससे बिना अधिक विचार किए हमारी वायुसेना गोलों से शत्रुओं का विनाश करेगी।

नायक — (कारगिल स्थित) **भूख से मर रहे लोगों पर गोलों से वर्षा? भारतीयों द्वारा यह धर्मविरुद्ध आचरण नहीं करना चाहिए। श्रीमान क्षमा करें। वे मरणासन्न यदि वध के योग्य हैं तो हमें भी साथ ही मार डालना चाहिए। हम सब लौटने में हर तरह से असमर्थ हैं। प्राण छोड़ने के लिए क्षणों की गणना कर रहे हैं। सैनिकों के लिए शस्त्र-प्रहार के बिना भूख से मरण कैसा निन्दनीय है? ऐसा विचार करके गोलों से वर्षा करनी चाहिए जिससे मृत्यु को प्राप्त शत्रु और हम अपने अपने राष्ट्र के प्रति सैनिक धर्म का निर्वाह कर सकें और कारगिल (कालगिरि) का नाम सार्थक हो।**

स०से० - अलं तर्केण। सैनिकधर्माननुकूलमेतत्।

नायकः - क्षम्यतां श्रीमन्! यदि बृहन्नालीकपातप्रस्तावो न रोचते भवद्भ्यः, तर्हि भक्ष्य-पेय सामग्री पातयितव्या। न किञ्चिदसमीचीनं यदि तेऽपि भुक्त्वा पीत्वा योद्धुं समर्थाः स्युः। वयञ्च प्राप्तबलास्तान् हनिष्यामः। प्रतीकारक्षमा एव हन्तव्यास्ते भुक्तभोज्यैरस्माभिः। शवोत्सादनं नास्माभिराचरणीयम्।

स०से० - खाद्यपेय-सामग्रीःशत्रुभ्योऽपि समर्प्य वयं पराजितान् मृतप्रायान् वा तानुज्जीवय्य युष्मभ्यं मृत्युमावाहयिष्यामः किम्? त्वया विस्मृतं यद् गतवर्षे कालगिरिभूभागे युद्धे पराजिता अपि ते युद्धवन्दिनामङ्गान्युच्छिद्य तानमारयन्। न जानन्ति ते धर्म्यमाहवम्। पाकिस्थानं धर्म्यं युद्धं करिष्यतीति दुराशया कष्टमेव वर्धिष्यते।

[पुनःस्तनितं भवति। तच्चाम्बरान्महानालीकघनाघनाद्यायुधचालनोद्भूतस्वनेन मिलित्वा घोरो रवो जायते। प्रतीयते नेदीयस्येव स्थाने प्रक्षेपणास्त्रैस्तुमुलं युद्धं क्रियते।]

नायकः (कालगिरिस्थः) - (दूरभाषे)- पाकिस्तानं धर्म्यं युद्धं न करिष्यतीत्यत्र नालीकं किञ्चिदपि। अत्रत्या वयं यदि म्रियमाणा नाभविष्यन्, वयं सर्वे श्रीमतामनुमोदनमकरिष्याम, किन्तु मृत्युदंष्ट्रान्तर्गतेन कृतागस्यपि प्रतिपक्षेऽधर्माचरणं नानुमन्यते। समीपस्थे मृत्यौ विशुद्धचेतनो जनो विस्मृतशास्त्रो जायते।

स०से० - युद्धे प्रणये च सर्वं समीचीनमित्युक्तिः प्रायश उच्चार्यते पाल्यते च। जनःस्वकीयं जीवनं परप्राणै रक्षति चेत्तन्नूनं गर्ह्यम्; किन्तु राष्ट्ररक्षार्थं जघन्यापि हिंसाऽनिन्द्या। यतोऽसौ निजेतरसेवायै विधीयते। व्यक्तिहितमुद्दिश्य कृतःकस्यचिद्वधो दण्डाय भवति। देशार्थं युद्धे शतघ्नः सहस्रघ्नो

युद्ध सेनानी — तर्क से बस करो। यह सैनिक धर्म के प्रतिकूल है।

नायक — श्रीमान जी, क्षमा करें। यदि गोलों की वर्षा का प्रस्ताव आपको अच्छा नहीं लगता है तो आप खाद्य-पेय सामग्री भेजें। कुछ भी अनुचित नहीं है यदि वे भी खा-पीकर युद्ध करने में समर्थ हो जायें और हम शक्ति प्राप्त करके उनका वध करेंगे। हमारे साथ मुकाबला करने में समर्थ होने पर वे वध के योग्य हैं। हमें शवों पर प्रहार नहीं करना है।

युद्ध सेनानी — क्या शत्रुओं को भी खाद्य-पेय सामग्री प्रदान करके हम पराजित अथवा मृतप्राय उन्हें जीवित करके तुम्हारे लिए मौत को बुलाएँगे? क्या तुमने भुला दिया के गत वर्ष कारगिल भूभाग पर युद्ध में पराजित होने पर भी उन्होंने युद्धबंदियों के अंग काटकर उन्हें मार डाला था। वे धर्म युद्ध नहीं जानते हैं। पाकिस्तान धर्मसम्मत युद्ध करेगा इस दुराशा से कष्ट ही बढ़ेगा।

(दोबारा गर्जन होता है और वह आकाश से तोप और बन्दूक आदि शस्त्रास्त्र चलने की उत्पन्न ध्वनि रो मिलकर घोर आवाज होती है) ऐसा लगता है कि समीप ही बमों से परस्पर युद्ध हो रहा है।)

कार० स्थित नायक — (टेलीफोन पर) पाकिस्तान धर्मसंगत युद्ध नहीं करेगा, इसमें जरा भी झूठ नहीं है। हम यदि यहाँ पर मरणासन्न नहीं होते तो हम आपकी बात का अनुमोदन करते; किन्तु मृत्यु की दाढ़ में गए को प्रतिद्वन्द्वियों के अपराध करने पर भी धर्मविरुद्ध आचरण ठीक नहीं लगता है। मृत्यु के नजदीक होने पर विशुद्ध मन वाला मनुष्य शत्रुता भूल जाता है।

युद्धसेनानी — 'युद्ध और प्रेम में सब उचित होता है' प्रायः इस कथन का उच्चारण और पालन किया जाता है। यदि मनुष्य दूसरे के प्राणों से अपने जीवन की रक्षा करता है तो वह निश्चय ही निन्दनीय है; किन्तु देश की रक्षा के लिए जघन्य हिंसा भी निन्दनीय नहीं होती क्योंकि वह हिंसा दूसरों की सेवा के लिए की जाती है। व्यक्ति विशेष के लाभ के लिए किया गया किसी का

वा उत्तरोत्तरमधिकमभिनन्द्यते।

नायकः - भवतु नाम, किन्तु हिंसा सर्वत्र हिंसास्ति। किं युद्धे हिंसा सिध्यत्यहिंसा ? मानवता राष्ट्रादपि गरीयसी। राष्ट्रहिताय यथा स्वार्थत्यागस्तथैव विश्वहिताय संकीर्णराष्ट्रियता-परित्यागो वाञ्छनीयः।

स०से० - किं संकीर्णं किमसंकीर्णमिति नास्माभिर्विचारणीयम्। कोऽस्ति सैनिकधर्मः ? (किञ्चिद्विरम्य) कथमेष विस्मर्यते ?

नायकः - (क्षणं मौनमाकलय्य) अस्तु श्रीमन्! वयं राष्ट्रसैनिकाः करिष्यामो यथादिष्टम्। यावद्राष्ट्राणि सन्ति, तावद्द्विगुणोऽपि राष्ट्रादेशः पालनीय एव राष्ट्रवादेऽपरिहार्योऽयं नियमः। वयं स्वप्राणैरपि सैनिकानुशासनं पालयिष्यामः। मृतप्रायानपि शत्रुसैनिकान् निहत्य कालगिरिमरिशून्यं विधास्यामः।

स०से० - वयं बृहन्नालीकैराभिमुख्यं शत्रुशिविरमाक्रम्य तन्निरुपद्रवं विधाय युष्मभ्यं खाद्यपेय - सामग्रीः प्रेषयिष्यामः (दूरभाषयन्त्रमपवार्य पुरःस्थं सेनाधिकारिणमुद्दिश्य) अस्माकं शत्रुरपि धर्माविरोधि कार्यमाचरेच्चेद्वयमपि तथाचेरम, किन्तु --- किमाचरितं पाकिस्थानेन ? अस्मत्प्रधानमन्त्रिणा सन्धिवार्ताः कुर्वता पाकिस्थानेन समकालमेव कालगिरिक्षेत्रमाक्रान्तम् (अत्र दूरदर्शने श्रीअटल बिहारी महोदयस्य पाकिस्थान-यात्रा, समकालमेव कालगिरिक्षेत्रे पाकसैनिकाक्रमणं प्रदर्शनीये) अतः पाकस्थानीयेषु शठे शाठ्यमिति नीत्या वर्तितव्यम्। गतवर्षे पराजिता अपि तेऽधुना शीतकालेऽस्मद्राष्ट्रं पुनर्धर्षितुं प्रारभन्त। येन विकासकार्याणि विहाय वयं शीतकाले पाकिस्थानभारतसीमानं रक्षितुं कालगिर्यादि-

वध दण्डनीय है। देश की रक्षा के लिए युद्ध में सौ शत्रुओं का वध करने वाला अथवा हजार का वध करने वाला उत्तरोत्तर अधिक अभिनन्दन के योग्य होता है।

नायक — भले ही ऐसा हो, किन्तु हिंसा सब जगह हिंसा ही है। क्या युद्ध में हिंसा अहिंसा हो जाती है ? मानवता राष्ट्र से भी बढ़कर है। देश के हित के लिए जैसे स्वर्ग त्याज्य है, वैसे ही विश्व के कल्याण के लिए संकीर्ण राष्ट्रीयता का त्याग वांछनीय है।

युद्धसेनानी — क्या संकीर्ण है और क्या असंकीर्ण - इस विषय पर विचार नहीं करना है। सैनिक धर्म क्या है- (कुछ रुककर) यह क्यों भूल रहे हो ?

नायक — (क्षणभर मौन धारण करके) अच्छा श्रीमान जी, हम देश के सैनिक हैं, जैसा आदेश दिया गया है हम वैसा ही करेंगे। जब तक राष्ट्र हैं, तब तक राष्ट्रों का सदोष आदेश भी माना जाना चाहिए। राष्ट्रवाद में यह नियम अपरिहार्य है। हम अपने प्राणों से भी सैनिक अनुशासन का पालन करेंगे। मरणासन्न शत्रुओं को भी मारकर कारगिल को शत्रुओं से शून्य करेंगे।

युद्धसेनानी — हम तोपों द्वारा सामने से शत्रु शिविर पर आक्रमण करके उस स्थान को शान्त करके तुम्हें खाद्य-पेय सामग्री भेजेंगे। (टेलीफोन रखकर सामने स्थित सेनाधिकारी की ओर) यदि हमारा शत्रु भी धर्मसंगत कार्य करे तो हम भी वैसा ही करें; किन्तु पाकिस्तान ने कैसा व्यवहार किया ? हमारे प्रधानमन्त्री महोदय के साथ सन्धि की बातें करते हुए उसने साथ ही कारगिल क्षेत्र को घेर लिया।

(यहाँ दूरदर्शन पर श्री अटल बिहारी महोदय की पाकिस्तान यात्रा साथ ही कारगिल क्षेत्र पर पाक सैनिकों का आक्रमण दिखाए जाने चाहिए) इसलिए पाकिस्तानियों के साथ दुर्जन से दुर्जनता इस नीति के अनुसार व्यवहार करना चाहिए। गत वर्ष पराजित होकर भी अब शीतकाल में दोबारा हमारे राष्ट्र पर आक्रमण प्रारम्भ कर दिया है जिससे विकास कार्यों को छोड़कर हम शीतकाल में भी भारत-पाक की सीमा की रक्षा के लिए कारगिल

शिविरेषूषित्वा प्रतिदिनं लक्षशतं वीमः।

अपरोऽधी० - राष्ट्रवादस्यायमपरिहार्यो दोषः। राष्ट्रं चेत्, सीमावर्ति राष्ट्रमपरं शात्रवमाचरिष्यतीति राजनीतेर्विधानम्। जगति सुखशान्तिस्तावद् दुर्लभा शशकशृङ्गवत्, यावद्राष्ट्रियता स्थास्यति। सीमावर्ती अमृतगिरिरपि विषं प्रवाहयिष्यति, किं पुनः कालगिरिः।

स०से० - सत्यं भणति भवान्। किं पुनरन्यत्साधनमिति विचार्य वैचारिका अगत्या राष्ट्रवादं पुष्णन्ति।

अपरोऽधि० - अपि विश्वसर्वकारः.... ?

स०से० - कल्पनाविहारितैवैषा विश्वसर्वकारस्थापना। सद्भावश्चेत्सत्यपि राष्ट्रवादे जर्मनीवत्पुनरेकीभूतयोः पाकभारतयोः कालगिरिसदृश्यः समस्याः समाधातुं शक्यन्ते। [नेपथ्ये घनाघन-ध्वनिः श्रूयते। तौ द्वावेव बहिर्निःसृतावयनात्।]

पट-परिवर्तनम्।

स्थानम् — कालगिरिः

समय — रात्रिः

[वातावरणं भयावहं विधातुं कृष्णायमानः पीतः प्रकाशः प्रसार्यः। प्रकम्पनेन वर्धमानं शैत्यं, स्याँय स्याँय ध्वनिः, हिमपाताद्युत्पाता अत्र नियोज्याः। पृष्ठभूमौ भयोत्पादकं संगीतं श्रूयते। अम्बरे जलदसंघट्टाद् भूयोभूयः स्तनितं जायते। (अत्र कालगिर्यादिस्थानानां, हिमान्याः, नद-नदीनाञ्च चित्राणि प्रदर्शनीयानि) बृहन्नालीकाहतानां चीत्कारैर्विदीर्यते मुहुमुहुस्तत्रत्या स्नायु-शोषिका शान्तिः।]

पाकस्थानीयाः सैनिकाः हिमगलितनखाः शैत्यजडीभूताः परिखासु मृतवच्छयाना दृश्यन्ते।

आदि दुर्गम स्थानों के शिविरों में निवास करके प्रतिदिन करोड़ों रुपए व्यय करते हैं।

दूसरा अधिकारी —राष्ट्रवाद का यह अपरिहार्य दोष है। यदि एक राष्ट्र है तो सीमा पर स्थित दूसरे राष्ट्र से शत्रुता का आचरण करेगा। यह राजनीतिक नियम है। जब तक संसार में राष्ट्रीयता की भावना रहेगी तब तक सुख-शान्ति खरगोश के सींगों की तरह दुर्लभ है। सीमावर्ती अमृत के पर्वत से भी विष बहेगा। तब फिर कारगिल का क्या कहना ?

युद्ध सेनानी — आप सत्य कहते हैं। दूसरा साधन भी क्या है ? सूझवान लोग ऐसा विचार करके कोई रास्ता न देखकर राष्ट्रवाद का अनुमोदन करते हैं।

दूसरा अधिकारी — क्या विश्व सरकार....

युद्धसेनानी — यह विश्व सरकार की स्थापना तो कल्पना विहार ही है। यदि सद्भाव हो तो राष्ट्रवाद में भी जर्मनी की तरह दोबारा एक हुए भारत और पाक की कारगिल जैसी समस्याओं का समाधान किया जा सकता है। (पर्दे में तोप की आवाज सुनाई देती है) वे दोनों ही तम्बू से बाहर निकल गए।

पट-परिवर्तन

स्थान — कारगिल

समय — मध्य रात्रि

[वातावरण को भयावह बनाने के लिए काला होता प्रकाश फेंकना चाहिए। अत्यधिक कम्पन से बढ़ती हुई ठण्ड 'साँय साँय की आवाज' हिमपात आदि उत्पात यहाँ दिखाने चाहिए। पृष्ठभूमि में भयोत्पादक संगीत सुनाई देता है। आकाश में बादलों के टकराने से बार-बार गर्जन होती है। (यहाँ कारगिल आदि स्थानों के बर्फ की अधिकता से नदी-नालों के चित्र दिखाए जाने चाहिए) गोलों से घायलों के चिल्लाने की आवाजों से बार बार वहाँ की स्नायु को शोषित करने वाली शान्ति विदीर्ण होती है।

पाकिस्तानी सैनिक बर्फ से गले हुए नाखूनों वाले ठण्ड से जड़ीभूत खाइयों में मृतकों की तरह सोये हुए दिखाई दे रहे

भारतीयवायुसेना पुरःस्थे गिरावाग्नेयास्त्रपातैस्तत्रत्य-शत्रु-शिविरस्थान् सैनिकान् जिघांसति, किन्तु कालगिरिस्थाः शत्रुसैनिकाः क्षुत्तृट्पीडिता अननुभूतभयाः शेरते। अपरपार्श्वे भारतीयसैनिकाः सेनाधिकारिप्रचोदिताः नायकेनादिष्टाः कथञ्चिच्छ-स्त्राणि गृहीत्वा पाकसैनिकान् हन्तुं शनैः शनैरुपसरन्तो दृश्यन्ते। तान् सन्निकटान् दृष्ट्वा पाकिस्थानसैनिका आपद्धौतकल्मषा अकुतोभया निःशस्त्राः सम्मुखीना भवन्ति, वदति च तेषामन्यतमः।]

पाकसैनिकः - (शयान एव) **भो शत्रो! चालय नलिकाम्। मां निहत्य स्वधर्मं पालय। शत्रुहस्तेन हतोऽहमपि 'बहिश्तं'** (स्वर्गं) प्रयास्यामि।

भा०सै०- त्वां त्वादृशं वा हन्तुमहमत्रागतः; किञ्च पूर्वमेव हतप्रायं त्वां कथमहं हन्याम्? अतस्त्वमेव मां जहि, स्वं राष्ट्रं प्रति स्वधर्मञ्च पालय। अहञ्चात्र व्यापादितो राष्ट्रं प्रति सैनिककर्तव्यं पालयिष्यामि।

पा०सै० - क्षुत्क्षामोऽहं भुशुण्डीं ग्रहीतुमप्यसमर्थः कथं त्वां हन्याम्! हत्वापि किं सिध्येन्मम राष्ट्रस्य? त्वं मच्चालित-नालीकेन विद्धो मरिष्यसि। अहञ्चानाहत एव मरिष्यामि। कालगिरिरजित एव स्थास्यत्यत्र।

भा०सै० - अप्रतीकारमशस्त्रं त्वां हत्वा मम, मद्राष्ट्रस्य चापकीर्तिमन्तरा किं भविष्यति? शस्त्रहीने बुभुक्षा-ग्रस्ते त्वयि शस्त्राघातः संस्कृतिविनाशाय। अस्माकं खाद्यपेय-सामग्रीः पाकसैनिका नाशयन्ति? युष्माकमस्मत्पक्षीयाः सैनिकाः। प्रतीयतेऽयं गिरिर्नाम्ना गुणेन च वस्तुतः कालगिरिः। (अत्र पुनरुभयपक्षीयैः शतघ्नीभ्य आग्नेयास्त्रप्रक्षेपो विधीयते। दूरदर्शने चित्राणि प्रदर्शनीयानि। पृष्ठभूमौ संहारकः संगीतध्वनिः श्रूयते।) **वयं सर्वेऽत्र नङ्क्ष्यामः।**

पा०सै० - सत्यं भणसि भद्र! तर्ह्यागच्छ, आवां

हैं। भारतीय वायुसेना सामने स्थित पर्वत पर बम वर्षा से वहाँ शत्रुओं के शिविरों में स्थित सैनिकों को मारना चाहती है किन्तु कारगिल स्थित शत्रु सैनिक भूख और प्यास से पीड़ित निर्भय सो रहे हैं। दूसरी तरफ भारतीय सैनिक सेनाधिकारी के कहने से नायक से आदेश पाकर किसी प्रकार शस्त्र ग्रहण करके पाक सैनिकों को मारने के लिए धीरे-धीरे समीप जाते हुए दिखाई दे रहे हैं। उन्हें समीप देखकर पाक सैनिक भयहीन शस्त्रहीन सम्मुख हो जाते हैं और उनमें से एक कहता है।]

पाक सै० — (सोए हुए ही) **मेरे दुश्मन, बन्दूक चलाओ। मुझे मारकर अपने धर्म का पालन करो। शत्रु के हाथ से मर कर मैं भी स्वर्ग जाऊँगा।**

भार०सै० — तुम्हें या तुम्हारे जैसे को मारने के लिए मैं यहाँ आया हूँ। किन्तु पहले ही मरे हुए को मैं कैसे मारूँ? इसलिए तुम ही मुझे मार डालो और अपने राष्ट्र के प्रति अपने धर्म का पालन करो। और मैं यहाँ मारा गया राष्ट्र के प्रति सैनिक कर्तव्य का पालन करूँगा।

पाकसै० — मैं भूख से व्याकुल बन्दूक उठाने में भी असमर्थ तुम्हारा वध कैसे करूँ? तुम्हें मार कर भी मेरे देश का क्या भला होगा? तुम मेरे द्वारा चलाई गोली से मर जाओगे और मैं बिना गोली के ही मर जाऊँगा और कारगिल यहाँ अविजित ही रहेगा।

भार०सै० — बिना प्रतिकार वाले तथा शस्त्रहीन तुम्हें मारकर मेरा और मेरे राष्ट्र का अपयश के अतिरिक्त क्या होगा? शस्त्र से रहित और भूख से पीड़ित तुम पर शस्त्र प्रहार संस्कृति पर प्रहार सिद्ध होगा। हमारी खाद्य-पेय सामग्री को पाक सैनिक नष्ट करते हैं। हमारे सैनिक तुम्हारी। ऐसा लगता है यह पर्वत नाम और गुण से वस्तुतः कालगिरि है। (यहाँ दोबारा दोनों पक्षों के सैनिकों द्वारा तोपों से बम वर्षा की जाती है। दूरदर्शन पर चित्र दिखाए जाने चाहिए। पृष्ठभूमि में संहारक संगीत ध्वनि सुनाई देती है) **हम सब यहाँ नष्ट हो जाएँगे।**

पाक सै० — भले आदमी, तुम सत्य कहते हो। तो

परस्परं मिलित्वा वसाव। अन्योऽन्यं शीतायमानै र्निजश्वासोच्छ्वासै र्विलीयमानान् प्राणान् पोषयितुं प्रयतिष्यावहे।

भा०सै० - नैव। न कश्चित्पाकसैनिकानां विश्वासः। बुभुक्षा त्वामद्य सौजन्यं पाठयति। त्वं तावदेव पठितं धारयिष्यसि यावत्सा नापसर्पति। गतायां तस्यां त्वं पूर्ववदेव हिंस्रो भविष्यसीति मे मतिः।

पा०सै० - (अपरं भारतसैनिकमवधानेन पश्यन्) प्रतिभासि यवनः? (शिरसा स्वीकुर्वति तस्मिन् भारत-सैनिकमुद्दिश्य) पश्य, सैनिकोऽयं मादृशो यवनः। त्वमेनं विश्वसनीयं मन्यसे माञ्च तद्विपरीतम्। राष्ट्रभेदादेवोत्थितैषा शङ्का, अन्यथा यथा भारतीयास्तथैव पाकीयाः। मन्ये पाकिस्थानं यवनराष्ट्रम्, किञ्च भारतेऽपि बहवो यवनाः सन्ति। भारतीयं यवनं त्वं सत्यवादिनं मन्यसे चेत्पाकयवनं कथन्न तथा मन्यसे?

(पुनः भारतीय यवनसैनिकमुद्दिश्य) किन्नामासि? क्व ते वसतिः?

भा०सै० - अलीगढ़वासी.... महमूदस्य पुत्रो मकबूलनामा।

पा०सै० - (ध्यानने पश्यति) अलीगढ़े करीमगंजे वससि किम्?

भा०सै० - आम्, आम्, किमनेन?

पा०सै० - मम पितृव्योऽपि महमूदोऽलीगढ़े निवसति। करीमगंज एव। त्वं मम भ्राता एव मकबूलोऽसि। (द्वौ परस्परं मिलतः। तदनन्तरं पूर्वोक्तं भारतीय सैनिकमुद्दिश्य) अहं विश्वासार्नहः, मम भ्रातासौ विश्वसनीयः?

भा०सै० - राष्ट्रस्य सामान्याचरणैस्तत्रत्य-जनस्याचरणं निश्चीयते। किं जातं कालगिरि-युद्धात्पूर्वम्। भारतप्रधानमन्त्री शान्तिं स्थापयितु-कामः पाकप्रधानमन्त्रिणा सहामिलत्। पाकीया

आओ, हम दोनों आपस में मिलकर रहते हैं। ठण्डे हो रहे अपने साँसों से एक दूसरे के विलीन हो रहे प्राणों को बचाने के लिए प्रयत्न करेंगे।

भार०सै० — नहीं। पाकिस्तानी सैनिकों का कोई विश्वास नहीं है। भूख तुम्हें आज सज्जनता पढ़ा रही है। तुम तब तक ही पढ़े हुए को धारण करोगे जब तक वह भूख दूर नहीं हो जाती। उसके मिट जाने पर तुम पहले की तरह ही हिंसक हो जाओगे, मैं ऐसा सोचता हूँ।

पाक सै० — (दूसरे भारतीय सैनिक को ध्यान से देखता हुआ) तुम मुस्लिम लगते हो। (सिर हिलाकर स्वीकार करते हुए उस भारतीय सैनिक से) देखो यह सैनिक मेरे जैसा मुस्लिम है। तुम इसे विश्वास योग्य मानते हो और मुझे उसके विपरीत। राष्ट्र की भिन्नता के कारण ही यह शंका उत्पन्न हुई है। नहीं तो जैसे भारतीय मुस्लिम वैसे ही पाकिस्तानी। मैं मानता हूँ कि पाकिस्तान मुस्लिम राष्ट्र है किन्तु भारत में भी बहुत से मुस्लिम हैं। यदि तुम भारतीय मुस्लिम को सत्यवादी मानते हो तो पाकिस्तानी मुस्लिम को वैसा क्यों नहीं मानते? (दोबारा भारतीय मुस्लिम सैनिक को संकेत करके) तुम्हारा नाम क्या है? कहाँ के रहने वाले हो?

भा०मु०सै० — मैं अलीगढ़ का रहने वाला महमूद का पुत्र मकबूल।

पाकसै० — (ध्यान से देखता है) क्या तुम अलीगढ़ में करीमगंज में रहते हो?

भा०सै० — हाँ, हाँ, इससे क्या?

पाकसै० — महमूद नाम वाले मेरे चाचा जी भी अलीगढ़ में रहते हैं। करीमगंज में ही। तुम मेरे भाई मकबूल ही हो। (दोनों आपस में मिलते हैं। उसके पश्चात् पूर्वोक्त भारतीय सैनिक से) मैं विश्वास करने योग्य नहीं हूँ और यह मेरा भाई विश्वास योग्य ?

भा०सै० — राष्ट्र के सामान्य आचरण से वहाँ के लोगों का आचरण निश्चित किया जाता है। कारगिल युद्ध से पहले क्या हुआ? भारत के प्रधानमन्त्री शान्ति स्थापित करने की इच्छा से पाक प्रधानमन्त्री के साथ मिले थे।

भारतीयाश्च बहवो जना हृष्टा आसन्; किन्तु पाकसैनिकैः सीमानमुल्लङ्घ्य कालगिरिर्धर्षितः। तेनाभवत्परितापपाको भारतपाकयोरघोषित आहवः। एतादृशैरुदाहरणैरेवाविश्वास आशङ्का चोद्भवतो वैयक्तिकसम्पर्केष्वपि, स्थास्यतश्च यावद् भारतं पाकिस्थानञ्च भिन्न-भिन्ने राष्ट्रे स्तः। अद्य म्रियमाणा अप्याप्राणान्तं वैरिणो वयम्।

पा०सै० - सत्यं भणसि राष्ट्रभेदो विग्रहं जनयतीति (भारतीययवन सैनिकमुद्दिश्य) आवां भ्रातरौ, किञ्च भिन्नराष्ट्रवासिनौ हन्तुमन्योऽन्यमत्र सम्प्राप्तौ। किञ्च जीविताववेवावां वैरिणो न च मृतौ। अद्य क्षुत्तृट्पीडिता वयं सर्वे मरणासन्ना निधनात्पूर्वं मिलामश्चेत्का हानिः?

भा०नायकः - वयं शत्रुष्वपि विश्वसिमः। मरणपर्वेदं मिलित्वैवास्वाद्यम् (सोऽग्रेऽग्र उपसरति। अन्ये तमनुसरन्ति। पाक-सैनिका अपि तथैवोपसरन्ति। मिलित्वा मिथो गर्तेषु विलीयन्ते। तत्र ते परस्परं लिहन्तो नवीभूत-क्षत-विक्षताङ्गेभ्यो रक्तबिन्दूँल्लिहन्ति, अन्योऽन्योष्मणा बलमर्जयन्ति च। भारतीयनायकः प्राप्तबलो बहिरागत्य तमनुसरता द्वितीयेन वार्तापरो दृश्यते।)

द्वि०सैनिकः - कथमागतोऽयनात्? किं चिन्तयसि?

नायकः - अहं शिविरसेनाध्यक्षाय वचनं दत्तवानस्मि — शत्रुसैनिकान् हनिष्यामीति।

द्वि०सै० - विश्वासघातो नाचर्यतेऽस्माभिः।

नायकः - तेऽपि प्राप्तबला योद्धुं समर्था अधुना। अहं सघोषगुलिकया घोषयामि युद्धं यथा पुरा शंखध्वानेनोद्घोष्यते स्म तत्।

द्वितीयः - यथा रोचते भवते।

(नायको युद्धाय कृतनिश्चय उच्चैर्ब्रूते)

बहुत से भारतीय एवं पाकिस्तानी प्रसन्न थे; किन्तु पाक सैनिकों ने सीमा लाँघ कारगिल पर हमला किया। उससे भारत और पाकिस्तान में अघोषित युद्ध हुआ। ऐसे उदाहरणों से ही व्यक्तिगत सम्पर्कों में भी अविश्वास और आशंका उत्पन्न होती हैं और जब तक भारत और पाकिस्तान भिन्न भिन्न राष्ट्र हैं तब तक रहेगी। आज मरणासन्न भी हम प्राण रहते शत्रु हैं।

पाकसै० — सत्य कहते हो। राष्ट्रभेद विग्रह पैदा करता है। (भारतीय मुस्लिम सैनिक से) हम दोनों भाई हैं किन्तु भिन्न राष्ट्र के निवासी एक दूसरे का वध करने के लिए यहाँ आए हुए हैं; किन्तु जीवित ही हम दोनों शत्रु हैं, मृत्यु होने पर नहीं। आज हम सब भूख-प्यास से पीड़ित मृत्यु के निकट यदि मृत्यु से पहले मिल जाते हैं तो क्या हानि है?

भार०सै० — हम शत्रुओं पर भी विश्वास करते हैं। यह मृत्यु का त्यौहार मिलकर मनाना चाहिए। (वह आगे आगे समीप जाता है। अन्य उसका अनुसरण करते हैं। पाक सैनिक भी वैसे ही समीप जाते हैं। आपस में मिलकर गड्ढों में विलीन हो जाते हैं। वहाँ पर वे परस्पर नये घावों से रक्त की बूँदों को चाटते हैं, एक दूसरे की ऊष्मा से बल अर्जित करते हैं। बल अर्जित किया हुआ भारतीय नायक बाहर आता है। अनुसरण करने वाले से बात करता दिखाई देता है)

दूसरा सैनिक — बंकर के भीतर से क्यों आए हो? क्या सोच रहे हो?

नायक — मैंने शिविर सेनाध्यक्ष को वचन दिया है कि शत्रु सैनिकों का वध करूँगा।

दूसरा सैनिक — हम विश्वासघात वाला आचरण नहीं करते हैं।

नायक — अब बल अर्जित करके वे भी युद्ध करने में समर्थ हैं। जैसे पहले शंखध्वनि से युद्ध की घोषणा की जाती थी वैसे ही मैं भी गोली की आवाज से युद्ध की घोषणा करता हूँ।

दूसरा — जैसा तुम्हें अच्छा लगता है। (युद्ध के लिए तैयार नायक ऊँचे स्वर में कहता है)

नायकः - भारतीय सैनिकाः! पाकसैनिकाश्च! शृणुत। मरणान्तानि वैराणीति कथ्यते। वयं तावन्मित्रवन्मिलिता यावद्वयं मृतप्राया आस्म। अधुना परस्परं मिलित्वा प्राप्तोष्माणो योद्धुं शक्नुमः, अतोऽहं युद्धं घोषयामि। स्वं स्वं शस्त्रास्त्रं गृहीत्वा बहिरागत्य युध्यध्वम्।

['अल्लाहो अकबर, पाकिस्तान ज़िन्दाबाद, जय जय महाकाल! जय जय काली, भारतमाता की जय' इत्यादिसिंहनादपुरस्सरं शस्त्रास्त्रसन्नद्धा उभयपक्षीयाः सैनिका बहिरागत्यव्यूहं विरच्य नलिकाचालनेन योद्धुं प्रारभन्त]

भविष्यद्बन्धुः - (प्रविश्य ध्वनिवर्धक-यंत्रेण प्रसारयति) विरम्यताम्, विरम्यतामाहवोऽयम्। नापेक्षितमधुना संख्यम्। (सर्वेऽवरुद्धा आगन्तुकं पश्यन्ति)

कश्चिदेकः - को भवान्?

भ०ब० - विश्वसर्वकारस्य महाचरो भविष्यद्बन्धुरहम्! कालगिरिरधुना विश्वस्यास्ति। भारतपाकयोरुभयोरपीति वक्तव्यम्।

अपरसैनिकः - कथं कथमिति? केनं स्थापितो विश्वसर्वकारः?

भ०ब० - संयुक्तराष्ट्रसङ्घेन विश्वसर्वकारः स्थापितः। अधुना भारतं पाकिस्तानञ्चैकस्यापि केन्द्रस्य प्रान्तद्वयमिव स्तः। सर्वे सैनिका अद्यावधि विश्वसर्वकारं सेविष्यन्ते प्रदेशाश्च भूभागाय न योत्स्यन्ते। केन्द्रसमितिस्तेषां कलहं समाधास्यति।

भा०सै० - ननु मण्डलस्यापि शासनं दुष्करं भवति, का कथा विश्वस्य?

भ०ब० - यथा केन्द्रेण प्रदेशाःशिष्यन्ते, तथैव विश्वसर्वकारः शासिष्यति राष्ट्राणि।

अन्यःसै० - सुदूराच्छासनमप्रभावि सेत्स्यति।

नायक — भारतीय तथा पाकिस्तानी सैनिको! सुनो, शत्रुता मृत्युपर्यन्त होती है — ऐसा कहा जाता है। हम तब तक मित्र की तरह मिले थे जब तक हम मरणासन्न थे। अब हम परस्पर मिलकर ऊष्मा प्राप्त करके युद्ध कर सकते हैं, इसलिए मैं युद्ध की घोषणा करता हूँ। अपने-अपने शस्त्रास्त्र लेकर बाहर आकर युद्ध कीजिए।

(अल्लाहो अकबर, पाकिस्तान जिन्दाबाद, जय जय महाकाल, जय जय काली, भारतमाता की जय, इत्यादि सिंहनाद से सामने शस्त्रास्त्रों से तैयार दोनों पक्षों के सैनिकों ने बाहर आकर व्यूह की रचना करके गोलियाँ चलाकर युद्ध प्रारम्भ किया)

भविष्यद् बन्धु - (प्रवेश करके ध्वनिवर्धक यन्त्र से) रोक दिया जाए, यह युद्ध रोक दिया जाए। अब युद्ध अपेक्षित नहीं है।

(सभी रुक कर आगन्तुक को देखते हैं)

कोई एक — आप कौन हैं?

भविष्यद् बन्धु — विश्व सरकार का महाचर मैं भविष्यद्बन्धु हूँ। अब कारगिल संसार का है। भारत और पाक दोनों का भी, ऐसा कहना चाहिए।

दूसरा सैनिक — कैसे कैसे? विश्व सरकार की स्थापना किसने की?

भवि०बन्धु — संयुक्त राष्ट्र संघ ने विश्व सरकार की स्थापना की है। अब भारत और पाकिस्तान एक केन्द्र के दो प्रान्तों की तरह हैं। आज के बाद सभी सैनिक विश्व सरकार का पालन करेंगे और प्रदेश के लिए युद्ध नहीं करेंगे। केन्द्रीय समिति उनकी कलह का समाधान करेगी।

भा०सै० — एक मण्डल का भी शासन कठिन होता है। विश्व पर शासन का क्या कहना?

भवि०बन्धु — जैसे केन्द्र द्वारा प्रदेशों पर शासन किया जाता है, वैसे ही विश्व सरकार राष्ट्रों पर शासन करेगी।

अन्य सै० — अधिक दूर होने पर शासन प्रभावहीन होता है।

भ०ब० - प्राविधिकी इत्थमुन्नताधुना यत्सुदूरादपि व्यवस्थाः कारयितुं शक्यन्ते। मगधाद्धयमारुह्य चिरेण तक्षशिलां सम्प्राप्य यदा शासनं क्रियते स्म, व्यस्तीतास्ते दिवसाः। अद्य क्षणादेव सन्देशाः सम्प्रेष्यन्ते। कतिपयघटिकास्वेव जना उड्डीय देशाद्देशान्तरं गन्तुं समर्थाः। आन्वीक्षिक्यादि-चतुर्विधं शासनं न दुष्करमीषदपि। राष्ट्राणां शिक्षा व्यापारादिसंघटनानि न दर्शयन्ति विश्वसर्वकारस्य भविष्यत्साफल्यम्? यूरोपीय राष्ट्रसंघोऽद्वितीयां मुद्रां स्वीकार्यार्थव्यवस्थाः करोत्येव। राष्ट्राद्राष्ट्रान्तरं गन्तुं नापेक्ष्यन्ते तत्राज्ञापत्राणि। भागांशव्यापारस्योच्चावचस्थितिः सामान्यं भजतेऽधुना।

नायकः - यदि कश्चित्प्रदेशाध्यक्षः केन्द्रशासनं न मन्यते चेत्कथं स दण्डयिष्यते?

भ०ब० - विश्वसर्वकारस्य सेना सेनाहीनं तं दण्डयिष्यति।

प्रश्नकर्ता - किं भविष्यति विश्व-विकासस्य?

भ०ब० - अर्थक्षेत्रे क्षेत्रीयस्वातन्त्र्येण विकासकार्येषु प्रोत्साहनं, रक्षा-व्यये ह्रासः, मुद्राप्रसारे नियन्त्रणं, हट्टे समरूपता, वित्तस्य सम्यग्विभाजनं, लाभांशस्य सम्यङ्निवेशः, सार्वजनिक-दायित्वमित्यादिभिर्विश्वविकासो निरन्तरं वृद्धिमेष्यति।

प्रश्नकर्ता- अभ्यासो दुर्निवारः कथं भिन्नं भिन्नं राष्ट्रं स्वसरणिं त्यक्ष्यति, नवीनाञ्च ग्रहीष्यति।

भ०ब० - अभ्यासोऽभ्यासेनैवापह्रियते। नैष चिन्ताविषयः। नवीना पद्धतिरभिभविष्यति पुराणीम्।

प्रश्नकर्ता - जगति समरूपता न तथाद्रियते यथा विविधता।

भ०ब० - स्वास्थ्यकरी विविधता

भवि०बन्धु — अब तकनीक ऐसी उन्नत है कि अधिक दूर से भी व्यवस्था की जा सकती है। मगध से घोड़े पर सवार होकर बड़ा समय लेकर तक्षशिला पहुँच कर जब शासन किया जाता था, वे दिन बीत चुके हैं। अब क्षणभर में ही सन्देश भेजे जाते हैं। कुछ घण्टों में ही लोग वायुयान से एक देश से दूसरे देश में जा सकते हैं। आन्वीक्षिकी[1] आदि विद्याश्रित चार प्रकार का शासन बिल्कुल भी कठिन नहीं है। राष्ट्रों के शिक्षा व्यापार आदि संगठन क्या विश्व सरकार की भावी सफलता नहीं दिखाते हैं? यूरोपीय राष्ट्र संघ समान मुद्रा स्वीकार करके अर्थव्यवस्था करता ही है। वहाँ एक राष्ट्र से दूसरे राष्ट्र में जाने के लिए आज्ञापत्र अपेक्षित नहीं हैं। भागांश व्यापार की उच्चावच स्थिति अब सामान्य हो रही है।

एक नायक — यदि कोई प्रदेशाध्यक्ष केन्द्रीय शासन को नहीं मानता है तो उसे किस प्रकार दण्ड दिया जाएगा?

भवि०बन्धु — विश्व सरकार की सेना उसे दण्ड देगी।

प्रश्नकर्ता — विश्व विकास का क्या होगा?

भवि०बन्धु — अर्थ के क्षेत्र में क्षेत्रीय स्वातन्त्र्य से विकास कार्यों में प्रोत्साहन, रक्षा व्यय में कमी, मुद्रा प्रसार पर नियंत्रण, बाजार में समरूपता, धन का ठीक प्रकार से विभाजन, लाभांश का ठीक प्रकार से निवेश, सार्वजनिक दायित्व आदि द्वारा विश्व-विकास निरन्तर वृद्धि को प्राप्त होगा।

प्रश्नकर्ता — अभ्यास छोड़ना कठिन है। कैसे भिन्न भिन्न राष्ट्र अपना मार्ग छोड़ेंगे और नया मार्ग ग्रहण करेंगे।

भवि०बन्धु — अभ्यास अभ्यास से ही दूर किया जाता है। यह चिन्ता का विषय नहीं है। नई पद्धति पुरानी को प्रभावित करेगी।

प्रश्नकर्ता — संसार में एकरूपता का वैसा आदर नहीं होता जैसा विविधता का।

भवि०बन्धु — विश्व सरकार में भी स्वस्थ विविधता

1. आध्यात्मिक तर्क 2. तीनों वेद 3. वार्ता 4. दण्डनीति

विश्वशासनेऽप्याद्रियिष्यते, किञ्च विषमता, सा चास्वस्था न सह्या। प्रकृतिः समरूपतामेव समर्थयति। भानुर्देशे देशे समानरूपेण दीव्यति। पवनो राष्ट्रसीमानमुल्लङ्घ्य सञ्चरति। ज्योत्स्ना भारतपाक-भेदं न जानाति। मेघा जले स्थले वा क्रमशः समकालं वा सर्वत्र वर्षन्ति। कार्यसुविधायै स्वार्थाय वा विरलसाधनो मनुष्यो धरित्रीं विभज्य शासनमकरोत्। अधुना वैज्ञानिकैरेतादृशो विकासः कृतो यत्समय-स्थानदूरता खर्वीभूता, तेन जातं विश्वं गोखुरसदृशम् (अत्र कथनानुसारं तत्तद्दृश्यं प्रदर्शनीयं दूरदर्शने।)

प्रश्नकर्ता - संसारे विभिन्नधर्माः सन्ति। समानधर्माणः संयुक्ता इतरधर्मिभ्योऽसंयुक्ता दृश्यन्ते। कथं नानाधर्मात्मके जगति विश्वसर्वकारः स्थातुं शक्नोति ?

भ०ब० - धर्मो व्यक्तिपरकः साधनामार्गः। न तस्य शासनेन साक्षात्सम्बन्धः। तथापि विकृतिं गते तस्मिन् शासकानां धर्मो धर्मान्तरानभिभवति। शासने धर्मस्य प्राधान्यं तदैव दर्शयिष्यते यदा धर्मपरकाणि राष्ट्राणि स्युः। विश्व-सर्वकारे धर्मा वैयक्तिकसाधनाय भविष्यन्ति। दुर्जनतोषन्यायेन धर्मस्य सत्ता शासनेऽवश्यंभाविनी मन्यते चेद् विभिन्नधर्मेभ्यः सारभूतानि तत्त्वानि संगृह्य विश्वधर्मो निर्मातुं शक्यते। असौ धर्म आत्मोन्नत्यै न तु कलहाय।

प्रश्नकर्ता - संसारे विविधा भाषाः सन्ति। कां भाषामवलम्ब्य विश्वशासनाधिकारिणः परस्परं मिलिष्यन्ति ? मिलनमनिवार्यं न मन्यते चेदसंयुक्ता कथं शासनं करिष्यन्ति ?

भ०ब० - सर्वैर्मिलित्वा द्वित्रभाषाः शासनभाषा विनिश्चत्य ताभ्योऽन्यभाषोपभाषाभ्यश्चोपयो-गिशब्दान् संगृह्यैका राजभाषा निर्मेया। तस्याः

आदर पाएगी किन्तु अस्वस्थ विषमता सहन करने योग्य नहीं है। प्रकृति एकरूपता का ही समर्थन करती है। सूर्य प्रत्येक देश में समान रूप से चमकता है। हवा राष्ट्र की सीमाओं को लाँघकर बहती है। चाँदनी भारत एवं पाक राष्ट्रभेद नहीं जानती है। बादल जल में या स्थल पर क्रमशः या एक ही समय में सब जगह जल बरसाते हैं। कार्यों की सुविधा के लिए अथवा स्वार्थ साधन के लिए कम साधनों वाले मनुष्यों ने पृथ्वी का विभाजन करके शासन किया। अब वैज्ञानिकों ने ऐसा विकास किया है कि समय और स्थान की दूरी बौनी हो गई है। इससे संसार गोखुर के समान बहुत छोटा हो गया है। (यहाँ कथनानुसार दूरदर्शन पर वैसा-वैसा दृश्य दिखाना चाहिए)

प्रश्नकर्ता — संसार में विभिन्न धर्म हैं। समान धर्म वाले संयुक्त तथा दूसरे धर्म वालों से अलग दिखाई देते हैं। कैसे भिन्न भिन्न धर्मों वाले संसार में विश्व सरकार ठहर सकती है ?

भवि०बन्धु — धर्म व्यक्तिपरक साधना का मार्ग है। उसका शासन के साथ सीधा सम्बन्ध नहीं है। फिर भी उसके विकृत हो जाने पर शासकों का धर्म अन्य धर्मों को दबाता है। शासन में धर्म की प्रधानता तभी दिखाई देगी, जब राष्ट्र धर्मपरक हो। विश्व सरकार में धर्म वैयक्तिक साधन के लिए होंगे। यदि दुर्जन-तोष न्याय से धर्म की सत्ता शासन में अवश्यम्भावी मानी जाती है तो विभिन्न धर्मों से सारभूत तत्त्व लेकर विश्वधर्म का निर्माण किया जा सकता है। यह धर्म आत्मोन्नति के लिए होगा, लड़ाई-झगड़े के लिए नहीं।

प्रश्नकर्ता — संसार में विविध भाषाएँ हैं। किस भाषा के माध्यम से विश्व सरकार के अधिकारी आपस मे मिलेंगे। यदि मिलना अनिवार्य नहीं माना जाता है तो अलग अलग शासन करेंगे ?

भवि०बन्धु — सभी मिलकर दो-तीन भाषाएँ शासन भाषा के रूप में निश्चित करके उनसे तथा अन्य भाषा और उप-भाषाओं से उपयोगी शब्दों का संग्रह करके

कम्प्यूटर-साहाय्येनानुवादोऽभीष्ट भाषायामेवोत्तराणि च लप्स्यन्ते। इत्थं भाषाभेदो विश्वसर्वकारशासने नान्तरायः।

[सर्वे स्वशिरश्चालनेन भविष्यद्‌बन्धोरनुशासनं स्वीकुर्वन्तः संग्रामाद्विरमन्ति। तदैव भारतपाकयोस्तत्रत्यसेनाधिकारिणौ स्ववरीयसोऽधिकारिणो दूरभाषेण संदिष्टादेशं शृणुतो यञ्च तौ श्रावयतः]

पा०से०अ० - नाधुना योद्धव्यम्। विश्वसर्वकारः स्थापितो राजनीतिविशारदैः राष्ट्राध्यक्षैः। प्रेष्यते भक्ष्य-भोज्य-प्रेयसामग्री। सानन्दं भुक्त्वा पीत्वा च प्रत्यावर्तध्वं मुख्य-शिविरमित्यादेशः।

भा०से०अ० - आदिष्टोऽहं युद्धं विरमयितुम्। वयं सर्वे निवर्तिष्यामहे स्वशिविरं सद्यः सम्प्राप्यमाणं भोजनं भुक्त्वा।

[अम्बरे लघु वायुयानयोर्घरघरध्वनिः श्रूयते, पतति च भक्ष्यपेयसामग्री। सर्वे सानन्दं भुक्त्वा पीत्वा परस्परं विश्रब्धदृष्ट्यावलोकयन्ति। पूर्वस्यां दिशि सवितुर्मयूखाः शनैः शनैर्वर्धमानास्तेषां शैत्यमपहरन्ति।]

भविष्यद्‌बन्धु - रात्रिर्गता। प्राच्यामुदितस्य भानोर्मयूखानामूष्मणा कालगिरेर्हिमानी विगलितास्मात् प्रभवता जलेनोपत्यकां सेक्ष्यति। इत्थं जीवनदायिशस्यादिसमृद्धिभिरेष स्वप्रजाः पालयिष्यति। नाधुनासौ कालगिरिः। अद्यावधि गिरिरयममृतगिरिनाम्ना ख्यातिमेष्यति। अधुना (स गायति, अन्ये तमनुकुर्वन्ति)

पाकं वदेद् भारतञ्चापि ब्रूयात्।
अमृतगिरिरसावस्मदीयोऽस्मदीयः॥
अभिन्न-सत्तात्मकशासनं चेद्
विश्वं वदेत्कालगिरिर्मदीयः॥

सूत्रधारः - (प्रविश्य) हृष्टोऽस्मि ससामाजिकोऽहं युष्माकमभिनयैः।

राजभाषा का निर्माण हो। उसके कम्प्यूटर की सहायता से अनुवाद और अभीष्ट भाषा में उत्तर प्राप्त होंगे। इस प्रकार भाषाओं की भिन्नता विश्व सरकार के शासन में विघ्न नहीं है।

(सभी अपना-अपना सिर हिलाकर भविष्यद्-बन्धु का अनुशासन स्वीकार करते हुए संग्राम से विराम लेते हैं। तभी भारत और पाक के वहाँ स्थित सेनाधिकारी अपने वरिष्ठ अधिकारी के टेलीफोन से प्राप्त आदेश को सुनते हैं और दोनों को सुनाते हैं)

पा०से०अ० — अब युद्ध नहीं किया जाए। राजनीतिज्ञों और राष्ट्राध्यक्षों ने विश्व सरकार की स्थापना की है। खाद्य-पेय सामग्री भेजी जा रही है। आनन्दपूर्वक खा पीकर मुख्य शिविर में लौट आओ- ऐसा आदेश है।

भा०से०अ० — मुझे युद्ध विराम के लिए आदेश प्राप्त हुआ है। हम सभी अभी अभी पहुँची हुई खाद्य सामग्री को खा-पीकर अपने शिविर को लौट जाएँगे।

(आकाश में छोटे हवाईजहाजों की घर्‌घर् की आवाज सुनाई देती है और खाद्य-पेय सामग्री मिलती है। सभी आनन्दपूर्वक खा-पीकर विश्वास की दृष्टि से देखते हैं। पूर्व दिशा में धीरे-धीरे बढ़ती हुई सूर्य की किरणें उनकी ठण्ड दूर करती हैं।)

भवि०बन्धु — रात्रि व्यतीत हो चुकी है। पूर्व दिशा में उदय हुए सूर्य की किरणों की गर्मी से कारगिल की अत्यधिक बर्फ पिघल गई है। इसका जल घाटी को सींचेगा। अब यह कालगिरि नहीं है। अब से यह पर्वत अमृतगिरि के नाम से प्रसिद्ध होगा। (अब वह गाता है। अन्य उसका अनुसरण करते हैं)

पाकिस्तान कहे और भारत भी कहे कि यह अमृतगिरि हमारा है, हमारा है। यदि सबकी एक सरकार हो तो सारा विश्व कहे कि कालगिरि (कारगिल) मेरा है।

सूत्रधार — (प्रवेश करके) मैं तुम्हारे अभिनय से प्रजा सहित प्रसन्न हूँ।

एकः - श्रीमता यथानियुक्ता वयं नाट्यमकुर्म, परमियं शङ्का बाधते मामद्यापि किमुद्दिश्य तत्रभवता कालगिरौ भारतपाकयोरेतद्द्वितीय-मनागतं संख्यमाकल्प्य वयं नाट्यकर्मणि नियोजिता इति।

सूत्रधारः - विश्वसर्वकारसंस्थापनार्थमेतादृशस्य युद्धस्यावाहनमपेक्षितमिति मत्वा यूयं सर्वे मयात्राहूताः। क्षन्तव्योऽहं तदर्थम्। अहमपि महासूत्रधारेण नियुक्तस्तस्यादेशं शिरसा वहामि। अस्तु,सुखान्तं कष्टमनुभूय यूयं सर्वे मया सह गायतेदम् :—

विश्वगीतम्

चतुर्महाजलधिभ्यो मेघः पयो गृहीत्वा सिञ्चेत्
सर्वोऽपि जनोऽखिलविश्वस्य महाभिषेकं रचयेत्॥
जनिः सफलतां गच्छेत्॥

गोलार्द्धद्वयगता महाद्वीपैशिया-अफ्रिका।
योरोपोऽमेरिके उभे आस्ट्रेलिया-अण्टार्क्टिका॥
विदिताविदितं ग्रहनभो भुवं स्वर्गोपमं कारयेत्
आविष्कारै-र्नवै-र्मानवः सुविधाः सुखान्यानयेत्॥
जय जय मानव! जय जय मानव! जनःस्वविजयं रसयेत्।
विश्व-चेतना दीव्येत्॥

बुद्ध-मुहम्मद-ईसा-ऋषि-मुन्यादिसतां शुभवाणी,
केवल एवाद्वितीय ईशो वर्ण्यः पृथगभिधानी।
संग्राह्यः सारो धर्मेभ्यः शाश्वतधर्मः प्रभवेत्।
त्यक्त्वा लघु लघु नाम जनः स्वं मानवनाम्ना प्रथयेत्।
जय जय मानव! जय जय मानव! पथां प्रभेदो नश्येत्।
जनः सरलतामिच्छेत्॥

अस्त्येका जननी जगती नो यद्यपि विविधा भाषाः
स्वार्थैक्यं चेत्सर्वेषां नहि योत्स्यन्ते भुव आशाः।
विश्वनागरो भूत्वा मनुजो युद्धं गर्ते कीलेत्।
भेदानखिलसमस्याजातान् वार्तालापैः सीव्येत्।
जय जय मानव! जय जय मानव! विश्वविधानं प्रसरेत्।
जनः समोदं जीवेत्॥

एक — श्रीमान जी, हम सबको जिस कार्य के लिए नियुक्त किया था हमने वैसा अभिनय किया। किन्तु मुझे आज भी वह शंका सता रही है कि क्या सोचकर श्रीमान जी ने कालगिरि पर भारत और पाक की इस दूसरे अनागत युद्ध की कल्पना करके हमें नाट्यकर्म में नियुक्त किया।

सूत्रधार — विश्व सरकार की स्थापना के लिए ऐसे युद्ध का आवाहन अपेक्षित मानकर तुम सबको मैंने यहाँ बुलाया था। इसके लिए मुझे क्षमा करें। महा सूत्रधार ने मुझे भी जिस कर्म में नियुक्त किया मैं उसके आदेश को शिरोधार्य करता हूँ। अच्छा, सुखान्त कष्ट को भोगकर तुम सब मेरे साथ यह गाओ।

विश्वगीत

चारों महासमुद्रों से जल बादल भर भर लायें
मिल जुल कर इस अखिल विश्व का महाभिषेक रचायें
जीवन सफल बनायें॥

महाद्वीप गोलार्द्ध उभयगत अण्टार्क्टिका, एशिया
अफ्रीका, दोनों अमेरिका योरोप आस्ट्रेलिया
ग्रह भी विदिताविदित व्योम के भू को स्वर्ग बनायें
नये नये आविष्कारों से पायें सुख - सुविधाएँ
जय जय मानव, जय जय मानव, मानव विजय मनायें
जीवन सजग बनायें॥

बुद्ध, मुहम्मद, ईसा, ऋषि-मुनि-सन्तों की यह वाणी
विविध नाम धर एक ईश की महिमा जगत् बखानी॥
सभी धर्मों से सार ग्रहण करके शाश्वत धर्म बनायें
अपने लघु लघु नाम भुलाकर मानव ही कहलायें
जय जय मानव, जय जय मानव, पथ के भेद मिटायें
जीवन सरल बनायें॥

धरती एक हमारी जननी यद्यपि हैं बहुभाषी
एक सभी का स्वार्थ बने, क्यों टकरायें भूवासी
बने विश्व नागरिक अभय हों, युद्धों को दफनायें
सभी समस्यायें बातों से आपस में निपटायें
जय जय मानव, जय जय मानव, जग विधान अपनायें
जीवन सुखद बनायें॥

कालगिरि-समीक्षा

'नाटकान्तं कवित्वम्', इत्यभिरूपोक्तिः सर्वथा याथार्थ्यं भजते। दिवानिशं लवणेन्धनादिचिन्तातान्तस्य जनस्य विश्रमाय मनोरञ्जन-साधनं किमप्यपेक्ष्यत एवेत्यस्मिन् विषये नास्ति संशीतिलेशः। तत्र सुरुचिमतां विदुषां कृते शिष्टमुत्कृष्टञ्च साधनं वरीय इति कृत्वा केनापि विपश्चिता- 'काव्यशास्त्र-विनोदेन कालो गच्छति धीमताम्। व्यसनेन तु मूर्खाणां निद्रया कलहेन वा' इति निरूपितम्। काव्येषु च वामनानुसारेण सन्दर्भेषु दशरूपकात्मकं श्रेयः। अभिनवगुप्त-दिशा च रूपकात्मकं दृश्यमेव वस्तुतः काव्यम्। अन्यत्तु गौणमेव। रूपकेषु हिं लोकवृत्तानुकरणात्मकेषु जन आत्मनोऽनुभवानेव साक्षात्कुरुते, अतः कविकुलगुरुणा कालिदासेन 'नाट्यं भिन्नरुचेर्जनस्य बहुधाप्येकं समाराधनम्।' इति शब्दैः प्रशस्तं तत्। चिरन्तनात्कालात् संस्कृते तत एव कवीनां रूपकसर्जने विशेषेण प्रवृत्तिर्वतते। वर्तमाने च समये सत्स्वपि चलचित्र-दूरदर्शनप्रभृतिषु मनोरञ्जन-साधनेषु विविधभाषासु रूपकाणि विरच्यन्ते प्रयुज्यन्ते च यथावसरम्।

संस्कृतस्य विरलप्रचारेऽपि प्रस्तुते कालेऽन्यविधाभिः सह रूपकाणि तस्यां गिरि रच्यन्ते प्रकाश्यन्ते चापि। महालिगशास्त्रि-वग्गुवकुल-वेङ्कटराघवनजीवन्यायतीर्थप्रभृतयोऽनेके साहित्यकृतस्तत्र क्षेत्रे लब्धकीर्तयः। तस्यां परम्परायां ख्यातनामा पाण्डेयोपाह्वो डॉ० मथुरादत्त-महाभागोऽपि प्रतिष्ठास्पदं यस्य नूतनो रूपकसंग्रहोऽयं नाम्ना 'कालगिरिः (कारगिल)' इति विदितः सम्प्रति साहित्यरसिकाणामास्वादार्थं प्रस्तूयते। हिन्दीभाषायां संस्कृतगिरि च स्फुरितकाव्यप्रतिभोऽयं विद्वान् 'पल्लवपञ्चकम्' 'द्यावापृथिवीयम्' इति प्रकाशितचराभ्यां नाट्यसंग्रहाभ्यां सहृदयैर्विदितचर इति न वक्तव्यं स्यात्। पञ्चबाणस्येवास्यापि मन्ये पञ्चसंख्यायामस्ति कश्चनाभिनिवेशो यन्नूतनतम एषोऽपि संग्रहो रूपकपञ्चकमेवात्मनि कलयति। निरन्तरव्यापिजीवन-संघर्षे व्यापृतस्य जनस्य क्वाद्य महानाटकादि - दीर्घकालापेक्षिविस्तृतनाट्यप्रेक्षणावकाश इति सर्वस्मा एवैकाङ्कमेव रूपकं रोचते, अतो लेखकोऽयं लोकरुचिमनुरुन्धानस्तत्रैव साभिनिवेशः। सहृदयहृदयानन्दनिष्यन्दो रस एव साहित्ये सकलप्रयोजनमौलिभूत इति पुरातनी साहित्य-सिद्धान्तसरणिः। संघर्षात्मके जीवने द्वन्द्वात्मकोऽन्यतमभावप्रकर्षः पाश्चात्यसमीक्षादृष्ट्या नाट्ये प्रस्तोतव्यविषयः। युगप्रवृत्त्या प्रायेण कविर्व्यवहरतीति कृत्वा प्रकृतलेखकोऽपि तमेव पन्थानमनुसरति।

गतः स कालो यदा धार्मिको भावो ग्रन्थकृतां हृदयभूमिं प्राधान्येनास्पृशत्। वर्तमानं युगं तु बौद्धिकं सामयिके जीवने निहितदृष्टिः, अतः प्रस्तुतसंग्रहप्रणेता भावबीजतया स्वरूपकेषु तादृशानेव सामाजिकान् प्रश्नान् प्रस्तोतव्यत्वेन विचिनोति।

अस्मिन् संग्रहे प्रथमं रूपकं 'अहो! सापत्न्यं कवितावनितयोः' इति शीर्षकाङ्कितम्। अस्य भावबीजं शीर्षकेणैव स्फुटीभवति। समाजे केचन यथार्थजीवनं प्रत्युदासीनाः सन्तः केवलं कविताप्रणयने सरागाः। परं कल्पनालोकविहारिणी यथार्थं जीवनमस्पृशन्ती कविताऽमरवल्लरीवाऽस्पृष्टभूमिः परस्कन्धाश्रिता

न पुष्टिमश्नुते। अक्षयाज्जीवनकोशादुपादानानि गृह्णती तु सुतरां पल्लविता पुष्पिता च भवति। अभिनवयौवनलावण्यादिकमनीयां काञ्चन रमणीमालम्ब्य प्रणीता कविता भावादिपरिपोषेण चिरस्थायिप्रभावा भवेदपि, निराश्रया तु न। तथैव यथार्थलोकवर्तिन्यां कामिन्यां सरागो जनो भावातिरेकात् कविरपि संभवति। परं केवला तस्य रागवृत्ति र्न सर्वदा नारीमावर्जयितुं सुक्षमा। सा पुरुषं कामयते यस्तामसाधारणैर्गुणैर्वशीकर्तुं प्रभवेन् न तु दासम्। अतिभोगासक्तिरकर्मण्यता च तां सर्वथा विरञ्जयतः। रूपकस्य प्रधान-पात्रे शीतल-परिमलावनयोः प्रवृत्त्योः प्रतीके। प्रथमः कल्पनालोकविहारी केवलं काव्य-लोके मग्नो जीवनस्य याथार्थ्यं प्रत्युदासीनः। स सुवृत्तया पतित्वेन वृतः कन्यकाया जनकोऽपि सन् न नार्या यथार्थरूपं परिचिनोति, स्व-कर्तव्यं प्रत्यजागरूकः कवितायां सरागोऽपि तस्या अवलम्बनं प्रत्युदासीनस्तस्या अपेक्षाश्चोपेक्षमाणस्तया त्यत्यते।

सैव स्थितिः कामिन्याः सौन्दर्याभिरामे वपुषि सरागस्य परिमलस्य। स कविताया वस्तुस्वरूपेणाऽसंस्तुतस्तां निन्दति, तस्या आलम्बनमात्रे नारीशरीरे सरुचिर्न तस्या आन्तरं स्पृशति।

अस्य रूपकस्य भाषा विषयानुसारं नितरां मसृणा। आरम्भे केवलो वाचिकोऽभिनयः किमपि वैरस्यं जनयति। रूपकस्य प्रणेता स्वयं कुशलोऽभिनेताऽपि, ततस्तदनुरूपं रंगविधानं निर्दिशति। नाट्यशिल्पे पाश्चात्यनाट्यशिल्पप्रभावो निर्देशादिभिः स्फुटः। एकाङ्कमपि दृश्य-पञ्चके विभक्तम्। मञ्चस्य भूमिद्वये विभागः पुराणेषु वेणीसंहारमुद्राराक्षससदृशेषु नाटकेष्वपि दृष्टचरः, परमत्र नवया विधया प्रस्तुतः। अद्यतनानि रूपकाणीव विरलपद्यतया नेदं रूपकं दर्शकोद्वेजकम्। नवनाट्यशैल्यां रूपकेषु संघर्षः प्रायेण रूपकान्ते शिथिल आघातश्च प्रस्तूयेते। तदुभयमप्यत्र वर्तते।

प्रायश्चित्तम्— इदमस्य संग्रहस्य द्वितीयं रूपकम्। एतत्कतिचिद् वर्ष-पूर्वं पञ्चापराज्ये पृथक् खालसाराष्ट्र-संस्थापनायातिवादिभिः प्रवर्तितं सशस्त्रमान्दोलनमधिकृत्य निर्मितम्। अत्रैक आतङ्कवादी जनप्रीतसिंहः सहचरेणामरसिंहेन जिंघासितमपरं हिन्दुं स्व-प्रतिवेशिनं रिरक्षिषति। अपरस्तु हिन्दुमात्रस्य वधं लक्ष्यं मन्यते। जयसिंहनामाऽन्योऽपि शिष्यस्तत्र तिष्ठति। तत्रत्यसंवादेन ज्ञायते यत्ते आतङ्कवादिनो वस्तुतः पाकिस्तानसदृशभारतारिभिरुपजप्तानां स्वार्थसिद्धिरतानां पृथक् खालसाराष्ट्रप्रतिष्ठाया आकर्षकेण घोषेण जनान् प्रलोभयतां शिष्यनेतृणां संमोहन-जाले निपतितास्ते हिंसामार्गं तमशिश्रियन्। वृत्तिकार्श्येन लक्ष्यहीनास्ते शिष्य-युवानः खालसाराज्यस्थापनाद्वारेण भारतविखण्डनं कांक्षतः पाकिस्तानशासनस्य यन्त्रतामगच्छन् इति तथ्यं रूपकप्रणेत्रात्र स्फुटीकृतम्। परम् आतङ्कवादस्य तस्य प्रसारेऽन्यन्मूलं लेखकेन संभवतो विस्मृतं यत् कैश्चन भ्रष्टचरितैर्नेतृभिरारक्षिकाधिकारिभिश्च विप्रकृता निरागसो जनाअपि प्रतिशोधकामनया तत्पथपथीना अभवन्। शिष्यधर्मानुयायिनमपि जनप्रीतसिंहं कामायमाना हिन्दुकन्या लता पितृघातकत्वेन तं न्यक्करोति। तस्मात्पथो विरज्यमानं तममरसिंहो गुलिकया हन्ति। पूर्वमनेकेषां हिन्दूनां हन्तापि स स्व-प्रतिवेशिरक्षण-प्रयत्ने जीवनं प्रयच्छन् पाप्मनः प्रायश्चित्तं करोति।

इत्थं रूपकस्यास्य कथावस्तु सर्वथा सामयिकम्। पात्राणां कल्पितत्वेन कथ्यं तु यथार्थमेव। लताया जनप्रीतसिंहेन सह रागस्य शिथिलस्पर्शेन, भगिन्याः सुरेन्द्रकौरस्य तं प्रति भ्रातृस्नेहस्य प्रदर्शनेन च भावुकतायां सत्यामपि न तस्या विकासो भवति। अस्मिन् रूपकेऽभिनयस्य प्राधान्यं संवादानाञ्च सौजस्कत्वं वर्तते। जनप्रीतस्य बलिदानेन लताया मनश्च तं प्रति शुध्यति; परं तस्य मृत्युनाऽऽघातोऽपि लक्ष्यते। मूलतोऽभिन्नयोरपि हिन्दू-शिष्यसमाजयोर्मध्ये वैरोत्पादनं कृत्रिमं स्वार्थसाधकानां नेतृणां दुर्नीतेरेव

फलमिति तथ्यं रूपक-प्रणेत्रा प्रस्तुतम्।

अग्रे 'अक्षि-परिचयः' इति संज्ञया तृतीयं रूपकम्। शिल्पदृष्ट्या विवरणात्मकं तत्। कतिपयान् दृश्यमात्रात्मकान् सन्दर्भान् श्रव्यान् विधायैकाङ्कमिदं ध्वनिरूपकं सद् आकाशवाण्याः साफल्येन प्रसारयितुं शक्यते।

सोमदत्तनामा कश्चन युवा दुर्घटनाग्रस्तो हर्षवर्धनामकस्य गर्त (कार) चालकस्य नेत्राभ्यां तस्याक्षिगोलकयोः प्रत्यारोपिताभ्यां पश्यति। तत्रैव चिकित्सालये शिरोवेदनायाश्चिकित्सायै स्थिता कीर्तिनाम्नी गर्तचालकपत्नी सोमदत्तस्याक्षिणी वीक्ष्य तस्मिन् स्निह्यति। सोमदत्तश्चाघातेन विस्मृतपत्नीकस्तस्यां सरागो जायते। तस्य पत्नी पम्पा तु परकीयां प्रति तदीयमनुरागं न सहते। परं चिकित्सकानां संवादेन वस्तुघटनायां ज्ञातायां तस्या ईर्ष्यावृत्तिर्लोपं गच्छति। एतावदस्य कथावस्तु।

अस्मिन् रूपके प्रणेत्रा वर्तमानवैज्ञानिकयुगानुरूपा मनोवैज्ञानिकी समस्या प्रस्तुतेति समस्याप्रधानमिदम्। सर्वथाऽभिनवं मौलिकं च कथावस्तु। तस्य विकासः सूत्रधारकृतटिप्पण्या संवादेन च भवति। परं यत्र तत्र प्रणेता मूकाभिनयं प्रकाशप्रक्षेपणागमननिर्गमनं सूचनं च निर्दिशति। रूपकप्रणेतुरयं संस्कृतनाट्यप्रणयने नवः प्रयोग इति स्वीकरणे तु न कश्चन सङ्कोचः। अत्र कथानकं जटिलं कौतुकजनकं च, विज्ञानयुगे असंभवत्वेन प्रतीयमानमपि बहुधा यन्त्रैः संभवति। विशेषस्तु वस्तुनः प्रस्तवने। तत्र च रूपकप्रणेता जागरूक इति रूपक-परिशीलनेन स्फुटमेव।

चतुर्थं रूपकं 'जीवन्मृतः' इति संज्ञितमापाततो विरुद्धार्थं प्रतीयमानमपि भ्रष्टाचारप्रचारचरिते युगेऽस्मिन् यथार्थमेव प्रस्तौति यत्र जीवन्नपि जनो विरोधिना मृतो घुष्यते। न्यायालये जीवितः प्रस्तुतोऽपि न्यायाधीशेन स न तथा मन्यत इति रूपकद्वारेण शासने वर्तमानस्य भ्रष्टाचारस्य प्रथिमा साधु प्रस्तुतः। अतत्त्वविदामयमाक्षेपो यत्संस्कृतसाहित्यमादर्शप्रधानं सद् यथार्थजीवनपराङ्मुखमेवेति रूपकैरेतादृशैः प्रलापमात्रं सिद्ध्येदिति निश्चप्रचम्।

पञ्चममन्त्यं च रूपकं कालगिरिसंज्ञम्। गतवर्षस्य निदाघकाले काश्मीरराज्योत्तरदिशि वर्तमान कालगिरि (कारगिल) नाम पर्वतीयक्षेत्रे पाकिस्तानसैनिकैश्छलेन तदपहरणयत्नः कृतस्तस्य परिणतिश्चघोषितभारतपाकयुद्धे जातेति विश्वस्य विदितमिदम्। तदेव घटनाचक्रमाश्रित्य रूपकमिदं प्रणीतम्। गिरिरयं हिमानीग्रस्ततया शैत्याधिक्येन योद्धॄणां महतीं संख्यां कालकवलतामनयद् इति सत्यमाश्रित्य प्रणेत्रा भाषाविज्ञानस्य ध्वनिव्यत्ययरूपं ध्वनिपरिवर्तनाख्यं च नियममनुसरता यथार्थेन कालगिरिनाम्ना प्रस्तुतः। प्रायेण युद्धानि राजनयिकानामधिकारलिप्साया आत्मप्रभावजननैषणायाश्च प्रतिफलानि येषां परिणतिः सैनिकै र्नागरिकैश्चानुभूयते। एतत्सत्यं प्रणेत्रा भारतीय-पाकिस्तानीयसैनिकानां संवादद्वारेण प्रकाशितम्। पाकिस्तानीयसैनिकेषु क्रौर्यस्य सहजद्वेषस्य च भारतीयेषु तु कृपालुताया औदार्यस्य च स्थितिरपि प्रदर्शितैव। साहित्यस्य सत्यं संभावितमितिहासस्य च घटनात्मकमिति सर्वैरपि मनीषिभिरंगीकृतम्। आधुनिके युगे विश्वस्मिन्नपि विश्वे युद्धानां सर्वथा अभावं लक्ष्यीकृत्य संयुक्तराष्ट्रसंघस्य स्थापना जाता यत्र वर्चस्वं साम्राज्यवादिनां ब्रिटेन-अमेरिका-चीन प्रभृतीनां राष्ट्राणाम् इति कठोरे सत्येऽपि सति समग्रस्य विश्वस्यैकमात्रशासनस्य स्थापना मूललक्ष्यरूपेण स्थिता वर्तते। तेषामाचारितानि चैतद्-विपरीतानि- इति यथार्थस्य प्रकाशे सा गन्धर्वनगरोपमा प्रतिभाति। परं साहित्यसंभावना कदाचिद् यथार्थापि सिध्यतीति प्रस्तुतरूपकप्रणेत्रा विश्वसर्वकारस्थापनया युद्धस्यावसानं पर्वतस्य चामृतगिरिरिति संज्ञाकरणं संभावितम्।

इदं रूपकं प्रकाशक्षेपणशतघ्न्याद्याग्नेयप्रयोगजनित ध्वनिविशेषप्रस्तवनादीनि वस्तूनि सामान्यरङ्गमञ्चे दुर्दर्शान्यपि चलचित्रेषु दूरदर्शने च साधु प्रस्तोतव्यानीति कृत्वा दूरदर्शनार्थं प्रणीतम्। अतो दृश्ययोजनाश्च तदनुकूला एव कृताः। अपि नाम दूरदर्शनाधिकारिणः संस्कृतगिरि साधुवादाः सन्तो रूपकस्यास्य प्रस्तवने सरुचयः स्युरिति भविष्यमेव सूचयिष्यति। परं प्रणेतुः प्रयोगस्तत्र प्रस्तुता चादर्शभावना सर्वस्यापि विश्वस्याभिनन्दनीयेति न विवादास्पदम्।

वैज्ञानिकोपकरणानां प्रयोगेण दृश्योपयोगिप्रकाशप्रक्षेपणादिनिर्देशेन रूपकाणि सर्वाणि शिल्पदृष्ट्याऽभिनवानि प्रभविष्णूनि च, भाषा सुबोधावसरानुकूला च। समसामयिकयुगजीवनवर्तिवृत्तमधिकृत्य रचितानीति जनहृदयस्पृंशि च। इत्थं नवोऽयं प्रणेतू रूपक-संग्रहो नियतं सर्वेषामपि संस्कृत-प्रणयिनां प्रीतिकर:सेत्स्यतीति मन्ये।

आशासे, गुणैकग्रहिला मनीषिणोऽभिनन्द्येमं प्रचारे प्रसारे चास्य सधुर्या भविष्यन्ति। यथा न केवलेन यशसा, कायेनापि शतं समा जीवन् रूपककृद् भूयोऽपि नूतनै रुचिरैरीदृशैः प्रयासैः संस्कृतगिरो भाण्डागारमभिवर्द्धयेद्, वर्धापनापात्रं च भवेत्सेवाहेवाकिनामिति मुहुर्मुहुः कामयते—

शिवप्रसादो भारद्वाजः

शास्त्री, साहित्याचार्यः

एम०ए०, एम०ओ०एल०, पी-एच०डी०, डी०लिट्